Donnas Baby

Klaus-Peter Wolf

Donnas Baby

Roman

Scherz

Erste Auflage 1998

1

Für einen Moment sieht es so aus, als ob alles gutgehen könnte. Es ist still in der Straße. Über ihm versuchen Motten, ins Licht der Laterne zu fliegen. Die dumpfen Töne, mit denen sie sich die Köpfe am Glas einschlagen, nerven ihn.

Er legt den Bohrer an das Schloß der Autotür. Nur eine Handbreit höher auf der Fensterscheibe leuchtet der Aufkleber: *Dieses Fahrzeug ist mit einer Alarmanlage gesichert.*

Mit solchen Dingern bepflastern die Leute ihre Autos, um Diebe abzuschrecken. Nur wenige Fahrzeuge haben tatsächlich eine Alarmanlage. Jens Simon weiß das. Die Wagen der S-Klasse sind alle damit ausgestattet. Dieser BMW 850i natürlich auch.

Jens schluckt trocken. Er vertraut auf Yogis Worte: «Mein Vater hat sie ausbauen lassen. Das Ding ist viermal versehentlich losgegangen. Wir haben einen Mordsärger mit den Nachbarn gekriegt. Ich garantiere es dir: Die Alarmanlage ist aus, die Papiere liegen im Handschuhfach.»

Sie haben halbe-halbe vereinbart. Jens soll den Wagen nur bis zum Rastplatz Ohligser Heide fahren, dort wird ein Syrer ihn übernehmen. Jens soll zwanzigtausend in bar bekommen. Zehn für sich und zehn für Yogi. Zehntausend Mark! Das reicht, um alle Probleme für eine Weile zu lösen. Er wird seine Schulden bezahlen und …

Er sieht auf die Uhr. In zwei Stunden muß er den Wagen übergeben. Es wird Zeit. Er drückt den Bohrer fester gegen das Blech.

Noch einmal schaut er sich um. Das Haus hinter ihm liegt völlig im Dunkeln. Hier gehen die Leute früh ins Bett. Nur ganz am Ende der Straße, wo die Eichen stehen, guckt jemand im oberen Stock noch den Spätfilm.

Eine betäubte Motte fällt Jens in die Haare. Er schüttelt sie ab.

Plötzlich jault die Alarmanlage. Das Geräusch fährt ihm in den Magen wie ein Faustschlag.

Jens springt aus der Deckung hoch und läßt sein Werkzeug fallen. Es gibt zwei Möglichkeiten: hinein in den Wagen, so schnell er kann, und die Alarmanlage unterbrechen oder einfach abhauen. In jedem Fall aber muß er sein Werkzeug mitnehmen. Er klaubt es vom Boden auf.

Jetzt sind die Häuser um ihn herum hell erleuchtet. Schuhsohlen knirschen auf dem Asphalt. Taschenlampen werden auf ihn gerichtet. Jens ist sofort umzingelt.

Das kann doch nicht wahr sein, denkt er. Eine Falle? Wer macht so etwas? Yogi?

Sie stehen breitbeinig da. Sie haben Knüppel dabei.

Jens benutzt den Bohrer als Stichwaffe und macht einen Fluchtversuch. Von der Polizei erwischt zu werden ist schon ein Alptraum. Viel schlimmer aber wird es, wenn aufgebrachte Bürger den Autodieb zu fassen kriegen. Ein stumpfer Gegenstand trifft ihn am Ohr.

Jemand kreischt: «Der hat eine Knarre!»

«Das ist ein Bohrer! Haltet ihn fest!»

Jens stößt einen Mann um und rennt. Fünf, vielleicht sechs Kerle verfolgen ihn. Er weiß, daß er dieses Tempo nicht lange durchhalten kann.

Hinter ihm keift eine hysterische Stimme: «Ich schlag dich tot!»

Jens stolpert. Er springt über eine Hecke. Diese Scheißvorgärten! Die geordneten Blumenbeete bieten nicht den Hauch eines Verstecks. Klettergerüste. Ein Sandkasten. Eine Schaukel.

Verdammte Raucherei. Er, der Saxophonspieler, kriegt keine Luft mehr. Wieder stolpert er. Diesmal schlägt er lang hin. Er landet mit dem Gesicht auf einem Gullydeckel.

Der Deckel wackelt.

Vielleicht ist das seine Chance.

Jens sieht sich um. Lichtkegel tasten nervös die Straße ab. Sie haben ihn verloren. Es ist nur eine Frage der Zeit, bis sie ihn hier entdecken.

Er krallt die Finger in den Gullydeckel und hievt ihn hoch. Ein Schmerz trifft ihn in der Wirbelsäule. Er läßt den Deckel fallen und tastet nach der schmerzenden Stelle. Für einen Augenblick glaubt er, jemand habe ihm eine Kugel in den Rücken geschossen, doch dann merkt er, es ist nur die ungewohnte Bewegung. Er hat den Deckel zu sehr aus dem Kreuz gehoben. Er ist an schwere Arbeit nicht gewöhnt.

Jens ignoriert den Schmerz und gleitet vorsichtig ins Innere der Kanalisation. Er kann seine Beine von den Knien ab nicht mehr sehen. Er zieht den Deckel über sich. Jetzt sitzt er fast im Dunkeln.

Die Schritte kommen näher.

Jens atmet nur flach, um keine Geräusche zu machen, zieht die Beine an den Körper und krampft die Hände um zwei glitschige Haltegriffe.

Dann steht einer breitbeinig auf dem Deckel. Er läßt den Lichtkegel seiner Taschenlampe kreisen. Ein paarmal fallen sogar Strahlen in den Gully. Doch der Verfolger kommt nicht darauf, daß Jens sich unter ihm befindet. Vielleicht ist er auch ganz froh, daß Jens ihnen entwischt ist.

«Na ja, dann eben nicht», mault er leise. Seine Kumpane haben ihm angst gemacht. Einen Autodieb zu stellen ist eine Sache. Ihn zum Krüppel zu schlagen etwas anderes. Er versteht nicht, woher diese Brutalität kommt. Er hofft, daß es nur Maulheldentum ist, aber er ist sich nicht ganz sicher.

«Laß dir das eine Lehre sein», ruft er in die Nacht und schaltet seine Lampe aus.

Warum hast du mich verraten, Yogi? denkt Jens. Von wegen, du wolltest deinem Alten eins auswischen. Du wolltest mir eins reinwürgen! Bloß weil ich es ein paarmal mit deiner Perle gemacht hab? Mein Gott, Yogi, das kann doch nicht wahr sein. Dafür lieferst du mich ans Messer? Was ist los mit dir? Das ist ja krankhaft. Als ob ich nicht schon genug Probleme hätte. Aber eines versprech ich dir, Yogi: Das wird dir noch leid tun.

Er wartet fast eine Stunde. Inzwischen hat sein Herzschlag sich beruhigt. Zweimal fährt ein Auto über den Gullydeckel. Jedesmal hat er das Gefühl, über ihm könnte alles nachgeben. Die Angst, zerquetscht zu werden, wird übermächtig. Er muß hier raus.

Jens drückt mit den Schultern gegen den Deckel, kriegt ihn aber nicht hoch. Er sucht mit den Füßen Halt, rutscht aber immer wieder auf den Steigringen ab.

Ein fauliger Geruch steigt von unten auf. Es sticht in der Lunge. Wenn Jens atmet, hört er ein Fiepen, das ihm angst macht. So hat sich sein Meerschweinchen angehört, kurz bevor es starb.

Unter ihm huscht etwas vorbei. Ratten vielleicht. Oder eine Einbildung. Aber es verleiht ihm neue Kraft. Der Gullydeckel scheppert in die Höhe. Er fällt wieder runter, verkantet sich aber so, daß Jens ihn zur Seite schieben kann.

Er zwängt sich heraus. Für ein paar Sekunden liegt er schwer atmend, zusammengerollt wie ein Embryo, neben dem dunklen Loch und starrt hinein.

2

Donna muß die Sachen gut verstecken. Monika darf sie auf keinen Fall finden. Selbst wenn sie hier oben putzt – und die Gefahr besteht am Wochenende. Unter dem Bett würde sie das Zeug sofort entdecken. Im Spiegelschrank ist auch nichts sicher. Monika hat die Angewohnheit, die frisch gewaschene Wäsche gleich in Donnas Schrank einzuräumen. Donna will das nicht. Es ist zwar bequem, aber sie fühlt sich auch kontrolliert. Wie soll sie ihrer Mutter das klarmachen? Die lacht nur: «Aber das tue ich doch gern für dich, mein Kind. Außerdem hält mich das Treppensteigen fit.»

Donna steht in der Mitte des Raumes und dreht sich langsam um. Ihre Blicke tasten die schrägen Wände ab. Sie hat hier oben unter dem Dach zweiundsechzig Quadratmeter ganz für sich allein, aber kein sicheres Versteck für ihre Tennisklamotten.

Hier, wo die Schräge in die Gerade übergeht, müßte ein Hohlraum sein. Als ihr Vater das Dach ausbauen ließ, ging die Schräge an dieser Seite noch bis zum Boden.

Donna erinnert sich genau daran, wie es hier früher aussah. Sie hatte immer Angst, auf den Dachboden zu gehen. Als sie klein war, hörte sie die Eltern über *die hohe Belastung* stöhnen, die auf dem Haus lag. Vater flüsterte das Wort *erdrückend*. Donna stellte sich *die Belastung* als riesigen, schweren Felsblock vor. Sie sah ihn nicht, doch er mußte dasein. Irgendwann sagte ihr Vater, die Last werde *nach und nach abgetragen*. Sie befürchtete immer, das Dach könnte unter dem Druck zusammenkrachen, und folglich war sie empört, als die Eltern ihr vorschlugen, sie solle dort oben *ihr eigenes kleines Reich* bekommen. Sie wollte unten bleiben, in Sicherheit. Neben dem elterlichen Schlafzimmer.

Jetzt kann sie darüber lachen, aber damals waren ihre Angst und ihre Enttäuschung darüber, daß ihre Eltern sie so einer Gefahr aussetzen wollten, sehr real.

Donna klopft gegen das Plakat von den *Red Hot Chilli Peppers*. Tatsächlich, es klingt hohl.

Sie löst das Poster vorsichtig von der Wand und tastet die Tapete ab. Sie spürt die Nahtstellen der dünnen Rigipsplatten. Direkt darüber knibbelt sie die Tapete ab. Dabei kommt sie sich verschlagen vor. Ausgebufft und listig wie ein Ausbrecherkönig. Sie liebt Steve McQueen als Papillon, der von der Teufelsinsel flieht. Als sie den Film zum erstenmal sah, konnte sie seine Ausweglosigkeit körperlich spüren. Sie saß, Kekse kauend, allein auf der großen Couch im Wohnzimmer, aber der Raum wurde ihr zu eng. Sie öffnete die Terrassentür, doch die Luft kam ihr immer noch stickig vor. Sie hat den Film auf ihrem eigenen Videorecorder zigmal gesehen, bis sich das Band verwurstelte und der Apparat es regelrecht zerfetzte.

Seitdem hat sie kaum einen Gefängnis- oder Ausbrecherfilm verpaßt. Sie weiß selbst nicht genau, was sie daran fasziniert. Aber sie identifiziert sich immer mit den Gefangenen, egal, welcher Verbrechen sie beschuldigt werden. Egal, ob schuldig oder unschuldig. Sie hält zu denen, die raus wollen.

Die Rigipsplatte läßt sich mühelos nach hinten drücken. Ihr Vater hält sich zwar für einen begabten Handwerker und macht fast alles selbst, aber sie weiß, er ist nur zu geizig, eine Firma zu bezahlen. Oder hat er wirklich nicht genug Geld?

Hinter der Platte riecht es nach Holzwolle. Es ist dunkel. Dort könnten Ratten hausen. Ein Versteck für Riesenspinnen. Vielleicht haben dort die Wespen ihr Nest, die seit zwei Sommern ständig ums Haus kreisen? Sie kommen morgens, wenn die Obstkisten dekorativ draußen vor dem Schaufenster aufgestellt werden, aus dem Nichts und verschwinden abends genauso rasch wieder. Sie müssen in der Nähe des Hauses in einem Erdloch wohnen, oder sie fliegen durch eine undichte Stelle zwischen zwei Dachpfannen in die Innenwandverkleidung.

Donna möchte das Loch so schnell wie möglich wieder verschließen. Sie wirft ihre Tennissocken hinein. Die zwei flauschigen Handtücher, das Ersatzröckchen und die neuen Nikes. Sie wird statt dessen ihre alten, ausgelatschten schwarzen Reeboks tragen. Die, die sie schon zweimal aus dem Müll gerettet hat.

Sie hebt die Rigipsplatte wieder an und hängt das *Red-Hot-Chilli-Peppers*-Poster wieder über die Stelle, an der sie die Tapete abgeknibbelt hat. Sie fühlt sich wie der Graf von Monte Cristo beim Buddeln des Tunnels. Die Platte wackelt, aber das wird Mutter beim Putzen nicht bemerken. Nie würde sie ein Poster von Donna abhängen. Sie runzelt nicht einmal die Stirn darüber. Sie ist tolerant und aufgeschlossen. Vielleicht hätte sie sich früher auch Bilder von halbnackten Männern ins Zimmer gehängt, die ein Mikrophon in der Hand halten, als sei es ihr Penis, wenn es damals so etwas schon gegeben hätte, wenn sie ein eigenes Zimmer gehabt hätte und wenn ihre Eltern nicht so kleinkarierte Spießer gewesen wären.

Donna stopft das Igluzelt in die Tennistasche. Dieses silbergraue Sonderangebot für DM 99 ließe sich bequem in einer Plastiktüte transportieren, wenn sie die Stangen einmal mehr knikken könnte. In der Tennistasche verschwinden sie ganz. Der Schlafsack macht ihr mehr Sorgen. Er ist mit Daunenfedern gefüllt. Im Beipackzettel stand, man könne damit problemlos im Schnee übernachten. Sie will es lieber nicht ausprobieren. Es wäre ihr lieber, wenn man das Ding statt dessen leichter zusammenknubbeln könnte. Ohne Schlafsack will sie nicht fahren. Dann schon lieber ohne Zelt. Sie glaubt sowieso nicht daran, daß sie viel schlafen wird.

Endlich ist der Daunensack Polar untergebracht. Die Reeboks noch, und mehr geht wirklich nicht rein. Ein Tennisschläger muß aus der Seitentasche herausgucken, wenn sie nicht sofort auffliegen will.

Noch ein Blick in den Spiegel. Donna wirft die langen, goldblonden Haare zurück. Egal, welches Shampoo, egal, welche Spülung, egal, welche Kuren sie macht, egal, wie oft sie sich die Spitzen schneiden läßt: Sie hat immer Spliß.

Sie bleckt die Zähne. Ihre Freundinnen trugen noch bis vor kurzem quälende Zahnspangen. Donna hatte so etwas nie nötig. Einmal hat der Schulzahnarzt sie als Beispiel dafür vorgeführt, wie toll sich Zähne entwickeln, wenn sie richtig geputzt werden. Sie hätte ihn leicht lächerlich machen können, tat es aber nicht. Was ging es die anderen an, daß sie sich nur selten abends vor dem Zubettgehen die Zähne putzt? Meist nur morgens, um einen frischen Atem zu haben und gut auszusehen. Wenn die anderen so mit ihren Zähnen umgehen würden, säßen sie noch öfter in den Wartezimmern der Zahnärzte. Donna weiß, es liegt nicht am Putzen. Es liegt am gesunden Essen. Wie sollen Zähne stabil bleiben, wenn man ihnen nicht genügend Mineralien zuführt?

Ihre Eltern achten genau darauf, daß Donna sich richtig ernährt. Manchmal gehen sie ihr auf die Nerven mit dem Gerede über ausgewogene Kost. Aber Donna weiß, sie haben im Grunde recht. Manchmal lehnt sie sich dagegen auf, ißt absichtlich etwas, von dem Mama sagt, es sei schädlich. Es ist eine Art Selbstbehauptung. Danach fügt sie sich um so williger dem Ernährungsplan. Sie liebt die Küche ihrer Mutter. Niemand kann eine Gemüselasagne zubereiten wie sie. Ihre Salate sind Kunstwerke. Manchmal geniert Donna sich fast, die bunten Arrangements zu zerstören.

Donna tänzelt die Treppe hinunter und durchquert den Laden. Sie will auf keinen Fall, daß die anderen hier hereinkommen und sie abholen. Sie muß vorher an der Straßenecke sein. Jetzt darf nichts schiefgehen. Einfach rauslaufen kann sie nicht. Sie muß sich von ihren Eltern gebührend verabschieden. Sie würden das nicht verstehen, sich Sorgen machen, verletzt sein. Ohne Abschiedsküßchen hat sie sich noch nie von ihnen getrennt.

Sie schaut auf die Swatch. Die Zeit wird knapp.

Ihr Vater steht hinter der Theke und unterhält sich mit seinem Stammkunden, dem pensionierten Finanzbeamten Gerhardt, über sein Lieblingsthema: die Steuern. Die beiden streiten sich täglich mindestens eine Viertelstunde lang. Jedesmal, wenn Herr Gerhardt kommt, seine Zeitung kauft, zwei Flaschen Bier und ein paar frische Lebensmittel fürs Mittagessen.

«Ach, Gerechtigkeit! Hören Sie doch auf! Steuern haben mit Gerechtigkeit nichts zu tun!»

Herr Gerhardt hebt den Zeigefinger. «Lieber Herr Huse! Es gibt achtunddreißig verschiedene Steuern. Niedergelegt sind sie in hundertzwanzig Gesetzen mit fünfundzwanzigtausend Paragraphen und hundertachtundsiebzig Verordnungen mit mehr als zwanzigtausend juristischen Exegesen. Hinzu kommt eine Flut von Kommentaren, Erlassen, Anweisungen und Gerichtsurteilen. So versucht man jedem Steuerbürger gerecht zu werden.»

Peter Huse wischt die angegraute Locke aus der Stirn. «Ach, Unsinn. Das alles hat nur einen Sinn: Es soll verschleiern, daß wir ausgenommen werden wie eine Weihnachtsgans. Mehr nicht.»

Donna will sich jetzt nicht einmischen. Sie hat gelernt, danebenzustehen und abzuwarten, bis die Leute ausgeredet haben. Wer höflich mit anderen umgeht, kann von ihnen das gleiche erwarten. Sie ist in diesem Geschäft groß geworden. Sie weiß, daß Kunden und Kundengespräche immer Vorrang haben. Jedes kleine familiäre Problem kann man zurückstellen, bis die Kunden den Laden verlassen haben. Aber diesmal drängt die Zeit.

Donna spürt ihr Herz pochen. Hoffentlich sieht Papa nicht, wie nervös ich bin.

Mutter befreit die Salatköpfe von ein paar nicht mehr ganz so ansehnlichen Blättern. Donna läuft zu ihr, um sich wenigstens von ihr schon mal zu verabschieden.

«Die Schaumweinsteuer wurde neunzehnhundertzwei eingeführt, um die kaiserliche Marine aufzubauen. Stimmt's, oder nicht?»

«Ja, das stimmt.»

«Sehen Sie! Die Schiffe sind längst gesunken. Den Kaiser gibt es nicht mehr. Aber die Steuer, die ist uns erhalten geblieben.»

Donnas Vater zählt die Steuerkuriositäten an den Fingern ab. Er tut es geradezu genüßlich.

Donna sieht ihm gern dabei zu. Er wirkt gar nicht wie ein Verkäufer in seinem eigenen Lebensmittelladen. Er trägt seine verwaschenen Jeans, ein bißchen zu knapp am Bauch. Die obersten drei Knöpfe am Baumwollhemd stehen auf. So, wie er doziert, kann sie sich ihn gut als Lehrer vorstellen.

«Zar Peter der Große verhängte eine Bartsteuer. Wer als Bartträger keine gültige Steuerquittung vorweisen konnte, wurde auf der Stelle rasiert. In England wurde die Fenstersteuer erfunden. Bald darauf wurde sie auch in Holland und Deutschland beliebt. Es gab eine Spatzensteuer, sogar eine Nachtigallensteuer. Eine Ofensteuer ...»

«Aber Herr Huse, das hat man doch lange abgeschafft.»

«Ja, und durch neuen Blödsinn ersetzt. Der Weidmann zahlt Jagdsteuern. Die Hinterbliebenen Erbschaftsteuern. Die Freigebigen Schenkungssteuern. Die Besitzenden Vermögenssteuern. Der Gläubige Kirchensteuer. Bier-, Kino-, Benzin-, Tabaksteuer – alles klar! Aber wissen Sie, wir Deutschen, wir zahlen sogar Steuern auf die Steuern. Das ist doch ein bißchen viel, nicht wahr?»

«Das stimmt ja nun wirklich nicht!»

«Ach, zahlen wir nicht Umsatzsteuer auf die Benzinsteuer? Wissen Sie, daß der Staat an den zwei Bierflaschen hier mehr verdient als ich? Mit welchem Recht eigentlich?»

Donna legt ihrer Mutter die rechte Hand zwischen die Schulterblätter und sagt: «Tschüs, Mami.»

Monika Huse dreht sich um. «Aber Kind, so kannst du doch nicht gehen!»

«Warum nicht?»

«Es ist viel zu kalt. Es soll regnen.»

«Mutti, es ist ein Hallenturnier.»

Frau Huse greift zielsicher ins Obstregal, wählt ein paar der besten Früchte aus, wirft sie in einen Einkaufskorb. Zwei Orangen, eine Pampelmuse, drei Kiwis, ein paar Bananen.

«Warte, Kind, du mußt was zu essen mitnehmen!»

«Mutti, wir essen dort.»

«Aber die Autofahrt ist lang. Und du kennst doch die Preise bei den Turnieren. Willst du etwa diesen sündhaft teuren Weißmehlkuchen essen?»

In ihrer Stimme liegt Spott, so als könne nur ein Wahnsinniger in Erwägung ziehen, diesen Kuchen zu essen. Schon ist sie mit dem Korb bei den Getränkedosen.

«Mama, ich brauche keine Isodrinks.»

«Wenn du schwitzt, verliert der Körper Mineralien. Du mußt ihm neue zuführen, sonst ...»

«Mama, ich weiß. Ich mag das Zeug aber nicht. Ich trinke lieber eine Cola.»

«Da ist viel zuviel Zucker drin.»

«Mama, bitte. Ich muß jetzt gehen.»

Peter Huse kassiert den pensionierten Finanzbeamten ab und wendet sich seiner Tochter zu. Während ihre Mutter noch zwei Müsliriegel einpackt, drückt er ihr augenzwinkernd einen zusammengefalteten Zwanzigmarkschein in die Hand. Er schließt ihre Finger fest darum, so als dürfe ihre Mutter nicht sehen, was er ihr gerade gegeben hat. Dabei weiß Donna genau, er wird ihr gleich sagen: «Moni, ich hab zwanzig Mark aus der Kasse genommen, für Donna, damit unser Mädchen sich nicht aushalten lassen muß.»

Donna umarmt ihren Vater und küßt ihn. Seine Bartstoppeln kratzen. Er benutzt ein dezentes Rasierwasser. Sie riecht es erst, als sie sich schon wieder von ihm gelöst hat. Es ist, als würde der Duft an ihrem Gesicht haftenbleiben. Er hat nie ein anderes Rasierwasser benutzt. Sie erinnert sich daran, daß sie ihn früher manchmal um sein Kopfkissen bat. Wenn sie bei der Oma waren und dort übernachteten, nahm sie abends sein Hemd mit ins Bett. Sie liebt diese kuscheligen Baumwollhemden, in denen sein Geruch hängt. Heute nimmt sie sie nicht mehr mit ins Bett, aber sie erinnert sich gern daran. Der Duft vermittelt ihr so etwas wie Geborgenheit. Wenn ihr der Vater so nahe war, daß sie ihn riechen konnte, dann gab es für sie keine Gefahren mehr.

In dieser Gewißheit ist sie aufgewachsen. Wenn sie auf seinem Arm war, konnte ihr niemand etwas. Nicht die frechen Jungs aus der Schwanenstraße und auch nicht der ewig kläffende bissige Köter von Frau Lange. Eines Tages ist das Vieh überfahren worden. Donna glaubt noch heute, daß ihr Vater das für sie getan hat. Er hat es immer geleugnet, aber sie ahnt die Wahrheit.

Draußen hupt ein Golf.

«Mama, Papa, ich muß jetzt wirklich.»

«Warum kommen sie nicht rein?»

Ahnen sie etwas? Liegt Mißtrauen in diesen Worten? Donna

befürchtet, rot zu werden. Sie rennt zur Tür. Dort dreht sie sich noch einmal um und winkt.

«Tschüs! Tschüs! Macht euch keine Sorgen! Ich ruf morgen mal an.»

«Schöne Grüße an Herrn Wolters!» ruft Peter Huse seiner Tochter hinterher. «Schau sie dir an, da läuft sie», sagt er stolz zu seiner Frau. Er klatscht sich auf den Bauchansatz und lacht. «Wie kann so ein häßlicher Mann so ein schönes Kind zeugen? Bist du sicher, daß ich es war?»

Diesen Spruch hört Monika Huse mindestens einmal pro Woche. Wie immer antwortet sie auch heute mit gespielter Unsicherheit in der Stimme: «Wenn ich mich recht entsinne, doch.»

Herr Gerhardt guckt zwischen beiden hin und her. Er weiß, daß sie diese Szene für ihn gespielt haben. Es kommt ihm manchmal so vor, als würden die beiden diesen Lebensmittelladen wie eine Bühne benutzen. Die Kunden sind die Zuschauer. Die Huses haben kleine Sketche zum Thema *Glückliche Familie* einstudiert. Witzige Wortwechsel, amüsante kleine Szenen, die sie vor ständig wechselndem Publikum spielen. Als müßten sie immer wieder nach außen demonstrieren, daß sie sich alle lieben.

Herr Gerhardt war zweiundzwanzig Jahre lang verheiratet. Dann starb seine Frau. Auch er hat eine Tochter. Natürlich liebt er sie. Aber er hat nie so eine Show darum gemacht. Jetzt tut es ihm ein bißchen leid. Es ist zu spät, um noch damit anzufangen. Das demonstrative Familienglück der Huses versetzt ihm einen Stich. Er muß daran kratzen, ihm wenigstens etwas von seinem Glanz nehmen. Er ärgert sich darüber, daß er es sagt, aber er tut es trotzdem: «Ich hätte meine Tochter in dem Alter nicht so einfach über Nacht weggelassen.»

Für den Bruchteil einer Sekunde spürt er Feindseligkeit im Blick von Monika Huse. Verdächtigt hier jemand ihre Tochter? Will hier jemand Flusen auf das Kissen des Vertrauens werfen?

Bevor sie in unverblümter Schärfe antworten kann, hebt Peter Huse beschwichtigend die Hand und winkt ab. «Sie ist mit einer befreundeten Familie zum Tennisturnier, den Wolters. Das ist doch völlig harmlos.»

«Na ja, heutzutage, mit Aids und so... Da reicht es nicht mehr, die Kinder einfach aufzuklären. Es geht ja gleich um Leben und Tod. Ich möchte jedenfalls nicht noch einmal jung sein.»

Monika spürt, daß ihr Magen augenblicklich übersäuert. Was nimmt sich dieser Mann heraus? Ihre schlimmsten Alpträume spricht der einfach so aus, mit zwei Flaschen Bier und einem Salatkopf in der Hand. Im Laufe der Jahre hat sie gelernt, immer freundlich zu bleiben. Aber sie läßt sich nichts gefallen. Wenn jemand eine bestimmte Grenze überschreitet, weist sie ihn dahinter zurück. Wenn man ihrer Tochter eins auswischt, trifft man sie damit mehr, als wenn man an ihr herumkritisiert. Dieses Kind war einst ein Teil von ihr. Noch heute, 17 Jahre nach Durchtrennung der Nabelschnur, fällt es ihr manchmal schwer, Donna als eigenständige Person zu sehen. Ein bißchen ist sie wie ein Körperteil von ihr, der sich selbständig gemacht hat. Solche Gedanken äußert sie nie. Nicht mal ihrem Mann gegenüber. Aber sie hat dieses Gefühl manchmal, und wenn es kommt, ist es so heftig, daß sie sich kaum dagegen wehren kann. Wenn sie friert, will sie Donna etwas Warmes überziehen. Wenn sie Hunger hat, für Donna kochen. Das Essen schmeckt nur halb so gut und sättigt auch nicht wirklich, wenn Donna nicht mit am Tisch sitzt.

«Wir können unserer Tochter voll und ganz vertrauen», sagt sie mit der Stimme von jemandem, der versucht fröhlich und freundlich zu bleiben, obwohl man ihm den Hals zudrückt.

Herr Gerhardt hat das Gefühl, sich entschuldigen zu müssen, er weiß aber nicht genau, wie er es anstellen soll. Der tägliche Kontakt zu den Huses ist ihm wichtig. Die Diskussionen übers Steuerrecht mag er nicht missen. Dieser Laden, das Einkaufsritual, die gespielten kleinen Szenen, das alles ist seit langem Bestandteil seines Lebens wie die abendliche Tagesschau und das Öffnen der ersten Flasche Bier bei der Wetterkarte. Er will das Ganze nicht größer machen, als es ist, aber er möchte gern ohne Blessuren herauskommen.

«Nichts für ungut», sagt er und weiß, daß es falsch ist.

Peter Huse lächelt. Es sieht nicht verkrampft aus, aber eingeübt. So lächelt er auch, wenn jemand kritisiert, daß die Preisschilder auf dem Joghurt das Verfallsdatum überdecken.

«Donna weiß, daß sie uns alles erzählen kann. Wir haben wirklich ein Vertrauensverhältnis. Wir sprechen wie Freundinnen miteinander. Wenn man den Kindern alles verbietet, machen sie nur heimlich Dummheiten», sagt Monika entschieden und faßt sich an den Magen.

Herr Gerhardt hofft, daß die Sache damit ausgestanden ist. Er entscheidet sich, noch eine Packung Mentholzigaretten mitzunehmen.

«Die machen Kopfschmerzen», sagt Monika Huse. «Das Menthol wirkt direkt auf die Nervenenden und ...» Sie merkt, wie schnippisch ihre Stimme klingt. Sie sagt das nicht wirklich, um dem Frühpensionär einen Gesundheitsratschlag zu geben. Sie will ihm eins auswischen. So etwas darf einer Geschäftsfrau nicht passieren. Sie hat sich sofort wieder im Griff. «Ach, Sie werden schon selbst am besten wissen, was gut für Sie ist, Herr Gerhardt. Tschüs, bis morgen.»

Sie nimmt die abgezählten Münzen und wirft sie in die dafür vorgesehenen Kästchen in der Kasse. Sie haßt es, wenn Zweimarkstücke bei den Fünfern liegen, Pfennige bei den Groschen oder Münzen bei den Scheinen.

Monika Huse schaut nach unten. Da steht er. Der Korb mit Früchten, Isodrink und Müsliriegeln. Donna hat ihn vergessen. Monika schüttelt den Kopf.

«Schussel.»

3

Die Security-Leute tragen schwarze Blousons mit golden aufgenähter Schrift – *Security* –, Springerstiefel und Kurzhaarschnitte. Von weitem wirken sie wie eine Nazi-Schlägertruppe, aber damit haben sie nichts zu tun. Sie sichern die Bühne backstage ab, als ob Michael Jackson und Tina Turner sich hier gemeinsam umziehen würden. Dabei würgen sich dort nur die *Real Motherfuckers* die ihnen vertraglich zugesicherte Portion Gyros mit Krautsalat und Pommes rein. Sie würden gern ein paar Groupies vernaschen oder wenigstens dem Lokalsender ein Interview geben, doch so weit sind sie noch lange nicht. Sie werden immer nur als Vorgruppe verheizt und irgendwann von den Fans der wirklichen Stars von der Bühne gebuht.

Jens Simon hat das Saxophon lässig um den Hals hängen. Er schiebt seine Jeans herunter, so daß sie tief auf den Hüften hängen und zwischen den Beinen herumschlabbern. Er findet dieses Aussehen total lächerlich. Aber seit einige Teenybands sich damit erfolgreich von den Opas abgrenzen, treten die *Real Motherfuckers* nur noch so auf.

Jens ist stolz auf seinen knackigen Hintern. Warum soll er ihn so unkenntlich machen? Für den fetten, biersaufenden Frontsänger der *Motherfuckers* ist diese neue Mode sehr vorteilhaft. So sieht er nicht mehr aus wie einer, der sich im Büro den Arsch breitgesessen hat, sondern wild und in.

Jens klemmt sich die langen schwarzen Locken hinter die Ohren. Die so entstehenden Segelohren sind auch längst zum Markenzeichen der *Real Motherfuckers* geworden. Er schabt sich mit der Hand über die Bartstoppeln. Er ist zufrieden. Er hat sich gut eine Woche lang nicht rasiert, um endlich einen «Dreitagebart» zu kriegen. Lässig geht er auf die Security-Leute zu und hängt sich dabei die letzte filterlose Zigarette zwischen die Lippen. Er knüllt die Packung zusammen und läßt sie fallen. Der Security-Mann trommelt mit den Fingern einen nervösen Rhythmus auf seinen Elektroschocker. Er trägt ihn nicht wie die anderen in der Hose versteckt, sondern absichtlich offen, wie einen Colt. Jens spürt, daß der Typ nur darauf wartet, mit dem Ding losschlagen zu können.

Warum hab ich eitles Arschloch mir gestern noch die Haare gewaschen? Die *Motherfuckers* laufen immer mit fettigen Haaren rum. Sie sehen alle aus, als hätte ihnen einer eine Flasche Olivenöl über die Rübe gekippt.

Jens bleibt vor dem Security-Mann stehen und schaut ihm gerade in die Augen. «Hast du mal Feuer?»

Als der Typ in die Brusttasche greift und sein langes Plastikfeuerzeug mit eingebautem Flaschenöffner hervorzieht, weiß Jens, daß er gewonnen hat. Er wippt lässig von einem Fuß auf den anderen, läßt sich beim Anzünden der Zigarette Zeit und sagt dann, um noch eins draufzusetzen: «Wenn so eine rothaarige Tussi kommt, Haare bis zum Arsch, laß sie nicht durch.»

Der Security-Mann nickt Jens komplizenhaft zu und gibt den Weg frei. Jens hat es geschafft. Ja, darin ist er gut: so tun als ob.

Vielleicht hätte ich als Schauspieler auch eine Chance. Für einen Moment gefällt ihm der Gedanke. Dann überprüft er das Mundstück des Tenorsaxophons. Das Holzplättchen sitzt nicht richtig, es ist zu stramm. So wird der Ton blechern. Wahrscheinlich hören die Deppen das nicht mal, aber er weiß, wie ein T-Sax klingen muß.

Sie sitzen da, starren auf ihre Plastikteller und stochern mit den Holzpickern die letzten Reste auf. Sie beachten ihn nicht.

Jens beginnt zu schwitzen in der Lederjacke. Er überlegt, ob er ein Saxophonsolo hinlegen soll, um auf sich aufmerksam zu machen. Aber die vier Typen hier sind sowieso uninteressant. Bei den *Motherfuckers* entscheidet Willy The Death, der Frontsänger, alles allein. Die Band ist sein Kind. Er heuert und feuert die anderen, wie er sie braucht. Nur Bobo, der schweigsame Bassist, ist von Anfang an mit dabei gewesen. Bobos Eltern haben den größten Teil der Anlage über Kredit finanziert. Willy The Death kann es sich nicht leisten, ihn zu feuern. Jeder weiß das, aber weil Bobo kein Aufhebens von der Sache macht, kann Willy damit leben.

Bobo ist dreiunddreißig, behauptet aber, dreiundzwanzig zu sein. Er bemüht sich um eine pubertäre Sprache (falls er überhaupt mal etwas sagt), wird aber immer mürrischer, weil man ihn inzwischen allzu oft auf vierzig schätzt.

Da steht Willy The Death. Er fuchtelt aufgeregt mit den Händen herum und redet auf Mark ein. «Du mußt uns erwähnen, Mark. Bitte. Wir sind doch Kumpels!»

Mark wehrt ab. «Hier spielen zwei Dutzend Bands. Und dann die *Red Hot Chilli Peppers.*»

«Fünfzehn», korrigiert Willy The Death, der es sonst mit Zahlen gar nicht so genau nimmt.

«Na gut. Meinetwegen. Fünfzehn. Aber ich soll über die *Red Hot Chilli Peppers* schreiben.»

«Du kannst uns doch in einem Nebensatz erwähnen. Als herausragende Vorgruppe oder so.»

«Mensch, Willy, dann sind alle anderen sauer auf mich. Außerdem streichen sie mir den Satz in der Redaktion sowieso heraus.»

Das ist meine Eintrittskarte, denkt Jens. Mark. Alter Kumpel Mark. Er stellt sich zu den beiden.

Willy will ihn gleich mit einer unwirschen Geste verscheuchen. «Nicht jetzt!»

Doch Mark streckt seine Hand aus. «Jens? Spielst du jetzt etwa hier mit?»

«Möglich.»

Bobo, der die Szene aus den Augenwinkeln mißtrauisch beobachtet, schießt hoch. «Äi! Wir brauchen keine Bläser. Ich kann dieses Blechzeugs nicht leiden. Am Ende holen wir uns noch irgendwelche Fiedler ins Haus. Diese ganze softe Scheiße geht mir schon lange auf den Keks. Sind wir 'ne Heavy-Metal-Band, oder machen wir Guildo Horn?»

Für Bobo war das eine lange Rede. Er setzt sich und muß erst mal verschnaufen.

«Als ich euren Tourneebus repariert habe, hörte sich das aber ganz anders an», schimpft Jens. «Ich dachte, ihr braucht dringend ein Sax! Ihr habt mich geleimt! Wißt ihr überhaupt, was die Reparatur euch woanders gekostet hätte? Unter zweitausend wärt ihr nicht weggekommen.»

«Jaja, du kannst gleich vorspielen», beschwichtigt Willy The Death mit Blick auf Mark.

Jens spürt sofort, was hier läuft. Mark ist für die *Motherfuckers* unglaublich wichtig, daß er scheinbar einen freundschaftlichen Draht zu ihm hat, macht ihn für sie wieder interessant. Sie hatten nie vor, ihn als Saxophonspieler in ihre Band aufzunehmen. Sie haben ihm das Blaue vom Himmel versprochen, weil er den Bus wieder auf Vordermann bringen sollte.

Und ich Idiot bin noch nachts auf den Schrottplatz gefahren und habe Ersatzteile für sie ausgebaut. Im Grunde wußte ich doch, daß sie mich reinlegen. Warum falle ich immer auf so 'n Mist rein? Ich stand nicht mal wie versprochen auf der Gästeliste zu diesem Scheißkonzert. Sogar die Eintrittskarte mußte ich mir kaufen. Sechsunddreißig Mark. Und wofür das alles?

«Ein guter Bläser würde eurer Truppe guttun», sagt Mark, nicht weil er davon überzeugt ist, sondern um Jens einen Gefallen zu tun.

«Erwähnst du uns dann in deinem Artikel?»

Mark lacht bitter. «Hör mal, Willy, ich schreibe nicht für die Lokalzeitung, sondern für den *Musical Express*. Da brauche ich schon eine richtige Story. Was Handfestes. Was, bei dem die Leute sagen: Wow! Das wußten wir nicht. Schade, daß wir nicht dabei waren.»

Schulterzuckend knackt Willy eine Dose Bier. Sauer fährt er Mark an: «Was willst du? Soll ich ihn auf der Bühne rausholen?!»

«Ach, das ist alt. Damit lockst du keinen Hund mehr hinterm Ofen vor.» Mark tippt mit dem Zeigefinger auf Willys fette Brust. «Wenn du auf der Bühne onanierst, Junge. Das ist es!»

«Häh?»

«Hol dir vor versammelter Mannschaft einen runter. Darüber kann ich schreiben. Das läßt mein Chefredakteur drin. Ich kann es in meinem Artikel zwar nicht gut finden, ich muß sogar über dich herziehen, aber was macht das? Alle werden über euch reden. Und bei eurem nächsten Konzert drängen sie sich vorn an der Bühne in der Hoffnung, daß du es nochmal tust.»

«Du spinnst ja!»

«Willst du nun in den Artikel oder nicht?» Mark zeigt auf die Bühne. «Was glaubst du, warum die da draußen so viel Eintritt bezahlen? Was glaubst du, was die hier wollen? Die wollen was Besonderes. Die wollen was sehen. Die wollen was zum Erzählen haben. Und weil gar nichts passiert, dröhnen sie sich zu. Geh raus. Zeig ihnen was. Gib ihnen das Gefühl, daß sie bei einer einzigartigen Show sind.»

Willy fühlt sich plötzlich unwohl in seinem T-Shirt, als hätte ihm jemand Juckpulver hineingestreut. Er kratzt sich. Er weiß nicht, ob das hier die große Chance ist oder ob er einfach nur verarscht wird. Wenn er es tut, macht er sich dann lächerlich oder ist er auf dem Weg zu Weltruhm?

Mark winkt ab. «Ich seh schon. Ihr bringt's sowieso nicht.»

Jetzt, da Willy so frustriert ist, sieht Jens kaum noch eine Chance für sich, jemals mit den *Motherfuckers* auf der Bühne zu stehen. Trotzdem ist er noch bereit vorzuspielen. Nicht wirklich für sie. Mehr für Mark. Mark kennt viele Bands. Marks Rat ist gefragt. Vielleicht wird er irgendwo erwähnen, daß er einen guten Saxophonisten kennt.

«Was ist jetzt? Kann ich vorspielen?» fragt Jens.

«Na los, zeig ihnen mal, wie das ist, wenn es richtig groovt.»

Jens hat sich einige gute Soli von *Knaller* abgeguckt, als der noch bei den *Soulcats* war und natürlich von der *Saxophonmafia.* Er fängt an. Legt sein ganzes Gefühl hinein, um ihnen zu zeigen, wieviel Trauer und Freude ein Saxophon ausdrücken kann.

Wenn die Säue doch nur Perlen fressen würden!

Mit ausdruckslosen Augen sehen sie ihn an. Die Roadies von *Terrorvision* machen einen Soundcheck. Die nervigen Rückkopplungen aus den übersteuerten Boxen entmutigen Jens sofort. Er hört auf.

«Ihr habt es versprochen. Gebt mir eine Chance.»

Unverblümt sagt Willy The Death, was er denkt: «Okay. Wenn du unseren Tourneebus durch den TÜV kriegst, bist du bei den nächsten fünf Gigs dabei.»

Vor lauter Empörung fällt Jens keine Antwort ein, die scharf genug wäre. Willy deutet das als Einverständnis und legt gleich die Bedingungen fest.

«Hotelzimmer gibt's nicht. Das geht von unserer Gage ab. Pennen im Tourneebus. Boxen schleppen wir selbst, Roadies haben wir nicht.»

Mark legt seinen Arm um Jens' Schultern.

Vielleicht fügt Willy deshalb in plötzlicher Großzügigkeit hinzu: «Hundertzwanzig pro Gig. Getränke im Bus zahlst du selbst. Aber ein Essen am Abend ist immer mit drin.»

Als sei das sein Stichwort, schnippt Bobo seinen mit Tsatsiki verschmierten Plastikteller auf den Boden.

Mark zieht Jens mit sich. «Komm, Alter. Mach dir nichts draus. Vielleicht klappt's woanders. Aus denen wird sowieso nichts. Die waren schon out, bevor sie jemals in werden konnten. Denen fehlt jeder Funken Spirit – wenn du weißt, was ich meine.»

Jens weiß es nicht genau, aber er nickt. Mark zieht ihn mit nach draußen, an den Security-Leuten vorbei. Jetzt steigt Jens in deren Ansehen noch mal um einige Zentimeter, denn Mark kennen sie alle, und sie buhlen um seine Gunst.

Mark will ein Bier ausgeben und auf alte Zeiten anstoßen. Wahrscheinlich meint er es ehrlich. Doch in Jens setzt sich der Verdacht fest, daß auch Mark nichts weiter von ihm will als eine billige Autoreparatur.

Rund um den Platz stehen Bier- und Würstchenbuden, Schmuck- und T-Shirtstände. Bier gibt es nur in Plastikbechern. Jens findet das eigentlich auch gut. Wie viele Becher er bei Konzertbesuchen schon an den Kopf gekriegt hat, weiß er gar nicht mehr. Wären das Bierkrüge oder Flaschen gewesen, läge er vermutlich längst unter der Erde.

Allerdings sind die Becher nur halb voll, der Rest ist Schaum. Zwar zahlt sein alter Kumpel die zehn Mark, doch Jens braucht ein Ventil für seine Wut. Er schnauzt los, hier werde nur beschissen, die Konzertmafia habe die Leute hier eingekesselt und lasse sie nun verhungern oder kassiere gnadenlos ab.

Mark läßt ihn toben. Er kennt das. Musiker sind cholerisch. Was Jens für einen Wutausbruch hält, findet Mark harmlos. Unterhalb jeder diskussionswürdigen Schwelle.

Die erste Vorgruppe beginnt. Es ist gerade erst Mittag, und die Band ist so unbekannt, daß sich niemand die Mühe macht, ihren Namen zu nennen. Sie stehen da und kämpfen mit ihren offensichtlich neuen Musikinstrumenten.

«Guck dir die an!» schimpft Jens und verschüttet dabei das ohnehin knappe Bier. «Das sind doch noch Kids! Die Teenys ziehen da ihre Show ab. Und ich? Ich werde immer älter und krieg nix auf die Reihe!»

«Mensch, Jens, wie alt bist du?»

«Dreiundzwanzig», antwortet Jens zerknirscht.

Mark grinst. Er selbst ist gerade zweiundzwanzig geworden. In der schreibenden Zunft hat er es schon ziemlich weit gebracht. Ein Radiosender und zwei Musikzeitschriften kaufen ihm hin und wieder Artikel ab. Solange er bei seiner Mutter in Tübingen wohnt, kommt er damit gut zurecht. Er beschließt, noch einen auszugeben.

Da sieht Jens sie: Donna.

4

Augenblicklich vergißt Jens alles. Wer sind schon die *Motherfuckers* oder Willy The Death?
Er hört die Teenyband nicht mehr, sondern ein sehnsuchtsvolles Sax. Besser, als er es je blasen könnte. Er beachtet sein Bier nicht mehr. Sein T-Sax lehnt er achtlos gegen den Getränkestand. Seine schlaffe Körperhaltung verändert sich. Er spürt Energie vom Magen in die Gliedmaßen sausen. Auf Mark wirkt er wie ein aus dem Schlaf erwachtes Raubtier, das seine Beute wittert.

Die Bedienung reicht zwei frische Bier rüber. Mark nimmt das für Jens mit an, hält es ihm hin und stellt amüsiert fest, daß er nicht den Hauch einer Chance hat, wahrgenommen zu werden. Er schaut in die Richtung, in die Jens starrt. Wer kommt dort? Heike Makatsch Arm in Arm mit Madonna?

Das Open-air-Gelände ist weiträumig abgesperrt. Wer in den inneren Kreis der Verkaufsstände hinein will, braucht eine gültige Eintrittskarte, und Security-Leute durchsuchen jeden nach Waffen. So etwas hat Donna noch nie erlebt. Solche Gitter hat sie mal im Fernsehen gesehen, sie standen vor dem Bundestag, als Demonstranten die Bannmeile durchbrechen wollten.

In der maulenden, rauchenden Menge hat sie geduldig fast eine halbe Stunde lang gewartet. Man kommt nur einzeln herein, über eine Art Drahtbrücke und ein Meer von leeren Coladosen. Unter ihren Füßen knirschen die Weißblechbüchsen wie lebende Muscheln und Schnecken, die am Strand zertreten werden.

Ulf wird zur Seite gebeten und abgetastet.

«Ich hab nichts dabei. Ich brauch nichts. Ich hab den blauen Gürtel im Judo.»

«Ich den braunen», antwortet der Security-Typ und läßt Ulf durch.

Sina geht vor Donna durch die Absperrung. Sie hebt die Arme hoch. Donna ist gespannt, ob der Kerl sich erdreistet, Sina genauso abzutasten, wie er es mit Ulf gemacht hat. Bereitwillig öffnet Sina ihr Gürteltäschchen und gibt ihr Reizgas ab. Donna erwartet, daß es jetzt Ärger gibt, doch zu ihrem Erstaunen nickt der Security-Typ bloß, klebt eine Nummer auf die Spraydose, wirft sie ein paar Meter weit nach hinten, wo ein schmalbrüstiger, milchgesichtiger Junge mit hängenden Schultern sie geschickt auffängt und in einen blauen Müllsack gleiten läßt. Er sieht überhaupt nicht aus, als würde er zur Sicherheitstruppe gehören. Er trägt auch nicht deren Uniform. Trotzdem bewacht er alle eingesammelten Waffen.

Sina erhält einen Schein, auf dem die Nummer ihrer Spraydose steht. Während dieses für Donna erschütternden Vorgangs wird kein Wort gesprochen. Eine Selbstverständlichkeit. So, wie man beim Verlassen des Supermarkts seine Waren zeigt und bezahlt.

Donna tut es Ulf gleich. Sie versichert: «Ich hab nichts.»

Ohne auch nur einen Ton zu sagen, nimmt der Typ ihr die Tennistasche ab, zieht den Schläger heraus, klebt eine Nummer drauf und wirft ihn dem Milchgesicht zu. Donna erhält die Quittung. Er öffnet die Tasche und durchwühlt sie. Mit der Faust drückt er in den Schlafsack, um zu überprüfen, ob dort ein harter Gegenstand versteckt ist. Die Zeltstangen und Heringe interessieren ihn nicht. Dann befühlt er Donnas Ersatzunterhose. Während er den Stoff zwischen Daumen und Zeigefinger reibt, schaut er sie an. Der Blick kommt ihr unanständig vor. Sie findet das Ganze erniedrigend und ist gleichzeitig froh über die Kontrolle. Diese Sicherheitskräfte geben eine gewisse Garantie dafür, daß es auf dem Platz nicht zu Messerstechereien kommt. Aber der Kerl soll gefälligst ihre Unterwäsche in Ruhe lassen. Sie staunt selbst über ihren Mut. Mit einem Ruck nimmt sie ihm die Tennistasche ab. Er geht zur Seite und läßt sie durch.

Wenige Meter weiter, am zweiten Eingang, versucht jemand, seine japanischen Kampfhölzer hereinzuschmuggeln. Er wird erwischt, weigert sich, sie abzugeben, und kniet Sekunden später auf dem Boden und übergibt sich.

Sina zieht Donna mit sich fort, hinein in die Menschentraube vor der Bühne. Donna hat schon einige Livebands gehört. Bei Schul- und Stadtteilfesten, im Jugendzentrum und im Gemeindesaal. Aber noch nie hat sie die Bässe so gespürt. Sie ist noch gut hundert Meter von den Lautsprechertürmen entfernt, aber es ist, als würden die Töne sie durchbohren. Stampfende Laute übernehmen den Rhythmus in ihrem Körper. Der Magen vibriert. Die

Bässe klopfen von außen gegen ihre Brust und versuchen einzudringen. Mit jedem Schritt, den sie näher kommt, durchstoßen sie die Haut und lassen das Herz flattern, bis es sich dem Rhythmus angepaßt hat.

«Ist das nicht geil?» schreit Sina und hüpft hoch, um besser sehen zu können.

Hinter Donna schließen sich die Reihen. «Ja, geil!» ruft sie nach vorn. Das hört Sina schon nicht mehr. Einen Moment fürchtet Donna, sie zu verlieren, doch da sieht sie sie wieder springen. Ihre langen, rotbraunen Haare flattern über den Köpfen der anderen. Donna hält nach den Jungs Ausschau. Akki, mit dem Sina irgendwie zusammen ist, und Ulf, der hintenrum Pizzagesicht genannt wird, weil er so viele Pickel hat. Ulf ist in Donna verknallt. Aussichtslos. Sie sind zu viert hergekommen, im Golf von Akkis Vater.

Als sie weder Ulf noch Akki entdecken kann, sieht Donna wieder nach vorn. Der Sänger hält das Mikro mit beiden Händen umklammert und brüllt mit krebsrotem Gesicht seinen Text hinein. Es ist kein Wort zu verstehen. Gegen die übersteuerten Instrumente und die voll aufgedrehten Boxen hat die Gesangsanlage keine Chance.

Jens wieselt nach vorn. Sie muß dort irgendwo sein. Er hat noch nie ein Problem damit gehabt, Frauen anzuquatschen. Immer einen lockeren Spruch auf den Lippen, kommt er meistens schnell zum Zuge. Er kann charmant sein, und er weiß es. Trotzdem bekommt er jetzt einen trockenen Mund. Es kratzt im Hals. Er hat das Gefühl, unbedingt etwas trinken zu müssen, aber er kann jetzt nicht zu seinem Bier zurück. Er fürchtet, sie in der Menge zu verlieren.

Je näher er der Bühne kommt, desto dichter stehen die Menschen. Er kann nur noch drängeln und quetschen. Er sieht höchstens zwei Meter weit. Da hält Mark ihn am Ärmel der Lederjacke fest.

«Hey, Alter, mach kein' Scheiß! Dein Saxophon!» Mark hält es hoch.

«Paß so lange für mich drauf auf.»

Mark läßt nicht los. «Kommst du dir nicht ein bißchen blöd vor, hier nach der Perle zu suchen?»

Jens schüttelt den Kopf. «Nee. Überhaupt nicht.» Dann arbeitet er sich weiter vor.

Mark geht zum Bierstand zurück. «Spinner», sagt er kopfschüttelnd. Dabei ist ein kleiner Teil in ihm, der Jens beneidet. Jens kann total ausrasten, wenn ihm ein Musikstück gefällt, eine Frau oder ein Stück Kuchen. Mark hat noch nie jemanden getroffen, der so begeisterungsfähig ist. Es hält nie lange an bei Jens. Es kommt anfallartig, wie starkes Fieber oder Schüttelfrost. Mark weiß nicht, ob es eine Krankheit ist oder eine Gabe. Aber manchmal hätte er selbst gern etwas davon. Er möchte das auch mal können, und sei es nur für eine Nacht: sich so richtig verlieben, daß alle Sicherungen durchbrennen und kein *Ja aber* zurückbleibt.

Der Kleine da oben hopst rauf und runter, als sei die Bühne ein Trampolin. Und er löst bei seinen Zuhörern den unwiderstehlichen Drang aus, das gleiche zu tun. Ganz vorn beginnen die ersten zu hüpfen. Begeistert von seiner Wirkung, feuert der Kleine alle an, ihm zu folgen. Sie hören ihn nicht, doch seine Gesten sind eindeutig. Die Musik paßt dazu. Es macht Spaß.

Lange Hüpfwellen, die erst an den Würstchenbuden langsam verebben, schlucken Donna. Jens versucht, sich gegen die Wellen zu bewegen. Er springt hoch, wenn die Körper vor ihm herunterkommen. Er geht in die Knie und holt Schwung, wenn die anderen hochsausen. Trotz seiner Gegenbewegungen verliert er Donna, denn jetzt werfen die Leute auch noch die Arme in die Luft.

Dann glaubt er, sie zu haben, und stupst sie von hinten an. Er verläßt sich darauf, daß ihm sofort ein Spruch einfällt, auf den sie abfährt, doch sie dreht sich nicht um. Wie soll das zarte Schulterklopfen ihr auch auffallen, so sehr, wie sie herumgeschubst und gestoßen werden?

Zum Glück, denkt er plötzlich, denn ihm, dem Sprücheklopfer, fällt nichts ein. Dann drückt die nächste Welle sie ganz einfach gegen ihn. Noch bevor er ihr Gesicht sieht, weiß er: Sie ist es nicht. Ihren Haaren fehlt der Glanz, ihr Ringel-T-Shirt wirkt ordinär, ihr knackiger Arsch in den roten Jeans scheint zu brüllen: *Fuck me, Baby!* Sie hat nichts Engelhaftes. Solche wie die kann er in jeder Disco kriegen.

Sie kann sich schon längst außerhalb des Pulks befinden. Vielleicht hat sie Backstagekarten. So eine lassen sie garantiert durch. Vielleicht steht sie am Würstchenstand – oder knutscht längst mit ihrem Freund herum. Der Gedanke trifft ihn wie eine heiße Nadel im Magen. Er ist eifersüchtig. Jetzt schon. Und dabei weiß er nicht mal, wie sie heißt.

Er kratzt sich überm Bauchnabel, über der Stelle, wo die heiße Nadel in ihn eingedrungen ist. Dann grinst er. Ich bin eifersüchtig. Ausgerechnet ich! Das darf ja nicht wahr sein. Was läuft hier eigentlich ab? Hat Mark mir was ins Bier getan?

Jens entscheidet sich, jetzt nicht hektisch weiterzusuchen. Das Festival dauert drei Tage. Er wird die Augen offenhalten und sie sicherlich noch einmal erwischen.

Langsam bewegt er sich aus der Menge heraus. Der Sänger oben hat längst den Rhythmus gewechselt und spielt einen neuen Song, doch seine Zuhörer hüpfen weiter im alten Takt. Das ärgert den Schlagzeuger, der wütend einen Stock zerbricht.

Endlich sieht Jens sie wieder. Nur wenige Meter von ihm entfernt. Bei den Schmuckständen.

Jens ist schon fast bei ihr, da hält ihn jemand von hinten am T-Shirt fest. Hotte. Ausgerechnet jetzt. Hotte sieht nervös aus. Mit seinen eingefallenen Wangen hat er etwas Süchtiges an sich. Wenn es irgendwo eine Razzia gibt, wird Hotte garantiert gefilzt. Dabei hat er schon seit Jahren nichts mehr genommen. Hotte trinkt nicht mal Bier. Er ist auf dem Gesünder-leben-Trip, seit seine Mutter, mit der er immer nur Ärger hatte, an Krebs gestorben ist.

«Hotte, laß mich! Ich muß dringend ...»

«Du bist mir noch was schuldig, Alter. Schon vergessen?»

«Du kriegst dein Geld.»

Hotte schüttelt ungläubig den Kopf. Die fünfzig Mark sind ihm scheinbar gar nicht so wichtig. Es geht um etwas anderes.

«Ich bin alleine. Ich brauch 'ne Ablöse!»

«Später, Hotte, später. Dann setz ich mich für dich hintern Stand. Kein Problem.»

«Jetzt, Mensch. Ich muß pissen!»

«Hotte, ich kann jetzt nicht!»

Hotte läßt nicht los. Cool bleiben, denkt Jens, ganz cool. Sie geht ja an den Schmuckständen vorbei. Eine bessere Gelegenheit gibt's gar nicht.

Er nickt. «Okay, Hotte. Okay.»

Schon sitzt Jens hinter Hottes Stand. Hotte öffnet die Geldkassette und greift rein. Er nimmt alle Scheine heraus.

«He, ich brauch Wechselgeld!»

Hotte schüttelt den Kopf. «Es dauert nicht lange. Ich bin gleich wieder da.»

Jens findet die Geste beleidigend. Okay, Hotte kriegt Geld von ihm. Seit einem halben, vielleicht einem ganzen Jahr. Fünfzig Mark, was ist das schon? Muß er deswegen so eine Show abziehen?

«Glaubst du, ich will dich beklauen?» fragt Jens.

Hotte zuckt nur mit den Schultern. «Die Stücke sind alle ausgezeichnet. Wenn jemand zwei Teile kauft, kannst du Rabatt geben. Zehn Prozent. Okay?»

Jens nickt. Hotte greift sich ans Geschlecht und kratzt sich ungeniert. Er steht jetzt vor seinem Schmuckstand und betrachtet ihn noch einmal kritisch. Er sieht sehr genau hin, so als wolle er ihn vor seinem geistigen Auge fotografieren. Er fächert die Holzketten auf, damit sie besser zur Geltung kommen, und zupft das indische Tuch zurecht, das den schnöden Tapeziertisch verbirgt, auf dem er seine Kostbarkeiten aufgebaut hat.

Hotte ist stolz auf seinen Schmuckstand. Er sieht aus wie ein Altar. Hat etwas Verehrungswürdiges an sich. Etwas Erhabenes. In der Mitte sitzt ein lachender Porzellanbuddha, auf dem kleine Kinder herumkrabbeln. Der Buddha zieht die Leute an. Sie bleiben stehen, schauen, lachen. *Ist der nicht süß?* Natürlich kauft ihn niemand. Porzellanfiguren gehen nicht auf Open-air-Konzerten. Aber wenn die Leute erst mal stehengeblieben sind, schenken sie dem Stand auch Beachtung.

Auf einem dreieckigen Sperrholzstück, das mit schwarzem Samtimitat überklebt ist, hängen Hottes indianische Ohrringe. Alles Einzelstücke. Auch hier in der Mitte als Blickfang das schönste und edelste Stück, bestehend aus Stachelschweinborsten, Perlmutt und der Spitze einer Adlerfeder. Von fünfzig Frauen, die an seinem Stand etwas aussuchen, greifen vierzig zuerst nach diesem Ohrring, halten sich ihn an, bitten um einen Spiegel, finden ihn toll, lassen sich von ihrem Freund bewundern oder von ihrer Freundin in dem Wunsch bestärken, ihn zu kaufen, greifen dann aber doch zu einem anderen, kleineren, billigeren Stück. Sie sagen, der sei ihnen doch ein bißchen zu auffällig und zu groß. In Wirklichkeit, das weiß Hotte genau, ist es der Preis. Die anderen kosten acht Mark, zehn Mark, einige besondere Exemplare fünfzehn Mark. Der da achtzig.

Hotte zeigt Jens den erhobenen Daumen. Jens erwidert die Geste und sucht mit den Augen die anderen Stände ab. Da irgendwo muß sie sein.

Nur ein paar Meter links neben ihm werden Grillwürstchen und Pommes verkauft. Der Geruch von brodelndem Fett und kokelndem Schweinedarm weht herüber und dominiert alles. Die Räucherstäbchen vor dem lachenden Buddha haben dagegen keine Chance.

Jens beugt sich über den Stand und schaut, ob sie vielleicht beim Schwenkbraten ist oder bei den T-Shirts. Fasziniert von dem dicken Buddha, kommt Donna von der anderen Seite näher. Jens bemerkt sie nicht.

Donna hält die Nase nah an die Räucherstäbchen und sagt: «Wo indische Tücher und solch schöner Schmuck angeboten werden, da sollte es anders riechen. Nach Sandelholz, Opiumkerzen, Gewürzen. Aber nicht nach Pommes.»

Er weiß, daß die Stimme zu ihr gehört, noch bevor er sich umdreht und sie anschaut. Er braucht keinen flotten Spruch mehr.

Sie wedelt die dünnen Rauchfäden in ihre Richtung und saugt sie ein.

Unter dem Tisch liegt eine ganze Kiste mit Räucherstäbchen. Jens greift rein und hält ihr mehrere Packungen hin. «Ich habe alle Sorten.»

Sie schüttelt leicht den Kopf. Sie ist verschwitzt. Ihr Haaransatz ist feucht, eine dünne Schweißschicht überzieht ihr gerötetes Gesicht. Sie läßt ein paar Ketten durch die Finger gleiten, scheint aber nicht wirklich interessiert.

Jens fühlt sich, als sei er stumm. Er möchte sie fragen: *Was sollen wir zwei eigentlich hier?* und dann einfach mit ihr weggehen.

Wieder diese Handbewegung. Sie wedelt sich Luft zu. Jetzt sieht sie die japanischen Fächer. Er öffnet den ersten mit einer eleganten Bewegung. Auf tiefdunklen und hellen Blautönen eine Brücke über einen Fluß, dazu Kirschblüten, die wie Schnee herunterfallen. Er macht mit dem Fächer ihre Handbewegung nach, und dann hält er ihn ihr hin. Reden wäre jetzt sowieso sinnlos.

Noch nie hat Jens Musik als so laut und störend empfunden. Er kann doch jetzt nicht schreien. Flüstern wäre schön.

Nein, sie will den Fächer nicht. Enttäuscht zuckt Jens mit den Schultern und weist mit großer Geste über den ganzen Tapeziertisch. Er sieht dabei auf merkwürdige Weise majestätisch aus. Wie ein König, der um seine Braut wirbt. Schau her, schönes Kind. All diese Ländereien sollen dir gehören, wenn du meine Frau wirst, scheint er zu sagen.

Sie findet ihn witzig, will aber trotzdem gehen. Sie hat sich mit den anderen abgesprochen. Wenn sie einander verlieren, treffen sie sich zu jeder vollen Stunde links neben der Bühne bei den Boxen wieder. Da will sie jetzt hin.

Die Boxen schweigen. Der Sänger verbeugt sich, doch statt Blumen fliegen Coladosen und halbvolle Bierbecher in seine Richtung. Er zeigt dem Publikum den Mittelfinger, schreit «Fickt euch!», aber das hören die Leute nicht.

Dann sieht Donna den Indianerohrring. Jens spürt ein angenehmes Kribbeln im Bauch. Sie nimmt den Ohrring vorsichtig vom Brett. Er hat noch nie im Leben so schnell einen Spiegel in der Hand gehabt. Dabei sagen seine Augen doch schon alles. Sie hält die Adlerfeder nur an ihr Ohr. Die Stachelschweinborsten klopfen gegeneinander. Sie findet, es klingt wie ferne Trommeln im Urwald.

Endlich hat Jens einen Grund, sie anzuschauen. Niemand kann ihm jetzt vorwerfen, daß er sie einfach nur anglotzt.

«Die passen nicht zu mir», sagt Donna und schüttelt den Kopf.

«O doch», widerspricht Jens. «Sie sind wie für dich gemacht.»

«Ja, aber für solche Ohrringe muß man Hippieklamotten tragen. Guck mich doch an. Ich ...»

Das Leuchten seiner Augen irritiert sie. Er scheint wirklich begeistert zu sein. Vorsichtig, als sei sie eine zerbrechliche Porzellanpuppe, berührt er ihr Gesicht und dreht es hin und her, um sie von allen Seiten zu bewundern.

«Phantastisch! Perfekt! Du siehst auch irgendwie indianisch aus. Hast du indianische Vorfahren?»

Meint der das ernst, oder will der mir nur den teuersten Ohrring verkaufen, den er am Stand hat?

Donna zeigt auf den Stift. «Ist das überhaupt echt Silber? Ich bin nämlich allergisch. Ich kann nur echte Sachen tragen.»

Er sieht sie ein wenig beleidigt von der Seite an. «Selbstverständlich ist das echt. Ich verkauf hier doch keine Blechdosen! Alles handgemacht und ...»

«Jaja, schon gut.»

Sie will ihn wirklich nicht beleidigen, und jetzt, da die Indianerfeder an ihrem Ohr wippt, beginnt sie das leise Geräusch der gegeneinanderstoßenden Stachelschweinborsten und Perlmuttpättchen zu lieben. Leise Urwaldtrommeln.

«Ich hab nicht soviel Geld.»

Jens lacht. «Du mußt ihn tragen. Er ist nur für dich gemacht.»

Jens gefällt ihr. Er hat ein leicht italienisches Aussehen mit seinen braunen Augen und den fast schwarzen Haaren. Der Stoppelbart gibt ihm etwas Verwegenes. Er hat ein bißchen was vom abgemagerten Steve McQueen in seiner Zelle. Ihre Gedanken schweifen ab. Der hier kommt überall raus. Der ist nicht zu halten. Papillon. Das französische Wort für Schmetterling.

Im ersten Moment wirken seine Gesten wild auf sie, doch das ist nicht das richtige Wort. Er hat etwas von einem Piraten, denkt sie. Ja, so wie er aussieht, hat sie sich als Kind Piraten vorgestellt. Der fröhliche Optimismus, mit dem er darangeht, ihr einen Ohrring zu verkaufen, den sie weder haben will noch bezahlen kann, nimmt sie für ihn ein.

Er weiß jetzt nicht wohin mit seinen Fingern. Er kann unmöglich länger ihr Gesicht betatschen. Zum Glück hat irgendein Kunde seinen Tabak an Hottes Stand liegenlassen. Ohne auch nur hinzugucken, nimmt Jens den Beutel und beginnt sich eine Zigarette zu drehen. Es ist nicht mal mehr ein Gramm drin. Nur noch Krümel und ein paar Blättchen. Jens fischt sie heraus und streut den Tabak darauf. Er dreht sich die Zigarette geradezu hingebungsvoll. Er leckt das Papier mit einem Zungenschnalzen an, als sei der Klebestreifen eine Köstlichkeit.

Sie stellt sich vor, wie er als kleiner Junge auf Bäume klettert, herunterfällt und lachend wieder aufsteht. Bestimmt war er das, was ihre Mutter einen Wildfang nennt. Einer von denen, mit denen sie nicht spielen sollte, weil sie zu gefährliche Dinge trieben. Jungs wie er schlichen heimlich hinter Papas Auto und zogen einen Luftballon über den Auspuff. Sie spielten Klingelmännchen in der ganzen Nachbarschaft und übten mit Wurfpfeilen, bis der Obstbaum harzig blutete.

Sie will den Ohrring schon zurückhängen, da hält er ihre Hand fest. Die selbstgedrehte Zigarette wippt zwischen seinen Lippen auf und ab.

«Bitte, laß dein Glück nicht so achtlos liegen. Dieser Ohrring will zu dir. Ah! Er ist dir zu teuer. Also gut! Siebzig – sagen wir siebzig?»

«Nein, wirklich nicht.»

«Sechzig?»

Sie schüttelt den Kopf.

«Meinetwegen, sechzig. Aber sag es nicht weiter.»

Er läßt ihre Hand nicht los. Es ist ihr ein bißchen unangenehm. Andererseits gefällt ihr seine Hartnäckigkeit. Er will wirklich, daß sie den Ohrring trägt. Hat er ihn vielleicht sogar selbst gemacht?

«Bitte, du mußt ihn nehmen. Jedes andere Ohr wäre eine Beleidigung für dieses Schmuckstück.»

Sie befreit ihre Hand und schaut sich den Ohrring noch einmal an. Fast ist es, als würde sie Jens kränken, wenn sie ihn zurückhängt.

«Sag, wieviel willst du dafür geben? Fünfzig? Vierzig?» Er legt den Kopf schräg. «Dreißig?»

«Das kann ich nicht annehmen.»

«Du verstehst das Spiel nicht. Du mußt mich runterhandeln, und dann muß ich sagen: Willst du aus mir einen armen Mann machen?»

«Nein, das will ich nicht», lacht sie.

«Aber ich möchte, daß du den Ohrring trägst.»

Sie zählt ihr Geld. Sie muß vorsichtig sein. Sie weiß nicht, wie teuer das alles wird. Sie muß etwas essen, etwas trinken, und doch – sie möchte den Ohrring kaufen. Mehr für ihn als für sich selbst. Sie will ihn lachen sehen, will sehen, wie er es genießt, ihr das Schmuckstück verkauft zu haben. Es ist, als könnte sie ihn damit glücklich machen.

«Der Ohrring hat auf dich gewartet. Du wirst es spüren.»

Sie nickt. «Ja, ich ... ich weiß. Ist es auch wirklich echtes Silber?»

Sie wünscht sich, daß er ihr den Ohrring ansteckt. Sie freut sich auf die Berührung durch seine Fingerspitzen. Sie rechnet noch einmal nach. Überschlägt, wieviel sie brauchen wird für das Wochenende. Jetzt ärgert sie sich, daß sie Mamas Freßpaket nicht angenommen hat.

Er spürt, was in ihr vorgeht, und senkt den Preis noch einmal.

«Zwanzig?»

Sie schüttelt den Kopf. «Aber das ist geschenkt. Machst du das immer so? Dann bist du bald pleite.»

Er faßt mit spitzen Fingern den Zehnmarkschein an und zieht ihn aus ihrer Hand. «Zehn. Einverstanden?»

«Ist das dein Ernst?»

«Ja. Ja. Nimm ihn. Es ist eine Ehre für diesen Ohrring, wenn du ihn trägst.»

Und wieder macht er diese Geste, wie ein König, der sein Land verschenken möchte.

Er steckt ihr den Ohrring an. Noch nie ist jemand so sanft zu ihr gewesen. Er spürt, wie sie unter seinen Fingerkuppen erschauert.

Er lacht. «Hast du dort erogene Zonen?»

Ruckartig entzieht sie ihm ihr Ohr. Es piekst kurz, tut ein bißchen weh, ist sofort vorbei. Sie steckt sich den Ohrring selbst an und schraubt den Stecker fest. Er macht eine entschuldigende Handbewegung, sagt noch etwas, aber das geht im neu aufflammenden Lärminferno von der Bühne unter.

Da springt Sina mit einem Kebab-Brötchen auf sie zu. «Wo steckst du denn? Wir haben dich schon überall gesucht!» brüllt sie in Donnas Ohr. Dabei bemerkt sie die Adlerfeder, schaut Donna an und lacht schallend. «Das Ding paßt ja überhaupt nicht zu dir! Wie siehst du denn aus? Dieser Hippiekram ist doch total out!»

Donna schaut sich zu Jens um. Sie fühlt sich ihm plötzlich stärker verbunden als den alten Freunden, mit denen sie gekommen ist. Sie möchte mehr über ihn erfahren, vielleicht ein bißchen bleiben und mit ihm zusammen Schmuck verkaufen, aber ihr fällt kein Vorwand ein. Sie läßt sich von Sina abschleppen.

Ich kann ja jederzeit zu dem Schmuckstand zurück, denkt Donna. Sie sieht, daß Sina die Lippen bewegt, versteht aber nicht, was sie will. Sina hält ihr das Fladenbrot, aus dem Tsatsiki tropft, vor den Mund. Donna beißt fest zu. Köstlich.

Hotte hat sich erleichtert. Er sprintet zu seinem Stand zurück. Er sieht schon von weitem, daß die Adlerfeder fehlt.

5

Jens läßt den Stand im Stich. Er will einfach nur hinter Donna her. Doch Hotte hält ihn zurück.

«He, he, he, Moment, Alter! Wo ist der Indianerohrring?»

«Hab ich verkauft», lacht Jens nicht ohne Stolz und will gleich weiter.

«Und die Kohle?»

Jens will ihm den Zehnmarkschein in die Hand drücken, doch damit ist Hotte ganz und gar nicht einverstanden.

«Moment! Moment! Ganz langsam. Du hast den Ohrring doch nicht für zehn Mark – du willst mich bescheißen!»

«Hotte, du kennst mich doch.»

«Eben.»

«Hotte, die restlichen siebzig Mark geb ich dir. Bestimmt.»

«Ja klar, die kann ich dann zu den fünfzig rechnen, die ich sowieso noch von dir kriege, oder was? Ich bin doch nicht die Deutsche Bank!»

«Hotte, du kriegst es mit Zinsen zurück, aber laß mich jetzt ...»

Hotte tastet die Jacke von Jens ab wie ein Kommissar, der einen Verdächtigen nach Waffen durchsucht. «Meine Kohle. Aber dalli.» Er faßt in die Seitentasche der Lederjacke.

«Stell dich doch nicht so spießig an, Hotte. Du kriegst dein

Geld. Gleich. Ich kann dir auch 'n bißchen Shit dalassen. Ich hab noch ein paar Gramm selbstangebauten ...»

Jens will den Stoff aus der Jacke ziehen, da schlägt Hotte zu. «Du bist echt das Letzte, weißt du das?» brüllt er. «Weißt du eigentlich, was der Ohrring bedeutet? Der lockt mir die Kundschaft an!»

«Du kriegst das Geld wirklich.»

«Ach, du hast ja keine Ahnung!»

Wieder haut Hotte zu. Damit hat Jens nicht gerechnet. Ein bißchen Ärger, ein bißchen Herumschreien, ja, okay. Faustschläge hat er Hotte nicht zugetraut. Er faßt an seine Lippe. Aus dem Riß tropft warmes Blut.

«Du ... du hast mir einen Zahn rausgehauen!» schreit Jens. «Spinnst du? Ich bin nicht versichert, ich kann nicht mal zum Z ...»

Da schlägt Hotte noch einmal zu. Er trifft die Nase. Der Schmerz breitet sich von dort explosionsartig im ganzen Körper aus. Für einen Augenblick fürchtet Jens, er könnte sich in die Hose machen. Er kneift die Arschbacken zusammen. Es treibt ihm Tränen in die Augen. Er wendet sich ab. Hotte soll die Tränen nicht sehen.

Als sei nichts gewesen, setzt Hotte sich hinter seinen Stand und überprüft mit sachlichem Blick die verbliebenen Schmuckstücke.

Jens ist schwindelig. Er weiß, daß Hotte ihm keinen Zahn rausgehauen hat. Trotzdem. Mit dem will er nie wieder etwas zu tun haben. Aus seiner Nase tropft es wie verrückt. Seine Hände sind schon blutrot. Sein letztes Tempotaschentuch auch.

Er will den Pulk vor der Bühne umgehen. Er sucht Mark hinten bei den Bierbuden. Der Kumpel wird ihm helfen. Es gibt Sanitäter auf dem Platz, das weiß Jens. Doch dies ist nicht der Moment, sich in ihre Hände zu begeben. Er hat schreckliche Angst vor einer Spritze. Als könnte ein Sanitäter die Schmerzen noch vergrößern. Was er braucht, sind ein Schnaps, ein Bier, ein Joint und ein bißchen Ruhe. Er wird angerempelt. Er weiß nicht, ob es an ihm liegt oder an der Unachtsamkeit der anderen. Ein Mädchen wendet sich ihm hilfsbereit zu, wird aber von ihrem Freund zurückgezogen.

«Laß den, der ist besoffen! Siehst du das denn nicht?»

Dann sieht Jens Donna. Sie steht mit Sina an der Kebab-Bude. So kann er ihr nicht unter die Augen treten ... Andererseits ...

Er taumelt. Sie sieht ihn. Sie läßt ihr Brötchen liegen und rennt los. Ihm ist immer noch schwindlig. Wenn auch nicht schwindlig genug. Trotzdem. Er fällt ihr vor die Füße. Sofort kniet sie neben ihm, bettet seinen Kopf auf ihre Schenkel und wischt sein Gesicht ab.

«Was ist los? Bist du gefallen? Hast du dich geprügelt? Was ist denn passiert?»

Für einen Moment genießt er es, sie ihrem Anflug von Hysterie zu überlassen. Sie schreit nach Sina und verlangt, die soll ihr den Colabecher geben. Dann hält sie Eiswürfel an seine Schläfen und reibt sie über seine Stirn.

Akki kommt von hinten, beugt sich auch über Jens. Jens sieht ihn gar nicht richtig, aber er hört Akkis Stimme. «Sag bloß, der hat dir den Ohrring verkauft? Ich hab's mit angehört gerade. Der Typ, dem der Stand gehört, hat ihm dafür eins in die Fresse gehauen. Hätte ich auch getan.»

Sina holt Wasser. Sie fischt eine Packung Papiertaschentücher aus ihrer Jacke, assistiert Donna und ärgert sich im selben Moment. Die Perle stiehlt mir am laufenden Band die Show. Ich darf die Cola holen. Ich darf das Wasser bringen. Das Papier anfeuchten. Und sie spielt Mutter Teresa, und der Typ wird ihr ewig dankbar sein. Er sieht klasse aus. Dem würde ich auch das Blut von der Nase wischen.

«Es geht schon wieder», sagt Jens und versucht sich aufzurichten. Er sieht, daß er Donna mit Blut bekleckert hat.

«Warte noch einen Moment. Nicht, daß dir wieder schwindlig wird. Der Stand gehört dir gar nicht, stimmt's?»

Jens nickt. «Ich sollte nur drauf aufpassen.»

«Dann nimmst du den Ohrring und bringst ihn zurück», sagt Donna und schraubt den Ohrring los.

Jens schüttelt den Kopf und lacht höhnisch: «O nein. Den behältst du. Dafür habe ich schließlich was aufs Maul bekommen. Der kriegt ihn nicht wieder. Jetzt erst recht nicht.»

Sina stemmt die Fäuste in die Hüften. Sie betrachtet Donna, dann Jens.

«Sag mir deinen Namen», bittet Jens.

«Donna.»

«Ich heiße Jens.»

Na klasse, denkt Sina. Sie prügeln sich schon wegen Donna und wissen nicht mal ihren Namen. Um mich haben sich noch nie zwei Jungs geprügelt.

«Wie kannst du so was machen? Das ist doch ... na ja, Diebstahl.»

Nur noch ein kleiner Tropfen rinnt von seinem Nasenflügel runter zur Oberlippe. Jens leckt ihn ab. Es sieht genießerisch aus. Er ist stolz auf seine Wunden. Donna spürt es genau. Seine Nase schwillt zu doppelter Größe an. Das linke Auge wächst langsam zu, und er findet es im Grunde toll.

«Weil ich ... na, weil ich ...»

«Jetzt bin ich aber mal gespannt», sagt Akki grinsend und ist fast neidisch auf Jens' Blessuren. Er möchte auch so umsorgt werden, so sehr im Mittelpunkt stehen.

«Ich ... ich hab mich in dich verknallt, gleich als ich dich sah. Ich hätte alles getan, nur um ein paar Worte mit dir zu wechseln. Ich ...»

Donna schüttelt den Kopf, als sei er ein unartiger Junge. Doch gleichzeitig ist sie stolz, glücklich und dankbar. Was er sagt, klingt so einfach, so ehrlich.

Sinas Laune sinkt auf den Nullpunkt. Sie hätte nicht übel Lust, ihm das andere Auge auch noch blau zu hauen. Dann schielt sie zu Akki hinüber, der spöttisch den Mund verzieht. In ihrem Blick liegt die Frage: Kannst du mir nicht auch mal so was sagen? Und dann noch in der Öffentlichkeit, wenn alle dabei sind. Aber du befummelst mich immer nur.

Darüber ärgert Sina sich am meisten: Die Typen zeigen nur zu gern, daß die Frau ihnen gehört, daß sie sie antatschen dürfen, soviel sie wollen. Vor anderen werben, schöne Worte machen und bitten, das bringen die wenigsten.

Wenn der meiner wäre, denkt Sina, würde ich mich ihm jetzt an den Hals schmeißen. Das macht die nicht. Garantiert nicht. Die wird ihn am ausgestreckten Arm verhungern lassen. Das ist nicht die letzte Beule, die du dir bei ihr geholt hast, Junge. Komm zu mir, da liegst du weicher. Diesen Akki schieße ich sofort in den Wind, wenn du nur ...

Sie ist froh, daß niemand ihre Gedanken lesen kann, denn sie weiß, der Typ wird in zwei Minuten nicht mal mehr sagen können, welche Haarfarbe das Mädchen neben Donna hatte. Sie könnte auch ein Junge sein, ein Esel oder ein Goldhamster. Er hat nur Augen für Donna.

Eine halbe Stunde später stehen Donna und Jens schon Hand in Hand bei den großen Boxen und lassen sich bedröhnen. Beide finden es angenehm, daß man hier nicht reden kann, also auch nicht reden muß. Ab und zu sprechen sie mit Blicken und kleinen Berührungen.

Seine Nasenwurzel schimmert jetzt gelblich, außenrum wird sie langsam blau. Die Lippe ist an einer Seite dick und aufgesprungen. Das gibt seinem Gesicht etwas Asymmetrisches. Je nachdem, ob sie links oder rechts neben ihm steht, ist er eine ganz andere Person. Sie haucht einen Kuß auf ihre Fingerspitzen und berührt damit vorsichtig die bunt werdenden Stellen.

Jetzt würde sie den Ohrring nicht mehr hergeben. Für kein Geld der Welt. Er wird sie immer an diese Situation erinnern. Sie fühlt sich, als würde sie Jens eine Ewigkeit lang kennen. Niemand ist ihr vertrauter als er. Sie müssen nicht reden. Die Musik wärmt den Magen und durchblutet den Unterleib.

Schwarze Wolken ziehen auf. Roadies klettern an der Bühne hoch, zurren die Boxen fest, decken die Türme mit Planen ab und sichern alles gegen den aufkommenden Sturm. Schon zerrt der Wind an den Planen, sucht Löcher und kleine Risse.

Der Regenschutz über dem Kebab-Zelt hält nicht und wird von der ersten heftigen Bö zwanzig Meter weit geweht, bis hin zu den Toiletten. Die Zuschauer rücken näher zusammen. Noch läßt sich niemand vom Wetter verjagen. Dann reißen die Wolken auf.

Jens öffnet seine Lederjacke, und Donna schlüpft hinein. Die Jacke ist groß genug für beide. Sie spürt seinen Bauch an ihrem Rücken. Sie könnte die Jacke vor sich schließen, aber so findet sie es romantischer. Ihre Gesichter sind nah aneinander. Sein Atem an ihrem Ohr.

Regen peitscht über den Platz und verwandelt den Boden in kurzer Zeit in eine Schlammgrube. Knöchelhoch stehen alle im Matsch. Eine der Starbands weigert sich, unter diesen Bedingungen aufzutreten, und natürlich sind die *Real Motherfuckers* sofort bereit; sie wollen «ihr Publikum nicht enttäuschen».

«Bei denen hab ich früher mal mitgespielt», schreit Jens in Donnas Ohr. Sie nickt. Sie gibt sich beeindruckt.

Sie stehen jetzt schon seit einer Stunde so und wippen im gleichen Rhythmus. Donna glaubt, an ihrem Hintern sein Glied zu spüren, das steif wird, wieder abschwillt und schließlich wieder steif wird, je nachdem, wie sehr sie sich an ihm reibt. Es ist eine Art Spiel. Vielleicht bildet sie es sich sogar nur ein. Vielleicht wünscht sie es sich nur. Doch beide bewegen sie sich nicht vom Fleck. Ihre Haare sind ineinander verwurstelt, ihre Gesichter sind regennaß. Sie genießen es. Es ist eine ganz besondere Situation, eine, wie beide sie noch nie erlebt haben. Sie sind einsam und allein mitten in der Menge. Nichts paßt zusammen, und doch stimmt alles.

Ulf arbeitet sich zu den beiden durch. «Laß uns abhauen», sagt er zu Donna und tut, als wäre Jens gar nicht da.

«Wieso denn?» schreit Donna. «Es ist doch toll hier!»

«Das schüttet immer weiter. Das hört nicht auf. Willst du hier etwa zelten? Also wir verziehen uns.»

«Ach Quatsch, das hört gleich auf», mischt Jens sich ein. Ulf schaut ihn an, als hätte er dafür eine Kugel zwischen die Augen verdient. Jens erschrickt. Das ist blanker Haß.

«Sie wird sich eine Lungenentzündung holen», zischt Ulf.

«Sie ist doch wohl alt genug, um ...»

«Wer hat dich gefragt?» brüllt Ulf. «Halt du dich da raus!»

«Es reicht!» schreit Donna. «Du redest ja wie mein Vater! Darf ich das vielleicht selbst entscheiden? Wenn ihr abhauen wollt, bitte. Ich bleibe.»

Ulf geht beleidigt einen Schritt zurück. Bevor die *Real Motherfuckers* mit einem weiteren Stück jede Unterhaltung zunichte machen, kann er noch drohen: «Sag nicht, ich hätte dich nicht gewarnt.»

Willy The Death freut sich über die Hardliner unter seinen

Fans, die in der Mitte der Schlammgrube zu hüpfen beginnen. Er versteht das nicht ganz richtig. Es sind nicht *seine* militanten Fans, es sind einfach nur ein paar Jugendliche, die sich gnadenlos amüsieren wollen. Dem Regen zum Trotz rocken sie jetzt erst richtig ab.

Ein paar Security-Leute bringen große Rollen durchsichtige Plastikfolie. Sie werfen die Rollen ins Publikum. Dort werden sie begeistert aufgespannt. Mit erhobenen Armen wird unter dem Schutz der Folie weitergehüpft. Der unablässige Regen beult die Folie aus. Einige Männer springen hoch und stoßen die Fäuste in die Regenblasen, so daß sie nach oben auseinanderspritzen und sich ein paar Meter weiter erneut bilden. Später wird Mark in seinem Bericht das Ganze *eine gigantische Live-Performance* nennen, allerdings ohne die *Real Motherfuckers* zu erwähnen.

Willy The Death kreischt: «Die diesjährigen Wasserspiele sind eröffnet! Ihr seid großartig! Ihr seid phantastisch! Haltet durch!»

Einige ältere Semester erinnern sich an Woodstock und rufen: «No rain, no rain! Geht weg von den Türmen!»

Auch Donna und Jens haben ihren Platz unter der Folie gefunden. Sie halten aber nicht die Hände hoch über sich. So liegt sie über ihren Köpfen wie eine zweite Haut. Donna spürt Jens' Glied jetzt zwischen den Pobacken.

Sie dreht sich um, nimmt seinen Kopf vorsichtig in beide Hände, dirigiert ihn so hin, daß sie hofft, ihn küssen zu können, ohne die wunden Stellen zu berühren, doch als sie ihre Zunge zwischen seine Lippen schiebt, brennt es wohl. Er will sich nichts anmerken lassen, doch sie fühlt sein Zurückzucken. Dann hält er ganz still und läßt sie machen.

Die Regentropfen hämmern auf seinem Kopf. Es hört sich anders an. Die Folie verstärkt alles. Direkt hinter ihnen platzt eine durchhängende Blase mit mehr als vierzig Litern Wasser, aber das löst nur allgemeines Gelächter und Heiterkeit aus. Hier haben sich die Unentwegten versammelt.

Unter der Schutzhülle, die irgendwer lachend einen *gigantischen Präser* nennt, wird es heiß. Der Zigarettenqualm kann kaum abziehen. Immer mehr Joints werden gedreht und kreisen. Ein Fremder reicht den beiden einen dicken Joint mit heißer Spitze.

Jens nimmt einen tiefen Zug, atmet aber nicht aus, sondern saugt noch ein zweites Mal. Als er dann den Qualm herausbläst, staunt Donna über das Fassungsvermögen seiner Lunge. Vielleicht spielt er wirklich Saxophon, denkt sie. Und wenn nicht – auch egal.

Auch sie nimmt einen Zug. Dann reicht Jens den Joint weiter. Sie merkt überhaupt nichts von dem Zeug. Es kratzt nur im Hals. Jens zieht seinen Selbstangebauten hervor und stopft damit sein kleines Cannabispfeifchen.

Donna raucht mit ihm. Sie haben die Lippen so nah beieinander, daß sie einatmet, was er ausatmet, und umgekehrt. Sie scheinen nur noch einen Kreislauf zu haben. Er stopft die Pfeife nach. Sie zieht gierig, unterdrückt einmal ein Husten und bläst dann so gleichmäßig wie möglich den Qualm zwischen seine Lippen. Er saugt ihn ein. Sie schaffen es, ihn dreimal hin und her zu atmen, bis nichts mehr davon übrig ist. Eine Art Geschlechtsverkehr per Cannabisqualm.

Donna glaubt, immer noch nichts zu spüren, findet aber die Situation immer witziger und gibbelt herum. Die Matsche patscht in ihren Reeboks. Sie haben jedes Zeitgefühl verloren. Jens ist großzügig mit seinem Stoff, wie die anderen auch. Er stopft die Pfeife immer wieder neu und läßt die Leute, die in der Nähe stehen, daran teilhaben.

Durch den Regen gibt es einen Kurzschluß, und Willy The Death wird für kurze Zeit der Strom abgeschaltet. Der Stimmung unter der Folie tut das keinen Abbruch.

Donna lacht: «Hier braucht man gar nicht zu kiffen, es reicht, wenn man einfach einatmet.»

Ein Mädchen bohrt mit dem Zeigefinger ein Loch in die Folie, «damit Luft reinkann», aber es strömt nur Wasser durchs Verdeck. Selbst dieses Loch wird für neuen Spaß genutzt. Es ist gerade groß genug für einen daumendicken Strahl. Etliche schieben sich bis dorthin vor, stützen mit beiden Händen die Folie ab und schnappen nach dem Wasserstrahl wie durstige Hunde.

Dann stehen Donna und Jens wieder ganz ruhig aneinandergelehnt. Donna läßt ihre Hände über seinen Körper wandern, während er nur hinter ihr die Lederjacke zuhält, damit sie nicht friert.

Sie wühlt sich in seine Hose. Er will sie jetzt hier wegbringen. «Ich hab ein Zelt aufgebaut», raunt er in ihr Ohr. «Laß uns gehen.»

Gebückt arbeiten sie sich zwischen den fremden Leibern hindurch nach vorn. Sie kommen an einer ganz anderen Stelle heraus, als Jens vermutet hat, aber das ist nun auch egal. Die meisten Buden sind verrammelt. Nur der Bierstand ist umlagert. Auch dort stehen die Leute unter selbstgebastelten Ganzkörperpräsern.

Donna und Jens erreichen die Zeltstadt. Dort ist fast alles abgebaut. Die Zelte, die am Hang standen, sind mit Matsch und Geröll hinuntergerutscht in den Kanal.

«Da war auch meins bei», sagt Jens und zeigt auf die Stelle.

Gleichzeitig lachen sie los.

«Ich hab ein Iglu mit. Meine Tasche steht am Versorgungszelt», sagt Donna. «Ein Iglu! Eins für eine Person.» Als sei dies der größte Gag der Welt.

Sie suchen einen geschützten Platz, aber den gibt es nicht. Sie bleiben nicht weit entfernt von den Toiletten und den Müllsäcken. Den Bierstand in Sichtweite. Doch der Regen dämpft den Lärm, der von dort herüberdringt.

Auf der Bühne sind die Lichter erloschen. «Ich glaub», sagt Jens und grinst, «da läuft heute nichts mehr. In unserem Iglu ist bestimmt mehr los.»

Sie bauen das Zelt auf. Dabei sind sie knöcheltief im Matsch. Nur einmal friert Donna zwischendurch so sehr, daß sie sich schütteln muß und sich fragt, ob es nicht doch besser wäre, nach Hause zu fahren.

Jens will noch ein Pfeifchen anzünden, doch der Regen löscht es immer wieder. Dann sitzen sie endlich in ihrem Iglu. Bei jeder Bewegung quatscht unter ihnen das Wasser. Sie breiten Donnas Polarschlafsack auf dem Boden aus.

«Der soll bis zwanzig Grad minus warm halten», verspricht Donna, und Jens schafft es nun endlich, die Pfeife anzuzünden.

«Das Zeug ist wirklich gut», sagt Donna. «Es wärmt.»

Dabei berührt sie mit ihren eiskalten Fingern Jens' Gesicht. Die Kühlung tut ihm gut. Sie legt ihre Finger über seine angeschwollene Nase wie Kühlaggregate.

Donna kichert und stupst ihn auffordernd zwischen die Rippen. «Willst du nicht bald anfangen, mich zu verführen?»

«Jaja, keine Sorge, es geht gleich los», verteidigt er sich.

Donna setzt sich auf dem Polarschlafsack in Pose, wie sie Kleopatra mal auf einem Filmplakat gesehen hat.

«Aber bitte schön romantisch, ja!»

Ob es das erste Mal ist, fragt er.

«Nein. Beim ersten Mal war es doof!»

Sofort lachen sie wieder los. Sie sind total gut drauf. Der Stoff ist wirklich klasse, denkt Jens. Aber es kann nicht allein der Shit sein. So guten Stoff gibt es gar nicht.

Dann lieben sie sich ohne Vorsichtsmaßnahmen, ohne jede Rücksicht, ohne Angst und ohne Verhütung. Als ob es die letzten zehn Jahre Aids-Prävention nie gegeben hätte, ganz so wie Menschen aus einer anderen Zeit.

6

Zusammengerollt wie ein Embryo liegt Donna in der feuchtkalten Höhle des Iglus. Sie fühlt sich entsetzlich. Die Zunge klebt am trockenen Gaumen. Sie hat einen Geschmack im Mund, als hätte sie eine vergiftete Ratte gegessen. Sie ekelt sich vor ihrem eigenen fauligen Atem. Sie will schlucken, muß aber würgen. Ihre Füße sind zwei gefrorene Fleischklumpen, die leblos aus dem offenen Polarschlafsack heraushängen, als hätte ein Metzger sie nach der Schlachtung vergessen.

Sie öffnet die Augen nicht. Sie preßt sie fester zu. Von ihrem Magen aus geht ein Zittern durch den ganzen Körper. Irgendwo hier neben ihr muß er liegen: Jens. Sie hofft nur, daß er sie jetzt nicht ansieht. Sie will ihn auf keinen Fall berühren. Er soll weg sein, weg, weg, weg. Sie wünscht sich nach Hause, an Muttis gemütlichen Frühstückstisch. Sie möchte in ihren warmen Pantoffeln dort sitzen, die Knie ans Kinn gezogen, vor sich eine Tasse Früchtetee. Wie eine Oase in der Wüste erscheint der morgendliche Rohkostteller vor ihrem inneren Auge. Die Vorstellung ist so intensiv, daß sie sogar im Hintergrund hört, wie ihre Mutter Orangen auspreßt.

Ja, sie muß etwas trinken. Sofort. Sie will den Geschmack wegspülen. Sie braucht eine heiße Badewanne. Sie muß das Klebrige, Kalte zwischen den Beinen loswerden.

Ich Idiotin! Ich blödes Luder! Ich hab's einfach so mit ihm gemacht. Ich muß völlig bescheuert sein. Wenn ich jetzt Aids habe!

Sie will alles ungeschehen machen. Sie ist unglaublich wütend auf sich selbst. Sie möchte gleichzeitig heulen und brüllen. Sie kommt sich vor, als hätte sie ihr Leben vernichtet, als könne nichts mehr werden, wie es einmal war. Sie sieht sich rauschgiftsüchtig und aidskrank mit hohlen Wangen bettelnd am Bahnhof sitzen. Doch sie weiß sofort, daß es nie so weit kommen wird. Was ist schon passiert? Sie hat einen Jungen kennengelernt, einen Joint durchgezogen und mit dem Typen geschlafen. Na und? Das haben Millionen vor ihr genauso getan. Sind die alle an Aids gestorben? Sind die alle rauschgiftsüchtig geworden? Sie würde nie bettelnd vor dem Bahnhof landen. Sie hat doch ihre Eltern.

Plötzlich findet sie den Gedanken sehr tröstlich. Die würden sie nie fallenlassen. Gleichzeitig weiß sie, daß sie diese Ängste und Gedanken nur hat, weil ihre Eltern sie ihr eingeimpft haben.

Donna will aufstehen. Erst jetzt merkt sie, daß ihr rechter Arm eingeschlafen ist. Sie fühlt ihn überhaupt nicht mehr. Sie versucht, die Finger zu bewegen. Sie scheinen sehr weit weg von ihr irgendwo außerhalb des Iglus zu liegen. Die Befehle vom Gehirn dringen nicht zu den Fingern durch.

Sie öffnet die Augen einen Spaltbreit und schielt zu ihrem Arm hinüber. Jens liegt darauf. Den Mund offen, die Nasenflügel gebläht, das unrasierte Kinn hochgereckt, atmet er durch den Mund ein und durch die Nase aus. Sein Adamsapfel hüpft rauf und runter. Er versucht ständig zu schlucken, kriegt aber nicht genügend Feuchtigkeit zusammen. Wahrscheinlich liegt es daran, daß ihm seit einiger Zeit Speichel aus dem Mund läuft. Ein kleiner blasiger Kanal schlängelt sich vom Lippendelta durch die Wälder auf seiner Wange, hinunter zum Ohrläppchen und von dort in Donnas Armbeuge.

Ihre ziellose Wut richtet sich augenblicklich gegen ihn. Er ist an allem schuld. Er!

Sie will, daß er verschwindet, und doch spürt sie im selben Augenblick, daß sie sich nichts sehnlicher wünscht, als daß er bleibt. Nur eben nicht so, nicht in solch miesen Verhältnissen. Sie will Zeit haben, sich ein bißchen zurechtzumachen. Und sie gönnt ihm die gleiche Zeit für sich selbst. Sie möchte mit ihm bei Santino essen gehen. Bestimmt mag er italienisches Essen. Vielleicht hat er italienische Vorfahren. Er sieht so aus.

Donna versucht, ihren Arm vorsichtig unter seinem Kopf wegzuziehen. Es gelingt ihr nicht. Sie reibt die Füße gegeneinander. Es ist ein widerliches, kaltes, lebloses Gefühl. Sie richtet die verklebten Augen nach oben. Höchstens zwanzig Zentimeter über ihrem Gesicht beult die Zeltwand sich nach innen. Schwere Regenpfützen lasten auf dem Stoff.

Jens scheint nicht zu frieren. Schweißtropfen stehen auf seiner Stirn und an den Enden der Nasenflügel. Im Schlafsack steckt nicht mal sein halber Körper. Er hat sich, als es ihm zu heiß und zu feucht wurde, herausgewühlt.

Mit der linken Hand hebt sie seinen Kopf an. Sie berührt ihn nur mit den Fingerspitzen. Die Leidenschaft von gestern ist wie weggeblasen. Wie nie dagewesen. Es kommt ihr so vor, als würde sie ein Leiche berühren. Eine schnarchende Leiche.

Donna braucht den ganzen Körper, um ihren rechten Arm unter seinem Nacken hervorzuzerren. Jetzt sitzt sie aufrecht. Nun erst spürt sie die Kopfschmerzen. Der Hals hat Mühe, den schweren Kopf zu tragen. Der Druck hinter den Augenhöhlen ist schmerzhaft, und obwohl sie keinen Spiegel zur Hand hat, weiß sie, daß im Weißen ihrer Augen geplatzte Äderchen ihren Blick trüben. Zeugen der vergangenen Nacht. Manchmal – wenn auch recht selten, meist um die Feiertage herum – hat sie das in den Augen ihres Vaters gesehen, wenn er, ganz gegen seine sonstigen Gewohnheiten, eine halbe Flasche Cognac getrunken hatte.

Jetzt, da sie sitzt, hebt sie mit dem Rücken die Zeltwand an, und das Wasser platscht draußen herunter. Sie muß hier raus. Sofort. Sie braucht etwas Warmes, Schützendes. Ein Fell, eine zweite Haut, den Panzer einer Schildkröte …

Donna greift mit der Linken nach Jens' Lederjacke, zieht sie heran und schiebt den eingeschlafenen rechten Arm wie eine dicke Fleischwurst in den Ärmel. In den Fingerspitzen beginnt es schon zu kribbeln. Mit den klammen Fingern der linken Hand öffnet sie den Zelteingang. Die hereinströmende Luft gibt ihr sofort einen Energieschub. Schon ist sie draußen.

Die Lederjacke geht ihr bis über den Hintern. Sie will jetzt nicht ins Zelt zurück und ihre Hose suchen. Sie greift noch einmal hinein und holt sich die schwarzen Reeboks. Als sie hineinschlüpft und dabei die weichen Hacken krumm tritt, fühlen sich ihre Füße auch schon nicht mehr so leblos an.

Kaffee, denkt sie, jetzt einen Kaffee! Sie kann ihn schon riechen. Dort drüben, links vom Eingang, liefert jemand frische Brötchen an, und an den Bierständen gibt es jetzt Baguettes, Kaffee, Tee und Säfte.

Donna kratzt sich am Hals. Ihr Ohrläppchen ist geschwollen und heiß. Mist, denkt sie, hoffentlich ist der Stecker aus echtem Silber.

Zwischen den Müllsäcken neben den Stromverteilern ragt ein Bein heraus. Obwohl der Kaffeestand wirklich lockt, geht sie zunächst dorthin. Sie kann sich nicht vorstellen, daß jemand diese Nacht im Freien zwischen den Müllsäcken überlebt hat. Auf den ersten Blick sieht er aus wie ein Erfrorener. Seine Arme krampfen sich um einen blauen Müllsack und drücken ihn fest an den Leib. Der Junge kommt ihr vor wie ein kleines Kind, das die Mama nicht loslassen will, sich aber versehentlich an Abfall klammert. Als Donna ihn anspricht, hebt er den Kopf. Eine Gesichtshälfte ist mit Erbrochenem verklebt.

«Claudia?» fragt er. Seine Stimme klingt wie Rabenkrächzen.

Sie schüttelt den Kopf. «Nein, ich heiße Donna.»

Dann sieht sie das Spritzbesteck. Die Spitze der Nadel ist abgebrochen. Unten im Plastikkolben klebt noch Blut.

Donna geht schnell zum Kaffeestand. Sie durchquert eine große Pfütze, das Wasser spritzt an ihren Waden hoch. Wen stört das jetzt noch? Sie hat das Gefühl, durch einen riesigen Müllplatz zu waten.

Hinter ihr kümmern sich zwei Männer um den Jungen zwischen den Müllsäcken. Donna bemerkt es gar nicht. Noch bevor sie ihren Kaffee bekommt, wird ihr klar, daß sie in das Gesicht eines Polizeibeamten schaut.

«Kennst du den?» fragt er.

Erschrocken, als sei sie bei irgend etwas Illegalem ertappt worden, schüttelt sie den Kopf. «Nein.»

«Du hast aber mit ihm gesprochen.»

Sie nickt. «Er hat mich verwechselt.»

Donna kriegt ihren Plastikbecher voll Kaffee. Etwas davon schwappt über ihre Finger, heiß, aber wohltuend. Donna legt beide Hände um den Becher und führt ihn nah an ihre Lippen. Sie pustet hinein und atmet das Aroma.

Die Polizei ist hier. Razzia. Ach du Scheiße. Auch das noch. Das Sahnehäubchen auf diesem Tag.

«Deinen Ausweis.»

«Meinen Ausweis? Warum denn?»

«Komm, Kleine, quatsch keine Opern. Gib mir deinen Ausweis.»

Donna nimmt einen Schluck Kaffee, tastet dann über die Lederjacke, als würde sie dort ihren Ausweis suchen. Aber sie weiß, sie hat ihn zu Hause.

«Los, Mädchen. Ich hab nicht ewig Zeit. Du hast ihn vergessen, stimmt's? Ganz aus Versehen.»

Donna nickt.

Er lacht. «Kenn ich. Ganz rührende Schicksale ereignen sich hier. Gestohlen, verloren, vergessen. Wie alt bist du denn?»

«Siebzehn.»

«Na klar. Komm, dreh mal die Taschen um.»

«Das ist nicht meine Jacke.»

Donna dreht die Taschen nicht um. Sie steht, starrt den jungen Mann an und spürt, wie in ihrem Magen scharfkantige Eisschollen gegeneinanderreiben.

«Bitte», sagt sie, «ich hab doch nichts gemacht.»

Da faßt er in ihre Jackentasche. Er zieht den Reißverschluß über ihrer Brust auf und greift hinein.

«Hey, hey, hey, lassen Sie mal schön die Finger von der Kleinen!» keift die dicke Bedienung hinter der Theke und zeigt mit ihrem Schinkenbrötchen auf den Polizeibeamten.

«Reg dich ab, Mädchen, du kommst auch noch dran.»

«Du darfst sie nicht befingern! Dafür habt ihr doch extra Beamtinnen, oder nicht?»

«Und ob», sagt er. «Deshalb nehme ich sie jetzt auch mit zur Wache. Da können wir alles ganz ordnungsgemäß durchziehen.»

Nein, nur das nicht. «Aber bitte, bitte, ich mach doch gar keinen Ärger! Hier, sehen Sie sich meine Taschen an!»

«Gib mir die Jacke.»

Donna will die Jacke nicht ausziehen. Sie trägt darunter nur ein T-Shirt und einen Slip. Hilfesuchend schaut sie sich auf dem Platz um. Dort, wo gestern abend die letzten Unentwegten abgerockt haben, stehen jetzt zwei grün-weiße Einsatzwagen. Gut zwei Dutzend Uniformierte, die meisten von ihnen jünger als die Festivalteilnehmer, dringen in den Backstage-Bereich ein. Donna sieht, wie einer von den Security-Typen durchsucht wird. Die können also auch nicht helfen.

Eine lachende Stimme quietscht über die Verstärker: «Und jetzt, liebe Freunde, haben wir Besuch von einer Trachtengruppe! Der Volkstanz ist hiermit eröffnet! – Juppheidi, juppheida, Hausdurchsuchung, Razzia!»

Aus der Brusttasche der Lederjacke zupft der Polizist zunächst das Päckchen mit dem supergroßen Zigarettenpapier. Als sei dies schon Beweis genug, wühlen seine Finger tiefer, bis er das Tütchen zu fassen bekommt, das er nun vor Donnas Augen baumeln läßt wie eine in die Falle geratene Maus mit gebrochenem Genick. Ziemlich genau diese Form hat das Beutelchen, es ist oben mit einem roten Gummi zugedreht.

«Das reicht, meine Kleine. Das sind mindestens zehn Gramm, wollen wir wetten?»

Donna will etwas sagen, doch er hält einen Finger an die Lippen. Sie soll schweigen. Er spricht für sie. Er spricht leise, mit freundlicher Stimme, was den Spott noch größer macht: «Ich weiß, ich weiß, du hast natürlich überhaupt keine Ahnung davon. Im Grunde bist du Nichtraucherin. Stimmt's?»

Donna nickt.

«Du weißt weder, wem die Jacke gehört, noch wer dies Zeug hier hineingesteckt hat. Du hast auch keine Ahnung, wie du überhaupt hierhergekommen bist. Wahrscheinlich haben Ufos dich entführt. Die haben dich in ihr Raumschiff gebracht, dich unter Drogen gesetzt und dann hier abgeladen. Jetzt bist du aber froh, daß wir dich gerettet haben, was? Mach dir keine Sorgen, wir bringen dich zu Mami und Papi!

Die dicke Wirtin macht hinter ihm Gesten. Sie will sagen, daß nichts so heiß gegessen wird, wie man es kocht. Donna soll nur ruhig bleiben und nicht die Nerven verlieren. Der Typ da bläst sich nur auf.

Er merkt, daß er hinterrücks verspottet wird. Giftig schaut er die Wirtin an. Sie zuckt mit den Schultern, tut, als wäre nichts, und fragt süßlich zurück: «Darf ich Ihnen ein kleines Frühstück anbieten, Herr Wachtmeister?»

Er antwortet nicht.

Donna wird mit vielen anderen zusammen zum Ausgang gebracht. Sie weiß, daß sie Rechte hat, die hier vermutlich verletzt werden. Sie könnte darauf bestehen, ihre Sachen und das Zelt zu holen. Aber irgend etwas in ihr ist zerbrochen. Sie läßt sich treiben und herumschubsen. Sie ist froh, daß man ihr keine Fragen stellt und daß sie nicht antworten muß. Sie erlebt die anderen um sich herum als viel lebendiger. Die zetern, machen Krach und schreien.

«Ihr blöden Wichser!» keift ein rothaariger Rattenkopf und wehrt sich mit Bissen und Tritten. «Bloß weil ihr keinen mehr hochkriegt, müßt ihr allen Leuten den Spaß verderben! Haut doch ab! Wir haben euch nichts getan! Mein Papa ist Anwalt! Wenn der euch in die Mangel nimmt, seid ihr hinterher sooo klein mit Hut!»

Ein Death-Metal-Fan hinter Donna weint. «Bitte, bitte! Mein Vater ist so ein Arsch, Sie können sich das nicht vorstellen. Der schlägt mich tot! Ich mach alles! Bestimmt. Ich hab so was noch nie getan. Es war das allererste Mal. Ich ... ich werd anständig! Ich geh auch wieder regelmäßig in die Schule. Ich feg den Gefängnishof. Ich putz Ihr Polizeirevier – was Sie wollen. Aber Sie dürfen mich so nicht nach Hause bringen! Bitte! Sie kennen meinen Alten nicht.» Dann verzieht sich sein Mund, der Speichel zieht Fäden. Er reibt sich mit den Fäusten die Augen. «Das könnt ihr nicht machen! Das ist Mord!»

Wieder knirschen die Coladosen unter Donnas Füßen. Dann ist sie jenseits des Festivalgeländes. Hier sind noch viel mehr Polizeibeamte. Man hat sogar Tische aufgebaut. Sie sieht Leute mit Schreibmaschinen und jede Menge Walkie-talkies. Sie kriegt einen Plastikring um die Hand, wie man Neugeborene kennzeichnet, damit sie im Krankenhaus nicht verwechselt werden. Jemand diktiert neben ihr etwas. Sie wird zweimal nach ihrem Namen gefragt, bis sie ihn endlich herauskriegt: «Donna. Donna Huse.»

Sie sagt ihre Adresse. Was sie weiter gefragt wird, hört sie nicht. Ein lautes Rauschen, als würden neben ihrem Kopf Flugzeuge mit rotierenden Propellern starten, zerhackt alle Worte zu einem einzigen Lärmbrei.

Donna ist fast erleichtert, als sie endlich sitzen darf. In einem Auto auf einer Pritsche, neben anderen unausgeschlafenen Mädchen. Langsam hört sie wieder etwas. Die Geräusche sind noch sehr weit weg, doch sie dringen schon zu ihr. Eine Punkerin verlangt ihre Zigaretten zurück, behauptet, das sei Diebstahl und sie werde Anzeige gegen die Polizei erstatten. Sie kriegt keine Antwort.

Die Türen des Einsatzfahrzeugs sind noch offen. Donna sieht Jens. Er rennt auf die Absperrung zu. Er will über den Zaun. Er springt daran hoch wie ein Äffchen, das sich an den Stangen im Käfig hochschwingt. Natürlich halten die Polizeibeamten das für die panische Flucht eines Drogendealers. Sie sind sofort hinter ihm her. Hände greifen nach ihm. Er wird vom Zaun heruntergezerrt. Seine Nase reißt am Drahtgeflecht auf. Er brüllt: «Donna! Donna!»

Sie sieht, wie er zu Boden gedrückt wird, einen Arm auf dem Rücken. Sein schmerzverzerrtes Gesicht.

Er tut es für mich. Für mich. Donna will aus dem Auto raus, kann sich aber nicht bewegen.

«Das muß Liebe sein», sagt eine Frauenstimme neben Donna. Es klingt anerkennend und spöttisch zugleich.

Eine Seite der Flügeltür vom Polizeiwagen wird zugeschlagen. Donna reckt den Kopf, brüllt nach draußen: «Jens! Jens! Hier bin ich!»

Er hört sie. Mitten in dem Gewühl und Stimmengewirr filtern

seine Ohren den Klang ihrer Stimme heraus. Er wird abgetastet. Das ist ihm alles völlig egal. Er zetert: «Das ist meine kleine Schwester da drin! Laßt meine kleine Schwester gefälligst in Ruhe! Das Zeug ist von mir! Sie hat nichts damit zu tun! Sie hat meine Jacke an! Ich will meine Jacke wiederhaben!»

Donna versucht, aus dem Auto zu springen. Sie landet in den Armen eines Polizeibeamten. Er ist nicht grob zu ihr, eher amüsiert darüber, wie sehr sie in seinen Armen zappelt.

«Der Typ da will deine Jacke, Mädchen, aber ich finde, die solltest du wirklich anbehalten, sonst wird dir ein bißchen kalt, meinst du nicht? Und jetzt rein mit dir!»

Donnas Gesicht ist nahe an seinem Hals. Sie könnte zubeißen, ein Stück Fleisch aus ihm herausreißen. Vielleicht, denkt sie, wird er einer von uns, wenn ich ihn beiße.

Sie wundert sich über ihre merkwürdigen Gedanken. Kinderfilme fallen ihr ein. Vampirklamotten. Gruselgeschichten. Ritter, die Drachen töten und Prinzessinnen freien.

Es ist der Geruch. Dieser Polizist benutzt das gleiche Rasierwasser wie ihr Vater. Sie ist empört darüber. Sie schubst ihn mit aller Kraft von sich.

«Das darfst du nicht!» schreit sie. Wer so riecht, hat ein Beschützer zu sein! Einer, der zuhört, der Geschichten erzählt, der nett ist!

Sie weiß nicht genau, ob sie das nur gedacht oder sogar gerufen hat. Sie schämt sich.

Und doch paßt es irgenwie. Vielleicht tut der Jungbulle nichts anderes, als ihr Vater jetzt auch tun würde. Er greift durch, räumt auf und denkt, er tut genau das Richtige. Er will die jungen Leute daran hindern, sich mit Rauschgift zu ruinieren. Oder ist er bloß neidisch, weil diese Freaks die tollen Frauen abbekommen, während er solche Frauen nur kennenlernt, wenn er sie verhaften darf?

Mit den Männern gehen sie weniger freundlich um. Jens brüllt vor Schmerz. Donna sieht, daß nicht weit von Jens jemand zusammengeknüppelt wird. Wahrscheinlich ein Freund, der versuchen wollte, ihm zu helfen.

Dann ist Donna wieder im Auto. Beide Türen sind zu. Durch die vergitterten Fenster kann sie nach draußen sehen. Sie bekommt einen Heulkrampf. Ihre Nase läuft. Ein paar Tropfen fallen auf die Lederjacke.

Donna sitzt zusammengekauert da. Sie friert. Ein Mädchen legt die Arme um sie und fragt: «Ist es das erste Mal für dich?»

Donna nickt, schluchzt, kann aber nichts sagen.

«Für mich», fährt die andere trocken fort, «ist das hier die Fahrkarte ins Heim. Wenn ich noch einmal Scheiß mach, komme ich weg, haben meine Alten gesagt. Was soll's? Bin ich sie wenigstens los. Man ist erst mit Achtzehn ein Mensch. So lange können sie mit einem machen, was sie wollen. Aber dann. Das können sie nicht verhindern. Achtzehn werden wir alle einmal. – Ich heiße übrigens Silvia. Silvia Berg. Und du?»

Donnas Schluchzen wird ruhiger. «Donna», schnieft sie.

«Wenn du vor mir rauskommst, bitte ruf meinen Bruder an, ja? Ich schreib dir die Nummer auf. Hast du mal 'nen Stift?»

«Nein.»

«Kannst du dir die Nummer so merken?»

Donna schüttelt den Kopf. «Ich glaub nicht.»

Silvia nimmt einen Lippenstift und schreibt die Nummer auf Donnas Lederjacke.

«Soll ich für dich auch jemanden anrufen?»

Donna will *meine Eltern* sagen, doch sie schluckt es herunter, schüttelt den Kopf und krächzt: «Nein, bloß nicht.»

Der Motor wird angelassen. Der Wagen ruckelt. Es ist ein gutes Gefühl. Etwas Vertrautes dringt dadurch in diesen irren Morgen.

Erst jetzt beginnt Donna wirklich zu begreifen, daß das alles kein Alptraum ist, sondern die Wirklichkeit. Sie reibt sich die Nase am Ärmel und wischt sich die Tränen aus den Augen. Sie sieht aus dem Fenster. Sie hat keine Ahnung, wie er das geschafft haben kann, doch Jens ist ganz nah bei dem Wagen. Er rennt darauf zu. Irgendwie muß er die Absperrung überwunden haben. Die Jeans flattern an seinen dürren Beinen. Das Unterhemd hängt aus der Hose. Er springt am Auto hoch und krallt sich an den Gittern fest. Sein Gesicht ist direkt vor Donnas. Nur die Scheibe und die Gitterstäbe trennen sie.

Der Fahrer bremst hart, und Jens fällt herunter. Er rollt über die Wiese. Schon sind zwei Polizeibeamte da. Einer von ihnen ist aus dem Auto gesprungen. Woher der andere gekommen ist, weiß Donna nicht. Sie nehmen Jens in die Mangel.

Jens kreischt: «Donna! Donna!»

Sie trommelt von innen gegen die Scheibe. «Jens!»

«So was hat für mich noch nie einer gemacht», staunt Silvia.

«Für mich auch nicht. Jens, mach keinen Scheiß!» brüllt Donna. «Du machst doch alles nur noch schlimmer!»

Jens ist wieder auf den Beinen. Er steht den beiden Polizeibeamten gegenüber. Er geht rückwärts. Sie bewegen sich auf ihn zu. Einer von ihnen hat den Knüppel gezogen. Für einen Moment sieht es so aus, als wollte Jens sich dem Kampf stellen. Doch so dumm ist er nicht. Er hebt beide Arme hoch über den Kopf, kreuzt die Handgelenke und hält sie den Polizisten hin, bereit, sich in Handschellen legen zu lassen.

«Der verhaftet sich praktisch selbst», sagt Silvia.

7

Als der Anruf kommt, ist Monika Huse allein im Haus. Als Geschäftsleute müssen sie in den wichtigsten Vereinen des Viertels vertreten sein. So bindet man Stammkundschaft an sich.

Sie weiß sofort, daß es um Donna geht und nicht um ihren Mann.

Monika Huse ist noch nie so schnell gefahren. Sie steuert den Wagen sicher. Souverän, wie in Trance. Sie weiß, daß sie keinen Unfall haben wird. Ein Teil ihrer Persönlichkeit, der fürs Autofahren zuständige Teil des Gehirns, arbeitet auf Hochtouren. Ihre Gliedmaßen gehorchen ihm. Kuppeln, schalten, Augen links, Augen rechts – trotzdem hat sie das Gefühl, eben eine rote Ampel überfahren zu haben. Aber sie ist sich nicht ganz sicher.

Sie sieht sich wie von außen. Als würde nur ihr Körper den Wagen steuern, während ihr Bewußtsein neben ihr auf dem Beifahrersitz ihr zuschaut und dabei in tiefe Grübeleien verfällt.

Dann plötzlich erlebt sie die Szene von oben. Sie sieht, als würde sie über den Dächern schweben, den Wagen durch die

Straße rasen, sich selbst am Steuer. Sie spürt äußerste Erregung und gleichzeitig tiefe Ruhe. Ist sie so durcheinander, daß sie nicht einmal weiß, was mit ihr los ist, oder ist sie nur aufgeschreckt und deshalb zugänglich für Wahrnehmungen, die ihr die Logik sonst verbieten würde?

Sie beißt sich die Unterlippe blutig. Der Schmerz holt sie in ihren Körper zurück. Jetzt hat zumindest das wieder seine Ordnung. Sie sitzt hinterm Lenkrad, beobachtet den Verkehr und schaltet energisch vom dritten in den vierten Gang.

Sie nimmt die Autobahn. Woher weiß ich den Weg so genau? fragt sie sich. Sie hat nicht mal auf eine Karte geguckt. Irgendwie ist ihr völlig klar, wo sie hin muß, so als wäre sie diesen Weg schon oft gefahren oder hätte geahnt, daß sie ihn eines Tages nehmen muß.

Das Karussell ihrer Erinnerungen dreht sich rasant. Donna, wie sie mit knapp anderthalb aus dem Kinderwagen fällt und kopfüber auf die Pflastersteine knallt. Donna mit hohem Fieber im Bett. Monika sitzt neben ihrer Tochter, wagt es nicht, einzuschlafen, und kann doch nicht länger wach bleiben. Donna, die ein Geschirrspülmittel mit Zitronenduft getrunken hat. Donna mit Mandelentzündung. Donna, ganz klein in ihrem Gipskorsett, wie sie jammert und schreit. Sie will da nicht drin sein, sie will sich bewegen, doch der Arzt sagt: *Wenn wir es jetzt nicht richten, bekommt sie später Schwierigkeiten mit den Hüften. Donna muß in ihren Gips. Täglich.* Nur zum Saubermachen wird er abgenommen.

Monika hatte jedesmal, wenn sie Donna in den Streckgips zurückzwängte, ein schlechtes Gewissen. Sie kämpfte regelmäßig mit den Tränen. Sie wußte, es war gut für ihre Tochter, und doch kam es ihr jedesmal vor wie eine Vergewaltigung des kleinen Geschöpfes. Wie sollte dieses Kind begreifen, was geschah? Mußte nicht das Gefühl in ihr zurückbleiben, daß ihre Mutter ihr etwas Böses tat, ihr die Bewegungsfreiheit nahm, sie auf unverschämte Weise einengte? Wie sollte sie laufen lernen in diesem Verband?

Manchmal hatte Peter ihr die Arbeit abgenommen, wenn er sah, wie sehr sie daran litt.

«Es kommt mir vor, als würde ich ihre Flügel beschneiden.»

«Sometimes some things must be done», sagte er und tat, was

getan werden mußte. Früher streute er gern englische Sätze in die Gespräche ein. Vielleicht hatte er mal ein Zitatenbuch oder eine Weisheitensammlung in Englisch auswendig gelernt. Er versuchte damit, die Mängel in seiner Bildung zu übertünchen. Sie fand es süß. Die wichtigsten Grundsätze, nach denen er lebte, formulierte er in einer Sprache, die er nie richtig gelernt hatte. Er hatte den Traum, eines Tages noch das Abitur zu machen und zu studieren, nie wirklich aufgegeben.

Sie empfindet plötzlich so viel Liebe für ihn. So viel rührende Zuneigung, daß es fast weh tut. Wie oft hat er zurückgesteckt, seine eigenen Sachen nicht getan, um für sie dazusein, für Donna oder für seine Eltern. Er hat immer für sie gesorgt. Er war immer für sie da. Männer wie er sind selten geworden. Sie spürt es plötzlich mit dem ganzen Körper, und sie hat das Gefühl, ihn beschützen zu müssen vor dem, was nun auf sie zukommt. Etwas ist mit Donna geschehen. Etwas, das seine Träume zerstören könnte. Etwas, das all das bedroht, wofür er bisher gelebt hat.

Sie handelt jetzt nicht für sich. Auch nicht für Donna. Sondern für ihren Mann. Das gibt ihr eine gewisse Stärke, als sie das Polizeipräsidium betritt. Sie spürt den Boden fest unter ihren Füßen, und als sie durch den langen Flur geht, kommt es ihr so vor, als würde sie stehen, während der Flur sich unter ihren Füßen bewegt. Die Türen schweben auf sie zu und an ihr vorbei. Sie steht da, ein ruhiger Punkt. Das Wort *Fels in der Brandung* geht ihr nicht aus dem Kopf. Dann sieht sie Donna.

Jetzt erschrickt sie doch. Ihre Tochter sitzt praktisch in Unterwäsche da, strumpflos in den kaputten schwarzen Reeboks, die sie schon dreimal weggeworfen hat. Angezogen wie aus einer Altkleidersammlung, frierend, ungekämmt, mit verheultem Gesicht. An ihrem Ohr baumelt ein unverschämt großer Indianerohrring.

Der Beamte ist freundlich. Er stellt sich höflich vor, bittet Monika Huse um den Ausweis und will ein paar Formalitäten klären, bevor sie ihre Tochter mitnehmen kann.

Monika kümmert sich zunächst nur um Donna. Donna schafft es nicht, ihre Mutter anzusehen. Sie starrt auf ihre Füße, auf die Knie, auf die Hände, nur nicht in Monikas Augen. Die Belehrung über ihre Rechte nimmt Monika Huse nicht wirklich wahr. Sie sieht nur dieses Tütchen Haschisch, das man angeblich bei ihrer Tochter gefunden hat. Sie fragt sich, wie lange Donna das schon macht und wie das alles an ihr vorbeilaufen konnte.

«Deswegen machen Sie so einen Aufstand? Deswegen verhaften Sie meine Tochter?» hört sie sich sagen.

Nun schaut auch Donna hoch. Ist das ihre Mutter? Was redet die da?

«Das sind gut zehn Gramm.»

«Nun machen Sie mal nicht so einen Wind, junger Mann. Haben Sie keine anderen Sorgen, als Jugendliche aufzuscheuchen? Ab zwanzig Uhr traut sich kaum noch jemand in die U-Bahn, aber Sie verhaften harmlose ...»

«Wir haben Ihre Tochter mit illegalen Drogen erwischt. Sie konnte sich nicht ausweisen. Jugendliche unter sechzehn Jahren dürfen an solchen Konzerten sowieso nicht teilnehmen ...»

«Donna ist siebzehn!»

Der Beamte fühlt sich unrechtmäßig angegriffen. Er fingert aus dem Päckchen, das neben seiner Schreibmaschine liegt, eine filterlose Camel und tastet seine Taschen nach Streichhölzern ab.

«Das konnten wir nicht wissen. Schließlich ist es nicht in ihren Arm tätowiert.»

«War's das jetzt? Können wir gehen? Ich muß morgen wieder früh raus!» faucht Monika Huse. Sie erschrickt selbst darüber. Warum geht sie diesen jungen Mann so scharf an?

Donna staunt mit offenem Mund.

«Wir sind ordentliche Steuerzahler! Wir haben einen festen Wohnsitz. Ich werde meine Tochter jetzt mitnehmen, wenn Sie nichts dagegen haben. Ansonsten rufe ich jetzt sofort meinen Anwalt an.»

Er hebt beschwichtigend die Hände. «Natürlich können Sie sie mitnehmen. Sie müssen aber mit einer Anzeige rechnen. Ich an Ihrer Stelle würde die Sache nicht auf die leichte Schulter nehmen. Viele haben so angefangen und sind mit einer Nadel im Arm geendet.» Leise, weil er weiß, daß die Worte heftig genug sind, fügt er hinzu: «Bei meinem eigenen Bruder war es nicht anders. Ich hab ihn dreimal zum Entzug gebracht ... Dann hat er sich die Pulsadern aufgeschnitten.»

Monika Huse schluckt. «Das tut mir leid. Ich wollte Sie nicht ...»

«Schon gut.» Er hat die Zigarette im Mundwinkel baumeln und fragt: «Feuer haben Sie nicht zufällig?»

«Nein, leider nicht. Wir sind Nichtraucher.»

Er schiebt ihr einen Zettel hin, den sie unterschreibt. Sie weiß, daß es wahrscheinlich klüger wäre, alles erst durchzulesen, doch sie will jetzt nur hier raus. Sie will endlich mit Donna allein sein. Dieser Raum wird ihr viel zu eng. Sie hat das Gefühl, den jungen Mann unnötig verletzt zu haben. Sie und Donna gehören hier einfach nicht hin.

Sie nimmt Donna in den Arm und führt sie nach draußen.

In dem langen Flur legt Donna ihren Kopf an Mamas Schulter. Sie ist merkwürdig stolz auf ihre Mutter und hat mehr denn je das Gefühl, daß ihr Unrecht geschehen ist. Die durften das einfach nicht mit ihr machen.

Sie weiß, daß sie ihrer Mutter ein paar Erklärungen schuldig ist. Sie möchte ihr gern erzählen, von Jens, doch sie weiß nicht, wo sie anfangen soll. Irgendwie ist alles so kompliziert. Sie wünscht sich eine warme Badewanne. Danach kann sie alles erzählen. Aber sie spürt, daß die Mutter ihr nicht soviel Zeit lassen wird. Sie wird reden müssen. Gleich. Sobald sie im Auto sind.

Eine Tür fliegt auf, und Silvia Berg stürmt auf den Flur. Sie wird gestoppt, als wäre sie gegen eine Glaswand gerannt. Eine erbarmungslose Hand hat sie von hinten gepackt und reißt sie zurück.

Silvia fällt hin. Sie wird grob in den Raum zurückgezogen. Ihr Kopf liegt auf dem Boden. Sie hat Schnodder an der Nase hängen und schreit Donna zu: «Mein Bruder! Ruf ihn an!»

Donna weiß nicht gleich, was Silvia von ihr will. Silvia tippt mit der Hand auf ihren Ärmel, bevor sie hinter der Tür verschwindet. Die Nummer. Natürlich. Donna sieht hin. Der Lippenstift auf ihrem Ärmel ist verwischt.

«Ich muß mal telefonieren», sagt Donna und will draußen vor dem Polizeipräsidium zur Telefonzelle.

«Du steigst jetzt ein!» befiehlt Monika Huse. Der Ton läßt Donna innerlich zusammenzucken.

«Es geht ganz schnell, Mama, ich muß nur ...»

«Du steigst jetzt ein.»

«Ich habe versprochen, mich um sie zu kümmern.»

«Du kannst dich ja nicht mal um dich selbst kümmern!»

Das tut weh. Schweigsam sitzt Donna im Auto neben ihrer Mutter. Bevor sie den Motor anläßt, wirft Monika Huse einen Blick in den Rückspiegel. Sie sieht um Jahre gealtert aus.

«Wie konntest du uns das nur antun?» fragt sie. Ihr Ton ist so vorwurfsvoll, als hätte sich in vielen Jahren etwas angestaut, das jetzt erst herauskommt. Noch bevor Donna antworten kann, fährt Monika zum zweitenmal an diesem Morgen bei Rot über eine Kreuzung.

«Papa», sagt sie, «darf das nie erfahren! Hörst du! Das bricht ihm das Herz. – Wie siehst du überhaupt aus? Wo hast du deine Sachen gelassen? Von wegen zum Tennis mit den Wolters'! Du hast unser Vertrauen mißbraucht. Du hast es ganz übel mißbraucht! Wo ist dein Tennisschläger? Bist du ausgeraubt worden, oder was? Den Schläger hat Papa dir zum Geburtstag geschenkt. Er wird danach fragen. Der hat fast vierhundert Mark ...»

«Mama, hör auf!»

Einen Moment lang sieht Monika Huse sich wieder von außen. Die Perspektive stimmt nicht. Sie sitzt auf der Kühlerhaube und schaut von außen herein. Sie sieht eine tobende, engstirnige Mutter. Und neben ihr ein Kind, das keine Chance hat.

So, wie sie sich jetzt sieht, kann sie sich selbst nicht leiden. Sie möchte die Szene ungeschehen machen, sofort damit aufhören, ihren Redeschwall stoppen. Aber sie schafft es nicht. Ihr Beobachter-Ich sitzt vor der Windschutzscheibe, klopft dagegen und gibt ihr mit Gesten zu verstehen, sie solle nun endlich, endlich einfach ruhig sein. Doch sie sieht sich auf das Lederlenkrad klatschen, als sei es an allem schuld, und sie schimpft weiter.

«Woher hast du diese gräßliche Jacke? Willst du so bei uns vor dem Haus aussteigen? Die Leute werden sich das Maul zerreißen!»

«Die Jacke gehört Jens.»

Donna spricht den Namen Jens aus, als würde sie einen Grenzpfahl in den Boden rammen. Sie markiert damit etwas, hinter dem sie sich verstecken kann. Etwas, das nicht wegzudiskutieren ist. Eine Boje in stürmischer See.

Die Art, wie sie seinen Namen sagt, empfindet Monika als Angriff. «Soso, Jens!» zischt sie vieldeutig zurück, froh, eine Person gefunden zu haben, auf der sie ihre Wut abladen kann. Sie befürchtet, ihr Verhältnis zu Donna für lange Zeit zu belasten, vielleicht gar zu zerstören, wenn sie weiter so auf ihr herumhämmert.

«Ja, Jens!» brüllt Donna.

«Das Rauschgift war von ihm, stimmt's?»

Donna nickt. Sie klappt die Sonnenblende herunter. Auf der Rückseite klebt ein Spiegel, der von zwei Rissen durchzogen ist. Sie betrachtet ihr Ohrläppchen. Es ist dick und krebsrot. Donna nimmt den Ohrring ab. Sie piekst sich dabei. Ihr Ohrläppchen ist wund und empfindlich. Donna läßt den Ohrring in der Lederjacke verschwinden.

Monikas Gesicht hat etwas von einem Raubvogel, der zustößt. Sie hat ihr Opfer gefunden und hackt nun gnadenlos zu. «Feiner Kerl, dieser Jens», spottet sie. «Statt für seinen Mist geradezustehen, schiebt er das Zeug dir unter, damit du die Sache ausbaden kannst! Sind das die Gentlemen von heute?»

«So ist es nicht, Mama!»

Donna weint vor Verzweiflung. Ihr fehlen die Argumente. Die Wut ihrer Mutter macht sie stumm, nimmt ihr die Sprache. Es geht ein Sog von ihr aus, der Worte frißt. Donna kann sich nur noch mit hilflosen Gesten und Tränen ausdrücken. Wieder tropft es aus ihrer Nase auf die Lederjacke.

Monika drosselt das Tempo und lenkt den Wagen an den Fahrbahnrand. Halb auf dem Bürgersteig, halb auf der Straße bleibt sie stehen, um sich ganz ihrer Tochter zuzuwenden. Der Teil von ihr, der das Geschehen bisher von außen betrachtete, kehrt freudig nickend in Monika Huse zurück. Jetzt stimmt die Perspektive wieder. Sie fühlt sich versöhnlich.

«Mein Gott», sagt sie, «ich führe mich auf wie meine eigene Mutter.» Sie legt die Arme um Donna.

Jetzt hält Donna die Tränen nicht länger zurück.

8

Peter Huse kommt fröhlich und entspannt nach Hause. Seine Frau liegt in einem Schaumbad in der Wanne. Ein verwirrender Duft von Kirschblüten, Jasmin und Orange zieht sich bis nach unten zur Haustür.

Monika hat die Badezimmertür nicht abgeschlossen. Er geht zu ihr rein, setzt sich auf den Toilettendeckel und schaut ihr zu. So haben sie viel Zeit miteinander verbracht. Mal saß sie auf dem Toilettendeckel, dann wieder er. Wenn es einem von ihnen schlechtgeht, wenn einer Trübsal bläst, hat der den Platz in der Wanne, während der andere auf dem Toilettendeckel sitzt und zuhört. In diesem selbstgekachelten Badezimmer haben sie viele Probleme gewälzt, haben manche Träne vergossen und sind doch meist gestärkt oder versöhnt wieder herausgekommen.

Früher saßen sie zusammen in der Wanne, aber das ist ihnen jetzt zu unbequem. Außerdem ist die Situation so viel klarer. Wer in der Wanne liegt, will bedauert werden und braucht Zuwendung. Der andere soll sie geben.

Er weiß sofort, daß sie schon lange so liegt. Die Kacheln sind beschlagen, an der kleinen Fensterscheibe rinnt Kondenswasser herunter. Die Haut an ihren Fingerkuppen wellt sich bereits.

Sie spricht zunächst nicht, doch er weiß, daß sie es eigentlich möchte, sonst hätte sie die Badezimmertür geschlossen. Er weiß, wie ihr Gesicht aussieht, wenn sie etwas auf dem Herzen hat.

Monika läßt heißes Wasser nachlaufen. Dabei richtet sie sich auf, um an die Armaturen zu kommen. Die Schaumflocken modellieren ihren Körper, als sei sie soeben einer Wolke entstiegen. Er begehrt sie sofort.

Er weiß, daß er sich jetzt eine Abfuhr einhandeln würde. Sie muß sich die Seele freisprechen, bevor Platz ist für körperliche Lust.

Sie krümmt ihm den Rücken wortlos entgegen. Ungefragt nimmt er die Bürste aus dem Halter und schubbert ihr den Rükken. Sie stöhnt dankbar. Dann kniet er sich vor die Wanne und wäscht ihr die Haare. Sie hat es vor einer halben Stunde schon einmal selbst getan, doch sie genießt die Massage der Kopfhaut.

Da sie nicht, wie sonst üblich, von selbst mit der Sprache herausrückt, gibt er ihr einen kleinen Anstoß.

«Was ist denn, mein Schatz?»

«Nichts», sagt sie. «Alles in Ordnung.»

Ungläubig sieht er sie an. «Du siehst aus, als hättest du einen gräßlichen Tag gehabt.»

Sie stützt sich auf ihn und richtet sich in der Badewanne auf. Jetzt steht sie gerade. Sie hat Schaum in den Augen. Sie streckt den rechten Arm aus und schnippt mit den Fingern. Er hat das Handtuch schon von der Heizung genommen, zögert aber noch einen Moment, es ihr zu geben. Er schaut sie an. Fast bestürzt stellt er fest, daß er sie immer noch liebt. Nach all den Jahren. Es hat sich viel verändert für sie beide, doch er ist immer noch scharf auf sie. Vielleicht mehr als am Anfang. Jetzt, da sie allmählich mehr Zeit haben, da sie aus dem Gröbsten heraus sind, die ständigen finanziellen Sorgen nachlassen und auch Donna nicht mehr ganz soviel Zuwendung braucht wie früher.

Sie blinzelt mit einem Auge durch den Schaum, der in ihren Brauen und Wimpern festhängt. Sie tritt energisch mit dem Fuß auf, daß es platscht, und schnippt noch einmal mit den Fingern. «Das Handtuch, Peter!»

«Du siehst toll aus», sagt er.

«Nein, gar nicht. Ich hab zugenommen. Und nun gib mir das Handtuch!»

Er hüllt sie in das Handtuch und holt ihr ein zweites für die Haare.

«Seit ich dich kenne», lacht er, «nimmst du angeblich ständig zu, aber was ich sehe, ist eine schöne, schlanke Frau. Ich dagegen ...» Er klatscht auf seinen Bauchansatz.

Dann verläßt er das Badezimmer. Sie wird sich jetzt die Haare fönen und braucht ein bißchen Zeit, um sich zurechtzumachen.

Das tragbare Telefon liegt nicht auf der Station. Manchmal, wenn er nicht da ist, nimmt Monika es mit ins Badezimmer, um es griffbereit zu haben, falls er anruft. Doch da hat er es nicht gesehen. Aus Donnas Dachwohnung hört er eine Stimme. Er will nach oben gehen, um Donna zu begrüßen. Doch auf halbem Weg erkennt er am feinen Klang ihrer Stimme, daß er besser nicht stören sollte. So redet jemand, der ein Geheimnis hat. Er kann es nicht lassen, er legt die Hand hinter die Ohrmuschel, um etwas aufzuschnappen. Er hört nur einen Singsang, der nach Liebesgeflüster klingt.

Er wird immer neugieriger. Sollte seine Tochter sich etwa verliebt haben? Er schämt sich ein bißchen dafür, daß er lauscht. Er weiß, wie verletzend es ist, wenn Eltern die Intimsphäre ihrer Kinder nicht respektieren. In der Pubertät, als er begann, Mädchen nachzusteigen, führte er Tagebuch. Sein Vater hat es gelesen und ihn damit konfrontiert. Plötzlich mußte er sich für seine geheimsten Gedanken und Gefühle rechtfertigen. Es war ein gruseliges, ein unwirkliches Gefühl. Er hat es seinem Vater nie verziehen, und er hat nie wieder Tagebuch geschrieben.

Seine Motive sind anders. Ihm geht es nicht darum, seine Tochter zur Rede zu stellen. Er will nicht angreifen. Er will sich lediglich mit ihr freuen.

Seine Armbanduhr klackt gegen das Treppengeländer.

«Mama, bist du das?» ruft Donna.

«Nein, Kind, ich bin's! Ich wollte dir nur gute Nacht sagen.»

«Naaacht, Papa!»

Sie will offensichtlich nicht, daß ich hereinkomme, denkt Peter, sonst hätte sie kaum so demonstrativ gerufen.

«Hast du das Telefon?»

«Ja, ich bring's gleich runter!»

Peter Huse steigt die Treppenstufen wieder herab. Er hört noch gedämpft Donnas Worte: «Ich muß jetzt wirklich Schluß machen. Ja. Ich dich auch. Tschüs.»

Grinsend geht Peter Huse ins Schlafzimmer. Er liest im Bett noch ein paar Seiten und wartet auf Monika. Sie braucht länger als sonst. Dann erscheint sie im Bademantel und mit frisch gefönten Haaren.

Er klappt sein Buch zu. «Also?»

Sie läßt den Bademantel einfach auf den Teppich fallen und schlüpft nackt zu ihm unter die Bettdecke. Sie will jetzt nicht mit ihm reden, sagt sie, sie will mit ihm schlafen. Er ist bereit dazu, doch es kommt ihm sonderbar vor. Fast so, als wolle sie mit ihm schlafen, um nicht reden zu müssen.

Sie tun es, wie sie es oft getan haben, und es ist für beide gut. Jeder weiß, was der andere braucht und gern hat. Sie kennen einander und ihre Bedürfnisse genau. Sonst schlafen sie danach erschöpft ein wie müde Langstreckenläufer, die wieder einmal das Ziel erreicht haben, aber diesmal versucht er, ein Gespräch zu eröffnen.

«Donna hat sich verliebt. Das ist es.»

«Du spinnst ja!» entfährt es Monika etwas zu heftig.

9

Donna verläßt das Elternhaus durch die Ladentür. Sie hört das Glockenspiel und winkt ihrem Vater zu, der auf der Leiter steht und die Verankerung festschraubt, die er erst letzten Frühling hat reparieren lassen. Aber was man nicht selbst macht ...

Er hat Donna schon Hunderte Male hinterhergesehen, wenn sie morgens zum Bus ging. Diesmal ist etwas anders. Sie überquert die Straße sofort, statt auf dieser Seite zu gehen. Sie hat außer ihrer Schultasche noch eine Tüte bei sich. In der Tüte ist etwas Schweres, Weiches. Dort drüben an der Litfaßsäule auf der anderen Straßenseite wartet, halb von der Säule verdeckt, ein junger Mann. Peter kann nur die Jeansbeine erkennen. Schnell ist er von der Leiter herunter und klopft gegen die Schaufensterscheibe.

«Monika, komm mal raus!»

Sie glaubt ihm helfen zu müssen und ist schnell bei ihm. Sie mag es sowieso nicht, wenn er allein auf der Leiter herumklettert. Seit er einmal damit umgefallen ist, hat sie es lieber, wenn sie unten steht und die Leiter festhalten kann.

«Das ist er, wetten?»

«Du siehst Gespenster. Guck nicht so auffällig.»

Donna verschwindet hinter der Litfaßsäule mit der Tütensuppenwerbung. Dann tauchen zwei Gestalten wieder auf. Sie gehen scheinbar zufällig nebeneinander her. Donna mit ihrer Schultasche. Der junge Mann neben ihr trägt jetzt die Tüte.

«Siehst du», lacht Peter. «Ich hatte recht. Was war in der Tasche?»

Monika zuckt mit den Schultern. «Keine Ahnung.»

Da öffnet der junge Mann die Tüte und zieht etwas Schwarzes heraus. Eine Lederjacke. Er streift sie sofort über. Dann zerknüllt er die Plastiktüte und stopft sie in den Papierkorb an der Bushaltestelle.

«Weißt du, wie er heißt?»

Monika antwortet nicht.

«Bestimmt ist er eine Klasse höher als sie. Er sieht älter aus. Sie hat ihm einen Knopf an die Jacke genäht. Ist das nicht süß? Unsere Donna. Bestimmt wird sie ihn uns bald vorstellen.»

Wieder im Laden, probiert er von den frischen Kuchenteilchen. Er tut so, als müsse er das Gebäck für seine Kunden testen, doch Monika weiß genau, er ist ein Leckermaul. Frische Sahnestückchen kann er gar nicht stehenlassen. Wenn sie statt eines Lebensmittelladens eine Konditorei eröffnet hätten, wöge er jetzt schon gut zwanzig Kilo mehr.

Sie hat das Gefühl, etwas klarstellen zu müssen. Sie spürt, daß er etwas von Donnas und ihrem Geheimnis ahnt. Das gefällt ihr nicht. Es liegt Sprengstoff darin. Sie hatten geschworen, sich alles zu sagen. Natürlich haben sie es nicht immer durchgehalten, aber jetzt ist es ihr zum erstenmal wirklich unangenehm.

«Donna ist noch viel zu jung für eine feste Beziehung.»

Er lacht. «Monika, wie alt warst du denn?»

«Das ist doch was anderes. Ich meine, sie hat das Gymnasium. Sie hat doch überhaupt keine Zeit für so was. Sie hat ihre Tennisstunden und ...»

«Und was?»

«Ja, ich meine, das sind doch nur so Schwärmereien. Ein bißchen Händchenhalten und so, da muß man doch nicht gleich jeden seinen Eltern vorstellen.»

Peter Huse pikt mit der Gabel die Kirsche von dem Sahnestückchen, schaut sie genießerisch an und pflückt sie dann mit den Lippen von der Gabelspitze. Er hält den Zeigefinger gespielt lehrmeisterhaft: «Monika, Monika, erinnere dich mal, wie das bei uns war. Wir sollten es Donna auf keinen Fall verbieten. Du weißt, das führt nur zum Gegenteil.» Er schiebt ihr den Rest hin. «Möchtest du mal probieren?»

«Nein danke», sagt sie, und es klingt, als würde sie Sahneteilchen hassen. Sie geht zur Kasse.

Verwundert schaut er ihr nach.

10

Direkt danach möchte Donna am liebsten sofort duschen. Aber aus seiner Wasserleitung kommt nur eine braune Brühe. Donna hört das Platzen der rostigen Tropfen im Fußbekken überlaut. Sie hüllt sich in eine karierte Wolldecke. Die Decke kratzt und riecht, als hätte sie bis vor kurzem auf einem schweißnassen Pferderücken unter dem Sattel gelegen.

Donna geht im Zimmer auf und ab und schaut Jens an. Danach hat sein Gesicht immer etwas Entrücktes. Als sei er nicht wirklich in diesem Raum. Er liegt nackt da, die Arme von sich gestreckt, die Füße übereinander, mit mildem Lächeln im Gesicht wie der ans Kreuz genagelte Jesus. Er hat den schwarzen Gummipräser noch nicht von seinem Glied genommen. Es schrumpelt darin ein.

Der Samen darin reicht aus, um Armeen zu zeugen, denkt sie und fühlt sich ein bißchen ärmlich mit nur einem befruchtungsfähigen Ei im Monat. Sie wundert sich über ihre eigenen Gedanken und zieht die Decke enger um sich herum.

Er tastet den Rand der Matratze nach seinen Zigaretten ab. Er muß danach immer erst eine rauchen, bevor er irgend etwas anderes tun kann. Mit geschlossenen Augen zündet er sich eine an.

Er streckt einen Arm nach ihr aus. «Was tigerst du so rum? Komm, leg dich zu mir.»

«Nein.»

«Was ist denn? War es nicht gut?»

Manchmal, wenn sie mittendrin sind, erregt seine direkte Sprache sie. Er sagt Dinge, die noch nie einer zu ihr gesagt hat. Aber wenn sie es nicht gerade miteinander tun, findet sie es eher abstoßend – ja, erschreckend.

Sie geht gar nicht darauf ein. «Ich würd gern duschen», sagt sie fordernd, trotzig.

Er stöhnt. «Ja, ich weiß. Die Dusche funktioniert immer noch nicht.»

«Die ging noch nie.»

«Jaja. Das wird schon noch.»

«Du redest, als wär das eine Schramme, die von alleine heilt. Da muß man was für tun. Von allein reparieren sich Wasserleitungen nicht.»

Er stützt sich auf den Ellbogen, hebt den Kopf und sieht sie an. «Jetzt nerv doch nicht rum. Ich bin Kfz-Mechaniker, kein Klempner. Wenn ich den ersten Klempner auftu, dessen Kiste übern TÜV muß, wird alles tipptopp fertig gemacht. Verlaß dich drauf.»

Als sei das eine lange, schwierige Rede gewesen, läßt er sich zurückfallen und saugt aus der Zigarette neue Kraft. Donna fühlt sich billig abgespeist. Jetzt legt sie sich erst recht nicht zu ihm. Sie läßt sich in den alten Ohrensessel fallen. Das Stück ist von der Müllkippe. Sie spürt die einzelnen Federn unter ihrem Hintern. Sie bohren sich durch den dünn gewordenen Stoff. Trotzdem findet sie, daß dieser Sessel das schönste Möbelstück in diesem Raum ist. Er müßte nur, wie so vieles andere, auf Vordermann gebracht werden.

Jens kommt ihr auf merkwürdige Weise glücklich vor. Jemand, der zufrieden ist mit den Zuständen, so wie sie sind. Er verschwendet keine große Kraft darauf, sie zu verändern. Er nimmt die Dinge hin und freut sich des Lebens. Manchmal kommt ihr das weise vor. Dann wieder albern, kindlich, völlig verblödet. Sie sieht es an seinem Gesichtsausdruck: Jetzt wird er wieder einen seiner klugen Sprüche loslassen. Egal, was kommt – sie findet es schon jetzt doof.

«Alles an dir riecht jetzt nach Lust und Geilheit. Warum willst du dir das abwaschen? Ist das so 'ne Art religiöses Reinigungsritual? Willst du die Sünde wegwischen?»

Sie schaut auf den schwarzen Präser, der jetzt an seinem rechten Oberschenkel festklebt.

«Glaubst du, ich will, daß alle Leute es riechen? Dir macht es vielleicht nichts aus, in so einem angesifften Bett zu schlafen. Ich brauche es etwas sauberer.»

Augenblicklich kommt sie sich spießig vor. Scheiße, denkt sie, ich blöde Kuh. Das hätte meine Mutter sagen können.

Er wendet sich ihr leicht aggressiv zu. «Brünstig riechst du. Und weißt du was? Ich find das toll. Auf jeden Fall ist es besser, so zu riechen, als ...»

Ha! Er hat sich verrannt. Er weiß nicht weiter.

«Als wer?»

Vielleicht haßt er ja mein Shampoo oder mein ...

«Weißt du, wonach die meisten Weiber da draußen riechen?» fragt er mit schmalen Lippen. Er kniet jetzt auf der Matratze und zeigt auf die Wand, als wolle er die gesamte weibliche Bevölkerung der Stadt anklagen. Er hat solche Wut im Gesicht. Da schwingt etwas mit, das ihr angst macht. Unterhalb des Knutschflecks, den sie ihm gerade erst gemacht hat, schwillt seine Halsschlagader an.

Er kneift die Augen zusammen. Er spuckt die Worte mit tödlicher Verachtung heraus: «Nach Embryos riechen sie! Nach abgetriebenen Embryos.»

Seine Worte werfen Donna in den Sessel zurück. Sie kann nur sehr flach atmen und ist froh, in die Pferdedecke gehüllt zu sein. Sie braucht einen gewissen Schutz.

«Sie machen Hautcreme daraus!»

Er spricht nicht weiter. Er beobachtet sie. Sie fühlt sich wie ein Tier in der Falle. Sie möchte die Wohnung sofort verlassen. Sie weiß nicht, woher seine Wut kommt, aber sie will nichts davon abkriegen. Er erwartet etwas von ihr. Er wartet auf eine Reaktion. Aber sie hat schon Mühe zu atmen.

Er zieht den Rauch der Zigarette scharf ein und bläst ihn dann zum Boden. Von dort steigt er auf wie Nebel, der sich langsam zwischen ihnen ausbreitet.

Donna nutzt den Qualm und geht zu ihren Sachen. Sie beginnt sich anzuziehen. Sie möchte nicht, daß er zusieht, wie sie in ihren Slip steigt. Sie zögert einen Moment. Sie könnte ihre Sachen nehmen, ins Badezimmer gehen und – aber irgendwie ist das albern.

Da steht er auf. Er ist plötzlich wie ausgewechselt. «Entschuldige», sagt er. «Ich werde die Dusche reparieren lassen. Ist ja klar. – Wo willst du hin?»

«Ich muß nach Hause.»

«Ach Donna, bitte. Sei doch nicht sauer. Komm, bleib über Nacht.»

«Nein.»

«Nie bleibst du über Nacht. Was soll das eigentlich? Ich mach dir ein schönes Frühstück. Ich hab schon Backbrötchen besorgt. Mein Kühlschrank ist nicht immer leer ...» Er versucht, einen Witz daraus zu machen.

Plötzlich ist es Donna nicht mehr wichtig, sich unbeobachtet anzuziehen. Sie tut es rasch und schnörkellos vor seinen Augen. Soll er ruhig sehen, was ihm entgeht.

«Wir sind jetzt seit sechs Wochen zusammen, und du hast mich noch nie zu Hause besucht.»

Er ahnt sofort, worauf das hinausläuft, und verzieht den Mund. «Ich steh nicht so auf Eltern.»

«Meine sind in Ordnung. Echt klasse. Du würdest staunen.»

Warum muß ich sie immer gleich verteidigen? denkt Donna. Er hat sie doch gar nicht wirklich angegriffen. Es ist nur dieser verächtliche Ton. Er hat Angst vor ihnen, das ist alles. Ich präsentiere sie ihm auf einem goldenen Tablett, und er lehnt dankend ab. Irgendwie verletzt mich das.

«Wenn sie so in Ordnung sind, warum lassen sie dich dann nicht mal nachts bei mir schlafen?»

«Weil sie, na ja... sie machen sich halt Sorgen. Sie wollen wissen, mit wem ich zusammen bin. Da ist doch nichts dabei.»

Er winkt ab. «Sag doch einfach, daß du bei deiner Freundin schläfst.»

Donna schluckt. «Ich belüge sie nicht gern», sagt sie. «Und irgendwie ist das auch unnötig. Mein Vater weiß nichts von der Razzia und diesem ganzen Mist. Und meine Mutter hält dicht. Darauf kannst du dich verlassen. Wenn sie dich erst kennengelernt haben, wird alles viel einfacher sein.»

Er läßt die Zigarettenkippe in eine leere Rotweinflasche fallen.

«Kannst du dir das vorstellen? Ich mit Blumen in den Flossen? Antrittsbesuch bei den Schwiegereltern?»

«Ach, ach, ach, mach es doch nicht gleich so dick! Schwiegereltern!»

Er dreht sich im Kreis und zeigt auf die einzelnen Ecken des Zimmers, als müßte er ihr den Raum erst wirklich vor Augen führen.

«Und dann? Gegenbesuch? Hier? In meinem Loch? Dein Papa hockt im Sessel und wir alle auf dem Boden, mit 'nem Stückchen Kuchen auf'm Unterteller? Bitte, bitte, wenn's dir gefällt – meinetwegen!»

Er läßt die Arme resigniert sinken. Nackt steht er da und schaut sie um Verzeihung heischend an.

II

Peter Huse steht gut gelaunt unter der Dusche. Erstens hat er ein Kilo abgenommen, zweitens hat er von seinem Steuerberater einen Tip bekommen, wie er bei der Einkommensteuer gut fünftausend Mark sparen kann – ganz legal, versteht sich – , und drittens wischt er sich gerade Monikas Lippenstift vom Glied.

Er fühlt sich jung, kräftig, wie ein Mann, der weiß, daß er die schwere Hälfte des Lebens hinter sich hat und die leichte, schöne vor sich. Er ist dabei, die Früchte seiner harten Arbeit zu ernten. Nun wird er belohnt für die Mühsal des Anfangs. Alles im Leben hat seinen Preis, und er hat bereits bezahlt.

Du hast dein Haus, denkt er, das nicht mehr zum größten Teil der Bank gehört, sondern dir. Dein Laden läuft prächtig. Dein Eheleben ist auf einem Wohlfühlplateau angekommen. Deine Tochter ist gesund, schön und wird bald ihr Abitur machen. Heute kommt ihr Freund zu Besuch. Hast du gut gemacht, Peter Huse. Sei stolz auf dich.

Er ist durch viele Krisen gegangen. Allein der Versuch, sich aus dem Nichts heraus selbständig zu machen, hätte fast ihre Ehe zerstört. Ein paarmal war er kurz davor, sich scheiden zu lassen. Das Gefühl, wieder ledig und kinderlos sein zu wollen, hat ihn oft geradezu anfallartig ergriffen. Jetzt ist er froh, ihm nicht nachgegeben zu haben. Nicht wirklich. Höchstens mal für ein paar Stunden.

Er hat nicht aufgegeben, als der Laden Minus machte und die Bankschulden ihn zu erdrücken drohten. Manchmal fühlte er sich als Sklave der Bank, wollte alles hinschmeißen, beneidete die Arbeitslosen.

Arbeitslos, dachte er damals manchmal, das ist wenigstens noch was. Da kann man sagen, ich möchte ja gern, aber die Verhältnisse sind so beschissen. Mich will keiner. Da kann man wenigstens noch einen Teil der Schuld der Gesellschaft in die Schuhe schieben. Wenn man aber mit seinem Laden pleite geht, dann steht man als Versager da. Als nichts weiter. Denn einige schaffen es und andere wiederum nicht.

In Wirklichkeit war seine Angst vor der Arbeitslosigkeit so groß, daß er sich lieber weiter verschuldete und die Selbstausbeutung auf eine gesundheitlich bedenkliche Spitze trieb, weil er es nicht ertragen hätte, auf Hilfe angewiesen zu sein. Jetzt ist er durch. Ist selbst ein Teil des Establishments, gegen das er sich gefühlsmäßig immer auflehnte. Das Leben hat ihm eine Menge Prüfungen auferlegt, und er hat sie bestanden.

Er trocknet sich mit einem großen, flauschigen Saunatuch ab. Seit sie den neuen Wäschetrockner haben, sind die Sachen noch angenehmer auf der Haut.

Er stellt sich vor, wie der Junge wohl sein mag. Er hat ihn bisher nur von weitem gesehen. Ein Sportsmann vermutlich. Starke Arme, ausgebildete Schultern, klare Ziele vor Augen. Egal, was der junge Mann später mal werden will, Rechtsanwalt, Studienrat, Ingenieur – Peter Huse wird ihm mit Wohlwollen begegnen. «Hauptsache, man weiß, was man will», wird er sagen, «und beißt sich dann durch. Jeder hat seinen eigenen Weg. Niemand hat das Recht, einem vorzuschreiben, wo's langgeht. Sie machen das schon.»

Er will ein gutes Verhältnis zu dem Jungen, von Anfang an. Auf keinen Fall will er dastehen wie ein dummer, eifersüchtiger Papa, der es nicht ertragen kann, daß er die Liebe seiner Tochter von nun an mit einem anderen Mann teilen muß. Was hier geschieht, ist ganz natürlich. Er wird auch das meistern, wie so vieles andere in seinem Leben.

Er setzt den Fuß auf den Toilettenrand und schneidet sich die Zehennägel.

Monika hat einen Guglhupf mit Rumaroma gebacken. Dann überkam sie plötzlich die Angst, der Kuchen könne zu trocken geworden sein. Sie wollte ihn aber nicht anschneiden, um ihn zu probieren, deshalb hat sie rasch Apfelkuchen in den Backofen geschoben. Der Duft von Äpfeln, Zimt, Rosinen und Rum zieht durch die Wohnung. Ihre Hoffnungen, daß Donna diesen Jens Simon rasch sausenlassen würde, haben sich zerschlagen.

Vielleicht, denkt sie, gehört das einfach dazu. Es ist eine Entwicklungsphase, nichts weiter. Donna ist sehr behütet aufgewachsen und mit guterzogenen Mittelschichtkindern groß geworden. Natürlich wirkt so was leicht Schmuddeliges, Halbseidenes anziehend auf sie. Sie muß ausprobieren, wie das ist: sich eine Gesellschaftsschicht tiefer zu bewegen.

Monika gönnt ihr das Abenteuer und hofft, daß nichts Schlimmes passiert. Zum Glück hat sie ihre Tochter schon aufgeklärt, als sie zwölf war. Wenn der Junge jetzt zu Besuch kommt, entkrampft sich die Situation vielleicht. Sie wird ihm zeigen, daß sie ihm keine Vorwürfe macht. Er soll, bitte schön, ihre Tochter nicht mehr in so was hineinziehen, aber was geschehen ist, ist geschehen. Aus, vorbei, vergessen. Sie werden das schaffen, ohne daß Peter etwas davon erfahren muß.

Sie hat die Sache bereits mit einer Anwältin besprochen. Es wird glimpflich abgehen. Donnas Elternhaus, Vorleben und Sozialprognose. Ein einmaliger Ausrutscher, nichts weiter. Die Schule muß nicht informiert werden. Donna wird sich reumütig zeigen.

Der Prozeß wird ihr ganz guttun, denkt Monika. Das ist anschaulicher als jede Strafpredigt. Warum soll ich ihr als Mutter jetzt in den Rücken fallen? Ich werde zu ihr halten, das mit ihr gemeinsam durchstehen, und am Ende werden wir noch näher zusammengewachsen sein. Gemeinschaften bewähren sich in Krisen. Irgendwann – hoffentlich bald – wird sie sich in einen anderen Jungen verlieben. Zum Beispiel in diesen Gerd aus der Abschlußklasse. Einen, den sie bewundern kann. Und dann ist es vorbei mit diesem Jens. Vielleicht kommt es auch ganz anders, und er nimmt sich eine andere. Eine, die mehr so ist wie er. Das wäre für Donna zwar schmerzhafter, aber vielleicht sogar besser.

Sie stellt sich vor, wie sie ihre Tochter tröstet. Wie sie ihr über den Verlust hinweghilft und dann endlich mit Donnas Zustimmung sagen kann: «Der hat doch sowieso nichts getaugt.»

Ihre Tochter ist, wahrscheinlich ohne es zu wissen, in einer schwierigen Lebensphase. Monika ist darauf vorbereitet, ihr zu helfen, die Klippen sicher zu umschiffen. *Schadensbegrenzung* nannte die Anwältin das. Ein schönes Wort, findet Monika. Schadensbegrenzung.

Zur Feier des Tages legt Donna den Indianerohrring an. Das Symbol ihrer Liebe. Den Ohrring, der eigentlich gar nicht zu ihr paßt. Sie kann ihn nachts nicht im Ohr behalten, dafür ist er zu lang. Das Gebaumele stört sie. Überhaupt scheint der Ohrring nicht ganz so kostbar zu sein, wie Jens glaubt. Der Stift ist keineswegs aus echtem Silber, die Farbe blättert ab. Darunter ist er grünlichbraun. Sie tippt auf Kupfer. Donna ist allergisch gegen Kupfer. Sie muß ihn nur ein paar Stunden im Ohr haben, und schon schwillt das Ohrläppchen an und sie kriegt rote Flecken am Hals. Das kann bis zur Atemnot gehen, aber so weit ist es zum Glück noch nicht gekommen. Sie hat den billigen Stecker einfach gegen einen aus echtem Silber ausgewechselt, an dem nur ein langweiliger Ohrring hing, den die Eltern ihr zum sechzehnten Geburtstag geschenkt hatten.

Donna sitzt schon um Viertel vor drei am Kaffeetisch im Eßzimmer. Aber sie rührt noch nichts an. Sie will testen, wo für sie der beste Platz ist. Dorthin, wo sie üblicherweise sitzt, auf ihren Stammplatz, will sie heute nicht. Sie will auch durch die neue Sitzordnung dokumentieren, daß sich etwas verändert hat. Papa wird auf seinem Stammplatz bestehen. Mama scheint ihr flexibel zu sein. Vielleicht ist sie bereit, Jens ihren Stuhl anzubieten. Obwohl, ganz sicher ist Donna sich da nicht. Er wird schon den Platz einnehmen müssen, der übrigbleibt. Aber das wird kein Problem sein. An dem runden Tisch stehen fünf Stühle, und sie sind nur zu viert.

Der Platz mit dem Rücken zum Fenster ist immer frei geblieben. Donna kann sich nicht erinnern, daß dort jemals jemand anders gesessen hat als Besuch. Nun probiert sie ihn aus. Der Stuhl ist gut gepolstert und solide gebaut wie die anderen auch. Er hat keinerlei Nachteile.

Komisch, denkt Donna, welche Rituale sich in eine Familie einschleichen. Ganz langsam. Absichtslos. Plötzlich ist es so, und dann ändert niemand mehr etwas daran. Wenn ich mich heute hierhin setze, wird das alle verunsichern. Niemand wird etwas dagegen haben. Warum auch? Und trotzdem verletze ich ein Gesetz, das nicht mal ein ungeschriebenes ist. Ich verletze ein Gesetz, das es überhaupt nicht gibt.

Sie tut es. Und schaut auf die Uhr. Zehn vor drei. Sie federt noch einmal vom Stuhl hoch, geht zum Telefon und wählt Jens Simons Nummer.

Jens hat die Telefonrechnung vom März noch nicht bezahlt, deswegen hat ihm die Telekom schon vor Wochen das Telefon gesperrt. Er kann nicht mehr herausrufen. Anrufe empfangen konnte er aber noch. Bis gestern. Nun hat die Telekom die Leitung endgültig gekappt. Er hat auch den letzten Zahlungstermin verstreichen lassen. Eine freundliche Telefonistinnenstimme teilt Donna mit, daß der Anschluß vorübergehend nicht erreichbar sei.

Donna spürt eine doppelte Wut. Zum einen auf Jens, den alten Schlunz. Zum anderen auf die Telekom. Sie weiß, daß sie ungerecht ist. Sie mußte noch nie eine Telefonrechnung bezahlen. Sie hat keine Ahnung, was es kostet, wenn sie am Telefon ausgiebig mit Sina über Jungs redet. Papa hat das immer erledigt.

Jens findet, daß es kein Problem ist, runterzugehen und von der Telefonzelle gleich gegenüber anzurufen. Außerdem, Anrufe empfangen konnte er ja bisher. Sie kann sich vorstellen, wie lässig er darüber hinweggehen wird, wenn sie versucht, ihn darauf anzusprechen.

Um fünf vor drei sitzt auch Monika am runden Tisch und staunt als erste über die neue Sitzordnung. Sie entdeckt, daß Kandis für den Tee fehlt, und eilt, fast froh, einen Grund gefunden zu haben, in die Küche zurück.

Peter Huse füllt noch schnell zwei Überweisungsformulare

aus. Für diesen Kleinkram nutzt er die Wartezeiten, die immer wieder für einen Mann entstehen, der mit zwei Frauen zusammenlebt.

Meine Haare sind noch nicht geföhnt.

Ich muß mir nur eben noch eine andere Bluse anziehen.

Ich finde die passenden Schuhe nicht.

Moment noch, meine Wimperntusche!

Es waren immer nur Minuten. Sie haben sich im Laufe der Zeit zu Stunden, Tagen und Wochen summiert. Seit Jahren nutzt er diese Lücken. Er steht nicht und wartet darauf, daß eine von den beiden fertig wird. Er huscht in sein Arbeitszimmer und erledigt Dinge im Minutenrhythmus. Er hakt das unter *Lebensroutine* ab. So muß er nicht meckern und läßt sich trotzdem nicht die Zeit stehlen.

Diesmal ist es keine seiner beiden Frauen. Er will nicht vor Jens im Eßzimmer sitzen. Es ist angenehmer, dazuzustoßen, wenn die anderen schon am Tisch sitzen, sich zu entschuldigen, daß er noch zu tun hatte, sich vorzustellen und in ein bereits laufendes Gespräch einzuklinken, statt eins eröffnen zu müssen.

Zehn nach drei wird er unsicher. Vielleicht ist Jens schon unten, und er hat es gar nicht mitgekriegt? Vielleicht hat er nicht geklingelt, sondern Donna stand am Fenster, hat ihn kommen sehen und ihm geöffnet. Bestimmt fährt der junge Mann nicht mit einem Wagen vor und auch nicht mit einem Motorrad. Er kann sich lautlos genähert haben.

Peter Huse betritt das Eßzimmer in freudiger Erwartung. Donna und Monika sind froh, daß er erscheint. Sie überspielen die Wartesituation, indem sie ihm Kuchen anbieten. Damit haben sie ihn gleich für sich gewonnen. Er kostet erst von dem Apfelkuchen, nimmt Sahne dazu und ist begeistert. Dann macht er sich über den Guglhupf her. Er tut so, als sei dies eine ganz normale Kaffeestunde zu dritt.

Bald geht er von Kaffee zu Tee über, findet auch den *phantastisch.* Seine Äußerungen wirken alle ein bißchen aufgesetzt. Eine Spur zu übertrieben, um von Monika oder Donna ernst genommen zu werden.

«Nun», sagt er, «ist das akademische Viertel aber um. Jetzt sollte der junge Mann uns die Ehre geben.»

Donna muß lachen. Wie gestelzt ihr Vater sprechen kann! Sie ahnt es längst: Jens wird nicht kommen. Der Feigling hat gekniffen. Sie kämpft plötzlich mit den Tränen.

«Hat er angerufen?» fragt Peter. Es wundert ihn, daß seine Frau so schweigsam ist.

«Nein», sagt Donna. «Hat er nicht.»

«Bestimmt ist ihm irgend etwas dazwischengekommen», wiegelt Monika ab. Es klingt wenig überzeugend.

Peter Huse sieht, daß seine Tochter leidet. Das tut ihm weh. Er möchte ihr über diese Situation hinweghelfen. Er erzählt: «Ich erinnere mich noch gut daran, wie es war, als ich zum erstenmal bei deinen Großeltern eingeladen war. Ich hab mich vor Aufregung dreimal umgezogen. Ich war zu spät dran – und damals hat man wirklich auf Pünktlichkeit geachtet. Ich bin mit der Bahn gefahren, ohne Fahrschein, und natürlich haben sie mich erwischt. Die ganze Arie hat mich noch mal gut zwanzig Minuten gekostet, außerdem mußte ich dann den Rest doch zu Fuß gehen.»

Donna hat diese Geschichte schon oft gehört. Jetzt ist sie zum ersten Mal fast dankbar, daß ihr Vater sie erzählt. So muß sie wenigstens nichts sagen.

Monika fährt fort. Jetzt kommt ihr Part. «Unterwegs flog er natürlich lang hin und riß sich die Hose auf. Du kannst dir nicht vorstellen, wie er da vor meinen Eltern stand. Dreckig, abgehetzt, die Hose am Knie aufgerissen, das Knie blutig. In der Hand einen Strauß Friedhofsblumen, die natürlich beim Hinfallen auch ganz schön in Mitleidenschaft gezogen worden waren.» Monika lacht.

Sie lacht immer an dieser Stelle, denkt Donna, obwohl da doch gar nichts Lustiges ist.

«Deine Eltern haben mich sofort gehaßt», wirft Peter ein, und Monika bestätigt: «O ja, sofort.»

«Na, vielleicht haben sie ihn ja auch beim Schwarzfahren erwischt», scherzt Peter.

Doch als um vier immer noch nichts passiert ist, räumt Monika den Tisch ab. Peter hilft dabei. Zum Glück beginnt schon Minuten später die Wiederholung von einem *unheimlich spannenden Film*, den sie alle bei der Erstausstrahlung verpaßt haben.

12

Jens liegt ölverschmiert unter einem Opel Corsa. Nur seine Beine gucken bis zu den Knien darunter hervor.

Donna ahnt, daß sie ihn hier finden wird, nachdem sie zweimal vergeblich bei ihm geklingelt hat. Die Saxophontöne, die aus dem Kassettenrecorder des Corsa schrepsen, legen die Vermutung nahe, daß Jens mal wieder im Hinterhof seiner Schwarzarbeit nachgeht.

Sie packt seine Füße und reißt ihn auf seinem Kfz-Mechaniker-Skateboard unter dem Auto hervor. Die Rollen am Brett quietschen, etwas scheppert auf den Boden, dann liegt Jens vor ihr.

«Spinnst du?» brüllt er und spuckt etwas aus.

«Mach das nie wieder mit mir!» schreit Donna. «Nie wieder, hörst du?! Ich stand da wie eine Doofe! Wir hatten alles vorbereitet! Meine Eltern haben auf dich gewartet!»

Jens erhebt sich mühsam. Er wirkt wie ein alter Mann, der hingefallen ist.

«Ach ja, das Kaffeetrinken bei deinen Alten.»

«Tu jetzt bloß nicht so, als hättest du's vergessen!»

«Ich muß die Kiste hier bis morgen früh fertig haben. Ich krieg dafür fünfhundert Mark. Fünfhundert!»

«Komm mir bloß nicht so!»

«Was denn? Für wen laß ich denn Barbies Traumdusche bauen?» fragt er angriffslustig und legt den Kopf schräg.

«Für mich nicht. Mich siehst du nämlich nicht wieder!»

Sie dreht sich um, geht aber nicht weg. Er legt ihr eine Hand auf die Schulter. «Donna. Laß uns doch jetzt nicht wegen so 'm Quatsch ...»

«Das ist kein Quatsch. Es hat mir verdammt weh getan.»

«Ich besuch deine Eltern. Ganz bestimmt. Ich komm mit. Ich versprech's dir.»

«Wer einmal lügt, dem ...»

«Bitte, Donna. Mark war hier. Er hat die Sachen gebracht. Mein Saxophon ist wieder da und ...»

«Mark?»

«Ein Freund von mir. Musikjournalist. Er schreibt für ...»

«Geschenkt.»

«Jedenfalls hat er, nachdem wir verschwunden waren, unseren ganzen Krempel zusammengepackt und hierher gebracht. Ist doch prima, oder nicht? Du hattest doch Angst, daß deine Alten deswegen Theater machen. Das Problem hätten wir jetzt also gelöst.»

Er zeigt mit seiner ölschwarzen rechten Hand in die Ecke. Donna sieht ihre Tasche. Der Tennisschläger fehlt. Sie will sich gerade darüber auslassen, da fällt ihr ein, daß sie den Tennisschläger am Eingang abgegeben hat. Natürlich konnte Mark, den sie noch nicht mal kennt, davon nichts wissen.

Manchmal, denkt Donna, bin ich wirklich eine nörgelnde, blöde Kuh.

Als Jens jetzt von hinten seine Arme um sie legt, erwähnt sie nicht, daß er Flecken in ihr neues weißes T-Shirt macht, die vermutlich niemals rausgehen, sondern sie drückt sich gegen ihn, läßt den Kopf in den Nacken fallen, so daß ihr Mund nahe an seinem ist, und küßt ihn. Sofort weiß sie wieder, daß sie noch nie so verliebt gewesen ist.

Ohne die Lippen von seinen zu lösen, schraubt sie sich zwischen seinen Armen vorsichtig herum, bis nicht mehr ihr Rücken gegen seine Brust drückt, sondern sie Bauchnabel an Bauchnabel stehen. Sie nestelt an seinem Blaumann herum. Die Knöpfe an seinem Schlitz springen rasch auf.

«Die Liegesitze vom Corsa sind echt Scheiße», stammelt Jens und schielt zum Hochhaus hinüber. Er ist froh, diese Bude zu haben. Er will sie nicht so rasch wieder verlieren.

«Wer redet denn vom Corsa?» fragt sie und wühlt sich durch seine Unterhose.

Sie tun es im Stehen. Als sie sich nicht länger an ihn klammern kann und seine Beinmuskulatur nicht mehr mitspielt, lehnt er sich mit dem Rücken gegen die Wand. Kurz danach glitscht er aus ihr heraus, und sie fällt fast hin. Ihm kommt es vor wie eine Niederlage, doch Donna kriegt einen Lachkrampf. Diese Nummer im Stehen hat sie im Kino gesehen. Es sah romantisch aus, wild, leidenschaftlich. Sie wußte von Anfang an, daß sie das auch ausprobieren wollte. Mit ihm. Mit wem sonst? Jetzt weiß sie, daß es bequemere Möglichkeiten gibt, sich zu lieben.

13

Peter Huse hat in seiner Kindheit erlebt, wie schlimm es ist, wenn Eltern ihren Kindern keine Geheimnisse lassen. Wenn sie ihnen nicht die Zeit geben, von allein aus sich herauszukommen, sondern bohrende Fragen stellen, als hätten sie das Recht, alles über sie zu erfahren. Als sei ein gläsernes, völlig durchsichtiges Kind das beste.

Doch langsam kann er seine Neugier kaum noch bremsen. Donna erzählt nichts über diesen Jens. Sie wird immer schweigsamer, ist immer seltener zu Hause und verändert sich äußerlich. Sie hat ihre langen, goldblonden Haare pinselartig hochgesteckt. Sie zupft sich die Augenbrauen, benutzt einen grelleren Lippenstift, dunkel umrandet, und schon zweimal hat sie ihn um Geld gebeten, weil sie «dringend neue Unterwäsche braucht».

Sie schläft also mit ihm, denkt er, oder hat es zumindest vor. Sie will drunter mindestens so schick aussehen wie drüber.

Nun, sie ist siebzehn. Was soll er dagegen haben? Aber warum kann er ihn nicht kennenlernen? Warum sagt sie nichts über ihn? Ist er behindert? Entstellt? Und wenn er ein Ausländer wäre... Sie weiß genau, daß er nichts gegen Ausländer... Nun steht sie vor ihm und druckst herum.

«Du, Papa, ich ...»

«Was ist, Kind? Raus mit der Sprache. Was hast du auf dem Herzen?»

«Es ist ... wegen dem Tennisturnier am Wochenende.»

«Ich weiß, du hast den Schläger verloren. Macht nichts. Ich hab dir schon einen neuen gekauft. Es sollte eigentlich eine Überraschung sein, aber vielleicht willst du ihn ja vor Samstag einspielen. Ich freu mich schon drauf. Diesmal werde ich euch fahren. Die Wolters' kommen auch mit.»

«Ja. Hm. Eben. Also – ich will nicht an dem Turnier teilnehmen.»

«Bitte? Du hast doch wohl keine Angst vor Annika Schmidtbauer? Gut, gut, sie hat dich zweimal besiegt, aber ihre Rückhand ist schwächer geworden. Sie hat lange nicht so intensiv trainiert wie du.»

«Das ist es nicht, Papa. Ich hab am Wochenende was anderes vor.»

Sie braucht es nicht auszusprechen. Er ahnt es. Es hängt mit diesem Jungen zusammen. Zum erstenmal wird er wütend auf den Burschen. Was bildet der sich ein? Stellt sich nicht vor, kommt nicht vorbei, setzt dem Mädchen Flausen in den Kopf.

Peter Huse sagt nichts. Guckt nur.

«Ich würde gern am Wochenende mit Jens auf eine Party gehen. Wir wollen da schlafen, und ich käme dann Sonntag abend irgendwann zurück.»

Peter verschränkt die Arme vor der Brust. «Wo ist denn diese Party?»

«Du kennst die Leute nicht.»

«Na prima.»

Er empfindet seine Haltung als zu abwehrend. Er weiß, daß er aussieht wie einer, der nur noch mauert. Das will er nicht. Er gibt sich Mühe, Bewegung in seine Schultern zu bringen, hebt die Arme, gestikuliert ein bißchen mit den Händen. «Du willst bei ihm schlafen. Du willst über Nacht da bleiben. Okay, meinetwegen. Nichts dagegen. Keiner soll sagen, ich sei verklemmt. Deine Mutter und ich haben schließlich auch ...»

«Bitte, Papa.»

«Aber ich möchte wissen, wo meine Tochter ist und bei wem. Wenn er keine Zeit hat, mit uns Kaffee zu trinken, hat er vielleicht auch keine Zeit, am Wochenende mit dir ...»

Das Telefon klingelt. Er ist ganz dankbar für diese Unterbrechung. Er hebt den Hörer ab. «Ja, hier Peter Huse.» Sofort legt jemand auf. Das ist ihm in den letzten Wochen oft passiert.

Er hält seiner Tochter den Hörer demonstrativ ans Ohr, zeigt darauf, als sei das Stück Kunststoff eine Person. «Was ist mit ihm? Was stimmt mit ihm nicht? Wieso hat er Angst vor mir? Wieso legt er auf wie ein Einbrecher, der nur hören will, ob jemand zu Hause ist, bevor er kommt, um die Möbel auszuräumen?»

«Papa, du bist gemein. Das war nicht Jens.»

«Ach nein? Welcher Spinner ruft denn hier laufend an und legt auf, wenn Mama rangeht oder ich?»

Donna streckt den Zeigefinger in Richtung Boden. Sie bewegt

die Hand ruckartig rauf und runter, als sei der Finger ein imaginärer Stab, mit dem sie streng auf den Boden pocht, um sich Gehör zu verschaffen. Mit energischer Stimme stellt sie klar: «Er wird heute kommen. Zum Abendessen. Punkt acht.»

Peter nickt beeindruckt. Er verbeugt sich spielerisch und spottet: «Ich bin mir der Ehre bewußt. Ist ein Abendanzug angesagt? Läuft das Ganze unter dem Motto ‹Adeliger heiratet Bürgerliche›? Oder kann ich ganz normal kommen, so wie ich jetzt aussehe?»

«Was willst du eigentlich von mir?» schreit Donna. «Was hast du gegen meine Freunde?»

Die nackte Emotion erschreckt ihn. Schon tut ihm alles leid. Warum war er so spöttisch? Gleichzeitig wird ihm schmerzhaft bewußt, was für Angst er vor diesem Treffen hat.

«Aber ich habe doch nichts gegen deine Freunde», stammelt er. Es klingt wenig überzeugend. Jetzt, da seine Gesichtszüge entgleisen, da er so unsicher wird, verfliegt Donnas Wut. Er schluckt. Das Sprechen fällt ihm schwer.

Er hat keinen starken englischen Satz parat. Er muß es in seiner Sprache versuchen.

«Ich», sagt er, «ich dachte ... ganz tief in mir drin, es könnte vielleicht sein, daß ...»

Donna schiebt den Kopf vor. Er wird immer leiser. Sie hat Angst, etwas Wichtiges nicht mitzubekommen.

«Ich dachte, du schämst dich vielleicht für deine Eltern. Ich dachte, du willst uns nicht vorzeigen, nur weil wir... Deine studierten Freunde aus studiertem Elternhaus. Ich bin kein Akademiker, sondern ein Selfmademan. Ich bin stolz darauf, glaub mir. Ich hätte auch lieber studiert. Aber ich ...»

Jetzt erkennt Donna die Maßlosigkeit des Mißverständnisses. Ihr Vater öffnet die Arme, und sie springt hinein. Die beiden drücken einander fest.

«Papa! Wie kommst du darauf, daß ich mich für euch schämen könnte?! Ich bin stolz auf euch. Stolz! In meiner Klasse gibt es überhaupt nur noch drei, die bei ihren ursprünglichen Eltern wohnen. Die meisten sind mit ihren Müttern alleine. Einige in ganz neuen, anderen Familien.»

Ihre Worte tun Peter gut. Ihr Haarpinsel kitzelt in seinem Gesicht. Er ist plötzlich riesig stolz auf seine Tochter. Auf sich. Auf Monika. Auf seine Ehe. Auf alles.

14

Donna setzt sich durch. Jens klingelt um Punkt acht. Monika hat schnell ein Abendessen gezaubert. Es gibt Rotbarschfilet, dazu einen Kartoffelauflauf mit Brokkoli und Donnas Lieblingssalat, Möhren mit Äpfeln.

Jens steht schon in der Tür, da rennt Peter nach unten und zieht wahllos Weißweinflaschen aus dem Regal. Er greift nach links unten, wo die teureren Sorten lagern, stolpert die Treppe wieder hoch und schiebt die Flaschen rasch in den Kühlschrank. Der Kühlschrank ist übervoll. Er kriegt nur zwei Flaschen unter. Eine legt er ins Eisfach, um sie schnell zu kühlen, die anderen stellt er vor dem Kühlschrank auf den Boden.

Das hat er noch nie getan. Er muß sich eingestehen, daß er nervös ist. Äußerst nervös.

Jens ist frisch rasiert, die Haare sind gewaschen und geföntt. Er trägt verwaschene, aber saubere Jeans und weiße Nikes, obwohl die völlig out sind. Doch er findet sie passender als seine Cowboystiefel. Ein Baumwollhemd mit großen indianischen Mustern, weiß, blau und rot. Die berühmte Lederjacke hat er lässig über die Schulter geworfen. Er schwitzt ein bißchen unter den Armen. Schließlich überreicht er Monika Huse einen Sommerstrauß, den er nicht auf dem Friedhof geklaut, sondern am Automaten gezogen hat, und fragt sich: Was tue ich hier eigentlich?

An Donnas Gesicht sieht er, daß es für sie eine Art Liebesbeweis ist. Er ist gekommen. Das Ganze ist äußerst wichtig für sie. Also spielt er mit. Er will, daß sie endlich ohne Probleme bei ihm schlafen kann. Er will sie anrufen und, wenn die Eltern dran sind, sagen können: «Kann ich bitte mal Donna sprechen?»

Frau Huse nimmt die Blumen und zwinkert ihm komplizenhaft zu. Was will sie damit sagen? Sie möchte irgendeine Gemeinsamkeit schaffen, das ist ihm klar. Das Zwinkern soll wohl andeuten, daß sie es nicht böse meint mit ihm. Daß sie nichts von der Geschichte mit dem Haschisch verraten hat.

Peter Huse, der unbeholfen vor ihm steht, als sei er selbst zu Besuch gekommen, gefällt ihm auf Anhieb und tut ihm sofort leid. Jens tippt darauf, daß Monika alle Fäden in der Hand hat. Vielleicht spielt Peter Huse sogar nur die Rolle des Unwissenden. Das hat Monika ihm diktiert. Er hält sich genau an seinen Text. Er weiß alles, aber spielt den, der keine Ahnung hat.

Als Jens sich setzt, hat er das Gefühl, Durchfall zu bekommen und eine Grippe. Seine Stirn fühlt sich fiebrig an, sein Hals kratzt.

Beim Zuprosten sieht Peter Huse die Finger von Jens' rechter Hand sehr deutlich. Zwischen dem Mittel- und dem Zeigefinger starke Nikotinspuren. Aber auch Schwielen an den Fingern. Schwarze Spuren, tief eingegraben. Nicht abwaschbar. Das sind keine Gymnasiastenfinger. Solche Finger hat jemand, der mit Maschinen hantiert. Oder er hat ein Motorrad, ist so ein Hobbybastler ...

Peter will nicht direkt fragen, wann Jens seinen Abschluß macht. Er hofft, daß es sich aus dem Gespräch ergibt. Er hat es lieber, wenn die Menschen sagen, was sie zu sagen haben, ohne sich lange bitten zu lassen.

Monika übernimmt die Gesprächsführung. Sie macht es geschickt. Sie redet über einen Spielfilm, den offensichtlich alle kennen, nur Peter nicht. Als er erklärt, den Film nicht gesehen zu haben, geht Monika lachend mit der Bemerkung darüber hinweg, er sei nur mal wieder vor dem Fernseher eingeschlafen.

«Solange ich nicht hinter der Ladentheke einschlafe, ist doch alles okay», lacht Peter und schaut zu Jens. Der nickt ihm fröhlich zu.

Jens lobt den Fisch und den Kartoffelauflauf. Zum Glück hält Monika jetzt keinen Vortrag über gesunde Ernährung. Damit der Vortrag allen auch weiterhin erspart bleibt, geht Peter in die Offensive.

«Nun erzählt doch mal, Kinder. Wie habt ihr euch kennengelernt?»

Es stehen viele Fettnäpfchen herum, und Peter spürt sofort,

daß er in das erste hineingelatscht ist. Die beiden schauen einander an. Jeder erhofft im Blick des anderen die Antwort. Jens bedeutet Donna, sie solle reden, Donna erteilt ihm das Wort.

Monika will den beiden aus der Klemme helfen. «Wartet, laßt mich raten», sagt sie, schließt die Augen, hebt die Hände über den Tisch, als gehe es um eine Geisterbeschwörung, dann fährt sie fort: «Ihr habt nebeneinander gesessen. Im Kino. Stimmt's? Es war ganz dunkel. Es war ein gruseliger Film. Die Spannung wuchs ins Unerträgliche.»

Ihre Hände kreisen vorsichtig über dem Tisch. Die magische Beschwörung geht weiter. Amüsiert schaut Peter seiner Frau zu. Sie verblüfft ihn immer noch. Nach all den Jahren.

Plötzlich, ohne die Augen zu öffnen, schnappt sie sich die Hand von Jens. Dem fällt fast die Gabel hin vor Schreck. Monikas Stimme scheint aus dem Jenseits zu kommen. Aus einer fernen Realität.

«Plötzlich hat sie Ihre Hand ergriffen. Und ‹Hilfe!› gerufen, hab ich recht?»

Sie läßt die Hand von Jens los. Die intime Geste ist ihr plötzlich ein bißchen peinlich. Sie weiß, daß sie mit einer witzigen Nummer die Situation gerettet hat. Trotzdem will sie ihn nicht noch einmal so einfach berühren. Seine Hand ist kalt. Entweder wird er krank, oder er hat Angst.

«Ganz so war es nicht», nimmt Jens die Geschichte auf. «Ich habe nach ihrer Hand gegriffen.»

Peter lacht, ehrlich überrascht.

«Ja, ich fürchte mich bei solchen Filmen immer. Ich hatte eine falsche Karte gekauft, wollte eigentlich einen anderen Film sehen. Eine Komödie. Detlev Bucks ...»

«Und dann sind Sie in diesen Gruselfilm geraten, und da saß meine Tochter. Man sagt, es gibt keine Zufälle im Leben!»

«Ich hab mich bei ihr verkrochen, und sie hat mich vor den Figuren auf der Leinwand beschützt. Danach sind wir dann ein Eis essen gegangen und ...»

«Und Sie haben ihr aus Dankbarkeit den Ohrring geschenkt, oder?»

«Ja, so ähnlich.»

«Hach, das gefällt mir!» Peter Huse strahlt seine Frau an. «So jung müßte man noch mal sein, was, Moni? Weißt du noch, wir beide damals? Als wir noch regelmäßig ins Kino gegangen sind – zum Knutschen?»

Sie wehrt ab. «Hör auf.»

«Ist doch wahr. Wo sollten wir denn hingehen damals? Wenn wir im Dunkeln allein sein wollten, gab's doch nur die Kinosessel.»

Donna schaut auf den Wein. Ihr Vater wirkt so aufgeräumt. Will er Jens wirklich eine Chance geben, oder sammelt er nur Punkte, um hinterher sagen zu können: *Ich hab alles versucht. Ich war wohlwollend. Ich war nett. Aber mit dem Jungen ist einfach nichts anzufangen.*

Sie spürt das wachsende Mißtrauen in sich. Sie muß sauer aufstoßen. Eigentlich ißt sie gern Fisch, aber dieser bekommt ihr nicht. Aus Höflichkeit ißt sie weiter. Die Häppchen, die sie mit der Gabel vom Teller pickt, werden aber immer kleiner, und sie kaut länger daran. Teile des Gesprächs kriegt sie gar nicht mehr mit. Sie ist zu sehr mit ihrer Körperreaktion beschäftigt. Sie hofft, daß es gleich vorbei sein wird. Ihre größte Angst ist, sich übergeben zu müssen. Etwas wühlt in ihr und will nach oben.

Warum, denkt sie, kann ich nicht einfach aufstehen, mich kurz verabschieden und zur Toilette gehen? Was nagelt mich auf diesem Stuhl fest? Kann ich es Jens nicht zumuten, mit meinen Eltern allein zu sein? Oder umgekehrt?

Das Ganze findet nur für sie statt. Der Gedanke tut gut und gleichzeitig weh. Wieviel im Leben haben ihre Eltern nur für sie gemacht? Es ist ein schönes Gefühl zu wissen, daß es Menschen gibt, für die man wichtig ist. Aber damit verbunden ist der Anspruch, dankbar sein zu müssen und sich so zu entwickeln, wie die beiden, die so viel in sie investiert haben, es sich wünschen. Dagegen lehnt sie sich auf.

Wieder kommt es ihr hoch. Sie nimmt einen Schluck Wein, um es herunterzuspülen. Das ist genau falsch.

«Sie gefallen mir, junger Mann. Was treiben Sie denn sonst so? Donna hat aus Ihnen so ein großes Geheimnis gemacht. Sie sind für uns praktisch ein unbeschriebenes Blatt.»

Peter Huse hat es locker rübergebracht, aber Jens versteht genau. Er soll jetzt damit herausrücken, wie er sich seine berufliche Entwicklung vorstellt. Früher hätte der zukünftige Schwiegervater den Schwiegersohn wahrscheinlich beiseite genommen und gefragt: «Können Sie meine Tochter überhaupt ernähren, junger Mann?» Heute klingt das anders. Irgendwie lockerer. Aber es läuft doch auf das gleiche hinaus.

Jens erzählt von seinem Saxophon. Natürlich muß er etwas mehr bieten als die zerschlagene Hoffnung, irgendwann einmal bei den *Real Motherfuckers* mitspielen zu können. Gern würde er unterm Tisch Donnas Hand nehmen und drücken. Gern wüßte er, wie sie seine Vorstellung findet, ob sie zufrieden mit ihm ist oder sauer. Er versucht, ihr Gesicht zu deuten. Es geht ihr nicht gut. Sie schluckt schwer, sie schaut ihn gar nicht an. Sie ist blaß. Um so mehr dreht Jens auf. Sein eigentliches Ziel sei, eine eigene Band zu gründen und Songs zu schreiben. Im Moment sammle er Erfahrungen als Studiomusiker. Er habe bei den *Soulcat*s mitgespielt, sei bei der letzten Niedecken-Tour eingesprungen und ...

Monika Huse steht hocherfreut auf, sprintet zum Stereoturm. «Aber, Donna, warum hast du uns das denn nicht erzählt? Die *Soulcats!* Von denen haben wir doch eine CD!» Sie findet die Scheibe sofort, es ist alles alphabetisch geordnet. «*Soulcats*. Hier.» Sie klappt die CD-Hülle auf und sucht seinen Namen.

Scheiße.

«Ich ... ich steh da nicht drauf. Ich bin nur eingesprungen, bei der Tournee, als einer krank wurde.»

«Ach so. Na, macht ja nichts. Sollen wir sie trotzdem mal auflegen?»

«Lieber nicht.»

«Ich finde das toll», sagt Peter, und es klingt ehrlich begeistert. «Sie wollen also Musik studieren.»

Jens will *na klar* sagen, erlebt aber, daß er den Kopf schüttelt, sich dabei auf den Bauch trommelt und voller Überzeugung erklärt: «Ich spiele aus dem Bauch raus. Musik kann man nicht vom Kopf her begreifen. Das ist, als wollte man das Zwitschern der Vögel verstehen. Man kann es nur genießen.»

Donna empfindet das Ganze immer mehr als albernes Verhör.

Monika Huse setzt sich wieder. Etwas an diesem Jens fasziniert sie. Er schlägt sich tapfer. Er spielt das Spiel, als hätte er es jahrelang geübt. Seine Augen glänzen merkwürdig fiebrig. Sie fragt sich, ob er was geraucht hat, um die Situation besser zu überstehen.

Da geschieht es wieder. Sie sieht sich von außen. Und alle Personen am Tisch aus einer Perspektive, als würde sie überm Türrahmen an der Decke hängen. Sie hat eiskalte Füße, scheint von unten herauf zu erstarren. Sie kann nichts dagegen tun. Ein Teil von ihr beobachtet alles kalt registrierend.

Sie findet sich selbst albern, völlig lächerlich, so wie sie da am Tisch sitzt mit diesem völlig fremden Menschen, der ihre Tochter in eine unmögliche Lage gebracht hat.

Jetzt nimmt Jens Donnas Hand, die weiß neben dem Teller liegt, und tätschelt sie. «Ich glaube, Herr Huse, ich muß etwas klarstellen. Sie denken vermutlich, daß ich wie Donna zum Gymnasium gehe. Aber so ist es nicht. Vielleicht hat sie Ihnen deshalb nie etwas erzählt.»

Peter Huse lehnt sich zurück. Er versucht so auszusehen, als sei es ihm völlig egal, ob ein junger Mann zum Gymnasium geht oder nicht.

Donna sieht Jens aus den Augenwinkeln an. Sie versteht nicht, was er will.

«Sehen Sie, ich bin Kfz-Mechaniker.»

Peter Huse lacht. «Na, das ist doch ein anständiger Beruf. Dafür braucht man sich doch nicht zu schämen. Handwerk hat goldenen Boden, sage ich immer.»

«Ich hätte gern mein Abi gemacht und studiert, aber das ging leider nicht», lügt Jens. «Mein Vater ist krank geworden, und ich mußte seinen Betrieb übernehmen. Sie wissen ja, wie das ist. Ohne Meister verliert man die Genehmigung, Lehrlinge auszubilden, und ...»

«Sie haben den Betrieb Ihres Vaters übernommen und wollen die Meisterprüfung machen?»

«Ja. Noch bin ich natürlich nicht so weit. Aber ...»

Geschickt, denkt Monika, du bist verdammt geschickt, Jens Simon. Jetzt hast du ihn an seiner wunden Stelle getroffen. Der Sohn, der seine Karriere abbricht, um seinem Vater zu helfen, imponiert ihm viel mehr als der Einser-Abiturient mit sicherem Studienplatz. Jetzt hast du ihn in der Tasche, Jens Simon. Herzlichen Glückwunsch.

Sie möchte ihm die Hand schütteln, ihm auf die Schulter klopfen und ihn beglückwünschen; gleichzeitig hätte sie Lust, ihm für die Dreistigkeit eine Ohrfeige zu verpassen. Sie tut nichts von beidem. Sie bleibt starr sitzen, fühlt, wie kalt ihre Füße sind, und beobachtet sich von außen.

Peter schaut Jens komplizenhaft an. «Ich trinke jetzt lieber einen Roten. Wie ist es mit Ihnen?»

Jens nickt.

Peter entkorkt die Flasche. Dabei setzt er zu der Frage an, wie die Werkstatt heißt und wo sie ist.

Donna springt auf. Sie will etwas sagen, kriegt aber nichts raus. Ihre Wangen blähen sich auf. Sie hält sich den Mund zu und stürmt zur Toilette. Monika rennt hinterher. Ratlos sehen Peter und Jens einander an.

«Der Fisch?»

«Die Aufregung.»

15

Donna liegt zusammengerollt in ihrem Bett. Sie hat keine Magenschmerzen, aber sie behält nichts bei sich. Dadurch wird ihr schwindlig. Gerade noch hat ihre Mutter ihr eine Tasse Kamillentee hochgebracht, aber nach dem zweiten Schluck kam alles wieder heraus.

Donna ist froh, allein zu sein. Doch da kommt ihre Mutter noch einmal herein. Sie hat das Telefon in der Hand. «Dein Jens. Er will sich wohl noch von dir verabschieden.»

Donna drückt sich die Muschel ans Ohr.

Jens erkundigt sich kurz, wie es ihr geht, dann fragt er: «Na, sag schon – wie war ich?!»

«Ich habe richtig Angst gekriegt, als ich merkte, wie gut du Leute einwickeln kannst. Machst du das mit mir genauso?»

«Das klingt jetzt aber gar nicht wie ein Kompliment.»

«Mir ist schlecht, Jens. Ich ...»

«Häh? Ich versteh dich nicht. Es ist so laut hier.»

«Ich hab gesagt, mir ist schlecht! Wo bist du denn?»

«Ich bin in der Kneipe bei uns gegenüber. Ich kann jetzt 'n Schnaps vertragen.»

Donna hofft, daß ihre Mutter endlich rausgeht. Sie möchte noch ein paar Sätze an Jens loswerden, die sie nicht mithören soll. Doch Monika bleibt auf der Bettkante sitzen und befühlt die Stirn ihrer Tochter.

Donna hustet. «Tschüs, Jens.» Sie unterbricht die Verbindung und reicht ihrer Mutter das Telefon.

Monika sieht, daß ihre Tochter weint. «Ist es so schlimm?» fragt sie. «Soll ich Dr. Pettelbock anrufen?»

Donna schüttelt den Kopf und preßt die Lippen zusammen.

«Er war klasse, dein Jens», sagt Monika. «Er hat deinen Papa dermaßen um den Finger gewickelt.»

Sie will noch sagen: *Aber glaub mir, das ist ein Windhund. Mit so einem kann eine Frau nicht glücklich werden,* doch sie verkneift es sich. Sie würde damit nichts verbessern. Donna weiß es doch im Grunde längst selbst. Diese Episode wird bald vorbei sein, nur noch eine Anekdote, die man sich lachend erzählt.

Monika kehrt ins Wohnzimmer zurück. Dort sitzt ihr Mann, ein Glas Rotwein in der Hand und den Kopfhörer auf den Ohren. Er hört sich ein Stück von den *Soulcats* an.

Peter sieht seine Frau, nimmt den Kopfhörer ab, lächelt milde und sagt: «Du bist doch hoffentlich nicht auf den ganzen Mist reingefallen?»

Ihre Füße werden augenblicklich wieder kalt. Sie spürt, wie etwas aus ihrer Haut fährt. Diesmal setzt sich ihr Beobachter-Ich nicht auf den Türrahmen, sondern nimmt im Sessel Platz. Monika geht auf den Sessel zu, um sich genau dorthin zu setzen. Sie will sehen, was passiert. Sie sieht sich langsam auf den Sessel zukommen. Wenn ich nicht aufpasse, denkt sie, werde ich in der Klapsmühle landen.

Vorsichtig nimmt sie im Sessel Platz, so als könne jeden Moment jemand aufschreien: *Hey, hier sitz ich schon!* Aber nichts passiert. Aus dem bequemen Sessel schaut sie zu ihrem Mann. Der nippt am Rotwein.

«Von wegen, den Betrieb vom Vater übernommen. Der ist zu Fuß gekommen. Zu Fuß! Der hat sich auch kein Taxi gerufen, um von hier wegzukommen.»

«Vielleicht ... vielleicht geht er gern zu Fuß.»

Peter lacht bitter. «Als du Donna nach oben gebracht hast, habe ich mit ihm ein bißchen übers Geschäftliche geredet. So von Selbständigem zu Selbständigem. Er kann nicht mal Mehrwertsteuer und Einkommensteuer auseinanderhalten. Der hat keinen blassen Schimmer. Ich sag dir, was der macht. Der kassiert Arbeitslosenhilfe, und wenn er überhaupt mal was tut, dann repariert er schwarz Autos.»

Monika hat auch im Sessel die Perspektive nicht einfangen und halten können. Sie sieht sich immer noch von außen. Von links hinten.

«Selbst wenn es so ist, wie du sagst – was gibt dir das Recht, so spöttisch über ihn zu reden? Wir haben mehr als fünf Millionen Arbeitslose. Und denk mal an dich. Hattest du denn einen Job? Von guten Zukunftsaussichten will ich gar nicht erst reden. Ich hab dich trotzdem genommen. Ich wußte immer, daß wir es zusammen schaffen.»

«Ich hab mich durchgebissen.»

«Wir haben uns durchgebissen», korrigiert sie ihn.

«Das waren andere Zeiten. Donna muß doch nicht die gleichen Fehler machen wie wir.»

«War es ein Fehler, daß ich dich geheiratet habe?»

Das ist das schlimme Wort, das sie vermeiden wollen: *heiraten.*

Mein Gott, was rede ich? denkt sie. Er hat ja recht. Er hat ja so recht.

«Findest du nicht, daß Donna etwas mehr verdient hat als einen saxophonspielenden Lügenbaron, den wir dann durchfüttern dürfen?»

16

Donna will den Schwangerschaftstest am liebsten allein machen. Sie will ihre Reaktion auf das Ergebnis zunächst für sich alleine haben. Mit niemandem diskutieren. Sich nicht rechtfertigen. Aber sie kann es nicht in ihrer Dachwohnung machen. Etwas hindert sie. Es kommt ihr selbst lächerlich vor. Sie könnte den Test mit nach oben nehmen und fertig.

In ihr steigen irrationale Ängste hoch. Sie könnte auf der Treppe stürzen, die Plastiktüte aus der Apotheke fallen lassen. Der Test könnte die Treppe hinunterkullern, ihrer aufgeregten Mutter entgegen, die kommt, um ihr zu helfen.

Sie schafft es nicht, den Test mit ins elterliche Haus zu nehmen. Sie geht damit zu Jens.

Der reagiert überhaupt nicht, sitzt nur da wie Buddha und schaut sie an. Während er versucht, den Gelassenen zu spielen, tobt in ihm ein Kampf. Was hat sie vor? Ist das eine Show, mit der sie ihn unter Druck setzen will? Ist das ein Test? Will sie nur sehen, wie er reagiert? Mädchen machen so was, um herauszufinden, ob ihr Freund es ernst meint oder nicht. Er hat öfter davon gehört, jetzt passiert es ihm selbst. Oder ist das alles Ernst? Will sie ihn abschrecken? Sucht sie einen Grund, mit ihm Schluß zu machen? War die Vorstellung, die er bei ihren Eltern gegeben hat, so schlecht, daß dies nun das inszenierte Ende wird? Er schielt zu der Dose im Regal, in der er seine Beischlafutensilien aufbewahrt. Präservative, Massageöl ...

Während Donna zur Toilette geht, um in ein Röhrchen zu pinkeln, und wieder darüber meckert, wie sein Badezimmer aussieht, sagt er mit fester Stimme gegen die verschlossene Tür: «Aber wie kannst du schwanger sein? Wir haben doch immer mit ...»

«Nicht beim ersten Mal», ruft sie von drinnen. Es klingt wütend, wie der Beginn einer Verteidigungsrede.

Das Reagenzglas in der Hand, erscheint sie im Türrahmen. Sie wirkt irgendwie größer auf ihn, als sei sie gerade auf der Toilette gewachsen. Vorsichtig trägt sie das Reagenzglas vor sich her und sucht eine freie Fläche. Schließlich stellt sie es auf den Kühlschrank, neben die Kaffeemaschine und den vollen Aschenbecher.

Dann schiebt sie mit spitzen Fingern den Aschenbecher zur Seite. Sie entleert ihn nicht. Das ist seine Aufgabe. Aber sie findet es unpassend, ihren Urin neben die zerdrückten Kippen zu plazieren. Dort, in diesem Röhrchen, passiert jetzt vielleicht etwas ganz Entscheidendes. Neues Leben kündigt sich an. Oder auch nicht. Das erfordert eine gewisse Würde, findet Donna.

«Wenn es sich blau färbt ...»

«Ich weiß», sagt Jens und sieht schon, wie sich in dem Reagenzglas bläuliche Fäden zu einem Bodensatz verdichten.

«D ... das heißt noch gar nichts.»

Donna richtet ihren Zeigefinger auf ihn wie einen Pistolenlauf. «Das will ich gleich klarstellen. Ich hab's nur mit dir gemacht. Wenn das da positiv ist, dann war das in unserer idiotischen, bekifften ersten Nacht im Zelt. Versuch ja nicht, dich herauszureden!»

Er schluckt. *Das hatte ich gar nicht vor,* will er sagen. Doch ihr Angriff ist so massiv, daß die Worte ihm jetzt lächerlich vorkommen. Er schweigt. Gern möchte er ihre Hand nehmen, aber er fühlt sich wie gelähmt. Wie kurz vor einer schweren Operation. Die Betäubungsspritzen wirken schon, die Ärzte stehen bereit. Gleich werden sie seinen Körper öffnen und etwas herausholen, das sich dort lange störend und quälend versteckt hat.

Flüssiger blauer Nebel steigt im Reagenzglas höher. Die blaue Farbe beginnt sich gegen das Gelb durchzusetzen. Je klarer das Blau zu erkennen ist, desto mehr sackt Donna in sich zusammen. Die Riesin beginnt zu schrumpfen. Jens dagegen spürt nun etwas anderes. Einen merkwürdigen, fröhlichen Optimismus. Vielleicht ist das seine große Chance, alles besser und anders zu machen. Die drei schlimmsten Schimpfwörter, die er bis eben kannte, waren *Vater, Mutter, Eltern.* Vielleicht ist er dazu geboren, aus den Fehlern der vorherigen Generation zu lernen und alles neu zu machen. Nein, er hat keine Bücher über Erziehung gelesen. Er wird es auch nicht tun. Er wird sein Kind einfach lieben. Mehr braucht ein Kind nicht.

Diese Gewißheit breitet sich als wohliges Gefühl in ihm aus. Und zugleich kommt die Angst, so zu versagen wie seine Eltern. Wie viele Eltern. Wie die meisten.

Er sieht, daß Donna zu weinen beginnt. Es sind stumme Tränen. Er weiß nicht, ob es Rührung ist oder Trauer.

Der Urin im Röhrchen ist nun tiefblau. Kein Irrtum möglich. Positiv.

Jens nähert sich Donna. Er möchte den Arm um sie legen und sie an sich drücken. Doch bei der ersten sanften Berührung springt sie auf, als habe er sie mit einer Peitsche geschlagen. Sie reißt die Packungsbeilage an sich und liest sie noch einmal durch.

«Vielleicht – vielleicht ist das Ergebnis verwackelt, weil ich blöde Kuh das Ding auf den Kühlschrank gestellt hab. Hier steht: eine ruhige Unterlage. Hier wackelt doch sowieso alles!» Ihr Fuß schnellt wütend in Richtung Kühlschrank, doch sie hält im letzten Moment inne.

«Der Test ist positiv. Wir kriegen ein Kind», sagt Jens und freut sich über seine eigene Klarheit.

«Das kann doch nicht sein! Das darf einfach nicht wahr sein!»

Jens breitet die Arme aus. «Beim ersten Versuch ein Treffer! Wenn das kein Zeichen des Himmels ist!»

Er merkt selbst, daß sein Optimismus und seine Fröhlichkeit zu aufgesetzt und künstlich wirken. Donna schaut sich das Verfallsdatum auf der Packung an. Dann lacht sie. Es ist ein drohendes Lachen, wie das von einem Menschen, der feststellt, daß er wieder einmal hereingelegt worden ist, und sich das von nun an nicht mehr gefallen lassen will. «Das Ding ist längst hinüber. Ich kenn den Trick. Meine Eltern machen das manchmal mit ihren Joghurtbechern.»

Er nimmt ihr die Packung aus der Hand und schaut selbst hin.

«Wieso? Haltbar bis April neunundneunzig.»

Sie faucht ihn an: «Neunundneunzig? Guck doch genau hin! Siebenundneunzig steht da! Das ist nur so ungenau gedruckt, daß man es verwechseln kann. Und dann haben sie das Preisschild genau darüber geklebt. Wenn du es abreißt, ziehst du immer etwas Papier mit ab und kannst gar nichts mehr sehen. Die haben uns beschissen, und zwar genau um zwei Jahre! Dieses Ergebnis ist nichts wert. Gar nichts. Die wollten nur mein Geld, nichts weiter. Fast vierzig Mark!»

Jens zieht sein Portemonnaie heraus. Er hält ihr einen Zwanzigmarkschein hin. Donna sieht ihn spöttisch an und schüttelt den Kopf. Dann findet sie sich plötzlich in seinen Armen wieder. Sie hat ihr Ohr an seiner Brust und hört, wie heftig sein Herz pumpt.

«Der Test, das ist ja nur Quatsch. Aber, ich meine, wenn er jetzt wirklich positiv gewesen wäre, wenn der Test in Ordnung gewesen wäre – du, du hättest zu mir gehalten?»

Als Antwort drückt er sie noch fester an sich. Jens fühlt sich immer noch wie jemand, der eine Prüfung absolviert. Er weiß noch nicht, ob der Lehrer jetzt nur mit ihm plaudert oder ob die Prüfung weitergeht. Es ist eine Prüfung, die er vor sich selbst zu bestehen hat, das weiß er.

Die Wärme in ihm ist plötzlich weg. Am liebsten möchte er in Donna hineinkriechen und sich von ihr beschützen lassen. Aber er weiß, daß sie diejenige ist, die Schutz braucht.

Jens beugt vor: «Ich könnte tapezieren. Das Badezimmer will ich ja sowieso ...»

Donna versteht, daß seine Worte lieb gemeint sind, aber sie will nichts mehr hören. Sie legt ihre Finger auf seine Lippen. Er öffnet den Mund ein wenig, so daß sie mit den Fingernägeln über seine Zahnreihen fahren kann. Er beginnt, an ihren Fingerspitzen zu lecken und zu lutschen. Zunächst fragend, dann immer gieriger, wie ein Baby, das einen anderen Schnuller bekommen hat und den neuen Geschmack noch nicht zuordnen kann.

«Weißt du, was mich am meisten stören würde, wenn du wirklich schwanger wärst?» fragt Jens.

Donna schüttelt den Kopf an seiner Brust. Gleichzeitig beißt sie durch sein T-Shirt in seine linke Brustwarze. So wirkt ihr Kopfschütteln, als wolle sie Fleisch aus ihm herausreißen.

«Daß wir es die ganze Zeit mit Präsern gemacht haben, obwohl es gar nicht mehr nötig war.»

Sie beißt noch fester zu. Sie möchte ihm jetzt weh tun, ihn kratzen, ihre Zähne in seine Haut graben, bis er schreit. Dieses Gefühl ist ihr völlig neu, und sie traut sich nicht wirklich, ihm nachzugeben. Sie glaubt, daß es nur Wut auf ihn ist, und gleichzeitig merkt sie, daß sie feucht zwischen den Beinen wird. Sie ist glücklich und ärgerlich zugleich und weiß nicht wohin mit ihren Gefühlen.

Sie möchte ihm sagen: *Schlaf jetzt mit mir. Sofort. Mach es mit mir, wie du es noch nie mit einer Frau gemacht hast.* Doch als er von allein beginnt, sie auszuziehen, bremst sie ihn.

«Nicht. Ich kann jetzt nicht.»

«Aber, Donna, ich dachte, du ...»

«Du kannst wohl an gar nichts anderes denken, was?»

Sie geht. Verstört bleibt er zurück. Er gießt sich einen Schnaps ein, läßt das Glas jedoch stehen, ohne daraus zu trinken. Er beginnt, sich eine Zigarette zu drehen, läßt aber das Papier mit dem Häufchen Tabak drauf auf der Sessellehne liegen. Er geht zur Toilette, stellt fest, daß er gar nicht muß, kommt zurück, dreht sich eine neue Zigarette, zündet sie an, legt sie in den Aschenbecher, rennt zum Fenster und schaut hinaus, ob er Donna noch sieht. Er glaubt, sie im Flur zu hören. Er stürmt ins Treppenhaus, doch dort ist niemand. Er muß jetzt ganz dringend eine rauchen, hat aber vergessen, daß bereits eine im Aschenbecher schwelt, und dreht sich eine neue.

Was war es, das uns so verwirrt hat? War es nur der Test? War es mein Ja zu dem Kind?

Er wird in nächster Zeit Geld brauchen. Das steht wie in brennenden Buchstaben an der Wand. Und die Bude muß renoviert werden. Er drückt die gerade erst angefangene Zigarette im Aschenbecher aus. Jetzt entdeckt er die andere.

Okay, denkt er. Okay. Womit fange ich an?

Sein Blick schweift zum Badezimmer.

17

Donna will Sicherheit. Sie geht zu Frau Dr. Conrad. Einige in ihrer Klasse haben Frau Dr. Conrad empfohlen. Sie gehen lieber zu einer Frau als zu einem Mann.

Donna wundert sich, daß sie sofort einen Termin bekommt. Andere Frauenärzte sind Wochen im voraus ausgebucht. Aber der wichtigste Grund für Donna, zu Frau Dr. Conrad zu gehen, ist der: Ihre Mutter hat einen anderen Frauenarzt.

Sandra, die Sprechstundenhilfe, ist höchstens zwei Jahre älter als Donna. Sie hört sich ein bißchen erkältet an und lutscht Anisbonbons aus einer Tüte, die neben ihrer Computertastatur liegt. Sie bietet Donna eins an und scheint alles zu wissen, bevor Donna etwas sagen muß. Sie zieht Donnas Chipkarte einmal durch den Computerschlitz und beobachtet Donnas nervöse Blicke auf die Fotos an den Wänden. Es sind ausnahmslos Babys. Neugeborene. Im Bettchen, lachend, weinend, mit Schnuller, ohne Schnuller, an der Brust nuckelnd oder auch nur von zwei Händen in Richtung Kamera gehalten. Die Polaroidfotos sind mit Heftzwecken so an den Wänden befestigt, daß sie Donna an die Poster in ihrem Zimmer erinnern. Jeder heftet das an die Wände, was ihm besonders wichtig ist. Eine Postkarte. Ein Autogramm. Ein Starporträt. Eine Siegerurkunde. Oder eben Babygesichter.

«Die verdanken uns alle ihr Leben», sagt Sandra, und Donna findet, es klingt merkwürdig. So als wären diese Kinder sonst gestorben.

«Wenn der Schwangerschaftstest positiv ist», fragt Donna, «muß das dann gleich jeder erfahren?»

Sandra schüttelt den Kopf. «Wer ist jeder?»

«Na ja. Meine Eltern zum Beispiel.»

«Vor denen wird es sich nur schwer verheimlichen lassen, was denkst du?»

Donna stöhnt.

Sandra legt ihre Hand auf Donnas. «Glaub mir, hier kreuzen Hunderte von Mädchen auf, um sich testen zu lassen. Sie sehen alle aus wie du. Ich erkenne sie schon von weitem. Aber nur die wenigsten sind schwanger. Es gibt tausend Gründe, warum die Tage ausbleiben können.»

«Bei mir ist es sowieso immer so unregelmäßig», sagt Donna. «Manchmal habe ich acht Wochen nichts, dann wieder ...»

«Du solltest die Pille nehmen, dann reguliert sich das. Aber das wird die Frau Doktor dir sagen. Weiß er es schon?»

Donna braucht einen Moment, um die Frage zu verdauen, dann nickt sie und ärgert sich darüber, daß ihr sofort Tränen in die Augen schießen.

«Und? Wie hat er es aufgenommen?»

Donna antwortet nicht. Sandra deutet die Tränen falsch. «Ja, so sind die Typen. Zum Schuß kommen wollen sie alle. Aber wer steht schon dafür gerade? Wie heißt er denn? Ist er verheiratet?»

Donna schüttelt den Kopf. «Nein, nein. Er heißt Jens.»

Sandra gibt Donna die Plastikkarte zurück. Donna öffnet ihr Portemonnaie und schiebt das Kärtchen hinein. Dabei sieht Sandra das Foto von Jens. Mit geblähten Wangen pustet er in sein Saxophon.

«Ist er das?» fragt sie merkwürdig kalt.

Donna nickt. Die Vertrautheit zwischen ihnen ist plötzlich verflogen. Ein leiser Gong ertönt. Sandra zeigt stumm auf die Tür.

Frau Dr. Conrad hat eine warme Stimme. Verständnisvoll. Vertrauenerweckend. Sie ist knapp über Fünfzig, sieht jünger aus, aber gleichzeitig damenhaft. Sie hat etwas von Senta Berger und ein bißchen was von Donnas Mutter. Sie schaut sich die Karte an, die Sandra ausgefüllt hat, während Donna sich frei macht und den Stuhl besteigt.

«Du bist bei deinem Vater versichert?» fragt sie, als ob sie das nicht aus der Patientenkarte entnehmen könnte, und schnippt mit dem Finger gegen die Pappe.

Donna nickt. Sie findet es okay, von Frau Dr. Conrad geduzt zu werden, obwohl es ein bißchen lächerlich ist, zu einer Schwangerschaftsuntersuchung zu erscheinen und nicht als Erwachsene, sondern als Kind behandelt zu werden.

Frau Dr. Conrad zieht Gummihandschuhe an. Sie erinnern Donna auf merkwürdige Weise an die große Folie, unter der sie an jenem ersten Abend mit Jens getanzt hat.

Sie fühlt sich wohl bei Frau Dr. Conrad, so wohl, wie sie sich auf diesem Stuhl überhaupt nur fühlen kann. Sie entscheidet sofort für sich, in Zukunft immer hierherzukommen und nicht mehr zu dem Frauenarzt zu gehen, den ihre Mutter zu Rate zieht. Wenn seine Finger in sie hineinglitschten, hatte sie immer das Gefühl, zu Eis zu gefrieren. Dies passiert jetzt nicht. Frau Dr. Conrad redet dabei mit ihr. Über die Schule, über Möglichkeiten der Empfängnisverhütung und darüber, daß Aids noch lange nicht besiegt ist.

Erschrocken fragt Donna, ob sie denn auch einen Aidstest machen solle.

«Die Entscheidung darüber», sagt Frau Dr. Conrad, «kann dir niemand abnehmen, Kind.»

Für die Ärztin ist die Schwangerschaft längst erwiesen. Sie verliert kein Wort darüber. Sie versucht, mehr über Donna zu erfahren.

In den ersten drei Monaten sagt sie *diesen jungen Dingern* nicht gern die Wahrheit. Nach drei Monaten kann nichts mehr passieren. Egal, welche Regierung die Gesetzeslage mal wieder wie verändert hat, nach drei Monaten gibt es keinen legalen Abbruch mehr. Vorher ist alles möglich.

Frau Dr. Conrad weiß, daß die meisten ihrer Kollegen jungen Mädchen zum Schwangerschaftsabbruch raten und auch bereit sind, diesen durchzuführen. Sie kann das nicht. Es gibt in ihr eine innere Sperre. Man darf kein werdendes Leben vernichten. Eine Stimme in ihr sagt es knallhart. Härter, als sie es jemals formulieren würde: *Wer vögeln kann, der kann auch Kinder kriegen.*

Sie kennt all die Gründe, warum es Frauen gerade nicht paßt, ein Kind aufzuziehen. Weil die Ausbildung noch nicht abgeschlossen ist. Weil der Mann nicht der richtige ist. Weil sie im Moment gesundheitlich nicht so auf dem Damm sind. Weil er noch verheiratet ist. Weil es zur Zeit finanziell etwas eng ist. Weil das Haus erst abbezahlt werden muß. Weil die Wohnung zu klein ist. Oder auch, weil schon zwei Kinder da sind. Einer Patientin, Mutter von vier Kindern, die ihr fünftes nicht bekommen wollte und heute morgen weinend vor ihr saß, hat Frau Dr. Conrad die Frage gestellt: «Warum erschießen Sie nicht eins von den anderen und gucken, ob das Neue besser ist?»

Sie weiß, daß sie diese Patientin nie wiedersehen wird. Sie legt auch keinen Wert darauf. Von dieser Mutter hatte sie mehr Verantwortungsgefühl erwartet. Bei den jungen Dingern geht sie von vornherein davon aus, daß sie nur eine Entscheidung kennen: Abtreibung.

Sie macht dabei nicht mit. Einige Kollegen würde sie am liebsten anzeigen. Aber sie verläßt sich nicht gern auf Gesetze. So etwas ändert sich. Leute, die heute vor Gericht stehen, sind morgen Helden, und umgekehrt. Sie hat die Gesetzesänderungen schon seit langem nicht mehr gezählt. Sie verfolgt nicht einmal mehr die Parlamentsdebatten zum Thema. Es ist ihr egal, was die politischen Parteien dazu sagen. Sie hat für sich selbst eine Entscheidung gefällt: Sie wird nicht mitmachen. Sie steht auf der Seite des werdenden Lebens, ohne jedes Wenn und Aber.

Vielleicht werden zukünftige Generationen, wenn sie auf uns sehen und unsere Zeit betrachten, so wie wir die Vergangenheit beurteilen, unsere Abtreibungspraxis als Holocaust einstufen. Das massenweise Töten von wehrlosen, unschuldigen Kindern.

Auf die Frage, wann das Leben entsteht, bei der Zeugung oder bei der Geburt, hat sie eine klare Antwort. Wenn die ersten Zellen sich teilen, entsteht Leben. Wenn der Samen ins Ei eindringt. Deshalb weigert sie sich, als einzige Frauenärztin der Stadt, ihren Patientinnen Spiralen einzusetzen. Eine Spirale verhindert nicht die Befruchtung des Eis, sondern sorgt – so sieht sie es – dafür, daß monatlich ein befruchtetes Ei abgeht. Sie erklärt das den Frauen nicht so. Sie untersucht sie und sagt dann, eine Spirale sei bei ihnen nicht sinnvoll. Ihr reicht das. Sie hat ausgeschabte Föten in der Mülltonne liegen sehen. Es gibt dafür keine Rechtfertigung.

Vielleicht wird man sie später einmal feiern. Vielleicht wird man sagen: *Es waren nicht alle so. Es gab auch ein paar, die nicht mitgemacht haben. Zum Beispiel Frau Dr. Conrad.* Hunderte verdanken ihr das Leben. Nicht von allen gibt es Fotos, aber doch von vielen. Die Namen sind alle registriert. In ihrer Liste. Sie wird einst länger sein als die von Schindler. Sie hat vor, noch gut zehn Jahre zu praktizieren. Vielleicht länger.

Für sie ist Donna eine typische Kandidatin. Sie kommt zum erstenmal hierher, läßt eine Schwangerschaft feststellen und geht noch zur Schule. Sicher werden ihre Eltern und alle, die sie sonst noch ins Vertrauen zieht, einen Abbruch *vernünftig* finden. Dabei werden sie vor allen Dingen ihre Interessen berücksichtigen. All das wird sehr logisch klingen. Nur die Interessen des Kindes, die wird niemand sehen.

Der Vater ist sowieso für einen Abbruch, das weiß sie. Die Kerle drücken sich meistens. Fünf Babys an ihrer Wand haben denselben Vater. Er ist verheiratet und hat mit seiner Ehefrau zwei Kinder. Seine Bettgespielinnen sind selten älter als neunzehn. Alle hegen romantische Gefühle für ihn und sind restlos verknallt. Alle verstehen, daß es besser für die Beteiligten ist, wenn das Kind im Mülleimer landet statt in der Babywiege.

Diese Heuchelei kann Frau Dr. Conrad nicht ertragen. Da gibt es also eine Frau und zwei Kinder, für die in dieser Stadt ständig getötet werden soll, und die drei wissen nicht einmal etwas von der mörderischen Hand, die sie beschützt. Am liebsten würde sie den Typen sterilisieren. Aber sie hat ihm schwer geschadet. Es gibt nun fünf Kinder in der Stadt, die er nicht wollte. Noch schafft er es, sie vor seiner Familie zu verheimlichen. Sie hat keine Ahnung, wie er das anstellt. Doch sie weiß, bald wird ihr das sechste Mädchen begegnen.

Sie brauchen ihr den Namen gar nicht erst zu nennen, sie weiß auch so, daß er der Vater ist. Wenn sie die Mädchen fragt, warum sie nicht verhütet haben, sie wüßten doch, woher die Kinder kommen, kriegt sie immer die gleiche Antwort: «Er mag keine Gummis. Er hat gesagt, es soll nichts zwischen uns sein.» Wenigstens hat er kein Aids.

Das mit Donna war er nicht. Sie ist nicht sein Typ. Er steht auf knabenhafte Mädchen.

Frau Dr. Conrad zieht ihre Masche routinemäßig ab. Sie hat dabei immer noch das Gefühl, den Mädchen einen Gefallen zu tun, denn zunächst freuen sie sich natürlich über die Botschaft.

«Nein, du kannst ganz beruhigt sein, du bist nicht schwanger. Jaja, vielleicht war der Test positiv, aber solche Tests sind immer sehr ungenau. Sie stehen lange in den Apotheken herum, bei wechselnden Temperaturen. Im Zweifelsfall zeigen die immer positiv. Das ist ja auch besser als umgekehrt.»

Donna nickt. «Ja, wirklich.»

Erleichtert, glücklich, zieht Donna sich an. Sie erzählt, daß ihr in den letzten Tagen oft schlecht geworden ist, daß sie häufig brechen muß und kaum etwas bei sich behält.

«Ja.» Frau Dr. Conrad nickt. «Es ist auch was nicht in Ordnung. Das merke ich, aber wir müssen erst mal ein paar Laboruntersuchungen durchführen. Mit deinen Eierstöcken stimmt was nicht, und deine Hormone sind ganz schön durcheinander. Wenn das mit dem Brechen schlimmer wird, komm doch bitte noch einmal.

Ich muß dich auf jeden Fall in vier Wochen wiedersehen. Bis dahin habe ich auch die Laborergebnisse. Wir nehmen dir jetzt noch Blut ab ...»

Donna hört schon gar nicht mehr zu. Das Gefühl, noch einmal davongekommen zu sein, breitet sich in ihr aus. Verbunden mit der Gewißheit, daß sie in Zukunft nicht mehr so blöd sein wird. Sie wird ab jetzt aufpassen. Immer. Sie wird die Sache in der Hand haben. Sie wird sich einfach ein paar Präservative ins Portemonnaie stecken. Oder sie wird wirklich die Pille nehmen. Warum eigentlich nicht?

Sie fragt Frau Dr. Conrad, ob sie ihr die Pille verschreiben würde. Die Ärztin nickt. «Klar, überhaupt kein Problem. Aber nicht jetzt. Erst müssen wir das mit deinen Hormonen im Griff haben. Wenn du in vier Wochen wiederkommst, reden wir noch einmal darüber. Dann sieht die Welt schon ganz anders aus.»

Donna verabschiedet sich und will im Vorzimmer Sandra freudig berichten. Doch die unterhält sich bereits mit einer anderen Patientin und schaut Donna merkwürdig abschätzend an. Donna hebt nur den Daumen, um ihr zu zeigen, daß alles okay ist. Sandra reagiert mit einem abfälligen Grinsen.

Donna weiß nicht genau, ob sie gemeint ist oder ob Sandra nur mit einer schwierigen Patientin redet. Es ist ihr auch egal. Innerlich jubilierend stürmt sie aus der Praxis. Sie hüpft die Treppen hinunter. Schon auf der letzten Stufe, bevor sie die Tür öffnet, spürt sie, daß sie sich übergeben muß. Sie schafft es nicht mehr bis nach Hause. An der Straßenecke will alles heraus.

18

Donna sitzt mit Hohlkreuz in der zweiten Reihe und versucht, sich zu konzentrieren. Frau Büttner ist nicht schneller als sonst. Sie nimmt auf die Letzten in der Klasse Rücksicht, versucht, niemanden hängenzulassen. Von einzelnen Eltern und Schülern wird ihr das angekreidet. Sie gestatte die Diktatur der letzten Bank, wo doch auf dem Gymnasium eine Elite gefördert werden solle. Mit gutem Sozialverhalten statt Mathematik komme man im Leben nicht sehr weit.

Frau Büttner steht ständig in diesem Konflikt. Sie hat gelernt, ihn auszuhalten. Doch die schlechten Schüler, die merkwürdigerweise meist ganz hinten sitzen, haben längst kapiert, während Donna überhaupt nichts mehr mitkriegt.

Ich hab irgendwie den Anschluß verpaßt, denkt Donna. Es stimmt wirklich. In Mathe baut alles aufeinander auf.

Bis vor kurzem ist ihr das sehr leicht gefallen. Doch jetzt sind das an der Tafel für sie nicht mehr als mystische Zeichen, die zu entschlüsseln ihr jegliches Hilfsmittel fehlt. Sie macht sich keine großen Sorgen deshalb. Sie liegt in Mathe gut überm Durchschnitt. Wahrscheinlich muß ich nur einen Nachmittag opfern, um es wieder zu packen, denkt sie.

Doch in der nächsten Stunde bekommen sie den Französischtest zurück. Donnas erste Sechs.

Herr Liebrenz lächelt sie aufmunternd an. «Ein Ausrutscher, Donna. Kann jedem mal passieren.»

Sie nimmt ihr Heft und ahnt zum erstenmal, daß es mit ihr bergab geht. Gut. Sehr gut. Gut. Befriedigend. Ungenügend. Das ist die Reihenfolge ihrer Noten. Ein Ausrutscher. Nett, wenn er das so sieht. Sie weiß, es ist anders. Sie hat ihr Französischbuch nicht mal dabei. Sie kann im Moment gar nicht sagen, wo es überhaupt ist. Sie hat es irgendwo rumliegen lassen, irgendwo verloren. Aber wer hat schon Zeit, sich um französische Vokabeln zu kümmern, wenn es um so existentielle Fragen geht wie: *Bleibe ich mit ihm zusammen, oder trenne ich mich von ihm? Bin ich schwanger, oder bin ich es nicht?*

Dann kommt es Schlag auf Schlag. In der nächsten Stunde verhaut Donna in Englisch die Hausaufgabenüberprüfung. Sie hat nicht mal den Schimmer einer Erinnerung daran, daß sie dieses Kapitel durchgenommen haben oder daß es diese Seite im Englischbuch gibt.

Lutz, der seit ewigen Zeiten unsterblich in sie verliebt ist und in Englisch nie so gut war wie sie, versucht jetzt, sie zu retten. Er schiebt ihr einen Zettel rüber, denn er sieht ihre verzweifelten Blicke. Dr. Wittlich erkennt den Schummelversuch, nimmt beiden die Hefte ab und schmeißt sie raus.

Im Flur fragt Lutz: «Was ist eigentlich los mit dir, Donna? Du warst doch sonst immer ...»

Ihr schießen sofort die Tränen in die Augen. Lutz möchte sie trösten, doch den Tränen folgt das Frühstück. Donna kotzt ihm das Hemd voll. Sie wischt sich den Mund ab und guckt ihn entschuldigend an.

Lutz nickt. «Schon gut, schon gut. Ich fand das Hemd sowieso scheiße.»

Er zieht es aus und wirft es in den Papierkorb. In seinem Muskelshirt steht er vor ihr, stark, männlich, bereit, für sie Drachen zu töten, doch leider sind diese Zeiten vorbei.

«Meld mich bei Wittlich ab. Ich bin krank. Ich geh nach Hause.»

«Soll ich dich bringen?»

«Nein, nein.»

Sie rennt los.

19

Monika hat eins von Donnas Lieblingsgerichten auf den Tisch gebracht, Kartoffelpuffer aus frisch geriebenen Kartoffeln mit selbstgemachtem Apfelmus. Ein bißchen vom Himmel und ein bißchen von der Erde. Vegetarisch und gesund. Doch Donna rührt nichts an. Mit heruntergezogenen Mundwinkeln sitzt sie am Tisch.

Peter Huse läßt sich dadurch den Appetit nicht verderben. Er ißt schon die zweite Portion.

«Was ist denn los?» fragt Monika.

«Nichts!» keift Donna zurück. «Ich hab eben keinen Hunger! Darf ich aufstehen?»

Monika hebt die Hände und läßt sie ratlos wieder auf den Tisch fallen. Das deutet Donna als Einverständnis. Sie schiebt den Stuhl heftig nach hinten. Sie steht auf wie ein Mensch, der festgeklebt war und sich nur mit großem Kraftaufwand ruckartig befreien kann. Der Tisch wackelt.

Inzwischen fühlt Peter sich durch die merkwürdig aggressive

Art seiner Tochter in seinem Wohlbefinden beeinträchtigt. Doch er kaut scheinbar ungerührt weiter.

Donna weiß, daß ihre Eltern es bald erfahren werden. Der Lebensmittelladen ist ein Umschlagplatz für Nachrichten. Bestimmt wird direkt nach der Mittagspause die Mutter irgendeines Klassenkameraden eine Tüte Äpfel kaufen und dabei besorgt sagen: «Geht es Ihrer Tochter besser? Sie hat sich doch heute in der Schule krank gemeldet.»

Auch das mit der Sechs werden sie wissen, bevor es Abend geworden ist. Deshalb sagt Donna es lieber gleich. Es klingt vorwurfsvoll, so als seien ihre Eltern daran schuld.

«Ich hab übrigens ’ne Sechs geschrieben. In Französisch. Und in Englisch hat mich der Wittlich beim Abschreiben erwischt.»

Peter Huse legt seine Gabel so behutsam auf den Tisch, daß kein Geräusch dabei entsteht. Er hat sich vollständig unter Kontrolle. Die Angst, etwas falsch zu machen, lähmt ihn. Hilflos sieht er zu Monika. Sie nickt ihm zu. Er ist erleichtert. Sie wird es in die Hand nehmen. Ein Gespräch von Frau zu Frau.

Zum Glück klingelt unten der Lieferant für Tiefkühlkost, so daß Peter sich zurückziehen kann. Beim Aufstehen bemüht er sich um Blickkontakt zu Donna. Es klappt nicht. Er streckt den Arm aus und berührt sie sanft am Kopf. Abrupt dreht sie sich weg, als wollte sie einem Schlag ausweichen. Enttäuscht steckt er die Hand in die Hosentasche.

«Das kann doch jedem mal passieren, Donna», sagt er. «Davon geht die Welt nicht unter.»

Donna kehrt ihm den Rücken zu. Das kränkt ihn. Monika winkt; er soll sich verziehen.

Während er unten Tiefkühlpizzen, Calamares und Blattspinat in die Truhe räumt, kann Monika oben nicht mehr an sich halten.

«Wie gehst du eigentlich mit deinem Vater um? Hat er das verdient? Kann der etwa was dafür? Hat er die Sechs geschrieben oder du?»

«Mama! Es ist meine erste Sechs. Mach doch daraus kein Drama.»

«Das ist der Umgang.»

Wütend dreht Donna sich zu ihrer Mutter um, verschränkt die

Arme vor der Brust, legt den Kopf schräg. «Glaubst du, vom Küssen wird man blöd, oder was?»

Monika geht nicht auf den aggressiven Ton ein. Sie sieht sich wieder von außen. Trotz der Tabletten von Dr. Pettelbock. Sie findet es zu heftig, wie sie den Zeigefinger auf Donna richtet und wie mit einem Florett auf sie einsticht.

«Der Typ färbt auf dich ab. Er fängt nichts an mit seinem Leben. Hängt rum. Hat nur Mist im Kopf. Und natürlich stiehlt er dir die Zeit.» Dann zählt sie auf: «Du hast mit dem Tennis aufgehört. Du gehst nicht mehr zu deinem Schwimmkurs. Weißt du überhaupt noch, daß du ein Instrument spielst? Wann habe ich dich zum letztenmal mit einem Buch gesehen? Die Schule ist für dich doch völlige Nebensache geworden.»

Monika sieht sich und weiß, so geht es nicht. Es ist völlig sinnlos. *Du benimmst dich idiotisch.* Doch sie kann sich nicht stoppen. Sie ist zuwenig in sich. Sie kann sich nicht gleichzeitig von außen sehen und von innen ihre Reaktionen regieren. Wer spricht da eigentlich? fragt sie sich. *Wenn mein eigentliches Ich draußen ist, wer ist dann jetzt in mir drin? Wer tobt da so rum und macht meine Tochter fertig?*

Dann gelingt es ihr, sich zu bremsen. «Entschuldige, daß ich so heftig war, Donna. Ich bin halt ein bißchen enttäuscht. Das zerrt auch an meinen Nerven. Du siehst immer schlechter aus. Du nimmst ab. Jetzt ißt du nicht mal mehr. Da macht eine Mutter sich halt Gedanken. Ich wäre eine schlechte Mutter, wenn ich das übersehen würde. Der Junge tut dir nicht gut.»

Sie greift nach Donnas Gesicht. Donna will ausweichen, doch Monika ist schneller. Sie hält Donnas Kinn zwischen Daumen und Zeigefinger, zieht Donna ein Stückchen zu sich heran, um sie genauer betrachten zu können.

«Nimmst du etwa Drogen?»

Donna schüttelt gegen den Druck der Finger den Kopf.

«Donna! Sag die Wahrheit!»

Donna entzieht sich dem Griff ihrer Mutter, macht nur eine abwertende Handbewegung und schiebt alles mit einem «Ach!» weg. Sie spürt, daß ihre Mutter sie liebt, sonst würde sie nicht so einen Aufstand machen. Aber sie hat jetzt wirklich andere Sorgen. Sie weiß selbst nicht so genau, welche. Sie hat nur das Gefühl, daß ihr alles zuviel wird, daß sie sich und ihr Leben nicht mehr im Griff hat.

«Brauchst du Nachhilfestunden?»

«Nein. – Kann ich heute nacht bei Jens schlafen?»

Einen unpassenderen Zeitpunkt für diese Frage hätte sie sich gar nicht aussuchen können. Sie weiß die Antwort sofort.

«Das glaubst du doch selbst nicht, oder? In der Schule krankfeiern und abends bei deinem Typ übernachten, das kommt gar nicht in Frage.»

«Willst du mich jetzt bestrafen, oder was?»

«Nein. Ich glaube nur, daß du im Moment selbst nicht mehr weißt, was gut für dich ist. Darum werde ich entscheiden. Du gehst nicht zu deinem Jens. Ich werde dir einen Termin bei Dr. Pettelbock machen.»

«Meine Brust ist in Ordnung!» faucht Donna, und zum erstenmal wird Monika klar, daß er seine Lieblingsuntersuchung auch regelmäßig an ihrer Tochter durchführt. Einerseits findet sie es unmöglich, hält es für einen sexuellen Übergriff. Andererseits entlastet es ihn auch. Donna war doch bis vor kurzem noch ein Kind. Er hat sie schon als Wickelkind untersucht. Undenkbar, daß er …

Die Perspektive stimmt wieder. Monika ist in sich drin und betrachtet die Welt durch ihre eigenen Augen.

«Du hast Ränder unter den Augen, Donna. Wie oft hast du dich in den letzten Tagen eigentlich übergeben? Wann hast du zum letztenmal gegessen und was bei dir behalten?»

Donna zuckt mit den Schultern.

«Du bist doch nicht etwa schwanger?»

Donna triumphiert innerlich und fragt sich, was für die Mutter wohl schlimmer wäre: eine schwangere Tochter oder eine rauschgiftsüchtige. Beides wäre eine Katastrophe. Doch gegen beides könnte man etwas tun.

Monika greift zum Telefon und macht einen Termin für Donna. Dabei ärgert sie sich. Kann Donna das nicht schon selbst? Sie gibt dem Impuls, mit ihr zum Arzt zu gehen, nicht nach. Sie sagt ihr nur, um wieviel Uhr sie sich bei Dr. Pettelbock einfinden soll.

Dann nimmt sie eine von den grünen Pillen.

20

Pettelbocks Praxis ist nicht weit von Jens' Wohnung entfernt. Donna hat noch fast eine Stunde Zeit.

Schon im Flur hört sie den Lärm. Jens hämmert im Badezimmer die Kacheln von der Wand, um an die Wasserleitungen heranzukommen.

Das Bad sieht noch schlimmer aus als vorher. Sie erkennt die gute Absicht, hat aber jetzt überhaupt keine Lust auf Mörtel, Staub und schmutzige Hände.

Jens ist so fröhlich, so aufgeräumt und voller Tatendrang, wie sie ihn nie erlebt hat. Sie sitzt im großen Ohrensessel, und ihr wird klar, er glaubt immer noch, daß sie schwanger ist. Er macht das Badezimmer für sie und das Kind.

Auf den leeren Bierkasten hat er vier Wachskerzen gestellt und in die Mitte einen Strauß Blumen. Er will feiern, denkt sie. Das ist seine Art, mir zu sagen, wie sehr er sich freut. Damit will er mein Kind willkommen heißen. Vier Kerzen auf einem leeren Bierkasten und ein langsam vertrocknender Blumenstrauß. Er hat ja nicht mal eine Vase.

Trotzdem findet sie es irgendwie romantisch. Es tut ihr fast leid, daß sie ihn enttäuschen muß.

«Du kannst aufhören, Jens», sagt sie. «Ich krieg kein Kind. Wir haben noch mal Glück gehabt.»

Sie sieht die Enttäuschung in seinem Gesicht, als er den Hammer sinken läßt. Er putzt die staubigen Hände an den Hosenbeinen ab, setzt sich vor ihr auf den Boden, legt seinen Kopf auf ihre Knie und schaut sie an.

«Sicher?»

«Ganz sicher.»

«Aber ... das war doch typisch ... ich meine, dir ist dauernd schlecht geworden und ...»

«Das muß einen anderen Grund haben. Ich geh gleich zu Dr. Pettelbock. Wahrscheinlich hab ich irgendwas mit dem Magen.»

«Du hast doch deine Tage lange nicht gehabt und ...»

Sie winkt ab. «Komm, hör auf. Das ist bei mir oft so.»

Er zündet die Kerzen nicht an. Er überreicht ihr die Blumen nicht. Aber er brüht einen Tee auf. Sie hat damit gerechnet, daß er versuchen wird, mit ihr zu schlafen. Er versucht es jedesmal, wenn sie ungestört sind. Sie hat sich schon eine Antwort zurechtgelegt. Nicht vor dem Arztbesuch. Das ist ihr unangenehm. Er wird es akzeptieren müssen.

Doch jetzt verunsichert seine Untätigkeit sie. Sie fühlt sich fast ein bißchen schuldig, weil sie kein Kind bekommt.

«Ich geh mit zu Dr. Pettelbock», sagt er. Dann zeigt er auf eine Tüte, die auf dem Kühlschrank liegt. «Ich hab uns Salat gekauft. Ich mach uns ein schönes, gesundes Abendessen, und dann ...»

«Vergiß es.»

«Heißt das, du schläfst nicht hier?»

«Ich darf nicht.»

Sofort poltert er los. «Jetzt hör aber auf! Ich hab doch wohl wirklich alles gemacht! Ich war bei deinen Eltern. Ich hab den netten Typen von nebenan gespielt. Ich hab ihnen erzählt, was sie hören wollten, und jetzt ...»

«Du vergißt, wie meine Mutter mich in deiner Jacke angetroffen hat. In Unterwäsche. Auf dem Polizeirevier. Ich glaube, das möchte sie nicht noch mal erleben. Ich hab in der Schule 'ne Sechs geschrieben.»

«Schule.» Er zuckt die Schultern, als sei es lächerlich, so etwas überhaupt zu erwähnen. «Ich laß mir von deinen Alten nicht mein Leben versauen!» keift er. «Mir platzen ja schon die Eier!»

«Bitte, bitte!» schreit sie zurück. «Du findest doch an jeder Ecke eine, die sich von dir durchbumsen läßt! Wenn das alles ist, was du willst! Das ist doch wohl kein Problem für dich! Ich schreib Sechsen, kotz mir die Seele aus dem Hals, und du interessierst dich nur dafür!» Sie macht eine eindeutige Handbewegung. Dann springt sie auf. «Deinen Tee kannst du alleine trinken. Ich geh zu Dr. Pettelbock.»

«Donna! Wir werden uns doch jetzt nicht wegen deinen blöden Alten verkrachen. Das sind sie doch einfach nicht wert!»

Sie ist schon auf der Treppe. «Laß meine Eltern in Ruhe! Du hast doch keine Ahnung!»

Zwei Treppen tiefer wird sie kurzatmig, hält sich am Geländer fest und fürchtet, sich wieder übergeben zu müssen. Schon ist er bei ihr.

Sanft berührt er sie, streichelt über ihre Wangen und stützt sie, als könne sie jeden Moment hinfallen. Es ist übertrieben, aber es gefällt ihr. Sie lehnt den Kopf an seine Schulter und flüstert: «Warum streiten wir uns dauernd? Was ist los mit uns?»

21

Dr. Pettelbock ist sehr gründlich. Er stellt Donna Fragen, die ihr überflüssig vorkommen. Sie beantwortet sie rasch, fast unwirsch. Er malt Kreuzchen in ein Formular.

Früher hat er so etwas nie gemacht. Vielleicht ist es eine neue Abrechnungsmethode für die Krankenkasse, denkt Donna.

Nur eine Frage läßt ihr Herz für einen Moment schneller schlagen. Er will wissen, ob sie schwanger ist.

Empört schüttelt sie den Kopf. «Nein, natürlich nicht.»

Er lächelt zurück. «Natürlich.» Wieder macht er ein Kreuzchen. Dann bittet er sie, sich frei zu machen.

Standhaft weigert sie sich, ihr bunt geringeltes Sweatshirt auszuziehen. «Meine Brust ist in Ordnung. Ich hab's im Magen.»

Er lächelt. Genau den will er untersuchen.

Dann liegt sie, und er tastet ihren Körper um den Bauchnabel herum ab. Sie hat das Sweatshirt bis zur Brust hochgezogen. Donna kennt diese Untersuchung.

«Tut's hier weh? Tut's da weh?»

«Wenn man so fest drückt, muß es ja weh tun», stöhnt sie.

Er nimmt ihr Blut ab, und während sich das Röhrchen rot färbt, fragt er: «Kann es sein, daß du in letzter Zeit ein bißchen viel Streß hast?»

Donna nickt und hat Mühe, die Tränen zurückzuhalten.

«Wie sieht es denn in der Schule aus?» hakt der Arzt nach.

Er hat so viel Wärme in der Stimme, so viel Verständnis. Sie ist ganz gerührt. Sie erinnert sich daran, wie oft er ihr geholfen hat, als sie klein war. Sie hatte nie Angst vor ihm. Dr. Pettelbock, der

Verständnisvolle. Der, der sich Zeit nimmt. Der, für den nicht nur der Körper zählt, sondern auch die Seele.

Sie erzählt ihm bereitwillig von ihren schulischen Niederlagen. Jens verschweigt sie. Das, so findet sie, geht ihn nichts an.

Die meisten Krankheiten heutzutage, sagt er, seien umwelt- und streßbedingt. Das Wort *Managerkrankheit* fällt. In der heutigen Zeit hätten schon Zehnjährige solche Symptome.

Er greift in den Schrank hinter sich und holt ein Medikament heraus. Es ist ein gläsernes Döschen mit einem weißen Deckel. Ein handbeschrifteter Aufkleber, ein paar computergedruckte Nummern. Dr. Pettelbock schaut zweimal auf den Aufkleber und schreibt etwas von dort in seine Unterlagen ab. Dann reicht er Donna das Döschen.

«Nimm das. Es ist ein ganz neues Medikament. Phantastisch. Nimm morgens, mittags und abends jeweils eine. Einfach so runterspülen mit etwas Wasser. Wenn es nicht hilft, machen wir nächste Woche eine Magenspiegelung. Und falls das Medikament sofort anschlägt, nimm es trotzdem weiter. Auf jeden Fall die ganze Woche durch. Manchmal sind solche Magen-Darm-Geschichten auch bakteriell bedingt. Damit kriegen die Viecher mächtig eins auf die Mütze. Wenn es dir dann besser geht und du das Mittel absetzt, hast du in vierzehn Tagen das gleiche Problem wieder. Also auf jeden Fall die ganze Woche.»

Donna fühlt sich überflüssig belehrt, aber sie nickt. Er schaut ihr tief in die Augen, als müsse er sich vergewissern, ob sie ihn wirklich verstanden hat.

Er klebt ihr ein Pflaster in die Armbeuge. «Ich seh dich nächste Woche wieder, okay?»

Sie nickt.

Dr. Pettelbock will gleich einen Termin ausmachen. Ja, denkt sie, so gründlich ist er. So fürsorglich.

Donna nimmt die erste Tablette noch in der Praxis mit einem Schluck Wasser. Nach der Untersuchung fühlt sie sich gleich besser. Doch zu Hause schafft sie es kaum noch zur Toilette. Ein grüner Schwall Galle schießt ihr in den Mund.

22

Jens hat Donna seit fünf Tagen nicht gesehen. Es macht ihn fast verrückt. Er muß ständig an sie denken. Täglich hat er an der Bushaltestelle auf sie gewartet, in jeder großen Pause vor ihrem Schulhof gestanden. Doch Donna geht nicht zur Schule. Donna ist krank.

Er wacht schweißgebadet auf. In seinem schlimmsten Traum hat Vater Huse versucht, seine Tochter mit Yogi zu verheiraten. Donna gab nach. Der Hochzeitswagen war ein BMW 850i mit aufgebohrten Schlössern. Aber was das schlimmste war: Donna sah Jens nur ein einziges Mal an. Mit einem Blick voller Abscheu und Haß.

Der Traum hat gereicht. Er muß jetzt hin. Er kann sich nicht länger drücken.

In dem neu gebauten Badezimmer duscht Jens sich flüchtig den Schweiß ab, dann geht er los. Es ist zehn Uhr morgens. Donna ist entweder in der Schule oder zu Hause.

Er hat ein paar Blumen besorgt und eine Schachtel Mon Cheri. Er fragt sich, ob er durch den Laden gehen soll oder ob es klüger ist, hinten zu klingeln. Wenn Monika Huse ihm aufmacht, soll er ihr dann die Blumen geben? Er fühlt sich schrecklich unsicher.

Dann ist alles ganz unkompliziert. Peter Huse sortiert draußen die Äpfel. Er sieht Jens, winkt ihm: «Gut, daß du kommst, Junge! Geh rauf. Es geht ihr wirklich schlecht. Warum bist du nicht früher gekommen? Sie ißt nichts. Sie nimmt ab. Wenn das so weitergeht, wird sie bald am Tropf liegen.»

Als Jens das Zimmer von Donna betritt, sitzt Monika Huse am Bett ihrer Tochter und flößt ihr Suppe ein. «Das waren erst drei Löffel, Donna. Du weißt, was Dr. Pettelbock gesagt hat. Du verlierst zuviel Flüssigkeit. Du ...»

«Mama, laß mich einfach. Ich will nur schlafen.»

«Hast du dein Mittel genommen?»

Donna nickt. Jens erschrickt, als er Donna sieht. Sie hat schwarze Ränder unter den Augen, ihr Gesicht ist spitz. Monika Huse zögert einen Moment, läßt die beiden dann aber allein. Jens setzt sich an Donnas Bett und hält ihre Hand. Sie ist eiskalt. Auf ihrer Stirn steht Schweiß. Er küßt sie flüchtig. Ihre Lippen sind trocken und rissig. Aus ihrem Mund kommt ein säuerlicher Geruch.

Jens würgt, aber er tut so, als ob er den Geruch nicht bemerkt. Er versucht, optimistisch und fröhlich zu sein. Er erzählt ihr vom Badezimmer, das jetzt *tipptopp* sei; von seiner Sehnsucht, von seinen Alpträumen erzählt er ihr nichts. Er verspricht ihr, von jetzt an täglich zu kommen. Er hat von Mark zwei Eintrittskarten für das Konzert am Wochenende bekommen. Es ist nicht ganz seine Musik, aber er möchte mit ihr hingehen.

Sie lächelt. Daraus wird wohl nichts.

«Geh ruhig allein», sagt sie, denn sie will es ihm nicht kaputtmachen. Sie weiß, wie wichtig Konzerte für ihn sind.

Sie bittet ihn, die Suppe aufzuessen, damit ihre Mutter ihr keinen Ärger macht. Die Suppe duftet gut, eine klare Rinderbrühe. Jens schlürft sie aus der Tasse. Donna nickt ihm wohlwollend zu. Trotzdem schämt er sich ein wenig. So als würde er der Kranken die Kraftnahrung wegessen.

Die Mon Chéri soll er wieder mitnehmen, weil ihr schon schlecht wird, wenn sie «die Dinger nur anguckt».

Langsam, kaum merklich, befreit sich ihre Hand aus seiner und klettert an seinem Hosenbein hoch. Sie beginnt, sein schlaffes Glied durch die Hose zu massieren. Er kann es nicht glauben. Will sie wirklich jetzt mit ihm schlafen? In ihrem Zustand? Hier?

«Ich brauche keine Pralinen», sagt sie. «Ich brauche Liebe.»

Sie zieht ihn zu sich herab. Ihre Lippen suchen seine. Er hält die Luft an und küßt sie. Ihm wird fast schlecht dabei. Aber er schafft es nicht, sich von ihr zu lösen.

Zum erstenmal in seinem Leben läßt sein Glied ihn im Stich. Es will nicht steif werden. Sie gibt sich Mühe, doch es hängt runzlig da und verweigert jede Mitarbeit.

Donna will ihn trösten. Das könne doch jedem mal passieren, morgen sei ein neuer Tag, scherzt sie verkrampft. Sie macht es damit nur noch schlimmer, und das spürt sie auch.

Er schämt sich. Er verläßt sie wie ein geschlagener Mann.

23

Jens ist viel zu sehr mit sich beschäftigt, um Sandra zu sehen. Die Musik läßt ihn kalt, der Takt dringt nicht bis zu ihm durch. Er fühlt sich auf diesem Konzert völlig deplaziert, möchte sich am liebsten unsichtbar machen und verschwinden, gleichzeitig will er sich aber auch ins Gewühl stürzen. Er möchte sich mit Männern betrinken und über die *zickigen Frauen von heute* herziehen oder sich bekifft in einem Harem als einziger Mann von schönen Frauen verwöhnen lassen.

Er ist völlig durcheinander. Selten hat er sich mieser gefühlt. Okay, denkt er, dein Leben war bisher nicht gerade ein steiler Höhenflug. Was immer du begonnen hast, es endete mit einer Bruchlandung. Du hast keinen anständigen Schulabschluß. Keine Berufsausbildung. Keinen vernünftigen Job. Du hast zwar noch ein Konto, aber die Bank hat deine Kontokarte eingezogen. Knapp drei Monate hattest du eine richtige Euroscheckkarte. Jetzt hast du keine mehr, aber 14 000 Mark Schulden. Als Saxophonist bist du auch eine Niete. Aber du bist doch immer irgendwie klargekommen.

Er merkt, daß er sich bei all den Niederlagen doch immer wohlgefühlt hat. Er hat das alles hingenommen wie den Regen, den Schnee, den Sommer oder den Winter. Denn er hatte immer eins: Glück bei den Mädchen.

Nun kommt es ihm plötzlich so vor, als hätte es ihm gar keinen Spaß gemacht, mit all diesen Frauen zu schlafen. Zum Beispiel mit der Mutter von Yogi. Yogi hat es nie erfahren, aber einmal, als Jens seinen Freund besuchen wollte, Yogi aber nicht zu Hause war, hat Jens es mit Yogis Mutter gemacht. Er versteht nicht mehr, warum. Er fand sie damals nicht mal sexy.

Hat Yogi es doch herausbekommen und deshalb... Jens kommt sich plötzlich schweinisch vor. Als müßte er sich bei Yogi entschuldigen. Bei Yogi, dem Verräter.

«Na», sagt Sandra, «auch hier?»

Er schaut sie an wie ein Wesen aus einer anderen Welt. Für einen Moment ist es ihm peinlich. Er hat keine Ahnung, wie lange sie schon hier neben ihm steht und ihn anschaut. Hat sie mitgekriegt, was in ihm vorgeht? Hat er laut gesprochen? Er hat das

Gefühl, alle Welt könne es ihm ansehen. Hier steht er. Herr Impotenz. Mister Schlappschwanz persönlich. Jens-kriegt-ihn-nicht-hoch Simon.

Weil er so verstört reagiert, fragt Sandra: «Wo ist denn deine kleine Freundin?»

«Zu Hause. Es geht ihr nicht gut.»

Sandra nickt wissend.

Plötzlich ist Jens raus aus seiner Trauer und seinen schweren Gedanken. Wut überschattet alles. Wut auf Yogi. Yogi, der ihn reingelegt hat mit dem BMW seines Vaters. Die Mutter hat garantiert den Mund gehalten. Davon weiß Yogi nichts. Es ist nur wegen ihr: Sandra!

Sie schiebt sich in seine Richtung. Sie möchte sich bei ihm anlehnen. Er weicht zurück.

«Wo ist dein Typ?» fragt er, und es klingt aggressiv.

«Ach, der», sagt sie geringschätzig.

«Weißt du, was der gemacht hat?»

Sie nickt. «Es tut mir leid, Jens. Ich wußte nichts davon. Aber wie konntest du auch so blöd sein und versuchen, den BMW von seinem Vater zu klauen?»

«Er hat mich reingelegt! Das blöde Schwein! Die hätten mich am liebsten erschlagen! Er hat mich in eine Falle gelockt! In eine Falle! Weißt du warum? Wegen dir!»

Sie versucht zu lächeln. «Ja, er ist furchtbar eifersüchtig. Er hat selbst dauernd irgendwelche Weibergeschichten. Aber er hält es nicht aus, wenn ich jemanden auch nur angucke ...»

«Dann gehst du jetzt besser. Wenn er uns hier sieht, wer weiß, was er als nächstes tut. Vielleicht schickt er ein Killerkommando.»

«Ach, Jens, nun übertreib doch nicht. Er ist gar nicht hier. Er ist mit seinem Vater unterwegs. Irgend so ein Geschäftsscheiß.»

Sie bietet Jens eine Zigarette an, aber er winkt ab.

«Vielleicht kann ich's ja wiedergutmachen», sagt sie und lächelt ihn an.

«Wiedergutmachen?»

«Ach komm, Jens. Nun hab dich nicht so.»

Sie berührt mit den Fingerspitzen sein Gesicht. Er hat das Gefühl zu versteinern. Er weicht noch einmal zurück.

«Jens. Wir haben uns doch immer verstanden. Daran hat sich doch nichts geändert, oder?»

«Und ob!» sagt er. «Du hast deinen Yogi, und ich ...»

«Ich weiß. Du hast deine kleine Donna.»

Sie will mich anmachen, denkt er. Sie will mich tatsächlich anmachen. Jetzt. Hier. Das darf doch nicht wahr sein!

«Du siehst traurig aus», sagt sie und schiebt ihre rechte Hand unter seine Lederjacke. Mit der linken hält sie die Zigarette. Sie leckt ihre trockenen Lippen an.

Jens spürt, wie sein Glied sich regt. Nicht sehr. Es wird nicht steif. Aber es meldet sich. Es lebt. Es ist nicht nur zum Urinieren da.

Die Hand unter seiner Lederjacke elektrisiert seine Haut. Sein Bauch wird zu einer erogenen Zone. Jens schließt die Augen. Sein Herz beginnt zu rasen. Ein Gedanke schießt durch seinen Kopf: Vielleicht kann ich es ungeschehen machen. Vielleicht ist es gar nicht mehr wahr. Ich muß nur jetzt mit einer Frau schlafen. Ich muß es toll mit ihr treiben. Sandra ist genau die Richtige. Sandra, die abgeht wie ein Wildpferd. Sandra, die dabei kreischt und schreit.

Sein Körper erinnert sich daran, wie sie sich versteifte, zu zittern begann und schrie: «O Gott! Ooh, Gott! Oooh, Gott!»

Er spürt, daß sie genau die Richtige wäre, sein Selbstbewußtsein wiederherzustellen. Jetzt. Er kann einfach mit ihr abhauen. Sie ist bereit, das sieht er. Aber etwas hält ihn zurück. Er weiß nicht genau, was es ist. Will er nur Donna treu sein, oder hat er Angst vor einer erneuten Niederlage? Die würde ihn endgültig in die Verzweiflung stoßen. In ein tiefes, dunkles Loch.

Er erinnert sich wieder daran, wie er in dem Gully feststeckte und den Deckel nicht hochdrücken konnte. Er weiß nicht, auf wen er die größte Wut hat: auf Yogi, auf Sandra oder auf sich selbst. Er spürt, daß die Wut guttut. Wut ist besser als Trauer.

Ohne daß er es recht merkt, zieht Sandra ihn mit sich fort. Sie bewegen sich weg vom Konzertgelände, über eine Wiese in Richtung Wald. Die Musik hinter ihnen wird leiser. Sie können jetzt reden, ohne zu schreien.

Sandra ist scharf auf ihn. Sie macht ihm Komplimente. Sie will ihn für sich gewinnen. Wenigstens für heute nacht. Jens weiß nicht genau, warum sie das tut. Will sie gutmachen, was Yogi ihm angetan hat? Will sie sich an Yogi rächen, weil er ständig andere Mädchen hat? Braucht sie die Nacht mit Jens, um ihr Selbstbewußtsein wiederherzustellen? Oder – und den Gedanken findet Jens besonders schön – bringt Yogi es im Bett einfach nicht? Reagiert er deshalb so hysterisch auf Konkurrenz?

Nun können sie schon die Vögel zwitschern hören, so weit sind sie vom Konzert entfernt. Unten fließt der Kanal. Man kann den Mond schon sehen, aber es ist noch hell.

Jens zieht seine Lederjacke aus und legt sie auf die Wiese. Sie setzen sich gemeinsam darauf. Jetzt nimmt er auch eine Zigarette von ihr. Sandra hat ihr Streichholz schon weggeworfen. Er hält seine Zigarette an ihre Glut und atmet ein.

«Wir könnten zu mir gehen», sagt Sandra. «Es ist niemand da. Ich mach dir ein tolles Frühstück und ... es war doch immer klasse mit uns, Jens. Ich sag's dir nicht gern, aber das zwischen uns war doch immer nur reiner Sex. Es war immer toll, mit dir zu schlafen.»

Er scheint zu gefrieren.

«Was ist denn? Hast du keine Lust? Gefalle ich dir nicht mehr?»

Er kommt sich lächerlich vor, aber er sagt es: «Ich ... ich glaub, ich will Donna nicht betrügen.»

Sandra lacht. «Aus dir ist so was wie ein treuer Ehemann geworden, was? Ich kann es nicht glauben! Ausgerechnet du! Hat sie dich hundertprozentig umgekrempelt? Wie hat sie das gemacht, das kleine Luder? Ist es wegen dem Baby?»

Jens fährt zusammen. «Was für ein Baby? Donna ist nicht schwanger.»

«Da irrst du dich», sagt Sandra und lacht. «Sie ist es. Glaub mir. Die blöde Conrad hat sie reingelegt. Das macht die immer so. Unverheirateten schwangeren Mädchen sagt sie grundsätzlich nicht die Wahrheit. Das tut sie immer erst nach dem dritten Monat, wenn man nichts mehr machen kann... Sag bloß, du weißt noch gar nicht, daß du Papa wirst?»

Jens weiß nicht genau, warum sie das tut. Will sie ihn damit fangen? Umgarnt sie ihn mit ihrem Spinnennetz, oder rächt sie sich dafür, daß er nicht sofort bereit ist, mit ihr zu schlafen? Er weiß nicht, wie Frauen auf so etwas reagieren. Er hat bis jetzt immer ja gesagt. Er kann sich nicht erinnern, jemals eine enttäuscht zu haben, bis auf Donna ...

Jens spürt Druck auf der Blase. Er muß pinkeln, kann aber jetzt schlecht aufstehen und weggehen.

«Du machst Quatsch», sagt er.

Sie schüttelt den Kopf. «Nein, nein, glaub mir. Wenn meine Chefin wüßte, was ich dir hier erzähle, würde ich sofort rausfliegen. Halt bloß den Mund. Aber ich sag dir: Donna ist schwanger!»

Jens springt auf. Er reißt seine Jacke unter Sandras Hintern weg.

«Hey!» ruft Sandra. «Was soll das? Mach keinen Scheiß! Jens! Bleib hier! Jens! Lauf doch nicht weg!»

Doch Jens rennt. Und Sandra läuft hinter ihm her.

Ist das wahr? denkt er. Renne ich weg vor einem Mädchen, das mich scharf macht und mit mir schlafen möchte? Hin zu einer, bei der ich keinen hochgekriegt habe? Werde ich wirklich Vater? Ich, Jens Simon?

Plötzlich paßt alles zusammen: daß Donna dauernd schlecht ist und daß sie so launisch ist. Schwangeren sagt man so etwas nach. Er will zu ihr, sofort. Aber er sieht auf die Uhr und rechnet nach. Er braucht mindestens drei Stunden. Vor ein, zwei Uhr morgens kann er es unmöglich schaffen.

Nein, nein, nein, denkt er. Ruhe. Ruhig Blut. Denk jetzt nach. Laß dich nicht reinlegen. Nicht schon wieder. Yogi erzählt dir was von dem BMW ohne Alarmanlage und den Papieren im Handschuhfach. Die hier will dir weismachen, daß Donna schwanger ist. Nur miese Tricks. Beide wollen dich reinlegen. So sind die eben.

Er bleibt stehen. Er hustet. Jetzt ist Sandra hinter ihm. Sie umarmt ihn von hinten.

«Mensch, Jens. Renn nicht weg. Das ändert doch nichts zwischen uns.»

Er windet sich aus ihrem Griff. Am liebsten würde er ihr eine Ohrfeige geben. Er holt sogar aus, aber er schlägt nicht zu.

«Es ist aus mit uns! Aus!» brüllt er. «Kapier das endlich!»

«Wegen Yogi?» fragt sie.

Sie hat Tränen in den Augen. Sie sieht verletzt aus und unglaublich wütend. Sie fühlt sich zurückgestoßen. Jens kann das verstehen. Aber er will nicht mit ihr schlafen, nur weil sie es unbedingt möchte.

«Hast du wirklich solche Angst vor Yogi?» keift sie, und etwas in dieser Frage soll Jens kleinmachen.

Er schüttelt den Kopf. «Nein. Es ist nicht wegen Yogi. Es ist wegen Donna. Ich liebe sie. Kapierst du das?»

Sandra öffnet erstaunt den Mund, kriegt aber keinen Ton heraus. Jens knöpft seine Lederjacke zu und geht.

Sandra putzt sich die Nase. Mensch, Junge, denkt sie, dich hat's aber ganz schön erwischt. Dabei spürt sie, daß ein Teil von ihr neidisch auf Donna ist. So einen Freund hat sie sich immer gewünscht. Einen, der nein sagen kann, wenn sich ihm eine an den Hals schmeißt. Daß Jens so einer ist, hätte sie nie gedacht. Aber sie weiß auch nicht, wie solche Typen sind. Sie hat so einen nie kennengelernt. Bis jetzt.

Sie fühlt zum erstenmal, daß Jens Yogi meilenweit überlegen ist. Sie ärgert sich, daß sie die Geschichte mit Jens damals nicht ernster genommen hat. Vielleicht hätte mehr daraus werden können. Er schien ihr nicht der Mann zu sein, mit dem man zusammenleben kann. Das hat sich in den letzten paar Minuten geändert.

Zugleich fühlt sie sich ein bißchen billig. Sie will die Zurückweisung wettmachen. Natürlich kann sie einen anderen Kerl haben. Auf dem Konzert ist das kein Problem. Ein bißchen mit den Augen zwinkern, ein bißchen mit dem Ärschchen wackeln, und gleich stehen fünf auf der Matte. Aber irgendwie ist ihr für heute die Stimmung verdorben.

Sie sieht Jens am Bierstand wieder. Er hat ein großes Pils vor sich stehen und ein Schnapsglas. Sandra möchte zu ihm. Sie will noch einmal mit ihm reden. Sie versteht nicht, was passiert ist. Sie ist sauer auf ihn, und gleichzeitig wird er immer wichtiger für sie. Sie will ihn haben. Mehr denn je. Aber neben ihm steht Willy The Death von den *Real Motherfuckers*. Den mag Sandra nicht. Sie will sich nicht dazustellen. Sie wartet lieber auf eine Gelegenheit, mit Jens allein zu sprechen.

Willy The Death ist merkwürdig freundlich, will gleich einen ausgeben und behandelt Jens wie einen alten Kumpel.

«Verdammt lang her», singt er, «verdammt lang her!» Er versucht, Niedecken von BAP nachzuahmen, was ihm völlig mißlingt.

Jens reagiert abweisend. «Gib dir keine Mühe, ich reparier euren Scheißbus nicht mehr. Seht zu, wie ihr ihn über den TÜV kriegt!»

«He, wovon redest du überhaupt? Die *Real Motherfuckers* gibt es nicht mehr. Unsere Tournee ist abgesagt.»

Jens schielt aus den Augenwinkeln zu Willy The Death rüber. Wenn das stimmt, warum ist er dann so gut gelaunt? Jens ärgert sich. Er spürt, daß er sich schon wieder von Willy in etwas verwikkeln läßt. So verwirrt, wie er im Moment ist, hat er Willy nur wenig entgegenzusetzen.

«Bobo hat sich mit seinen Alten verkracht. Sie haben unsere ganze Anlage abgeholt. Was wollen die mit unseren Boxen? Das Altersheim beschallen? Ich mach jetzt Blues.»

Willy The Death winkt der Bedienung. Sie stellt zwei doppelte Wodka auf die Theke. Willy nimmt ein Glas und stößt damit gegen das von Jens. Jens nimmt die Aufforderung an und kippt den Wodka.

«Wir könnten noch einen Sax-Mann gebrauchen.»

«Du willst mich verarschen.»

«Nein, Mensch. Wir wissen, daß du gut bist. Und du machst Blues. Hör zu. Uns ist einer ausgefallen. Tenorsax. Genau deine Kragenweite.»

«Ausgefallen? Was heißt ausgefallen? Spielt ihr wieder ohne Gage?»

«Mann, bist du mies drauf! Ich mach dir hier ein tolles Angebot, und du …?

«Ich warte auf den Haken.»

«Da ist kein Haken.»

Willy The Death rülpst. Er tut das, als würde er einen besonders beliebten Song zum Vortrag bringen: stolz und aus vollem Hals. Er ordert noch zwei Bier und zwei doppelte Wodka.

«Der Typ hat die Röteln. Kannst du dir das vorstellen? Eine Kinderkrankheit. Aber sie hat ihn ausgeknockt.»

Entweder verstellt Willy The Death sich perfekt, oder er hat wirklich gute Laune und die Nummer mit der Bluesband läuft.

Der Wodka kommt in Jens' Magen an. Das heiße Gefühl tut ihm gut. Es ist, als würde sich ein Krampf lösen. Wenn ich schon nicht mehr vögeln kann, denkt er, dann kann ich wenigstens saufen.

Er nimmt darauf den nächsten Wodka, da sagt Willy The Death: «Machen wir's kurz. Die Tournee steht. Zweihundert pro Abend. Kost und Logis frei. Einundzwanzig Auftritte garantiert.»

«Wann geht's los?» fragt Jens, dem immer noch nicht klar ist, ob Willy das ernst meint.

Willy greift mit beiden Händen unter seinen Bauch und zieht sich die Jeans höher. Dann hält er Jens die rechte Hand hin. «Morgen früh, Alter. Morgen abend ist der erste Gig. Sag deinem Freund Mark, er soll sich das nicht entgehen lassen.»

24

Dr. Pettelbock hat die Brustuntersuchung mit zufriedener Miene beendet. Monika Huse hakt ihren BH wieder ein und zieht rasch ihre Bluse über. Jetzt kommt sie zum Eigentlichen. Sie will mehr von den grünen Pillen.

Der Arzt sieht sie kritisch an. «Hast du wirklich schon alle aufgebraucht? Ich hab sie dir doch erst letzten Monat verschrieben.»

«Sie wirken. Es geht mir seitdem viel besser. Ich hatte nur noch zweimal dieses Gefühl, nicht in meinem Körper zu sein und mich von außen zu sehen.»

«Wann war das?»

«Einmal in den ersten Tagen danach und dann vor ein, zwei Wochen.»

«Was ist da passiert?»

Monika Huse schiebt den Blusensaum in den Rock. Sie überlegt, ob sie lügen soll. Aber warum? Er ist ihr Arzt. Obwohl sie sich wieder angezogen hat, spürt sie seine Hände noch an ihrer Brust. Wunschdenken? Das war keine Untersuchung. Das war mehr ein Streicheln.

Sie zögert. Dr. Pettelbock besteht auf einer Antwort.

«Es war, als ich mit Peter geschlafen habe», sagt sie. Es klingt trocken, emotionslos, sachlich.

Er nickt, beinahe freudig.

«Es ist schön, wenn ihr noch ein aufregendes Sexualleben habt. Du glaubst gar nicht, wie viele Paare in eurem Alter schon lange nichts mehr miteinander machen. Und dann wundern sie sich, daß sie krank werden, sitzen hier, haben Magengeschwüre, Kopfschmerzen und Schlafstörungen. Ein geregeltes Sexualleben ist als Medizin nicht zu verachten», lacht er, und sie stimmt fröhlich ein.

Vielleicht, denkt sie, ist er einfach ein unverklemmter, netter Kerl.

«Es geht überhaupt bergauf bei uns», sagt sie.

Dr. Pettelbock nimmt es wie ein Lob.

«Donna holt in der Schule langsam wieder auf. Sie schreibt noch keine Zweien, aber wenigstens schon wieder die ersten Vieren. Sie sieht offensichtlich Land.»

«Was macht ihr Magen?»

«Entweder haben die Tabletten ihr wirklich geholfen ...»

Er unterbricht sie. «Nimmt sie sie regelmäßig?»

Monika Huse nickt. «Natürlich, bei der prompten Wirkung! Vielleicht tut es ihr aber auch nur gut, von ihrem Freund getrennt zu sein.»

«Sind sie auseinander?»

Sie schüttelt den Kopf. «Nein, aber er ist mit seiner Band auf Tournee. Sie telefonieren jeden Tag miteinander. Aber das hält Donna nicht davon ab, ihre Schulaufgaben zu machen.»

«Nimmt sie wieder zu?»

«Ja.»

Er zieht Karteikarten und Formblätter aus seinem Hängeschränkchen, liest etwas nach. «Sie hat noch für sechs Tage Tabletten. Sie soll rechtzeitig wiederkommen. Das Medikament muß durchgehend genommen werden, sonst ...»

Monika Huse winkt ab. «Ich weiß, ich weiß.»

Als sie die Praxis verläßt und auf die Straße tritt, schaut sie rasch nach rechts und links. Niemand beobachtet sie. Schnell greift sie sich an die Brust und kratzt sie gegen ihre sonstigen Gewohnheiten kurz und heftig. So wird sie den Eindruck der streichelnden Hand los.

25

Mit der Distanz zu Jens wächst auch die Sehnsucht. Am Anfang kam es ihr wie eine Flucht vor. Nach dem mißglückten Liebesakt hat sie ihn nicht wiedergesehen. Dafür werden die Telefonate täglich länger.

Sie spielen nur in kleinen Orten, die von den großen Bands weiträumig umfahren werden. Aber dort stoßen sie, falls Donna ihrem Jens glauben kann, auf ein begeistertes Publikum.

Einerseits freut sie sich für ihn. Andererseits wird sie tierisch eifersüchtig, wenn sie sich vorstellt, wie Dorftussis ihren Jens anschmachten. Bestimmt sieht er höllisch gut aus, wenn er auf der Bühne sein Saxophon bläst. Er versichert, ihr treu zu sein und jeder Versuchung zu widerstehen, doch allein aus diesen Worten hört Donna heraus, daß er reichhaltige Möglichkeiten hat.

Er hat versprochen, an diesem Wochenende nach Hause zu kommen und ganz für sie dazusein. Wenn er sie diesmal wieder versetzt, wird sie das Angebot von Akki, Ulf und Sina annehmen und mit ihnen zur Grillfete bei Lutz gehen. Allein will sie auf keinen Fall zu Lutz. Je länger Jens weg ist, desto offener baggert Lutz sie an. Er lädt sie ins Kino ein, in die Eisdiele, ins Schwimmbad, und er läßt sich von keiner Abfuhr entmutigen. Gäbe es einen Nobelpreis für Hartnäckigkeit, Lutz hätte ihn längst gewonnen.

In der Schule sieht sie ihn täglich. Gerade hat Lutz sein Amt als Schulsprecher niedergelegt, um sich in Ruhe aufs Abitur vorbereiten zu können. Er hat sie gefragt, ob sie nicht kandidieren möchte. Er sei auch gern bereit, sie einzuarbeiten. Sie wollte von ihm wissen, warum er gerade sie fragt.

«Wegen deines Aussehens bestimmt nicht», hat er geantwortet, «sondern wegen deiner sozialen Kompetenz.»

Sie hat schon viele Komplimente gehört. Dies war ihr neu. Sie hat soziale Kompetenz. Na bitte, wenn das nichts ist!

Sie liegt auf dem Bett und wartet auf Jens' Anruf. Es ist schon kurz nach Mitternacht. Er ruft immer zwischen zwölf und eins an. Sie hört immer schon an seiner Stimme, wie es war. Er atmet dann wie ein Asthmakranker, und seine Stimme ist tiefer als sonst.

Donna nickt ein. In ihrem Traum jagen sich schnelle Bilder. Sie schläft mit Jens und Lutz gleichzeitig. Das Telefonklingeln zerreißt die Bilderfolge. Sie hält den Apparat mit beiden Händen zwischen den Schenkeln umklammert.

Donna reißt den Hörer hoch, als könne sie den Traum damit ungeschehen machen. Es ist ihr zutiefst peinlich. Die Stimme von Jens klingt, als ob er etwas von ihrem Traum mitgekriegt hätte. Sie weiß, daß das unmöglich ist, doch das schlechte Gewissen bringt sie auf absurde Gedanken.

Er keift in hohen, schrillen Tönen ins Telefon.

«Was ist los? Bist du erkältet?»

«Nein, alles okay. Aber ich ... ich kann am Samstag nicht kommen.»

«Was? Du hast mir versprochen, am Wochenende ...»

«Sei vernünftig, Donna. Wann sind die Konzerte ausgebucht? Freitag und Samstag natürlich. Ich kann die anderen jetzt nicht hängenlassen. Das ist unsere große Zeit. Wir müssen das ausnutzen.»

«Spinnst du? Große Zeit? Ihr spielt in kleinen Clubs, bei Dorffesten und ...»

Ich Idiotin, denkt sie. Was mache ich da? Statt ihn in seinem Erfolg zu bestätigen, mache ich ihn nieder. Überall himmeln ihn die Weiber an, und von mir kriegt er solchen Mist zu hören.

«Du hättest das sehen müssen!» schreit er. «Wir haben den Saal zum Kochen gebracht. Sieben Zugaben! Die wollten uns gar nicht von der Bühne lassen. Ich bin völlig alle. Ein Club in München hat uns für eine Woche gebucht, dann Anschlußkonzerte bei einem Open-air und ...»

Donna versucht, den vorwurfsvoll-spöttischen Ton abzulegen, und sagt es ehrlich, wie es ist: «Jens, ich habe Sehnsucht nach dir.»

«Ich auch nach dir, Schatz!» brüllt er ins Telefon. Hinter ihm hört sie Gekicher. «Nicht», sagt er, «nun laßt doch mal! Hört doch auf!»

Sie stellt sich vor, daß bei ihm in der Telefonzelle ein paar Groupies sind, die an ihm herumnesteln. Tränen schießen ihr in die Augen. Sie schluckt und beschließt, an diesem Wochenende mit Akki, Sina und Ulf zu Lutz zu gehen. Soll Jens doch sehen, was er davon hat!

«Komm doch am Wochenende rüber, Donna. Du kriegst freien Eintritt, ist doch klar. Wir haben Zimmer in Unterföhring. Der Sender bezahlt das Hotel. Am Montag morgen spielen wir dort vor. Wir sollen in einer Talkshow von Pro Sieben... Hört doch mal auf! Ich kann ja gar nichts verstehen. Donna? Donna, bist du noch da?»

«Ich soll übers Wochenende nach München kommen? Wie stellst du dir das vor? Ich hab Samstag noch Schule. Bio-AG. Ich müßte Sonntag schon wieder zurück.»

«Ich zahl dir die Fahrkarte», sagt Jens, doch Donna lehnt ab.

Sie tauschen noch ein paar Küsse und Nettigkeiten aus, aber jeder spürt, daß der andere vergrätzt ist.

Jens glaubt, ihr einen tollen Vorschlag gemacht zu haben, und versteht nicht, warum sie ablehnt. Samstag in die Schule gehen, denkt er. Ja, wo leben wir denn? Eigentlich wollte er ihr erzählen, daß heute zum erstenmal eine Frau ihren Slip auf die Bühne geworfen hat. Er weiß jetzt, daß er das besser für sich behält. Er ahnt nicht, daß das Mädchen dafür von Willy The Death drei Eintrittskarten bekommen hat. Der Slip gehörte nicht einmal dem Mädchen, den hatte Willy The Death von einem Wühltisch im Kaufhaus. Er hat sechs Stück gekauft. In unterschiedlichen Farben.

Als der Slip in hohem Bogen angesegelt kam und unter Frauengekreische auf dem T-Sax landete, schloß Jens für einen Moment die Augen und genoß diesen Höhepunkt seiner Musikerkarriere. Jetzt wird daraus eher eine Niederlage. Er hat einen schalen Geschmack im Mund. Er kennt Donna noch gar nicht lange, und doch gibt es schon so vieles, was er ihr verschweigen muß. Daß er mal was mit Yogis Mutter und dann mit seiner Freundin hatte, wird er ihr nie erzählen. Niemals.

Jetzt ist einer der Momente, in denen er überhaupt nicht weiß, warum er sie eigentlich jede Nacht anruft. Sie ist doch nichts weiter als eine verzogene Gymnasiastin, die in einem Supermarkt groß wird; die sich alles aus den Regalen nehmen darf, ohne jemals an der Kasse bezahlen zu müssen. Ihre Eltern halten allen Schmutz der Welt von ihr fern, und deswegen glaubt sie, die Welt habe sauber und geordnet zu sein. Sie weiß nicht, wie sich einer wie er fühlt. Einer, dem das Wasser immer bis zum Hals steht. Einer, der selten weiß, wovon er die nächste Miete bezahlen soll. Einer, der nicht einfach zum Arzt geht und sein AOK-Kärtchen vorzeigt, sondern der froh ist, wenn er keine Post von der Krankenkasse kriegt. Dort sind nämlich noch ein paar Monatsbeiträge offen. Er muß für alles im Leben ackern und ackern und kriegt am Ende doch nur einen Trostpreis heraus. Wie soll sie wissen, was es für ihn bedeutet, hier spielen zu können? Beklatscht und bewundert zu werden?

Und doch wird all das wertlos, weil er nicht bei ihr sein kann. Er ist auf dem besten Wege, sich alles kaputt zu machen. Statt in vollen Zügen zu genießen, was hier läuft, steht er mit dem Arsch auf der Bühne und ist mit dem Herzen fünfhundert Kilometer entfernt bei Donna.

Zurück in der Kneipe, bestellt er Bacardi-Cola, wie ein Selbstmörder sich die Tabletten kauft, die ihn einschläfern sollen. Er trinkt das prickelnde Zeug mit dem Gefühl, Gift in sich hineinzuschütten. Er genießt es. Die Mädchen, die ihm nach dem Konzert in die Telefonzelle und von dort hierher gefolgt sind, beachtet er nicht. Die, die den Slip geworfen hat, ist nicht dabei.

Verflucht, denkt er, Donna, warum ist alles so kompliziert?

26

Donna mag Sandra, die Sprechstundenhilfe. Sie fühlt sich von ihr respektvoll, ja, mit Hochachtung behandelt. Sie glaubt, in ihren Blicken und Gesten eine Mischung aus Neid und Bewunderung zu erkennen. Donna weiß nicht, woher das kommt, aber sie genießt es. Gleichzeitig ist sie vorsichtig. Irgend etwas stimmt da nicht. Sie sind ungefähr im gleichen Alter. Da geht man anders miteinander um.

Donna muß auf den Stuhl. Während der Untersuchung wird kein Wort gesprochen. Frau Dr. Conrad macht ein ernstes Gesicht. Sie ist Donna zu grob. Einmal zuckt Donna zusammen, weil es wirklich weh tut. Am liebsten würde sie die Beine zusammenkneifen und Frau Dr. Conrad anschreien. Aber sie läßt alles über sich ergehen, in der Hoffnung, daß es dann schneller vorüber ist. Sie sagt sich im Geist die Vokabeln auf, die sie heute morgen zu lernen versucht hat.

to refuse – ablehnen, verweigern
judge – Richter
dubious – zweifelhaft
loaf – Laib
sobriety – Nüchternheit

Endlich ist es vorbei. Als Donna Frau Dr. Conrad gegenübersitzt, bleibt Sandra im Türrahmen stehen, die Arme vor der Brust verschränkt. Sie wartet auf etwas. Frau Dr. Conrad schickt sie unwirsch raus. Sofort hat Donna ein mulmiges Gefühl. Wenn die Frauenärztin ihre Sprechstundenhilfe aus dem Zimmer schickt, kann bei dem Gespräch nichts Angenehmes herauskommen.

«Stimmt was nicht mit meinen Eierstöcken?» fragt Donna nervös. «Haben Sie die Laborergebnisse?»

Frau Dr. Conrad schreibt etwas in ein DIN-A5-großes gelbes Heft. Damit erinnert sie Donna an Dr. Pettelbock, der in letzter Zeit auch ständig Notizen macht, wenn sie bei ihm ist. Ohne ihre Patientin anzusehen, schreibt Dr. Conrad: *Donna Huse, geborene Huse, Beruf Schülerin.*

«Was schreiben Sie da auf?» fragt Donna.

Frau Dr. Conrad schiebt das gelbe Heft über den Tisch. «Das ist dein Mutterpaß.»

Donna schluckt. «Mutterpaß?!?»

Frau Dr. Conrad nickt. «Du bist schon am Ende des dritten Monats. Herzlichen Glückwunsch. Das Kind ist wohlauf.»

«Aber ... aber... Sie haben doch gesagt, ich sei nicht ...»

«Es war ein Irrtum. So was kann schon mal passieren. Aber du bist eindeutig schwanger. Man kann es fühlen. Jetzt ist ein Irrtum ausgeschlossen.»

Sie legt Donna eine Broschüre hin. «Hier steht genau, welche Vorsorgeuntersuchungen du wann zu machen hast. Du solltest keine versäumen. Es ist wichtig für dich und für das Kind.»

Magensäure steigt in Donnas Kehle hoch. Gleichzeitig schießen ihr Tränen in die Augen. Im Geiste springt Donna auf und brüllt herum. Doch sie ist steinschwer. Bewegungslos sitzt sie da und starrt auf den Heftchenstapel, auf den Frau Dr. Conrad immer neue Broschüren häuft.

«Hier erfährst du alles über deine Rechte als werdende Mutter. Hier ist eine Liste der Organisationen, die Geburtsvorbereitungs- und Babywickelkurse machen. Ja, du wirst viel zu tun haben in der nächsten Zeit. Ein ganz neuer Lebensabschnitt fängt jetzt an. Wer ist denn der glückliche Vater?»

In Frau Dr. Conrads Gesicht ist ein Lächeln gemeißelt. Es wirkt unecht. Tiefgefroren. Abrufbar.

Donna wird heiß. Gleichzeitig trocknet ihr Hals aus. Sie könnte jetzt gut einen Eistee gebrauchen oder ein Mineralwasser. Ihre Füße schwellen an. Sie hat das Gefühl, viel zu enge Schuhe zu tragen. Die Augen kann sie bewegen. Alles andere an ihr ist wie erstarrt.

Als es ihr gelingt, tief auszuatmen, werden auch die Arme wieder beweglich. Sie legt eine Hand auf ihren Bauch und befühlt ihn. Natürlich bin ich schwanger, denkt sie. Es ist ja alles angeschwollen. Wieso habe ich das nicht selbst gemerkt?

«Aber ich kann nichts fühlen! Sie irren sich bestimmt.»

Frau Dr. Conrad schüttelt den Kopf. «Mit einer Ultraschalluntersuchung können wir schon bald feststellen, ob du dich auf einen Jungen oder ein Mädchen freuen darfst.»

Jetzt hat sich in Donnas Körper genügend Spannung angesammelt. Sie schießt aus dem Stuhl hoch. Auf die Starre folgt ein Bewegungsdrang, der Donna wie einen Flummiball im Zimmer auf und ab springen läßt. Sie will etwas sagen, aber es kommen keine Worte. Statt dessen gestikuliert sie herum.

Den Rest erlebt sie wie in Trance. Ihr Magen spielt plötzlich verrückt. Dr. Pettelbocks Medikamente scheinen jede Wirkung verloren zu haben. Noch bevor es aus Donna heraussprudelt, weiß Frau Dr. Conrad Bescheid. Sie ruft Sandra und schickt sie mit Donna zur Toilette. Donna will sich wehren, doch da kommt es schon.

Frau Dr. Conrad bietet sich noch an, mit Donnas Eltern zu reden. Das alles hört Donna nicht mehr. Sie taumelt nach draußen. Sie läßt alle Broschüren und ihren Mutterpaß im Sprechzimmer liegen. Sandra läuft ihr nach und findet Donna mit dem Rücken an eine Hauswand gelehnt. Ihr Gesicht ist grau wie der Rauhputz an der Wand.

27

Donna sitzt zusammengekauert auf dem Boden, den Rücken gegen das Poster von den *Red Hot Chilli Peppers* gedrückt. Über ihrem Kopf beginnt die Schräge. Hier, hinter der Wand, müssen noch ihre Tennissachen versteckt sein.

Es kommt ihr so vor, als sei es erst gestern gewesen. Wenn sie nur nie zu diesem dämlichen Konzert gegangen wäre. Wenn sie doch auf ihre Eltern gehört hätte! Es wäre alles so einfach! Aber nein, sie mußte ja allein losziehen, raus in die große weite Welt. *Das hast du nun davon!* Sie verflucht sich selbst.

Sie zieht die Füße noch enger an den Körper, schlingt die Arme um die Beine und drückt die Nase zwischen die Knie. Jetzt sind die kleinen blonden Härchen ganz nahe vor ihren Augen. Sie stellt sich vor, wie sie durch diesen Dschungel geht. Klein wie eine Bakterie, unsichtbar, aber lebendig, geschützt von diesem großen Körper, der einer gewissen Donna Huse gehört, mit der sie nicht mehr zu tun hat, als daß sie zwischen ihren Härchen von Pore zu Pore wandert.

Sie, die kleine Bakterie, wird sich hier immer wohl fühlen. Sie wird im Schweiß der großen Donna genug salzhaltige Nahrung finden. Nichts wird ihre Existenz gefährden. Die Haut hat so viele Löcher und Höhlen, daß sie sich überall verkriechen und vermehren kann. Für die kleine Bakterie ist es belanglos, ob Donna ihr

Abitur machen wird. Was interessiert es sie, ob Donna arm und unglücklich ist, von Sozialhilfe lebt, im Supermarkt an der Kasse sitzt, von den Eltern verstoßen wird oder als Philosophieprofessorin an der Uni Karriere macht? Der Bakterie ist das völlig egal.

Donna schaut zum Telefon. Sie hat keine Ahnung, wie lange sie hier schon so sitzt. Die Zahlen im Telefon leuchten. Sie hört das Klingeln nicht, doch das Leuchten sagt alles. Sie greift hin.

«Ja, hier Donna!»

Er ist es. Jens.

Sie kann jetzt nicht erst Small talk machen. Sie sagt es ihm gleich. «Ich bin schwanger, Jens.» Sie würde alles drum geben, jetzt sein Gesicht zu sehen.

«Waas? Aber ich denk, die Tests waren negativ?!»

«Ich bin schon am Ende des dritten Monats.»

«Ich werd Vater! Ist das zu glauben? Ich werd Vater! Das kann ja nicht wahr sein! Ich werd Vater!»

Freut der sich, oder spielt der nur?

«Wir kriegen ein Baby! Du mußt sofort mit dem Rauchen aufhören, hörst du? Wehe, du rauchst noch eine einzige Zigarette!»

Der meint es ernst. Der freut sich wirklich. Der macht sich Sorgen ums Kind. Denkt er nicht an mich?

«Ja, aber, Jens ... Ich wollte erst mein Abitur machen. Wir haben nichts ... Und außerdem ... ich bin noch nicht volljährig und ...»

Jens lacht. «Und, und, und! Was soll der Scheiß?! Ich komm sofort, Donna. Ich trampe, oder ich nehme den ersten Zug, oder ... Auf jeden Fall komme ich auf dem schnellsten Weg zu dir.»

«Jens, deine Tournee! Was ist damit? Der Auftritt bei Pro Sieben!»

«Ach, scheiß der Hund drauf. Ich muß jetzt zu dir. Ich will dich sehen!»

«Auf einmal? Wenn wir ein Kind kriegen, dann brauchen wir Geld. Da kannst du nicht einfach so deine Tournee abbrechen.»

Er läßt keinen Widerspruch gelten. «Wir sehen uns, Donna! Spätestens zum Frühstück bin ich da. Leg dich hin. Ruh dich aus. Trag nichts Schweres. Und wehe, du rauchst auch nur eine Zigarette!»

Donna bleibt so sitzen. Sie beneidet die Bakterien auf ihrer

Haut. Sie versucht, sich eine davon vorzustellen. In der Schule haben sie mal durch das neue Mikroskop geguckt. Sie hat damals nichts gesehen. Sie kennt nur Zeichnungen von diesen kleinen Dingern. Sie versucht, sich so etwas vorzustellen, das einfach nur lebt, frißt und sich sonst um nichts kümmert. Wenn sie die Augen schließt, sieht sie das mikrobenhafte Wesen. Es hat das Lächeln eines neugeborenen Kindes.

28

Willy The Death hält es zunächst für einen Scherz. Als ihm klar wird, daß Jens es ernst meint, werden seine Augen schmal. Er hält sich mit einer Hand an der Theke fest. Die andere ballt er zur Faust.

«Du willst waaaas?»

«Ich will ausbezahlt werden. Ich werd Vater. Ich muß zurück. Tut mir leid, aber das wirst du ja wohl verstehen. Es gibt wichtigere Dinge im Leben, als Musik zu machen.»

«Für dich vielleicht!» faucht Willy The Death. «Was willst du? Eine Einbauküche? Ein Schleiflackschlafzimmer? Kindergartenfeste und den wöchentlichen Gnadenfick?»

Jens schreckt zurück und schaut Willy groß an. Willy zeigt auf die Leute in der Kneipe, aber er meint die ganze Welt. «Das alles steht dir zur Verfügung, Junge. Du kannst jetzt alles haben. Wir sind kurz vor dem Durchbruch. Und selbst wenn wir nie hochkommen – es wird immer reichen. Wo wir auch hinkommen, es ist genug zu fressen, genug zu saufen und genug zu ficken da. Guck dich doch an, Mensch! Willst du in Zukunft um diese Zeit zu Hause babysitten und Schlaflieder singen? Oder willst du mit mir auf der Bühne stehen? Der Blues, Junge, das ist es. Komm raus aus deinem Kitschroman. Hier ist das wirkliche Leben.»

«Willy, ich will mein Geld.»

«Was für Geld?»

Jens rechnet es ihm genau vor. Er hat noch 4600 Mark zu kriegen. Willy schüttelt den Kopf. Er sieht das ganz anders.

«Wenn du jetzt abhaust, platzen die nächsten Gigs, bis wir ein neues T-Sax haben. Du bist nämlich besser, als du denkst, Alter. Wir finden nicht von heute auf morgen jemanden, der einfach so einsteigen kann.»

«Das hab ich doch auch gemacht.»

«Ja, du. Wer kann das sonst? Die echt guten Leute sind alle irgendwo unter Vertrag. Ich schwör dir, uns platzen die nächsten Auftritte. Wir kriegen tausendfünfhundert am Abend. Das sind allein dreitausend am Wochenende. Dann die Nummer bei Pro Sieben und in der nächsten Woche fünf Auftritte im Club. Macht zehntausendfünfhundert. Das heißt, ich krieg von dir noch fünfneun. Wahrscheinlich sogar mehr, denn wer sagt mir, daß ich im Laufe der Woche einen neuen Saxophonisten finde?»

Jens atmet schwer aus. «Das heißt, du willst mir mein Geld nicht geben?»

Jetzt schreit Willy The Death: «Ich? Dir Geld geben? Ich hätte Lust, dich an die Wand zu klatschen! Ohne mich wärst du nichts. Jens-Arsch-Nobody. Und wenn du jetzt abhaust, bloß weil du der Alten einen Braten in den Ofen geschoben hast, dann bist du erledigt, das sag ich dir. Keiner wird dich mehr mitnehmen.»

Das Gerede erschreckt Jens zwar, die nackte Wut von Willy The Death macht ihm ein wenig angst, aber er versucht das Gespräch wieder auf den Kern zu bringen. «Du gibst mir das Geld also nicht?»

«Vergiß es.»

Jens bricht die Diskussion ab und geht nach draußen. Willy The Death bestellt sich auf Kosten des Hauses einen doppelten Whisky. Noch bevor er das Glas vor sich stehen hat, wird ihm klar, was Jens vorhat. Jens wird sich seinen Anteil nehmen. Den völlig kaputten Tourneebus.

Willy The Death rennt aus der Kneipe. Der buntbemalte Bus springt mal wieder nicht an. Jens sitzt drin und orgelt die Batterie leer.

Willy The Death reißt die Tür auf, packt Jens und zieht ihn aus dem Auto. «Du bist eben doch nichts weiter als ein mieser kleiner Autodieb. Ich könnte dich verhaften lassen, du Arsch!»

«Laß mich los.»

Willy The Death verpaßt Jens einen Tiefschlag. Der Schmerz treibt Jens die Tränen in die Augen. Er reißt den Mund auf, kriegt aber keinen Ton heraus. Er sinkt vor Willy The Death auf die Knie.

«Okay», zischt Willy, «ich nehm deine Entschuldigung an. Komm rein, wir trinken einen zusammen und vergessen die Sache. Die Weiber machen uns manchmal dämlich. Cool bleiben, Alter. Cool bleiben.»

Willy The Death zieht den Schlüssel ab und geht zurück in die Kneipe. Er ist sich völlig sicher, gewonnen zu haben. Auf der Theke wartet sein Whisky. Er genießt ihn.

Jens hat 176 Mark im Portemonnaie. Immerhin. Er packt seine Camel-Tasche in wenigen Sekunden. Dann nimmt er sein T-Sax und verschwindet.

Er hat Glück. Er hält den Daumen nur kurz in den Wind, da nimmt ihn schon einer bis zur Münchener Innenstadt mit.

Jens hat nicht damit gerechnet, daß die Fahrkarte so teuer ist. Die ganze Nation fährt scheinbar zum halben Preis, bloß er zahlt voll. Da das Geld sowieso nicht für die Fahrkarte reicht, beschließt er, sich mit etwas Proviant einzudecken und es als Schwarzfahrer zu probieren.

Der Intercity wartet schon. Jens geht in einen der Erste-Klasse-Wagen und schließt sich dort auf der Toilette ein. Er macht es sich auf dem Boden bequem. Er hat eine Cola, zwei Bier und ein paar Brötchen. Er stellt sein Essen auf den Klodeckel und findet es eigentlich ganz gemütlich. Diese Toilette ist geräumiger als so ein miefiges kleines Abteil.

Er spürt in sich merkwürdig viel Kraft, und ein Optimismus wächst in ihm heran, der schier unzerstörbar scheint. Er wird Vater werden. Er, Jens Simon. Väter, denkt er, Familienväter, das sind die letzten Abenteurer dieser Zeit. Er wird sich auf dieses Abenteuer einlassen. Er wird es schaffen. Er weiß, daß es nicht leicht sein wird, aber er ist Steine in den Kirschen gewöhnt. Die Verhältnisse sind beschissen, sagt er sich selbst, aber veränderbar. – Vielleicht ist das ein Songtext, denkt er. Vielleicht ist dies der Augenblick, denkt er. Vielleicht schreibe ich jetzt meinen ersten wirklichen Song. Auf der Toilette vom Intercity.

Er nimmt sein T-Sax und sucht die Melodie. Er hat das Gefühl, daß er heute einen Text schreiben kann, der wirklich etwas aussagt. Etwas über das Leben in diesem Land. Etwas über das Gefühl einer ganzen Generation.

Nie hat sein Sax so anklagend und doch so triumphal geklungen. Der Song wird hymnisch. Eine Hymne auf das Leben.

Der Zug hat längst den Bahnhof verlassen. Vor der Toilettentür hat sich ein kleines Grüppchen gebildet: ein angetrunkener Vertreter in schäbig grauem Anzug, der dringend mal pinkeln muß; ein Student aus Tübingen, der den Song wahnsinnig gut findet; ein Pärchen, das einfach nur mit dem ganzen Gepäck durch will, weil es sich aus Versehen in ein Erste-Klasse-Abteil gesetzt hat, und der Schaffner, der nun energisch gegen die Tür klopft.

«Was machen Sie da? Das ist eine Toilette!»

Jens öffnet und bläst dem Schaffner die letzten klagenden Töne entgegen. Der Student aus Tübingen klatscht Beifall und fordert: «Zugabe!», der Schaffner fordert den Fahrschein.

29

Das hält Monika Huse nicht lange aus. Donna hat sich mit Weltuntergangsmiene eingeschlossen. Monika fühlt sich zu sehr für das Glück ihrer Tochter verantwortlich, als daß sie diesen Zustand länger ertragen könnte. Sie kann nicht fröhlich bei einem Glas Wein einen Film gucken, wenn es Donna schlechtgeht. Ihre symbiotische Beziehung läßt nicht zu, daß die eine Spaß hat, während die andere depressiv ist.

Trotzdem findet Monika den Film spannend. Sie würde ihn gern weitersehen. Es sind witzige Dialoge. Nie geschieht das Erwartete. Am liebsten möchte sie, daß Donna runterkommt und den Film mit ihr gemeinsam anschaut. Sie ahnt schon, daß es nicht so werden wird.

Sie nutzt die Werbepause für einen Versuch. Donna will ihr nichts sagen, bittet nur, in Ruhe gelassen zu werden.

«Verdammt noch mal, ich hab dich gewickelt und an meiner Brust genährt! Wieso darf ich jetzt nicht wissen, was mit dir los ist? Es steht dir doch ins Gesicht geschrieben, daß du unglücklich bist. Hat der Kerl dich verlassen?» In Monikas Stimme schwingt mehr Triumph mit, als ihr lieb ist. Wieder sieht sie sich von außen.

Was machst du hier? Willst du deiner Tochter helfen, oder willst du sie runterputzen? Natürlich hat er sie verlassen. Über kurz oder lang war das doch abzusehen. Trumpf jetzt bloß nicht auf. Steh ihr zur Seite. Zeig ihr nicht, daß du dich darüber freust. Natürlich wird sie bald einen anderen haben. Einen, der sie glücklich machen kann. Einen, der ihr ebenbürtig ist ...

«Nein, Mama. Es ist anders, als du denkst.»

«Hat nicht er dich verlassen, sondern du ihn? Herzlichen Glückwunsch!»

«Nein, Mama. Ich bin schwanger. Von ihm.»

Monika hört sich lachen und sieht sich gleichzeitig zusammensacken wie eine Marionette, der man die Fäden durchgeschnitten hat, während unten die Werbepause längst vorbei ist und der Film auf seinen Höhepunkt zusteuert. Sie hat Probleme, Luft zu kriegen. Ihr Beobachter-Ich sitzt oben auf der Lampe und findet sie erbärmlich. Statt ihrer Tochter beizustehen, braucht sie selbst Hilfe.

Donna holt ihrer Mutter ein Glas Wasser. Sie ist froh, daß es endlich raus ist. Einerseits fühlt sie sich schuldig, weil es ihrer Mutter jetzt so schlecht geht. Andererseits gewinnt sie durch deren Schwäche Kraft. Ihre Hand zittert nicht, als sie der Mutter das Wasserglas reicht.

Monika ist leichenblaß. Scham mischt sich mit Wut. Sie bittet Donna, ihr eine von den grünen Tabletten zu holen. Donna bringt die ganze Packung. Monika nimmt zwei Pillen.

Donna setzt sich neben ihre Mutter und legt den Arm um sie. Monika kämpft dagegen an, doch sie kann es nicht stoppen. Sie kriegt einen Heulkrampf. Donna ist selbst nicht begeistert von dem, was Jens im Moment treibt, doch je schlimmer das Bild ist, das Monika von ihm zeichnet, desto mehr fühlt Donna sich in die Position gedrängt, ihn verteidigen zu müssen. Viel lieber würde sie sich bei ihrer Mama über seine Flippigkeit ausheulen und sich von ihr trösten lassen, als seine Eigenschaften ins Gegenteil zu verkehren, damit er vor ihrer Mutter besser dasteht. Man könnte die Rollen auch andersrum verteilen, denkt Donna, es bliebe das gleiche.

Das Klingeln des Telefons ist wie eine Erlösung. Donna hofft, von dort könne ein neuer, erfrischender Gedanke kommen. Ein Stück Leben. Ein Stück Realität. Eine Lockerung für die verkrampfte Situation. Sie läßt ihre Mutter los, um sich den Telefonhörer zu holen, aber Monikas Finger krallen sich an ihr fest.

«Mama, laß. Es klingelt.»

Monika schüttelt den Kopf. «Jetzt nicht, Donna. Jetzt nicht.»

Donna nimmt jeden einzelnen Finger ihrer Mutter und lockert ihn langsam. Der Mittelfinger knackt sogar. Monikas Finger kommen Donna vor, als seien sie plötzlich von der Gicht befallen. So sahen die Finger ihrer Oma aus, kurz bevor sie starb. Den merkwürdig starren Zustand ihrer Mutter führt sie mehr auf die grünen Tabletten von Dr. Pettelbock zurück als auf ihre Schwangerschaft. So fühlt sie sich weniger schuldig.

Zunächst kann sie die Information nicht aufnehmen. Sie braucht eine Weile, um umzuschalten.

«Ich soll was? Eine Fahrgeldhinterlegung? Ja, um wieviel geht es denn? Herrje, was ist denn passiert? – Jens Simon. Na klar.»

Monikas Haltung verändert sich. Sie spürt wieder mehr Leben in ihren Gelenken. Sie spielt mit den Fingern eine Melodie auf ihrem Knie. Sie weiß sofort, daß dort am Telefon irgend jemand ist, der sie bestätigt. Natürlich hat Jens wieder Mist gebaut.

«Ja, sicher. Gleich. Wieviel? Mach ich.»

Monika steht auf. Sie sieht nicht zu ihrer Tochter, sondern zur Lampe. Sie sieht sich noch immer von dort oben, und zugleich kann sie ihr anderes Ich auf der Lampe sehen. Es ist, als würde eine Kamera ständig hin und her schwenken. Kein Wunder, daß ihr dabei schwindlig wird. Das Ich dort oben ist blendend gestylt. Es lächelt milde-spöttisch. Es hat viel Ähnlichkeit mit ihrer eigenen Mutter. So fühlte sie sich oft von ihr beobachtet. Mit diesem milde-spöttischen Lächeln.

«Halt's Maul!» kreischt Monika.

Donna fährt zusammen. So hat ihre Mutter noch nie mit ihr geredet. Sie ist völlig außer sich. Sie steht in merkwürdig verkrümmter Haltung da und starrt in Richtung Lampe, dreht aber ihren Körper zur Tür, als wolle sie fliehen.

Sie dreht durch, denkt Donna. Das ist alles zuviel für sie. Oder machen die Tabletten sie blöd? Ein paar von Monikas Haaren stehen elektrisch aufgeladen zur Seite weg.

«Mama», sagt Donna so sachlich wie möglich, «Mama, ich muß zum Bahnhof.»

«Ich fahr dich, mein Kind», sagt Monika mit eiserner Entschlossenheit. Noch immer sieht sie ihre Tochter nicht an, sondern schaut zur Lampe hoch.

Sie redet gar nicht mit mir, denkt Donna. Sie spricht mit der Lampe.

«Mama? Ich glaub, ich nehm mir lieber ein Taxi.»

«Nein. Ich fahr dich.»

Donna möchte widersprechen, wagt es aber nicht. Sie hat keine Ahnung, worum es geht. Immerhin spürt sie, daß sie nur der Auslöser ist, nicht der wirkliche Grund für Monikas irres Verhalten.

«Du hättest nicht zwei von den Tabletten nehmen sollen, Mama. Wenn du dir jetzt den Finger in den Hals steckst, dann ...»

«Die Tabletten sind in Ordnung», zischt Monika und fletscht die Zähne zur Decke.

Monikas Gang ist staksig wie bei einer Militärparade. Sie macht die Schritte mit durchgedrückten Knien. Sie reicht Donna ihren Arm. Zusammen schreiten sie aus dem Zimmer.

Die Situation kommt Donna gespenstisch vor. Als würde ihre Mutter hier für irgend jemanden eine Show abziehen. Noch im Türrahmen verkündet Monika voller Pathos: «Natürlich fahre ich dich, Donna! Ich halte zu meiner Tochter, egal was passiert!»

Es klingt schön und ist genau das, was Donna im Moment braucht. Trotzdem fühlt sie: Sie hat es nicht für mich gesagt und schon gar nicht zu mir. Es ist, als sei noch jemand im Zimmer.

Sie gehen die Treppe hinunter. Donna fürchtet, ihre Mutter könne stolpern und lang hinschlagen. Sie ist auf der Hut. Bereit, ihre Mutter aufzufangen. Die hält sich mit einer Hand am Treppengeländer fest, mit der anderen an Donna, vermittelt aber trotzdem den Eindruck, daß sie Donna hält und nicht umgekehrt.

Im Wohnzimmer angekommen, atmet Donna tief aus. Jetzt

sind sie wirklich allein. «Mama», sagt sie, «es war die ganze Zeit so, als ob noch jemand im Raum wäre. Was ist los?»

Monika streicht ihrer Tochter über die Wange und lächelt. «Ach, mein Kind, das sind nur die Hormone. Du bist schwanger. Da sieht die Welt immer ein wenig merkwürdig aus. Ich weiß noch, wie meine Gefühle mit mir Achterbahn gefahren sind. Wir sind ganz allein im Haus. Papa ist bei dieser idiotischen Lebensmittelmesse. – Was willst du überhaupt am Bahnhof?»

«Jens steckt in Schwierigkeiten.»

Monika lacht gekünstelt. «So. *Er* steckt in Schwierigkeiten?»

«Ja. Er ist einfach in den Zug gestiegen. Er hatte nicht genügend Geld für eine Fahrkarte und ...»

«Und?»

«Die Leute von der Bundesbahn sind in Ordnung. Sie sagen, wenn ich das Geld hier am Bahnhof einzahle, stellen sie ihm eine Karte aus, und er kann mit dem nächsten Zug ...»

«Ist er bestohlen worden? Hat er keine Scheckkarte? Oder ist er einfach nur ein mieser kleiner Schmarotzer?»

«Mama, ich glaube, ich möchte das jetzt nicht diskutieren. Ich will ihm helfen. Er sitzt bei der Bahnpolizei fest. Wenn ich das Geld einzahle, ist die Sache vergessen. Wenn nicht, machen die ein großes Ding draus. Erschleichung von Dienstleistungen, strafbare Handlung ...»

«Na, du kennst dich ja aus inzwischen. Weißt du, was ich an deiner Stelle tun würde, Donna? Ich würde ihn eine Weile schmoren lassen, damit er über seine Sünden nachdenken kann. Wenn man ihm immer sofort heraushilft, merkt er nicht, daß Handlungen Konsequenzen haben. Haben sie aber, mein Kind, glaub mir. Laß ihn mal richtig auf die Schnauze fallen, bevor ...»

Mein Gott, wie rede ich denn? Bin ich das, oder ist das meine Mutter? Mit den gleichen Worten ist sie damals über Peter hergezogen. Es ist, als hätte ich den Text auswendig gelernt. Wie eine Kassette, die ich nicht löschen kann. Sie hat nur darauf gewartet, sich zu wiederholen. Jetzt ist es endlich soweit. Donna ist in dem Alter, in dem ich damals war. Nun mache ich genau den gleichen Mist, wie meine Mutter damals, um ... Ja, warum eigentlich? Will ich sie freisprechen, indem ich das gleiche tue wie sie?

«Ich geb dir das Geld, Donna. Komm, wir fahren.»

Donna versteht den plötzlichen Sinneswandel ihrer Mutter nicht. In letzter Zeit kriegt sie dauernd Tiefschläge verpaßt und anschließend Streicheleinheiten.

Im Wagen drückt Monika die Zentralverriegelung.

«Mama, was soll das? Wenn wir einen Unfall haben, kommen wir nicht aus dem Auto raus.»

«Ich fahre seit zwanzig Jahren unfallfrei.»

«Du siehst aus, Mama, als hättest du Angst, daß jemand die Tür aufreißt und zu uns ins Auto steigt. Wir sind doch nicht auf der Flucht. Was ist los mit dir?»

Monika schweigt. Erst als sie den Wagen mit Tempo fünfzig in Richtung Hauptbahnhof steuert, öffnet sie die Zentralverriegelung wieder.

«Ich bin halt ein bißchen durcheinander. Papa darf das nie erfahren.»

«Was darf Papa nie erfahren?»

«Na, das.» Monika weist mit der rechten Hand auf Donnas Bauch, berührt Donna aber nicht.

«Wie wollen wir das denn vor ihm verheimlichen? Soll ich mein Kind auf dem Dachboden verstecken?»

Monika verliert die Kontrolle über den Wagen. Sie schaut nicht mehr auf die Fahrbahn, sondern nur zu ihrer Tochter.

«Du willst das Kind doch nicht ernsthaft kriegen?!»

«Mama, ich bin Ende des dritten Monats! Ob ich will oder nicht, spielt überhaupt keine Rolle mehr!»

Monika stöhnt. Sofort gewinnt sie die Kontrolle über das Fahrzeug zurück. Sie fährt jetzt nur noch Schrittempo.

Warum, denkt sie, versuche ich immer zuerst, Peter zu schützen? Sie gerät in Zweifel, ob sie eigentlich jemals sich selbst geschützt hat.

30

Für Jens lösen sich die Probleme auf. Ja, es scheint gar keine Probleme mehr zu geben. Seit er weiß, daß er Vater wird, hat sich in ihm eine Energiequelle eröffnet, die alles lösbar erscheinen läßt. In ihm strahlt eine Sonne, vor der alle Schwierigkeiten wie Schneemänner im Frühling schmelzen.

Die Jungs von der Bundesbahn waren tatsächlich freundlich. Jens lügt nicht rum. Er sagt einfach die Wahrheit und: Alles funktioniert. Einer der Bahnbeamten hat ihm auf die Schulter geklopft. «Richtig. Du gehörst jetzt zu ihr. So was duldet keinen Aufschub.»

Jens ist überzeugt, wenn Donna ihm das Geld nicht gegeben hätte, die Leute im Zug hätten es ihm geliehen. Vielleicht hätten die Bahnpolizisten sogar ihre Kaffeekasse geopfert. Ein werdender Papa gehört zu seiner Frau und seinem Kind. So einfach ist das. Die Menschen verstehen es. Sie respektieren es. Es gibt Dinge, die sind wichtiger als der tägliche Kleinscheiß, der einem das Leben schwermacht. Es ist wie ein Hauch von Flower-power. So ähnlich muß es damals gewesen sein. Er kennt es nur aus Filmen und vom Hörensagen. *Make Love, Not War.* Dieser ganze Hippiekram, der schon Geschichte war, als er geboren wurde, jetzt fühlt er etwas davon. Es gibt etwas Eigentliches, das, worum es wirklich geht. Wenn man lernt, zwischen wichtig und unwichtig zu sortieren, ist das Leben gar nicht mehr so schwer.

Donna und das Baby in ihrem Bauch werden jetzt die wichtigsten Menschen auf der Welt für ihn sein. Er fühlt sich großartig dabei. Sein Kind braucht ihn. Ihn! Ihn, der nie zu etwas zu gebrauchen war. Er wird ein Vater werden. Und er liebt sein Kind. Er liebt es schon jetzt. Nie hat eine Droge ihn so hochgepuscht. Haschisch ist dagegen nicht mehr wert als vertrockneter Tabak. Alkohol dämpft nur. Was er jetzt in sich spürt, ist Kraft. Etwas von der Unbesiegbarkeit der Drachentöter. Es ist uralt. Es war ihm beinahe verlorengegangen. Aber es ist noch in den Menschen. Es ist noch in ihm. Beschützerinstinkt. Das irre Gefühl, gebraucht zu werden und eine Aufgabe zu haben.

Der Zug rollt in den Bahnhof ein. Nur Jens steigt aus. Ein Soloauftritt. Um so besser.

Auf der Bank am Bahnsteig sitzt Donna und wartet. Direkt neben ihr wirbt groß die Hamburg-Mannheimer für eine Risikolebensversicherung.

Jens setzt sein Saxophon an und improvisiert einen Song. Er legt all sein Gefühl hinein, seine Freude, seinen Optimismus, seinen Glauben an die Zukunft. Seine Wangen blähen sich auf, und er erinnert Donna an einen Frosch. Sie springt auf und läuft ihm entgegen.

Monika hört die Töne und weiß, das ist der Spinnkopf, in den sich ihre Tochter verknallt hat. Monika steht, bis zur Lächerlichkeit verrenkt, über der Toilette. Auf keinen Fall möchte sie hier irgend etwas berühren. Sie haßt öffentliche Toiletten und diese Bahnhofstoilette besonders. Es stinkt bestialisch nach Fäkalien, schlimmer aber noch nach beißenden Putzmitteln. Der durchdringende Chlorgeruch macht sie fast ohnmächtig. Sie atmet nur flach. Sie weiß, wenn sie den Toilettendeckel berührt, wird sie an der Stelle Ausschlag kriegen. Sie benutzt nicht einmal das bereitliegende Papier. Sie reißt sich die Sachen wieder hoch, wie ein Ritter in seine schützende Rüstung flüchtet, weil der Feind naht. Mit dem Ellbogen drückt sie die Türklinke herunter. Erst nach ein paar Schritten kann sie wieder atmen. Ihre Lunge pfeift.

Das T-Sax baumelt jetzt vor Jens' Bauch, denn er braucht beide Hände für Donna und seine Lippen auch. Die beiden sehen auf unverschämte Weise glücklich aus und machen Monika damit um so deutlicher, wie grauenhaft sie sich fühlt. Muß sie alles Elend dieser Welt tragen, während die anderen sich amüsieren? Sie ist wütend auf Peter, weil er nicht hier ist, und gleichzeitig froh, ihn nicht dabeizuhaben. Sie wird von dem irrwitzigen Willen gepackt, das alles jetzt und hier sofort zu klären. Sie weiß, daß das nicht geht, aber der Wille wird übermächtig. Sie erträgt die Situation nicht länger, nicht eine Sekunde.

Während Jens Donna mit geschlossenen Augen küßt, spürt er, daß etwas mit der Energie einer Dampfwalze auf ihn zukommt. Er reißt die Augen auf und sieht sie: Monika Huse. Er löst sich von Donna und geht einen Schritt auf Monika zu. Er reicht ihr die Hand. Sie schaut ihn an, als sei diese Geste ihr vollkommen fremd.

Er hat es im Zug ein paarmal vor dem Spiegel geübt. Er weiß, daß er es kann, doch es fällt ihm unendlich schwer. Er schluckt trocken, und dann sagt er es: «Darf ich Mutti zu Ihnen sagen, Schwiegermama?»

Er glaubt, daß alle Mütter darauf stehen und bei so einer Frage vor Rührung in Tränen ausbrechen. Er glaubt, damit Risse zu kitten und Brücken zu bauen.

Donna schaut zwischen ihrer Mutter und Jens hin und her. Etwas von seiner Zuversicht ist auch auf sie übergegangen. Es wird alles gut werden. Sie weiß, wieviel Überwindung ihn dieser Satz gekostet hat und daß er es nur für sie tut.

Monika schüttelt den Kopf und hält die Hände, wie Feen es in Märchenfilmen tun, um einen bösen Zauber von sich fernzuhalten.

«Nein», sagt sie, «nein, das dürfen Sie nicht.»

Ratlos schaut Jens zu Donna.

«Mama, es geht dir nicht gut. Bitte tu jetzt nichts Unüberlegtes. Laß uns nach Hause fahren und ...»

Monika hört die Worte ihrer Tochter gar nicht. Dieser Jens erscheint ihr plötzlich wie der leibhaftige Teufel. Ist er gekommen, um ihre Familie zu zerstören?

«Ich habe mich auf Enkelkinder gefreut, das sage ich Ihnen. Ich habe mich wahrlich darauf gefreut! Aber noch nicht jetzt. Alles hat seine Zeit. Und glauben Sie mir, ich habe mir den Vater meiner Enkelkinder etwas anders vorgestellt!»

«So? Wie denn?» keift Donna und stellt sich schützend vor Jens. In ihrem Rücken spürt sie das Saxophon.

«Auf jeden Fall nicht so! Wir stehen hier mitten in der Nacht am Bahnhof herum, weil der Herr nicht mal Geld für eine Fahrkarte hat. Wenn wir nicht gekommen wären, hätte man Sie eingesperrt! Für einen Familienvater fehlt Ihnen so ziemlich alles, junger Mann!» Sie will aufzählen, was ein Familienvater zu bieten haben muß, verliert aber den Faden. «Sie haben kein Verantwortungsbewußtsein ...»

Mit metallisch kreischenden Rädern fährt der Zug hinter ihnen an. So muß Jens nicht hören, was Monika ihm sonst noch vorzuwerfen hat.

Der Zug hat den Bahnhof verlassen. Es herrscht völlige Stille. Das Surren von Neonröhren erinnert Jens an die Nacht, in der er versucht hat, den BMW von Yogis Vater zu stehlen. Die einzige Verbindung zwischen Monika Huse und ihm ist stumme Ablehnung. So geht es ihm mit vielen Menschen. Irgendwie verkracht er sich am Ende mit allen. Bis vor wenigen Sekunden hat er geglaubt, daß es an den anderen liegt. Jetzt kommen ihm Zweifel. Aber er gibt sich doch Mühe. Er weiß nicht, was er anders machen soll. Hat er es nicht gerade wirklich versucht?

Er überwindet sich. «Ich weiß, daß Sie sauer auf mich sind. Sie haben ja recht. Ich habe keinen Job. Kein Geld. Aber ich ...»

Sie fällt ihm mit Hohngelächter ins Wort: «Aber Sie spielen Saxophon. Ich weiß.»

«Mama!» ruft Donna empört. «Jetzt reicht's!»

Statt ausführlich zu werden, erzählt Jens eine Geschichte. Er bewundert sich selbst für die Ruhe, die er aufbringt. So stellt er sich Helden vor. Bevor sie kämpfen, versuchen sie die Dinge friedlich zu lösen.

«Kennen Sie John Lennon?» fragt er.

Damit trifft er ihren wunden Punkt. So alt ist sie nicht. Was denkt der eigentlich von ihr? Ihre Augen werden zu schmalen Schlitzen.

«Natürlich kenne ich John Lennon! Ich habe die Beatles-Alben gesammelt. Ich habe sie zweimal live gesehen. Ich ...»

«Dann wissen Sie sicherlich, daß John Lennon bei seiner Tante aufwuchs.»

Monika nickt, muß sich aber eingestehen, daß sie keine Ahnung hatte. Als er starb, hat sie sich fast die Augen aus dem Kopf geheult. Das alles fällt ihr jetzt wieder ein.

Zu *Hey Jude* hat sie mit Peter ihren ersten Klammerblues getanzt. *Sergeant Pepper* haben sie aufgelegt, um die knarrenden Geräusche zu übertönen, die ihr Bett machte, wenn sie miteinander schliefen. Die Wände waren dünn damals und... «Die Tante machte sich Sorgen um John und fragte ihn, was er mit seinem Leben anfangen wolle. John sagte, er wolle Gitarre spielen. Wissen Sie, was die gute Tante geantwortet hat?»

Monika schüttelt den Kopf.

«Sie sagte ihm, das sei eine nette Idee, aber davon könne man leider nicht leben.»

«Sie sind aber nicht John Lennon!» schreit Monika und greift nach der Hand ihrer Tochter. «Kommen Sie wieder, wenn Sie erwachsen geworden sind!»

Sie will Donna mit sich fortziehen, doch Donna sträubt sich.

«Komm, wir gehen!»

«Nein, Mama. Ich gehe mit ihm.»

Monika werden die Knie weich, aber sie fällt nicht hin. Sie schwankt nur ein wenig und schaut hinter ihrer Tochter her, die im Arm dieses Freaks das Bahnhofsgelände verläßt, ohne sich auch nur nach ihr umzudrehen. Ich blöde Kuh, denkt Monika. Ich blöde Kuh. Was habe ich nur gemacht? War ich das? Habe ich gerade so mit dem geredet? Peter! Peter, komm! Bügle das wieder aus! Ich muß verrückt sein.

«Donna! Donna, warte! Donna! Du kannst doch so nicht gehen!»

Donna hört ihre Mutter nicht einmal mehr. Ein neuer Zug fährt ein.

Die Tabletten wirken. Monika sieht sich nicht mehr von außen. Damit bleibt ihr einiges erspart. Sie ist ganz in sich drin und muß nun damit leben, daß sie in der eigenen Haut steckt. Sie fühlt sich elend. Sie schleppt sich zum Auto, als sei sie angeschossen worden. Dann umklammert sie das Lenkrad wie einen Geliebten und beginnt hemmungslos zu heulen.

Plötzlich sieht sie es ganz klar: Wenn sie nicht gewaltig aufpaßt, wird sie eines Tages als Beobachter-Ich über Donna schweben und ihr das Leben schwermachen. Der Gedanke zerreißt sie fast. Sie will es nicht, aber sie hat keine Ahnung, was sie dagegen unternehmen kann.

Zum erstenmal seit vielen Jahren fühlt sie sich mit ihrer Mutter ein wenig versöhnt. Doch der Preis dafür – daß sie sich mit ihrer Tochter entzweien soll – erscheint ihr sehr hoch.

Ich will dich später nicht als nörgelndes schlechtes Gewissen verfolgen, Donna. Ich will das nicht. Ich will nicht, daß du Pillen schlucken mußt, um deine Mutter loszuwerden, so wie ich …

Durch den Wattebausch von Trauer und Verzweiflung dringt

ein hoffnungsvoller Gedanke in Monikas Bewußtsein. Sie wird die grünen Pillen nicht mehr brauchen. Sie kann den Dämon beim Namen nennen und hat ihn damit besiegt. Sie wird ihr Beobachter-Ich ab jetzt Mutter nennen und ihr die rote Karte zeigen. Doch sie kann sich darüber nicht freuen, denn gleichzeitig weiß sie, daß sie mit ihrer Tochter das gleiche tut, was ihre Mutter mit ihr getan hat. Sie akzeptiert Donnas Entscheidungen und Gefühle nicht. Sie versucht, sie zu kontrollieren und hinzubiegen. Sie versucht, sie nach einem Bild zu formen, dem nicht mal sie selbst entspricht.

31

Noch nie haben Donna und Jens sich so sehr als Paar gefühlt. Die Geschehnisse haben sie zusammengeschweißt. Sie sitzen eng umschlungen auf der Matratze, ein Kerzenstummel spendet ihnen Licht, und zwischen ihnen breitet sich das ozeanische Gefühl aus, sich schon ewig zu kennen. Sie stellen sich vor, daß sie früher einmal Romeo und Julia waren. Aber sie werden nicht im Selbstmord enden. Sie werden gewinnen, denn sie lachen nur über diese Welt.

Etwas von Jens' Siegesgewißheit fließt in Donna über. So wie sie sich jetzt an ihn kuschelt, stellt sie sich vor, daß sie gemeinsam in einem Wolfsrudel gelebt haben. Damals. Bevor sie Menschen wurden. Der Gedanke gefällt Jens. Wölfe sind brüderlich. Sie gehen im Rudel.

«Es gibt auch einsame Wölfe», sagt Donna.

«Ich weiß. Ich war selbst mal einer. Aber mit dir habe ich meine eigentliche Bestimmung gefunden.»

Er legt seine Hand auf ihren Bauch und versucht, das Baby zu ertasten. Er stellt sich vor, daß es die Berührung spürt.

«Was ist deine Bestimmung?» fragt Donna und küßt ihn aufs Kinn. Seine Barthaare stechen in ihre Lippen, und sie empfindet es als angenehm.

Seine Hand macht kreisende Bewegungen an ihrem Bauch,

und er antwortet mit sicherer Stimme: «Mein Rudel zu schützen und zusammenzuhalten. Das ist meine Bestimmung.»

Sie schweigen eine Weile und schauen auf das Licht der Kerze. Jens kriegt Lust auf eine Zigarette, aber natürlich zündet er sich keine an. In Donnas Nähe kann er jetzt keinen Qualm dulden.

«Bist du ein weißer Wolf?»

«Ja. Mit einem dicken, warmen Fell.»

Es kommt ihr so wirklich vor, als könnte sie sich hineinkuscheln in dieses weiche, warme Fell.

«Ich komme zurück. Ich habe Beute gemacht, damit mein Rudel nicht hungern muß.»

Er nennt es Beute machen, denkt sie. Andere, weniger romantische Männer wie mein Vater nennen es arbeiten gehen. Sie rückt ein bißchen von ihm ab und sagt es, aber die Stimmung ist dadurch nicht gleich zerstört.

Er nickt wissend. «Wölfe gehen nicht arbeiten», sagt er. «Es sei denn, sie werden Menschen.»

Donna muß sauer aufstoßen.

«Wird dir schlecht?»

«Ich glaub ja. Ich muß eine von diesen blöden Tabletten nehmen, bevor ich wieder die Kotzerei kriege.»

Sie zeigt auf ihre Handtasche. Er steht auf und holt sie ihr.

«Warte noch», sagt er. «Nicht auf nüchternen Magen. Ich mach uns erst was zu essen.»

Er hat nur eine Tütensuppe da. Er beteuert, die sei total lecker und wirklich gut verträglich. Mit diesem Zeug habe er damals seine Magengeschwüre geheilt. Sie weiß nicht, ob er die Wahrheit sagt oder wieder eine seiner Geschichten erzählt. Und sie will es gar nicht wissen. Sie liebt diese Geschichten. Sie sind ein Teil von ihm. Und somit ein Teil ihrer gemeinsamen Wirklichkeit.

Er rührt das Pulver ins kalte Wasser und erhitzt die Herdplatte. Die konservierten Duftstoffe kommen sofort zur Entfaltung. Sie geben der Wohnung etwas Bewohntes. Normalität. Alltag. Und sie erinnern Donna daran, daß sie in einem Haus aufgewachsen ist, in dem es ständig duftete. Nach Kaffee, nach Gebäck, nach Mittagessen. Ein behagliches Gefühl breitet sich in ihr aus.

Da er keinen Schneebesen hat, rührt Jens mit der Gabel im Topf herum, damit das Pulver nicht klumpt. Noch bevor die Suppe heiß ist, muß Donna sich übergeben.

Jens hält ihr die Stirn, streicht ihr die Haare aus dem Gesicht und hält sie auf dem Rücken zusammen, damit sie nicht schmutzig werden. Sie lehnt sich an ihn. Er spürt ihr Zittern. Ihre Därme krampfen sich zusammen. So ähnlich stellt er sich Wehen vor.

Sie reagiert ruhig, er dafür um so panischer. Er will sofort einen Notarzt rufen, sie winkt ab. Alles, was sie braucht, sind die Pillen, aber ihr Döschen ist leer. Morgen früh kann sie sich bei Dr. Pettelbock eine neue Ration abholen, und das Zeug wirkt garantiert. Doch damit ist Jens nicht einverstanden. Er nimmt das Döschen und will zur Notapotheke.

«Wir haben kein Rezept», sagt Donna. «Du wirst es bezahlen müssen. Vielleicht gibt's die Dinger gar nicht ohne Rezept.»

«Ach!» ruft er nur und stürmt los.

Der Apotheker ist nicht älter als Jens. Er hat ein ziemlich sicheres Gespür dafür, wann ihm Gefahr droht. Jens mißtraut er sofort. So sehen Junkies aus, die dringend einen Schuß brauchen. Er hat eine Schußwaffe unter der Kasse. Er hat sie noch nie gebraucht. Aber zum zweitenmal in dieser Nacht steckt er sie hinten in seinen Hosenbund, so daß er den kalten Lauf zwischen den Arschbacken spürt, als er zur Tür geht.

Jens zeigt ihm das Döschen. Das hier brauche seine Freundin.

Damit schürt er das Mißtrauen des jungen Apothekers. Auf keinen Fall wird er durch die Klappe nach dem Döschen greifen. Er bittet Jens, es vorsichtig hereinzuschieben. Dabei legt er seine rechte Hand nach hinten auf den Pistolenschaft.

Jens kriegt davon nichts mit. Er glaubt, den jungen Kerl geweckt zu haben. Wahrscheinlich hat er Kreuzschmerzen und steht deshalb so merkwürdig da. «Nun machen Sie schon», drängt er. «Meiner Freundin geht es echt beschissen.»

Doch der Apotheker schüttelt den Kopf. «Das kann ich Ihnen nicht geben. Ich kenne das Mittel überhaupt nicht.»

«Wie, Sie kennen das nicht? Dann geben Sie mir so was Ähnliches. Meine Freundin ist schwanger und ...»

Etwas stimmt nicht. Jens spürt es sofort. Der Apotheker ist so komisch. Es ist nicht nur seine Haltung. Er beäugt dieses Döschen, als käme es aus einer anderen Welt.

«Was ist so komisch daran?» fragt Jens. «Sind Sie nur zur Aushilfe hier, oder was? Sie müssen das doch kennen.»

«Dieses Mittel kann Ihnen ...»

«Sonst sagen Sie mir, wo die nächste Notapotheke ist.»

«Dieses Mittel kann Ihnen niemand geben.»

«Hä?»

«Das ist noch gar nicht auf dem Markt. Es ist noch nicht zugelassen. Sehen Sie? Das können Sie hier genau erkennen. Wo haben Sie das her? Es handelt sich um ein Medikament aus einem medizinischen Reihentest, würde ich mal sagen. Das hat Ihre Freundin wohl vom Arzt direkt bekommen, oder?»

Der Apotheker glaubt nicht mehr, daß Jens ihn hereinlegen will. Die Sache ist zwar äußerst merkwürdig, doch er sieht das blanke Entsetzen in Jens' Gesicht. Das ist nicht die Angst der Junkies, wenn sie auf Turkey kommen. Nicht die weinerliche Wehleidigkeit von einem, der weiß, daß es von Minute zu Minute schlimmer werden wird. Nein. Hier macht sich jemand Sorgen um einen anderen Menschen.

Der Apotheker nimmt die Hand von der Pistole und stellt das Döschen auf die Durchreiche zurück. «Wenn Ihre Freundin schwanger ist», sagt er, «dann bin ich mir nicht sicher, ob ich Ihnen überhaupt ein Medikament geben kann. Ich meine, Sie sollten da vorsichtig sein. Es gibt natürlich ein paar ...»

«Sie kotzt sich die Seele aus dem Hals.»

«Ich würde Ihnen natürlich empfehlen, zum Arzt zu gehen. Ich könnte Ihnen vorläufig ein harmloses Beruhigungsmittel für den Magen ...»

Er dreht sich um und greift in ein Regal. Jetzt sieht Jens die Pistole.

Jens schnappt sich das Döschen und rennt los. Nur knapp kann der Taxifahrer bremsen. Jens spürt den Kotflügel noch am Oberschenkel, aber schlimmer ist das Quietschen der Reifen. Er rennt weiter. Der Taxifahrer schimpft hinter ihm her. Jens ist das egal.

Als er in seine Wohnung kommt, liegt Donna friedlich auf der Matratze, beide Hände auf ihrem Bauch. Der Brechreiz ist vorüber. Es geht ihr schon wieder besser. Sie hat sogar eine Tasse von der Suppe gegessen. Immer noch spendet nur die schon weit heruntergebrannte Kerze Licht.

Jens ist das zuwenig. Mit einem Fausthieb auf den Lichtschalter erhellt er den Raum. Donna zuckt zusammen und richtet sich auf. Jens hält ihr das Döschen mit ausgestreckter Hand vors Gesicht. Sein Atem geht schwer. Er riecht nach Schweiß. Perlen rinnen von seiner Stirn.

«Weißt du, was das ist?» keift er.

Donna rückt ein Stück von Jens weg. Sie hat das Gefühl, sich vor ihm in Sicherheit bringen zu müssen. Eine gefährliche Wut kocht in ihm, und Donna weiß noch nicht, gegen wen sie sich richtet.

«Jens, was ist los?»

«Ich hab dich gefragt, ob du weißt, was das ist!»

«Natürlich weiß ich das. Es ist ein neues Mittel. Für meinen Magen. Dr. Pettelbock hat es mir ...»

«Das ist ein beschissener Test!» brüllt Jens. «Du bist da das Versuchskaninchen! Wie kannst du so was nehmen, wenn du schwanger bist?»

In Donna krampft sich alles zusammen. Es ist, als hätte sie einen Fisch im Bauch, der mit dem Schwanz zu schlagen beginnt. während die Gedärme sich um ihn schlingen wie ein Netz.

«Was willst du überhaupt von mir? Ich ...»

Jens greift sich an den Kopf. «Man kann doch nicht, wenn man schwanger ist, jeden Scheiß fressen. Sagt dir das Wort Contergan etwas?»

«Das ist kein Contergan! Jens, du machst mir angst! Ich wußte doch nicht, daß ich schwanger war.»

Das Licht blendet sie noch immer. Mit einer Hand schirmt sie ihre Augen ab. Gleichzeitig benutzt sie die Hand als Schutz gegen Jens. Er soll ihr jetzt bloß nicht zu nahe kommen. In diesem Zustand möchte sie ihn nicht bei sich haben.

«Nun weißt du es, und du hast das Zeug trotzdem weiter genommen, oder nicht?»

«Jens! Ich habe das Mittel von Dr. Pettelbock bekommen. Es ist völlig harmlos!»

«Das kann er gar nicht wissen. Es ist in einem Test!»

«Jens, nun werd doch nicht hysterisch.»

«Pettelbock hat dich reingelegt!» schreit Jens und ballt die Faust.

«Der legt mich nicht rein. Der kennt mich, seit ich ein Baby war. Jemand», sagt sie, «muß dich mal furchtbar verletzt haben. Du bist so mißtrauisch der ganzen Welt gegenüber!»

Die Wut läßt ihn für Sekunden los. Er schaut Donna hilflos an. Jetzt benutzt sie ihre Hand nicht mehr, um ihre Augen vor dem Licht zu schützen. Sie berührt mit den Fingerkuppen sanft seine Wangen und streichelt den Dreitagebart gegen den Strich.

«Jens», sagt sie, «Jens. Die Welt ist nicht so furchtbar, wie du denkst. Es sind nicht alle Menschen Schweine. Es geht nicht nur um Karrieren oder Geld. Pettelbock ist nett. Er hat mir das gegeben, weil er weiß, daß es wirkt.»

Jens beginnt leicht zu zittern.

«Iß was von der Suppe», sagt Donna. «Das beruhigt.»

«Ich bin immer nur beschissen worden. Damit ist es jetzt endgültig vorbei. Ich nehm nicht mehr alles hin.»

«Das sollst du ja auch nicht, Jens. Morgen gehe ich zu Dr. Pettelbock und rede mit ihm. Du wirst sehen, es wird sich alles aufklären.»

«Wir gehen gemeinsam», verkündet er, ein bißchen zu pathetisch. Dadurch klingen seine Worte wie eine Drohung. Wie eine Kriegserklärung.

Später liegt Donna entspannt auf der Matratze. Jens baut ihr aus dem leeren Bierkasten und zwei Kissen eine Stütze für die Beine, damit sie sie hochlegen kann. Das ist nicht sonderlich bequem, aber sie ist von seiner liebevollen Improvisation so gerührt, daß sie es ihm zuliebe erträgt und vorgibt, daß es ihr guttut. Er hat irgendwo gelesen, daß Schwangere abends die Füße hochlegen müssen, um keine Krampfadern zu bekommen. Er packt all sein Wissen über Schwangerschaft aus und will Donna Gutes tun. Sie sieht, wie sehr er sich bemüht, und das macht sie glücklich.

Man müsse täglich den Bauch und die Brüste mit Öl massieren, weiß er, das sei gut gegen Schwangerschaftsstreifen. Allein das Wort *Schwangerschaftsstreifen* im Zusammenhang mit ihrer Person und ihrem Körper bringt Donna zum Lachen. Es hört sich absurd an.

Ihre Beine sind in warme Decken gehüllt, doch ihr Bauch und ihr Oberkörper liegen frei. Jens schaltet das Licht wieder aus und hockt sich im Schneidersitz vor sie. Er besitzt kein Massageöl mehr. Aber unter seinen spärlichen Vorräten findet sich eine halbvolle Flasche Olivenöl. Wenn Donna die Augen schließt, hat sie das Gefühl, in der Pizzeria auf dem Tisch zu liegen. Sie kriegt Hunger auf einen großen Salatteller, auf Thunfisch und rohe Zwiebeln, aber sie sagt es nicht, weil sie ahnt, daß Jens sonst losflitzen und einen Pizzabäcker nötigen wird, seinen Laden noch einmal aufzumachen.

Donna findet den Gedanken köstlich. Sie hat plötzlich Macht über Jens, ohne diese Macht je eingefordert zu haben. Sie braucht nur einen Wunsch zu äußern. Er wird alles tun, um ihn zu erfüllen. Sie spürt es genau. Sie nimmt sich vor, das niemals auszunutzen. In diesem Moment liebt sie ihn so sehr, daß es weh tut. Sie kneift die Augen fest zu. Sie will jetzt nicht weinen. Sie will einfach nur diese streichelnden Hände genießen. Seine Hände und das Olivenöl gegen die Schwangerschaftsstreifen.

Mit sanftem Druck und kleinen, kreisenden Bewegungen erzeugt Jens eine elektrisierende Wärme. Seine Hände unterhalten sich mit ihrem Körper. Sie arbeiten sich langsam vom Bauch zu den Brüsten hinauf. Dort verweilen sie aber nicht zu lange. Die Massage geht nicht in ein Liebesspiel über, wie Donna kurz annimmt. Als ihre Brustwarzen hart werden, gleiten seine Finger zu ihrem Bauch zurück und kreisen zart oberhalb ihres Nabels.

Er will gar nicht so sehr mich streicheln, denkt Donna, sondern mehr das Baby. Seine Berührungen lassen sie langsam in einen Zustand zwischen Tag und Nacht gleiten. Sie dämmert im Halbschlaf dahin. Sie hat das Gefühl, ein wenig über der Matratze zu schweben. Immer mehr verliert sie an Schwerkraft. Nur die Zärtlichkeit seiner Hände hält sie noch auf der Erde fest. Ohne diese Berührung könnte sie hinaufschweben zu den Sternen.

Eine leise, von ferne warnende Stimme flüstert ihr ein, daß sie sich in einer Art hypnotischem Zustand befindet, daß sie ihm willenlos ausgeliefert ist. Sie soll das Bewußtsein einschalten, statt sich nur von Gefühlen leiten zu lassen. Doch Donna ignoriert die Stimme einfach wie ein fernes Autohupen mehrere Häuserblocks weiter. Dann beginnt sie leise zu schnarchen.

Die Kerze flackert noch einmal auf und erlischt mit einem Zischen. Jens schließt die Augen und konzentriert sich ganz auf seine Finger. Warum soll er aufhören, nur weil sie schläft? Vielleicht kann das Kind ihn spüren. Ja, ganz sicher sogar. Es soll wissen, daß er da ist. Hab keine Angst, denkt er, ich werde für dich sorgen. Ich bin für dich da.

Sein rechter Fuß wird taub. Vorsichtig verändert Jens seine Sitzhaltung. Dabei reibt seine Eichel gegen den Reißverschluß der Jeans. Erst jetzt merkt er, daß sein Glied steif geworden ist, sich aus der kurzen Unterhose herausreckt und von innen gegen den Stoff der Jeans pocht.

Er lächelt. Jetzt, da er nichts mehr beweisen muß, geht alles. Er hat ein Kind gezeugt. Er muß nicht mehr mit jeder Frau ins Bett gehen, um zu zeigen, daß er ein Mann ist. Er hat das ein für allemal klargestellt. Das gibt ihm ein Gefühl von Unabhängigkeit. Freiheit gegenüber allen anderen Frauen dieser Welt. Er glaubt, daß er nie wieder den Zwang spüren wird, es einer besorgen zu müssen, nur weil sie es will. Seine Sexualität hat er ab jetzt für sich selbst. Er wird es nur noch tun, wenn es ihm Spaß macht.

Wahrscheinlich könnte er sich jetzt langsam zwischen Donnas Beine schieben. Sie fühlt sich so durchlässig an, so weich und offen. Alle Muskeln locker. Er kann die Feuchtigkeit zwischen ihren Beinen riechen. Aber er bleibt sitzen und streichelt sie weiter. Vielleicht ist dies einer der glücklichsten Momente seines Lebens. Er ist in der Dunkelheit absolut klar. Er spürt sich, und er spürt sie. Und er weiß genau, wo die Grenze zwischen ihnen verläuft.

32

Monika spielt mit dem leeren Weinglas. Sie hat einen Film gesehen, in dem eine Frau in einer angespannten Situation so ein Glas zwischen den bloßen Fingern zerdrückt hat. Die Szene geht ihr nicht aus dem Kopf. Es müßte guttun, ein Glas einfach so brechen zu lassen, denkt sie. Immer wieder krampft sie die Finger um ihr Weißweinglas, doch es zersplittert nicht.

Monika findet den Gedanken, daß Blut aus ihr herausläuft, sogar gut. Es ist zu dick geworden in ihren Adern. Sie muß etwas davon loswerden. Plötzlich erscheint es ihr gar nicht mehr so sinnlos, daß man früher Menschen zur Ader ließ. Im Laufe des Lebens nimmt man so viel Mist in sich auf, das muß einfach mal raus. Durch Schwitzen, durch Heulen, durch Scheißen – warum nicht auch durch einen tiefen Schnitt?

Noch einmal krampft sie die Finger um das Glas. Sie drückt mit aller Kraft. Ihre Hand zittert, doch das Glas bricht nicht. Natürlich könnte sie es gegen die Wand werfen, aber das wäre etwas anderes. Sie will keinen Wutausbruch. Sie will ihre eigene Kraft erleben. Doch wie so vieles an dem Tag gelingt ihr auch dies nicht.

«Nein», sagt sie fest ins Telefon, «du mußt kommen. Sofort.»

«Weißt du, wie spät es ist, Monika? Was ist passiert?»

«Ich habe versucht, es allein zu klären. Glaub mir. Ich habe mich benommen wie eine Idiotin. Unsere Tochter ist schwanger, und ...»

«Donna?»

«Ja. Eine andere haben wir nicht, oder?»

«Gib sie mir bitte.»

«Sie ist nicht hier.» Jetzt verliert sie den strengen, aggressiven Ton. Ihre Unterlippe zittert. Weinerlich bittet sie: «Sag jetzt nichts, Peter. Komm einfach. Ich kann nicht mehr.»

Peter Huse zögert noch. Er hat etwas getrunken. Nicht viel, aber er kann jetzt unmöglich Auto fahren. Monika findet seine vernünftigen Einwände, die sie sonst so sehr zu schätzen weiß, plötzlich kleinkariert, engstirnig, spießig. Sie beneidet Donna um ihren Jens. Sie ist sich sicher, der würde einfach losstürzen, hin zu seiner Donna. Ohne Rücksicht auf Gesetze, auf das noch nicht abgezahlte Auto und die neue Metallic-Lackierung.

«Ich ... ich ruf dich gleich zurück», sagt Peter. «Laß mich eben duschen. Ich muß erst frisch werden. Ich habe schon geschlafen.»

«Du sollst gefälligst kommen!» schreit Monika, daß Speicheltropfen gegen die Sprechmuschel klatschen. «Ich brauche dich hier, verdammt noch mal!»

Er hat schon aufgelegt, als sie leise «Entschuldigung» sagt.

In der Dachrinne seines Hauses zwitschern die Spatzen schon den ersten Sonnenstrahlen entgegen, als Peter Huse aus dem Taxi steigt. Er gibt dem Fahrer zweihundertvierzig Mark und erhält eine Quittung über zweihundertfünfzig. Er hofft, daß er die von den Steuern absetzen kann, verscheucht diesen Gedanken aber gleich. Er erscheint ihm zu profan angesichts der Lage. Er will jetzt ganz bei Monika und Donna sein. Er wird Monika keine Vorwürfe machen. Sie ist halt ausgeflippt. So was kann passieren. Wer weiß, wie er reagiert hätte, wenn er zuerst ...

Monika sieht ihn aussteigen. Sie steht im dunklen Laden zwischen den Regalen. Das Weinglas in der Hand, die fast leere Flasche auf der Theke. Sie hat es oben in der Wohnung nicht ausgehalten. Hier unten erscheint ihr alles erträglicher. Irgendwie normaler. Durch die großen Schaufenster beobachtet sie die nächtliche Straße. Hier kann sie Bildern aus der Vergangenheit nachhängen. Hier haben sie glückliche Familie gespielt für sich und ihre Kundschaft.

Donna, wie sie, mit Kniestrümpfen und Zöpfen, mit ihrer neuen Freundin in den Laden jubiliert kam. Stolz zeigte sie der schwarzgelockten Helena den Laden und die Eltern. Wie eine Thronfolgerin, die mit dem Königreich ihrer Eltern angibt. Für Helena waren Ladenbesitzer die reichsten Menschen der Welt, denn sie besaßen alles, was ein Mensch braucht. Sogar zwei große Gläser mit Lutschern. Monika reichte sie den Kindern, und Donna mußte ihre Freundin zweimal auffordern, bis die begriff, daß sie wirklich die freie Wahl hatte.

Damals spürte Monika, daß Donna stolz auf ihre Eltern war, sie gern vorführte. Es tat ihr gut. Es streichelte ihre Seele. Man muß nichts Berühmtes sein, um von seinen Kindern geliebt zu werden. Man muß nicht die Titelseiten der Tageszeitungen füllen und nicht im Fernsehen auftreten, damit die Kinder stolz auf einen sein können. Wie beruhigend. Gleichzeitig spürte sie die Angst, Donna einmal nicht mehr genügen zu können. Eines Tages würde sie auf Leute treffen, die es zu mehr gebracht hatten. Was dann? Irgendwann würden Mama und Papa nicht mehr die Größten, Tollsten und Klügsten sein. Monika hatte sich darauf vorbereitet. In ihrer Phantasie war es immer so, daß Donna sie und Peter überflügelte. Sie würde es zu Ansehen bringen, in besseren Kreisen verkehren, gebildeten Menschen begegnen.

Der Traum scheint geplatzt. Jetzt kommt er ihr irgendwie kitschig vor, wie Heftchenromanen entliehen. Doch sie weiß, wie viele andere Eltern den gleichen Traum träumen. Für einige ist es ein Alptraum, die Angst, von den Kindern überholt zu werden. Natürlich hatte auch sie diese Angst, doch der Wunsch, Donna wachsen zu sehen, war größer.

Komischerweise geht Peter nicht durch die Eingangstür ins Haus, sondern schließt den Laden auf. Will er noch etwas mit nach oben nehmen? Oder braucht auch er diesen Raum, um sich zu vergewissern, daß er noch jemand ist? Ist dieser Laden für sie dermaßen identitätsstiftend geworden? Brauchen wir ihn, denkt Monika, nicht nur, um uns zu ernähren, sondern auch, um uns zu definieren?

Das Glockenspiel erklingt. Peter macht kein Licht. Hier kann er mit verbundenen Augen herumlaufen, ohne jemals irgendwo anzustoßen. Er würde auch jetzt, obwohl seine Augen sich noch nicht vollständig an die Dunkelheit gewöhnt haben, sofort jede beliebige Dose auf dem Regal finden. Da hinten stehen die Champignons 1. Wahl, dort die 2. Wahl. Da gezuckerte Ananas in Scheiben, dort hinten die bereits in kleine Stückchen geschnittenen. Dreißig Pfennig teurer, dafür fünfzig Gramm weniger in der Dose.

Peter bewegt sich mit der Sicherheit von jemandem, der sich auskennt. Vielleicht ist es das, denkt Monika und beobachtet ihren Mann. Sie erkennt sich in ihm. Hier weiß er, woran er ist. Hier kennt er die Regeln. Hier ist im Grunde alles Wiederholung, und folglich bewegt er sich auf sicherem Terrain.

Er sieht sie nicht, aber er spürt ihre Anwesenheit. «Monika?»

Sie hält das Glas so schlaff in der Hand, daß ein wenig Wein herauströpfelt, auf ihre Füße. Sie stellt das Glas ins Regal, und dann klammert sie sich an ihren Mann wie eine Ertrinkende an den Rettungsschwimmer.

Er hält sie stumm. Während der Autofahrt ist er nüchtern geworden.

«Wir müssen jetzt einen klaren Kopf behalten, Monika», sagt er und wünscht sich dabei nichts sehnlicher, als sich zu besaufen.

33

Entspannt und energiegeladen wird Donna wach. Sie hat die Füße vom Bierkasten gezogen und sich zusammengerollt. Eins der Kissen drückt sie mit beiden Händen gegen ihren Bauch, als müsse sie das Kind schützen.

Jens liegt vollständig angezogen neben ihr. Merkwürdig verrenkt, wie eine umgefallene Schaufensterpuppe. Er ist verschwitzt, scheint aber zu frieren. Er liegt nur halb auf der Matratze, ein Bein und eine Schulter auf dem Boden. Donna spürt, daß er nicht gewagt hat, sich vollständig zu ihr zu rollen; er wollte sie nicht wecken. Sie deckt ihn zu und küßt seine Nasenspitze.

Im Badezimmer putzt sie sich die Zähne und betrachtet den dumpfen Glanz ihres Körpers. Wenn sie die Augen schließt, kann sie seine Finger wieder spüren. Die ordentliche, gut erzogene Donna in ihr will sich das Olivenöl abduschen, doch da ist noch eine andere Donna, und die würde das als Verrat an Jens empfinden, an sich selbst, ja, am Leben an sich. Sie zieht sich luftig an, bindet die Haare nach hinten und verläßt leise die Wohnung.

Fröhlich nimmt sie die Treppenstufen abwärts. Pettelbock wird sie gleich als erste drannehmen. Er kennt sie so lange; wenn sie mit einem wirklichen Problem zu ihm kommt, wird er es ernst nehmen. Natürlich wird sich sofort alles aufklären. Er wird ihr extratolle Tabletten für Schwangere geben, vielleicht Aufbaupräparate und Vitamine. Für treue Patienten hat er immer ein paar Besonderheiten da, die die Krankenkasse nicht so ohne weiteres bezahlen würde.

Einmal, erinnert sie sich, hat er gesagt: *meine kleine Lieblingspatientin.* Sie ist voller Zuversicht. Auf dem Rückweg wird sie Brötchen kaufen und Crème fraîche. Dann wird sie Jens mit der beruhigenden Nachricht wecken. Sie werden gemeinsam frühstücken und Zukunftspläne schmieden. Vielleicht, denkt sie, kann ich mein Abitur ja trotzdem machen.

Je näher sie der Praxis von Dr. Pettelbock kommt, desto kleiner wird das Problem. Natürlich kann sie ihr Abi machen. Warum nicht? Sie ist schwanger geworden, nicht schwachsinnig. Wahrscheinlich werden ihr die anderen in der Klasse helfen. Sie vielleicht sogar um eine Erfahrung beneiden, die sie alle noch nicht gemacht haben.

Sie sieht sich schon mit dickem Bauch in der Schulbank sitzen. Lutz beäugt sie eifersüchtig. Sie hat jetzt für jede Klassenarbeit eine Ausrede. Ich würde ja gern mitschreiben, Frau Büttner, aber ich glaube, die Wehen setzen ein. Donna kichert. Das Baby macht sie fröhlich. Sie freundet sich mehr und mehr mit ihm an. Liegt das an der Massage, überlegt sie, oder an der Art, wie Jens mit mir umgeht?

Sie fühlt sich so anders. In ihrem Leben hat sich etwas grundlegend verändert. Aber keineswegs zum Schlechten. Allerdings spürt Donna auch, daß sie über ein sehr dünnes Seil tanzt. Sie kann abstürzen. Sie braucht Hilfe. Ein Netz. Sie braucht nicht nur Jens, sondern auch ihre Eltern. Menschen, denen sie vertrauen kann und die es gut mit ihr meinen. Zum Beispiel Dr. Pettelbock.

Donna kommt nicht als erste dran, muß aber nicht lange warten. Sie stellt das leere Döschen vor Pettelbock auf den Schreibtisch. Fröhlich und völlig unbefangen holt er seinen Fragebogen hervor, um während des Gesprächs wieder Kreuzchen zu machen. Schwach nimmt er den Duft von Olivenöl wahr.

«Ich war gestern abend in der Apotheke und wollte mir ein paar von den Pillen holen, weil ...»

Sofort verändern sich seine Gesichtszüge. In diesem Moment weiß Donna, daß etwas ganz und gar nicht in Ordnung ist. Er versucht, seine Verunsicherung mit einem Lächeln zu überspielen. Seine Finger wirken fahrig. Der Kugelschreiber in seiner Hand zuckt.

«Ach», sagt er schließlich lachend, «das Mittel gibt's noch nicht in der Apotheke.»

«Ja, ich weiß. Sie haben mich in einen medizinischen Reihentest einbezogen», stellt Donna fest.

Er nickt. «Ja, mein Gott, so etwas ist Vorschrift. Ich wollte dir nur helfen. Es ist ein Spitzenmedikament. Du hast die Wirkung ja am eigenen Leib erfahren.»

«Hätten Sie mich nicht vorher fragen sollen?»

«Hab ich das nicht?»

«Nein. Haben Sie nicht.»

Donna hat noch nie in solchem Ton mit ihm gesprochen. Überhaupt redet Donna sonst nie so mit Erwachsenen. Aber sie fühlt sich nicht mehr wie ein Kind. Sie trägt selbst eins in sich. Sie muß jetzt reden wie eine Erwachsene. Sie ist eine geworden.

Es ist mehr ihr Ton als ihre Worte, was den Arzt aus der Fassung bringt. Er rückt seine Brille gerade, weiß nicht, wohin mit seinen Händen, hebt den Kugelschreiber hoch, drückt die Mine heraus, dann wieder herein, legt den Kugelschreiber zurück, nimmt einen Zettel zur Hand, legt auch den wieder hin.

«Na gut, vielleicht hab ich's vergessen, oder du hast nicht so genau hingehört.»

Er will eine Hand auf Donnas Unterarm legen, aber Donna entzieht sich ihm. Er bleibt vorgebeugt sitzen. Spricht mit leiser, gepreßter Stimme. Es hört sich computermäßig an. Technisch. Wie eine Tonbandaufnahme. Unecht.

«Medizinischer Reihentest, Donna, das klingt so bombastisch. Das ist was absolut Alltägliches. Wird überall gemacht. Die Medikamente sind längst ausgetestet. An Tieren und natürlich auch an Menschen. Dies ist die letzte Phase vor der Einführung in den Handel. Es gibt Leute, die stehen Schlange, um diese Mittel zu kriegen. Manchmal müssen die Menschen vier oder fünf Jahre darauf warten, daß Medikamente zugelassen werden, die ihnen helfen könnten und die es längst gibt. Unsere Zulassungsverfahren sind furchtbar bürokratisch. Alle Ärzte machen das so. Jede dieser Testreihen ist beim Gesundheitsamt registriert. Da ist nichts Schlimmes dabei. Es soll halt nur eine größere Personengruppe die Medikamente eine Weile regelmäßig einnehmen. Die Patienten werden währenddessen ärztlich überwacht. Testbögen ergeben hinterher ein klares Bild davon, wie das Medikament wirkt. Du hast doch keine Allergien bemerkt oder irgend etwas? Es ging dir doch schlicht und einfach nur besser. Oder hast du Haarausfall bekommen, hahaha?»

«Nein. Aber ich bin schwanger.»

Pettelbock zuckt zusammen. Donna hat den Spruch von den entgleisenden Gesichtszügen oft gehört. Jetzt sieht sie, was damit gemeint ist. Pettelbocks Gesicht wird asymmetrisch. Die linke Seite scheint zu versteinern, während die rechte zu zucken beginnt. Er springt auf und ballt die rechte Faust. Dann geht er zum Gegenangriff über.

«Das hättest du mir sagen müssen, Donna! Ich habe dich ausdrücklich gefragt!» Er klopft auf seine Fragebögen.

«Ich wußte es nicht.»

«Ach, hör doch auf!»

Er dreht ihr den Rücken zu und wippt auf den Zehenspitzen, die Hände hinterm Rücken verschränkt, die Nase zur Decke gereckt. So erinnert er sie an eine Wilhelm-Busch-Karikatur. Als er sich wieder zu ihr umdreht, hat er sich gefangen. Er versucht, die alte Überlegenheit auszustrahlen. Er hat einen Plan.

«Eine Testreihe mit Schwangeren ist natürlich nicht vorgesehen. Wenn ich das gewußt hätte, hätte ich dich niemals in den Test einbezogen. Ob die Frucht geschädigt worden ist oder nicht, kann niemand mit Gewißheit sagen. Aber», er schaut ihr tief in die Augen, «du wolltest das Kind ja wohl sowieso nicht, oder?»

Donna kriegt keine Luft. Sie kann nicht atmen. Es ist, als könne ihr Körper im Moment gar keinen Sauerstoff gebrauchen. Sie fühlt sich mumienartig. So als würde sie verpuppen.

Pettelbock macht eine beschwichtigende Geste. So kennt sie ihn. Den guten alten, lieben, verständnisvollen Doktor ihrer Kinderzeit.

«Keine Sorge, Donna. Ich helfe dir natürlich. Wir werden das ohne Aufsehen und Probleme lösen.»

Er setzt sich und nimmt den Kugelschreiber in die Hand. Er hat wieder Kontrolle über seine Gesichtszüge. Jetzt atmet er lang aus. Er nimmt das Pillendöschen in die Hand und spielt damit. Dann läßt er es in seinem Kittel verschwinden.

Donna kann sich immer noch nicht rühren. Er hat das Wort nicht gesagt, doch es steht wie ein Neonschriftzug vor ihrem inneren Auge: *ABTREIBUNG!* Donna zwingt sich zu atmen. Sie saugt Luft an wie eine verstopfte Pumpe.

«Das läßt sich alles regeln, Donna», sagt er gütig. «Erzähl es nur nicht rum. Jedes gesprochene Wort ist jetzt ein Wort zuviel. Wissen deine Eltern schon davon? Im wievielten Monat bist du eigentlich? Hey, Donna! Hat's dir die Sprache verschlagen?»

Tränen schießen Donna in die Augen. Am liebsten würde sie Pettelbock auf den Schreibtisch kotzen, doch ihr Magen bleibt ruhig. Heulen will sie nicht vor ihm. Sie rennt raus.

Noch während sie an der Sprechstundenhilfe vorbei nach draußen läuft, greift Pettelbock nach dem Telefonhörer und ruft bei Huses an.

34

Monika versucht sich zu erinnern, wie das war, Ende des dritten Monats. Es ist ein bißchen, als wäre sie selbst wieder schwanger, und obwohl sie im Moment gar keinen Kontakt zu Donna hat, fühlt sie sich ihr eng verbunden. Sie spürt sie noch mal als strampelnden Embryo in sich, und gleichzeitig sieht sie das große Kind, das jetzt selbst Mutter wird. Und sie, Monika, wird bald Großmutter sein.

Sie ist jetzt ganz bei sich. Stumm an die Wand gelehnt steht sie da und überläßt sich vergessen geglaubten Gefühlen. Flirrend vor Lebendigkeit kommt die alte Zeit zu ihr zurück. In Bruchteilen von Sekunden kann sie durch Jahre hüpfen. Sie riecht wieder die Creme, mit der sie Donnas wunden Hintern einrieb, und der Fleck auf ihrer linken Schulter beginnt wieder zu duften. Sie trug diesen Fleck wie einen Orden. Jedesmal, wenn sie Donna zum

Bäuerchen über die Schulter legte, stieß das Baby so heftig auf, daß sich ein Schwall Milch auf Monikas Schulter ergoß. Bald schon hatte sie in jedem Kleidungsstück an dieser Stelle helle Flecken, die nicht mehr herausgingen. Sie gewöhnte sich an den Duft. Er gehörte zu ihr. Manchmal, wenn sie Donna schlafend im Bett liegen sah, drehte Monika den Kopf zu ihrer linken Schulter, um den Milchgeruch einzusaugen. Jetzt ist er plötzlich wieder da.

Donna mußte nur schreien, und aus Monikas Brustwarzen spritzte Milch. Sie hatte Taschentücher in jeden BH gelegt, weil es ihr unangenehm war, wenn im Laden vor der Kundschaft plötzlich die Milch durchsickerte. Damals trug sie BH Größe 85 B, heute zwei Nummern kleiner.

Jetzt, da die Gefühle zu ihr zurückkommen, werden ihre Brustwarzen hart. Sie schüttelt sich, versucht, in die Gegenwart zu kommen. Sie schämt sich ihrer Gedanken und Gefühle. Vor allen Dingen ihrer sexuellen Reaktion. Das darf jetzt nicht sein. Es geht um ganz andere Sachen.

Was bin ich nur für eine Frau? denkt sie. Hier wird die Zukunft meiner Tochter verhandelt, und ich kriege es nicht mal mit, weil ich in schönen Erinnerungen schwelge. Am liebsten würde sie jetzt mit Peter schlafen, doch sie gesteht sich dieses Verlangen nicht zu, so ungeheuerlich findet sie es.

Peter hat ein Schild an die Ladentür gehängt: KOMME GLEICH WIEDER. Das hat er noch nie getan, in all den Jahren nicht. Sie besitzen das Schild nur, weil auf der Rückseite steht: HEUTE RUHETAG. An Sonn- und Feiertagen hängt es an der Tür. Für eine kurze Pause haben sie noch nie um Verzeihung bitten müssen. So etwas gab es einfach nicht. Wer ein Geschäft hat, braucht Zeit und ein freundliches Lächeln. Peters Philosophie war ganz einfach: «Die Leute brauchen Sicherheit. Wenn sie zu unserem Laden kommen, wollen sie sich nicht erst fragen: Na, hat er wohl auf oder nicht? Es ist immer einer da, sie kriegen immer, was sie brauchen, und folglich kommen sie immer wieder. Diese Kette dürfen wir an keiner Stelle unterbrechen.»

Die Männer reden sachlich und ruhig miteinander. Hier werden Informationen ausgetauscht und Konsequenzen erwogen.

Beim letzten Autokauf hat Peter eine ähnliche Miene aufgesetzt, denkt Monika. Kritisch, fachkundig, immer in dem Bewußtsein, daß er es ist, der am Ende die Entscheidung trifft.

«Machen wir uns nichts vor. Wir wissen nicht, wie das Mittel auf die Entwicklung eines Embryos wirkt. Vielleicht ist es bedeutungslos. Vielleicht hemmt es das Wachstum an einzelnen Stellen. Okay, die Chancen stehen eins zu tausend. Wahrscheinlich wird alles gutgehen. Aber wollt ihr am Ende ein behindertes Enkelkind? Vielleicht wird es keine Ärmchen haben, keine Beinchen, kein Rückgrat. Vielleicht lebt es nur ein paar Wochen, vegetiert dahin und stirbt. Viele behinderte Kinder sterben sehr früh. Oft noch im Krankenhaus. Für die Eltern ist das eine Erleichterung. Könnt ihr euch ausmalen, was es heißt, tagtäglich ein geistig behindertes Kind zu versorgen? Am Anfang mag das ja noch gehen. Aber dann wird es größer. Ihr werdet kaum noch Herr darüber. Donnas Leben geht den Bach runter. Und eures mit. Und wofür?»

Monika schaut Peter an. Er nickt. Er ist schon überzeugt. Einen derart lädierten Wagen, der möglicherweise schon auf den ersten paar hundert Kilometern einen Kolbenfresser kriegt, würde er nicht kaufen.

Monika beißt sich auf der Unterlippe herum. Sie darf solche Gedanken nicht denken. Sie versucht es sich zu verbieten. Aber sie kann nichts für das, was ihr durch den Kopf huscht. Sie hält Peter zugute, daß er die Sache in die Hand nimmt. Daß er versucht, alles zu klären. Sie hat schon grausam genug versagt. Im Gespräch mit ihrer Tochter. Vielleicht, denkt sie, mache ich Peter jetzt nur so runter, um mein eigenes Fehlverhalten hinter seinem verschwinden zu lassen.

«Donna kriegt sofort eine medizinische Indikation», verspricht Dr. Pettelbock.

Peter trocknet seine nassen Hände mit einem Taschentuch ab. «Aber», sagt er, «die drei Monate sind doch um. Man kann doch juristisch gar nichts mehr machen.»

Pettelbock winkt ab, als seien das Kleinigkeiten. «Das kann doch niemand wirklich objektiv sagen. Gut, gut, Frau Dr. Conrad ist möglicherweise bei ihrer Untersuchung zu dem Ergebnis gekommen, Donna sei in der fünfzehnten Woche. Vielleicht komme ich zu dem Ergebnis, daß sie erst in der zehnten Woche ist. Dann bewegen wir uns noch voll im juristischen Rahmen und können völlig legal …»

«Kann man das denn nicht hinterher feststellen?»

«Könnte man schon. Aber wenn der Fötus erst mal raus ist, kann man nichts mehr machen. Und wo kein Kläger, da kein Richter. Am besten überlaßt ihr das mir. Es muß natürlich schnell gehen. Wo ist Donna überhaupt? Hat sie sich schon beruhigt?»

«Donna ist bei ... einem Freund.» Peter spricht das Wort *Freund* doppeldeutig aus. Als könne der Freund genausogut ein Feind sein.

Er gießt für sich und Klaus Pettelbock einen großen Cognac ein. Das leise Quietschen, mit dem er den Korken in die Flasche zurückdrückt, löst die Verkrampfung in seinem Magen, noch bevor er das Glas an den Lippen hat. Sie stoßen nicht miteinander an. Dazu gibt es keinen Grund.

Noch nie hat Peter Cognac so sehr als reine Medizin empfunden wie jetzt. «Wo soll es stattfinden? Wirst du es selber machen oder …»

«Wenn Donna das möchte, mache ich es natürlich. Ich habe so etwas», er schaut in sein Glas, «während meiner Studentenzeit öfter gemacht. Allerdings wäre es in einer Gynäkologenpraxis einfacher, falls es …»

«… Komplikationen gibt?» führt Monika den Satz für ihn zu Ende und mischt sich damit zum erstenmal in das Gespräch.

Beide Männer starren sie an. Sie hat etwas Unaussprechliches gesagt. Sie hat eine Regel verletzt. Am liebsten würden die beiden sie rausschmeißen. Aber sie entschuldigt sich nicht dafür. Sie muß ihre Tochter schützen. Sie will für Donna sorgen. Donna darf nichts geschehen. Für Donna muß alles vom Feinsten sein. Nicht irgendeine schmuddelige Abtreibung in der Praxis von einem Arzt, der *so etwas während seiner Studentenzeit öfter gemacht hat.*

«Muß nicht ein Anästhesist dabeisein?» fragt Monika nach.

Hart stellt Pettelbock sein Glas auf den Wohnzimmertisch. «So etwas ist eigentlich keine große Sache. Das hört sich so bombastisch an. Manche Frauen gehen ein paar Stunden später schon wieder zur Arbeit. Weder der Ehemann noch die Kollegen merken etwas. Andere gehen danach ein paar Tage zur Kur oder schonen sich zu Hause.» Er versucht, einen Scherz zu machen: «Zähne ziehen kann schlimmer sein.» Er lacht allein über seinen Witz.

Peter versteht den Einwand seiner Frau natürlich und will sie unterstützen. «Für Donna», sagt er, «muß alles medizinisch Notwendige getan werden. Nicht, daß sie später keine Kinder mehr kriegen kann oder so was.»

Pettelbock hebt abwehrend die Hände. «Aber bitte», sagt er, «bitte. Wir sind doch keine Metzger. Habe ich als Arzt die Familie nicht über Jahre ...»

«Jaja, jaja, schon gut.»

«Wir können Donna natürlich in eine Klinik überweisen, mit einem Anästhesisten, mit Vorräten an Blutkonserven – aber ich denke, für Donna ist es besser, wenn niemand davon erfährt, oder? In der Schule soll doch bestimmt ...»

Damit hat Pettelbock seinen wichtigsten Trumpf ausgespielt. Die Schule. Natürlich. Er wird Donna nach dem Eingriff für eine Woche krank schreiben, und danach kann das Leben weitergehen wie gewohnt.

Dr. Klaus Pettelbock verläßt die Huses erleichtert. Sie werden vernünftig sein, er weiß es. Sie haben nicht gemerkt, daß ihm bei dem Gedanken, es selbst zu machen, mulmig ist. Sie ahnen nicht, daß ihm dabei einmal eine Frau verblutet ist. Danach hat er es nie wieder gemacht. Das waren schlimme Zeiten damals. Die Frauen kamen in ihrer Verzweiflung. Legale Möglichkeiten gab es nicht. Engelmacher standen hoch im Kurs. Friseusen und Zahnärzte verdienten sich auf diese Weise etwas dazu. In seiner Siedlung sogar ein Metzger. Er, der Medizinstudent, machte es sauber. Besser als alle anderen. Wahrscheinlich auch am billigsten. Er brauchte nicht viel. Seine Studentenbude, den Käfer. Nicht alle haben Eltern, die ihnen ein Studium finanzieren.

Er ist mit nichts als mit dem Bewußtsein, ein Heiler zu sein, ins Leben entlassen worden. Ein wirklicher Arzt. Einer, der gar keine Wahl hat, was seinen späteren Beruf betrifft. Er hat sich immer in der Tradition der Schamanen gesehen. Aber um eine Praxis zu eröffnen, braucht man einen Doktortitel und genügend Startkapital.

Zwei Frauen, die überhaupt kein Geld hatten, aber in großer Not waren, haben ihm damals ihren Körper angeboten. Die eine hat ihn regelrecht verführt – so entschuldigt er es noch heute vor sich – und bekam dann einen Heulkrampf. Er kam sich plötzlich schäbig und gemein vor. Sie hörten mittendrin auf. Er führte den Abbruch kostenlos durch, wie eine Wiedergutmachung. Während des Eingriffs sah er sie nicht an und sie ihn nicht.

Sie ignorierten einander, um nicht an ihren mißlungenen Geschlechtsverkehr erinnert zu werden.

Wenn er stirbt und das Leben tatsächlich noch einmal in Sekundenschnelle vor ihm ablaufen sollte, dann möchte Klaus Pettelbock die Szenen mit den beiden Frauen lieber nicht noch mal sehen. Tränen haben seinen Machtrausch zusammenbrechen lassen. Wenn es mit den beiden toll gewesen wäre... Er ist nicht sicher, was er dann getan hätte. Vielleicht hätte er bei noch mehr Frauen darauf gedrungen.

Für einen seiner Kommilitonen, Tobias, war diese Art der Bezahlung fast eine Selbstverständlichkeit. Nur bei den ganz Fetten verzichtete er lieber. Geld ließ er sich natürlich trotzdem geben. Er wußte, unter welchem Druck die Frauen standen. Tobias sah das alles kaltschnäuziger als Pettelbock. Für Tobias war es nichts weiter als ein klares Geschäft. Er riskierte viel. Knast, und daß er seinen Beruf niemals würde legal ausüben dürfen. Für dieses Risiko wollte er einen Ausgleich. Er sah es als eine Art Prostitution, als Bestrafung für die Frauen. Er hatte sich eine merkwürdige Moral zurechtgelegt. Die Frauen sollten leiden. Vor der Abtreibung und auch hinterher. Damit sie sahen, daß das nicht die normale Methode der Empfängnisverhütung ist.

Pettelbock fürchtete sich damals davor, so zu werden wie Tobias. Der unterwürfige Blick, mit dem die erste Frau ihm anbot, als Gegenleistung mit ihm zu schlafen, hatte Gefühle in ihm geweckt, die er vorher nicht kannte.

«Ich mach alles, was Sie wollen», hatte sie gesagt. «Sie können ihn mir auch in den Arsch stecken.» Als er immer noch nicht darauf einging, setzte sie noch eins drauf: «Sie dürfen mich auch schlagen, wenn Sie wollen.»

Er beschränkte sich auf die Missionarsstellung, aber das Wissen darum, daß ihm auch andere Möglichkeiten offenstanden, erregte ihn sehr. Noch jetzt kriegt er einen trockenen Hals bei dem Gedanken.

Er versuchte, es so locker zu sehen wie Tobias, und erst der Heulkrampf der zweiten Frau machte ihm klar, daß es sich hier nicht um *eine Art Notprostitution* handelte, sondern um so etwas wie Vergewaltigung mit Einwilligung. So wollte er nicht sein. Nicht er, Pettelbock, der Schamane. Der Heiler, der geborene Arzt.

Ihre Tränen konfrontierten ihn mit seiner eigenen inneren Hölle. Sein Leben lang hatten Frauen Macht über ihn gehabt. Seine Mutter. Seine Oma. Seine Kindergärtnerin. Seine Lehrerin. Und schließlich Angelika, seine Frau, die steif wie ein Brett neben ihm im Bett lag, vor unterdrückter Aggression zu vibrieren schien und ihn sexuell am lang ausgestreckten Arm verhungern ließ.

Während der Zeit der harten Abtreibungsgesetze hatte er die Möglichkeit, sich an den Frauen zu rächen. Da war er am Drükker. Er hat ausprobiert, wie das ist: Macht auszuüben. Erniedrigung mit Erniedrigung heimzuzahlen. Er weiß jetzt, daß er so nicht sein will. Das ist er nicht. So kann er nicht leben. Er hat seine Verletzungen. Manchmal reißen die Wunden auf, und der kleine Junge in ihm heult über die Ungerechtigkeiten, die er machtlos von alleinherrschenden Frauen hinnehmen mußte. Doch er wird nicht Gleiches mit Gleichem vergelten. Er ist lieb und nett, sanft und geduldig, und als Hobby bleibt ihm immer noch die Brustuntersuchung.

Als er vor Huses Haus in seinen Wagen steigt, wird ihm schlagartig klar, daß auch dies nichts weiter ist als eine Rache. Er tut den Frauen nicht weh. Trotzdem nimmt er sich etwas, das sie eigentlich nicht zu geben bereit sind. Mit einer kleinen Lüge spielt er seine Autorität aus, um sich etwas von ihnen zu holen. Es ist wie Diebstahl. Manchmal redet er sich selbst ein, es sei reine Gründlichkeit. Doch im Grunde weiß er, es ist die Rache dafür, daß seine Mutter ihn immer wieder mit einem schnellen Griff an den kleinen Schwanz zu sich heranzog und die Vorhaut herunterrollte, um nachzusehen, ob er sich darunter auch *den Käse abgewaschen* hatte. Nichts hat er jemals wieder so erniedrigend gefunden wie diesen Griff und die Worte *den Käse abgewaschen.*

Ihm ist ein bißchen schwindlig. Sein Hals trocknet immer weiter aus. Es wird heiß in der Lunge. Er bekommt nur sehr schwer Luft. Gleich wird er sich betrinken. Ja, er will in einer ganz normalen Eckkneipe an der Theke stehen und sich vollaufen lassen. Er möchte mit niemandem reden. Aber er will auch nicht zu Hause sein, allein mit Angelika. Heute könnte der Abend sein, an dem er sie erwürgt.

35

Die Tür unten schließt schon seit Jahren nicht mehr richtig. In dieses abgewrackte Mietshaus investiert niemand mehr Geld. Zwölf Briefkästen hängen in einer Reihe und erinnern Peter Huse an seinen Spind bei der Bundeswehr. Die Briefschlitze sind aufgebogen, Werbebroschüren und Zeitungen liegen im Eingangsbereich. Ein Briefkasten ist bis oben hin mit zerknülltem Papier vollgestopft, als Krönung obendrauf ein Becher von McDonald's.

Monika geht voran. Der Flur deprimiert sie genauso wie Peter, aber immerhin riecht es nach Putzmittel. Zum Glück, denkt Monika. Sie fühlt sich irgendwie für diesen Flur verantwortlich. Sie möchte Peter gern einen Jens präsentieren, der einigermaßen akzeptabel ist. Wenn es schon im Flur nach Pisse riecht, kann man hinter der Wohnungstür nicht mehr viel erwarten.

Sie fürchtet sich vor dem, was gleich passieren wird. Sie will es so schnell wie möglich hinter sich bringen, und dann soll zwischen Donna und ihr alles wieder so werden, wie es einmal war.

Klaus Pettelbock hat sich nicht für den Reihentest entschuldigt. Er hat das Wort nur einmal erwähnt. In einem Ton, als habe er Donna damit einen besonderen Gefallen erwiesen. Dann war nur noch von *dem Mittel* die Rede. Er hat sich nicht einmal gerechtfertigt, denkt Monika. Machen wir das hier eigentlich für Donna oder für Klaus Pettelbock? Das Verhalten des Arztes kommt ihr merkwürdig vor, aber sie will nicht ihn umerziehen, sondern ihrer Tochter helfen.

Schwer atmend stehen sie im sechsten Stock vor der Tür. Unschlüssig. Peter nimmt Monikas Hand und drückt sie. Sie schauen einander an. Monika nickt. Dann klopft Peter.

«Donna! Ich komme!» ruft Jens und reißt die Tür auf. Er schaut in zwei enttäuschte, frustrierte Gesichter.

«Sie ist also nicht hier», stellt Peter fest.

«Nein. Wir wollten zusammen zu Dr. Pettelbock, aber dann ...» Jens dreht sich um und geht in die Wohnung, damit Donnas Eltern ihm folgen können. Mit dem Rücken zu ihnen gibt er zerknirscht zu: «Ich hab wohl verpennt.»

Peter schickt einen vielsagenden Blick zu Monika. *Verpennt.*

Jens würde ihnen gern einen Platz anbieten, weiß aber so schnell nicht, wo. Wenn seine Freunde ihn besuchen kommen, sitzen sie meistens auf der Matratze, oder einer hängt sich in den Ohrensessel. Erst jetzt, als Donnas Eltern mitten in seiner Wohnung stehen, wird ihm klar, woran es hier fehlt. Er hat das Bad renoviert, okay. Aber es ist trotzdem mehr ein Loch als ein Nest. Mit zusammengewürfelten Möbelstücken, dominiert von einer großen Matratze.

Die beiden stehen. Jens räumt ein paar Kleider vom Sessel und bietet Monika den Platz an. Sie schüttelt den Kopf.

«Ich hab auch noch Klappstühle», sagt Jens, doch Peter winkt ab.

«Wir sind nur gekommen, um Donna zu sprechen. Sagen Sie ihr bitte, sie soll sofort nach Hause kommen, wenn Sie sie sehen. Es ist wirklich dringend und duldet keinen Zeitaufschub.»

Das *Sie* kommt schneidend.

Jens weiß sofort, worum es geht. Er richtet seinen Zeigefinger wie eine Waffe auf Peter Huse und gibt seiner Stimme einen entschiedenen Klang, um zu demonstrieren, daß an seinen Worten nicht zu rütteln ist. Hier ist keine allgemeine Diskussion freigegeben. Er stellt nur den Ist-Stand klar. «Ihre Tochter und ich, wir lieben uns. Donna ist schwanger, und ob Ihnen das paßt oder nicht, wir freuen uns darüber.»

«Freuen?» entfährt es Peter. «Haben Sie gerade *freuen* gesagt?»

«Ja.»

Monika beißt auf der Unterlippe herum. Peter zeigt auf einzelne Einrichtungsgegenstände. Besonders der Gasherd, in dem die Backofentür schräg hängt, scheint ihn zu interessieren.

«Hier soll also meine Donna leben, ja? Hier soll mein Enkelkind groß werden?»

Das läßt Jens sich nicht gefallen. «Es gibt Kinder», schreit er, «die werden in Slums groß! Es gibt Kinder, die haben kein Dach überm Kopf! Es gibt Kinder, die haben nichts zu essen! Sie alle werden groß! Irgendwie! Und wissen Sie, warum?»

Weil sie müssen! will Monika sagen, doch Jens beantwortet seine Frage schon selbst: «Weil ihre Eltern sie lieben. Nur deshalb. Sonst würden sie sterben. Uns geht es großartig. Wir haben ein Dach überm Kopf.» Jens klopft mit der Faust gegen die Schräge. Die Spatzen flattern hoch. «Es regnet nicht rein. Es ist warm. Wir haben fließend warmes und kaltes Wasser. Wir leben in einem der reichsten Länder der Erde. Hier muß keiner hungern. Wenn alles schiefgeht, kriegen wir immer noch Sozialhilfe. Aber das wird nicht nötig sein, weil ich nämlich ...»

«Ich weiß. Sie spielen Saxophon», zischt Monika. Sie möchte Jens' Redefluß stoppen. Trotz aller Aggressivität klingt er merkwürdig klar. Er bringt die Dinge auf das Eigentliche zurück. Alles in ihr lehnt sich gegen seine Worte auf, und dennoch spürt sie, daß er recht hat. Aber so soll ihre Tochter nicht leben. Und ihr Enkelkind erst recht nicht. «In wenigen Wochen», sagt sie, «hat Donna so einen Bauch.» Sie deutet die Wölbung etwas übertrieben an. «Soll sie dann sechs Stockwerke hoch steigen? Soll sie nach jedem Einkauf die Lebensmittel hier hoch schleppen, während Sie auf Ihren Konzerten sind?»

Peter stupst mit der Schuhspitze gegen die Matratze. «Sie kann dann nicht mal mehr auf dem Ding schlafen.»

Jens guckt irritiert. Darüber hat er nicht nachgedacht. Wieso können Schwangere nicht auf Matratzen schlafen? Sein Blick sagt alles.

Triumphierend fährt Peter fort: «Sie kommt nicht allein so tief runter und wieder hoch. Sie braucht ein richtiges Bett.»

Jens breitet die Arme aus. «Also gut, dann werden wir umziehen.»

«Na, prima!» attackiert Peter ihn. «Während der Schwangerschaft ein Umzug! Großartig! Das Ganze ohne Geld! Wahrscheinlich darf Donna die Möbel schleppen! Denken Sie doch mal nach, junger Mann!»

«Egal, was ich sage, Sie drehen es mir im Mund um. Ich kann nichts tun, was richtig ist. Es sei denn, ich füge mich Ihnen. Was Sie wollen, ist klar. Aber das werden Sie nicht kriegen. Alles ist besser als das, was Sie vorhaben!» faucht Jens.

«So? Was haben wir denn vor?» Peter steht da, als könnte er bei einer falschen Antwort zuschlagen.

«Sie wollen das Kind töten», sagt Jens bitter. «Sie wollen es aus ihr herausschneiden und wegschmeißen.»

Peters Faust zittert. Die Knöchel treten weiß hervor. Monika befürchtet, daß jeden Moment eine Katastrophe passiert, aber sie kann nicht handeln.

«Und am liebsten würden Sie mich auch noch kaltmachen, damit niemand Ihrer spießigen Vorstellung von Familienglück im Weg ist. Damit Donna ihr Abitur machen kann. Darum geht es doch, stimmt's? Was machen Sie, wenn Donna durchfällt? Wenn sie mit ihrem Mathelehrer nicht klarkommt? Legen Sie den um? Ist das Ihre Methode? Sind Sie so weit gekommen im Leben? Zu einem», jetzt lacht Jens höhnisch, «Lebensmittelladen? Wie viele Menschenleben haben Sie dafür geopfert?»

«Das mußt du dir nicht bieten lassen!» kreischt Monika und drückt Peter zur Tür, um Schlimmeres zu verhindern. Sein Körper vibriert.

«Ich hau ihm jetzt die ...»

Jens reckt das Kinn vor, demonstrativ bereit, den Hieb zu empfangen. «Na bitte! Los! Hier, auf die Spitze!»

Monika schiebt Peter bis in den Flur. Jens schließt die Tür mit einem Fußtritt. «Wichser!» brüllt er gegen die geschlossene Tür. «Ihr blöden Wichser!»

Donna weiß nicht, wieviel Zeit sie in der Eisdiele verbracht hat. Es müssen Stunden gewesen sein. Die Bedienung hat inzwischen gewechselt. Der Cappuccino vor ihr ist kalt geworden, die Sahne am Tassenrand eingetrocknet. Donna hat nur vor sich hingestarrt.

Jetzt geht sie mit schweren Schritten zu Jens. Je näher sie der Wohnung kommt, desto langsamer wird sie. Sie kann nicht ewig so sitzen bleiben. Sie muß sich dem Leben stellen. Die Auseinandersetzung mit ihren Eltern fürchtet sie mehr als die Geburt.

Sie sieht, wie ihre Eltern das Haus verlassen. Sie sehen aus, als ob sie dem Teufel begegnet wären. Donna huscht in einen Häusereingang. Sie kann ihnen jetzt nicht gegenübertreten. Nicht jetzt. Nicht so. Tief im Magen spürt Donna ihr Herz pochen. Oder bewegt sich das Kind etwa schon in ihr?

Ihre Eltern sind beide leichenblaß.

«Ich hätte ihn die Treppe runterschmeißen sollen!» schimpft Peter Huse. «Was tut dieser Dreckskerl meiner Donna an? In dem Loch da oben, und dann ein behindertes Kind!»

«Sei jetzt ruhig», erwidert Monika scharf. «Wir haben genug Schaden angerichtet.»

«Wir?»

36

Wenn es so etwas wie eine Schlafkrankheit gibt, dann hat Donna sie jetzt. In ihren wachen Phasen ist sie aufgeregt, nervös, spricht schneller als sonst, gestikuliert dabei, als müsse sie Fliegen verjagen, und wird kurzatmig. Nach kurzer Zeit rast ihr Herz. Sie fühlt sich wie bei einem Dauerlauf, doch sie sieht das Ziel nicht. Sie hetzt einfach weiter und weiter. Dabei sind die meisten Handlungen völlig sinnlos und führen zu nichts. Sie tut etwas, um etwas zu tun.

Sie schiebt den Sessel in die andere Ecke des Zimmers, schaut ihn sich an und bugsiert ihn mühsam wieder zurück. Am liebsten würde sie alles umräumen und umbauen, tapezieren, bei IKEA Möbel kaufen – die kann man wenigstens selbst zusammenschrauben. Sie spürt, daß sie Aktivität braucht, um nicht nachdenken zu müssen.

Dann, mitten aus ihrer Geschäftigkeit heraus, kommt mit einem langen Gähnen die Müdigkeit. Sie setzt sich *nur mal eben hin, um eine kleine Pause zu machen,* und nickt sofort tief ein.

Jens steht unten in der Telefonzelle. Er versucht, eine Verbindung zu Willy The Death zu bekommen. Es muß Geld her. Sofort. Jede Münze ist ein Stückchen geprägter Freiheit. Nie zuvor hat

Jens so sehr gespürt, daß Armut unfrei macht. Entscheidungsmöglichkeiten nimmt. Wer kein Geld hat, verliert jede Selbständigkeit. Ist angewiesen auf die Gnade von denen, die genug davon haben.

Jens hat schon sieben Mark in den Automaten geworfen, bisher aber nur mit Pensionswirten und einem Zimmermädchen telefoniert, das *mal nachschauen will.*

Entweder läßt er sich einfach verleugnen, oder er ist gar nicht in seinem Zimmer, sondern bei einer seiner Tussis, oder er schläft einfach noch seinen Rausch aus. Dem geht die ganze Welt am Arsch vorbei. Was interessiert es den, wenn ich auf dem Schlauch stehe? Wenn einer nur für sich selbst zuständig ist, kann er die anderen wie Fische in einem Aquarium zappeln sehen. Die strampeln sich ab, um allen gerecht zu werden, kriegen es aber nicht hin. Komisch, denkt Jens, bis vor kurzem war ich doch genauso.

Trotzdem fühlt er sich, als sei er immer ein Familienvater gewesen. So wie es geborene Gitarristen gibt, geborene Schlagzeuger, geborene Songschreiber. Ja, daran glaubt er. Er hat nie länger darüber nachgedacht, doch jetzt ist es ihm völlig klar. Manche Menschen haben eine Bestimmung. Wie sonst ist es zu erklären, daß ein Fünfjähriger Kompositionen schreibt? Wieso hat einer ein Talent und ein anderer keins? Es kommt nur darauf an, herauszufinden, was die Bestimmung ist. Er ist ein Familienvater. So einfach ist das. Andere werden geboren, um Brücken zu bauen oder Kriege zu führen, und er ist dazu bestimmt, eine Familie zu gründen.

Der Gedanke tut ihm gut. Er spricht ihn frei. Der Westernheld in ihm kriegt wieder Auftrieb. Wer für Freiheit und Leben seiner Familie kämpft, darf alles. Er wird die Wagenburg um sie herumbauen und jeden Angreifer vom Pferd schießen.

Ach, wenn es doch so einfach wäre. Jetzt muß er erst einmal mit Willy The Death sprechen. Doch das klappt ewig nicht, und sein Kleingeld wird knapp.

Er geht die Reihe der Leute durch, von denen er sich etwas pumpen kann. Es wäre ihm lieber, etwas zu verdienen. Gleichzeitig spürt er, daß er gar nicht die Zeit dazu hat. Er kennt noch ein paar Leute, die gestohlene Autos verdealen. Aber er würde lieber etwas Legales machen. So einen richtigen, spießigen Beruf. Man weiß, wann man anzufangen hat, man weiß, um wieviel Uhr Schluß ist, man weiß, wieviel Geld am Ende des Monats auf dem Konto ist, und zu Weihnachten gibt es einen Zuschlag. Man ist brav, tut, was von einem verlangt wird, und ...

Schweiß bricht ihm aus. Er kommt sich vor wie in der Sauna. Entweder ist die Telefonzelle von der Sonne so sehr aufgeheizt, oder die Hitze kommt von innen. Er weiß es nicht. Er reißt die Tür auf, um Luft zu kriegen.

Ist es das? denkt er. Sind das die Helden von heute? Kerle, die einfach zur Arbeit gehen? Der Gedanke kommt ihm lächerlich vor, aber er spürt, es ist etwas Wahres dran. Er wehrt sich gegen die Erkenntnis. Mit dem Gewehr in der Hand die Wagenburg zu verteidigen wäre ihm lieber. Doch das ist es nicht. Nicht mehr. Jeden Morgen rechtzeitig aufstehen und zur Arbeit fahren, um seine Familie zu versorgen. Ist es das, was auf ihn wartet? Wann mußte er sich zum letztenmal einen Wecker stellen? Er kriegt Schiß.

An die Telefonzelle gelehnt, donnert er den Hinterkopf zweimal gegen die Glasscheibe. Peter Huse fällt ihm ein. Donnas Papa mit seinem kleinen Laden.

Das schaffst du nie, denkt Jens. Den ganzen Tag scheißfreundlich sein. Immer denselben Mist verkaufen. Aber er hat es so geschafft. Er hat Donna groß gekriegt. So weit bist du noch lange nicht. Du kannst noch nicht mal garantieren, daß dein Kind überhaupt geboren wird. Für den war das bestimmt kein Problem. Der hatte ein Haus mit einem Laden, ein Kinderzimmer ... Er möchte kämpfen, aber wo ist der Gegner? Ich brauche einen Feind, denkt er. Einen richtigen Feind. Einen, mit dem ich mich duellieren kann. Und dann hat er gewonnen oder ich. Aber so ... Es ist alles so scheißkompliziert.

Donna windet sich im Sessel. Ihre Finger krallen sich in die Lehnen. Sie strampelt mit beiden Beinen. Mit schmerzverzerrtem Gesicht preßt sie die Zähne aufeinander. Ihr «Nein!» klingt wie ein gurgelnder Grunzlaut.

In ihrem Alptraum reißt man etwas aus ihr heraus. Etwas, das lebt. Zwerge mit schwarzen Kapuzen, wie mittelalterliche Henker sie trugen, biegen Donnas Beine auseinander. Mit einer glühenden Zange, groß wie eine Heckenschere, wühlt jemand in ihr herum. Er hat Züge von Pettelbock, ist es aber nicht.

Ein lurchenhaftes Wesen. Eine rauhe, zischelnde, gespaltene Zunge. Über den Augen Erhebungen wie abgeschliffene Hörner. Risse in der Haut. Darunter glüht es. Dieses Wesen droht jeden Moment zu platzen. Es blubbert und köchelt in ihm.

Das glühende Eisen dringt tiefer in Donna ein. Sie riecht verbranntes Fleisch. Es ist ihr eigenes. Das, was da zappelnd aus ihr herauskommt, eingeklemmt in die Greifer der glühenden Zange, ähnelt dem verwandelten Pettelbock sehr. Eine schleimige Echse, mit Armen und Beinen wie von einem Baby. Und die Echse ist durch eine Nabelschnur mit ihr verbunden. Mit dem monsterhaften Wesen reißt Pettelbock noch mehr aus ihr heraus. Dickdarm. Magen. Lunge. Herz. Und schließlich das Gehirn.

Donna richtet sich auf und starrt auf den Boden. Da liegt alles zwischen ihren gespreizten Beinen. Ihr Herz pocht noch und pumpt Blut in die Gefäße. Der Dickdarm schlängelt sich wie ein Aal in den restlichen Eingeweiden herum. Dann beginnt er zu zucken. Er macht einen letzten verzweifelten Versuch, die Organe wieder zu einem funktionierenden Ganzen zusammenzufügen.

Donna kreischt. «Schweine! Mörder!» Sie kann nicht aufhören zu schreien. Den Kehlkopf haben sie ihr gelassen und die Stimmbänder auch.

Jens hört sie, noch bevor er das Haus betreten hat. Er rennt die Treppen hoch: «Donna! Donna, ich komme! Donna!»

Ihre Schreie sind furchtbar, doch als er den vierten Stock erreicht, ist sie still. Das Entsetzen wird für Jens dadurch nur noch größer. Als sie schrie, wußte er wenigstens, daß sie lebte. Jetzt hat er Zweifel. Waren das Todesschreie? Hat sie sich etwas angetan?

Während er mit jedem Schritt drei Stufen nimmt, erscheinen vor seinem inneren Auge gräßliche Bilder. Donna, die sich mit einer Rasierklinge die Pulsadern aufschneidet. Es spritzt hoch und klatscht an die Wände. Da wird sie wach aus ihrer Trance und brüllt.

Er weiß, was er tun muß. Er wird mit einem Handtuch die

Wunde umwickeln, versuchen, die Ader abzuklemmen, und einen Notarzt rufen. Scheiße, das Telefon geht nicht!

Jetzt steht er vor der Tür. Er wirft sich einfach dagegen. Sofort fliegt sie aus den Angeln.

Donna hockt auf dem Sessel wie ein Vogel auf einem wackligen Ast. Ihre Augen sind weit aufgerissen, fokussieren aber nichts. Sie sieht völlig übergeschnappt aus. Jens weiß augenblicklich, was gemeint ist, wenn es heißt, daß jemand einen irren Blick hat. Es ist nichts Cooles, Doppeldeutiges, Hintergründiges. Es ist die nackte Panik.

Ihre Handgelenke sind in Ordnung. Zum Glück.

Er versucht, sie ruhig anzusprechen: «Donna. Donna, ich bin's. Jens. Donna. Es ist alles in Ordnung, Donna ...»

Sie reagiert nicht, sie starrt immer noch vor sich hin. Aber dort, wo sie hinguckt, ist nichts.

Er will sie in den Arm nehmen, doch sie schlägt nach ihm. Sofort kreischt sie wieder los.

«Donna! Ich bin's. Jens.»

Er holt ein Glas Wasser und hält es ihr hin. Sie nimmt ihn gar nicht wahr. Immer noch atmet sie wie ein Marathonläufer nach dem Zusammenbruch. Sie ist in Erwartung der Katastrophe. Gleich werden sie wieder hereinkommen, um ihre Eingeweide und ihre Geburt wegzuwischen. Donna sieht das alles noch vor sich auf dem Boden liegen, doch die Bilder wechseln. Mal ist das wirkliche Zimmer da, mal das Gemetzel.

Jens steht ganz ruhig da. Er hält das Glas weiterhin in Donnas Blickfeld und spricht, so ruhig er kann. Er hat Angst, daß das Zittern in seiner Stimme sie noch wilder machen könnte.

«Ich beschütze dich, Donna. Niemand wird dir etwas tun. Du hast einen Alptraum gehabt. Wir sind allein. Es ist kein anderer hier. Und wenn einer kommt, Donna, ich bin für dich da. Ich reiße nicht aus. Du hast dir einen Drachentöter ausgesucht, Donna. Glaub's mir.»

Mit beiden Händen nimmt Donna ihm das Wasserglas ab. Sie verschlabbert ein wenig beim Trinken, doch jeder Schluck bringt sie mehr in die Realität zurück. Stockend erzählt sie von ihrem Alptraum. Jens beschließt, sie von jetzt an nicht mehr allein zu lassen. Er weiß noch nicht, wie das gehen soll, aber ab sofort wird er versuchen, jeden Moment bei ihr zu sein.

Ihr Gesicht kriegt schon wieder Farbe. Er bringt ihr noch ein Glas Wasser, dann holt er das Olivenöl.

Wortlos zieht Donna sich aus und legt sich auf die Matratze. Er hat ein Gespür dafür, genau das Richtige zu tun, denkt sie. Doch etwas in ihr weigert sich noch, sich jetzt einfach seinen Händen zu überlassen. Es muß etwas getan werden. Sie kann nicht hier rumliegen und sich massieren lassen. Sie muß doch ...

«Und was sollen wir jetzt machen?» fragt sie.

«Wenn du dich ausgeruht hast, fahren wir zu Ben.»

Sie hat keine Ahnung, wer Ben ist, doch sie findet es beruhigend, daß es noch jemanden gibt, zu dem sie gehen können. Es gefällt ihr, daß Jens die Initiative übernommen hat. Wer immer dieser Ben ist, im Moment ist ihr jeder recht, der zu ihr hält.

Während Jens das Olivenöl zwischen seinen Händen verreibt, um es zu wärmen, fühlt Donna schmerzhaft die innere Leere. Ihr fehlen immer noch die Organe. Doch unter seinen langsamen, liebevollen Fingern erkennen sie Donnas Körper als ihre Heimat wieder an und kehren zögernd zurück.

37

Eine Sekretärin konnte Ben sich noch nie leisten. Früher hat er sich deswegen vor seinen Kollegen geniert. Zweimal die Woche hat seine Schwester ein paar Schriftsätze für ihn getippt. Heute ist er stolz darauf, daß er alles mit dem Computer erledigt. Er tippt schneller, als er spricht. Ganze Blöcke juristischer Argumentationen hat er gespeichert und kann sie beliebig in Briefe einfügen. Aus solchen Bausteinen setzt er in knapp zwei Minuten eine Unterhaltsklage zusammen, einen Asylantrag, einen Einspruch gegen die fristlose Kündigung oder die Mieterhöhung.

Scheidungen sind seine Spezialität, doch in letzter Zeit kommen hauptsächlich Paare zu ihm, die sich sowieso schon geeinigt haben. Er soll beide Seiten vertreten und ihnen nur helfen, bei Gericht alles formal richtig einzureichen.

Wenn Ben Miete, Telefon, Auto, Versicherungen und *den anderen Kram* von seinen Einkünften abzieht, bleiben ihm knapp tausend Mark zum Leben. *Sozialhilfesatz* nennt er das. Ben weiß schon lange nicht mehr, warum er das hier tut. In Filmen sieht er immer häufiger Anwälte als Serienhelden. Sie verhelfen Unschuldigen zu ihrem Recht, kämpfen furchtlos, ja rücksichtslos gegen sich selbst für Werte, an die er früher auch einmal geglaubt hat. Inzwischen weiß er: Es geht doch nur ums Geld. Wenn jemand heulend vor ihm sitzt, von der schlimmen Ehe erzählt und all den Ungerechtigkeiten, die ihm im Laufe des Lebens widerfahren sind, dann hört Ben zu und nickt. Während sein Gesicht Anteilnahme heuchelt, rechnet er im Kopf schon die Gebühr aus, die er für das Mandat berechnen kann. Meist ist es so lächerlich wenig, daß er sich einredet, als Klempner könne er mehr verdienen.

Ben ist unzufrieden mit sich und diesem Zustand. Er hat sich dem Zen-Buddhismus zugewandt. Er half einer Zen-Schülerin, gegen ihre Arbeitgeber zu klagen, und verlor. Sie konnte nicht zahlen, doch sie hat ihn in die Geheimnisse der Meditation eingeführt. Er hoffte, damit zur Ruhe zu kommen und einen Sinn zu finden.

«Zum Zen brauchst du nichts», sagte sie und verunsicherte ihn damit sehr. Die wenigen Utensilien, die er im Zen-Tempel *Haus der Nichtangst* in Zürich sah, kaufte er sich. Einen Kimono, ein Meditationskissen, einen Holzstab und zwei kleine Buddhas. Doch auf die Einkehr der Ruhe wartet er noch immer. Zen, das hat er inzwischen kapiert, kann man nicht kaufen.

Ein kleiner Buddha steht auf seinem Schreibtisch. Verdeckt von einer Digitaluhr und einem Stapel unbeantworteter Briefe. Mit dem Stab kann er nichts anfangen. Soll er sich etwa selbst auf den Rücken schlagen? Er meditiert allein. Hier gibt es keinen Zen-Tempel.

Im Nebenzimmer, das ursprünglich für Konferenzen vorgesehen war, hat er großzügig seinen Meditationsraum eingerichtet. Aus einer Fußbank und einer roten Baumwolldecke hat er an der Wand einen kleinen Altar errichtet, auf dem grinsend der zweite dicke Buddha sitzt. In der Mitte des Raumes liegt ein großer Kieselstein, der ihn daran erinnern soll, daß das sanfte Wasser den harten Stein formt. Ansonsten ist der Raum leer, so wie er selbst leer werden möchte, wenn er sich darin aufhält.

Jeden Morgen, so hat er sich geschworen, wird er sich vor Beginn der Arbeit auf sein Meditationskissen setzen, das Gesicht zur Wand, die Knie fest auf die Erde gedrückt, und nichts weiter tun, als sich auf seinen Atem zu konzentrieren. Er versucht, alle Gedanken abzuschütteln, doch das schafft er nicht. Immer wieder drängen sie sich in sein Bewußtsein.

Wenn er so sitzt, findet er keinen Trost. Im Gegenteil. Die Gedanken, die unaufgefordert durch sein Bewußtsein huschen, die ihn drängen wollen, zu handeln, sich um die Dinge in seinem Büro zu kümmern, machen ihm auf dramatische Weise klar, welch belanglosen Scheiß er den ganzen Tag erledigen muß. Nichts davon ist wirklich wichtig, doch alles zerrt an ihm. Er fühlt sich ausgelaugt und benutzt, er zappelt wie ein Fisch am Haken.

Vor zwei Tagen ist Ben auf seinem Meditationskissen weinend zusammengebrochen. Er heulte den Schmerz über sein sinnloses, vertanes Leben heraus. Das Gefühl endloser Einsamkeit hielt ihn gefangen. Das Kissen wurde zu einer Eisscholle, auf der er allein in der Dunkelheit der Arktis trieb. Noch jetzt hat er einen blauen Fleck an der Stirn, weil er ein paarmal mit dem Kopf gegen die Wand schlug.

Er weiß, daß er der Erkenntnis nie näher war als an dem Morgen. Doch er hat Angst davor. So große Angst, daß er seitdem den Meditationsraum nicht mehr betreten hat.

Er will es versuchen. Heute noch einmal. Er ist ein erwachsener Mann. Er kann doch keine Angst haben, den Nebenraum von seinem Büro zu betreten, in dem sich nichts befindet als ein Flußstein, eine Fußbank, ein Tuch, eine billige Buddhafigur und ein schwarzes Sitzkissen.

Er trägt die Kleidung buddhistischer Mönche. Unter dem schwarzen Kimono ein weißes Hemd und eine weiße Hose aus Leinen. Er ist barfuß.

Ben verkriecht sich in seinen Schreibtischsessel. Zwischen der Tür zu seinem Meditationsraum und ihm befindet sich der große

Schreibtisch mit Computer, Telefon, Fax und den unbearbeiteten Akten. Trotzig legt er die Füße auf den Tisch. Dabei stößt er ein Papier herunter, was ihn nicht weiter interessiert. Er starrt zu dem Raum hinüber und knackt eine Dose Bier. Eigentlich wollte er aufhören zu saufen. Auch dafür hat er sich von der Meditation Hilfe erhofft.

Seine Klientin, Gaby, die blasen konnte wie keine zweite, trank nie Alkohol. «Für Zen muß das Bewußtsein klar sein, und Alkohol trübt es nur», behauptete sie. Nun bringt ihn die Angst vor dem Meditationskissen wieder zum Saufen. Schön. Einen Schuldigen braucht der Mensch. Und wenn schon Mama und Papa – nachdem er das in jahrelanger Therapie geklärt hat – nicht mehr dafür herhalten können, warum dann nicht ein Sitzkissen?

Ben kippt das Bier in sich hinein und hat das Gefühl, sich mit jedem Schluck mehr zu hassen. Er knüllt die Dose zusammen, pfeffert sie in Richtung Papierkorb, trifft aber nicht. Nicht mal das.

Mit den Füßen stößt er sich vom Schreibtisch ab und rollt in Richtung Kühlschrank. Noch bevor er die zweite Dose in der Hand hat, klingelt es. Ach du Scheiße, denkt Ben. Wer soll das denn sein? Das Klingeln kommt ihm vor wie ein Attentat. Es ist viel zu lang, zu laut, nervtötend. Er reißt die Tür auf. Wer immer das ist, er wird ihn zusammenscheißen. Er will jetzt nicht gestört werden. Er will mit seiner Wut, seinem Haß, seiner Trauer und seiner Leere allein sein.

Gaby hätte es wahrscheinlich einfach klingeln lassen und die Klingel in ihrem Kopf ausgeschaltet. Sie konnte Dinge einfach vergessen. Schließlich hat sie auch ihn vergessen. Sie fand ihn *belanglos*. Etwas Schlimmeres hat ihm noch nie eine gesagt. Wenn er wenigstens ein mieser Macho gewesen wäre, damit hätte er leben können. Aber belanglos... Vielleicht ist es das. Vielleicht will er nur nicht mehr belanglos sein. Vielleicht versucht er, Zen zu begreifen, um es ihr heimzahlen zu können. Doch Zen spielt nicht mit.

Mit unverhohlener Aggression im Gesicht tritt Ben seinem Gast entgegen. Dann erkennt er ihn. Jens Simon. Und neben ihm eine wunderschöne junge Frau mit Engelshaaren.

Etwas stimmt ihn sofort milde. Was immer Jens will, Geld wird er von ihm nie kriegen. Am liebsten würde er ihm die Tür vor der Nase zuknallen. Aber er schafft es nicht. Es liegt an Donnas Gesicht. Sie wirkt so verletzlich. So in sich gekehrt. Als hätte sie das Endstadium der Meditation bereits erreicht. Zwar völlig in sich und doch erschüttert bis ins Mark von der Ungeheuerlichkeit der Begegnung mit dem eigenen Ich.

Ben richtet den Zeigefinger auf Jens und fährt ihn an: «Ich hab dich zweimal vertreten. Du hast mich nicht einmal bezahlt! Komm mir jetzt nicht mit irgendwelchen juristischen Schwierigkeiten.»

«Ich hab deinen Volvo repariert. Ohne mich wär die Mühle längst auf dem Schrottplatz. Schon vergessen?»

Ben wehrt sich noch ein Weilchen gegen Jens, doch er weiß bereits, daß er die beiden hereinlassen wird. Er muß diese junge Frau beeindrucken. Alles darf geschehen, nur eins nicht: Sie darf ihn nicht belanglos finden.

Wenn Ben sich unterlegen und ausgeliefert fühlt, wird er charmant. Dann spielt er den großen Anwalt, den Mann von Welt, auch wenn er glaubt, daß er der nie wirklich werden kann.

«Okay», lacht er ein bißchen zu laut, «ich könnte einen neuen Auspuff gebrauchen. Was ist dein Problem, alter Junge?»

Dann öffnet er die Arme und drückt Jens an seine Brust wie einen alten Freund, über dessen Kommen er sich wirklich freut. Noch immer kein Blickkontakt zu Donna.

«Ist es irgendwas mit Drogen?» fragt Ben mit einer Kopfbewegung in Richtung Donna und schiebt Jens ins Zimmer.

«So ähnlich. Aber keine Angst. Sie ist kein Junkie.»

Um die beiden zu beeindrucken, schiebt Ben sie ins Meditationszimmer. So gelingt es auch ihm wieder, diesen Raum zu betreten. Vielleicht ist das schon alles, was er dazu braucht. Ein bißchen Gesellschaft.

Großzügig erklärt Ben: «Entschuldigt bitte meinen Aufzug. Ihr habt mich leider bei der Meditation gestört. Ich saß hier auf dem Kissen, mit dem Gesicht zur Wand, ganz in mich versunken.»

Jens kennt Typen wie Ben gut genug. Wenn eine Frau in der Nähe ist, ziehen sie ihre Show ab. Immer für die Frau. Völlig egal, in wessen Richtung sie sprechen. Jens weiß, daß keins dieser Worte für ihn bestimmt ist, obwohl es so aussieht.

«Ich bin Zen-Meister», lügt Ben. «Das mit der Anwaltspraxis mache ich nur noch so nebenher. Also, die befindet sich praktisch in Auflösung. Sobald ich meine letzten Fälle abgeschlossen habe, werde ich nach Paris fahren und dort ins eigentliche Zentrum des Zen-Buddhismus in Europa ...»

«Ben, wir haben wirklich ein Problem», unterbricht Jens ihn hart.

«Es gibt keine Probleme», sagt Ben und gibt sich Mühe, weise auszusehen. «Die Dinge sind, wie sie sind. Nur wir machen ein Problem daraus.»

«Hör jetzt auf mit dem Scheiß.»

Donna wartet nicht darauf, daß ihr ein Platz angeboten wird. Sie geht in die Mitte des leeren Raumes und setzt sich im Schneidersitz vor den großen Kieselstein.

Ben möchte sich am liebsten das Meditationskissen herbeiholen, um es etwas bequemer zu haben, aber er fürchtet sich davor. Es ist die diffuse Angst, die Energien seines letztens Zazens könnten darin gespeichert sein und ihn bei der ersten Berührung wieder auf die arktische Eisscholle katapultieren. Also hockt er sich auch auf den Boden. Er weiß, daß ihm in dieser Haltung sehr schnell die Beine einschlafen werden. Er hat noch nie gewagt, den Reißverschluß des Meditationskissens zu öffnen, um den Bezug zu waschen oder den Inhalt aufzufüllen. Es erscheint ihm so abwegig und gefährlich, wie Finger in eine Steckdose zu stecken.

Er ordnet seinen schwarzen Kimono um sich herum, bis jede Falte herausgestrichen ist. Damit schindet er Zeit. Wenn er jetzt aufblickt und Donna ihn immer noch nicht anschaut, dann wird er zu dem belanglosen Typen, der er in Gabys Augen bereits war.

Jens setzt sich zuletzt. Er lehnt sich zurück und streckt eine Hand nach dem Meditationskissen aus, um es für Donna heranzuziehen.

«Nicht!» zischt Ben und hält Jens zurück, als hätte dieser versucht, eine Giftschlange zu berühren.

Ich hatte keine Ahnung, was für ein Spinner aus dir geworden ist, denkt Jens, sagt aber nur freundlich: «Es ist für Donna. Sie ist schwanger.»

Trotzdem schüttelt Ben den Kopf. «Bitte, laß. Darauf soll niemand sitzen. Ich erklär's dir später, wenn du willst. Ich hole einen Stuhl für sie, wenn …»

Jetzt schaut Donna Ben gerade in die Augen. Es interessiert sie nicht, daß er aussieht wie ein Bettelmönch. Sie nimmt kaum wahr, daß sie vor einem Stein auf dem Boden sitzt. Sie interessiert sich nur für eins: «Was wissen Sie über medizinische Reihentests?»

Ben hat seine Sicherheit sofort zurück. Er setzt sich bequemer hin, stützt sich auf den Handflächen ab und legt die Füße übereinander. Jetzt ist es ihm egal, ob der Kimono Falten schlägt oder nicht.

«Na klasse», lacht er. «Wer von euch ist denn in einen Test einbezogen worden? Oder etwa ihr beide?»

Erschrocken über diese Reaktion, läßt Jens die Unterlippe schlaff herabhängen. Im letzten Moment bemerkt er es und saugt schlürfend Speichel ein, der ihm sonst aus dem Mund getropft wäre.

Donna antwortet für beide: «Nur ich.»

«Was war es denn für ein Zeug?»

«Ein Magen-Darm-Mittel.»

«Machen wir es kurz, Kinder», verkündet Ben großspurig. «Ich kann tausend Mark für euch rausholen.»

Jens erwidert schleppend: «Du weißt doch noch gar nicht, was passiert ist.»

«Klar weiß ich das. Man hat sie in einen medizinischen Reihentest einbezogen. Sie hatte natürlich keine Ahnung. Weil sie ein Placebo bekam, haben die Beschwerden nicht nachgelassen. Sie ist zu einem anderen Arzt gegangen. So ist alles rausgekommen. Jetzt fühlt ihr euch beschissen und wollt auf Schmerzensgeld klagen.»

Jens' Unterlippe wird schon wieder schlapp.

Donna glaubt jetzt, bei dem richtigen Mann zu sein, einem Spezialisten. Egal, wie er aussieht. Der hat Ahnung. «Ich bin also kein Einzelfall?» fragt sie zögernd.

Ben schüttelt den Kopf. «I wo. Das geschieht am laufenden Meter. Die Ärzte verstoßen jedesmal gegen die Aufklärungspflicht.

Außerdem brauchen sie deine Unterschrift. Hast du irgendwas unterschrieben?»

Donna schüttelt den Kopf. «Nein, hab ich nicht.»

Sie sagt es ziemlich sicher, doch sofort spürt sie die Unsicherheit hinterherkommen. Hat sie wirklich nichts unterschrieben? Hat Pettelbock ihr vielleicht ein Formular hingelegt? Wie oft hat sie dort schon was unterschreiben müssen, für Behandlungen, für Krankenscheine... «Ich weiß es nicht», fügt sie hinzu.

«Na ja, aber die Unterschrift ist auf jeden Fall erschlichen. Sie erschleichen die Unterschrift immer», sagt Ben. «Oder sie verzichten ganz darauf.»

«Äi, was läuft hier eigentlich?» fragt Jens und weiß nicht, ob er sauer auf Ben ist, der so zynisch daherredet, oder auf die Situation insgesamt.

«Es ist eine Lappalie, glaubt mir. So was passiert allein heute mindestens ein paar dutzendmal. Die Firmen brauchen diese Tests. Die Hälfte der Leute kriegt ein Placebo, die andere Hälfte das richtige Medikament.»

Jens schluckt. «Und warum klären die Ärzte einen nicht auf?»

Ben zieht die Beine unter seinen Hintern. Mit diesem Gespräch erobert er sich den gesamten Meditationsraum zurück. Jetzt wäre es ihm schon egal, wenn Donna sich auf das Kissen setzen würde. Er überlegt, ob er es sogar selbst für sie holen soll. Das Kissen hat keinerlei Macht mehr über ihn, genausowenig wie Donna, denn jetzt ist er der große Zampano. Der, der mehr weiß als alle anderen, der erklären kann, der aus Besonderheiten Selbstverständlichkeiten macht. Und er wird den beiden hier zu tausend Mark verhelfen. Keine Frage. Dafür kriegt er einen neuen Auspuff. Kein schlechtes Geschäft. Wahrscheinlich ist die Sache mit einem Brief oder einem Telefongespräch erledigt.

Er versucht, scherzend zu klingen: «Würdest du dich etwa freiwillig einem medizinischen Reihentest unterziehen, wenn du Magenschmerzen hast? Nein, das würdest du nicht», antwortet er gleich selbst. «Du gehst nämlich zum Arzt, weil du den Schmerz loswerden willst, nichts weiter. Und wenn du bereit wärst, diesen Test zu machen, dann würdest du dafür Kohle verlangen. Stimmt's?»

Jens nickt zögernd.

«Siehst du, und damit wird das Ganze viel zu teuer. Der Arzt soll was kriegen, die Patienten sollen was kriegen – so läuft der Hase nicht. Also informiert der Arzt den Patienten erst gar nicht, schenkt ihm einfach ein Mittel, und die Sache ist erledigt. Es kommt ziemlich häufig raus. Ich hatte allein vier solcher Fälle in diesem Jahr. Üblicherweise zahlen die Ärzte fünfhundert Mark, wenn man sich verpflichtet, über alles Stillschweigen zu bewahren. Ein guter Anwalt kann aber leicht tausend herausholen. Also, ich garantiere euch ...»

«Das mit dem Placebo», sagt Donna, «das interessiert mich. Es kann also sein, daß ich überhaupt kein Mittel bekommen habe, sondern irgendwelche Pfefferminzbonbons?»

Ben nickt. «Na klar. Die Chancen stehen fünfzig zu fünfzig.»

Donna spürt eine große Erleichterung kommen. Vielleicht ist ihr Kind nicht geschädigt.

«Hat das Mittel denn gewirkt?» fragt Ben.

Donna schüttelt den Kopf, dann nickt sie, dann schüttelt sie wieder den Kopf.

«Sie hatte ganz schön die Kotzerei», erklärt Jens.

«Wenn du kein Placebo erhalten hast, sondern ein richtiges Präparat, steht unsere Klage natürlich auf wackligen Füßen. Ich meine, wenn das Mittel bei dir nicht angeschlagen hat – das ist das ganz normale Risiko von Patienten, wenn sie irgendein Mittel nehmen. Dann hat er höchstens versäumt, dich genau aufzuklären. Das kann in der Hektik schon mal vorkommen.»

«Ich muß wissen, ob ich ein Placebo bekommen hab oder nicht!» brüllt Donna.

Ben zuckt zurück. Etwas an diesem Gespräch entgleitet ihm. Er fühlt sich nicht mehr wohl. In Donnas Blick liegt ein Anflug von Hysterie, und auch Jens wirkt gar nicht wie jemand, der nur einen Arzt um tausend Mark abzocken will. Hier geht es um mehr.

«Kapierst du nicht?» fragt Jens. «Sie ist schwanger! Die Sau von Arzt hat uns eine Abtreibung angeboten. Er sagt, das Kind kann geschädigt sein. Wir sollen kein Risiko eingehen und ...»

«Dann hole ich unter Umständen mehr raus», versichert Ben.

«Ich will kein Geld! Ich will wissen, ob ich ein Placebo bekommen hab oder nicht!»

Ben winkt ab. «Das kriegen wir nicht raus.»

«Wieso nicht? Man kann doch die Akten beschlagnahmen lassen oder ... na ja, oder einfach fragen.»

Ben lächelt milde angesichts solcher Naivität.

«Jeder, der merkt, daß er unwissentlich in einen medizinischen Reihentest einbezogen wurde, hat ein Placebo erhalten. Darauf könnt ihr euch verlassen. Glaubt ihr denn, die Firmen sind blöde und bestätigen dir, daß du ein Medikament geschluckt hast, dessen Wirkung unbekannt ist? Was, wenn dann was passiert? Auf die käme doch eine riesige Welle von Schadenersatzklagen zu. Ich kenne nur Leute, die Placebos erhalten haben. Sobald wir einen Schriftsatz an die geschickt haben, werden sie kommen, mit unschuldigem Lächeln erklären, daß du ein Placebo bekommen hast, und ihr Bedauern bekunden, weil das Placebo natürlich deine Magenbeschwerden nicht beseitigt hat.»

«Hat es aber», keucht Donna.

«Ja. Das ist der sogenannte Placebo-Effekt. Darauf haben die auch eine Antwort. Manchmal sind Schmerzen nämlich seelischer Art und ...»

«Geschenkt.»

Ben steht auf, geht ins Nebenzimmer und holt seinen Block. «Also, wie heißt der nette Herr, gegen den wir jetzt eine Schadenersatzforderung geltend machen?»

«Dr. Klaus Pettelbock.»

Im Stehen schreibt Ben mit. Er stellt ein paar Fragen zu den Fakten und schiebt dabei das Meditationskissen vorsichtig mit seinem dicken Zeh rüber zu Donna.

«Von welcher Firma war das Mittel? Vielleicht lohnt es sich, beide gleichzeitig zu ver ...»

Donna und Jens sehen einander an. Sie wissen nicht einmal das.

38

Donna erbricht sich unter Krämpfen. So etwas hat Jens noch nie gesehen. Ihr Hals schwillt an, als würde sie etwas hochpressen, das zu groß ist, um hindurchzupassen. Ihre hervorquellenden Augäpfel machen Jens am meisten angst. Wenn die Brechanfälle kommen, kann sie nicht sprechen. Sie ist froh, zwischendurch überhaupt Luft zu bekommen. Donna versucht dann, sich durch Blicke verständlich zu machen. Doch was sonst so gut funktioniert zwischen ihnen, scheitert plötzlich. Er kann sie nicht anschauen. Er zwingt sich dazu, aber er schafft es nur für Sekunden, dann muß er sich abwenden. Was immer sie mit den Augen sagen möchte, es kommt nicht bei ihm an.

«Es muß aufhören, es muß aufhören!» jammert er. «Du kotzt noch unser Kind heraus.»

Es tut ihm leid, aber er hat den Satz gesagt. Er entschuldigt sich dafür mit immer neuen Worten und Gesten, doch sie kommen nicht wirklich bei Donna an. Sie windet sich auf der Matratze, ihr Mund steht offen. Es kommt schon lange nichts mehr heraus. Nicht einmal mehr grüne Galle.

Jetzt japst sie nach Luft. Ihr Magen gewährt ihr eine kurze Pause. Jens reicht ihr das Teeglas. Mit einem Kopfschütteln lehnt sie ab.

«Du mußt was trinken. Du trocknest aus.»

Noch einmal schüttelt Donna den Kopf. Sie hat Angst, daß alles, was sie trinkt, sofort wieder herauskommt. Sie weiß, daß Jens recht hat. Sie braucht Flüssigkeit. Aber sie will ihre Eingeweide nicht zu neuen Krämpfen reizen. Ihre Lippen sind aufgesprungen, ihre Augen liegen in tiefschwarzen Höhlen.

«Wenn du nichts trinkst, rufe ich den Notarzt.»

Sie weiß, daß es keine leere Drohung ist. Er macht sich zu große Sorgen. Das Teeglas zittert in seiner Hand. Er sieht aus, als sei er dem Teufel begegnet. Er wirkt nicht mehr *sexy-hexy, immer voll im Show-Geschäft,* sondern wie ein Tattergreis, der den Fernseher leiser stellt, wenn laute Musik ertönt, weil ihm das zu aufregend ist.

Donna schüttelt heftig den Kopf. Schnodder hängt an ihrer Nasenspitze und wippt dabei hin und her. Donna bemerkt es nicht. Sie will keinen Arzt. Auf gar keinen Fall. Von Ärzten hat sie genug.

«Donna, wir schaffen das nicht allein. Du brauchst einen Doktor. Wir müssen ja nicht zu Pettelbock.»

Noch einmal schüttelt sie den Kopf. Diesmal löst sich mit einem Faden der Schnodder von ihrer Nase und klatscht auf die Matratze. Mit beiden Händen nimmt sie das Teeglas und trinkt. Sie ist bereit, alles zu tun. Sie will jetzt nur keinen Arzt. Nicht jetzt. Vielleicht morgen.

Der Tee erreicht ihren Magen gar nicht erst. Schon nach dem zweiten Schluck kommt alles wieder heraus.

Jens holt einen Spiegel und hält ihn Donna vors Gesicht. «Schau dich an. Du mußt an einen Tropf. Du trocknest aus.»

«Ich halt das durch», stößt sie hervor.

«Du vielleicht. Aber unser Kind nicht.» Er steht auf. «Ich geh in die Apotheke und hol dir ein Mittel.»

Donna sieht ihn an, als ob er völlig verrückt geworden wäre.

«Es gibt garantiert etwas, das fürs Kind unschädlich ist. Alles ist besser als das hier, Donna. Du kannst dich nicht darauf versteifen, jetzt gar keine Medikamente zu nehmen. Wir müssen verantwortungsbewußt handeln. Wir ... wir brauchen Sicherheit, Donna. Ich geh jetzt zu Pettelbock und verlange die Unterlagen von ihm. Vielleicht hast du ja wirklich ein Placebo bekommen. Dann brauchen wir uns keine Sorgen zu machen. Dann müssen wir nur etwas gegen diese verdammte Kotzerei tun, und alles ist in Ordnung.»

Er kommt ihr plötzlich sehr männlich vor. Er steht da wie ein junger Held. Jetzt hat er etwas von Stallone, Willis und Schwarzenegger. Nicht deren Statur. Aber die Entschlossenheit in seinem Blick.

Donna will aufstehen, um ihn zu begleiten. Auf keinen Fall soll er allein gehen. Aber ihre Knie geben nach. Sie sammelt Luft, um die Worte sprechen zu können: *Ich will mit.* Aber sie kriegt sie nicht heraus.

Er ahnt, was sie sagen will, und schüttelt den Kopf. «O nein. Du bleibst hier, Donna.»

Als sie endlich Luft genug hat, sagt sie etwas, das stärker auf ihn wirkt: «Laß mich nicht allein.» Damit hat sie ihn. Das kann er nicht. Sie weiß es genau.

Eine endlose Zeit sitzen sie wieder einander gegenüber. Er trocknet ihr den Schweiß vom Gesicht und gibt ihr in kleinen Schlückchen zu trinken. Sie leert das ganze Glas. Und behält den Tee bei sich.

Seit seine rechte Hand auf ihrem Bauch ruht, beruhigt sich alles darin. Es ist, als würde ihr Körper sich an die Massage erinnern. Sie riecht sogar wieder das Olivenöl.

Als Jens merkt, daß sie zur Ruhe gekommen ist, will er die Hand zurückziehen, doch sie krampft sich mit ihren Fingern an seinem Handgelenk fest und schüttelt den Kopf. «Bleib so.»

«Ich geh nur runter zur Telefonzelle. Ich rufe ihn an. Vielleicht sagt er es mir am Telefon.»

Jens ärgert sich über den stillgelegten Telefonanschluß. Vielleicht kann er mit den Jungs von der Telekom reden. Vielleicht haben sie ein Einsehen, wenn er ihnen erklärt, daß seine schwangere Freundin ein Nottelefon braucht. Wie soll sie einen Arzt rufen, wenn er nicht da ist? Soll sie die Treppe runterrennen?

Donna drückt sich mit dem Rücken gegen die Wand und schiebt sich aus den Knien hoch. Sie steht. Noch ein bißchen wacklig, aber sie steht.

So bewußt ist Jens noch nie eine Treppe hinuntergegangen. Sie nehmen jede Stufe einzeln. Er geht vor, sie stützt sich auf ihn. Wenn sie sicher auf einer Stufe angekommen ist, verschnaufen sie kurz und nehmen dann die nächste in Angriff. Er geht rückwärts. Sein Gesicht ist ihr zugewandt, die Hände halten sie unter den Achseln. Wenn der nächste Krampf sie schütteln sollte, wird sie nicht vornüber die Treppe herunterfallen, sondern höchstens auf ihn drauf. Er hofft nur, daß er selbst dann Halt genug findet und nicht mit ihr zusammen stürzt.

Allmählich geht es besser. Als sie im dritten Stockwerk angekommen sind, lächelt sie schon wieder, löst sich ein bißchen von ihm und bittet ihn, neben ihr zu stehen statt vor ihr. Sie nimmt mit der Rechten seine Hand, hält sich links am Treppengeländer fest, und nun geht es fast problemlos.

Sie lächeln einander an. Vielleicht, denkt Donna, ist in einer halben Stunde alles geklärt. Placebo. Placebo. Placebo. Gibt es ein schöneres Wort? Wenn Pettelbock ihr zeigt, schwarz auf weiß, daß sie ein Placebo bekommen hat, wovor soll sie sich dann noch fürchten? Alles wird gut werden. Placebo. Placebo. Placebo.

Wenn sie lächelt, springen die trockenen Lippen noch weiter auf. Sie braucht einen Fettstift. Bestimmt wird Pettelbock ihr einen geben. Sie faßt wieder Vertrauen zu ihm. Sie weiß nicht, wieso, doch je leichter sie die Stufen herunterkommt, desto fester glaubt sie, daß sich gleich alles auflösen wird. Placebo. Placebo. Placebo.

Natürlich tut es ihm leid. Natürlich wollte er nur ihr Bestes. Natürlich wird er sich Mühe geben, um alles wiedergutzumachen. Er wollte ihr mit der Abtreibung nur helfen. Er ist ein guter Arzt. Sie kann ihm vertrauen. Placebo. Placebo. Placebo.

Trampen können sie jetzt schlecht. Die Straßenbahn scheint Jens nicht das angemessene Verkehrsmittel zu sein. Er winkt ein Taxi herbei. Was kostet die Welt? Heute ist nicht Weltspartag. Heute fragt er nicht nach den Preisen. Heute gibt es Dinge, die wichtiger sind. Als sie im Taxi sitzen, wundert er sich. In seiner Straße sind selten Taxis zu sehen. Hier sind die Leute froh, wenn sie gute Schuhe haben, und benutzen keine Taxis, weil man darin nicht schwarzfahren kann.

Es kostet zwölf Mark. Jens gibt dem Fahrer fünfzehn. Er findet es wichtiger, Donna behutsam aus dem Wagen zu helfen, als aufs Wechselgeld zu warten. Er wird bald neues Geld verdienen, da ist er sich sicher. Er kriegt noch 4600 von Willy The Death. Er wird sich Yogi vorknöpfen. Der ist ihm was schuldig für den Verrat. Es geht nicht fair zu draußen in der Welt. Da wird mit harten Bandagen gekämpft. Er kann es sich nicht mehr leisten, den lieben guten Onkel zu spielen. Fair und nett sein wird er zu Donna und zu ihrem Baby.

Immer deutlicher empfindet er den Rest der Welt als aggressive Bedrohung. Er kommt sich vor, als würde er mit Donna durch ein sumpfiges Gebiet waten. Krokodilverseucht und brodelnd vor Piranhas.

Donna schafft es an seinem Arm bis ins Wartezimmer, doch

weiter will sie nicht. Ihr Vertrauen ist verflogen. Sie kann sich nicht mal mehr vorstellen, es gerade noch gehabt zu haben. Das Wort *Placebo* fällt ihr nicht mehr ein. Ihre Erinnerung hat plötzlich Löcher. Sie weiß den Namen des Medikaments nicht mehr und nicht den der Frauenärztin. Hat sie das Mittel überhaupt von Pettelbock bekommen, oder war es diese Frau Doktor ... Donna wird schwindelig. Es ist der Geruch. Dieser Praxisgeruch macht sie fertig. Im Wartezimmer hustet eine Frau. Donna raunt: «Ich muß hier raus.»

«Ich schaff's nicht», sagt sie vor der Tür und lehnt sich an die Häuserwand.

«Du wartest hier. Ich erledige das allein.»

Donna nickt. Sie will ihm jetzt nicht widersprechen, doch sie hat nicht vor, hier stehenzubleiben. Sie fürchtet, daß ihr Kreislauf nicht mehr lange mitmacht, daß sie gleich hinfallen wird. Sie geht langsam in Richtung Eisdiele. Dort wird sie sitzen. Sie wird sich ein Mineralwasser bestellen, aber es nicht anrühren. Auf keinen Fall wird sie davon trinken. Sie will dort nicht so einen Kotzanfall kriegen. Es ist ihr irgendwie peinlich in der Öffentlichkeit.

Annerose, die Sprechstundenhilfe von Dr. Pettelbock, will Jens eine Nummer geben. Aber der hat nicht vor zu warten. Er will Donna in dem Zustand keine Sekunde länger als nötig allein lassen. Er ignoriert die Sprechstundenhilfe und geht direkt zu Pettelbock durch. Sie ruft hinter ihm her: «He, Sie können doch nicht so einfach ...»

Jens steht vor zwei Türen und weiß nicht, für welche er sich entscheiden soll. Auf der einen steht Sprechzimmer 1, auf der anderen Sprechzimmer 2. Von hinten tippt Annerose ihm auf die Schulter. «Wenn es dringend ist, spreche ich gern mit dem Doktor. Aber Sie können nicht so einfach ...»

Jens dreht sich um und schaut ihr kalt ins Gesicht. «Hinder mich», sagt er. «Versuch es nur.»

Sie zuckt innerlich zusammen und rennt hinter ihren schützenden Schreibtisch zurück. Sie zögert. Sie weiß nicht, ob sie die Polizei rufen soll oder lieber nicht. Pettelbock soll das besser selbst entscheiden. Sie piept ihn an.

Hinter der Tür von Sprechzimmer 1 hört Jens eine Stimme. Er schlüpft hinein. Zunächst glaubt Jens, vor einer unglaublich fetten Frau mit ausladenden Brüsten zu stehen. Das bringt ihn kurz aus dem Konzept. Dann erkennt er: Es ist ein Mann. Zum Krüppel gemästet. Die Fettwülste im Gesicht verdecken die tiefliegenden Augen fast vollständig. Pettelbock steht hinter dem Fleischberg und hört ihn ab. Jens geniert sich. Er findet es peinlich, hier hereingeplatzt zu sein. Aber was soll er tun?

«Ich muß Sie sprechen, Herr Doktor.»

Pettelbock winkt ab und wirft Jens einen ärgerlichen Blick zu. Das reicht. Jens ist sofort wieder ganz bei sich und seiner Wut. Er knallt die Tür hinter sich zu, springt herbei und reißt Pettelbock das Stethoskop aus den Ohren. Der dicke Mann steht bewegungslos da. Die Wurstfinger hängen schlaff herab. Er schnaubt. Er darf sich nicht aufregen. Das ist schlecht für sein Herz. Dies hier wird er, wie so vieles im Leben, über sich ergehen lassen. Und danach eine Fleischwurst essen. Mit viel Senf.

«Zeigen Sie mir Ihre Unterlagen. Ich will wissen, ob Donna ein Placebo bekommen hat oder nicht.»

Pettelbock tut so, als sei dies eine völlig normale Situation. Er bittet seinen Patienten um Verständnis. Er solle sich setzen und kurz warten. Der Dicke fügt sich. Er hat Zeit. Auf ihn wartet niemand. Nur die Fleischwurst. Die Metzgerei hat noch bis halb sieben auf.

Pettelbock und Jens gehen in das andere Sprechzimmer. Pettelbock versucht, Jens zu beruhigen. Er spricht von verständlicher Erregung, davon, daß nichts so heiß gegessen wird, wie man es kocht, und daß er es doch schließlich gut gemeint habe.

«Jaja», sagt Jens. «Jaja. Ich will nur eins wissen: Hat Donna ein Placebo bekommen oder nicht?»

«Ich kann Ihnen das nicht sagen.»

«Warum nicht?»

Pettelbock schluckt. «Das verstößt gegen ... gegen die ärztliche Schweigepflicht.»

Jens lacht bitter.

«Nein, wirklich. Da muß Donna mich schon persönlich von der Schweigepflicht entbinden. Sie sind doch weder verwandt noch verschwägert.»

«Wir kriegen ein Kind!» brüllt Jens.

Pettelbock wechselt sofort die Taktik. Er spürt, daß er Jens mit solchen Sprüchen nicht hinhalten kann. «Selbst wenn ich wollte, ich kann es Ihnen nicht sagen.»

«Ich kann Ihnen aber die Zähne einschlagen.»

Pettelbock zweifelt keine Sekunde an der Ernsthaftigkeit dieser Drohung. Er holt die Akten, wirft die Fragebögen auf den Schreibtisch und sagt: «Da, sehen Sie selbst. Ich weiß es nicht. Die BELMEDIC sammelt alle Unterlagen. Damit die Ärzte nicht absichtlich oder unabsichtlich die Ergebnisse verfälschen, wissen sie selbst nicht, wer ein Placebo kriegt und wer nicht. Wissenschaftliche Methode. Das muß Ihnen doch einleuchten. Haben Sie überhaupt Abitur?»

Pettelbock spürt, daß er wieder überzogen hat. Er geht einen Schritt zurück.

Jens tritt vor. Er nimmt die Fragebögen in die Hand. «Was heißt das?»

«Nun, das heißt, lediglich bei der BELMEDIC kann man Ihnen sagen, ob ...»

Jens will die Fragebögen einstecken.

«Lassen Sie das, so geht das nicht! Sie können die Unterlagen nicht mitnehmen. Sie gefährden das gesamte Experiment. Ihre Freundin wird regreßpflichtig. Das ist Diebstahl!»

Pettelbock traut sich vor und reißt Jens die Fragebögen aus der Hand. Jens stößt ihn zurück. «Rufen Sie bei der BELMEDIC an. Ich will es hören. Stellen Sie die Sprechanlage auf laut. Fragen Sie die, ob Donna ein Placebo erhalten hat oder nicht.»

«Das kann ich nicht tun.» Pettelbock ist hochrot. Sein Blutdruck spielt verrückt. Er fürchtet, kurz vor einem Schlaganfall zu stehen. Er hat genügend Medikamente da, aber er kann sich jetzt nichts nehmen. Er darf diesen tobenden jungen Mann nicht aus den Augen lassen. Der ist unberechenbar.

Jens tritt gegen den Papierkorb. Der fliegt gegen den Medikamentenschrank. Als nächstes packt Jens den Schreibtisch und dreht ihn mit einem Ruck um.

«Hören Sie auf!» brüllt Pettelbock. «Hören Sie auf!»

Annerose entschließt sich jetzt, auch ohne Rücksprache mit

dem Doktor die Polizei zu rufen. Sie haben zwar seit Jahren ein Verhältnis miteinander, aber Entscheidungsbefugnis in der Praxis hat nur er. Da läßt er sich von ihr nicht reinreden. Jetzt hat sie zum erstenmal die Möglichkeit, ihm zu helfen. Sie wartet nicht auf die Polizei. Sie läuft ins Sprechzimmer 2, wild entschlossen, Jens von hinten anzuspringen.

Sie kriegt die Tür nicht gleich auf, weil etwas davor auf dem Boden liegt. Sie schiebt es beiseite, zwängt sich durch den langsam entstehenden Spalt. Sie sieht Klaus mit blutender Nase an der Heizung stehen. Jens Simon drischt auf ihn ein.

Pettelbock wehrt sich nicht. Seine Arme hängen schlaff herab. Sein weißer Kittel ist voller Blut. Mit flehenden Augen sieht er Annerose an. Ihre Liebe zu ihm flackert hell auf, gibt ihr Kraft. Sie greift Jens von hinten an. Mit dem dicken toxikologischen Nachschlagewerk haut sie ihm auf den Hinterkopf.

Jens dreht sich nicht einmal zu ihr um. Er verpaßt Pettelbock einen Tiefschlag.

«Ruf an!» brüllt er. «Ruf an! Kapierst du das nicht? Wir wollen nur wissen, was mit unserem Kind ist! Ich prügel die Wahrheit aus dir raus, wenn's sein muß! Du ahnst ja nicht, wie Donna leidet, du Drecksack!»

Annerose holt aus und schlägt noch einmal zu. Diesmal verfehlt sie den Hinterkopf von Jens. Eine der Buchecken reißt eine Schramme in Jens' Hals.

Jens dreht sich zu ihr um. Sein Blick reicht. Sie geht langsam rückwärts zur Tür.

Pettelbock nutzt die Verschnaufpause. Er bückt sich nach seinem Brieföffner. Ein Mitbringsel aus Afrika. Nicht gerade vom Artenschutzabkommen abgesegnet, aber griffig. Elfenbein mit einer schmiedeeisernen Dolchspitze.

Als Donna in der Eisdiele die Sirenen des Polizeifahrzeugs hört, weiß sie sofort, worum es geht. Sie springt auf und stößt dabei ihr Mineralwasser um.

Jens stürmt aus der Praxis. Ohne nach rechts und links zu sehen, rennt er über die Straße.

«Was hast du gemacht, Jens?»

«Laß uns abhauen!»

Sie reicht ihm ihren Arm. Jetzt hat sie das Gefühl, ihn beschützen zu müssen.

Die beiden Polizeibeamten, die aus dem Wagen steigen und kurz zu Jens und Donna herüberschauen, schöpfen keinen Verdacht. Randalierer gehen nicht am Arm ihrer Freundin spazieren. Die Beamten laufen in die Praxis.

«Das Schwein wollte die Unterlagen nicht rausrücken», sagt Jens.

«Und jetzt?» fragt Donna.

Bis die Polizeibeamten bei ihm sind, hat Pettelbock zwei Tranquilizer genommen, er hat sich wieder im Griff. Er erstattet Anzeige gegen Unbekannt. Er behauptet, den jungen Mann nicht zu kennen und keine Ahnung zu haben, worum es gegangen sei.

Die Beamten nicken wissend. Junkies drehen manchmal durch. Wenn ein Drogenabhängiger alle Ärzte abgeklappert und von keinem ein neues Rezept gekriegt hat, können solche Sachen schon mal passieren.

Pettelbock will sich selber verarzten. Schließlich hat er das Wartezimmer voll. Zum Glück ist Sprechzimmer 1 von dem Wirbelsturm verschont geblieben. Annerose tupft behutsam seine Nase ab. Sie hat einiges bei ihm gelernt. Jetzt kann sie es endlich unter Beweis stellen. Sie zittert ein wenig, als sie die Blutspuren an seinem Hals abwischt. Pettelbock legt seine Hand auf ihren Po. Sie steht ganz dicht bei ihm und desinfiziert den kleinen Riß über dem rechten Auge.

Er hat die Augen geschlossen und den Kopf weit in den Nakken gelegt. Er spürt die Schmerzen nicht mehr. Der Kittel unter seiner Hand nimmt seine ganze Aufmerksamkeit gefangen. Er stellt sich vor, daß Annerose unter seinem Schreibtisch kniet und es ihm hingebungsvoll oral besorgt, während er völlig korrekt in weißem Kittel dasitzt und sich mit einer seiner Lieblingspatientinnen über deren Eheprobleme unterhält.

Den fetten Mann im Nebenraum hat Pettelbock längst vergessen. Als er das Sprechzimmer betritt, um dort die letzten Patienten zu versorgen, findet er den Mann mit weit aufgerissenem Mund schnarchend vor.

Pettelbock will am liebsten sofort mit Annerose ins Bett. Je mehr er unter Druck steht, desto mehr braucht er einen sexuellen Ausgleich. Heute könnte er es nicht ertragen, seine Frau Angelika steif wie Brokkoli neben sich im Bett liegen zu haben. Heute will er nicht spüren, daß sie ihn auf seinen Bedürfnissen hängen läßt. Heute wird er seine Bedürfnisse befriedigen lassen. Von Annerose.

Vorher muß er noch ein braver Junge sein und ein paar Sachen erledigen. Eine Telefonat mit der BELMEDIC. Ein paar Patientengespräche und Routineuntersuchungen.

39

Donna fühlt sich, als sei sie nach einem schweren Rausch plötzlich nüchtern geworden. Mit merkwürdiger Klarheit sieht sie Jens. Er hat Tee für sie aufgebrüht. Er umklammert die heiße Tasse wie eine Handgranate. Er schiebt seinen Zeigefinger durch den Henkel, als ob er sie abziehen will.

Wie bin ich nur an diesen Typ geraten? denkt Donna. Was bin ich für ihn? Er ist so voller Wut. Sind wir, das Kind in meinem Bauch und ich, nur ein Teil seiner Rache an dieser Welt? Was hat man ihm angetan? Um was geht es hier eigentlich? Sie will ihm sagen, wie idiotisch seine Aktion war, doch sie schweigt, denn er weiß es natürlich. Er sortiert Dinge nicht nach vernünftig und unvernünftig. Ihr Vater würde das so machen. Jens aber lebt nach einem anderen Prinzip. Er weiß nicht, wie Kaufleute die Welt sehen. Er ist vollständig seinen Gefühlen ausgeliefert.

Am liebsten möchte Donna alles ungeschehen machen. Wieder auf Anfang gehen. Mitten im Film den Regisseur wechseln, das Drehbuch umschreiben und sich so von dem Entscheidungsdruck entlasten.

Es fühlt sich so an, als ob das Kind in ihrem Bauch sich bewegt wie ein Fisch, der mit dem Schwanz um sich schlägt. Donna legt die Hände auf die gespannte Haut, um Klopfzeichen ins Dunkel zurückzugeben. Ich tu ihm unrecht, mein Kind. Dein Vater ist nicht so. Er tut das nicht aus Haß, sondern aus Liebe. Aus Liebe zu dir und zu mir.

Donna spürt, daß sie ihrem Kind das sagen muß. Mit dem Druck ihrer Hände versucht sie, die stumm gesprochenen Worte ins Innere ihres Körpers zu leiten. Doch sie glaubt selbst nicht daran. Seine tiefe Antriebsfeder ist nicht Liebe, sondern Haß. Irgendwann muß er einmal furchtbar verletzt worden sein. Sie weiß nicht, von wem. Aber sie spürt, daß alles, was jetzt passiert, diese alte Wunde wieder aufreißt.

Jens sieht verschlossen aus. Überhaupt nicht zugänglich. Donna wagt nicht einmal, ihn anzusprechen. In ihm kämpfen Armeen gegeneinander, und sie hat Angst, ein falsches Wort von ihr könnte die Bösen gewinnen lassen.

Sie nimmt seinen Tee und trinkt in kleinen Schlückchen. Laß dich durch nichts irritieren, denkt sie. Sorg einfach nur für dich und dein Kind. Alles andere muß dir jetzt egal sein. Die Welt um dich herum dreht durch. Wenigstens du mußt klar bleiben.

Der Tee beruhigt ihren Magen. Es tut ihr gut, Flüssigkeit zu sich zu nehmen. Das Schwindelgefühl weicht.

Jens nuschelt, er müsse dringend etwas erledigen, und verzieht sich. Sie hält ihn nicht auf. Sie spürt, daß er Unsinn machen wird, aber sie kann jetzt keine Verantwortung für ihn übernehmen. Sie hat schon genug mit sich und ihrem Kind zu tun. Ein zweites braucht sie nicht.

Jens nimmt die Straßenbahn. Er fährt natürlich schwarz. Er zieht nicht einmal in Erwägung, eine Fahrkarte zu kaufen. So wütend, wie er aussieht, wird kein Kontrolleur es wagen, ihn anzusprechen. Die restlichen hundert Meter zu Yogis Haus erledigt er im Laufschritt. Er drückt den Klingelknopf und nimmt den Finger nicht herunter, bis die Tür aufgerissen wird.

Vor ihm steht Hannelore Runkler, Yogis Mutter. Jens sieht in ihr teigiges Gesicht, und es erscheint ihm unwirklich, daß er mit dieser Frau einmal etwas hatte.

«Spinnst du? Bist du verrückt geworden?»

«Ich will Yogi sprechen.» Hannelore Runkler schüttelt heftig den Kopf. Dabei wackelt ihr großer Busen.

Sie bat ihn immer wieder, ihre Brustwarzen zu drehen und langzuziehen. Er war ihr zu vorsichtig. Zu sanft und zu zart. Dabei dachte er, daß Frauen auf so etwas stehen. Meist lag er damit auch richtig. Aber nicht bei ihr. Er versucht, diese Gedanken wegzudrängen. Er darf sich jetzt nicht verwirren lassen. Er hat ein klares Ziel.

«Wir waren uns doch einig, daß du dich hier nie wieder sehen läßt. Nie wieder!»

«Yogi hat mich reingelegt. Er ...»

Hannelore Runkler nickt und stülpt die Lippen vor. Mit ihrem Zeigefinger piekst sie gegen Jens' Brust. «Ich weiß, ich weiß. Ich habe sie dazu gebracht, die Anzeige gegen dich zurückzuziehen. Mehr kann ich nicht für dich tun. Du hast dir alles selbst zuzuschreiben, du Blödmann.»

Jens starrt sie an. «Ich? Wieso hab ich mir das zuzuschreiben? Dein Sohn hat mich überredet, den Wagen seines neuen Vaters zu klauen! Und mich dann verpfiffen!»

«Du hast was mit Sandra gehabt! Mit der Freundin von meinem Sohn! Was bist du nur für ein hemmungsloses Schwein?!»

«Da wußte ich doch gar nicht, daß ... Ach», Jens winkt ab. Er will sich mit dem ganzen Mist jetzt nicht auseinandersetzen.

«Wenn du ihm etwas von mir und dir erzählst, bringe ich dich um!»

Es ist keine leere Drohung. Der irre Blick macht Jens angst.

«So, und jetzt laß uns in Ruhe. Niemand in dieser Familie will irgend etwas mit dir zu tun haben. Wir sind anständige Leute. Wir ...» Sie wischt sich angewidert über die Lippen, als hätte sie einen Kuß bekommen, der ihr unangenehm ist. Speichel glänzt an ihrem Handrücken. «Ich weiß jetzt, was du für einer bist. Ich hab einen Aids-Test machen lassen. Zum Glück habe ich nichts. Mein Gott, hab ich Ängste ausgestanden. Daß ich blöde Kuh ausgerechnet an dich geraten mußte ... Hau endlich ab!»

Jens verbeugt sich unterwürfig und spottet: «Entschuldigen Sie, gnädige Frau, daß ich diese hochwohlanständige Familie belästigt habe. Ihr über alles geliebter Sohn wird selbstverständlich nichts von unserer kleinen Affäre erfahren. Ich will ihn doch nicht bei seinen Geschäften stören.»

«Geschäfte? Mein Sohn macht keine Geschäfte. Der steht mitten im Abitur, der ...»

«Ich weiß, er wird es mit Eins machen, natürlich. Dann kann er gleich Buchhalter bei der Mafia werden. Er dealt mit geklauten Autos. Sagen Sie bloß, Sie wußten das nicht, Gnädigste?»

Hannelore packt Jens und zieht ihn ins Haus. Mit der Hacke tritt sie die Tür zu. Sie schlägt mit der flachen Hand nach Jens' Kopf. «Wenn du meinem Sohn schadest, dann ... Ich mach dich fertig, du Mistkerl! Was willst du?»

Jens schaut sie an, wie sie wütend vor ihm steht, mit roten Flekken im Gesicht und am Hals. Breitbeinig, die Knie durchgedrückt, die Hände zu Fäusten geballt. Sie hat mindestens fünfzehn Kilo zugenommen, seit er sie zum letztenmal nackt gesehen hat.

Weil sie meinen Schwanz nicht mehr kriegen kann, stopft sie sich Sahnetorte rein, denkt Jens und muß grinsen. Die Vorstellung gibt ihm ein wenig Überlegenheit zurück.

«Ich krieg noch Geld von Yogi. Ich will es heute.»

«Du? Kriegst Geld von meinem Sohn? Ha, daß ich nicht lache!»

«Ich hätte das gern mit ihm selbst geklärt.»

Jens schämt sich dafür, daß er dabei ist, Yogi vollständig zu verraten. Aber es schämt sich nur ein Teil von ihm. Der andere, im Moment übermächtige Teil freut sich darüber. Es ist das Gefühl überschäumender Schadenfreude. Das Gefühl einer späten Rache.

Er sagt es jetzt klipp und klar: «Ich hab Autos geklaut. Dein sauberer Sohn hat sie verdealt. Ja, da staunst du, was? Ich hab die Arbeit gemacht und hatte das Risiko. Er die guten Geschäftsbeziehungen. Wir haben geteilt. Aber vom letzten Mal schuldet er mir noch zweitausend Mark. Er wollte sie mir von seinem Anteil geben, wenn eure Scheißkarre verhökert ist. Daraus ist ja nichts geworden.»

Hannelore Runkler spielt ihm große Empörung vor. Sie tut so, als glaube sie ihm kein Wort, doch Jens spürt, sie weiß, daß er die Wahrheit sagt.

«So, du willst Geld! Wußte ich's doch! Du bist nichts weiter als ein mieser kleiner Erpresser!»

Jens schüttelt den Kopf. «O nein. Das ist keine Erpressung. Ich will nur die Kohle, die mir zusteht.»

Ihre Bewegungen werden weicher. Ihre Stimme verliert den metallischen Klang. «Ich wußte, daß du eines Tages kommen würdest. Du bist ein Loser-Typ. Irgendwann, dachte ich, wenn ihm alles schiefgegangen ist, wird er vor der Tür stehen und Geld dafür verlangen, daß er meinem Mann nichts erzählt. Ich hatte für dich und mich gehofft, daß du es anständiger machst.»

Jens hat das Gefühl, eine Grippe zu bekommen. Sein Hals kratzt. Er beginnt zu schwitzen und sieht nur noch verschwommen. Es kostet ihn Konzentration, die Worte von Yogis Mutter zu verstehen.

Sie geht beim Sprechen auf und ab, als würde sie ein Selbstgespräch führen. Sie will ihn nicht ansehen. Das ist es.

«Ich dachte, du würdest es uns leichter machen. Ich habe gehofft, daß du mich anpumpst und ich dir Geld gebe, wissend, daß ich es nie wiederkriegen werde. Aber daß du jetzt hier stehst und so offen ...»

Jens schreit: «Ich erpresse kein Geld von dir! Ich will das, was mir zusteht, von deinem Sohn!»

Sie nickt resignierend und geht zu dem Mahagonischreibtisch, der dekorativ am großen Fenster zum Garten steht. Er sieht unbenutzt aus, wie eine zur Schau gestellte Antiquität. Doch die Schublade läßt sich mit dem Schlüssel öffnen. Aus einer Schachtel nimmt Hannelore Runkler Geldscheine. Sie fächert die Scheine auf und zählt sie durch. Sie weiß nicht mal, wieviel Geld in der Schachtel ist, denkt Jens.

«Sechshundert», sagt sie kühl. «Mehr habe ich nicht im Haus.»

«Ich krieg zweitausend von ihm. Plus Schmerzensgeld für die Nummer mit dem BMW.»

Sie hält ihm die Geldscheine mit ausgestrecktem Arm hin.

Jens zögert. Er braucht das Geld. Er braucht es verdammt dringend. Aber er fühlt sich beschissen dabei. Er will es von Yogi. Er ärgert sich über den Verlauf des Gesprächs. Er hätte Yogi am Gymnasium abfangen können. Das wäre einfacher gewesen. Dann wieder erscheint es ihm völlig logisch, daß die Mama für Yogi bezahlt. So ist das eben in diesen Kreisen. Die Eltern sorgen für ihre

Kinder. Die Kinder machen Mist, und die Eltern bügeln es wieder aus. Bestimmt haben sie auch eine Haftpflichtversicherung für Yogi abgeschlossen. Er ist gegen alles versichert. Es ist nichts Besonderes daran. Eltern wischen ihren Kindern die Scheiße vom Hintern und entsorgen sie. Sie tun es wie selbstverständlich. Ohne lange darüber nachzudenken. So macht Yogis Mutter es auch.

Für einen kurzen Moment wird sie Jens wieder sympathisch. Etwas von der alten Zuneigung flackert wieder auf. Er hat Yogi beneidet um die Mutter, die ihm morgens die Schulbrote schmiert und den Reißverschluß vom Anorak zuzieht, damit er sich nicht erkältet. Er sehnt sich nach solcher Fürsorglichkeit und hat doch Angst, in ihr zu ersticken.

Die sechshundert Mark schweben zwischen ihnen. Er greift nicht zu. Er schaut sie nur an. Sie wackelt nun damit, als ob sie ihn erst locken müßte. Mit der anderen Hand streicht sie ihr Kleid glatt. Jetzt steht sie koketter da. Sie schiebt das rechte Knie vor, schlägt die Augen einmal nieder und schaut ihn dann ganz anders an als vorher.

«Es geht dir gar nicht ums Geld, hm? Du bist wegen mir zurückgekommen, stimmt's? Du willst mich.»

Jens greift nach dem Geld, reißt es ihr aus der Hand und lacht. In der gleichen Sekunde tut es ihm leid. Er hat sie mehr verletzt als nötig. Jetzt muß er weg hier. Er hat Angst, ihr gleich aus Mitleid das Geld wieder auszuhändigen und sich mit Küssen bei ihr zu entschuldigen. Männern gegenüber kann er hart sein. Frauen haben etwas, das ihn dazu bringt, die Waffen zu strecken. Er weiß nicht genau, was es ist. Aber er hat es oft gespürt und beginnt, sich davor zu fürchten.

Sie läuft hinter ihm her. Als er vom Haus in Richtung Straßenbahnhaltestelle rennt, hört er sie seinen Namen rufen.

Jens wartet nicht auf die Straßenbahn, er geht weiter. Es schmerzt in der Leistengegend, so schnell und stechend ist sein Schritt. Er kennt selbst einen Autoschieber. Keiner von den hochkarätigen Typen, mit denen Yogi dealt, mehr ein kleiner Händler für nicht ganz legale Gebrauchtwagen. Aber was macht das schon? Jens wird ihm seine Dienste anbieten. Er kann Autos reparieren, umspritzen oder auf Bestellung klauen. Donna hat schon

Sorgen genug. Zumindest die finanziellen will er ihr nehmen. Er wird für sie sorgen. Das muß er ihr jetzt beweisen.

Er fürchtet, daß sie zu ihren Eltern zurückgeht, wenn er nicht genügend Kleingeld heranschafft. Das wäre die Niederlage seines Lebens. Donna braucht jetzt ein paar gute Erlebnisse. Dinge, die Spaß machen. Er wird mit ihr Babywäsche kaufen. Ein Kleid für Schwangere, richtig weit. Einen Kinderwagen. Ein Kinderbettchen. All das, was man braucht, um sich auf ein Baby zu freuen. Sechshundert Mark sind nicht viel. Aber ein Anfang.

40

Die Frau steht vor der Tür wie ein Engel. Mit gewinnendem Lächeln stellt sie sich vor: «Katharina Fetz. Anwältin.»

Donna findet sie umwerfend schön. Sie hofft nur, daß sie nicht eine ehemalige Freundin von Jens ist. Mit dieser Frau würde sie ungern konkurrieren. Sie fühlt sich zu ihr hingezogen und zugleich völlig unterlegen. Wenn es wirklich eine Aura gibt, so hat diese Frau eine, die magisch strahlt.

Donna bittet sie herein und bietet ihr Platz im Ohrensessel an. Donna selbst bleibt stehen.

Katharina Fetz kommt ohne Umschweife zur Sache. Sie ist im Auftrag der Firma BELMEDIC gekommen. Sie schlägt die Beine übereinander. Donna hört Nylon knistern. Da Katharina ein Engel ist, bringt sie eine gute Nachricht.

«Sie brauchen sich keine Sorgen zu machen, Frau Huse. Das Medikament, das Sie bekommen haben, ist völlig harmlos. Smarties sozusagen. Ein Placebo. Ich bin persönlich gekommen, weil man in einem solchen Fall doch nicht gern Briefe schreibt. Sie wollen es bestimmt sofort wissen und nicht erst lange auf die Post warten.»

Donna atmet auf. Ein Placebo. Ein Placebo. Ein Placebo! Wie schön die Welt plötzlich ist.

«Ich würde Ihnen gern etwas zu trinken anbieten. Wir haben nicht viel im Haus. Ich kann aber …»

Katharina Fetz lehnt ab. «Lassen Sie nur. Ich lade Sie ein. Wir können ruhig ein paar Spesen machen und uns in ein Café setzen. Aber es dauert auch nicht lange. Ich habe Ihnen ein Angebot zu machen.»

«Angebot?»

Katharina Fetz zieht ihr Handtäschchen auf den Schoß, öffnet es und kramt darin herum. Sie wendet ihren Blick nicht von Donna.

«Ich bin autorisiert, Ihnen zehntausend D-Mark anzubieten. Ich habe einen Scheck der Firma dabei.»

«Zehntausend Mark?» Donna hält die Hände vor den Bauch, als müsse sie ihr Kind schützen. Irgend etwas ist falsch. Ben sprach von tausend. Wieso plötzlich zehn? Sie kann das Geld natürlich gut gebrauchen. Sie freut sich darüber, doch eins hat sie im Laden ihrer Eltern gelernt: Waren haben einen Preis. Auch wenn es manchmal so aussieht, man kriegt nichts umsonst.

Katharina Fetz spürt Donnas innerliches Zurückzucken. Ihr Lächeln wird noch breiter. Dadurch wirkt es zum erstenmal gekünstelt.

«Die BELMEDIC hat natürlich ein Interesse daran, alles stillschweigend zu regeln. Wir denken, das deckt sich genau mit Ihren Vorstellungen.» Sie zieht einen Briefumschlag aus ihrem Täschchen und faltet den Brief auseinander. Er ist auf edlem Papier getippt. Sie zeigt auf den Brief. «Wir müssen uns natürlich ganz auf Sie verlassen. Ich brauche eine Unterschrift unter diese Erklärung, daß Sie auf jegliche weitere Forderungen gegen die BELMEDIC verzichten und über die ganze Sache Stillschweigen bewahren. Wir wollen doch alle nicht, daß das an die große Glocke gehängt wird.»

Donna nickt. Was läßt sie zögern? Sie hat ein Placebo bekommen. Jetzt kriegt sie zehntausend Mark obendrein. Warum unterschreibt sie dieses Blatt nicht? Warum überdeckt Mißtrauen ihre Freude?

Die Anwältin dreht einen Füllfederhalter auf und reicht ihn Donna. Sie zeigt, wo Donna unterschreiben muß. Fast beiläufig fügt sie hinzu: «Natürlich übernehmen wir auch die Kosten für den Schwangerschaftsabbruch und eventuell folgende Arzneikosten. Das Ganze muß nicht über Ihre Krankenkasse abgerechnet werden, sondern wird von uns ...»

Donna hält den Füller in der Hand wie einen Dolch. Die Feder ist sehr nah am Gesicht der Anwältin. Katharina Fetz weicht langsam zurück. Sie versucht immer noch zu lächeln, doch es gelingt ihr nicht recht. Angst läßt ihre Gesichtsmuskulatur zucken. Für den Bruchteil einer Sekunde fürchtet sie, Donna könnte ihr den Füller durchs Auge ins Gehirn stechen.

«Wieso Schwangerschaftsabbruch? Ich denke, ich habe ein Placebo bekommen?»

Katharina Fetz schiebt sich rücklings im Sessel hoch und rutscht dann über die Armlehne heraus. Noch nie ist sie auf so merkwürdige Weise aufgestanden. Doch nur so hat sie den größtmöglichen Abstand zu Donnas Faust mit dem Füller.

«Frau Huse, ich habe Ihnen ein sehr großzügiges Angebot der Firma unterbreitet. An Ihrer Stelle würde ich annehmen. Sie sind alle Sorgen los und haben obendrein zehntausend D-Mark. Steuerfrei.»

«Alle Sorgen los? Sie meinen mein Kind!»

Jetzt steht Katharina Fetz. Nur eine Armlänge von der Tür entfernt. Sie atmet einmal durch und wechselt dann die Taktik.

«Man kann das auch so sehen: Sie haben das Vertrauen Ihres Hausarztes mißbraucht.»

«Was habe ich gemacht?»

«Ja. Sie haben ihm verschwiegen, daß Sie schwanger sind, und sich so in einen medizinischen Reihentest gemogelt. Dr. Pettelbock hätte Sie sonst niemals in den Test einbezogen. Wir kennen ihn seit Jahren. Wir vertrauen ihm völlig.»

«Und warum hätte ich mich da hineinmogeln sollen?» fragt Donna spitz und tippt sich mit dem Zeigefinger der linken Hand gegen die Stirn.

«Weil Sie wußten, daß das eine leichte Möglichkeit ist, an eine Abtreibung zu kommen.»

Donna wird schwindlig. Sie kann die Monstrosität des Vorwurfs kaum fassen.

«Das ist doch ...»

«Andere in Ihrer Situation stehen wesentlich schlechter da. Sie müssen das Kind austragen, sie haben keinerlei Möglichkeit mehr. Sie dagegen sind gerissen. Das wußte ich sofort, als ich Sie sah. Haben Sie prima hingekriegt. Sie haben das Vertrauen, das Ihr Hausarzt in Sie setzt, mißbraucht. Jetzt geben sich alle Leute Mühe, Sie zufriedenzustellen. Aber falls die Sache vor Gericht kommt, sehen Sie damit ganz schön alt aus.»

Donna hört die nächsten Worte nicht mehr. Sie lösen sich in Geblubbere auf. Nur noch Laute, nur noch Lärm.

«Raus!» kreischt Donna. «Raus, bevor ich mich vergesse!»

Katharina Fetz verläßt die Wohnung noch nicht. Sie muß erst den Brief wieder an sich bringen und sichergehen, daß sie den Scheck hat. Sie läßt Donna nicht aus den Augen. Sie fürchtet, von ihr angegriffen zu werden.

Der Scheck ist heruntergefallen. Katharina Fetz setzt den linken Fuß darauf und zieht den Scheck über den Boden näher zu sich. Dann bückt sie sich vorsichtig. Kaum hat sie das Papier zwischen den Fingern, springt sie zur Tür. Sie rennt die Treppen hinunter. Das Klack-klack ihrer Pumps hallt an den Wänden wider.

In der dritten Etage stolpert sie vor Aufregung und schlägt lang hin. Sie ist sofort wieder auf den Beinen. Sie hat sich nichts gebrochen und sich auch nicht sonderlich weh getan. Aber ihre Strumpfhose ist hin. So kann sie nicht ins Büro zurück. Und doch weiß sie, sie muß so schnell wie möglich ihren Chef sprechen. Sie hat ihren Auftrag gründlich vergeigt.

Die Kleine wird ihnen noch Ärger machen. Von wegen, das ist schnell mit einem Scheck erledigt. Wenn sie das hier verbaut, kann sie jeden weiteren Aufstieg in der Rechtsabteilung vergessen. Dann darf sie für die nächsten Jahre Genehmigungsverfahren einleiten, Formulare ausfüllen und Werbung auf ihre Rechtmäßigkeit überprüfen.

Sie muß beweisen, daß sie Angelegenheiten wie diese in den Griff kriegt.

Als sie die Haustür öffnet, zittert ihre Unterlippe vor Wut. Sie fürchtet, daß sie gleich anfängt zu heulen. Sie beeilt sich, um vorher in ihrem Auto zu sein. Der Ehrgeiz zerfrißt sie. Sie kann Niederlagen nicht ertragen.

Sie schaut noch einmal nach oben zu den Fenstern im sechsten Stock. Ob die dämliche Göre überhaupt ahnt, welche Schwierigkeiten sie ihr macht?

41

Die wissen genau, daß sie mit dem Medikament mein Kind geschädigt haben. Deshalb bieten sie mir Geld. Deshalb wollen sie um jeden Preis, daß ich es wegmachen lasse. Deshalb soll ich unterschreiben, daß ich keine weiteren Ansprüche stelle. Donna kann an nichts anderes denken. Die Angst droht sie wahnsinnig zu machen. Sie braucht Gewißheit. Sofort.

Sie unterdrückt den Impuls, einfach loszurennen. Aus Angst, das Kind könnte aus ihr herausfallen, preßt sie die Schenkel fest gegeneinander, kneift die Pobacken zusammen und drückt sich mit den Fingern zu. So verrenkt steht sie vor der Tür.

Atmen, denkt sie, atmen und die Nerven behalten. Du hast keine Wehen, du kriegst keine Frühgeburt. Kinder fallen nicht einfach so aus Frauen heraus. Wahrscheinlich bist du schon groß, mein Kind. Man kann schon alles sehen. Die Hände. Die Nase. Die Zehen. Und ein Schwänzchen, falls du ein Junge wirst.

Sie verläßt die Wohnung X-beinig. Erst als sie die Treppen hinter sich hat und auf der Straße steht, bewegt sie sich wieder einigermaßen normal.

Donna weiß noch nicht, ob sie zu ihrer Mutter will oder zu ihrer Frauenärztin. Frau Dr. Conrad. Die könnte mit einer Ultraschall- oder Fruchtwasseruntersuchung herausfinden, ob das Kind geschädigt ist oder nicht. Dabei bekommt Donna gleich ein schlechtes Gewissen. Ist ihre Angst aufzufallen etwa größer als die Angst, das Kind zu verlieren? Sie beißt sich die Unterlippe blutig.

Bis zur Kreuzung muß sie sich nicht entscheiden. Doch dann geht es links nach Hause, rechts zur Frauenärztin. Donna bleibt unentschlossen stehen. Sie fühlt sich auch ihrer Mutter gegenüber mies. Sie möchte den Schutz von ihrem Vater. Und Verständnis von beiden Eltern. Sie hat sie nie so sehr gebraucht wie jetzt. Sie fühlt sich von ihnen im Stich gelassen und verraten. Sie will das klären. Manchmal glaubt sie, sie muß ihnen nur in die Augen schauen, und alles wird wieder gut. Ihr Vater wird sie umarmen. Sie riecht den Duft seiner wohlwollenden Stärke, und alles wird sich zum Guten wenden. In ihren Tagträumen erlebt Donna so etwas. Für Sekunden. Doch nachts kommen die Alpträume.

Auf der anderen Straßenseite hilft eine Mutter ihrem Kind aus dem Auto. Es ist ein Kind mit Down-Syndrom. Donna hat in der Schule gelernt, daß man solche Kinder nicht mongoloid nennt. Das sei diskriminierend. Die meisten Menschen tun es aber. Vermutlich nicht aus böser Absicht.

Donna weiß nicht mehr, für wen das diskriminierend sein soll. Für die Kinder oder für die Bewohner der Mongolischen Volksrepublik. Sie weiß über diese geistig behinderten Kinder ebensowenig wie über das ferne Volk. Sie erinnert sich, daß ihre Lehrerin die Kinder *Glückskinder* nannte, weil sie zwar behindert, aber sehr fröhlich sind.

Während die Mutter auf der anderen Straßenseite die Autotür schließt, rennt das Kind weg. Die Mutter läuft hinterher. Die Situation ist nicht ungefährlich. Im dichten Verkehr könnte das Kind überfahren werden. Es spürt die Gefahr nicht. Vergnügt quietscht es. Die Mutter rennt. Donna sieht die Anspannung in ihrem Gesicht. Das Kind hat sich die Fröhlichkeit bewahrt, die Frau nicht. Sie wirkt wie ein Mensch, der sich aufreibt und aufopfert. Wie jemand, der so viel gibt, daß er nichts mehr für sich selbst hat.

Donna weiß nicht, ob sie das wirklich sieht oder ob nur ihre eigenen Ängste mit ihr durchgehen. Doch sie hat sich entschieden. Sie geht zu Frau Dr. Conrad. Sie kneift die Beine nicht mehr zusammen. Sie weiß, daß das Kind in ihr fest sitzt. Es wird nicht herausfallen. Sie verliert auch ihren Magen nicht. Ihr rutschen nicht plötzlich die Gedärme heraus.

Ich will es wissen. Ich will es wissen.

Die Sprechstundenhilfe telefoniert gerade mit ihrer Freundin. Sie hat sich mit dem Rücken zur Tür gesetzt und hält eine Hand über den Telefonhörer. Ab und zu braucht sie wenigstens dieses Quentchen Privatsphäre. Mehr ist nicht drin an so einem Arbeitstag. Jeder sieht, daß sie nicht gestört werden will, und die meisten akzeptieren das. Die Patienten bleiben im Wartezimmer.

«Ich sag dir, das ist der wildeste Hengst, den ich je im Bett hatte. Aber leider hat er diese kleine, spießige Gymnasiastin geschwängert und nimmt das total ernst. Verantwortung und so. Kannst du dir das vorstellen? Ausgerechnet der? Jens Simon! Ich war mit ihm auf dem Festival. Am Wochenende.»

Das Blut sackt aus Donnas Gehirn nach unten. Ihre Finger fühlen sich dick an. Sie spürt ein Kribbeln in den Beinen und ein Stechen im Rücken. Zwischen den Schulterblättern kribbelt es. Sie verliert einen kleinen Urinstrahl und spürt die Feuchtigkeit zwischen den Beinen. Nach Luft ringend kämpft sie gegen die Ohnmacht.

Sandra muß etwas davon mitbekommen haben, denn sie dreht sich um. «Ach du liebe Güte!» Sie sagt noch mehr, doch das geht in Donnas Ohrensausen unter.

Sandra stürmt hinter dem Empfangstresen hervor auf Donna zu. Doch Donna wendet sich ab und taumelt zur Tür. Sie hat Angst umzufallen, aber von Sandra will sie sich nicht berühren lassen. Nicht von der.

42

Der Autoschieber hat einen Job für Jens. Aber erst am Wochenende. Jens soll einen gestohlenen Porsche nach Istanbul fahren. Jens wird es machen. Für tausendfünfhundert Mark. Er spürt, jetzt wird alles besser werden. Er nimmt die Dinge in die Hand. Nur das zählt. Wenn man nicht selber macht, wird mit einem gemacht.

Er kauft einen Strauß Blumen. Er kommt sich ein bißchen dämlich vor, aber er tut es. Einen bunten Sommerstrauß für zweiundzwanzig Mark mit Grün. Innerlich jubelnd stürmt er die Treppe rauf, und als er oben ankommt, weiß er, daß alles aus ist.

Diese Wohnung war nie sehr wertvoll. Mehr ein Loch als ein Nest.

Geschenkter Sperrmüll. Flohmarktplunder. Sonderangebote. Donna hat alles zerschlagen.

Verrotzt und verheult steht sie inmitten von Scherben. Sie hebt eine halbe Tasse auf und zertrümmert den Rest im Spülbecken.

Jens sieht ihr verquollenes Gesicht. Im ersten Moment glaubt er, daß sie das Kind verloren hat. Dann wird ihm klar, daß es um ihn geht.

«Du Schwein!» brüllt sie. «Du erbärmliches Schwein!»

Sie wirft mit Gegenständen nach ihm. Sie grabscht sie wahllos vom Boden und schmeißt. Er geht nicht einmal in Deckung. Er steht ratlos da und fragt sich: Was würden andere Männer in meiner Situation tun? Rausrennen und die Tür zuhalten? Den Notarzt rufen? Ihr eine scheuern?

Ein leerer Joghurtbecher und ein Löffel treffen ihn an der Schulter. Er hält sich die Arme schützend vors Gesicht und schreit: «Hör auf!»

Dann läßt er sich auf die Knie fallen. Sie wirft weiter. Eine Scherbe gräbt sich in sein Bein. Aber er spürt es nicht einmal. Er breitet die Arme aus und hält ihr das Gesicht als Ziel entgegen.

«Na los, mach schon! Was ist los? Was ist in dich gefahren? Drehst du jetzt durch?»

«Du hast mit Sandra gebumst!» keift sie. Ihre Stimme überschlägt sich. «Am Wochenende, als ich zu Hause lag und mich beschissen gefühlt hab! Ich Idiotin hab dich zum Konzert fahren lassen! Ich dachte, das ist gut für dich! Und du nutzt die Gelegenheit, um mit diesem Flittchen ...»

Er wehrt ab. «Das stimmt nicht, Donna. Das stimmt nicht. Ich hab nichts mit ihr. Glaub mir!»

«Ich hab's genau gehört! Ich hab mich in Grund und Boden geschämt. Ich bin so enttäuscht von dir! Was hast du alles mit ihr gemacht? Sie geht ja jetzt noch ganz breitbeinig!»

Er läßt sie weiterwerfen, packt den Blumenstrauß aus und wirft damit zurück. Die Blumen fallen ihr vor die Füße. Gerbera. Nelken. Levkojen.

«Ich gehe!» schreit sie. «Ich bin nur gekommen, um dir das zu sagen!»

«Wohin denn?»

«Ich geh zurück zu meinen Eltern!»

«Donna!»

Aufrecht, so stolz wie möglich, ja, erhaben schreitet sie über Blumen und Scherben hinweg an ihm vorbei zur Tür. Er greift nach ihr. Er kriegt ihre Beine zu fassen und drückt sie an sich. Sie will ihn abwehren, doch ihre Bewegungen sind schon halbherzig geworden.

Warum flippt er nicht aus vor Wut? fragt sie sich. Warum tobt er nicht auch los? Ich hab seine Bude verwüstet. Statt dessen kniet er auf dem Boden und klammert sich an mich. Was ist das? Liebe?

«Ja, ich hatte mal was mit Sandra! Aber das ist lange aus! Seit wir zusammen sind, habe ich mit keiner anderen Frau ...»

Sie stößt ihn von sich. «Lügner.»

Sie knallt die Tür hinter sich zu. Doch dann bleibt sie stehen. Er reißt die Tür auf. Sie fliegen sich in die Arme.

«Ich hab solche Angst, Jens», wimmert sie, «ich hab solche Angst!»

Er beißt in ihre Schulter. «Ich auch.»

«Sag mir, daß du nur mich liebst.»

«Nur dich. Und das Kind. Mehr als mein Leben!»

Sie möchte ihm so gern glauben.

«Ich hab alles kaputtgeschlagen. Jetzt haben wir nichts mehr. Nicht einmal mehr deine Möbel.»

«Ich hab eine Arbeit gefunden», lügt er. «Ich werde Geld verdienen. Genug Geld. Wir kaufen neue Sachen. Der alte Mist hat sowieso nichts getaugt. Ich will, daß mein Kind ordentlich aufwächst.»

Hab ich das gerade wirklich gesagt? Daß mein Kind ordentlich aufwächst? Ordentlich! Solche Worte gebrauchen sonst doch nur Spießer.

Sie will zurück in die Wohnung, doch er schließt die Tür und führt sie die Treppen hinunter. Er will jetzt nicht mit ihr in diesem Chaos stehen. Er zeigt ihr das Geld. Bevor sie fragen kann, woher er es hat, versichert er, es sei ein Vorschuß.

«Schließlich brauchen wir ein Kinderbett. Und so einen Buggy.»

«Aber jetzt doch noch nicht!» ruft sie und lacht vor Erleichterung. Sie gehen zum Italiener, sie wollen sich einen großen, frischen Salat teilen. Donna weiß, daß sie Jens nicht verlassen wird. Es gibt etwas zwischen ihnen, das stärker ist als die dumme Eifersucht. Und doch ist ihr Vertrauen zutiefst erschüttert.

Beim Italiener fragt sie ihn direkt, denn sie hält die quälende Ungewißheit nicht länger aus: «Hast du es mit ihr gemacht, weil es mit mir nicht ging? Ich meine, reize ich dich nicht mehr? Ich hab einiges darüber gelesen, daß schwangere Frauen manchmal für ihre Männer sexuell unattraktiv werden.» Er will etwas sagen, doch sie deutet ihm an, daß er jetzt nicht reden muß. Er soll ihr zuhören. Sie will ja verständnisvoll sein. «Ich meine, ich kann das verstehen. Ich bin nörgelig, quengelig, krank, launisch, aber ... ich bin noch scharf auf dich.»

Jens hat eine Tomatenscheibe und ein paar Zwiebelringe auf der Gabel. Aber er bringt es nicht, sich das jetzt in den Mund zu schieben. Er sucht nach den richtigen Worten, findet sie nicht und ist froh, daß Donna weiterspricht.

«Ich kann dir alles geben, was dir die anderen geben können. Ich habe Angst, daß wir sonst über all dem Ärger und den Problemen vergessen, wie wir zueinandergefunden haben. Ich möchte mit dir schlafen. Laß uns aufessen und nach Hause gehen.»

Schweigend essen sie den Salat. Es gibt nicht mehr viel zu reden.

Jens ist sich nicht sicher, ob Donna jetzt nur versucht, die leidenschaftliche Geliebte zu spielen, damit er sich nicht anderen Frauen zuwendet, oder ob sie wirklich meint, was sie sagt. Dann kraucht ihre Hand langsam wie eine Schnecke über den Tisch. Als ihre Fingerspitzen seinen Handrücken berühren, weiß er, sie sagt die Wahrheit. Ihre Wut, ihre Verzweiflung, ihre Angst – all das beginnt sich in brennende Leidenschaft zu verwandeln.

Sie zerkaut krachend Möhren- und Gurkenstückchen. Sie fühlt sich jetzt sehr lebendig. Ihr Unterleib ist bestens durchblutet. Sie möchte ihn in sich spüren. Rasch. In diesem Augenblick setzt sich zwischen ihnen das Leben durch. Mit seinem Drang, sich zu vervielfältigen. Die anderen Probleme verlieren ihren Schrecken. Die Gewißheit, daß sie gewinnen werden, macht sich breit, ohne daß einer von ihnen eine Idee hat, wie. Es geschieht nonverbal, mit Blicken und Berührungen. Es kommt Donna vor, als würden sie Zaubersalat essen. Geheime Hexenkräuter verleihen ihnen ungeahnte Kräfte. Das Fischchen in ihr schwimmt wieder, und sie genießt es.

Sie streckt beide Arme über den Tisch. Sie greift Jens' Kopf und zieht ihn zu sich. Sie holt sich den Kuß. Gierig schiebt sie ihre Zunge zwischen seine Lippen. Er schmeckt nach frischen Zwiebeln und Paprika. Sie beißt sich in seinen Lippen fest. Sie ist so ungestüm, daß es ihm weh tut, aber er genießt es. Er winkt dem Kellner, um zu zahlen.

Der Gedanke an die verwüstete Wohnung schreckt sie nicht. Dennoch verliert Donna auf dem Weg zu ihrem Nest all den frisch gewonnenen Lebensmut, die Gier nach Berührung und Gefühl. Sie findet den Gedanken, zwischen all den Scherben mit Jens auf der Matratze zu liegen, absurd. Geschlechtsverkehr an sich erscheint ihr schon lächerlich. Kaum begreiflich, daß Menschen so etwas überhaupt miteinander tun. Sie hat das nicht nötig und will es für den Rest ihres Lebens nicht mehr. Eine dunkle Wolke schiebt sich über ihre Seele. Er fühlt es an der Art, wie sie seine Hand hält. Jetzt hat sich alles verändert. Das geht so schnell bei ihr. Zwischen Himmel und Hölle ist nur ein sehr schmaler Pfad geblieben, und sie läuft ständig hin und her.

Sie erzählt ihm von Katharina Fetz, und er weiß auf einmal, was zu tun ist.

«Wir gehen einfach zur BELMEDIC. Wir gehen hin und verlangen die Unterlagen. Nicht über Anwälte, sondern direkt. Konfrontation. Das ist alles.»

Statt in die Wohnung zu gehen und sich zu lieben, machen sie sich auf den Weg zur Hauptverwaltung der BELMEDIC.

Der Pförtner will die beiden abwimmeln. Ohne Anmeldung kommt hier niemand durch. Jens will ihn mit hundert Mark bestechen oder *ihm einfach eins über die Rübe knallen*, aber Donna hat eine bessere Idee. Sie becirct den einbeinigen Wächter des Tores. Sie stehe kurz vor dem Abitur. Sie müsse einen Aufsatz schreiben über Produktionsabläufe und wissenschaftliche Reihentests in der chemischen Industrie. Natürlich hätte sie sich früher anmelden müssen. Natürlich ist jetzt jeder Termin verstrichen. Sie hat mal wieder alles falsch gemacht. Nun muß sie damit rechnen, von ihrem strengen Lehrer eine Sechs zu kriegen. Wie wird ihr Vater reagieren …

Noch bevor sie ausgeredet hat, ist der Pförtner mit allem einverstanden. Staunend steht Jens dabei. Frauen, denkt er. Wenn sie es richtig machen, kriegen sie von uns, was sie wollen. Ich wäre an dem Typen nicht ohne harte Auseinandersetzungen vorbeigekommen. Sie zuckert ihn an, seift ihn ein, und alles fluppt.

Der Pförtner ist sogar so freundlich, die beiden anzumelden. Er nennt ihnen den Namen einer wissenschaftlichen Mitarbeiterin. Die sei nett und werde ihnen weiterhelfen.

«Sechster Stock, Zimmer 624.»

Schon sind die beiden im Fahrstuhl. Jens nickt anerkennend. «Glanzleistung, Donna.»

Sie zeigt ihm siegesgewiß den erhobenen Daumen.

Die wissenschaftliche Mitarbeiterin, Anja Rinkenberger, ist wirklich nett und aufgeschlossen. Sie sieht gar nicht aus, wie man sich eine graue Büromaus vorstellt. Sie trägt einen Minirock aus schwarzem Knautschleder, ein grünes Top und knatschgrüne High-Heels. Sie hat vor ihrem Abi auch gezittert. Klar will sie Donna helfen. Doch ihre Freundlichkeit ist zu groß. Donna schafft es nicht, ihre Geschichte aufrechtzuerhalten. Sie glaubt, sich dieser Frau anvertrauen zu können. Sie ist doch nur ein paar Jahre älter als sie selbst.

Donna platzt mit der Wahrheit heraus. Dabei kommen ihr gleich die Tränen.

Anja Rinkenberger kann die ganze Geschichte kaum glauben, doch die Tränen machen sie wahrscheinlich. Sie schaut Jens an. «Und Sie sind der Vater?»

Er nickt. «Klar. Und wir müssen wissen, ob es ein Placebo war oder nicht.» Sie nickt. Ja, sie hat alles hier im Computer. Sie zeigt Donna die Disketten. Hier ist alles gespeichert. Aber das sind natürlich geheime wissenschaftliche Daten. Es würde gegen den Datenschutz verstoßen, wenn sie jetzt …

«Bitte», sagt Jens. «Daten können doch nicht schützenswerter sein als werdendes Leben. Sie hat Alpträume. Es geht ihr verflucht schlecht. Wenn wir in Ihren Disketten den Beweis dafür finden, daß sie nur ein Placebo genommen hat, können wir wieder schlafen. Dann ist doch alles okay. Lassen Sie uns reingucken. Wir wollen es nicht von einem Anwalt haben, sondern schwarz auf weiß. Jetzt, hier, von Ihnen.»

Klar versteht sie das. Natürlich will sie helfen. Aber die Sache ist doch sehr ungewöhnlich. Sie muß erst ihren Chef fragen. Sie ist noch nicht lange hier, hat noch nicht viel zu sagen. Aber das wird schon klargehen.

Mit den Disketten in der Hand geht sie in den Nebenraum.

«Die geben uns die nicht, wetten? Die geben uns die nicht», zischt Jens und haut mit der Faust gegen einen Aktenschrank.

«Reiß dich zusammen», mahnt Donna. «Die will uns helfen. Siehst du doch. Mach jetzt bloß keinen Ärger.»

Es dauert noch ein paar quälende Minuten, dann steht die wissenschaftliche Mitarbeiterin Anja Rinkenberger schulterzuckend vor ihnen. Sie schüttelt bedauernd den Kopf. «Tut mir leid», sagt sie und schließt die Diskettenbox in ihren Schrank.

«Soll das heißen, Sie lassen uns im unklaren?»

«Nein, nein, natürlich nicht. Mein Chef hat gesagt, daß Sie ein Placebo bekommen haben. Unsere Anwältin war bei Ihnen, um Ihnen das mitzuteilen. Diese Disketten darf niemand einsehen, außer dem Vorstand. Das Testergebnis könnte sonst verfälscht werden.»

Jens faßt Donna hart an der Schulter. «Komm, wir gehen.»

Donna schüttelt den Kopf. Sie will die Antwort nicht akzeptieren. Sie kann das nicht glauben.

«Es tut mir persönlich auch leid. Ich würde Ihnen wirklich gern helfen. Ich kann Ihre Notlage schon verstehen. Aber ich bin an Richtlinien gebunden. Der Pförtner hätte Sie gar nicht hier rauflassen dürfen. Ich muß Sie jetzt nach draußen begleiten. Mein Chef ist wirklich sauer geworden.» Leise fügt sie, den Mund verziehend, hinzu: «Er hat heute nicht seinen besten Tag.»

Am Fahrstuhl macht Jens einen Ausfall. Er will einfach zurück und sich die Disketten holen.

Donna hält ihn fest. «Nicht, Jens. Das hat doch keinen Sinn.»

Zum zweitenmal bekräftigt Anja Rinkenberger, daß sie nur ihre Pflicht tut. Jens brüllt sie an: «Die Henker im KZ haben auch nur ihre Pflicht getan!» Nun ist Anja Rinkenberger eingeschnappt. Sie verschränkt die Arme vor der Brust und trommelt mit dem Fuß auf den gebohnerten Flurboden, als würde der Fahrstuhl dadurch schneller kommen.

Donna hält das nicht aus. Dieses quälende Warten. Sie will hier nicht länger sein, doch sie weiß auch nicht, wo sie hinsoll. Es soll nur endlich alles ein Ende haben. Sie will aufwachen aus diesem Alptraum.

Fauchend öffnet sich die Fahrstuhltür. Donna zieht Jens mit sich in die Kabine. Anja Rinkenberger drückt auf *Erdgeschoß*, steigt aber nicht mit ein. Über dem *E* blinkt jetzt ein Lämpchen.

Bevor sich die Fahrstuhltüren schließen, nickt Anja Rinkenberger Donna zu. «Abwärts», sagt sie und versucht, jeden Blickkontakt mit Jens zu vermeiden.

Die Wände sind aus dünnem Blech. Jens schlägt mit der rechten Faust eine Beule hinein. Er tut sich weh dabei. Ein rasender Schmerz schießt durch den Unterarm über den Ellbogen bis hinauf in die Schulter. Am liebsten würde Jens wimmern, so weh tut es, doch er beißt die Zähne zusammen.

Donna lehnt sich an ihn. Der Fahrstuhl stoppt völlig sinnlos in der vierten Etage, brummt bei geschlossenen Türen und stürzt dann weiter abwärts. Für Donna ist es, als ob ihr Magen hochrutschen würde ins Gehirn. Sie leidet sonst nicht an Klaustrophobie, doch bricht ihr der Schweiß aus. Sie krallt sich an Jens fest. «Ich muß hier raus.»

«Ich auch.»

Der Fahrstuhl sackt in den ersten Stock. Dort hält er mit metallischem Geknirsche. Jens schlägt mit der Linken gegen den Knopf *Tür auf.* Zwei Sekunden vergehen, dann erst öffnet sich die Kabinentür. Die beiden springen heraus wie aus dem Maul eines Ungeheuers. Donna japst nach Luft. Den Rest gehen sie lieber zu Fuß. Plötzlich findet Donna es gar nicht mehr schlimm, daß sie in ihrem Nest keinen Fahrstuhl haben.

Zurück in ihrem Scherbenhaufen, beginnen die beiden aufzuräumen. Sie fegen nicht einfach alles zusammen. Jedes einzelne Stück wird behutsam aufgehoben und zum Tisch gebracht. Sie gehen geradezu liebevoll mit dem zerschlagenen Porzellan um. Nie hat Jens dieser großen grünen Tasse so viel Beachtung geschenkt. Der Henkel ist abgebrochen, und oben am Rand stehen scharfkantige Zacken hoch. Ein Riß zieht sich bis zum Boden. Trotzdem glaubt Jens, die Tasse retten zu können. Er hat damals drei Stück davon gekauft, für vier Mark neunundneunzig. Zwei sind kaputt. Diese hier ist ihm plötzlich auf seltsame Art wertvoll geworden. Wie oft hat er morgens seinen Kaffee daraus getrunken? Manchmal hat er sie auch als tiefen Teller benutzt. Wie viele Maggisuppen hat er daraus gelöffelt? Grinsend erinnert er sich daran, daß er sie manchmal auch als Aschenbecher mißbraucht hat. Er trägt sie ins Badezimmer und läßt sie voll Wasser laufen. Der Riß ist nur in der Lackierung. Es tropft nichts raus. Jens trocknet die Tasse ab und bringt sie zurück, um sie ins Regal zu stellen.

Donna sitzt breitbeinig auf dem Boden und versucht, ein Matchboxauto zu reparieren. Sie befürchtet, daß Jens an seinem alten Kinderspielzeug besonders hängt. Es tut ihr leid, es gegen die Wand geworfen zu haben.

Auf dem Tisch liegt pyramidenförmig der Haufen aufgesammelter Scherben.

«Die Tasse», sagt Jens, «ist noch dicht.» In seiner Stimme schwingt Triumph mit. Er zeigt aufs Regal. Vielleicht wird er diese Tasse nie wieder benutzen, aber sie hat für ihn an Bedeutung gewonnen. Sie ist eine Art Denkmal geworden, er weiß nur nicht genau, für was. Er fühlt es, doch er kann es nicht formulieren.

«Es ... es tut mir leid, Jens. Ich bin völlig ausgerastet. Aber ich kann den Gedanken nicht ertragen, daß du eine andere Frau ...»

Er nickt. «Ich weiß, Donna. Ich habe keine andere. Ich wäre mir schäbig dabei vorgekommen. Außerdem ...», er zeigt auf seinen Hosenschlitz und sieht dann verschämt zur Seite. «Hier regt sich schon seit einiger Zeit nichts mehr. Ich kenn das gar nicht. Ich weiß nicht, was mit mir los ist. Das ist auch für mich zuviel, Donna. Ich ... ich möchte so gern stark sein, das alles hinkriegen. Aber es fällt mir ja schon schwer, einer geregelten Arbeit nachzugehen, eine Wohnung ordentlich einzurichten und ...»

Sie zieht ihn zu sich auf den Boden.

«Ich könnte Bomben legen.»

Donnas Brüste sind angeschwollen, die Haut spannt. Sie kann nur sehr vorsichtige Berührungen ertragen. Sie spürt seinen Atem durch den Stoff hindurch. Er benimmt sich eher wie ein Kind, nicht wie ein Liebhaber. Sie braucht aber kein zweites Kind, sie braucht einen Mann. Er will etwas sagen, doch sie legt ihre Finger über seine Lippen.

«Psst.»

Sie drückt ihn tiefer auf den Boden. Er liegt ausgestreckt da, scheint aber irgendwie in Alarmbereitschaft zu sein, so als müsse er jeden Moment aufspringen, um sie aus dem brennenden Gebäude zu tragen.

«Schließ die Augen», sagt sie. «Tu gar nichts. Laß mich einfach machen.»

Obwohl sein Verstand sich noch dagegen wehrt, gehorcht er. Langsam gewinnt der Körper die Herrschaft. Zukunftsangst und Vernunft werden zurückgedrängt. Sie machen Platz für Lust, Gier und Lebensfreude.

Donna knöpft sein Hemd auf. Er hält die Augen geschlossen. Er sieht nicht mehr, wo sie ist, er kann nur noch fühlen und riechen. Dann verliert er kurz den Kontakt zu ihr, hört aber Kleider rascheln.

«Bleib liegen.»

Sie beugt sich über ihn. Er spürt es, bevor ihre Haut auf seine trifft. Ihre Brustwarzen berühren seinen Oberkörper. Für eine kurze Zeit scheint die Welt stillzustehen, und alle Probleme sitzen geduldig im Wartezimmer.

43

Jens erwacht neben der schlafenden Donna. Eine Weile lauscht er ihrem Atem. Sie hat keinen Alptraum. Sie schwebt in einem schwarzen Nichts. Er glaubt, daß sie noch eine Weile so dahindämmern wird. Er weiß genau, was er zu tun hat. Vorsichtig steht er auf und zieht sich an, ohne Licht zu machen.

Er hat nie als Einbrecher gearbeitet. In seinem Rucksack ist das Autoknackerwerkzeug. Er nimmt es vorsichtshalber mit. Dazu ein Abschleppseil, obwohl er weiß, daß es viel zu kurz ist. Er wird auch die Wäscheleine vom Hof mitnehmen. Er hat keine Ahnung, wem sie gehört. Jeder kann seine Wäsche dort aufhängen. Er wird die Leine nicht lange brauchen. Vielleicht kann er sie schon in zwei, drei Stunden wieder anbringen. Niemand wird merken, wozu er sie gebraucht hat.

In der Dunkelheit ist es gar nicht so leicht, den Knoten aufzukriegen. Er überlegt schon, ob er die Leine nicht besser durchschneiden soll. Dann endlich geht es. Er stopft sie in seinen Rucksack und rennt los. Er kann nicht mehr warten, er will endlich handeln. Gut zwei Meter der Wäscheleine hängen aus seinem Rucksack heraus. Er bemerkt es nicht.

Es sind nur wenige Menschen auf der Straße. Die Kneipen haben schon zu, die Cafés noch nicht geöffnet. Es ist die Zeit, zu der fast jeder, der ein Bett hat, schläft. Die Schattengestalt, die vor ihm aus einem Hauseingang huscht, um die Ecke sprintet und dort in einem Lieferwagen verschwindet, ist ein Einbrecher, der abhauen muß, bevor der Mann von der Nachtschicht kommt. Auf der anderen Straßenseite sucht ein Betrunkener sein Auto.

Dort, in der Unterführung, bei den Mülltonnen, liebt sich ein Pärchen, das keinen Unterschlupf für diese Nacht gefunden hat. Sie haben Jens' ganze Sympathie. Der blanke Hintern des jungen Mannes glänzt im Mondlicht bei jedem der rhythmischen Stöße. Die beiden bemerken Jens nicht. Er ist diskret und schnell.

Er kann das Hauptverwaltungsgebäude der BELMEDIC bereits sehen. Es ragt über der Stadt auf wie Draculas Schloß. Es verdeckt sogar die Mondsichel. Die Leuchtreklame der BELMEDIC ist hell genug. Jens erkennt, daß die angrenzenden Flachdächer mit Stacheldraht gesichert sind. Trotzdem, von dort wird er es versuchen.

Sechs Straßenlaternen beleuchten das Pflaster. Eine von ihnen ist defekt, sie geht ständig an und aus. Sie erinnert Jens an den Abend, an dem er den BMW von Yogis Vater stehlen wollte. Heute wird er mehr Glück haben. Diesmal läßt er sich nicht von einem eifersüchtigen Schüler hereinlegen. Diesmal geht es um mehr.

Er ist stolz auf sich, fühlt sich wie der letzte Gerechte. Robin Hood im Kampf gegen den Sheriff von Nottingham.

Er hat Glück. Er findet sofort eine günstige Stelle. Er kommt an der Regenrinne gut zwei Meter hoch. Dort ist ein Fenstervorsprung. Das Hochhaus ist mit großen Steinen verklinkert. In den Fugen finden Jens' Finger Halt. Jetzt ärgert er sich, daß er damals bei dem Free climbing nicht mitgemacht hat.

Minuten später steht er auf dem Flachdach. Stacheldraht, Glasscherben und Taubenscheiße. Nur einen Kopf hoch über ihm ist das erste Fenster. Ein Klimmzug, und er ist oben. An der Scheibe klebt ein Schildchen: *Alarmgesichert*.

Das hatten wir doch schon mal, denkt Jens. Er kann sich gut vorstellen, daß die Scheiben in der ersten und zweiten Etage beim kleinsten Geräusch einen Alarm auslösen werden. Aber weiter oben? Dieses Hochhaus hat seiner Schätzung nach ein paar hundert Fenster. Er hofft, daß die Typen von der BELMEDIC zu knausrig sind, um jede einzelne Scheibe abzusichern.

Jens klettert höher. Jetzt fühlt er sich wie Spiderman. Er verflucht die Tauben, die glitschige Scheiße läßt ihn einmal fast abstürzen. Im vierten Stock zieht er sich auf den Mauervorsprung am Fenster. Die Arme tun ihm schon weh. Morgen wird er einen heftigen Muskelkater haben. Sein Herz rast, als hätte er die halbe Nacht durchgetanzt.

Er lehnt sich gegen die Scheibe und holt Luft. Die Stadt liegt bereits unter ihm. Die Perspektive gefällt ihm. Einen Häuserblock weiter fährt eine Polizeistreife. Sie haben kein Blaulicht an. Es ist nur eine Kontrollfahrt. Routine. Hier draußen bei den vielen Bürogebäuden wohnt kein Mensch. Ein Eldorado für Einbrecher. Folglich kurvt ab und zu mal eine Streife hier entlang. Ihre Scheinwerfer sind auf die Straße gerichtet, sie werden ihn nicht sehen.

Er grinst. Wer ist hier eigentlich der Amateur, denkt er, ihr oder ich?

Aus seinem Rucksack holt er den Hammer hervor. Er hat ihn bei seinen Autodiebstählen nie gebraucht, aber immer dabeigehabt. Er zieht sein Hemd aus, knüllt es zusammen und drückt es gegen die Scheibe. Dann schlägt er mit dem Hammer dagegen.

Die Scheibe zersplittert nicht. Sein Schlag war nicht fest genug, doch er hat ihn aus dem Gleichgewicht gebracht. Fast wäre er abgerutscht und in die Tiefe gestürzt. So will er nicht sterben. Er rückt näher an die Scheibe heran, drückt mit dem Hintern dagegen. Dann schlägt er noch einmal zu. Das Hemd dämpft das Klirren nicht so sehr, wie er gehofft hat. Ist überhaupt schon einmal eine Fensterscheibe so laut zerbrochen? Es kommt ihm vor, als müßte man es in der ganzen Stadt hören. Erst jetzt merkt er, wie still es hier oben ist.

Die Scherben sind nach innen gefallen. Jens greift durch das entstandene Loch zum Fensterhebel und zieht ihn vorsichtig nach unten. Plötzlich geht ihm alles nicht mehr schnell genug. Seine Bewegungen werden hektisch. Er schneidet sich an den hochstehenden Splittern den Unterarm auf. Sein Blut tropft warm herunter. Es tut nicht weh. Aber ein leichtes Schwindelgefühl treibt ihn noch mehr an. Er muß jetzt da rein.

Viel zu langsam öffnet sich das Fenster. Er springt in den Flur und lauscht. Er hört nichts.

Wart ihr also doch zu geizig, um überall Alarmanlagen anzubringen. Na, ihr seid ja vermutlich gut versichert. Außerdem, was ist hier schon zu holen? Welcher vernünftige Dieb käme auf die Idee, hier einzusteigen? Die Computer sind bestimmt veraltet, und um eure Kaffeetassen zu klauen, fehlt guten Einbrechern der Humor.

Jens ist gerade beim Fahrstuhl angekommen, als im ganzen Gebäude die Sirenen losheulen. Es ist so mörderisch laut und schrill, daß Jens im ersten Augenblick glaubt, von einer Kugel am Kopf getroffen worden zu sein. Mit beiden Händen drückt er sich die Ohren zu und rennt eine Etage höher. In den Fluren geht das Licht an. Er kann und will jetzt nicht mehr zurück. Schon ist er im sechsten Stock. Zimmer 624. Er kennt den Weg genau.

Auf dem gebohnerten Boden rutscht er aus. Er nimmt sich nicht einmal Zeit, die Türklinke herunterzudrücken und zu testen, ob die Tür unverschlossen ist. Er wirft sich einfach dagegen. Das Schloß bricht sofort.

Er benutzt die Taschenlampe nicht. Worauf soll er jetzt noch Rücksicht nehmen? Er schaltet das Licht ein und reißt den Aktenschrank auf. Da liegen die Disketten in der Box. Er streckt den Arm aus, und in dem Moment hört er hinter sich das metallische Klicken von einem Revolver, der durchgeladen wird. Jens erstarrt.

«Michael, ich hab ihn! Schalte aus. Einer allein. Vermutlich 'n Itaker. Sechster Stock, Raum 24.»

Der furchtbare Ton der Alarmanlage verstummt. Erleichtert atmet Jens auf. Sofort verliert die Situation etwas von ihrer mörderischen Bedrohung. Vorsichtig dreht er sich um. Der uniformierte Wächter vor ihm hält in einer Hand sein Walkie-talkie, in der anderen den Revolver. Er wirkt nervös, wie jemand, der schneller schießt als nötig.

«Halt die Hände oben, du kleiner Arsch, du. Was suchst du hier? Du mußt doch völlig plemplem sein, hier einzubrechen.»

Jens zieht es vor, mit offenen Karten zu spielen. «Ich heiße Jens Simon. Meine Freundin ist schwanger. Sie wurde in einen medizinischen Reihentest einbezogen. Ich muß wissen, ob sie ein Placebo bekommen hat oder nicht. Ihre Firma hat mir keine Auskunft gegeben. Darum bin ich hier eingestiegen. Ich will nichts klauen. Ich muß nur einen Blick in die Disketten werfen.»

«Halt die Hände oben, oder ich puste dir das Gehirn weg.»

«Ich sage die Wahrheit. Warum sollte ich jetzt noch lügen?»

Der Wachmann lacht. «Warum solltest du lügen? Warum solltest du hier einbrechen? Zeig mir deinen Ausweis.»

Jens faßt nach hinten. Er bewegt sich sehr langsam. Er hat seinen Ausweis im Portemonnaie. Er zieht das Portemonnaie heraus, öffnet es und wirft dem Wachmann den Ausweis hin. Der Wächter bückt sich danach. Der Lauf seiner Waffe zeigt jetzt nicht mehr auf Jens, sondern auf den Fußboden. Jens könnte zutreten. Doch er zögert eine Sekunde zu lange. Schon steht der Wachmann wieder und spricht in sein Walkie-talkie: «Michael? Ich hab seinen Ausweis. Doch kein Itaker. Heißt Jens Simon. Jüdischer Name. Typen wie dich», sagt er und grinst schmierig, «hat der Führer nur vergessen zu vergasen.»

Der Wachmann fühlt sich zu überlegen. Er legt das Walkie-talkie auf den Tisch und fingert nach einer Zigarette. Die Pistole ist nicht mehr konsequent auf Jens gerichtet. Als der Wachmann die Zigarette anzündet, tritt Jens ihm voll in die Eier.

Der Mann macht eine eigenartige Verrenkung. Sein Mund öffnet sich zu einem stummen Schrei. Die Filterzigarette klebt noch an seiner Oberlippe, löst sich aber langsam und fällt herunter. Während er das Feuerzeug hoch über sich hält wie die olympische Fackel und die Flamme weiterhin brennen läßt, zieht er langsam das rechte Knie zum Körper. Die Hand mit der Waffe ist zum Boden gerichtet. So versucht er, sein Gleichgewicht zu halten und den Schmerz zu ertragen.

Mit beiden Händen packt Jens den Lauf des Revolvers und

biegt ihn nach hinten. Der Finger des Wachmanns ist noch um den Abzug gekrümmt. Er bricht. Der Schmerz im Finger scheint dem Wachmann fast eine Erlösung zu sein von dem Donnergrollen zwischen seinen Beinen.

Jens holt aus und schlägt mit dem Knauf des Revolvers zu. Er trifft den Wachmann zwischen Nasenbein und rechtem Auge. Der Mann fällt sofort um.

Jens will fliehen. In der Tür bleibt er noch einmal stehen. Er hat das Wichtigste vergessen. Die Disketten.

Er springt über den zuckend am Boden liegenden Wachmann ins Büro zurück. Er greift sich die ganze Box, wirft sie nach hinten in seinen Rucksack und rennt los. Am Ende des Flurs, bei den Fahrstühlen, bleibt er stehen. Er kann die schnellen Schritte auf der Treppe höher hören. Dieser Michael und vermutlich noch ein anderer Wachmann kommen von unten hoch gerannt.

Jens nimmt den Fahrstuhl. Er weiß nicht, ob das unheimlich klug oder verflucht dämlich ist. Erst drückt er auf *Erdgeschoß*, doch dann fürchtet er, daß genau dort jemand auf ihn wartet. Also hält er den Fahrstuhl im ersten Stock an, schickt ihn aber von dort hinauf in den achten.

Immer noch hat er die Waffe in der Hand. Er weiß nicht, wohin damit. Braucht er sie? Oder ist es wichtig, sie so schnell wie möglich loszuwerden? Er ist kein Waffennarr. Der Gedanke, sich den Weg freizuschießen, erscheint ihm wenig verlockend. Sobald er hier raus ist, wird er das Ding wegwerfen. Aber erst dann.

Wieder lauscht er in den Flur. Die Schritte sind über ihm.

«Er hat den Fahrstuhl genommen! Das Schwein hat den Fahrstuhl genommen! Er fährt wieder hoch!»

«Dann haben wir ihn.»

«Glaub ich nicht. Der ist unterwegs ausgestiegen. Vielleicht sitzt er auf dem Fahrstuhl. Das hab ich mal im Kino gesehen!»

Langsam, fast lautlos steigt Jens die Treppen zum Erdgeschoß hinab. Im Eingangsbereich ist niemand. Aber wie soll er hier rauskommen? Er steht hinter einer riesigen Glasfront, auf der in blauweißen Buchstaben das Wort BELMEDIC prangt. Jens richtet die Waffe darauf und drückt ab.

Die Buchstaben verschwinden in einem Glasregen. Jens sprintet nach draußen. Auf der Straße knirschen die Glassplitter unter seinen Turnschuhen. Er sieht nach links und rechts. Von überallher sind Polizeisirenen zu hören. Sie werden mich kriegen, denkt er, sowieso. Aber die Disketten, die muß ich in Sicherheit bringen.

Die Polizeisirenen kommen näher.

Es ist nicht schlimm, viele Feinde zu haben, denkt Jens. Ein guter Freund wiegt hundert von ihnen auf. Einer, der mich nicht verrät. Einer, der nicht fragt, ob das, was ich getan habe, recht oder unrecht ist. Einer, der einfach zu mir hält.

Die Auswahl ist nicht groß. Jetzt weiß er, wohin.

44

Pettelbocks Frau glaubt nicht an die nächtliche Krisensitzung. Er ist schließlich Arzt, kein Politiker.

«Für wie dumm hältst du mich eigentlich? Die BELMEDIC hat dich früher gern eingeladen. Zu Kongressen. Nach Palma. Rio. Los Angeles. Aber nicht morgens um halb vier!»

«Ich erklär dir das später, Schatz. Es sind Entwicklungen eingetreten, die ...»

«Glaubst du, ich hab die Knutschflecke an deinem Hals nicht gesehen?»

Er hört sich das nicht länger an. Ein bißchen findet er ihre Eifersucht ja sogar schmeichelhaft, doch jetzt hat er andere Probleme. Der schneidende Ton in der Stimme des BELMEDIC-Managers ist ihm in den Magen gefahren. Bisher waren die immer so freundlich zu ihm. Sie haben ihn hofiert, mit Geschenken bedacht, nie einen Geburtstag vergessen, nicht mal den seiner Frau. Zu Weihnachten gab es immer Präsentkörbe.

Sie haben sich am Umbau seiner Praxis beteiligt, ihm das Ultraschallgerät zur Verfügung gestellt (zu Testzwecken, für zwei Jahre) und die Leasingraten für den Mercedes übernommen. Er mußte nie mahnen. Alle Abrechnungen seiner Tests wurden augenblicklich beglichen. Er fühlte sich von der Firma betreut und umschmeichelt. Er schien unentbehrlich zu sein. Das Gefühl war ihm noch wichtiger als die konkrete Zuwendung.

Damit ist es vorbei. So hat noch niemand von der BELMEDIC je mit ihm gesprochen. Sie zitierten ihn einfach zu sich. Und das um diese Zeit. Die Stimme hat keinen Widerspruch zugelassen. Er kann sich nicht mal an den Namen des Mannes erinnern. Es war jedenfalls nicht der freundliche Betreuer, der ihn sonst besucht. Es war jemand aus der Chefetage. Er soll um Himmels willen nicht in die Hauptverwaltung kommen, sondern ins Büro von Katharina Fetz.

Pettelbock läßt Angelikas Vorwürfe und Beschimpfungen über sich ergehen, während er sich anzieht. Er findet keine sauberen Socken mehr. Er tadelt Angelika mit einem einzigen Blick. Sie nimmt es gar nicht zur Kenntnis. Barfuß schlüpft er in die Lederschuhe.

Erst als er im Wagen sitzt, wird ihm bewußt, wie sehr er sich hat einschüchtern lassen. Wer ist er eigentlich, daß er sich so herumkommandieren läßt? Was bilden die sich ein? So läßt er nicht mit sich reden. Das wird er klarstellen. Gleich als erstes.

Das Treffen findet gar nicht in einem Büro statt, sondern in der Privatwohnung von Katharina Fetz. Die Haustür führt direkt ins Wohnzimmer. Der Raum hat Tanzsaalgröße. Ein bißchen verloren steht eine Couchgarnitur in der Ecke, eingerahmt von ein paar Topfpflanzen, die nicht regelmäßig gegossen werden. Ein Händchen für Blumen hat die Anwältin jedenfalls nicht.

Eine Wand ist mit Büchern zugestellt. Davor ein Wäscheständer. Handtücher, Jeans, schwarze Unterwäsche. Daneben ein Bügelbrett, davor ein Korb mit zerknitterten Blusen.

Katharina Fetz entschuldigt sich mit einem kurzen Hinweis darauf, daß ihr Wäschetrockner kaputt sei.

Der BELMEDIC-Manager geht mit knatschenden Schuhsohlen auf und ab. Er hat die Hände auf dem Rücken verschränkt und das Kinn vorgereckt. Er wirkt auf Pettelbock wie ein Raubtier, das an den Gitterstäben seines Käfigs entlangstreift und auf seine Chance wartet, den Wärter anzugreifen.

Katharina Fetz setzt sich in die linke Sofaecke und schlägt die Beine übereinander. Über der Lehne liegt ein schwarzes Wäschestück. Sie läßt es unter einem Kissen verschwinden.

Pettelbock ist sofort fasziniert von der Frau. Sie scheint erfahren in Krisensituationen. Sie vermittelt ihm den Eindruck, alles im Griff zu haben, auch wenn es sehr improvisiert aussieht.

Die Anwältin bietet ihm etwas zu trinken an. Er nimmt Mineralwasser. Sie beugt sich vor und gießt ihm ein. Er steht dabei. Als sie sich vorbeugt, beult sich ihr Dekolleté aus, und er kann ihren Brustansatz sehen.

Pettelbock will etwas sagen, doch in dem Moment geht die Toilettenspülung. Es ist also noch jemand in der Wohnung. Deswegen spricht der BELMEDIC-Manager noch nicht. Er wartet darauf, daß die Person endlich von der Toilette kommt.

Da ist sie: Frau Dr. Conrad. Sie hat nasse Finger. Sie schaut sich um und weiß nicht, wo sie sich die Hände abtrocknen soll. Da ihr niemand eine Möglichkeit anbietet, setzt sie sich in den Sessel und wischt die Finger am Polster trocken. Ein Getränk lehnt sie ab. Sie ist kreidebleich und schmallippig.

Katharina Fetz schaut den BELMEDIC-Manager an. «Wenn Sie wünschen, Herr Dr. Meyer-Seydorff, erläutere ich kurz die Situation. Oder erwarten Sie noch jemanden?» Meyer-Seydorff schüttelt den Kopf, dann nickt er ihr zu. Sie setzt zu einer Geste an, aber er kann es nicht abwarten und stellt die Sachlage selbst klar: «Wir haben es mit einem Super-GAU zu tun. Die schlimmste aller möglichen Situationen ist eingetreten. Und das verdanken wir Ihnen!» Sein zornig stechender Blick wandert von Frau Dr. Conrad zu Dr. Pettelbock. «Wissen Sie überhaupt, was Sie da angerichtet haben?» Er brüllt: «Der Junge ist völlig ausgerastet! Er ist bei uns eingebrochen! Er hat einen Wachmann verletzt! Aber was viel schlimmer ist, er hat die Disketten gestohlen! Wenn wir das nicht schnell und stillschweigend aus der Welt schaffen, sind wir erledigt. Wir alle.»

«Was für Disketten?» fragt Pettelbock und kommt sich furchtbar blöd vor.

«Die Aufzeichnungen über sämtliche medizinischen Reihentests der letzten Jahre», erläutert Katharina Fetz.

Dr. Meyer-Seydorff faßt sich an den Magen und rülpst. Es tut ihm gut. Noch lieber würde er kotzen. Mitten auf den Tisch.

Pettelbock erfaßt allmählich das Ausmaß der Katastrophe. Er pfeift leise durch die Lippen.

Frau Dr. Conrad schüttelt den Kopf. «Damit habe ich nichts zu tun. Ich weiß überhaupt nicht, was ich hier soll. Ich ...»

Der BELMEDIC-Manager greift sie direkt an. Er macht keinen Hehl daraus, daß er ihr am liebsten den Hals umdrehen würde. «Stellen Sie sich doch nicht so dämlich an, Sie blöde Kuh! Ohne Sie wären wir überhaupt nie in diese Situation geraten. Sie sind eine Schande für den ärztlichen Berufsstand, Sie ...»

Frau Dr. Conrad ringt nach Luft. Sie weiß, daß sie Feinde hat. Ihre spezielle Art, das werdende Leben zu schützen, wird von fast all ihren Kollegen abgelehnt. Einige finden es gar kriminell. Es hat sich längst herumgesprochen, was sie tut. Man weiß es, so wie man von den anderen weiß, daß sie Abtreibungen durchführen. *Mörderärzte* sind, wie sie es nennt.

Sie muß sich das von diesem BELMEDIC-Manager nicht gefallen lassen. «Das ist ja eine Beleidigungsklage wert, Sie, Sie ...»

Seine Stimme wird säuerlich säuselnd, doch die Wut dahinter ist nicht zu überhören. «Meine liebe Frau Dr. Conrad, wir haben alle ein paar gräßliche Stunden hinter uns, und wenn es so weitergeht, haben wir auch noch ein paar vor uns. Wenn Sie Ihrer ärztlichen Aufklärungspflicht Genüge getan hätten, wäre Donna Huse von unserem Freund Dr. Pettelbock niemals in unseren medizinischen Reihentest einbezogen worden. Er konnte nicht wissen, daß sie schwanger war. Jetzt haben wir da draußen ein Mädchen mit einem höchstwahrscheinlich geschädigten Fötus, das sich in den Kopf gesetzt hat, dieses Kind zu kriegen. Dazu einen Amok laufenden Schnösel, der Unterlagen geklaut hat, die uns nicht nur den guten Ruf kosten, wenn sie an die Öffentlichkeit gelangen. Das Pharmageschäft ist hart heutzutage. Die anderen machen das gleiche wie wir. Sie werden aber nicht davor zurückschrecken, uns als die Sündenböcke an die Wand zu stellen, damit sie selbst um so besser dastehen.»

«Es ist doch nicht mein Problem, wenn Sie ...»

«Sie haben immer noch nicht kapiert, in welcher Lage Sie sich befinden, Frau Dr. Conrad. Wir müssen das in unser aller Interesse stillschweigend regeln. Egal, was es kostet: Nichts darf an die Öffentlichkeit dringen. Sonst sind Sie erledigt.» Er deutet mit dem Zeigefinger auf Frau Dr. Conrad. «Und Sie, mein lieber Pettelbock, auch. Unsere Firma wird leugnen, mit dieser Panne irgend etwas zu tun zu haben. Wir haben bei Ihnen einen medizinischen Reihentest in Auftrag gegeben und uns darauf verlassen, daß Sie ihn den geltenden Gesetzen entsprechend durchführen. Wir konnten nicht wissen, daß Sie Ihre Patienten nicht einweihen und heimlich ...»

«Jetzt hören Sie aber auf!» schreit Pettelbock. «Wir wissen doch alle, was läuft! Ich hab das seit Jahren so gemacht! Alle machen das so!»

Katharina Fetz steht auf und mischt sich ein. «Beruhigen Sie sich. Sie haben recht, Herr Dr. Pettelbock. Alle machen es so. Genau das ist das Problem. Auf den Disketten, die Jens Simon gestohlen hat, sind mehr als dreißigtausend Adressen von Personen, die unwissentlich an den Testreihen teilgenommen haben. Da sehe ich eine gigantische Klagewelle auf uns zukommen. Von der Rufschädigung mal ganz abgesehen. Einigen Ärzten könnte man die Praxen schließen.»

«Ich hab mit all dem überhaupt nichts zu tun!» kreischt Frau Dr. Conrad, doch sie klingt so hysterisch, daß allen klar wird, sie hat längst begriffen, wie tief sie in der Sache drinsteckt.

«Meine liebe Frau Doktor», säuselt Meyer-Seydorff und versucht, seine Aggressionen im Zaum zu halten. «Sie können Ihre Praxis morgen zumachen, wenn es uns nicht gelingt ...»

Katharina Fetz hebt die Hände und schneidet den Ton ab wie eine Dirigentin, die ihr Orchester unwirsch zum Innehalten bringt. «Die Selbstzerfleischung macht keinen Sinn. Wir haben alle ein gemeinsames Interesse. Die Eltern des Mädchens sind vernünftig. Und ich denke, man kann auch Donna Huse zur Vernunft bringen.» Sie zählt die einzelnen Punkte an den Fingern ab: «Erstens, es muß so schnell wie möglich eine Abtreibung vorgenommen werden. Zweitens brauchen wir nachträglich ihre Unterschrift, daß sie mit dem medizinischen Reihentest einverstanden war. – Nur für alle Fälle. – Drittens brauchen wir ...»

Dr. Meyer-Seydorff unterbricht sie. «Die Disketten.»

So, wie er es sagt, steht außer Frage, daß dies für ihn der allerwichtigste Punkt ist.

«Ich glaube, das alles wird sich regeln lassen. Wir können den

Jungen in die Zwickmühle nehmen. Er hat einen Einbruch gemacht. Er ist eindeutig identifiziert worden. Ich habe inzwischen ein paar Dinge über ihn in Erfahrung gebracht. Jens Simon ist kein ganz unbeschriebenes Blatt. Als Sechzehnjähriger wurde er mit einem geklauten Fahrzeug erwischt und zu einer Jugendstrafe verurteilt. Eine Anzeige wegen Autodiebstahls ist gerade erst zurückgezogen worden. Außerdem hatte er eine Geldstrafe wegen Dealerei.»

«Dealerei? Was hat er ...?»

«Zwölf Gramm Haschisch.»

Pettelbock verzieht den Mund. «Wenn's mehr nicht ist.»

Doch der BELMEDIC-Manager springt sofort darauf an. «Damit haben wir ihn. Sollte es bei dem Kind zu Mißbildungen kommen, schieben wir es auf seinen Drogenmißbrauch. An unserem Medikament kann es nicht liegen. Sie hat ein Placebo bekommen. Dabei werden wir bleiben.»

«Es darf nie ein Kind geben», sagt Pettelbock.

Katharina Fetz und Dr. Meyer-Seydorff nicken. Dann sehen sie Frau Dr. Conrad an. Ihr Mund öffnet sich. Sie stößt einen gurgelnden Laut aus und ringt nach Luft. Der Hals wird ihr zu eng. In ihrem weißen Gesicht bilden sich juckende rote Flecken.

«Was ist mit Ihnen?» fragt Dr. Meyer-Seydorff. «Sie werden doch jetzt nicht querschießen!»

Die Hände von Frau Dr. Conrad verkrampfen sich klauenartig. Mit einem Röcheln löst sich ihre Stimme. «Ist keine Fruchtwasseruntersuchung durchgeführt worden? Von mir jedenfalls nicht. Von einer pränatalen Diagnostik ist mir nichts bekannt. Wer sagt uns denn, ob das Kind überhaupt geschädigt ist?»

Dr. Meyer-Seydorff zündet sich mit zitternder Hand eine Zigarette an und drückt sie sofort wieder im Aschenbecher aus.

«In den großen Pränatalzentren tauchen immer öfter Frauen auf, die im siebten oder achten Monat abtreiben wollen. Die Föten könnten bereits ohne jede medizinische Hilfe außerhalb des Mutterleibs überleben. Bei diesen Föten ist die Fehlbildung, ein Wasserkopf oder ein offener Rücken, bei der Ultraschalluntersuchung erst spät entdeckt worden. So ein Risiko können wir nicht eingehen.»

Bevor Frau Dr. Conrad kontern kann, stellt sich Katharina

Fetz vor den BELMEDIC-Manager. «Wir haben das immer so gehandhabt», sagt sie, «um die Sache normal aussehen zu lassen. Wir minimieren das Risiko für alle Beteiligten. Juristisch ist das unproblematisch.» Sie zitiert aus dem Gedächtnis: «Der Abbruch ist unter Berücksichtigung der gegenwärtigen und zukünftigen Lebensverhältnisse zulässig, um die Gefahr einer schwerwiegenden Beeinträchtigung des körperlichen oder seelischen Gesundheitszustandes der Schwangeren abzuwenden.»

Dr. Meyer-Seydorff schiebt die Anwältin zur Seite. Er glaubt, daß juristische Spitzfindigkeiten jetzt nicht mehr zählen. Er brüllt Frau Dr. Conrad an: «Wir ziehen das durch! Auch ohne Sie! Seien Sie sich über eins im klaren: Wenn etwas schiefgeht, bleibt die Sache an Ihnen hängen! Sie haben das verbockt! Sie ganz allein! Wenn Sie ihr mitgeteilt hätten, daß sie schwanger ist – wie es Ihre Pflicht gewesen wäre –, könnten wir alle jetzt ruhig im Bett liegen und schlafen!»

Leise, aber noch hörbar, fügt Katharina Fetz hinzu: «Wir könnten uns auch Donna Huse und ihren Eltern bei einer Klage gegen Ihre Praxis anschließen, Frau Dr. Conrad. Es wäre mir ein Vergnügen, den Schriftsatz zu formulieren. Es gibt Präzedenzfälle. In den USA hat eine Frau ihren Gynäkologen in ähnlicher Situation verklagt. Auf zwanzig Millionen Dollar.»

Dr. Meyer-Seydorff sieht es sofort. Frau Dr. Conrad wird weich. Was für ein gerissenes Luder diese Katharina doch ist, denkt er. Garantiert hat sie diesen Präzedenzfall erfunden. Zumindest die Klagesumme hochgeschraubt. Der traue ich alles zu. Mit der will ich nie Ärger bekommen.

45

Donna wird vom Klingeln geweckt. Gleichzeitig klopft es an der Tür, und jemand ruft: «Polizei, bitte öffnen Sie. Wir haben einen Hausdurchsuchungsbefehl!»

«Jens», haucht Donna und tastet neben sich. Doch sie weiß schon, daß er nicht da ist. Er hat Mist gebaut.

Sie zögert, ob sie öffnen soll oder nicht. Sie liegt verschwitzt unter der Decke, doch nun beginnt sie zu frieren. Die Kälte kommt von innen.

Donna wickelt sich in die Decke und öffnet. Zwei Uniformierte, ein Staatsanwalt, der aussieht wie ein Gymnasiast, der das Lächeln verlernt hat, und Katharina Fetz.

«Was wollen Sie denn hier?» kreischt Donna.

«Ihr Freund Jens Simon ist bei der BELMEDIC eingebrochen. Er hat Disketten mitgenommen. Ich bin hier, um sie zu identifizieren, falls sie sich hier befinden.»

Der Staatsanwalt hält Donna einen Wisch unter die Nase. Sie schaut nicht einmal hin. Die beiden Uniformierten beginnen mit der Hausdurchsuchung. Sie ziehen Gesichter, als hätten sie Angst, sich mit Aids zu infizieren, und ziehen Gummihandschuhe über.

Der Staatsanwalt will Donna über ihre Rechte belehren – und über ihre Pflicht mitzuarbeiten, doch Donnas Magen spielt dabei nicht mit. Sie rennt zur Toilette, um sich zu übergeben.

Während ihr Kopf über der Kloschüssel hängt, hört sie im Nebenraum Katharina Fetz' Stimme. «Vielleicht geht mal einer von Ihnen hinterher! Die kann doch Beweismaterial durch die Toilette spülen.»

Papa, denkt Donna, Papa, bitte hol mich hier raus. Sie wünscht sich nichts sehnlicher, als jetzt bei ihm zu sein.

Sie spült ihr Erbrochenes runter und fragt, ob sie nach Hause darf. Der Staatsanwalt schaut irritiert zu Katharina Fetz, als müsse er sie um Erlaubnis fragen.

«Nun, gegen Sie liegt nichts vor. Ich würde Sie aber bitten, während der Hausdurchsuchung hierzubleiben. Es ist natürlich Ihr gutes Recht, nach ...»

Donna hört ihm nicht mehr zu. Ein neuerliches Rülpsen kündigt noch einen Schwall aus dem Magen an.

Einer der Beamten findet ein paar Gramm Haschisch. Roten Libanesen, wie er fachkundig feststellt.

Inzwischen sitzt Donna im Sessel, in der Hand ein Glas Wasser, und trinkt in kleinen Schlückchen. Was bist du nur für ein Idiot, denkt sie. Du reitest uns doch nur immer tiefer rein. Gleichzeitig hat sie ein warmes Gefühl für Jens. Er hat es aus Liebe getan.

Aus Liebe zu ihr. Es macht sie stolz. Irgendwie fühlt sie sich dadurch der Anwältin und dem Staatsanwalt überlegen. Würde für die auch jemand so etwas tun?

Donna hat Tränen in den Augen und ärgert sich darüber. Sie will jetzt nicht heulen. Sie will stark sein. Sie schreit den Staatsanwalt an: «Was tun Sie eigentlich hier? Was soll der Mist? Sind wir jetzt die Bösen? Die BELMEDIC hat mich gnadenlos reingelegt!»

Sie will ihre Geschichte loswerden, doch Katharina Fetz fährt hart dazwischen. «Ihr Freund Jens Simon ist in unsere Hauptverwaltung eingebrochen. Er hat einen Wachmann übel zugerichtet. Er ist bewaffnet. Und er läuft da draußen frei herum. Und da fragen Sie noch, warum wir hier sind? Wie naiv sind Sie eigentlich? Wenn Sie wissen, wo er ist, sagen Sie es uns! Es ist besser für ihn. Je eher wir ihn haben, desto weniger Schaden kann er anrichten. Er hat schon einmal geschossen. Stellen Sie sich vor, er bringt jemanden um ...»

Donna beißt sich auf die Lippe. Sie wird nichts mehr sagen. Gar nichts. Er hat nicht geschossen, denkt sie, der nicht. Er ist nicht der Typ, der um sich ballert. Außerdem hat er überhaupt keine Pistole. Laß dir nichts erzählen. Die wollen ihn nur schlechtmachen bei dir.

Hinterm Kleiderschrank findet der Beamte, der schon das Haschisch entdeckt hat, ein paar Autokennzeichen. Er zeigt sie dem Staatsanwalt. «Wenn Sie mich fragen», sagt der, «die sind gefälscht.»

«Waren Sie im früheren Leben Spürhund, oder was?» keift Donna. Dann beißt sie sich wieder auf die Lippe. Ich wollte doch nichts sagen. Ich wollte doch nichts sagen.

Sie schafft es, auf den Beamten wütend zu sein statt auf Jens. Aber nicht lange. Dann fragt sie sich: Warum versteckt Jens Autokennzeichen hinter dem Schrank?

Der andere Beamte, der bis jetzt erfolglos geblieben ist, beginnt nun den pyramidenförmigen Scherbenhaufen auf dem Tisch zu untersuchen. Er zieht unten ein paar Scherben heraus. Von oben rutschen neue nach. Zwei klirren auf den Boden. Er wundert sich natürlich über die sorgfältig aufgeschichtete Scherbenpyramide. «Was ist das?» fragt er.

Gegen ihre Vorsätze antwortet Donna doch mit überlegenem Lächeln: «Das ist ein Kunstwerk. Von Joseph Beuys. Es kostet fast siebenhunderttausend Mark. Wir haben es im Museum geklaut. Gestern abend. Sie haben es zerstört.»

Ungläubig glotzt der Uniformierte zum Staatsanwalt. Er hat mal etwas von einer Badewanne gelesen, von der Putzfrauen Pflaster entfernt haben. Und von einer Fettecke, die sie im Museum wegwischen wollten. Die Sachen waren auch von Beuys. Es hat damals einen Riesenskandal gegeben. Er will in so einen Blödsinn nicht verwickelt werden. Er haßt moderne Kunst. Er erkennt sie nicht, er versteht sie nicht, und er will damit nichts zu tun haben.

Der Staatsanwalt schüttelt gnädig den Kopf und sagt: «Weitermachen.»

Donna kichert. Diese Deppen werden ihren Jens nicht kriegen. Dazu ist er viel zu gerissen. Sie versucht sich Mut zu machen, doch als der Staatsanwalt durch sein Handy einen Haftbefehl für Jens ankündigt und das Wort *Ringfahndung* sagt, bricht sie innerlich zusammen.

Die Anwältin erklärt sich bereit, Donna zu ihren Eltern zu fahren. Der Staatsanwalt stimmt zu. Mit gemischten Gefühlen steigt Donna ein. Einerseits haßt sie dieses Luder. Sie könnte ihr die Augen auskratzen. Andererseits liegt etwas Verschwörerisches in ihrem Blick. Etwas von *Wir Frauen regeln das untereinander. Wir schaffen das ohne die Kerle.*

Katharina Fetz steuert den Wagen langsam, aber souverän. Sie fährt einen Umweg. Sie will Zeit schinden. Sie bietet Donna eine Zigarette an. Donna lehnt ab.

«Wir sollten vernünftig miteinander reden», sagt Katharina Fetz. «Bis jetzt haben Sie nur Mist gebaut, Sie und Ihr Jens. Wenn Sie so weitermachen, versauen Sie sich Ihr ganzes Leben. Ich kann mir das so richtig vorstellen. Sie minderjährig, mit behindertem Kind, der Papa im Knast ... Das Angebot über die zehntausend Mark steht noch. Ich könnte mir sogar vorstellen, daß die BELMEDIC von einer Anzeige gegen Ihren Freund absieht, wenn er mir die Disketten rasch aushändigt. Wir können immer noch alles friedlich regeln. Männer puschen solche Sachen grundsätzlich höher. Die wollen gewinnen. Aber in diesem Spiel wird es nur Verlierer geben, wenn wir uns nicht einigen. Nicht sehr rasch einigen.»

«Da vorn wohne ich», sagt Donna und ist froh, daß die Anwältin endlich hält. Sie will sich ihren Argumenten nicht länger aussetzen. Doch Katharina Fetz greift über Donna hinweg und hält die Tür mir ausgestrecktem Arm zu.

«Donna. Ich meine es nur gut mit Ihnen. Reagieren Sie jetzt nicht trotzig wie ein kleines Kind. Ganz unter uns mache ich Ihnen noch ein Angebot: Pettelbock hätte Ihnen ein Formular vorlegen müssen. Er braucht Ihre Unterschrift, daß Sie mit den Tests einverstanden waren. Das hat er nicht getan, ich weiß, ich weiß. Es war blöd von ihm. Aber er ist kein übler Kerl. Er will alles wiedergutmachen. Er zahlt Ihnen, ohne Anerkennung eines gerichtlichen Grundes natürlich, noch mal zehntausend drauf. Dann ist aber endgültig Schluß. Mehr kann ich nicht für Sie tun. Ich habe noch nicht mal mit ihm darüber gesprochen, aber ich bin überzeugt, ich kriege ihn dazu. Wenn Sie das Formular unterschreiben. Aber das muß schleunigst passieren. Bevor die Sache zuviel Staub aufwirbelt. Einverstanden?»

Donna drückt sich gegen die Tür, kriegt sie aber nicht auf. Erst jetzt erkennt sie, daß Katharina Fetz die Tür nicht nur mit dem Arm zuhält, sondern die Zentralverriegelung gedrückt hat. Das mit dem Arm ist nur Show.

«Ich möchte jetzt aussteigen», sagt Donna kühl. Sie weiß, daß sie einen schlechten Atem hat, denn der Geschmack im Mund ist furchtbar. Sie bläst absichtlich in Katharinas Gesicht.

Die verzieht keine Miene, sondern sieht Donna eisig an. «Verscherzen Sie es sich nicht mit Ihren letzten Freunden», mahnt sie.

Als Peter Huse die Arme um seine Tochter legt, kann er sich nicht vorstellen, sie jemals wieder loszulassen. Sie ist nach Hause zurückgekehrt. Freiwillig. Seine Prinzessin.

46

Jens drückt sich im Hausflur herum, bis Ben endlich kommt. Es ist schon kurz nach elf Uhr. Jens hat noch keine Minute geschlafen. Er hat das Gefühl, auf Bratfüßen zu laufen, in dampfenden Turnschuhen. In seinen Knien scheint ausgelutschtes Kaugummi hart zu werden. Ihm ist schlecht vor Angst und Hunger. Wenn er nicht bald wenigstens etwas zu trinken kriegt, wird er schlappmachen.

Da kommt Ben endlich. Er ist verschlafen und strubbelig, er hat sich die Zähne noch nicht geputzt und befindet sich mit der Welt noch im Hader. Eigentlich will er jetzt niemanden sehen und höchstens ein wenig meditieren. Trotzdem ist er freundlich zu Jens. Er schiebt ihn erst mal in sein Büro und brüht einen Kaffee auf.

Während Jens seine Geschichte erzählt, schüttelt Ben den Kopf. Liebe macht Menschen blöd. Er sieht es immer deutlicher. Kaum verknallt sich ein Mann so richtig, macht er sich auch schon zum Hampelmann. Er tut Dinge, über die er mit klarem Verstand nur lächeln könnte. Der eine hängt sich eine Familie ans Bein, für die er dann für den Rest seines Lebens geradestehen muß, der andere macht Versprechnungen, die er später nicht einlösen kann. Das alles kennt er. Er hat es Hunderte Male erlebt. Oft genug am eigenen Leib. Wenn er nur an diese Gaby denkt, wird ihm die Macht hormoneller Verwirrung klar.

Amüsiert fragt Ben sich, ob er langsam zum Zyniker wird oder ob er bereits auf dem Weg ist, ein Buddha zu werden, der die Dinge sieht, wie sie sind, und sie so lassen kann, ohne sich einzumischen.

Er gießt Jens Kaffee ein. «Die Hormone sind mit dir durchgeknallt, Alter», sagt er. Seine Stimme hört sich belegt an. Entweder kriegt er eine Grippe, oder er säuft, raucht und redet zuviel, denkt Jens. Es ist ihm aber völlig gleichgültig. Er schlürft den Kaffee und verbrennt sich die Zunge. Der Schmerz tut gut.

«Warum läßt du solche Sachen nicht von deinem Anwalt regeln? Für so was gibt's Leute wie mich. Es gibt Gesetze. Wir leben in einer Zivilisation. Hier regiert nicht das Faustrecht. Man kann seine Rechte einklagen ...»

«Ach ja?» lacht Jens bitter. «Und wovon träumst du nachts?»

«Ich rate dir, dich zu stellen.»

Hart stellt Jens die Tasse auf den Schreibtisch. «Stellen? Spinnst du?» Beschwichtigend hebt Ben die Hände. Warum, denkt er, werde ich nur immer in so mickrige, kleine, schmutzige Sachen verwickelt? Warum kriege ich nicht mal etwas ganz Großes? Warum kann ich nicht mal absahnen? Das hier wird viel Arbeit machen, und am Ende wird er noch sauer auf mich sein, weil er nicht als strahlender Held aus der Sache hervorgeht, sondern höchstens mit einem blauen Auge davonkommt.

«Hör zu. Sie werden mich zu deinem Pflichtverteidiger bestellen. Keine Angst, das läuft über Armenrecht. Du kannst die Formulare gleich unterschreiben. Ich mache denen ein Angebot. Du akzeptierst einen Strafbefehl, dann gibt es kein Verfahren. So einen Deal habe ich schon öfter abgeschlossen. Wenn du nicht auf einem Prozeß bestehst, muß also keiner stattfinden. Dafür schaffen wir die Sache mit sechs Monaten auf Bewährung aus der Welt. Wie siehst du das?»

Ihr seid doch alle gleich, ihr verdammten Rechtsverdreher, denkt Jens. Trotzdem ist er froh, Ben so sprechen zu hören. Sechs Monate auf Bewährung. Das ist was anderes, als ein Jahr im Gefängnis zu sitzen. Er will bei der Geburt des Kindes dabeisein. Wer sitzt schon gern im Knast, wenn die Frau im Kreißsaal liegt?

«Es war eine Handlung im Affekt. Völlig klar. Junger werdender Vater dreht durch, als er Frau und Kind bedroht sieht – verzeih mir bitte, aber bei deiner Schulbildung und deinem beruflichen Werdegang können sie nicht erwarten, daß du reagierst wie ein Universitätsprofessor. Das mit dem Wachmann könnte im Zweifelsfall sogar überzogene Notwehr sein, obwohl, damit kommen wir nicht durch, du warst immerhin in ihrem Gebäude. Aber mach dir keine Sorgen, es gibt im Moment nur drei Staatsanwälte, die für solchen Kleinscheiß zuständig sind. Ich kenne sie alle. Sie versinken in Akten. Wir geben ihnen die Möglichkeit, die Sache schnell zu klären. Dafür werden sie uns dankbar sein und uns entgegenkommen.»

«Ben, es kann doch nicht möglich sein, daß ich jetzt der Verbrecher bin, und die anderen sind die Guten. Da stimmt doch was nicht. Du als Anwalt mußt doch sehen, daß ...»

Vor dem Haus hält ein Polizeiwagen.

«Scheiße, sie suchen mich hier!» schreit Jens und springt auf.

Ben schiebt ihn ins Meditationszimmer. «Ganz ruhig. Ganz ruhig. Die haben keinen Hausdurchsuchungsbefehl. Ich werde sie abwimmeln. Falls nicht, haust du durchs Fenster ab. Du warst nicht hier, klar? Wir haben uns nicht gesehen.»

Vor der Tür zum Meditationszimmer hält Ben ihn fest. «Halt. Unterschreib mir noch eben diese Papiere.» Er hält Jens ein paar Formulare hin. Jens schaut ihn fragend an. «Oder willst du einen anderen Verteidiger? Wer weiß, wen sie dir unterschieben. Vielleicht sitzt du Wochen in U-Haft, bevor sie ...»

«Ben ...»

Es klopft an der Tür.

«Ben, es geht mir nicht nur darum, einen Anwalt zu haben. Ich kann nicht in meine Wohnung. Da warten sie doch bestimmt schon auf mich. Du mußt Donna informieren. Du ...»

«Später.»

Im Meditationszimmer lehnt Jens sich gegen die Tür und preßt das Ohr dagegen. Es ist tatsächlich die Polizei. Sie suchen ihn.

Woher, verflucht, haben sie die Adresse? denkt er. Donna wird mich doch nicht verpfiffen haben ... Doch sofort schließt sich der Kreis. Pettelbock. BELMEDIC. Na klar. Die arbeiten blendend mit der Polizei zusammen. Nur ich nicht. Ich bin irgendwie auf die falsche Seite geraten.

Einem Impuls folgend zieht Jens den Reißverschluß des Meditationskissens auf. Er faßt hinein, holt eine Handvoll von den Styroporkügelchen heraus und läßt sie in seine Hosentasche gleiten. Dann schiebt er die Diskettenbox in die entstandene Höhlung. Das Kissen ist jetzt wieder prallvoll. Mit einem Ratsch schließt Jens das Versteck.

Lautstark verhandelt Ben im Büro mit den Polizeibeamten. Er stellt sich quer, sieht überhaupt nicht ein, daß sie seine Räume durchsuchen können. Gefahr im Verzug kann er nicht erkennen. Er verlangt, mit einem Staatsanwalt zu sprechen, ist nicht bereit, sich kriminalisieren zu lassen. Er fährt harte Geschütze auf. Doch Jens hört die Warnung heraus. Ich soll abhauen.

Er bückt sich und hebt ein paar Styroporkügelchen auf, die um das Kissen herum verstreut liegen. Nichts soll auf das Versteck hindeuten.

Es könnte so einfach sein. Er müßte diese Disketten in einen Computer schieben, jemand, der davon Ahnung hat, könnte nachgucken und ihm sagen, ob Donna ein Placebo geschluckt hat oder nicht. Aber er hat keinen Computer zur Verfügung, er weiß nicht, welche Software er braucht, um diese Disketten lesen zu können. Überhaupt versteht er zuwenig von all dem. Doch eins weiß er: Die Dinger sind in dem Kissen auf Nummer Sicher.

Leise öffnet er das Fenster und flieht über den Innenhof. Eine alte Dame, die gerade ihre Betten im geöffneten Fenster aufschüttelt, sieht ihn. Ihre Blicke begegnen sich. Er nickt ihr zu. Sie nickt zurück. Sie wirkt wenig erstaunt, so als würde sie ständig Fassadenkletterer aus Bens Büro steigen sehen.

47

Frau Dr. Conrad fühlt sich verantwortlich. Sie möchte eine Fruchtwasser- und eine Ultraschalluntersuchung durchführen. Am liebsten würde sie sich sogar bei Donna entschuldigen, erklären, warum sie so gehandelt hat. Sie möchte, daß Donna ihr verzeiht. Vielleicht kann das Kind gerettet werden. Sie spürt, daß sie alle viel mehr zu verlieren haben als nur Geld und den guten Ruf. Sie ist im Begriff, etwas zu tun, das gegen alles verstößt, woran sie bisher geglaubt hat. Etwas in ihr wird zerbrechen.

Peter Huse tastet die Frau im Geschäft mit Röntgenblicken ab. Ihr ist, als könne er tatsächlich durch ihre Kleidung gucken. Solche Blicke hat sie bei Männern früher öfter gesehen und immer gehaßt. Es gibt Kerle, die können Frauen wirklich mit den Augen ausziehen. Für sie ist das die Vorstufe der Vergewaltigung. Nicht justitiabel, aber nicht weniger schlimm. Um solchen Blicken zu entgehen, hat sie einen Beruf gewählt, in dem sie mit Männern so wenig wie möglich zu tun hat. Doch bei Peter Huse fühlt sie, es ist nicht erotisch. Sondern kalt. Metallisch. Wie die Personenkontrolle auf Flughäfen. Der will, daß seiner Tochter nichts geschieht.

Er hat den dubiosen Verdacht, sie könne ihr etwas antun. Immerhin bleibt er freundlich. Er führt sie zu seiner Frau.

Monika Huse bietet Tee an, Frau Dr. Conrad lehnt ab. Sie nimmt ein Glas Wasser.

Peter Huse wird von der Türglocke in den Laden zurückgerufen. Herr Gerhardt holt sich zwei Flaschen Bier, vierhundert Gramm jungen Gouda und eine Packung Mentholzigaretten. Er will über die Sparpolitik der Regierung diskutieren.

Donna sitzt in ihrem Zimmer und schreibt mit ihrem Lieblingsfüller einen Brief an Jens. Schon dreimal hat sie den ersten Satz durchgestrichen und wieder wortgleich hingeschrieben. Jetzt hört sie Frau Dr. Conrads Stimme. Sie springt auf und rennt nach unten. Den Kolbenfüller hält sie wie einen Dolch in der Faust.

Als sie die Tür aufstößt, sagt Frau Dr. Conrad gerade: «Ich meine es doch nur gut mit Donna.»

«Sie meinen es gut mit mir? Sie sind doch an allem schuld! Ohne Sie gäbe es mein Problem gar nicht!»

Monika stellt sich zwischen Donna und Frau Dr. Conrad. Sie hat Angst, ihre Tochter könnte sich auf die Ärztin stürzen und sie mit dem Füller verletzen. In Monikas Augen liegt das Flehen: *Mach uns nicht alle unglücklich, Donna.*

«Hauen Sie ab! Raus! Ich will Sie hier nicht sehen! Mama, schmeiß sie raus! Ich kann es nicht ertragen, mit ihr in einem Raum zu sein!»

Frau Dr. Conrad hat mit einem solchen Angriff gerechnet. «Donna, du möchtest das Baby bekommen, das weiß ich. Du wirst mich doch als erste verstehen. Ich habe so gehandelt, um das werdende Leben zu schützen. Es sind nicht alle jungen Mädchen wie du. Die meisten töten ihr Kind leichtfertig. Sie denken kaum nach über das, was sie tun. Und ein paar Monate später sind sie wieder in der gleichen Situation. Ich bin wie du, Donna. Ich wollte dein Kind schützen.»

Donna kreischt: «Laber mich nicht voll, du Pißnelke! Niemand hat ein Recht, das für mich zu entscheiden, auch du nicht! Wegen dir wird mein Kind vielleicht behindert sein!»

Donnas Wut löst sich in Tränen auf, als Monikas Fingerkuppen ihr Gesicht berühren. Schon sieht Frau Dr. Conrad sich auf der Gewinnerstraße. Die Gefühle gehen bei Schwangeren in Extremsituationen noch heftiger auf und ab als bei anderen Frauen. Sie weiß das. Jetzt wird Donna den großen Weltschmerz kriegen, das Geheule geht los, und dann hofft sie, sie mit ein paar gefühlvollen Worten genau dahin zu kriegen, wo sie sie haben will.

«Donna, ich bin auf deiner Seite. Laß uns eine Fruchtwasseruntersuchung machen und einen Ultraschalltest. Dann wissen wir mit hoher Wahrscheinlichkeit, ob das Baby gesund sein wird oder nicht.»

«Nein!» keift Donna. «Niemand wird irgendeinen Test mit mir machen! Ich laß mich von euch nicht mehr anfassen! Was wollt ihr denn tun, hä, wenn ihr seht, daß das Baby geschädigt ist?»

Monika versucht, ihre Tochter einfach zu halten. So hat sie es früher auch manchmal gemacht. Donnas Weinen und ihre Wut mit dem Mutterkörper beruhigt. Diesmal gelingt es ihr nicht. Donna stößt sie von sich. Sie sticht mit der Spitze des Kolbenfüllers nach Frau Dr. Conrad. Es ist kein ernstzunehmender Angriff. Mehr eine Scheinattacke, um der eigenen Wut Luft zu machen. Gut sechzig Zentimeter vor Frau Dr. Conrads Nase zerschneidet der Füller die Luft. Zwischen Donnas Fingern tritt schwarze Tinte aus und rinnt an ihrer Hand herunter wie dunkel gefärbtes Blut. Der Kolben des Füllfederhalters hat dem Druck nicht standgehalten.

Frau Dr. Conrad zieht sich Schritt für Schritt zurück. «Ich kann dir ein paar Beruhigungstabletten dalassen, Donna. Ganz harmlos. Ich bin dir auch nicht böse. Du bist sehr aufgewühlt. Das versteht doch jeder.»

«Hau ab!»

Donna hat das Gefühl, heiße Luft einzuatmen. Sie braucht Sauerstoff. Sie geht zum Fenster, um es zu öffnen. Noch bevor sie den Kipphebel umlegen kann, sieht sie Jens unten stehen. Er schaut hoch zu ihr. Sie muß ihn sprechen. Sie zögert und wägt ab, was dafür oder dagegen spricht, ihn einfach heraufzuwinken. Warum ruft er nicht an? Haben ihre Eltern ihn abgewimmelt? Hat er Angst, daß ihr Telefon abgehört wird? Ist er gekommen, um sich bei ihr zu verstecken? Genau, das wird es sein. Er sucht ein Versteck. Kann er sich nicht denken, daß sie ihn hier suchen werden? Darf die Polizei ihr Haus nach ihm durchsuchen?

Donna entscheidet, daß es klüger ist, Jens heimlich hochzubitten. Weder Frau Dr. Conrad noch ihre Eltern sollen etwas davon mitbekommen. Doch sein Anblick hat sie für einen Moment abgelenkt. Frau Dr. Conrad steht jetzt nahe bei Monika und flüstert mit ihr. Donna wird sofort mißtrauisch. Sie will die beiden auseinanderbringen. Ihre Mutter hat mit der nicht rumzuglucken. Sie soll gefälligst zu ihrer Tochter halten.

Unten auf der Straße hält direkt vor Jens ein Volvo. Zwei Männer springen heraus. Jens will weglaufen, doch sie packen ihn. Sie prügeln sofort auf ihn ein und versuchen, ihn ins Auto zu zerren. Jens wehrt sich.

«Nein!» brüllt Donna. «Nein! Jens!»

Sie kriegt vor Schreck das Fenster nicht auf. Schon ist Monika bei ihr.

«Donna? Was hast du denn?»

«Jens! Jens!» schreit Donna und schlägt mit der flachen Hand gegen die Scheibe.

Monika öffnet das Fenster für ihre Tochter. Zu dritt stehen sie da und beobachten die Szene, die sich auf der anderen Straßenseite abspielt.

Ein stiernackiger, stämmiger Mann hat Jens den rechten Arm auf den Rücken gedreht. Der andere, von ähnlicher Statur wie Jens, reißt Jens an den Haaren und brüllt ihn an. Donna kann die Worte nicht verstehen, dafür ist der Straßenlärm zu laut. Doch Jens schüttelt den Kopf und starrt aus irren, ängstlichen Augen zu ihr rauf, dann wieder in das Gesicht seines Peinigers. Der holt aus und schlägt zu.

Jens' Kopf fliegt zur Seite. Donna vollzieht die Bewegung mit, als ob sie selbst einen Fausthieb erhalten hätte. Sie wirft den Füller, aber der fliegt nur ein paar Meter weit und landet auf dem Dach eines vorbeifahrenden Lkws.

«Hört auf, ihr Schweine!» brüllt Donna. «Ihr schlagt ihn ja tot!»

Mit Fausthieben und Tritten bugsieren die Männer Jens zur offenen Hintertür des Volvo. Jens stemmt sich mit aller Kraft dagegen und strampelt.

Unten im Laden ruft Peter Huse die Polizei. Er hält ein langes Käsemesser in der Hand und zögert. Vor seiner Tochter würde er großartig dastehen, wenn er jetzt den Mut hätte, dort draußen einzuschreiten. Natürlich, wenn es um seine Tochter ginge, wäre er längst da. Ohne Rücksicht auf sich selbst würde er sich jedem Feind stellen. Aber so? Dieser Jens hat es doch im Grunde nicht anders verdient. Soll er sich für den eine blutige Nase holen? Vielleicht gar den Laden ein paar Tage schließen, weil er im Krankenhaus liegt?

An ihm wird doch schließlich wieder alles hängenbleiben. Völlig egal, wie die Sache ausgeht, er muß am Ende dafür geradestehen. Vielleicht wird er Opa von einem taubstummen kleinen Mädchen werden oder einem blinden Jungen. Vielleicht wird er bald einen Rollstuhl durch den Stadtgarten fahren, in dem ein spastisch gelähmtes Kind zuckt. Wenn es soweit ist, wird er es tun, in der Hoffnung, daß seine Tochter in der Zeit das Abitur nachmacht. Und sie werden auf das Kind aufpassen, während Donna studiert.

Wenn er daran denkt, kriegt er die kalte Wut. Trotzdem ist etwas Gutes dabei. Ihm gefällt die Rolle des Helfers. Donna wird ihm dankbar sein und das Kind sowieso. Ist es das, was er eigentlich sucht?

Vielleicht kommt aber auch alles ganz anders, vielleicht zieht Donna mit ihrem Kind zu dem Typen. Dann wird er ihnen die Wohnungseinrichtung bezahlen müssen. Er wird für den Mietvertrag bürgen. Er wird letzten Endes für ihren Unterhalt geradestehen. Der da draußen schafft das bestimmt nicht.

Vielleicht wird es auch dazu nicht kommen, weil Donna sich von diesem Jens trennt, kein Kind kriegt und einfach weiter bei ihren Eltern wohnt wie bisher. Vielleicht findet sie einen richtig tollen Jungen, so einen wie diesen Lutz.

Jens wehrt sich heftiger, als seine Angreifer gedacht haben. Der Stiernackige blutet bereits über dem rechten Auge, Jens hat ihn mit dem Ellbogen erwischt. Den anderen hält Jens mit Fußtritten auf Distanz.

Das Erschrecken angesichts der Brutalität, mit der die beiden Figuren aus dem Volvo auf Jens losgehen, bringt Peter Huse beinahe auf Jens' Seite. Vor allem aber keimt in ihm Respekt vor der Zähigkeit, mit der der Junge sich zur Wehr setzt. Peter Huse ertappt sich bei dem Gedanken: Andere hätten längst aufgegeben. Allerdings versucht er das gleich wieder wegzuwischen, indem er sich sagt, andere wären erst gar nicht in so eine Situation gekommen.

Herr Gerhardt flötet anerkennend durch die Lippen, als Jens sich vom Volvo abstößt und den Stiernackigen zu Fall bringt. Jetzt hat Jens beide vor sich und teilt Boxhiebe aus, denen seine Angreifer nach hinten ausweichen. Sie müssen sich mit Blicken verständigen, ob sie weitermachen wollen oder besser abhauen. Das hier läuft ganz und gar nicht so, wie sie es sich vorgestellt haben: kurz und schmerzlos.

«Solange es solche Kerle gibt», hustet Herr Gerhardt, «ist Deutschland nicht verloren. Das sage ich Ihnen, Herr Huse: Wenn die Straßenräuber immer so eins auf die Nase kriegten, hätten wir bald Ordnung in Deutschland. Jetzt überfallen die einen schon am hellichten Tag. Na, da sind sie jedenfalls an den Falschen geraten.»

Donna hält es oben nicht mehr aus. Sie stürmt die Treppe hinunter. Ihre Haare stehen wie elektrisiert ab. Sie will Jens helfen. Sie ist auf eine irre Art angstfrei. Sie wird keinen Schmerz empfinden, wenn eine Faust sie trifft. Sie glaubt, Kräfte zu haben, vor denen der Stiernacken Mama schreiend die Flucht ergreifen wird. In einem Spielfilm hat sie mal den Satz gehört: *Frauen können zu Furien werden*. Jetzt weiß sie, daß es stimmt.

Die beiden haben ihren Angriff neu organisiert und nehmen Jens in die Zange. Polizeisirenen übertönen bereits den Straßenlärm und die Schreie der Schaulustigen.

«Rück die Disketten raus, du kleine Mistsau, oder wir prügeln dir die Scheiße aus dem Gehirn!»

Jens kann seine Arme nicht mehr bewegen. Sie haben ihn hochgehoben, um ihn ins Auto zu wuchten. Er spuckt dem Dünnen ins Gesicht und trifft ihn mit einer Ladung blutigem Speichel am rechten Auge. Angewidert läßt der Dünne los und sucht nach einem Taschentuch, um sich abzuputzen.

Mit der freien Hand versetzt Jens dem Quadratschädel einen

Tiefschlag. Er hört die Polizeisirenen nicht. Er bemerkt die Polizisten erst, als das Blaulicht sich in den Schaufensterscheiben von Huses Lebensmittelladen spiegelt.

Peter Huse hält seine Tochter an der Tür fest. «Bleib hier, Donna. Bleib hier. Denk an dein Baby.»

«Ach, auf einmal? Das sind ja ganz neue Töne. Laß mich los. Ich will zu Jens!»

Doch Donna wehrt sich nicht wirklich gegen die Umarmung des Vaters. Zu oft hat sie in seinen Armen Schutz gesucht. Diesmal empfindet sie seine Umklammerung nicht als Schutz, sondern als Hindernis, doch sie bringt nicht mehr die Kraft auf, sich daraus zu befreien. Gebannt verfolgt sie, was auf der anderen Straßenseite passiert. Die Polizeibeamten nehmen die Personalien der Volvofahrer auf, dann die von Jens.

Donna beginnt zu frieren. Sie zittert in den Armen ihres Vaters und kriegt kaum noch Luft. Sie würgt und befürchtet schon, wieder brechen zu müssen. Krampfhaft versucht sie, den Reiz zu unterdrücken. Sie rechnet fest damit, Jens in den nächsten paar Minuten in die Arme nehmen zu können, doch dann steigen die beiden Schläger ungehindert in ihren Volvo, während sich um Jens' Handgelenke die Handschellen schließen.

Widerstandslos steigt Jens in den Polizeiwagen ein. Sein Blick trifft den von Donna. Ihre Lippen formulieren einen stummen Schrei. Jens hält die Handschellen so, daß jeder sie sehen kann. Er schämt sich nicht. Er will der Welt zeigen: *Seht, so gehen sie mit mir um*. Für ihn ist das nichts Neues mehr. Jens gegen den Rest der Welt.

Als der Polizeiwagen um die Ecke verschwindet, wird Donna hysterisch. Sie schreit, ihr Körper versteift sich, und schließlich bricht sie kreidebleich zusammen. Frau Dr. Conrad spritzt ihr ein kreislaufstabilisierendes Mittel.

Als sie die zweite Spritze aufzieht, fragt Peter Huse kritisch: «Was ist das?»

So drastisch hat Frau Dr. Conrad es noch nie formuliert. Eigentlich gehören solche Worte gar nicht zu ihrem Sprachschatz. Doch jetzt findet sie es angemessen und klar: «Eine Leckt-mich-am-Arsch-Spritze», sagt sie. «Ich glaube, das ist genau das, was

Donna braucht. Sie muß schlafen. Am besten ein paar Tage. Schlafen, schlafen und noch mal schlafen. Und in der Zeit sollten wir, Sie und ich, entscheiden, was zu tun ist. Ich weiß nicht, ob die Medikamente dem Kind geschadet haben. Diese ganze Aufregung ist auf jeden Fall reines Gift für die Kleine. Donna braucht Ruhe.»

48

Um ihrer Tochter später in die Augen sehen zu können, ruft Monika Huse im Polizeipräsidium an und meldet sich als Zeugin. Nicht Jens Simon habe die beiden angegriffen, sondern er sei attackiert worden. Völlig aus heiterem Himmel und ohne provoziert zu haben. Sie ist gern bereit, diese Aussage schriftlich zu machen, doch der Polizeibeamte verzichtet.

Er klärt sie, ganz gegen seine sonstigen Gewohnheiten, am Telefon direkt auf. Er kennt Monika Huse, er kauft jeden Morgen in ihrem Laden ein belegtes Brötchen. Meistens mit Kochschinken und rohen Zwiebeln.

«Der Junge hat etwas gestohlen. Die beiden haben ihn auf der Straße erkannt und versucht, ihn festzuhalten. Er hat sich wohl heftig gewehrt. Sie haben alle ihr Teil abbekommen. Seien Sie froh, daß wir das Bürschchen auf Nummer Sicher haben. Es ist nicht immer alles so, wie es aussieht», fügt der Beamte hinzu, und Monika Huse entscheidet sich, zornig über diese Belehrung, ihm morgen früh aufs Brötchen zu spucken, bevor sie es liebevoll wie immer schmieren wird.

49

Seit der Kündigungsklage für seine Zen-Lehrerin Gaby hat Ben sich nie wieder so in einen Fall gestürzt. Er kennt sich gut genug, um zu wissen, daß er es nicht nur für Geld tut. Um der Freundschaft mit Jens willen schon mal gar nicht. Etwas anderes treibt ihn an. Er sucht Anerkennung von Donna. Er liebt es, die

Frauen inhaftierter Straftäter zu betreuen, solange sie jung und schön sind. Die meisten sind einsam. Wenn ihr Mann abgeholt wird, gehen die Freunde auf Distanz. Meist sogar die Verwandten. Die Frauen schämen sich. Dann kommt er und präsentiert sich als Retter in der Not, als einer, der zuhört und die Erlösung bringt. Er weiß, wie man verheulte Gesichter trocknet.

Bei Donna wird er es nicht versuchen. Sie ist dafür viel zu stark. Wenn sie ihn toll findet, dann soll ihm das fürs erste reichen. Er hat das Gefühl, daß sich aus dieser kleinen Geschichte etwas Größeres entwickeln kann. Etwas, das sein Leben verändert. Ein Silberstreif am Horizont.

Der Haftrichter heißt Erno Meyer und spielt in seiner Freizeit leidenschaftlich gern Blues. Seit zwölf Jahren nimmt er Saxophonunterricht. Er mag Jens sofort. Aber er bespricht den Fall nicht gern in Anwesenheit des Beschuldigten. Für juristische Spitzfindigkeiten haben solche Leute meist kein Ohr. Er hat sich schon ein paarmal gütlich mit Ben geeinigt. Warum diesmal nicht auch?

Es ist schon ein Ritual zwischen den beiden. Sie treffen sich auf der Männertoilette und rauchen eine zusammen. Seit das Rauchen im gesamten Gebäude verboten ist, gibt es keinen besseren Raum dafür.

Erno Meyer muß grinsen bei dem Gedanken, daß er für die meisten Verfahren hier die Lösung findet. Ohne das *Zigarettchen auf dem Toilettchen* würde sein Aktenberg ihn längst erdrücken. Er weiß, daß Ben immer nur die kleinen Gauner vertritt. An große Mandate ist er nie gekommen. Seine Klienten sind zahlungsunfähige Loser. Erno Meyer hat Mitleid mit ihnen. Er weiß, daß schlimme Jungs unter ihnen sind, aber er würde lieber Weiße-Kragen-Täter hinter Gitter bringen, als diese kleinen Trottel zu kriminalisieren, die doch nichts weiter wollen als ein Stückchen vom großen Kuchen.

«Sie haben diesem Jens Simon ganz schön übel mitgespielt. Wenn du mich fragst, Ben, die beiden Typen waren von der BELMEDIC auf ihn angesetzt. Die Firma hängt den Fall ziemlich hoch. Die wollen ihn fertigmachen. Ich weiß nicht genau, was da läuft, aber der Junge hat sich übernommen. Gegen die kommt er nicht an. Plötzlich werden wir mit Anzeigen gegen deinen Jens Simon zugeschissen.»

Erno Meyer zieht an seiner selbstgedrehten Zigarette und betrachtet seine braunen Fingerspitzen. Immer wenn er Selbstgedrehte raucht, muß er unflätige Worte sagen, denn es erinnert ihn an seine Studentenzeit. Keine filterlose Zigarette schmeckt ihm so gut wie eine selbstgedrehte. Seine Frau haßt den Tabakgeruch. Er schrubbt sich täglich die Finger mit einer Bürste und scharfer Seife, er lutscht Halstabletten, gurgelt mit einem Mentholmundwasser, aber sie kommt ihm immer auf die Schliche. Als Gauner wäre er ein Versager. Vom Spurenverwischen versteht er rein gar nichts.

«Er hat doch angeblich einen BMW gestohlen. Die Anzeige wurde erstattet, dann zurückgezogen, und jetzt liegt sie wieder auf dem Tisch. Nun auch noch eine Anzeige wegen Verstoßes gegen das Betäubungsmittelgesetz. Die haben wohl ein paar Gramm Haschisch bei ihm gefunden.»

Ben tut erschrocken. «Wieviel?»

«Zwölf», sagt Erno und winkt ab. Er selbst hatte früher mehr im Schrank. In der Studentenzeit, als er noch glaubte, später große Prozesse führen, den Staat umkrempeln und zum Beispiel die unsinnigen Strafen gegen haschischrauchende pubertierende Jugendliche abschaffen zu können, hatte er viel mehr bei sich. Er und ein paar Kumpels hatten im Schwarzwald vierundzwanzig Pflanzen ausgewildert. Zwölf wurden entdeckt und von anderen abgeerntet. Sechs holten die Schnecken. Drei gingen ein. Den Rest teilten sie sich. Kurz vor dem letzten Staatsexamen versteckte er auf dem Dachboden seiner Eltern vier Pfund selbstangebauten Hanf vom Feinsten.

Er hängt seinen Gedanken nach, stößt Kringel gegen die Toilettendecke, von der die weiße Farbe abblättert. Wenn eines Tages die restriktiven Bestimmungen gegen Raucher zurückgenommen werden und wir endlich wieder frei qualmen dürfen, wann und wo wir wollen, wird der Geruch von Chlor und Toilettensteinen so sehr zum Raucherlebnis gehören, daß man bestimmt eine Sorte auf den Markt bringt, die danach riecht. Wieder muß er grinsen.

«Ich würde ihn ja gern bis zum Prozeß laufenlassen, deinen Jens

Simon, aber wer garantiert mir, daß er nicht noch mehr Schaden anrichtet?»

Ben erzählt, was die BELMEDIC und Dr. Pettelbock mit Jens gemacht haben. Erno Meyer versteht, daß man da schon mal durchdrehen kann. Er möchte das alles aber nicht in den Akten haben. Das riecht nach viel Arbeit, viel Ärger und einer Menge Einsprüche.

«Die BELMEDIC ist die geschädigte Firma. Die lassen sich nicht gern vom Kläger zum Angeklagten machen. Kann dein Jens denn eine Kaution beibringen?»

Ben will jetzt nicht nein sagen. Eine Kautionsvereinbarung ist besser als gar nichts. Natürlich hat Jens das Geld nicht. Aber manchmal gibt es auch für mittellose Leute Möglichkeiten, etwas zu beschaffen. Da hat Ben schon unglaubliche Geschichten erlebt. Ein geistig behinderter Junge hat für die Freilassung seiner Mutter bei Freunden und Bekannten 26 000 Mark gesammelt, dabei wäre nicht einmal die Hälfte nötig gewesen.

Sie einigen sich auf 10 000 Mark. Dann verlassen sie die verqualmte Toilette. Vor der Tür versichert Erno Meyer noch einmal, daß er Jens Simon gern für weniger freilassen würde, aber er befürchtet, daß die Anwälte der BELMEDIC sich seine Entscheidung sehr genau anschauen werden. Er möchte keinen Ärger und will Entscheidungen treffen, die unanfechtbar sind.

50

Als Donna erwacht, weiß sie zunächst nicht, wo sie ist. Der Raum ist völlig abgedunkelt. Ihre Augen sind verklebt, die Glieder liegen schwer, wie gefesselt, auf der Matratze. Sie lauscht in die Dunkelheit. Sie hat das Gefühl, am ganzen Leib angeschwollen zu sein. Der Ring an ihrem Finger schneidet in die Haut. Sie braucht Gerüche und Geräusche, um sich zu orientieren. Da, rechts unter ihr, muß die Straße sein. Der Autolärm kommt in wechselndem Rhythmus von hinten und von rechts. Je nachdem, wie die Ampel umspringt und den Strom der Fahrzeuge leitet.

Sie könnte in ihrem Zimmer sein. Genauso hört es sich dort an, in den Stoßzeiten, morgens zwischen halb sieben und acht und dann noch mal nachmittags zwischen vier und sieben. Aber so dunkel war es in ihrem Zimmer noch nie.

Sie schaut nach links. Dort müßte der rote Punkt ihrer Stereoanlage leuchten. Die steht immer auf Stand-by. Aber dort leuchtet nichts.

Donna bleibt steif liegen und versucht, durch die Nase Luft einzusaugen. Vertrockneter Schnodder hat die Nasenschleimhäute hart gemacht. Sie riecht nichts. Sie muß durch den Mund weiteratmen. Ihr Hals ist ausgetrocknet. Sie fühlt sich wie nach einer Operation, wenn der Flüssigkeitsverlust den Körper dürsten läßt, aber die Ärzte aus für Laien unerklärlichen Gründen die Patientin durch die Wüste schicken, statt ihr zu trinken zu geben.

Sie hat das zweimal erlebt und wird heute noch wütend bei dem Gedanken. Hilflos dazuliegen, der Gnade der anderen ausgeliefert. Nicht einmal fähig, die eigenen Wünsche zu äußern, geschweige denn sie durchzusetzen.

Nie wird sie das Gesicht der Schwester vergessen, die ihr nach der Blinddarmoperation den ersten Schluck Tee gab. Jetzt sieht sie sie vor sich wie in einer perfekten Holographie. Sie macht die gleichen Bewegungen wie damals. Sie lächelt. Sie reicht Donna den Tee. Sie scheint aus Licht und bunten kleinen Sternchen zu bestehen.

Jetzt hört Donna die Türglocke unten im Geschäft. Dieses Geräusch hat sie durch ihr Leben begleitet. Nie würde sie die Glocke im Laden ihrer Eltern mit irgendeiner anderen verwechseln. Sie liegt also in ihrem Zimmer. Sie weiß nicht, ob sie das beruhigt oder verängstigt. Sie registriert es mit wild klopfendem Herzen. Jedenfalls liegt sie nicht in einem Krankenhaus. Sie kann einfach ihre Mutter rufen, und die wird ihr etwas zu trinken bringen. Sie ist nicht auf die Gnade einer Schwester angewiesen.

Donna tastet an sich herunter. Ihr Bauch! Darin bewegt sich nichts. Das Kind. Ist es noch da?

Donna setzt sich auf. Sie hat nicht mehr das Gefühl, etwas Lebendes in sich zu tragen. In ihr ist es irgendwie tot. Steinschwer und leblos.

Donna kreischt.

Ihr Schrei ist so von gräßlicher Angst erfüllt, daß Monika und Peter die Kunden im Laden stehenlassen und beide nach oben rennen. Sie fallen fast gleichzeitig in Donnas Zimmer. Dann erst geht das Licht an.

Als Peter Huse seine Tochter so mit weit aufgerissenen Augen und dick pochender Ader am Hals im Bett sitzen sieht, befürchtet er, daß sein Liebling irre geworden ist. Die Sache, denkt er, muß so schnell wie möglich beendet werden. Donna hält das nicht länger durch.

Er kniet neben ihr und hält ihre Hand. Monika holt ein Glas Wasser und die Beruhigungstabletten, die Frau Dr. Conrad in Absprache mit Pettelbock dagelassen hat. Donna nimmt das Wasser, verschüttet ein wenig davon, weigert sich, die Tabletten zu schlucken. Monika stopft sie ihr einfach in den Mund, so wie sie es früher gemacht hat, als Donna klein war und noch gar nicht einsehen konnte, warum Kinder überhaupt Medikamente nehmen müssen.

«Donna, stell dich bitte nicht so an!» sagt sie streng, als Donna die Tabletten wieder ausspucken will. «Ich bin nicht irgendein Arzt. Ich bin deine Mutter. Erkennst du mich noch?»

Donna sieht ihren Vater an. Er nickt ihr zu. Die Feuchtigkeit in seinen Augen, die nur mühsam zurückgehaltenen Tränen, bringen Donna dazu, die Tabletten herunterzuschlucken. Sie spürt, daß sie kein Recht mehr hat, diese beiden Menschen so sehr in Panik zu versetzen.

Sie wischt sich mit dem Handrücken Wassertropfen vom Kinn. Aus dem Glas schwappt noch etwas auf ihr Nachthemd. Peter zieht ein Taschentuch hervor, um es wegzuwischen, zögert dann aber. Er will seine Tochter nicht an der Brust berühren. Er hält ihr das Taschentuch nur hin. Sie nimmt es nicht.

Unter ihrem Nachthemd zeichnen sich die Brüste geschwollen und groß ab. So hat er seine Tochter noch nie gesehen. Sie erinnert ihn jetzt an Monika, als sie mit Donna schwanger war. Ein warmes Gefühl kommt in ihm auf. Am Ende, denkt er, werden die Kinder doch nur wie die Eltern. Donna sieht ihrer Mutter so verdammt ähnlich.

«Mein Kind», sagt Donna. «Es bewegt sich nicht mehr. Ist es tot?»

Monika legt vorsichtig beide Hände auf den Bauch ihrer Tochter und tastet nach dem Baby. Ihre Stimme ist ruhig, ihr Ton sachlich. Sie bemüht sich, schalkhaft zu wirken, muß damit aber scheitern. Was ihr bleibt, ist die Sachlichkeit.

«Du hast auch nicht dauernd in mir gezappelt, Donna. Manchmal ja, so heftig, daß ich schon dachte, du wirst ein Boxer. Aber dann hast du auch wieder Stunden ganz ruhig geschlafen. Deinem Baby geht es ähnlich. Mach dir keine Sorgen.»

Donna legt ihre Hände auf die ihrer Mutter und drückt sie fester an sich. Sie traut ihrer Mutter jetzt mehr zu als sich selbst. Sie soll spüren, was mit dem Baby ist. Sie ist von ihnen die Erfahrenste. Schließlich hat sie selbst ein Kind ausgetragen.

Hoffentlich schaden die Beruhigungsmittel dem Baby nicht, denkt Monika und hat sofort ein schlechtes Gewissen. Natürlich braucht Donna diese Medikamente. Jeder Laie kann es sehen, allein kommt sie da nicht durch. Psychopharmaka helfen manchmal. Sie hat es am eigenen Leib erfahren.

Sie erinnert sich an diesen Illustriertenbericht, in dem stand, daß Embryos im Mutterleib durch eine Art Filter geschützt sind, so daß nicht alle Gifte, die die Mutter zu sich nimmt, über ihren Blutkreislauf das Baby schädigen. Es gibt doch aidsinfizierte Mütter, die gesunde Kinder gebären. Ist das ein Märchen? Wenn nicht, dann muß etwas dran sein an diesem Filter.

Sie versucht Donna zu beruhigen, doch sie spürt die vibrierende Unruhe in ihrer Stimme. Wieviel Mist hat Donna inzwischen geschluckt? Okay, die Magentabletten, die Beruhigungstabletten, die Spritzen. Und dann gibt es noch einen Unsicherheitsfaktor, ein Gedanke, der Monika mit tiefer Angst erfüllt. Wie oft hat Donna mit Jens Drogen genommen? Und welche?

Inzwischen wissen sie alles. Man hat Haschisch in seiner Wohnung gefunden. Er soll als Dealer vorbestraft sein. Erklärt das die Persönlichkeitsveränderung ihrer Tochter? Ist Donna trotz ihres wohlbehüteten Elternhauses in die Drogenszene abgerutscht? Wieviel von dem Zeug muß man nehmen, bevor man süchtig wird? Wenn Haschisch wirklich so harmlos ist, warum ist es dann illegal? Das Wort *Einstiegsdroge* ist wie eine glühende Nadel, die immer wieder in Monikas Haut sticht.

Donna war früher anders. Sie hat mir alles erzählt. Wir waren Freundinnen. Monika weiß nicht, ob sie sich damit etwas vormacht. Ob das alles immer nur ihr Wunschtraum gewesen ist. Oder hat es sich geändert, seit ihre Tochter sich in diesen arbeitslosen Drogendealer verknallt hat?

Es ist furchtbar, und es ist hart. Doch Monika weiß, daß sie da jetzt gemeinsam durchmüssen. Sie muß ihrer Tochter zeigen, wo es langgeht und daß sie, Monika, die Kraft hat, sie auf dem Weg zu begleiten.

«Wir haben frisches Weißbrot bekommen. Ich könnte dir eine Schnitte mit Crème fraîche machen und etwas Marmelade. Wie du es am liebsten magst. Nach einem guten Frühstück sieht die Welt doch gleich ganz anders aus.»

Donna schaut zur Uhr. Es ist Nachmittag. Ihr Vater redet von Frühstück. Was spielen die ihr hier eigentlich vor?

Trotzdem nickt sie. Vielleicht sagt er es nur, um einen Grund zu haben, sie mit ihrer Mutter allein zu lassen. Dafür ist Donna dankbar. Sie hofft, daß er nicht einfach zu seinen Kunden will, sondern wirklich nur Rücksicht nimmt.

«Was würdest du denn tun an meiner Stelle?» fragt Donna.

Monika spürt, daß Donna ihr die Macht gibt, sie freizusprechen. Frei von Schuld. Egal, was sie tun wird. Wenn ihre Mutter es genauso getan hätte, wird es akzeptabel. Es geht um Schuld oder Unschuld. Monika fühlt es mit jeder Pore. Sie schluckt trokken und schaut Donna an.

Donna wiederholt ihre Frage. «Was würdest du denn tun an meiner Stelle?»

«Ich würde dem Rat der Ärzte folgen», lügt Monika in dem Glauben, damit das Richtige für ihre Tochter zu tun.

Donna versucht, mit Blicken in ihre Mutter einzudringen. Sagt sie das nur, um mich zu schützen? Sagt sie das nur, um es mir leichter zu machen? Oder denkt sie es wirklich?

Ungläubig fragt sie: «Du hättest mich abgetrieben?»

«Nein!» schreit Monika und reißt ihre Tochter so heftig an sich, daß es Donna weh tut. Monikas Hände krallen sich in Donnas Rücken. «Nein, Donna! Nein! Das hätte ich niemals getan! Du lebst! Das ist doch wohl der Beweis.»

Stumm halten sie einander. Monika fühlt sich mies mit dem, was sie gesagt hat. Es ist die Wahrheit. Aber sie weiß, daß sie es Donna damit nur noch schwerer macht. Sie stellt ihr eine unlösbare Aufgabe: *Sei wie deine Mutter, die hätte so etwas nie getan,* und gleichzeitig: *Tu es, denn deine Eltern verlangen es von dir, und es ist besser für dich.*

So geht es nicht.

Monika denkt über eine Lüge nach. Einen erfundenen Schwangerschaftsabbruch. Sie will es ihrer Tochter leichter machen, indem sie als Mutter zugibt, das auch schon einmal getan zu haben. Sie kann ihr schlecht erzählen, daß sie vor Donna bereits einen Abbruch hatte. Schließlich war sie siebzehn, als sie Donna auf die Welt brachte.

Sie legt sich eine Geschichte zurecht, in der sie später, als Donna schon geboren war, noch einmal ungewollt schwanger wurde. Sie sinnt auf Gründe, die für einen Abbruch gesprochen hätten. Die beginnende Selbständigkeit, die Schulden, die Überlastung. Doch das alles erscheint ihr jetzt ein wenig kleinkariert. Sie fürchtet, daß Donna ihr die Abtreibung nicht verzeihen wird, und sie kann später nicht zugeben, daß sie das Ganze erfunden hat, um Donna dazu zu bringen, in der Realität nachzuholen, was sie, Monika Huse, selbst nie getan hat.

Monika hat das Gefühl, in schwindelnder Höhe auf einem Gletscher spazierenzugehen. Sie kann jederzeit abrutschen und in eine der gefrorenen Spalten zwischen jahrhundertealtem Packeis verschwinden. Es gibt keinen Halt, und ihre Schuhsohlen sind glatt. Ein noch so kleiner Fehler, ein falscher Schritt, und es ist vorbei. Da läßt sich nichts rückgängig machen.

Wie gut müssen es Filmschauspieler haben, denkt sie. Wenn sie etwas falsch machen, ruft der Regisseur einfach: «Eins, die zweite!» So müßte es auch im Leben sein, man müßte mehrere Versuche haben. Doch manche Dinge sind so verdammt endgültig.

«Ich ... ich war fünfzehn», sagt sie und erkennt den Ton ihrer eigenen Stimme nicht. «Ich fürchtete, schwanger zu sein, und ich ...»

Donna löst sich erneut aus der Umarmung ihrer Mutter. Sie legt sich ins Kissen zurück und hört zu.

«Es war natürlich ganz furchtbar. Damals war alles noch eine Nummer miefiger und spießiger als heute. Jungen und Mädchen gingen in unserer Gegend noch in getrennte Schulklassen. Vielerorts sogar katholische und evangelische voneinander getrennt. Ich bin vor Angst fast verrückt geworden. Ich wäre am liebsten krepiert. Ich ...»

«Warst du von Papa schwanger?»

O nein, bitte das nicht, Donna. Frag mich jetzt das nicht.

Jede Lüge zieht eine weitere nach sich. Das hat sie Donna schon gesagt, als die noch ein kleines Mädchen war. Jetzt sitzt sie selbst in der Falle. Sie kann unmöglich Peter mit hineinziehen. Nein, das schafft sie einfach nicht, zu behaupten, sie sei von Peter schwanger gewesen und hätte das Kind abgetrieben. Sie will ihn nicht belasten. Wieder einmal schützt sie ihn und nimmt alle Schuld auf sich, um für die Familie etwas Gutes zu erreichen.

Sie schüttelt den Kopf. «Nein. Nicht von Peter. Den kannte ich damals noch gar nicht.»

«Aber Mama, ich dachte, Papa sei dein Erster gewesen.»

Donna wirkt entspannt. Die Geschichte tut ihr jetzt schon gut. Ein Teil ihrer Aufmerksamkeit wird umgelenkt. Wohltuend löst sich unter der Bettdecke ein Furz.

«Donna. Papa darf das nicht erfahren. Er weiß nichts davon. Er ist wirklich die erste und einzige große Liebe meines Lebens. Damals, das war ... mein Gott, ich war noch so jung. Ich hätte gar nicht gewagt, mir die Pille verschreiben zu lassen. Es waren andere Zeiten, Donna.»

«Hast du denn richtig geplant, mit dem zu schlafen? Wer, Mama? Wer war es?»

Monika schüttelt vehement den Kopf. Jetzt muß sie einen Namen erfinden. Sie kann ihrer Tochter doch nicht sagen, daß sie nicht weiß, mit wem sie ins Bett gegangen ist.

«Es war ein Kellner, im Schwarzwald. In dem Ferienort. In Lauf. Wir haben dort zur Kirschenzeit Urlaub gemacht und ...»

«Und was hast du gemacht, Mama?»

«Meine Tage blieben aus. Der Kerl wollte natürlich nichts davon wissen. Außerdem schien es mir damals unmöglich, das Kind auszutragen. Ich hätte alle unglücklich gemacht. Meine Eltern, mich und ihn auch. Er war verheiratet. Das wußte ich natürlich nicht. Er hat einfach gern kleine Urlaubermädchen vernascht. Solche Typen gibt es zuhauf.»

Donna nickt. Sie sieht ihre Mutter ganz anders als noch vor wenigen Minuten. Jünger. Zierlicher. Zerbrechlicher. Vielleicht war sie früher mal eine Punkerin, denkt Donna und muß selbst darüber lächeln.

«Ich hätte mich am liebsten aufgehängt.» Monika wundert sich, wie toll sie lügen kann. Sie findet sich sehr überzeugend. Sie sieht sich nicht von außen. Sie ist ganz in sich drin. Sie kramt Geschichten aus, die sie gelesen und gehört hat, mischt sie und drückt ihnen ihren eigenen Stempel auf, um sie so glaubhaft wie möglich zu machen.

Während sie das Gefühl von Verlorenheit, Einsamkeit und Angst schildert, fühlt Donna sich ihrer Mutter nahe wie lange nicht mehr. Die unsichtbare Nabelschnur verbindet sie wieder. Für kurze Zeit verschmelzen sie zu einem einzigen Wesen.

Monika spürt und genießt es. Sie und ihre Tochter, einträchtig und offen zusammen. Schade nur, daß die Offenheit eine Lüge ist. Monika beginnt zu frieren und schlüpft ein Stückchen unter Donnas Bettdecke. Die feuchte Wärme darunter ist ihr eher unangenehm, doch jetzt kann sie nicht mehr zurück.

Ein gruseliger Wind aus dem Nebel aufsteigender vergessener Gefühle verändert Monikas Gesicht und macht ihr eine Gänsehaut. Es ist nicht alles gelogen. Nicht alles. Es hat einen wahren Kern. Sie kennt das Gefühl, das sie beschreibt, genau. Damals, als sie mit Donna schwanger war, hat sie es erfahren. Sie stand nicht die ganze Zeit so felsenfest zur Geburt der Tochter, wie sie jetzt gern vorgibt. Es gab Momente, da war die Angst so groß, daß sie am liebsten alles rückgängig gemacht hätte. Es gab kurze kalte Augenblicke, da wünschte sie sich eine schnelle, schmerzlose, saubere Lösung. Sie hatte von Tabletten gehört, die Blutungen auslösen. Sie wußte nicht, wie sie da rankommen sollte. Vielleicht hätte sie es sonst damals getan.

Wen schütze ich eigentlich mit der Lüge, die ich Donna hier auftische? Donna oder mich selbst?

«Und? Hast du es dann wirklich gemacht?» fragt Donna. Sie schließt den Mund nicht nach ihrer Frage, so als wolle sie die Antwort aus der Luft saugen.

Monika schüttelt den Kopf. «Nein, nein. Habe ich nicht. Zum Glück bekam ich meine Tage. Nur halt mit sechs Wochen Verspätung. Es waren die schlimmsten sechs Wochen meines Lebens.»

Donna nickt. Das kann sie verstehen.

Monika preßt die Lippen aufeinander. Sie will kein Wort mehr herauslassen. Sie schadet sich nur. Sie macht alles nur noch schlimmer. Ich blöde Kuh, denkt sie, was erzähle ich hier eigentlich für einen Mist? Jetzt habe ich mich wieder um die Abtreibung gedrückt. Sie will mir nicht mal als Lüge gelingen.

Jetzt wird ihr alles klar. Plötzlich sieht sie die eigentlichen Zusammenhänge. Sie hätte in Wirklichkeit niemals abgetrieben. Sie fühlte sich stark genug, der Welt entgegenzutreten und für sich und ihr Kind einzustehen. Ob mit Mann oder ohne, sie hätte Donna gekriegt, und sie hat bewiesen, daß sie es kann.

Ihrer Tochter, Donna, der gebildeten Donna, der schönen Donna, der traut sie diese Kraft nicht zu. Bei aller Bewunderung für ihr Kind und in der Hoffnung, daß Donna im Leben mehr erreicht als ihre Eltern, meint sie doch, daß Donna nicht die innere Kraft besitzt, sich der harten Welt zu stellen. Sie braucht den Schutz von Mama und Papa, den Filter, der nicht alles zu ihr hindurchläßt, damit sie unbeschadet aufwachsen und leben kann.

Jetzt findet sie, daß sie Donna bei aller Liebe schlecht behandelt, weil sie ihr nichts zutraut. Sie weiß von sich selbst, daß sie in Krisen die Kraft kennenlernte und stark wurde. Will sie Donna diese Erfahrung ersparen, oder hat sie schlicht Angst, bei Donna könnte sich herausstellen, daß sie die Kraft ihrer Mutter nicht besitzt?

Wie sehr ich mich die ganze Zeit über sie erhebe, denkt Monika und schämt sich. Ob Donna das spürt?

51

Peter Huse weiß nicht mehr, wie er Donnas Freunde davon abhalten soll, sie zu besuchen. Akki, Ulf, Lutz und sogar Sina haben es schon mehrfach versucht. Besonders Lutz ist hartnäckig. Er ruft täglich an.

Alles geheimzuhalten, nach außen hin fröhliche Familie zu spielen, das war Peter Huses Wunsch. Es wird immer mehr zu einem unerfüllbaren Traum. Für ihn ist es, als würde er tief unten in einem Bergwerk arbeiten. Über ihm stürzen bereits Stollen ein, unter ihm bricht Wasser durch, und er bemüht sich, die Mannschaft bei guter Laune zu halten.

Ben ruft nicht an. Ben steht einfach vor der Tür. Er betritt den Laden wie ein ganz normaler Kunde. Er kauft sich einen knackigen grünen Apfel und beißt hinein.

Er findet es unklug, sich als Anwalt von Jens vorzustellen. Womöglich lassen sie ihn dann nicht zu Donna. Also steht er so locker wie möglich da, läßt den Apfel zwischen den Zähnen krachen, stellt sich nur mit Vornamen vor, so als müsse jeder ihn kennen, und lacht. «Ich möchte zu Donna.»

Etwas in seiner Art läßt Peter Huse sauer, aber auch nachgiebig werden. Wie ein Schüler sieht er jedenfalls nicht aus. Vielleicht kennt Donna ihn aus dem Tennisverein. Peter öffnet ihm die Tür ins Haus.

Ben bewegt sich hier, als würde er regelmäßig ein und aus gehen. Wahrscheinlich, denkt Peter Huse, hat er Donna schon öfter besucht, und ich habe es nur nicht mitgekriegt. Er sieht ja ganz ordentlich aus. Ich kann mich nicht nur damit beschäftigen, Donna abzuschirmen. Ich muß mich auch um meinen Laden kümmern.

Frau Renowski schneit fröhlich herein. So aufgeräumt, wie sie aussieht, hat sie Neuigkeiten auf Lager. Sie ist einer der zuverlässigsten Nachrichtensender des Viertels. Sie kommt zu Huses, um sich vertrauliche Informationen zu holen, und dafür gibt sie ab und zu welche ab. Sie weiß, daß sie von einigen *Miß BILD-Zeitung* genannt wird. Es stört sie überhaupt nicht.

Sie kauft grundsätzlich nur die Sonderangebote bei Peter Huse. Den Rest holt sie lieber im Großmarkt, wo die Verkaufspreise teilweise niedriger liegen als Peter Huses Einkaufspreise. Sie gibt nur zu gern damit an.

Heute weiß sie zu berichten, was vor ein paar Tagen draußen vor dem Laden wirklich passiert ist. Es gab wilde Gerüchte. Zwei Sonderermittler der Kripo hätten einen Mafiakurier bis hierher verfolgt und an Ort und Stelle verhaftet. Nun hat sich herausgestellt, daß es nicht nur ein einfacher Kurier war, sondern der Sohn von Graziano, einem der meistgesuchten Mafiabosse Italiens. Es kursiert auch die Version, daß zwei aufgebrachte Familienväter einen Kinderschänder gestellt haben, den die Justiz mal wieder hat entkommen lassen. Die Geschichte mit der Selbstjustiz der zornigen Väter kommt in der Straße besonders gut an. In der Eckkneipe soll sogar eine Sammelbüchse für die beiden Väter rundgegangen sein.

Frau Renowski weiß nun, daß es sich in Wirklichkeit um einen Drogendealer gehandelt hat. Er soll auch schon am Gymnasium und an der Hauptschule gesehen worden sein. Er hat angeblich versucht, auf dem Schulhof Drogen zu verkaufen. Zwei Zivilfahnder der Polizei haben ihn gestellt und den Uniformierten übergeben.

Peter Huse hört sich das alles geduldig an. Sein Magen krampft sich kurz zusammen, als Frau Renowski erwähnt, sie wisse sogar, wo der Bursche wohne. Sie nennt die Adresse von Jens Simon. Peter stöhnt. Über ihm sind neue Stollen eingebrochen, und das Wasser steigt höher. Bald wird die ganze Geschichte im Viertel herumsein. Dann kann er seinen Laden zumachen. Er kann sich lebhaft vorstellen, wie sein Geschäft zum Hauptdrogenumschlagplatz gestempelt wird. Immerhin kaufen viele Schüler bei ihm ihre Lollies und Getränke. Seine Schokobrötchen sind für den Nachhauseweg ein Renner. Die nahe Bushaltestelle macht es ihm einfach.

Frau Renowski beugt sich zu ihm über die Theke. Sie kriegt ihren *Ganz-unter-uns*-Blick und raunt: «Ich will mir ja nicht den Mund verbrennen, Herr Huse, aber die Leute reden viel und sind gehässig. Wissen Sie, was erzählt wird?»

Peter Huse schüttelt den Kopf, faßt sich aber schon an den Magen.

«Es sei kein Zufall, daß man ihn gerade hier vor Ihrem Laden erwischt hat. Ich habe es selbst gehört, Herr Huse. Der soll schon ein paarmal mit Donna gesehen worden sein.» Als sei sie über ihre eigenen Worte erschrocken, tritt Frau Renowski einen Schritt zurück, hebt die Hände, stemmt sie dann in die Hüften. Ihre Augäpfel treten hervor, und sie schimpft: «Ich hab denen was geflüstert, das können Sie mir aber glauben! Ich hab die Donna sofort in Schutz genommen. Ich meine, ich kenne die Donna doch, seit sie so klein ist. Das ist ein anständiges Mädchen, habe ich gesagt. Auf die Donna lasse ich nichts kommen! Aber Sie wissen ja, wie die Leute sind. Wie geht es Donna überhaupt? Ich hab sie lange nicht gesehen.»

Peter Huse weiß, daß Frau Renowski, wenn er sie läßt, ohne große Unterbrechungen mühelos eine halbe Stunde so weitermachen kann. Doch in seinen Achselhöhlen bildet sich bereits Schweiß. Er hat das Gefühl zu stinken. Kein Wunder. Es ist heiß in seinem Bergwerk, und von unten kommt Feuchtigkeit hoch.

Mit Sätzen wie, er habe noch nie etwas auf das Gerede der Leute gegeben, versucht er die Kundin hinauszukomplimentieren, aber sie hat viel zuviel Zeit und möchte doch so gern die erste sein, die herauskriegt, ob wirklich was dran ist an der Geschichte.

Wir sind erledigt, denkt Peter Huse. All die Jahre umsonst. Da kommen wir nicht mehr heraus. Er kann sich noch gut daran erinnern, daß das Chinarestaurant Shanghai vor zwölf Jahren schließen mußte, weil das Gerücht umging, dort würde Rattenfleisch verarbeitet. Er hat gern dort gegessen und nie geglaubt, daß irgend etwas an der Sache dran war. Er sieht sich in seinem Laden um wie ein Kapitän, der gleich als letzter das sinkende Schiff verlassen wird. Er wird zu Donna stehen. Notfalls wagen sie in einer anderen Stadt einen neuen Anfang. Das Haus gehört schon längst nicht mehr der Bank. Wenn er es verkauft, kann er alle Hypotheken abtragen, und unterm Strich wird noch etwas übrigbleiben. Genug für einen Neuanfang.

Er atmet schwer aus.

52

Ben und Donna sind sofort in einer merkwürdigen Vertrautheit. Ben kennt das. Er teilt die Frauen seiner inhaftierten Mandanten in zwei Gruppen auf: Die einen sind mit Stacheldraht umwickelte Gefriertruhen, die anderen offen und distanzlos, vertrauensselig und verletzlich. Donna gehört zu der zweiten Kategorie. Zum drittenmal betont sie, daß sie das, was Jens getan hat, idiotisch findet, aber er habe es doch schließlich nur aus Liebe getan. Es sei seine Art, sich der Verantwortung zu stellen.

Mein Gott, denkt Ben, ist die verknallt. Einmal im Leben möchte er auch so geliebt werden. Wie glücklich muß Jens sein! Egal, welchen Scheiß er baut, er kann darauf vertrauen, daß die Liebe hält.

Ben erzählt von dem Deal mit Erno Meyer. Die Papiere sind vorbereitet. Alles, was er braucht, sind zehntausend Mark. Donna winkt ab. Ihre Eltern kann sie nicht bitten. Eigene Ersparnisse hat sie nicht. Sie will nachdenken und Ben dann informieren.

«Wenn ich die Disketten hätte», sagt Ben, «sähe alles anders aus. Mit den Disketten kriegte ich ihn schnell heraus. Aber da stellt sich dein Macker stur. Er vertraut mir nicht, weißt du. Wie soll ich ihn verteidigen, wenn er mir nicht vertraut? Er sagt mir nicht, wo er die Dinger hat. Weißt du es?»

Sie schüttelt den Kopf. «Nein. Kann ich ihn besuchen?»

«Grundsätzlich ja. Ich kann dafür sorgen, daß du eine Besuchserlaubnis erhältst. Vielleicht kannst du ihm klarmachen, daß wir die Disketten brauchen. Dann ist er sehr schnell draußen, und wir handeln im Prozeß sogar was für ihn heraus. Es ist leider einiges zusammengekommen. Es war idiotisch von ihm, die Nummernschilder hinterm Schrank zu verstecken. Wie viele Autos hat er geknackt? Weißt du davon?»

Sie guckt nur groß und unschuldig.

Ben winkt ab. «Ich bin jedenfalls heilfroh, daß ich nie ein Auto von ihm gekauft hab. Er hat mir zweimal eine Kiste angeboten. Ich wußte natürlich nicht, daß sie geklaut waren.»

«Das waren sie bestimmt auch nicht», versichert Donna wenig überzeugend. «Jens hat Autos repariert und verkauft. Das weiß doch jeder. Vielleicht hat irgendwer ihm mal ein geklautes untergeschoben. Aber ...»

Ben schüttelt den Kopf. «Ich bin sein Anwalt. Ich kann ihm nur helfen, wenn ich die Wahrheit weiß. So geht es nicht. Die Polizei ist mittlerweile schlauer als ich. Die haben doch längst ermittelt, zu welchem Fahrzeug die Nummernschilder gehören und was daraus geworden ist. Wir leben nicht mehr in der Steinzeit. Es gibt Computer. Das alles ist eine Sache von ein paar Sekunden. Und ich renne hier hinter Informationen her. Das alles für einen Stundenlohn, für den nicht mal meine Putzfrau ...» Er verschluckt den Rest.

Donna faßt sich an den Bauch und beißt die Zähne aufeinander.

«Was hast du?» fragt Ben erschrocken. Schwangere Frauen machen ihm auf eine mysteriöse Weise angst.

«Mein Baby fährt Karussell», preßt Donna zwischen den Lippen hervor und bemüht sich um Fröhlichkeit, doch Sekunden später weiß sie, daß sie sich wieder übergeben muß. Sprechen kann sie schon nicht mehr. Sie gibt Ben Zeichen mit der Hand.

Er versteht nicht ganz, rennt einfach nur zur Tür und ruft: «Herr Huse! Herr Huse, Ihre Tochter!»

Er hat zwar den Mann gerufen, doch die Frau ist zuerst da. Donna schafft es noch allein bis zur Toilette. Hinter ihr stehen Vater und Mutter in der Badezimmertür und sehen einander an. Donnas Würgelaute gehören mittlerweile zum Haus wie das Dingdong der Ladenglocke.

Monika nimmt Peters Hand und drückt sie einmal ganz fest. Ihr Mann ist blaß und entnervt. Noch ein paar Jahre, und er kommt in das Alter, in dem Männer besonders herzinfarktgefährdet sind. Im Frühjahr ist Oberamtmann Wischnewski umgekippt, der nichtrauchende Tennisspieler. Aus heiterem Himmel, Herzinfarkt und aus. Zwei Kunden, jünger als Peter, hat es kurz danach hingerafft. Der eine war seit einem Jahr arbeitslos, der andere lebte in Scheidung.

Frauen, denkt Monika, halten mehr aus. Entweder sind Todesfälle da sehr selten, oder sie nimmt sie nicht zur Kenntnis. Sobald Männer von Peters Jahrgang einknicken, schnürt es ihr die Kehle zu. Jeder einzelne kommt ihr durch den Tod vor wie ein naher Freund, auch wenn sie ihn nur flüchtig kannte. Es ist immer die Ahnung, daß Peter vor ihr gehen wird. Sie will nicht allein bleiben. Am liebsten würde sie mit ihm zusammen sterben. Sie haben so viel gemeinsam gemacht. Sie will nicht ein paar Jahrzehnte als trauernde Witwe den Laden weiterführen, und einen anderen zu heiraten, kann sie sich schon gar nicht vorstellen.

In diesem Moment begehrt sie ihren Mann. Es ist ein schieres körperliches Verlangen. Sie unterdrückt die Emotion und geht zu ihrer Tochter. Sie fischt eine Haarsträhne von Donna aus der Toilette und hält ihr die restlichen Haare auf dem Rücken zusammen, damit sie nicht in die Schüssel fallen.

Donna bricht nicht nur. Sie weint dabei. Ihr ganzer Körper bebt. Sie erscheint Monika viel zu zerbrechlich, um Mutter zu werden. Sie ist doch selbst noch ein Kind. So ein schmalhüftiges schönes Mädchen. Wie soll ein wachsender Embryo überhaupt in sie hineinpassen? Es wird Monika immer deutlicher: Ihr Kind ist nicht dafür gemacht. Wenn sie Donna die Schwangerschaft abnehmen könnte, würde sie es tun. Sie würde das Kind selbst zur Welt bringen.

Jawohl. Das wäre eine akzeptable Lösung. Ein Nachzügler.

In früheren Zeiten hat man es anders geregelt. Die Tochter wurde für die Zeit der Schwangerschaft aufs Land geschickt, in ein Kloster, auf jeden Fall raus aus der sozialen Kontrolle der Nachbarschaft. Und wenn sie mit dem Baby wiederkam, dann war es nicht ihr Kind, sondern ihr Geschwisterchen.

So eine Lösung schwebt Monika gerade vor. Sie schließt die Augen, denn für einen Moment fürchtet sie, sich gleich wieder von außen zu sehen. Dort oben, überm Allibert, könnte jetzt gut ihre Mutter sitzen und sie auslachen, weil ihre Lösungsmöglichkeiten so absurd werden. Sie reißt die Augen auf und starrt zum Allibert. Dort ist niemand. Ihre Perspektive stimmt. Sie ist ganz in sich selbst.

Peter bringt Ben zur Tür. Im Laden steht bereits die vierzehnjährige Nina und wartet mit vor der Brust verschränkten Armen. Pampig verzieht sie den Mund, und Peter Huse weiß, sie steht hier schon länger. Sie ist ungeduldig und will ihm ein schlechtes

Gewissen machen. In diesem Fall funktioniert das nicht. Er kennt ihre Mama. Die macht es genauso, wenn ihr Mann nicht pünktlich vom Frühschoppen nach Hause kommt.

Als Peter Huse Ben in der Tür verabschiedet und über ihnen das Glockenspiel ertönt, faßt Peter sich ein Herz und fragt direkt: «Woher kennen Sie meine Tochter eigentlich?»

Warum soll Ben es jetzt noch leugnen? «Ich bin der Anwalt von Jens Simon», sagt er ehrlich. «Und ich vertrete Ihre Tochter gegen die BELMEDIC und Dr. Pettelbock.»

Peter Huse schlägt die Augen nieder. Er schiebt Ben nach draußen.

Der Boden unter Peter Huse scheint ein wenig nachzugeben. Als könnte er gleich mitten im Laden einbrechen. Aus den eingestürzten Stollen kommt der Modergeruch von Leichen. Von unten sprudelt kein klares Quellwasser hoch, sondern eine ölige, verdreckte Brackwasserbrühe.

Nina verlagert ihr Gewicht auf das rechte Bein und klopft mit dem linken Fuß auf den Boden.

«Darf ich Sie mal was fragen, Herr Huse?» japst sie merkwürdig kurzatmig.

Er nickt. Dabei weiß er, daß es besser wäre, den Kopf zu schütteln.

«Stimmt es eigentlich, daß die Donna einen Entzug macht?»

Entgeistert starrt Peter sie an. «Was? Einen Entzug?»

«Ja. In der Schule haben sie das erzählt. Die Donna wär auf Droge, und deswegen ...»

«Nein, das stimmt nicht», sagt er mit trockenem Hals. «Die Leute reden viel, wenn der Tag lang ist. Donna ist krank. Eine Magen-Darm-Grippe. Irgendein Virus.»

Auch wieder falsch, denkt er. Wer kauft schon gern in einem Lebensmittelladen, von dem sich ein Magen-Darm-Virus ausbreiten kann?

53

Donna will sich ablenken. Sie hat die Hühnersuppe nur mit Mühe essen können. Das Schlucken fällt ihr schwer. Sie befürchtet nach jedem Löffel, alles wieder von sich geben zu müssen, aber es kommen nur kleine Rülpser.

Im Rosa ihrer Fingernägel haben sich kleine weiße Inseln gebildet. Monika hält das für Kalzium- und Magnesiummangel. «Das Baby», sagt sie, «nimmt sich alles, was es braucht. Für die Mutter bleibt dann manchmal nicht mehr viel übrig. Kalzium brauchen die Kinder für den Knochenaufbau.»

Donna sieht wieder ihren Lieblingsfilm. *Papillon*. Sie kann jeden Dialog mitsprechen. Trotzdem findet sie den Film spannend. Auf eine nicht mehr erklärbare Art aufregend. Sie geht emotional mit. Je öfter sie den Film sieht, desto besser wird er. Steve McQueen in seiner Zelle auf der Teufelsinsel. Die Ränder unter den Augen. Das totenbleiche Gesicht. Wie er Käfer und Insekten fängt, um sie zu essen. Er braucht Eiweiß. Woher es kommt, ist ihm inzwischen egal. Das Tolle an diesem Film ist die Gewißheit, daß der Gefangene die Insel verlassen wird. Die Flucht wird ihm gelingen, und er wird einen Bestseller schreiben.

Man kann Gefangenschaft ertragen, denkt Donna, wenn man weiß, daß sie irgendwann zu Ende ist. Solange eine Hoffnung bleibt, ist man nicht erledigt.

Schon längst sieht sie nicht mehr Steve McQueen, sondern das Gesicht von ihrem Jens. *Er* wird dort gerade zu neuer Einzelhaft verurteilt. *Er* sieht aus wie der Tod. Aber *er* ist ungebrochen. Sie wird ihn herausholen, ihren Jens. Er ist nicht geschaffen fürs Gefängnis. Er würde dort krepieren. Er, dessen Freiheitsdrang viel größer ist als der aller anderen Menschen, die sie kennt. Plötzlich liebt sie ihn so sehr, daß sie gern für ihn ins Gefängnis gehen würde. Sie hat das Gefühl, es besser ertragen zu können als er. Er ist doch nicht einmal einen regelmäßigen Tagesablauf gewöhnt.

Sie nickt vor dem Fernseher ein. Die Suppe bleibt drin.

Donna hat einen kurzen, aber heftigen Traum. Jens, der sich in seiner Zelle aufhängt. Sie sieht ihn am Strick baumeln. Das Genick ist nicht gebrochen. Langsam erwürgt ihn die fest geknüpfte

Hanfschnur. Er zappelt wie ein Kind, das die Windeln vollgemacht hat. Dann tritt seine Zunge aus dem Mund, und der Körper wird ruhig. Er baumelt am Strick wie eine riesige Voodoo-Puppe.

Klatschnaß erwacht Donna. Ihr Entschluß steht sofort fest. Sie schaut nicht auf die Uhr. Es ist ihr völlig egal, wie spät es ist. Sie greift zum Telefon.

54

Katharina Fetz sitzt beim Italiener, aber über ihr Handy ist sie jederzeit erreichbar. Sie kann es sich in ihrer Position gar nicht leisten, von den Informationsquellen abgeschnitten zu werden. Nach dem zweiten Klingeln flötet sie freundlich ins Handy, während sie dem Kellner zunickt. Er darf den Rotwein einschenken.

Als sie Donnas Stimme hört, deutet sie ihrem Gegenüber an, er solle ruhig schon essen. Sie steht auf und trippelt, das Handy ans Ohr gepreßt, nach draußen, vor die Tür. Donnas Worte sind klar und unzweideutig: «Wenn ich das Geld kriege, unterschreibe ich. Ich will nur noch, daß alles vorbei ist.»

Katharina Fetz hat sich sehr auf diesen Abend gefreut. In den letzten Jahren sind freie Abende für sie etwas Seltenes geworden. Sie ist schon seit zwei Jahren mit Jörg Sommerfeld zusammen, doch sie treffen sich höchstens dreimal im Monat. In schlechten Monaten nur einmal. Im Sommer sind sie gemeinsam für vierzehn Tage nach Mallorca geflogen. Nach vier Tagen mußte sie zurück. Zum Glück. Ihre Beziehung hätte, so vermutet sie, die lange Zeit des Zusammenlebens gar nicht überstanden.

Jörg ist genauso erfolgreich wie sie. Das hat seinen Preis. Sie haben genau die Beziehung, die für beide erträglich ist. Mehr Nähe würde sie ersticken. Im Grunde ist es noch jedesmal wie bei einem One-night-Stand. Ähnlich aufgeregt ist sie auch. Ohne Kerzenschein und Champagner läuft es nie ab. Meist gehen sie vorher essen. Sie kann sich nicht vorstellen, jeden Morgen neben einem Mann aufzuwachen, der unrasiert im Bett liegt oder abends verschwitzt von der Arbeit kommt. Sie braucht Vorbereitungszeit, und sie will, daß er sie auch hat. Sie will duftend und frisch frisiert nach einem Candle-light-Dinner mit Jörg zum Höhepunkt kommen.

Daraus wird heute abend nichts werden. Sie kann Prioritäten setzen. Sie weiß sofort, daß es wichtiger ist, zu Donna zu fahren. Vielleicht hat das Mädchen sich morgen früh schon alles anders überlegt. Diese Geschichte ist zu brisant. Sie will sie sofort unter Dach und Fach kriegen. Danach wird sie um so fröhlicher und freier sein. Falls er dann noch nicht schläft, können sie immer noch ...

Sie erwischt sich dabei, daß sie Donna nicht mehr zuhört, sondern ihren eigenen Gedanken nachhängt. Sie schielt durch die Glasscheibe zu ihrem Lover hinein. Er ißt sein Carpaccio auf eine Art, die sie heiß macht.

«Ich komme sofort», sagt sie.

Natürlich wird Jörg enttäuscht sein, aber er wird es verstehen. Wenn man so hoch aufgestiegen ist wie er, weiß man, daß es Termine gibt, die sich nicht verschieben lassen.

An der Art, wie sie auf den Tisch zukommt, erkennt er bereits, was los ist. Das liebt sie an ihm. Er erspart ihr Entschuldigungen und Erklärungen.

«Mußt du gleich gehen, oder kannst du erst noch essen?»

Sie zuckt mit den Schultern. Er lächelt sie an.

«Soll ich hier auf dich warten?»

Sie schüttelt den Kopf. «Besser nicht.»

«Bei dir oder bei mir?»

«Du hast ja meinen Schlüssel. Ich hab uns eine Flasche kalt gestellt.»

Er nickt, rollt eine dünne Rindfleischscheibe auf seine Gabel und zieht sie mit den Lippen herunter. Sie deutet einen Kuß an, und schon ist sie draußen.

55

Sie sitzen gemeinsam um den Tisch. Donna spürt die Erleichterung der anderen. Monika wischt sich verschämt eine Träne weg und putzt sich die Nase. Peter nestelt an seinem gestreiften Schlafanzug herum und zieht den Bademantel weiter zu. Es ist ihm ein bißchen peinlich. Wenn er doch nur etwas geahnt hätte! Sonst ist er um diese Zeit oft noch vollständig angezogen.

Der Geschäftsmann in ihm sagt, daß die Papiere besser von einem Anwalt geprüft werden sollten. Doch der Vater weiß, Donna hat sich *jetzt* entschieden. Sie will es hinter sich bringen. Jede Verzögerung würde die Situation nur verschlechtern.

Der schwarze Filzstift in Donnas Hand schwebt über den Papieren. Donna überfliegt die Blätter nicht einmal. Sie sucht nur die Stelle für die Unterschrift.

Katharina Fetz deutet darauf. «Hier bitte.»

Da legt Donna den Stift noch einmal beiseite. «Was ist mit dem Geld? Haben Sie es dabei?»

Katharina Fetz lächelt verlegen. «Um diese Zeit, ich bitte Sie. Ich kann morgen früh einen Scheck ausstellen oder eine Überweisung veranlassen.»

Donna schüttelt den Kopf. «Nein. Bargeld.»

Katharina kneift die Augen zusammen und sieht Donna ungläubig an. Ist das ein Trick? Eine Finte?

«Es ist unüblich, solche Sachen bar abzuwickeln, aber bitte. Wenn Sie darauf bestehen. Ich kann es nur jetzt nicht besorgen. Das müssen Sie doch einsehen. Alle Banken haben zu.»

Notfalls, denkt Katharina, stelle ich ihr einen Scheck von mir aus. Ich hol es mir von der Firma und von Pettelbock zurück. Kein Problem. Die werden sich freuen wie die Schneekönige, wenn ich ihnen die Schriftstücke anbringe.

«Donna, das mußt du doch verstehen. Wie soll sie an das Geld kommen? Was stellst du für Forderungen?»

«Na klasse!» faucht Donna ihren Vater an. «Ich dachte, du hältst zu mir.»

Katharina Fetz befürchtet, daß im letzten Moment alles platzen könnte. Sie zieht ihr Scheckheft heraus. «Sind Sie damit einverstanden? Es ist ein Privatscheck von mir. Trauen Sie mir auch nicht?»

Donna nickt. «Okay.»

Während Katharina den Scheck ausfüllt, unterschreibt Donna die Papiere.

Katharina Fetz nimmt die Dokumente an sich, pustet darüber, legt drei Blätter auf den Tisch zurück und läßt den Rest in ihrer Handtasche verschwinden.

Donna steht auf. Länger kann sie es nicht aushalten. Ein Schwindelgefühl kündigt die nahe Ohnmacht an. Monika sieht es und hält sich bereit, ihre Tochter notfalls aufzufangen.

Peter Huse nimmt die Papiere vom Tisch, faltet sie sorgfältig und sagt: «Das war eine kluge Entscheidung, Donna. Ich werde das Geld sinnvoll für dich anlegen.» Zu Katharina Fetz gewandt, erklärt er: «Eine gute Ausbildung ist heutzutage teuer.»

Katharina nickt. «Da haben Sie wirklich recht.»

Donna hält den Scheck noch in der Hand, als die Ohnmacht sie langsam zu Boden sinken läßt wie einen morsch gewordenen Baum.

56

Ben genießt den Auftritt. Es gibt kaum schönere Momente zwischen Anwalt und Klient. Er fühlt sich als Befreier. Bis jetzt ist er noch von jedem, auch von den miesesten Typen, an die Brust gedrückt worden. Diese Welle von Dankbarkeit vermittelt ihm immer den Eindruck, es würde jetzt eine Freundschaft fürs Leben bestehen.

Bei Jens ist es anders. Mißtrauen überschattet seine Freude. «Woher hat Donna das Geld?»

Ben zuckt mit den Schultern. «Von ihren Alten?»

«Sie ist doch nicht etwa auf den BELMEDIC-Deal eingegangen?»

«Mensch, du kannst einem vielleicht die Laune verderben. Ich an deiner Stelle wäre glücklich. Da hat dein Mädchen für dich Geld aufgetrieben, dein Anwalt holt dich damit raus, und du stehst da wie ein griechischer Rachegott. Was willst du? Machst du einen auf Michael Kohlhaas? Es ist doch alles zu eurer Zufriedenheit erledigt, oder nicht? Andere Menschen haben auch ein Recht weiterzuexistieren. Wenn's nach dir ginge, würde doch die gesamte BELMEDIC zugemacht. Die ganzen Leute würden arbeitslos und Pettelbock und die Conrad auch. So funktioniert die Welt nicht, mein Junge. Es ist ein Fehler gemacht worden, und alle geben sich redlich Mühe, den aus der Welt zu schaffen.»

«Sag nicht *mein Junge* zu mir, sonst hau ich dir die Schnauze ein!»

Ben schluckt. Aber er fährt in sachlichem Ton fort: «Pettelbock hat zehntausend gezahlt. Die BELMEDIC auch. Du wirst freigelassen. Gib mir jetzt die Disketten, dann ist das Spiel vorbei.»

Jens schüttelt den Kopf. Ihre Schritte hallen im Flur der Justizvollzugsanstalt wider. Jens kann sich gut vorstellen, daß durch solche Flure früher Leute zur Exekution geführt wurden. Dies ist ein alter Nazi-Bau. Der Klang der Schritte erinnert Jens an eine Zeit, die er selbst nicht miterlebt hat. Trotzdem wird er nachträglich wütend, als hätte man kein Recht, ihn ausgerechnet hier einzusperren. Warum, denkt er grimmig, haben sie nicht all diese Gebäude eingerissen und neue gebaut? Gleichzeitig spürt er, daß es genau diese Art zu denken ist, die Ben ihm vorwirft. Ihm fehlen die Zwischentöne. Das Versöhnliche. Der Ausgleich.

Jens ballt die rechte Faust. Man darf sich nicht versöhnen. Nicht mit dieser Zeit und nicht mit solchen Menschen.

«So kommt man nicht weiter im Leben, Jens. Das müßtest du doch inzwischen gelernt haben. Mensch, ich muß mich auch arrangieren. Meinst du, mir paßt alles? Ich krieg auch nicht immer das, was ich will. Leben und leben lassen, das ist meine Devise. Gib mir die Disketten, und ich sorge dafür, daß die BELMEDIC-Leute deinen Einbruch runterspielen. Wenn die nicht auf einer Anzeige bestehen ... Daß ich mit dem Haftrichter und dem Staatsanwalt gut kann, siehst du ja. Sonst würdest du hier nicht als freier Mann über den Flur gehen.»

Ben rechnet nicht damit, daß Jens in seinen Wagen einsteigt, doch er täuscht sich. Während der Fahrt zum Büro redet Ben weiterhin auf Jens ein. Jens knirscht mit den Zähnen.

«Nun sei doch nicht so verbohrt.» Ben versucht, eine Verbindung, die früher einmal zwischen ihnen bestand, wieder herzustellen. «Die Welt ist nicht gerade geschaffen für Typen wie uns. Wir ecken dauernd an. – Kann ich dich irgendwo absetzen?»

«Ich hab was in deinem Büro liegenlassen. Das will ich mir holen.»

Ben ahnt es sofort. «Die Disketten? Du hast doch nicht wirklich die Disketten in meinem Büro gelassen? Wo sollen sie denn da ...?»

Jens schweigt sich aus. Er war seit Tagen nicht auf der Toilette. Sein Bauch fühlt sich hart an und aufgebläht. Ganz so, als ob er selbst schwanger wäre. Er hat schon viel Mist gegessen, aber die Kost in der U-Haft war das Allerletzte. Kein Wunder, daß sein Gedärm sich weigert, den Abfall zu verdauen.

Als Ben seine Bürotür aufschließt, ist er sich noch nicht im klaren darüber, ob Jens die Disketten wirklich dort versteckt hat. Vielleicht ist er nur hier, um sich auf irgendeine absurde Art und Weise zu rächen, weil die Dinge nicht so laufen, wie er es sich gewünscht hat. Manchmal wendet sich die Wut des Klienten gegen seinen Anwalt, weil der die Welt nicht so hinbiegen kann, wie der Klient es möchte. Wenn jemand so sehr davon überzeugt ist, im Recht zu sein, wie Jens, setzt er damit zugleich den Rest der Welt ins Unrecht. Jens handelt längst nach dem Grundsatz: *Wer nicht für mich ist, ist gegen mich.* Ben mag so etwas nicht. Es ist ihm zu eng. Geistig und gefühlsmäßig.

Trotzdem läßt er Jens in sein Büro. Vielleicht ist ja was dran, und die Disketten sind tatsächlich hier. Mit den Disketten könnte er nicht nur Jens retten. Er glaubt nicht, daß Jens auch nur ahnt, wie wichtig diese kleinen schwarzen Scheiben sind.

Jens geht sofort ins Meditationszimmer. Ben schaut ihm zu und hält die Luft an. Nein, denkt er, nicht dort. Nicht das Meditationskissen.

Respektlos zieht Jens den Reißverschluß auf und wühlt sich mit der rechten Hand in das Füllmaterial. Styroporkügelchen fallen heraus.

«Jetzt ist es soweit», sagt Ben grimmig, «jetzt hast du mich endgültig gegen dich aufgebracht. Ich bin wirklich sauer auf dich, Jens.»

Die Stunden, die Ben in diesem Raum verbracht hat, auf dem Kissen sitzend, mit schmerzenden Knien und tauben Füßen, die Zeit der Ruhe und Meditation, der Selbsterkenntnis und der Klarheit, sie werden entwertet durch das, was Jens da tut.

Noch gestern, denkt Ben zornig, hab ich mir auf dem Kissen den Arsch plattgesessen. Ich wollte frei sein von Gedanken, eins sein mit dem Nichts, und konnte mich doch nicht von dem Wunsch lösen, diese Scheißdinger zu finden. Warum sind sie plötzlich so wichtig für mich? Was symbolisieren sie eigentlich? Ich kann mich doch sonst von der Arbeit lösen, habe die Akten vergessen, bevor die Klienten aus dem Haus sind.

Während er den Eindringling am liebsten von hinten niederschlagen würde, erkennt Ben sich selbst. Er erfährt in diesem Moment mehr über sich als in den letzten Wochen der Meditation. Er will diese Disketten nicht wirklich für Jens. Er braucht sie nicht, um Jens rauszuholen. Er braucht sie für sich. Um endlich die finanzielle Misere hinter sich lassen und den Laden hier auflösen zu können. Um ins Zen-Kloster zu gehen. Ja, er will diesen Schritt tun, doch er will keine Schulden hinterlassen. Wirklich frei ist man nur, wenn niemand mehr etwas von einem zu kriegen hat.

Er sieht die Zukunft klar vor sich. Mit diesen Disketten wird er sich freikaufen. Dann können sie ihn alle am Arsch lecken. Mit der Sicherheit eines finanziellen Polsters wird er endlich die Ruhe finden, um ein Weiser zu werden.

Er muß an diese Disketten rankommen. Er ist nicht der Mann, der sich im offenen Kampf holt, was er braucht, und das bedauert er jetzt. Um wieviel geradliniger ist Jens. Er hingegen braucht Winkelzüge, Schachzüge, Täuschungsmanöver, um den Leuten abzunehmen, was sie ihm eigentlich nicht geben wollen.

Er muß Jens' Freundschaft wiedergewinnen. Sein Vertrauen. Er wird ihm einen Deal vorschlagen. Einen, den er nicht abschlagen kann. Einen Handel, bei dem sie alle gewinnen.

Ben stellt sich anders hin. Er spürt seine Füße fest in den Lederschuhen. Die Knie hat er durchgedrückt. So ist er leicht umzukippen. Er federt in den Knien nach. Jetzt fühlt er, daß es seine Muskeln sind, die ihn tragen, und nicht nur seine Knochen und Gelenke.

Jens wiegt die Disketten in der Hand.

«Was hast du damit vor?» fragt Ben und hofft, daß ihm die Gier nicht anzumerken ist.

Jens schiebt Ben zur Seite. «Hier drin steckt die Antwort auf die Frage, ob Donna ein Placebo gekriegt hat oder nicht. Ich werde mir das anschauen, dann wissen wir Bescheid. Dann muß sie sich nicht noch einmal untersuchen lassen. Sie hat von Ärzten die Schnauze voll, das kann man ja wohl verstehen, oder?»

«Das ist alles?»

Jens nickt. «Wenn es ein Placebo war, kann sie endlich wieder ruhig schlafen. Vielleicht hören dann die Alpträume auf, und ...»

«Und wenn nicht?»

«Dann haben wir einen Beweis gegen diese Schweine in der Hand.» Jens tippt Ben mit einer Diskette gegen die Brust. «Und dann wirst du sie verklagen, bis sie grün werden. Sie sollen bluten dafür. Das Kind soll eine Rente kriegen und nicht auf Sozialhilfe angewiesen sein, verstehst du? Ich will keine Gnade für mein Kind, sondern Recht.»

Es gibt nichts mehr zu sagen. Ben schaut Jens nach, wie er nach draußen geht. Ein junger Held. Ungebrochen.

Zum erstenmal bewundert Ben diesen Jens. Er fühlt, daß Jens eine Überlegenheit hat, die tief in ihm wohnt. Ben faßt sich selbst an die Stelle, wo er so etwas vermutet, knapp eine Handbreit unterhalb des Bauchnabels. Auf diese Stelle konzentriert er sich bei der Meditation. Dorthin atmet er, um sich selbst zu finden, um dort anzukommen, wo Anfang und Ende aufeinandertreffen. Doch alles, was er dort fühlt, sind Ängste und ungestillte Sehnsüchte. Jens hat dort etwas anderes. Es zeigt sich der Welt als Wut, doch es ist glühender Lebenswille. Eine Leidenschaft, um die Ben ihn beneidet. Der scheint wirklich zu leben.

57

Entweder führt bei den Huses jemand Dauergespräche, oder sie haben den Hörer daneben gelegt. Jens hält es in der Telefonzelle nicht länger aus. Er kann nicht ruhig gehen. Er muß rennen. Zu Donna.

Da er befürchtet, daß wieder zwei Schläger von der BELMEDIC auf ihn warten, braucht er ein neues Versteck für die Disketten. Er kommt am Schrottplatz vorbei. Dort, wo er seine ersten Autorennen gefahren hat. Wo er so oft gebrauchte Teile aus Unfallwagen ausgebaut hat, um damit andere Autos zu reparieren. Hier wird niemand suchen.

Jens öffnet den Kofferraum eines vorn bis zum Lenkrad eingedrückten Opel Ascona und versteckt die Disketten dort. Er überlegt, wer von seinen Bekannten einen Computer hat, auf dem er sich die Disketten anschauen kann. Er kennt Leute, die eine Playstation haben und mit ihrem Joystick vor dem Fernseher Level für Level Adventure-Länder durchwandern, aber einen richtigen Computer ...

In Donnas Klasse hat garantiert jeder einen, denkt er. Die Typen, mit denen sie zusammen ist, surfen auch im Internet. Die schreiben am PC ihre Hausarbeiten. Plötzlich scheinen ihm die gesellschaftlichen Unterschiede zwischen seinen Bekannten und denen von Donna sehr einfach zu sein. Seine Leute leben für den Spaß und schlagen sich so durch. Die von Donna arbeiten zielgerichtet. Die wollen was werden.

Jens klettert am Zaun hoch und ist wieder auf der Straße. Er kann nur noch eins denken: Donna, Donna, Donna.

Peter Huse sieht Jens kommen. Er stellt sich breit in die Tür und läßt ihn nicht einmal bis in den Laden.

«Donna will von Ihnen nichts mehr wissen. Hauen Sie ab. Sie haben schon genug Schaden angerichtet. Sie hat mich gebeten, die Polizei zu rufen, wenn Sie unser Grundstück betreten.»

Es trifft Jens wie die Erfüllung einer alten Prophezeiung. Die Hölle öffnet ihre Pforten, und Hohngelächter schallt ihm entgegen. Du bist endlich angekommen, Jens. Wie fühlt man sich so, Jens, ungeliebt und verstoßen? Niemand will dich haben. Wenn sie nicht die Strafe befürchten müßten, würden sie dich töten. Du hast von Anfang an auf dieser Welt nur gestört.

Peter Huse registriert die Veränderung an Jens sofort. Jens zieht das Kinn zurück und schiebt die Stirn vor wie ein Stier, der angreifen will. Etwas Tierhaftes ergreift Besitz von ihm. Sein Kopf ist gesenkt, seine Augäpfel verdrehen sich, damit er Peter Huse weiter ins Gesicht sehen kann. Tarzan, auf dessen Schrei die Tiere des Urwalds hören. Er ruft sie um Hilfe, und sie trampeln alles nieder, was sich ihnen in den Weg stellt.

Jens hat diese einfach gemalten Comicbildchen nie vergessen. Sie waren ihm in seiner Kindheit eine Hilfe, wenn er sich klein fühlte, bedroht und unterlegen. Diese Bilder erzählten von größtem Triumph in äußerster Not. Wenn die Feinde glauben, daß sie dich wirklich haben, daß du völlig erledigt bist, dann kommen dir Freunde zu Hilfe. Und wenn es keine Menschen sind, so doch die Tiere des Dschungels. Du bist nicht wirklich allein.

Aber er kann Tarzans Schrei nicht nachahmen. Die zornige Dschungelarmee ist im Zoo auf Wärter angewiesen. Nur eine Stubenfliege kreist um seinen Kopf. Sie setzt sich kurz in seine Locken, dann wird er uninteressant. Sie fliegt ohne ihn in den Laden zu den Limokisten, denn dort ist eine Flasche ausgelaufen.

In der Comicwelt sind Gut und Böse so herrlich sortiert. Im Leben kommen die Verstrickungen Jens grauenhaft kompliziert vor. Er hätte gern einen Gegner, gegen den er einfach kämpfen kann. Aber wenn er jetzt Donnas Vater niederschlägt, um zu ihr zu gelangen, bricht er dann damit alle Brücken ab? Oder gibt es längst keine Brücken mehr? Und was wartet am anderen Ufer? Ist dort alles so wie hier? Ist alles sinnlos?

Ein Kneifen im Darm erinnert ihn daran, daß er einen Körper hat. Rasender Durchfall meldet sich.

«Ich …» Er kneift die Arschbacken zusammen, um sich nicht in die Hose zu machen. «Kann ich mal Ihre Toilette benutzen? Ich … ich muß mal ganz dringend.»

Peter Huse schüttelt den Kopf und kann sich ein Grinsen nicht verkneifen.

«Guter Trick. Zieht aber nicht. Hier ist keine öffentliche Toilette.»

«Ich ... wirklich ...»

«Da müssen Sie sich schon was Besseres einfallen lassen.»

Jens macht ein paar schnelle Schritte an den Obstauslagen vorbei, auf denen Wespen summen. Das Kneifen wird schlimmer. Er weiß, daß er es nicht länger einhalten kann. Er will sich nicht in die Hose machen. Die Erniedrigung wäre zu groß. Er springt in den Hauseingang, reißt sich die Jeans herunter und kackt auf die Treppen. Es schießt aus ihm heraus wie Sekt aus einer zu warmen, geschüttelten Flasche, wenn der Korken dem Druck nicht mehr standhält. Es tut gut, doch gleichzeitig bricht ihm der Schweiß aus.

Wenn die Geräusche nicht wären. Wenn wenigstens diese entsetzlich lauten Geräusche nicht wären!

Herr Gerhardt kann es nicht glauben. Da sitzt tatsächlich jemand und kackt in den Hauseingang. Er erkennt in Jens nicht den tapferen Jungen, von dem er noch vor kurzem sagte, solange es solche Kerle gebe, sei Deutschland nicht verloren. Jetzt sieht er in ihm einen von denen, die dieses Land zugrunde richten. Asozial, respektlos, ohne jede Moral und jeden Stolz. Sie paaren sich an jeder Straßenecke wie läufige Hunde, sie lassen Frauen und Kinder im Stich. Die Gesellschaft wird sich schon um sie kümmern.

Er ist eigentlich gegen die Todesstrafe, doch eine standrechtliche Exekution scheint ihm plötzlich die einzige Möglichkeit zu sein, um dieses Gesocks zur Räson zu bringen.

Kopfschüttelnd geht er zu Huses in den Laden und erzählt, was er gerade gesehen hat. Peter Huse braucht keine Beschreibung. Er weiß auch so, wer ihm vor die Tür geschissen hat.

58

Donna klammert sich an der Toilette fest wie an einem Rettungsring. Der Druck ist so groß, daß ihr bei jedem neuen Strahl, der aus ihr herausschießt, auch Tränen aus den Augen spritzen. Ihr ganzer Körper scheint sich aufzulehnen, gegen das Kind, gegen die Medikamente, gegen die gesamte Situation. Es ist eine Art Brechhusten, der Donna die Luft nimmt. Zwischen den einzelnen Stößen japst sie. Sie fühlt sich so elend. Sie kann nicht einmal ihre Mutter rufen. Die schiebt unten eine Gemüselasagne in den Backofen und ahnt nicht, daß Donna lieber sterben würde, als etwas zu essen.

In ihr wühlt das Kind. Willst du mich umbringen? fragt Donna tonlos in sich hinein. Die Antwort ist ein Zappeln.

Wieder würgt sich etwas aus ihr hoch. Ihr Kopf droht zu zerplatzen. Sie fühlt die Adern an der Schläfe pochen. Ihre Ohren sind heiß. Ihre Hände kalt.

Jedes neue Herauswürgen kommt ihr vor wie eine Strafe für das, was sie ihren Eltern angetan hat. Bald wird es vorbei sein. Heute noch. In wenigen Stunden wird Frau Dr. Conrad den Embryo aus ihr herausholen, und die Welt kann wieder werden, wie sie vorher war.

Sie sehnt sich danach, als fröhliches Girlie ihr Abitur zu machen, unbeschwert und unbelastet. Sie kann sich nicht vorstellen, wie das gehen soll. Sie weiß, daß sie einmal sehr glücklich war, ohne sich dessen wirklich bewußt gewesen zu sein. Was man verloren hat, spürt man immer erst, wenn es weg ist.

Schon viermal hat sie bei Ben angerufen und ihn gefragt, was mit Jens ist. Jens ist frei. Warum, verdammt noch mal, kommt er nicht zu ihr?

Schon dreimal hat sie die Beruhigungspillen genommen, doch sie ist aufgeregter als je zuvor. Sie hat die Pillen jedesmal schon nach wenigen Minuten ausgebrochen. Wie sollen sie da ihre Wirkung entfalten?

Sie will keine Spritze mehr, doch sie weiß, daß sie eine bekommen wird. Sie muß sich beruhigen. Das Zittern muß endlich aufhören. So kann sie nicht weiterleben.

Wenn sie ihre Mutter ansieht, hat sie das Gefühl, in wahnsinnige Augen zu blicken. Monika ist liebevoll und bemüht sich rührend, doch etwas in ihr ist zerrissen, als sei sie in ihrem inneren Kern abgestorben.

Ihr Vater wirkt merkwürdig steinern und steif. Er spricht mit belegter Stimme und viel weniger als sonst.

59

Hinten im Getränkelager ist ein Fenster offen. Dort steigt Jens ein. Er muß sich nach oben zu Donna schleichen. Er muß sie sehen. Er spürt, daß etwas Schlimmes geschehen ist. Donna ist in einer Ausnahmesituation und leicht zu beeinflussen. Sie wird dem sanften Druck ihrer Eltern nicht lange standhalten. Wahrscheinlich hat sie schon aufgegeben, sonst hätte sie ihn zusammen mit Ben aus der U-Haft geholt.

Das Getränkelager ist nicht größer als eine Doppelgarage. Links Säfte und Mineralwasserkisten bis zur Decke, rechts Cola, Fanta, Sprite und drei verschiedene Pilssorten.

Jens zieht eine Flasche aus dem Kasten und nimmt einen guten Schluck. Er fühlt sich ausgedörrt. Er will, wenn er Donna gegenübersteht, nicht heiser und mit trockener Kehle sprechen.

Er hätte noch einen Versuch mit dem Telefon machen können, doch er will ihr in die Augen sehen. Er will sie in die Arme nehmen. Er will sie spüren. Wenn er ihren Körper fühlt, findet er hinter all den Lügen die Wahrheit.

«Ein Einbrecher bleibt eben ein Einbrecher. Diesmal wird Donna Sie nicht aus dem Knast freikaufen.»

Die Stimme klingt metallisch, wie von einem Tonband. Peter Huse hat eine Gaspistole in der Hand. Jeder Geschäftsmann hier hat so etwas unter der Kasse liegen.

«Ich will doch nur zu Donna.»

Peter Huse reißt den Mund auf, um zu brüllen. Doch dann spricht er leise, mit fast erstickender Stimme. Um so gefährlicher wirkt er. «Was sind Sie? Eine Landplage? Eine Naturkatastrophe? Die Pest?»

Die überzogene Art, wie Peter Huse versucht, ihn von Donna fernzuhalten, verrät Jens alles. Es ist für heute geplant. Er ist der letzte, der der Sache in die Quere kommen kann. Sie haben Donna soweit. Sie wollen heute sein Kind umbringen.

Sein Verstand will ihn hindern, doch etwas, das stärker ist als er, geht mit ihm durch. Er greift Peter Huse frontal an.

Peter reißt die Pistole hoch, schießt aber nicht. Er weiß jetzt, daß er nie auf einen Menschen schießen würde, nicht einmal mit

Gas. Die Erkenntnis kommt spät. Jens hat ihn schon an der Gurgel und drückt ihn gegen die Bierkästen. Peter schlägt mit der Waffe nach Jens. Er trifft ihn zweimal am Kopf, über dem rechten Ohr.

Jens stolpert. Er reißt Peter Huse mit sich. Der versucht, sich mit der Linken festzuhalten. Sie reißen im Fallen sechs Bierkästen um. Die beiden liegen schon auf dem Boden, als der letzte Kasten neben ihnen auf den Beton kracht.

Peter kraucht rückwärts wie ein Insekt durch eine Bierlache und schneidet sich dabei den Hintern auf. Jens krabbelt, drohend eine Flasche in der Hand haltend, hinter ihm her. Er hat Mühe, seine mörderische Wut zu bremsen.

Peter hat die Pistole fallen lassen. Er tritt nach Jens, trifft ihn aber nicht.

Monika läuft nicht dorthin, wo sie den Lärm hört, sondern zu Donna. Sie und Peter haben einen klaren Plan. Bis alles vorbei ist, darf Donna Jens nicht sehen. Sonst kommt der Katastrophenbengel ihnen nur in die Quere und macht die Sache noch schwieriger, als sie ohnehin schon ist. Monika wird ihrer Tochter beistehen, und Peter wird dafür sorgen, daß Jens bleibt, wo der Pfeffer wächst. Monika wußte, daß er versuchen würde, hier einzudringen. Peter ist vorbereitet.

Herr Gerhardt greift nach der Waffe. Das metallische Klicken, als er den Abzugshahn nach hinten zieht, macht ihm Mut.

«Keine Angst, Herr Huse, ich bin da. Ich habe die Polizei bereits informiert.»

Jens und Peter wälzen sich weiter in Scherben und Bier. Sie schlagen nicht aufeinander ein. Ihr Ringkampf ist von einer wilden Umarmung nur anhand ihrer schmerzverzerrten Gesichter zu unterscheiden.

«Auseinander! Auseinander! Lassen Sie ihn los! Auseinander! Ich schieße!»

Jens weiß, daß das Kind ihn lebendig braucht. Er löst sich von Peter Huse und steht mit erhobenen Armen auf.

Donnas Vater beugt sich über einen Bierkasten und stemmt sich daran hoch. Aus mehreren Wunden fließt Blut. Glassplitter stecken in seiner Haut. Er stinkt nach Bier. Er beginnt zu frieren und sieht sich schon am Tropf liegen. Er will sofort seine Wunden versorgen lassen, er hat Angst vor einer Blutvergiftung.

In dem Augenblick drückt Herr Gerhardt ab. Die Ladung trifft Jens voll. Er steht in einer Qualmwolke und wedelt mit den Händen. Er versucht, unter der Wolke wegzutauchen. Seine Ohren sind betäubt durch den Knall. Er flüchtet nach hinten zu dem Fenster, durch das er eingestiegen ist.

Jens ist fast blind. Es brennt. Am schlimmsten die Augen. Die Atmung gehorcht ihm nicht mehr, als sei in der Lunge ein Überdruck entstanden, der alles blockiert.

Mit einem Schuß hat Monika Huse nicht gerechnet. Unwillkürlich hält sie Donna die Ohren zu. Donna kreischt. Sie weiß nicht, was vor sich geht, doch sie ist sicher, es hat irgend etwas mit Jens und ihrem Vater zu tun.

Das CS-Reizgas breitet sich in der Garage aus. Herr Gerhardt und Peter Huse fliehen zur Tür. Peter kann nicht fassen, was geschehen ist. Er möchte es rückgängig machen. Das, denkt er, bin doch nicht ich. Was ist aus mir geworden?

Er brüllt Herrn Gerhardt an: «Sind Sie wahnsinnig?»

Der wirft sich gegen die Tür, damit das Reizgas nicht in den Flur dringt. Er hustet und starrt Peter Huse verständnislos an. Er hat mit einem Lob gerechnet, nicht mit einem Anschiß. Er hat sich verhalten wie ein Held, hat tapfer gehandelt. Er wird noch lange davon erzählen, wie beherzt er den Revolver nahm und den Einbrecher in die Flucht jagte.

Jens läßt sich einfach nach unten fallen. Es ist nicht tief, und hier kriegt er wenigstens wieder Luft. Der Druck in der Lunge läßt nach. Die Luft schmeckt nach Chlor und ist kälter als sonst. Seine Lunge pfeift wie eine alte Fahrradpumpe. Dann hört er tatsächlich Polizeisirenen.

Wie sehr muß dieser Mann mich hassen, denkt Jens. Als er, immer noch fast blind, flieht und gegen einen Laternenpfahl rennt, trifft ihn mit dem Schmerz eine Erkenntnis. Er haßt mich gar nicht. Er liebt nur seine Tochter so sehr. Das ist es, was wir gemeinsam haben. Die Liebe zu Donna. Nur das verbindet uns, und nur das trennt uns. Deshalb führen wir Krieg gegeneinander.

Zunächst will Peter Huse ins Krankenhaus, um sich die Glassplitter entfernen zu lassen, doch dann entscheidet er sich anders. In dieser Situation gehört er ins Haus. Zu seiner Frau und seinem Kind.

Monika ruft Pettelbock an. Er kommt sofort. Die anderen Patienten müssen eben warten, Familie Huse hat jetzt absoluten Vorrang.

Donna tobt. Sie behält die Beruhigungstabletten nicht drin. Plötzlich will sie alles rückgängig machen. Sie wird von einem Schreikrampf geschüttelt und hat offensichtlich Halluzinationen. Pettelbock gibt ihr – gegen ihren Willen – eine Spritze. Sekunden später schläft Donna tief.

Dann widmet Pettelbock sich den Splittern im Fleisch von Donnas Vater. Es sieht schlimm aus. Er hat viel Blut verloren. Aber es sind reine Fleischwunden. Harmlos. Pettelbock desinfiziert sie sorgfältig.

In seiner Wut gibt Peter Huse den Namen des Einbrechers der Polizei preis.

Der Beamte nickt. Er hat den Namen Jens Simon in letzter Zeit schon öfter gehört.

60

Jens braucht Hilfe. Er weiß nicht, was er gegen das Schwindelgefühl tun kann. Zweimal stürzt er auf der Straße. Niemand beachtet ihn.

Durch die verklebten Sehschlitze seiner Augen kann er inzwischen Umrisse erkennen. Genug, um sich vorwärts zu quälen. Seine Kleidung ist zerrissen und blutverschmiert. Das Hemd klebt naß an seinem Rücken. Er bleibt stehen, lehnt sich an eine Häuserwand und holt Luft.

Das erste Geräusch, das seine von dem Knall betäubten Ohren wieder zu ihm durchlassen, ist das Klirren von Glas. Es fällt immer noch aus seinem Hemd. Es wird von seiner Haut abgestoßen. Wenn er die Augen schließt, sieht er sich als glassplittergespickten Igel. Er würde lieber verbluten, als zu einem Arzt zu gehen. Aber er kann sich auch nicht gut vorstellen, so in Bens Büro aufzutauchen.

Ihm fällt nur eine Person ein, die ihm jetzt helfen kann: Sandra.

Ihre Wohnung ist nicht weit. Bis dahin kann er kommen. Als Arzthelferin wird sie es ja wohl schaffen, ihm ein paar Splitter aus dem Rücken zu ziehen und seinen Kopf zu verbinden. Die Wirkung des Reizgases wird bald verflogen sein. Er hat nicht viel Zeit. Er braucht ein paar Schmerztabletten und dann ... Ja, was dann? Er spürt, daß jede Minute kostbar ist, weiß aber nichts mit der Zeit anzufangen. Er braucht Kontakt zu Donna. Vielleicht hilft Sandra ihm auch dabei.

Die Bullen sind wieder hinter ihm her. Na prima. Ben wird sich freuen.

Als er Sandras Klingelknopf drückt, glaubt er nicht daran, daß sie wirklich zu Hause ist. Resignation macht sich in ihm breit, doch die Schmerzen im Rücken treiben ihn an, einen Versuch zu machen. Diesmal läßt er den Finger länger auf dem Knopf. Vielleicht feiert sie ja gerade krank oder macht Mittagspause. Notfalls wird er vor ihrer Tür warten, bis sie nach Hause kommt. Er beißt die Zähne zusammen. Er glaubt nicht an Gott, aber jetzt bittet er ihn um Hilfe.

Da öffnet sich die Tür. Er fällt Sandra fast vor die Füße. Sie stellt keine Fragen, oder er vergißt sie sofort wieder. Das Wort *verrückt* dringt in sein Bewußtsein.

Sandra hat alles da. Eine Pinzette, Mullverbände, Salben und ein Mittel gegen die Schmerzen. Jens nimmt zwei Thomapyrin und zwei Aspirin gleichzeitig. Sandra ist dagegen. Das sei nicht gut für den Magen. Er kann über so ein Argument nur müde lächeln.

Er will die Unterhose anbehalten, aber das geht nicht. Auch im Hintern stecken Splitter.

«Stell dich nicht so an», sagt Sandra. «Ich hab das schon mal gesehen.»

Jens hört ihre Worte nicht, er sieht nur, wie sich ihre Lippen bewegen. Er läßt alles geschehen. Er genießt es, sich zu überlassen und nichts zu kontrollieren. Sie wird ihm nichts Böses tun. Sie behandelt seine Wunden so liebevoll wie einst seinen Schwanz, und er fragt sich in einem versteckten Winkel seines Herzens, warum er sie damals hat laufenlassen. Sie würde ihn jederzeit wieder in die Arme schließen. Als sie das Pflaster auf seinen Hintern klebt, haucht sie einen Kuß darauf.

Allmählich wirken die Tabletten. Das Dröhnen in seinem Kopf läßt nach. Er nimmt Töne wieder deutlich wahr. Der Nebel lichtet sich, und er kann wieder klar denken.

«Kannst du für mich zu Donna gehen und ihr eine Nachricht bringen?» fragt er.

Sandra beißt auf der Unterlippe herum. Sie würde viel für ihn tun, aber ausgerechnet die Liebesbotin spielen?

Es fällt ihm nicht schwer, ihre Gedanken zu erraten. Er liegt nackt auf ihrer Wohnzimmercouch, drei Pflaster auf dem Arsch, zwei auf dem Rücken und einen dicken Mullverband am rechten Arm.

«Bitte, Sandra. Heute passiert etwas Furchtbares. Ich spüre es genau. Sie wollen ...»

Sandra nickt. «Ja, ich weiß. Die Conrad macht es selbst. Heute abend in der Praxis.»

Jens springt auf. «Was?»

«Ja. Sie hat mir freigegeben. Es nimmt sie sehr mit. Ich hab die Alte noch nie so erlebt. Sie ist völlig von der Rolle. Dauernd fällt ihr was hin. Bei jeder Kleinigkeit gehen ihr die Nerven durch. Es ist die Hölle, unter ihr zu arbeiten. Wir haben für heute nachmittag allen Patientinnen abgesagt.» Sie breitet die Arme aus und zeigt ihm die offenen Handflächen. «Sonst wäre ich ja jetzt nicht hier. Sie will mich nicht dabeihaben. Sie hat Angst, daß», Sandra lacht, «das Bild kaputtgeht, das ich von ihr habe.»

Jens greift seine zerrissenen Sachen. Er schlüpft in die Unterhose.

«Du kannst so nicht gehen, Jens. Du siehst aus wie ein Penner, der auf der Müllkippe wohnt. Und alles ist voll Blut. Ich wasch dir die Klamotten gern. Ich flick sie dir sogar. Aber wegschmeißen wäre wohl die beste Lösung.»

Er geht darauf gar nicht ein. Für solche Kinkerlitzchen hat er jetzt keine Zeit.

«Warum tut sie das?» zischt er. «Ich denk, sie ist so sehr gegen Abtreibung?»

Sandra nickt. «Ja. Ich kenne niemanden, der in dem Punkt so militant ist wie sie. Sie hat es mir erklärt.»

«Ach, da bin ich aber gespannt!» brüllt Jens.

«Sie sagt, wenn sie es nicht tut, wird es einer ihrer Kollegen machen. Das Kind stirbt so oder so. Die BELMEDIC gibt nicht nach, und Pettelbock steht auch mit dem Rücken zur Wand. Sie hat Angst, daß die Sache gegen sie ausgeschlachtet wird. Sie hat mehr Feinde, als du dir denken kannst. Sie wird es selbst machen, damit nichts herauskommt. Sie hat mir wörtlich gesagt: *Ich muß dies eine Kind töten, um weitere hundert retten zu können.* Aber ich glaube nicht, daß sie damit fertig wird. Sie kommt mir vor wie jemand, der kurz davor ist, sich zu erschießen. Wahrscheinlich hat sie nur nicht den Mumm.»

«Nicht nötig», brummt Jens. «Das kann ich ja erledigen.»

Er will sein Hemd überziehen, doch Sandra hindert ihn daran. «Laß das. Ich hab Klamotten hier.»

Sie wühlt aus einer Schublade mehrere schwarze Männershorts hervor. Sie sind von Levis und ungefähr seine Größe.

Er hält eine Unterhose hoch. «Ist die von Yogi?» fragt er sauer.

Sie schüttelt den Kopf. «Du weißt doch, daß ich manchmal gern Männershorts trage. Aber ich hab hier noch Jeans von ihm. Ein Hemd kannst du von mir haben.»

Es ist ein weiches, wuscheliges Baumwollhemd mit blau-weißem Muster. Es tut seiner Haut gut. Es ist, als würde das Hemd ihn streicheln, ihm die Wärme und Gewißheit zurückgeben, die ihm in den letzten Wochen abhanden gekommen sind.

«Wann soll es passieren?»

«Um neun.»

Er will aus dem Haus stürmen, doch Sandra hält ihn fest. «Du hast noch Zeit, Jens. Ich kann dir was zu essen machen und einen Kaffee. Denk noch mal über die Sache nach. Du rast gerade mit Tempo zweihundert in eine Sackgasse. Ist dir das klar?»

Er schüttelt unwillig den Kopf. «Das ist meine Sache.»

Sie geht zur Garderobe. Dort hängt ihre Handtasche. Sie wühlt ihr Portemonnaie heraus, zieht ein paar Scheine hervor und sieht Jens an. «Du brauchst Geld, stimmt's?»

«Warum tust du das alles für mich?» fragt er.

Sandra hat Angst, von Gefühlswallungen überflutet zu werden. Sie schluckt. Ihre Lippen zittern. Sie wedelt sich mit den Geldscheinen Luft zu wie mit einem japanischen Fächer. «Aus Liebe.»

«Du bist immer noch verknallt in mich?»

Ihr Lachen hat einen verrückten Unterton. «O nein. Mach dir nichts vor. Ich liebe die Art, wie du sie liebst. Das ist es.» Sie atmet aus, als hätte sie Gift in der Lunge. «Ich will auch so geliebt werden, weißt du. Ich hab mir das immer gewünscht. So rücksichtslos. So ohne Wenn und Aber.» Um nicht noch mehr zu sagen, beißt sie sich auf die Unterlippe. «Ich wünsch euch viel Glück. Ehrlich. Ich wünsch euch viel Glück. Ich wäre gern an ihrer Stelle. Sag ihr das ruhig, wenn du willst.»

Jens will sie umarmen, doch das wäre zuviel. Er hat Angst, daß die Umarmung in eine wilde Vögelei übergehen wird. Sie könnten es gleich hier tun. Im Stehen. Sie würden schreien wie Tiere und sich für einen Moment versöhnen und wieder eins werden mit der Welt.

«Bleib noch», bittet sie, aber er schüttelt den Kopf und stürmt zur Tür.

Schon auf der Treppe, dreht er sich plötzlich wieder um und rennt zurück. Sandra öffnet augenblicklich. Ihr Blick verspricht ihm alles, doch er hat nur ein Ziel.

«Hast du einen Computer, Sandra? Ich muß mir ein paar Disketten anschauen und …»

Sandra schüttelt den Kopf. «In der Praxis haben wir einen. Aber zu Hause, privat – nee du.»

Er macht sofort wieder kehrt. Sie ruft ihm nach: «Ich könnte einen besorgen! Meine Freundin hat einen und Yogi …»

61

Tu dir das nicht an!» mahnt Dr. Pettelbock. Monika Huse ist der Meinung, daß eine Mutter in so einer Situation zur Tochter gehört.

Peter will Monika bei sich behalten. Er ist Pettelbock und Frau Dr. Conrad dankbar dafür, daß sie die Methode, nach der sie den

Abbruch durchführen wollen, nicht ausführlich erklärt haben. Es wird einfach geschehen und fertig. Donna wird im Halbschlaf dahindämmern und nichts mitkriegen.

«Ich bringe sie, wenn alles vorbei ist, persönlich zurück. Ich bleibe auch die Nacht über hier, wenn es sein muß. Aber glaubt mir, das ist nicht nötig. Sie wird einfach nur schlafen und sich eine Weile ausruhen.»

Monika wehrt sich dagegen, für überflüssig erklärt zu werden. Natürlich kann sie Donna medizinisch nicht helfen. Aber sie kann sie psychisch unterstützen. Bei den Schularbeiten konnte sie ihr in den letzten Jahren auch nicht mehr helfen. Aber moralische Unterstützung hat sie ihr trotzdem immer gegeben.

Peter legt von hinten den Arm um Monika. «Sei vernünftig. Wir würden doch bloß umkippen und dann ein zusätzliches Problem darstellen.»

«Was», fragt Monika, «geschieht mit dem Embryo? Ich meine, wird Donna ihn sehen?»

Pettelbock schüttelt den Kopf.

Diese Frage läßt Peter Huse endgültig darauf bestehen, daß seine Frau zu Hause bleibt.

Donna ist hilflos. Ihr Körper will schlafen. Ihr Verstand taucht in einen dunklen See ein, doch da ist etwas in ihr. Eine Unruhe. Eine Angst. Ein heraufziehender Alptraum. Der Atem einer im Hinterhalt lauernden Bestie.

Sie reißt mühsam die Augen auf, reckt sich hoch. Sie sieht alles wie in Zeitlupe. Die Gesichter der anderen verzerrt. Lange Köpfe, kleine Körper, riesige Hände. Sie bewegen sich zäh. Es kommt ihr so vor, als würden die Leute festkleben und müßten sich mit jeder Bewegung gegen die glibbrige Masse wehren.

Jetzt sitzt sie neben Pettelbock im Mercedes. Er schnallt sie an. Sie sieht ihre Eltern an der Tür stehen. Ihre Mutter will zu ihr, doch sie klebt am Haus fest. Das ganze Gebäude scheint aus Kaugummi zu bestehen. Eine riesige Blase, und ihre Eltern haften daran fest.

Donna merkt, daß sie redet, doch sie weiß nicht, was sie sagt. Sie versucht, ihren eigenen Worten zu lauschen, aber sie versteht den Sinn nicht. Redet sie wirklich über Tennis? Was interessiert es Pettelbock, daß sie schon so lange nicht mehr zum Training war? Will sie wirklich wieder damit anfangen? Sagt sie das? Oder ist es ein Tonband, das aus ihr spricht?

Pettelbock antwortet mit langen Sätzen. Der Inhalt bleibt ihr völlig verschlossen. Doch die einzelnen Satzzeichen registriert sie genau. Viele Kommata. Am Ende steht immer ein Fragezeichen. Es sind wohlwollende Fragen. Er versucht herauszukriegen, was sie möchte. Ohne daß sie die Worte wirklich versteht, machen sie ihr eine Gänsehaut. Wenn er weiß, was sie will, wird sie es nicht von ihm kriegen. Sie spürt es deutlich, wie eine heraufziehende Grippe.

Donna kann nicht aus dem Fenster sehen. Draußen saust alles so schnell vorbei. Ihr wird schwindlig davon wie in der Achterbahn. Sie hält sich mit einer Hand am Türgriff fest, mit der anderen stützt sie sich am Armaturenbrett ab. Sie fürchtet, mit dem Kopf dagegenzuschlagen. Alles wackelt so sehr.

Sie würgt. Sie kämpft dagegen an, den Wagen vollzukotzen. Das wäre ihr peinlich. Sie schluckt schwer. In ihrem Innern spürt sie wellenförmige Bewegungen, als hätte sie den Ozean in sich. Wenn sie die Augen schließt, sieht sie die Nordsee. Ihr erster Urlaub am Meer. Wie sie Papa im Sand vergraben durfte, bis nur noch sein Kopf herausguckte.

Monika, die ständig mit Creme hinter ihr hergelaufen kam, weil sie Angst hatte, daß ihr kleines Schätzchen sich einen Sonnenbrand holt. Die Creme roch gut, doch Donna wehrte sich dagegen. Die Zeit war ihr zu wertvoll, um sie mit der Cremerei zu vergeuden. Außerdem klebte der Sand so an ihrer Haut, wenn sie frisch eingerieben war.

Monika nutzte die Momente, in denen Donna so ins Spiel vertieft war, daß sie das Einreiben nicht einmal bemerkte. Es fiel Donna immer erst auf, wenn Monikas Schatten die Sonne verdunkelte. Ohne sich umzudrehen, schüttelte Donna sich, sagte nur: «Laß mich, Mama!» und baute weiter an der Sandburg. Mit ihrem Papa. Dem besten Sandburgenbauer der Welt. Sie sammelten Muscheln und schmückten die Burg damit.

Jetzt spürt Donna die Enttäuschung noch einmal wie einen reißenden Schmerz. Die Flut naht, und sie haben die Burg zu nahe ans Wasser gebaut. Schon lecken die ersten Ausläufer der großen Wellen an den Burgmauern. Sie färben den Sand dunkel, spülen die Mauern von unten aus. Von oben rutscht Sand nach. Der erste Turm, der mit dem Eisfähnchen auf der Spitze, bricht bereits. Der Burggraben ist mit Seewasser gefüllt. Heulend klammert Donna sich am Hals von Papi fest. Er hält sie auf dem Arm. Ihre Tränen tropfen auf seinen sonnenverbrannten Hals.

Monika macht ein Foto. Sie versprechen Donna für morgen eine neue Burg und für jetzt einen großen Teller Pommes und ein Eis. Doch Donna kann sich nicht von der Sandburg losreißen. Jeden Moment ihres Untergangs will sie erleben, bis der letzte hohe Turm, der mittlere, dessen Dach mit den länglichen Muscheln bedeckt ist, im Wasser versinkt.

Nun hört Donna die Stimme ihres Vaters laut und deutlich: «Nicht so fest, Donna, du erwürgst mich ja!» In seinem Ton liegt keinerlei Angst, sondern nur Stolz darauf, daß seine kleine Tochter schon so stark ist. Er löst ihren Arm von seinem Hals, hält sie aber weiter fest auf dem Arm. Sie ist hier ganz sicher, auch wenn sie losläßt. Nie würde er sie fallen lassen.

Träumt sie das jetzt? Passiert es gerade noch einmal? Oder erzählt sie Pettelbock davon? Donna weiß nicht, wie lange sie schon in diesem Auto sitzt. Sie hat Appetit auf Salzgurken und möchte gern Kakao dazu trinken, mit einem Sahnehäubchen drauf.

Dann ist das Meer weg und das Rauschen der Wellen auch. Sie hält sich nicht mehr am Armaturenbrett fest, sondern an Pettelbocks Jackett. An seinem Arm steigt sie die Treppen hoch. Sie spürt ihre Beine nicht, aber sie kann gehen.

Sie ist in der Praxis von Frau Dr. Conrad. Die Babys auf den Fotos an der Wand scheinen zu leben. Sie strampeln. Einige zwinkern ihr zu. Eins hört sie sogar schreien. Frau Dr. Conrad und Pettelbock kriegen das nicht mit. Sie sind viel zu sehr mit anderen Dingen beschäftigt. Sie helfen Donna auf den Stuhl, den Pettelbock *Pflaumenbaum* nennt, wofür Frau Dr. Conrad ihn angiftet.

Donna hört das Ticken der Wanduhr und kann die Geräusche des Geräts, das die Herztöne mißt, deutlich davon unterscheiden. Alles scheint ein Eigenleben zu haben. Es ist, als könnte der Schrank reden. Als hätten die Wände Ohren. Als seien in den Bilderrahmen kleine Babys gefangen. Die Jalousien vor den Fenstern singen ein Klagelied. Sie wollen raus aus der Schiene. Weg vom ewig nörgelnden Fenster, das sich von ihnen nicht geschützt fühlt, sondern isoliert. Die Dinge liegen im Streit miteinander. Es geht darum, wer wen benutzt, wer wen ausbeutet, wer wen gefangenhält. Sie werfen sich gegenseitig dieselben Sachen vor, nur aus ständig wechselnden Perspektiven.

Das Kalenderblatt an der Wand will nicht abgerissen werden, doch die nächste Seite darunter fiebert dem neuen Tag entgegen und will das Licht sehen.

Bin ich sonst so abgestumpft, daß ich nichts von all dem mitkriege? fragt sich Donna. Oder geschieht das sonst nicht? Es kann nicht wahr sein. Die Dinge reden doch sonst nicht. Ich lebe nicht in einem Bilderbuch, in dem Kaffeetassen sprechen und Gabeln mit Löffeln Walzer tanzen.

Sie erlebt die Dinge wieder so wie damals als Kind. Als alles lebte, atmete und mit ihr sprach. Hat die Spritze von Pettelbock ihr diese Wahrnehmung nur zurückgegeben? Ist sie jetzt klarer geworden und sieht die eigentlichen Dinge und magische Kinderwelten, oder ist sie restlos verwirrt und wird in der Klapsmühle landen?

Der Schreibtisch ruft ihr Witze zu, vergißt aber die Pointen. Und jetzt weiß Donna, warum die Bilder zu ihr sprechen, die Schranktür, die Jalousien am Fenster, die Kaffeetassen, das Kalenderblatt. Ihr Verstand spielt ihr einen Streich. Er versucht sie zu schützen. Er schiebt Kindheitserinnerungen und Wirklichkeitspartikelchen zwischen sie und den Alptraum, den sie schon einmal in voller Länge durchleiden mußte.

Sie sieht das silberne Besteck. Es ist ähnlich wie beim Zahnarzt. Zangen. Messer. Pinzetten. Nur alles viel länger.

Erst als sie sich aufbäumen will, merkt sie, daß sie angeschnallt ist. Fixiert, wie Pettelbock es nennt.

«Gut, daß wir sie fixiert haben», sagt er gleich zweimal. Oder ist es das Echo?

Jetzt schweigen die Gegenstände. Donna rutscht in den realen Alptraum. Pettelbock und Frau Dr. Conrad reden gleichzeitig auf sie ein. Die Ärztin macht sich zwischen ihren Beinen zu schaffen.

Pettelbock schiebt ihr ein Stück Leder zwischen die Zähne. Zunächst glaubt Donna, daß sie ihm in die Hand beißt, doch sie weiß, dann müßte sie jetzt Blut schmecken. Sie versucht, das Teil auszuspucken, aber es gelingt ihr nicht.

«Nein!» schreit Donna. «Nein, ich will nicht! Hört auf! Jens! Papa! Mama!»

62

Als Jens zwischen den Lamellen der Rolläden Licht nach draußen scheinen sieht, bricht ihm der kalte Schweiß aus. Er ist zu spät gekommen. Er ist tatsächlich zu spät gekommen.

Er schaut auf die Uhr. Sie haben zu früh angefangen. Es ist erst Viertel vor neun. Das ist einfach nicht fair. Er hat doch nichts Schlimmes getan. Er hat nur ein paar Freunde abgeklappert. Hat versucht, sich Geld zu leihen. Bei der Suche nach Verbündeten, nach einem gebrauchten Auto und einem Unterschlupf für die Nacht ist die Zeit schnell vergangen. Aber er hat immer wieder auf die Uhr geschaut.

Er klingelt. Er rechnet nicht damit, daß ihm jemand öffnet. Komisch, denkt er, wann habe ich zum letztenmal an einer Tür geklingelt und daran geglaubt, daß mir einer aufmacht?

Er ist ganz und gar auf Ablehnung eingestellt. Aber vermutlich war er mit diesem Gefühl der Realität noch nie so nahe wie jetzt.

Er könnte die Tür einfach aufbrechen. Damit hat er keine Probleme. Vielleicht ist Donna noch gar nicht da, denkt er. Vielleicht sind sie noch bei den Vorbereitungen. Er schiebt sich zu den Rolläden und versucht, einen Blick in die Praxis zu erhaschen. Er sieht nichts, doch er hört Donnas Schrei.

Jens drückt beide Hände gegen die Plastikrolläden und schiebt sie einfach hoch. Die ersten paar Zentimeter sind ganz leicht, dann staut sich oben im Kasten etwas und klemmt. Er kann die Rolläden in den Hohlraum schieben, aber dort wickeln sie sich nicht auf. Er ruckt mit aller Gewalt dagegen. Es kracht und knirscht. Gut einen halben Meter hat er frei.

Nun kann er in den Raum sehen. Zwischen Donnas geöffneten Schenkeln Frau Dr. Conrad. Neben Donna Pettelbock, der Donna einen Knebel in den Mund drückt. Donnas vor Entsetzen weit aufgerissene Augen. Sie sieht ihn.

Mit dem Ellbogen zerdeppert er die Doppelglasscheibe. Ein rasender Schmerz jagt bis hoch in die Schultern und weiter, die Wirbelsäule hinunter. Aber er hindert Jens an nichts. Er steigert nur seinen Zorn.

Dem Scherbenregen hinterher springt Jens ins Zimmer. Dann krachen die Rolläden wieder nach unten. Auf ein paar Verletzungen mehr oder weniger kommt es jetzt nicht mehr an. Er gewöhnt sich langsam daran.

Mit beiden Händen packt er Frau Dr. Conrad und schleudert sie gegen Pettelbock. Die beiden fallen gegen einen Glasschrank. Jens schaut nicht mal hin. Er beginnt sofort, Donnas Fesseln zu lösen.

Sie spuckt das lederumwickelte Holzstück aus. In ihrem Mund zieht der Speichel Fäden. Sie reckt den Kopf in Richtung von Jens' Fingern. Sie will ihn wenigstens einmal kurz berühren. Sie bäumt sich auf und versucht zu strampeln, als könne sie so ihre Fesseln lockern.

Zwischen ihren Beinen vibriert etwas. Jens und Donna starren gleichzeitig hin. Aus Donnas Scheide ragt etwas heraus. Es ist aus silberglänzendem Metall. Das Ende von einer Schere, einer Zange oder etwas Ähnlichem.

Jens greift hin. Am liebsten möchte er es mit einem Ruck aus ihr herausreißen, doch er traut sich nicht.

Ihre Blicke treffen sich. Ganz vorsichtig, Zentimeter um Zentimeter, zieht er das Instrument aus ihr heraus. Donna nickt ihm zu. Das heißt weitermachen. Sie brauchen keine Worte.

Pettelbock und Frau Dr. Conrad reden wild durcheinander. Für Jens ist das nur Wortmüll. Nichts dringt zu ihm durch. Er ist mit allen Sinnen bei Donna. Wenn gleich am Ende von diesem Metallstück die Nabelschnur hängt, der Embryo oder irgend etwas anderes Lebendiges, dann wird er die beiden mit dem Instrument töten. Er weiß es.

Es ist nur ein bißchen Schleim daran, sonst nichts. Jens läßt das

Metallstück nicht einfach auf den Boden fallen, sondern legt es geradezu respektvoll zurück zu den anderen Utensilien. Er nimmt ein Skalpell und schneidet Donnas Arme frei. Dann ihre Beine.

Sie springt nicht aus dem Stuhl, wie er erwartet hat, sondern sie legt sich plötzlich zurück, als wollte sie schlafen.

Pettelbock macht einen Schritt nach vorn. Jens droht ihm mit dem Skalpell.

«Bleib, wo du bist, Drecksau! Ich schlitz dich auf!»

Pettelbock hebt die Arme und bleibt stehen wie eine Schaufensterpuppe. Er hofft, daß er nicht umfällt. Nicht jetzt, denkt er. Um Himmels willen, nicht jetzt.

Frau Dr. Conrad scheint plötzlich Herrin der Lage zu sein. Ihre Stimme ist schneidend scharf.

«Was bilden Sie sich eigentlich ein? Was glauben Sie, wer Sie sind? Sie spielen sich hier auf wie Gott! Wollen Sie Donnas Leben ruinieren? Wollen Sie sich für irgend etwas rächen, das Ihnen in Ihrer Kindheit angetan wurde? An Herrn Dr. Pettelbock? An mir? An Donnas Eltern? An wem?»

Jens droht ihr mit dem Skalpell, doch das beeindruckt sie wenig.

Donna wendet den Kopf ab. Sie hört alles wie ein Echo von den Bergen. Sie ist zu kraftlos, um die Augen zu öffnen. Sie sehnt sich zurück ans Meer und auf Papis Arm.

«Du alte Hexe!» kreischt Jens. «Wir könnten so glücklich sein, wenn du nicht wärst! Du hast dich in unser Leben gemischt! Ich will nichts weiter, als daß du dich raushältst!»

Als sei ihr Zeigefinger ein mindestens so scharfes Instrument wie das Skalpell in seiner Hand, geht Frau Dr. Conrad auf Jens zu. Er weicht zurück. Nicht viel, doch merklich genug, um sie zu ermutigen.

«Männer wie Sie kenne ich zur Genüge!» keift sie. «Ihr verteilt euren Samen wahllos wie Pusteblumen, und dann ist es Sache der Mädchen, damit fertig zu werden!» Sie reißt Bilder von der Wand und wirft sie vor Jens auf den Boden. Es ist wie ein Rausch. Sie kann nicht aufhören. Die Heftzwecken hängen noch drin, ein Stück Tapete löst sich. «Diese Kinder wären alle tot!» schreit sie. «Alle, alle tot, wenn ich nicht da wäre! Weil verantwortungslose Menschen nur an ihre Lust denken, nicht an werdendes Leben!»

Während sie redet, merkt sie, wie sehr sie auf dem Holzweg ist. Sie kennt Männer wie diesen Jens gar nicht. Sie glaubt ihm nicht, daß er ist, wie er ist. Sie glaubt ihm nicht, daß es ihm um das Baby geht. Es geht um irgendwas anderes. Er wird Donna eines Tages sitzenlassen und eine andere schwängern.

Frau Dr. Conrad ist plötzlich furchtbar verwirrt. Sie weiß, daß sie ein paar gute Argumente braucht. Sie kann ihn an die Wand reden, er ist ihr intellektuell weit unterlegen. Aber plötzlich fällt ihr nichts mehr ein. Eine Art Blutleere im Gehirn bremst sie. Sie kommt sich hohl vor. Sie hat etwas wie einen Blackout, fühlt sich geteilt. Immer noch wirft sie Babybilder in seine Richtung. Die besten Argumente, die sie hat.

Jens hebt Donna aus dem Stuhl und stellt sie an der Wand ab wie ein Möbelstück.

«Wenn Sie Donna jetzt mitnehmen, ist das Entführung!» brüllt Pettelbock. Er sieht sich als Vertreter von Peter und Monika Huse völlig im Recht. Er stürzt sich auf Jens.

Jens haut das Skalpell in den rechten Oberarm von Dr. Pettelbock. Der starrt ungläubig auf das Metallstück, das aus der blutenden Wunde ragt, und bricht zusammen.

Jens packt Frau Dr. Conrad, hebt sie hoch wie einen alten Koffer und wirft sie in den Stuhl. Ihre Wirbelsäule gibt ein verdächtiges Geräusch von sich. Der Schmerz lähmt sie für einen Moment. Da hat Jens ihre Arme schon mit Verbandszeug umwickelt. Er fesselt sie an den Stuhl.

«Sie können Donna jetzt nicht wegbringen! Wir haben den Abort bereits mit einer Spritze eingeleitet. Sie bringen sie um, wenn Sie sie mitnehmen. Sie muß unter ärztlicher Kontrolle bleiben! Himmelherrgott, sehen Sie doch ein, daß ...»

Er schlägt ihr ins Gesicht. «Halt's Maul!»

Sie kreischt wie ein Mensch, der seinen Tod vor Augen sieht. «Was haben Sie vor? Was haben Sie vor? Lassen Sie mich in Ruhe! Um Himmels willen, nein!»

Schon hat Jens ihr rechtes Bein gefesselt, mit dem linken strampelt sie wild herum.

Pettelbock kraucht zur Tür und hinterläßt eine Blutspur. Er bewegt sich auf Donna zu. Er erscheint ihr als riesiges Insekt, das sich die Flügel gebrochen hat. Sie drückt sich fest gegen die Wand. Am liebsten würde sie hinter die Tapete kriechen und dort verschwinden. Sie fürchtet, eine Berührung von diesem großen, krabbelnden Insekt könnte sie umbringen.

«Jens», haucht sie. «Jens.»

Jens kämpft mit Frau Dr. Conrads linkem Bein. Er hält ihre Fessel umklammert, doch sie hat solche Kraft, daß sie ihn hin und her stößt. Schließlich läßt er sie los. Er ist fertig mit ihr. Er will sie nicht quälen, nicht töten, nicht bestrafen. Einfach nur loswerden.

Donna lächelt Jens an. Ihre Arme sind bleischwer. Jens legt sie sich selbst um den Hals. Sie nickt. Ja, so ist es richtig. Sie fühlt sich Jens so eng verbunden, daß keine Worte nötig sind. Er wird das Richtige tun. Er wird sie von hier wegbringen.

Er spürt seine Verletzungen nicht. Er fühlt sich stark und energiedurchflutet. Er könnte jetzt mit einem Marathonlauf beginnen. Behutsam führt er Donna zur Tür.

«Das werden Sie noch bereuen!» droht hinter ihnen Frau Dr. Conrad.

Jens lächelt in sich hinein, denn er weiß genau, wenn er etwas nicht bereuen wird, dann das hier. Und wenn er den Rest seines Lebens dafür im Knast sitzt. Er fühlt sich großartig. Einmal im Leben wichtig, im Recht, als Kämpfer für eine gute Sache. Ihm darf jetzt nichts passieren, denn Donna und das Kind brauchen ihn. Ihre Hilflosigkeit gibt ihm Halt.

Er könnte reingehen und sich die Schlüssel von Pettelbocks Mercedes holen. Er würde sie kriegen. Aber er findet es angemessener, den Wagen zu knacken. Er braucht dafür nur wenige Sekunden, auch ohne Werkzeug.

Donna schaut ihm zu. Schwankend. Traumtänzerisch. Sie betrachtet ihren Jens mit Stolz. Er knackt diesen Wagen so würdevoll. Seine Bewegungen sind präzise, genau abgezirkelt – und erfolgreich. Schon sitzt sie auf dem Beifahrersitz, und er schließt den Motor kurz. In ihren Ohren klingt es, als würde ein gequältes Tier aufheulen, doch es ist nur der Motor.

Donna hört sich selbst kichern. Sie fühlt sich, als hätte sie im Kino eine beschwingte Komödie gesehen. Ausgelassene Heiterkeit macht sich in ihr breit. Mit trockenem Mund flüstert sie: «Ich liebe dich, Jens Simon. Ich liebe dich.»

Es ist nur ein Flüstern, doch für ihn hört es sich an wie ein leidenschaftlicher Schrei.

Jens hat kein Ziel. Er gibt einfach Gas. Kurz vor der Autobahnauffahrt stecken sie in einem Stau fest. Erst jetzt wird ihm bewußt, daß Donna nur mit einem weißen Operationshemdchen bekleidet ist. Hinterm Nacken zugebunden, am Rücken frei.

Er wendet das Fahrzeug, ohne Rücksicht zu nehmen auf das Gehupe der anderen Fahrer, die nicht akzeptieren wollen, daß einer aus der Schlange ausschert. Er fährt in die Fußgängerzone. Sie ist menschenleer wie eine Goldgräberstadt nach dem Rausch.

Jens zeigt auf die Schaufenster. «Such dir was aus.»

Doch die Medikamente benebeln Donna zu sehr. Sie sieht die großen, beleuchteten Schaufenster vom Kaufhof und von C&A, aber sie versteht nicht, was das alles mit ihr zu tun hat.

Jens steigt aus, zertrümmert die Scheiben und packt ein, was Donna gut stehen könnte. Die losheulenden Alarmanlagen stören ihn nicht. Er ist über eine Grenze gegangen, hinter die er nicht wieder zurückkann. Alles, was er jetzt tut, ist nur noch eine logische Folge.

Wieder einmal knirschen Scherben unter seinen Füßen. Er beeilt sich nicht einmal, kann sich nicht entscheiden, welcher Rock Donna wohl besser steht, und nimmt folglich beide. Den Schal, die Schuhe, das Jäckchen. Er entkleidet eine Schaufensterpuppe. Sie hat die Nylonstrumpfhose nur bis zu den Knien hochgezogen. Etwas daran empört Jens. Er will der Puppe die Strumpfhose ausziehen, um sie für Donna mitzunehmen, doch da bildet sich schon eine breite Laufmasche. Die kann er nicht mehr nehmen. Aber er will die Puppe so nicht stehenlassen. Er rollt die Strumpfhose vorsichtig über die Kunststoffbeine höher.

Ein Wachmann springt aus dem Inneren des Kaufhauses ins Schaufenster.

Donna schaut angstlos zu. Entweder dämpfen die Medikamente ihre Gefühle so sehr, oder ihr fehlt das Bewußtsein dafür, daß Jens verlieren könnte. Für sie steht absolut fest, daß er Herr der Lage ist. Sie lächelt, denn sie weiß, daß er gewinnen wird. Er akzeptiert keine Niederlage.

Der Wachmann ist knapp dreißig. Bei der Kripo ist er gefeuert worden, weil gegen ihn drei Anzeigen wegen Sex mit Minderjährigen laufen. Sie nennen es Mißbrauch. Er Liebe. Er hat schon Dutzende Ladendiebe überführt und Einbrecher gestellt. Es ist für ihn jedesmal, als würde er sich selbst damit freisprechen, weil andere noch schuldiger sind. Er weiß, daß er zu den Schlechten gehört, möchte aber von den Guten anerkannt werden. Nur darum geht es ihm bei seinem Job.

Als er Jens sieht, weiß er sofort, daß er dem besser nicht zu nahe kommt. Es ist der fiebrige Glanz in den Augen von Jens und die Selbstverständlichkeit, mit der er die Puppen entkleidet. Er hat kein Unrechtsbewußtsein. Er fühlt sich nicht erwischt. Jeder kleine Dieb schämt sich, wenn er gefaßt wird, hat Angst vor den Folgen und möchte alles ungeschehen machen. Der da ist stolz auf sich, wie ein Wolf, der in eine Hühnerfarm eingedrungen ist. Er wird fressen, bis er satt ist, und erst dann gehen. Wer versucht, ihn daran zu hindern, muß kämpfen.

Die Männer taxieren einander. Der Verband an Jens' Kopf und die Mullbinde, die aus seinem rechten Hemdsärmel baumelt, machen dem Wachmann angst. Jens wirkt wie jemand, der schmerzunempfindlich ist. Er bewegt sich mit der ruhigen Gelassenheit eines Terminators. Die Waffen dieser Welt sind nicht dazu geeignet, ihn ernsthaft zu verletzen. Der Wachmann stellt sich vor, wie er Jens mit seinem 38er Smith & Wesson voll Blei pumpt und Jens ganz in Ruhe eine weitere Puppe entkleidet.

Der Wachmann flüchtet ins Innere des Kaufhauses zurück. Jens trägt die Sachen zum Mercedes und wirft sie auf den Rücksitz.

Ein Rest von pochender Vernunft meldet sich in Donna. «Wir müssen verschwinden», sagt sie, genervt von der Alarmsirene. Ihre Füße schlafen ein.

«Es fehlt noch Unterwäsche. Da drüben bei H&M. Das steht dir bestimmt klasse.»

Donna schüttelt den Kopf. «Nicht jetzt, Jens.»

Er steigt in den Wagen und fährt rüber zu H&M. Im Schritttempo rollt er auf die Scheibe zu. Sie bricht. Scherben hageln auf den Kühler und die Windschutzscheibe. Unwillkürlich hebt Donna die Hände. Sie schämt sich fast ein bißchen dafür. Es ist, als würde sie ihn damit beleidigen, denn natürlich tut Jens nichts, was sie verletzen könnte.

Die H&M-Sirene heult wesentlich schriller als die vom Kaufhof. Tauben flüchten. Donna schaut Jens zu, wie er die Schaufensterpuppen entkleidet. Fast wird sie eifersüchtig dabei. Er tut es so zärtlich, als würde er lebenden schönen Frauen aus dem BH helfen und ihnen dann das Höschen abstreifen.

Das Licht im Schaufenster beginnt zu flackern. Etwas unsicher steht Jens vor einem schwarzen Mieder mit Strumpfhaltern dran. Er zeigt darauf, Donna schüttelt den Kopf. Wie soll sie mit ihrem dicken Bauch da hineinpassen? Er zuckt mit den Schultern und steigt wieder ins Auto.

Donna hält die Wäsche mit einer Hand auf dem Schoß fest. Der Stoff fühlt sich fein an, seidig, ganz anders als das steife OP-Hemd. Sie würde sich am liebsten gleich umziehen, doch sie weiß, daß sie dazu nicht die Kraft hat. Alles, was sie kann, ist wach bleiben.

Von Norden kommen zwei Polizeifahrzeuge nebeneinander die Fußgängerzone heraufgefahren.

«Bist du angeschnallt?» fragt Jens.

Donna überprüft es mit tauben Fingern, nickt aber schon, bevor sie den Gurt ertastet hat. Jens jagt los.

Donna kann die Polizeifahrzeuge im Rückspiegel beobachten. Sie hört die blecherne Lautsprecherstimme, nimmt aber nicht wirklich wahr, was die Stimme sagt.

Jens wendet den Wagen ein paarmal. Donna wird in den Gurt geschleudert und gegen die Tür. Die Räder quietschen. Die Unterwäsche rutscht ihr vom Schoß. Als der Stoff ihre Zehen streift, merkt sie, wie eiskalt sie ist.

Hinter ihnen kracht ein Polizeiwagen in einen parkenden Lkw.

«Yippiehh!» jubelt Jens und schlägt auf das Lenkrad.

Donna will nicht, daß er so weiterfährt. Natürlich wird er gewinnen. Die anderen haben keine Chance gegen ihn, Jens, den besten Autofahrer der Welt.

Jens muß unbedingt der ganzen Stadt zeigen, was hier los ist. Er braucht Zuschauer. Wenn das hier der große Showdown wird, dann sollen ihn auch alle sehen. Und wenn er entkommt, um so besser.

Er drückt die Hupe.

Mit dem rechten Kotflügel rammt er eine Mülltonne. Die Tonne fliegt gegen die Hauswand und scheppert auf die Straße zurück. Hart wird Donna in den Sicherheitsgurt gedrückt.

«Keine Angst», grölt Jens, «wir haben Airbag.»

Der Gurt schneidet in Donnas Bauch. Sie hat keine Angst um sich, zumindest gesteht sie sich diese Angst nicht ein. Doch nun fürchtet sie um ihr Kind.

«Das Baby!» schreit Donna. «Das Baby!»

Plötzlich kann sie wieder vernünftig denken. Sie überlegt, ob sie sich aus dem Sicherheitsgurt befreien soll. Sie befürchtet, das Kind könnte zerquetscht werden. Aber ohne Gurt ist es auch nicht besser. Ihr Daumen spielt mit dem roten Druckknopf. Gurt lösen oder nicht?

Da verlangsamt sich die Fahrt. Der Wagen ruckelt über Kopfsteinpflaster. Jens drückt den automatischen Scheibenheber. Die Fensterscheiben surren auf beiden Seiten nach unten. Er lauscht nach draußen. Er hat sie abgehängt. Aber er will wissen, wo sie sind. Die Sirenen verraten sie.

Noch einmal wendet er und fährt durch eine Unterführung und durch eine Einfahrt in die entgegengesetzte Richtung. Dann stehen sie auf dem Schrottplatz. Es ist ein gespenstischer Ort. Das Mondlicht reflektiert in hundert zerbrochenen Rückspiegeln und Glasscheiben. Plötzlich ist es ganz still. Vor Donna sind Unfallautos zu einer Pyramide aufgetürmt. Sie hört den Atem von Jens, dann schreit ein Käuzchen.

Jens steigt aus und schließt das Tor. Donna genießt die Stille, das Ende der Verfolgungsjagd.

Jens plappert drauflos. «Hier war ich früher oft. Das Tor ist nie zu. Es ist fast jede Nacht aufgebrochen worden. Da war es billiger, es aufzulassen.»

Blaulicht nähert sich und spiegelt sich in der Autopyramide. Jens küßt seine Donna auf beide Wangen und erschrickt. Ihr Gesicht ist von einer feinen, kalten Schweißschicht überzogen. Entweder hat Jens Fieber, oder sie muß unterkühlt sein.

«Scheiße!» flüstert Jens. Er hätte auch eine Decke klauen sollen oder einen Schlafsack.

Er hilft Donna aus dem Auto. Sie stehen vor der offenen Tür. Donna zieht die Kleider an, die er ihr hinhält. Sie stützt sich dabei auf ihn. Er hält das Höschen so, daß sie hineinsteigen kann. Er schließt den BH zwischen ihren Schulterblättern. Sie ist fast genauso steif wie die Schaufensterpuppen, und die Worte von Frau Dr. Conrad fallen Jens wieder ein. Es ist, als würde eine Wunde neu aufgerissen. «Sie können Donna jetzt nicht wegbringen! Wir haben den Abort bereits mit einer Spritze eingeleitet. Sie bringen sie um, wenn Sie sie mitnehmen. Sie muß unter ärztlicher Kontrolle bleiben!»

«Ich friere so», sagt Donna und klappert mit den Zähnen. Jens versucht, sie mit seinem Körper zu wärmen. Sie rutschen auf den Rücksitz des Autos. Er deckt sie mit den geklauten Kleidern zu. Sie zittert, wie Jens es nur einmal im Leben gesehen hat: im Frankfurter Hauptbahnhof, als nach einem Konzert ein Junkie an einer Überdosis starb.

Es gelingt ihm nicht, ihren Körper zu beruhigen. Doch er kann versuchen, ihr Halt zu geben. Sie klammert sich an ihn. Ihre Hände fliegen auf seinem Rücken rauf und runter. Dabei klopfen sie auf die verbundenen Stellen. Jedesmal durchzuckt ein Schmerz seinen Körper. Er könnte ihre Hand woandershin legen, doch er beißt die Zähne zusammen und hält durch. Beinahe genießt er es, daß sie ihm weh tut. Jetzt fühlt er sich gar nicht mehr als Held, sondern als der letzte erbärmliche Versager, der alles falsch gemacht hat. Er steht am Endpunkt seines verpfuschten Lebens. Von der Polizei gesucht, in einem geklauten Auto, auf einem Schrottplatz, mit seiner schwangeren Freundin, die eine Abtreibungsspritze erhalten hat. Ihr Körper wird das Kind gleich abstoßen, und er kann nichts tun. Soll er es etwa zurückstopfen?

Für einen Moment schließt er die Augen und weiß, daß er froh sein muß, wenn Donna das Ganze überlebt. Sie atmet jetzt heftiger und beginnt zu stöhnen.

Er fragt: «Was ist?», doch sie kann nicht antworten. Sie hat genug Probleme damit, Luft zu holen.

«Donna, spürst du Wehen?»

Sie schüttelt erst den Kopf, dann nickt sie.

«Was sollen wir machen? Soll ich dich zum Krankenhaus fahren? Zu einem Arzt?»

Donna schüttelt den Kopf. Nie wieder wird sie sich einem Arzt anvertrauen.

Ihre Schenkel zucken jetzt spastisch. Jens legt beide Arme um ihre Beine und preßt sie zusammen. Die Zuckungen werden rhythmisch. Jens arbeitet gegen den Rhythmus und versucht gleichzeitig, gegen die eigene Ohnmacht anzuatmen. Er hat das Gefühl, gleich schlappzumachen. Aber das darf er nicht. Und wenn auch alles schiefgeht. Er darf nicht ohnmächtig neben Donna liegen, während sie eine Fehlgeburt hat.

Himmel, wenn ich nur wüßte, was ich tun soll!

Endlich läßt das Zittern nach. Donnas Körper vibriert immer noch, aber so könnte man auch vor Kälte bibbern, oder vor Angst. Jens zieht Sandras Hemd aus und legt es Donna noch über die Beine.

«Donna. Wir können zu Sandra fahren. Sandra ist Arzthelferin. Sie hat mich auch versorgt. Vielleicht weiß sie, was wir machen müssen.»

Donna starrt ihn an, als sei er ein soeben dem Grab entstiegener Zombie, der mit menschenfressender Wut auf sie zukommt. Sie schüttelt den Kopf und preßt ein «Nein» hervor.

«Aber warum nicht? Was früher mal war, ist doch jetzt scheißegal. Ich meine, es geht wirklich um mehr ...»

«Und wenn sie uns verrät?» kreischt Donna. «Ich trau keinem mehr!»

Sie klingt so entschieden, daß Jens sofort aufgibt.

Donna streckt die Arme aus und zieht ihn wieder an sich. Sie atmet flach und spricht leise.

«Wir haben keine Verbündeten mehr, Jens. Wir können niemandem trauen. Mein Vater hat auf dich geschossen, stimmt's?»

Jens nickt, obwohl das nicht ganz die Wahrheit ist. Aber er will jetzt nicht erzählen, was genau passiert ist, denn in Donnas schmerzverzerrtem Gesicht kündigt sich eine neue Krampfwelle an. Sie beißt ein Loch in den geringelten Pullover. Ihre Augäpfel quellen so weit hervor, daß Jens befürchtet, sie könnten herausfallen.

Donna preßt es zwischen den Zähnen hervor. Ihre Zunge ist geschwollen. «Sie haben diese Scheiße in mich reingespritzt!»

«Was ist mit dem Baby? Ist es tot?»

Donna schüttelt den Kopf. Sie spürt, wie es zappelt.

63

In der Nacht umstellt die Polizei das Haus. Diesmal kommen sie nicht als Retter in der Not. Gezückte Gummiknüppel und durchgeladene Dienstwaffen signalisieren Monika, daß die Sache eine schlimme Wendung genommen hat. Schlimmer, als sie je befürchtet hat.

Peter hält ein großes Cognacglas in der Hand. Er hat nicht das Gefühl, vom Alkohol betrunken zu werden. Ganz im Gegenteil. Er trinkt sich nüchtern. Hinein in die Klarheit. Wenn ich mich und das, was ich tue, im Fernsehen sehen würde, denkt er, wenn das hier ein Spielfilm wäre – ich bin keine Person, mit der ich mich identifizieren würde. Der Gedanke zieht ihn runter. Der Ärger läßt sich mit Cognac nicht wegspülen.

Monika versichert den Beamten, daß Donna nicht hier ist. Und Jens Simon natürlich auch nicht. Sie will wissen, was los ist, erhält aber nur ausweichende Antworten.

Peter steht stumm wie ein Fisch und schaut in sein Glas. Es würde ihm jetzt nichts ausmachen, aus der Welt zu verschwinden. Sterben findet er eine gar nicht so schlechte Alternative zu seinem jetzigen Leben.

Sie durchsuchen auch den Dachboden. Donnas Räume. Sie klopfen die Rigipsplatten ab, und hinter dem *Red-Hot-Chilli-Peppers*-Poster finden sie ein Versteck, aber keinen Jens Simon.

Als die Uniformierten sich verabschieden, bleibt nur noch eine Kripobeamtin mit ihrem Assistenten, der sich ganz im Hintergrund hält. Marion Brandes hat sich ganz ihrem Vorbild, der *Tatort*-Kommissarin Odenthal, angepaßt. Sie sieht aus wie die Folkerts, die Haare hat sie sich schwarz färben und so kurz schneiden lassen, daß sie ihr gerade noch in die Stirn fallen. Sie hat die Bewegung geübt, mit der sie die Locke zurückwirft, wenn sie zum Angriff übergeht oder in Verlegenheit gerät. Sie möchte frech und kaltschnäuzig sein, doch ihr Problem ist ihre Warmherzigkeit. Es ist ihr nicht bewußt, daß sie nur die Kopie von einem erfundenen Original ist.

Daß Peter Huse trinkend in der Ecke steht, ist für sie ein gutes Zeichen. Er ist der Ansatzpunkt. Er wird ihr weiterhelfen. Eine Kette reißt an ihrem schwächsten Glied. Monika Huse würde sich lieber die Zunge abbeißen, als ihre Tochter zu verraten. Aber der stumme Trinker da, der hat etwas zu verbergen. Er hat sich heute morgen mit diesem Jens Simon geprügelt. Er hat keinen Grund, ihn vor der Polizei zu schützen.

Kommissarin Brandes liegt gefühlsmäßig genau richtig. Mit einem flüchtigen Nicken bedeutet Peter Huse ihr, sie solle sich setzen. Sie braucht nicht mal Fragen zu stellen, er beginnt von allein. Schnell spürt sie sein eigentliches Bedürfnis. Er will reden, ohne seine Tochter zu gefährden. Darum scheint sich hier alles zu drehen. Jeder glaubt, daß etwas anderes gut für Donna ist, doch darin, daß sie vor der Welt beschützt werden muß, sind sich alle einig.

Peter hat inzwischen einen Weg gefunden. Er bezeichnet die Tat als Entführung. Ein völlig durchgeknallter Jens Simon, der sich in seiner Liebe zurückgestoßen fühlt, hat Donna aus der Praxis von Frau Dr. Conrad entführt und ist in einem gestohlenen Fahrzeug mit ihr durch die Stadt gejagt.

«Bitte», fleht er mit weinerlicher Stimme, «bringen Sie mir meine Tochter zurück. Wenn ihr etwas passiert, dann ...»

Er meint es ehrlich, und doch ist es total verlogen. Marion Brandes hat ein Gespür für so etwas. Im Grunde würde sie am liebsten seine Hand nehmen, ihn trösten und ihm Mut zusprechen. Doch sie spielt die Kommissarin Odenthal inzwischen fast so gut wie die Folkerts und geht ihn frontal an.

«Wissen Sie, mir drängen sich hier ein paar Fragen auf. Erstens: Was hat Ihre Tochter um einundzwanzig Uhr in der Praxis von Frau Dr. Conrad gemacht? Ich gehe für gewöhnlich tagsüber zu meiner Frauenärztin. Zweitens: Woher wußte Jens Simon, daß er sie dort finden konnte? Drittens: Warum hat der Junge nicht einfach darauf gewartet, daß Ihre Tochter wieder herauskam, sondern ist in die Praxis eingedrungen, hat dort getobt wie ein Irrer und Donna mitgenommen? Viertens: Wenn er Ihre Tochter wirklich entführt hat – wir haben glaubhafte Zeugenaussagen, denen zufolge er in der Innenstadt die Kaufhausschaufenster leergeräumt hat, während sie brav auf dem Beifahrersitz saß und auf ihn wartete. Sie hätte einfach aussteigen und weglaufen können.»

«Vielleicht war sie gefesselt», ruft Monika Huse und setzt sich zwischen die beiden. Es besteht eine fast unanständige intime Nähe zwischen ihnen, wie sie findet. Die Kommissarin beugt sich zu weit vor. Sie ist mit ihrem Gesicht nur knapp zehn Zentimeter von Peters Nase entfernt. Peter weicht nicht. Er hält sein Glas mit beiden Händen fest und starrt hinein. Er findet die Antwort auf dem Boden, in der kleinen Cognaclache.

«Donna ist das Opfer, nicht der Täter, Frau Kommissarin. Verrennen Sie sich nicht. Sie darf ihre Ärztin aufsuchen, wann immer die Ärztin es gestattet.»

Wieder greift Monika Huse ein. «Donna wollte ein Praktikum bei Frau Dr. Conrad machen. Sie war dort, um die Einzelheiten zu besprechen.»

Die Folkerts-Kopie grinst Monika unverschämt an. «Das glauben Sie doch selbst nicht. Aber dazu wird uns ja Frau Dr. Conrad etwas sagen können und – wie heißt der Arzt noch, mit der Stichwunde im Oberarm?»

«Pettelbock», hilft Peter aus.

«Ach, Sie kennen ihn?»

«Er ist unser Hausarzt.»

Das Gefühl, alles falsch zu machen, bleibt.

«Die Art, wie Sie fragen, gefällt mir nicht, Frau Kommissarin. Soll hier Schwarz zu Weiß gemacht werden und Weiß zu Schwarz? Wollen Sie mal die Wunden sehen, die der Dreckskerl mir zugefügt hat?»

Monika Huse hebt die Stimme. «Wir werden jetzt nichts mehr sagen, sondern auf unseren Anwalt warten.»

Peter sieht seine Frau bewundernd an und nickt. Na klar.

Warum ist er nicht gleich darauf gekommen? In wie vielen Krimis hat er das schon gesehen?

Die Folkerts-Dublette zuckt mit den Schultern. «Bitte, wie Sie wünschen.»

Sie dreht sich um und geht zur Tür. Ihr Assistent reagiert auf eine Kopfbewegung von ihr. Er hat es gelernt, ihr Gesicht zu betrachten, ihre Wünsche und Gefühlsregungen davon abzulesen und ungebeten zu tun, was von ihm verlangt wird. Es fällt ihm nicht schwer. Das hat er schon als kleiner Junge bei seiner Mutter gelernt.

Plötzlich kriegt Peter Angst. Vielleicht war die Drohung mit dem Anwalt ein bißchen zu dick. Vielleicht machen sie sich dadurch nur verdächtig.

Er läuft der Kommissarin nach und hält sie an der Tür auf. «Hören Sie. Wir sind unbescholtene Bürger. Wir haben diesen kleinen Laden hier. Unsere Tochter besucht das Gymnasium. Mein Gott, an uns ist nichts Aufregendes dran! Wir haben uns unser kleines Leben nett eingerichtet. Wir geraten jetzt in etwas hinein, das uns einfach über den Kopf wächst, verstehen Sie? Wir haben nur Angst um unsere Tochter, nichts weiter.»

«Und warum helfen Sie mir dann nicht einfach?» fragt die Copy-Kommissarin schnippisch zurück.

64

Donna brüllt wie ein angeschossenes Tier. Sie blutet. Ratlos hält sie Jens die rotbeschmierten Finger vor die Augen. Sie windet sich in Krämpfen.

Im Auto hat sie es nicht länger ausgehalten. Sie kniet auf dem Schotterboden. Kleine Steinchen drücken sich in ihre Handflächen und ihre Knie. So, auf allen vieren, wenn der Bauch nach unten baumelt, kann sie es am ehesten ertragen. Der Schmerz ist auch dann noch furchtbar, aber sie kann wenigstens atmen.

Ihre Bauchmuskulatur zieht sich zusammen. Es sind wellenartige Bewegungen nach unten. Jeder neue Krampf kündigt sich durch ein Zittern an und durch ein kaltes Gefühl im Nacken.

Ihr Gesicht scheint zu brennen. Zwischen ihrer Nase und dem Rachen gibt es keine Verbindung mehr. Dort ist alles zugeschwollen. Sie kann nur durch den Mund atmen, doch auch das fällt ihr immer schwerer. Schon zweimal hat sie Jens angefleht, ihr etwas zu trinken zu holen. Er weiß nicht, wie. Er will sie nicht allein lassen.

«Donna! Ich muß dich in ein Krankenhaus bringen. Wir haben keine Wahl.»

Er führt seine Befürchtung nicht weiter aus. Er hat Angst, sie könnte sterben. Jetzt und hier. Er faßt Donnas Arm an, will sie ins Auto heben. Schroff entzieht sie ihm den Arm und stößt ihn zurück. Sie beginnt zu husten. Jetzt verlaufen die Wellenbewegungen in die andere Richtung. Nach oben, zu ihrem Hals. Sie würgt. Dann erbricht sie Blut und Galle.

Jens legt ihr eine Hand auf den Rücken und beginnt hilflos mit zitternden Fingern ihren Rücken zu massieren. Die Haut unter ihm bebt.

Plötzlich ist ihr Körper ruhig. Sie atmet nicht mehr. Er schüttelt sie: «Atme! Atme!»

Ihr Oberkörper beugt sich weiter nach unten. Sie legt sich auf die Unterarme, ihr Hintern ragt hoch in die Luft. In der Mitte die nasse, blutige Fläche.

Sie saugt Luft ein. Vorsichtig, wie durch einen Strohhalm. Die Lippen nur einen winzigen Spaltbreit geöffnet. Er legt sich auf den Boden, den Kopf neben ihren. Langsam beginnt sie, ihren Bauch zu wiegen. Die Bewegung tut gut.

«Es ist vorbei», haucht sie so undeutlich, daß Jens die Worte nicht versteht. Aber an ihrem Blick kann er es ablesen. Er streichelt ihr Gesicht. Er hofft, daß sie nicht nur eine kleine Ruhepause hat, sondern daß es wirklich vorbei ist.

Dann liegen sie beide auf dem Rücken. Donnas Kopf auf seinem linken Oberarm. Sie schaut hinauf zu den Sternen, er in ihr Gesicht. Ihre Augen glänzen klar.

«Kurz hinter der Autobahnauffahrt», sagt er, «ist eine Tankstelle. Die haben immer auf. Da kann ich dir was zu trinken holen.»

Donna nickt.

Jens hilft ihr auf. Er will sie auf den Rücksitz betten, doch sie besteht darauf, auf dem Beifahrersitz zu sitzen, die Rückenlehne etwas weiter nach hinten. Nein, sie will sich nicht mehr anschnallen. Sie will ganz frei so sitzen. Wenn etwas passiert, dann hat sie immer noch den Airbag. Außerdem wird er jetzt vorsichtig fahren.

Als sie vom Autofriedhof rollen, sagt sie mit Vorfreude in der Stimme und voller Erleichterung: «Ich will ein Eis. Vanille, Erdbeer, Nuß. Im Hörnchen. Mit Krokant obendrauf, wenn sie haben.» Sie lächelt ihn an. «Erdnüsse wären auch nicht schlecht.»

«Was du willst», sagt er. Er hat noch ein wenig Geld, aber er wäre auch bereit, einen Supermarkt für sie auszurauben. Hauptsache, diese Krämpfe hören auf. Alles andere kann er regeln, aber dies Gefühl der völligen Hilflosigkeit ...

Noch einmal versucht er, sie zu überreden, mit ihm zu Sandra zu fahren. Sie lehnt ab.

Es gibt keine Straßensperren und keine Polizeikontrollen. Seine Angst, sie könnten an der Autobahnraststätte auf ihn warten, ist offensichtlich unbegründet. Die Polizeiaktion scheint beendet.

Im Licht der Neonwerbung sieht Donna entsetzlich aus. Wie ein Junkie auf Turkey. Sie bleibt im Wagen, Jens kauft ein. Ein paar Schokoriegel und Coladosen. Eine Prinzenrolle und eine Tüte Gummibärchen.

Der Kassierer ist zweiundzwanzig, wiegt hundertvier Kilo und liebt Marlboro, Videospiele und Pommes. Wenn er diese Schicht beendet hat, wird ein Herzinfarkt seinen Auftritt auf der Erde für diesmal beenden. Noch fühlt er sich klasse. Das Ziehen, das sich vom linken Arm über den Nacken bis zum Unterkiefer ausbreitet, führt er darauf zurück, daß er heute zu viele Kisten geschleppt hat. Um sich die verbrauchte Energie zurückzuholen, ißt er seinen vierten Marsriegel.

Mit gebleckten Schokoladenzähnen lacht er Jens an. «Du bist der Kerl aus den Nachrichten, hä?»

Jens springt zurück. «Wehe, du drückst den Alarmknopf oder rufst die Bullen an!»

Mit zwei Schritten ist Jens bei der Tür. Er wird die Sachen nicht wieder herausrücken. Im Gegenteil. Er wird noch ein paar mehr mitnehmen. Er stopft sich die Taschen voll. Er nimmt wahllos, was rumliegt. Sogar Himbeerkaugummi, und er kann Himbeerkaugummi wirklich nicht ausstehen.

Der Hundertvier-Kilo-Mann hebt die Hände und lacht: «Hey, hey, hey, von mir hast du nichts zu befürchten. Kann ich ein Autogramm haben?»

Jens kneift die Augen zusammen. «Willst du mich verarschen?»

«Verarschen? Junge, du bist ein Held! Sie haben es in den Lokalnachrichten gebracht. Du hast die Bullen abgehängt. In der Innenstadt. Sie waren mit sieben Autos hinter dir her. Eine Kiste ist dabei zu Schrott gegangen.»

Jens schüttelt den Kopf. «Es waren nur zwei Bullenautos.»

«So haben sie es jedenfalls in den Nachrichten gesagt.» Der Dicke schüttelt den Kopf. «O Mann, daß ich dich treffe! Ich hab dir so die Daumen gedrückt, du!»

«Weißt du denn, worum es geht? Haben sie das auch gesagt?»

Das Stechen im linken Arm wird störender. Der Dicke kratzt sich dort und hebt und senkt die Schultern. «Na, du hast den Mercedes da geklaut. Mit der amtlichen Nummer ...» Er hält seinen Block hoch und liest sie ab. «Siehst du, ich hab sie mir aufgeschrieben. Ich dachte, wenn er auf die Autobahn fährt, dann vielleicht hier. Und ich kann ihm winken oder toi-toi-toi sagen. Jetzt bist du tatsächlich hier. Mensch, das glaubt mir keiner! Kann ich dir noch irgendwie helfen? Ich meine, brauchst du Öl, Sprit – sag was. Wen hast du denn da im Auto?»

«Meine Freundin. Sie ist krank.»

«Braucht ihr Pflaster?»

«Hast du Aspirin?»

«Klar. Nicht zum Verkauf. Aber hier, privat. Ich geb dir alles. Hier. Sag mir, was du brauchst. Weißt du», lacht er bewundernd, «so wollte ich immer sterben. Auf der Flucht vor den Bullen. Davon hab ich schon als kleiner Junge geträumt. Aber ich werd wohl ein stinknormaler Rentner werden, der langsam an Altersschwäche eingeht. Mir fehlt der Mumm für so was.»

Jens will so rasch wie möglich ins Auto zurück. «Was kriegst du?»

Der Dicke kommt hinter der Kasse hervor, schiebt sich langsam auf Jens zu, breitet die Arme aus, als wollte er ihn an sich drücken. Das könnte eine Finte sein. Jens ist mißtrauisch. Will der ihn reinlegen? Hat er doch irgendeinen Alarmknopf gedrückt? Stürmen gleich Polizisten herein? Zieht der gleich einen Baseballschläger hinterm Rücken hervor?

«Ich mach dir einen Vorschlag», sagt der Dicke und lacht. «Nimm auch das Geld aus der Kasse. Du brauchst gar nichts zu bezahlen. Ich will dir helfen. Wir tun so, als ob du mich überfallen hättest, ja?»

«Nein, das ist kein Überfall. Ich will bezahlen!»

«Na ja, klar, wenn du unbedingt drauf bestehst. Aber ich meine, hier ist doch niemand. Wer soll uns das Gegenteil beweisen? Du mußt mir ja keins auf die Birne geben, du kannst mich hinter der Kasse fesseln. Ich krieg dafür bestimmt ein paar Tage frei, von wegen Schock und so.»

Jens wehrt ab. «Nein, verdammt! Laß mich bezahlen. Ich hab schon genug Dreck am Stecken. Ich will nicht auch noch einen Überfall ...»

«Ach komm schon.»

«Scheiße!» ruft Jens und rennt raus.

Der Dicke winkt ihm nach. Am liebsten würde er mitfahren. In der Tiefe seines Herzens glaubt er, daß er mit einer Schuld geboren wurde. Irgendwann wird die Polizei kommen und ihn abholen. Sie werden ihn einsperren und ihm nichts mehr zu essen geben. Auf diesen Tag hat er sich fressend vorbereitet. Sein Speckpolster wird ein paar Wochen reichen. Er will nicht in einem Hungerverlies sterben. Er möchte etwas von diesem Jens haben. Er will verduften und allen den Stinkefinger zeigen. Seinen Eltern und seinem Chef, der miesen Ratte.

Sein linker Arm schmerzt wieder, und er ahnt nicht, daß er kurz davor ist, auf immer zu entkommen.

Das Eis schmeckt Donna. Die Schwellung im Hals geht zurück. Sie kriegt wieder mehr Luft, und sie spürt, daß das Kind in ihr lebt. Sie trinkt gierig eine Cola hinterher und rülpst.

Jens nimmt die nächste Ausfahrt.

«Wir brauchen ein anderes Auto. Die Kiste hier kennt inzwischen jeder. Der Typ an der Tankstelle wollte ein Autogramm von mir haben.»

«Vielleicht hat er dich mal irgendwo mit dem Saxophon gehört», sagt Donna.

Jens hat vergessen, daß er überhaupt jemals in einer Band gespielt hat. Er kriegt einen Lachkrampf. All die Angst, der Streß und die Schmerzen lösen sich in einem gigantischen, homerischen Gelächter.

Donna fällt mit ein. Zunächst nur leicht gibbelnd, dann lacht sie so sehr, daß ihr Bauch zu hüpfen beginnt. Es schmerzt, aber es tut gut.

«Hör auf, hör auf, Jens, ich mach mir in die Hose!»

«Womit soll ich denn aufhören? Ich mach doch gar nichts!»

«Zu spät!»

Das Kind drückt zu sehr auf die Blase. Es regnet aus ihr heraus wie ein Wolkenbruch nach einem klärenden Gewitter. Der Sitz wird durchtränkt. Sie hebt den Hintern aus der Pfütze. «Mein Gott, ich pinkel das Auto voll. Halt an! Halt an! Ich mach alles naß!»

«Macht nichts. Wir besorgen uns sowieso ein neues.»

Neue Lachwellen schütteln Donna. Zwischen ihren Beinen patscht es. Die Welt scheint sich in einem riesigen Witz aufzulösen. Sie nehmen nichts mehr ernst.

Jens kutschiert sie mit offenem Fenster, den Ellbogen lässig heraushängend, am Kinocenter vorbei. «Such dir ein Auto aus, Baby», sagt er gönnerhaft.

Sie schaut sich nach einer Ente um. Sie hat sich immer schon eine Ente gewünscht. Auf dem Parkplatz steht aber leider keine. Außerdem findet Jens Enten als Fluchtauto ziemlich ungeeignet.

Sie entscheidet sich für einen Maverick. Der schwere Geländewagen scheint ihr strapazierfähig. Eine werdende Mutter sollte mit ihrem dicken Bauch in einem sicheren Fahrzeug sitzen. Zumindest, wenn sie einen Jens Simon als Fahrer hat.

Als sie aus dem Mercedes aussteigt, gibt es ein schmatzendes Geräusch. Während Jens den Maverick knackt, wechselt sie ihre Wäsche. Sie trägt jetzt ein grünes Kleid, über dem Bauch etwas eng, in den Schultern aber passend und so kurz, daß ihre schönen Beine prächtig zur Geltung kommen.

Jens sitzt schon im Geländewagen und öffnet ihr die Beifahrertür. Sie will einsteigen, da spürt sie die Wehen wieder kommen. Es ist längst nicht so schlimm wie auf dem Schrottplatz, aber sie stürzt fast.

Jens hilft ihr ins Auto. Donna versucht, sich abzulenken. Sie will das nicht noch mal so schlimm erleben wie vorhin.

«Wohin fahren wir überhaupt?» fragt sie stockend.

«Nach Frankreich oder in die Schweiz. Hauptsache, über die Grenze.»

Der Motor läuft schon. Jens sieht, daß es Donna gleich wieder sehr schlecht gehen wird. Ihr Körper befindet sich schon in Wallungen. Sie kann die Beine kaum noch zusammenhalten, mit den Händen drückt sie ihre Knie zusammen.

«Ich bin gleich wieder da», sagt Jens und rennt zur Telefonzelle.

Sandra ist zu Hause. Sie stellt lauter Fragen, doch er will keine beantworten.

«Sandra, um Himmels willen, sie haben ihr was gespritzt. Was ist das für ein Zeug? Gibt es irgendein Gegenmittel? Ich glaube, sie hat Wehen.»

«Ach du Scheiße. Ich ... ich hab noch keine Abtreibung erlebt, weißt du. In unserer Praxis ist das schließlich nie ...»

«Sandra, was haben sie ihr gespritzt?»

«Na ja, wenn der Fötus schon voll entwickelt ist, also ungefähr fünfundzwanzig Zentimeter groß, und vielleicht fünfhundert Gramm wiegt, dann kann man den nicht mehr ausschaben, weißt du. Der muß richtig geboren werden.»

«Was heißt das?»

«Dann ... dann wird ein Mittel gespritzt.»

«Ja, verflucht, das weiß ich auch. Aber was für ein Mittel?»

«Je nachdem. An der Uniklinik machen sie es mit einem Desinfektionsmittel. Es heißt, glaube ich, Rivanol. Sie spritzen es in die Fruchthülle. Dadurch wird der Fötus getötet, und die Wehen werden ausgelöst. Die meisten machen es aber wohl mit Prostaglandinen.»

«Was ist das?»

«Ein wehenauslösendes Hormon. Damit wird der Fötus ausgetrieben. Das kann lange dauern. Manchmal vierundzwanzig Stunden.»

«Und dann? Ist das Kind tot, wenn es geboren wird?»

«Nein, mit Intensivmedizin könnten sie es wohl retten. Es ist so ein nach Luft schnappendes Bündel, weißt du. Die Conrad hat mir manchmal davon erzählt. Die Schwester bringt das Kind dann gleich weg.»

«Wie, weg?»

«Sie könnten das Frühchen am Leben erhalten, tun es aber nicht.»

«Sandra, gibt es irgendein Gegenmittel?»

«Na klar. Wehenhemmer.»

«Wie komme ich da dran?»

«Laß es, Jens. Das ist Unsinn. Wenn sie schon Prostaglandine gespritzt haben, dann ...»

«Ich hab dich gefragt, wie ich an das Mittel komme.»

«Es ist kein Gegenmittel in dem Sinn, versteh das doch. Das ist nicht wie Kopfschmerzen, gegen die man einfach eine Tablette nimmt. Sie könnte kollabieren. Sie könnte draufgehen dabei.»

«Wann benutzt man denn diese Wehenhemmer?»

«Zum Beispiel wenn der Kreißsaal voll ist und alle Hebammen zu tun haben. Wenn der Arzt mal seine Nachtruhe braucht. In einigen Krankenhäusern gibt es freitags ab achtzehn Uhr keine Geburten mehr. Das geht erst wieder am Montag los, verstehst du? Das steuern sie mit Wehenhemmern oder wehentreibenden Mitteln. Man braucht nur sehr geringe Dosen davon. Wir haben doch keine Ahnung, wieviel Prostaglandine ihr gespritzt worden sind. Manche Ärzte nehmen so viel, daß die Mutter zwar die Wehen übersteht, das Kind aber auf jeden Fall dabei stirbt, damit sie sich nicht den Vorwurf gefallen lassen müssen, sie hätten ein Frühchen nicht gerettet. Es ist für die Eltern leichter, wenn das Kind tot geboren wird, als wenn es erst danach ...»

«Sandra, ich brauche diesen Wehenhemmer, und zwar jetzt. Kannst du mir das Zeug besorgen?»

«Nein.»

«Warum, verdammt noch mal, glaube ich dir nicht?»

«Ja, ich könnte es. Also, vielleicht. Ich meine ... es gibt da eine Möglichkeit. Ich ...»

«Belästige mich jetzt nicht mit Einzelheiten. Kannst du, oder kannst du nicht?»

«J ...ja.»

«Wie lange dauert das?»

«Wenn ich in die Praxis komme, geht es ziemlich schnell. Aber ich weiß nicht, wieviel wir davon brauchen. Ich hab das noch nie gespritzt, und ich ... ich hab Angst, Jens.»

«Ich auch.»

Jens rennt zum Maverick zurück. Donna sieht ihn nicht mal mehr kommen. Sie kniet schräg auf dem Beifahrersitz, beißt die Zähne aufeinander und schwitzt ihr neues Kleid durch.

Als Jens die Fahrertür zuknallt, flüstert sie: «Jens. Das sind Wehen. Mein Kind kommt.»

Seine Stimme klingt wie die von einem Nachrichtensprecher, der das Ungeheuerliche distanziert vorliest und ihm dadurch die Bedrohung nimmt. «Ja, es sind Wehen. Sie haben dir ein wehenauslösendes Mittel gespritzt. Die Alte hat es ja selbst gesagt. Aber die Wehen kommen noch nicht regelmäßig. Sie sind bestimmt nur so heftig, weil dein Körper sich noch dagegen wehrt. Richtige Wehen kommen erst alle zehn Minuten, dann alle fünf, dann alle drei. Soweit ist es noch lange nicht. Mach dir keine Sorgen. Es gibt eine Möglichkeit.»

Er lenkt den Maverick vom Parkplatz.

Trotz der Wehen kommt es Donna in diesem Wagen so vor, als würde sie hoch oben über der Stadt schweben. Sie registriert, daß Jens auf die Autobahn zurückfährt. Die wellenartigen Schmerzen hindern sie daran, in zusammenhängenden Sätzen zu sprechen. Zwischendurch, wenn sie Luft holen kann, bittet sie ihn, sie auf keinen Fall in ein Krankenhaus zu bringen. Auf gar keinen Fall.

Das verspricht er und fügt hinzu, daß alles gut werden wird.

Jetzt zittern Donnas Knie heftig, die Ruckelei tut noch einiges dazu. Mit beiden Händen hält sie sich die Vagina zu, als ob sie damit etwas verhindern könnte. Immerhin, diesmal kommt kein Blut.

Sie ahnt, daß er sie zu Sandra fährt. Sie wollte nichts mit dem Mädchen zu tun haben, für das er der schärfste Hengst war, doch inzwischen ist ihr das völlig egal. Es erscheint ihr so belanglos, so klein, ob er es mit ihr gemacht hat oder nicht. Mein Gott, was spielt das für eine Rolle?

Sie beide versuchen gerade, gegen alle Widerstände ein Kind zu kriegen. Ein höheres Maß an Vertrautheit, Sich-aufeinander-Verlassen und Aufeinander-angewiesen-Sein kann es doch gar nicht geben. Sie hofft nur, daß sie sich in ihm nicht täuscht. Von Schmerzen geschüttelt schaut sie ihn an. Er sieht gar nicht mehr aus wie ein Loser. Sondern wie ein Gladiator, der soeben entdeckt hat, daß er seinen Dreikant aus dem Inneren der Arena hochschleudern kann in die Brust des römischen Kaisers.

Donna kriegt ein Gespür dafür, daß sie in die Wehen hineinatmen kann statt dagegen. Jede Welle bietet eine Möglichkeit zum Luftholen. Je tiefer sie ausatmet, desto geringer wird der Schmerz.

Jens versucht, sich auf die Straße zu konzentrieren, während sie neben ihm tobt. Wenn es ganz schlimm wird, schlägt sie sogar nach ihm. Sie trifft seinen Oberarm, und jetzt fährt er sie zum erstenmal an: «Hör auf, verdammt noch mal! Reiß dich zusammen! Das tut mir auch weh!»

Er zeigt ihr den Arm. Natürlich weiß sie, daß er dort verletzt ist. Die Mullbinden haben sich längst gelöst und sind nur notdürftig verwurschtelt. Sie kommt sich plötzlich egoistisch vor. Sie kümmert sich nur um sich selbst, fragt gar nicht, was mit ihm ist. Gleichzeitig findet sie, daß sie ein Recht darauf hat.

Wieder spürt sie, was das Schönste an der Schwangerschaft ist: daß sie diese Zeit mit ihm verbringen kann. Bei allem Mist, den sie durchleben, fühlt sie doch, sie ist der wichtigste Mensch für ihn.

Als er endlich vor Sandras Haus hält, ist Donna toll vor Schmerzen und Angst. Sie trampelt auf dem Boden herum, kratzt lange Striemen über ihre Schenkel und redet wirres Zeug, während Speichel aus ihrem Mund auf den Rocksaum tropft. Sie beschimpft Jens und den Rest der Welt. Alle sind plötzlich Schweine geworden. Zwischendurch rollt sie mit den Augen und beteuert: «Du nicht, Jens, du nicht. Verlaß mich nicht!»

Sandra wartet bereits vor der Tür. Sie rutscht zu den beiden ins Auto. Jens gibt sofort wieder Gas.

«Hast du das Zeug?»

«Ja. Aber ich ... ich will das nicht machen.»

Sie hatte sich vorgenommen, die Sache mit Donna auszuhandeln. Doch jetzt, da sie Donna sieht, hält sie sie nicht mehr für zurechnungsfähig. Sie fleht Jens an, zu einem Krankenhaus zu fahren.

«Nein!» kreischt Donna. «Kein Krankenhaus! Zu den Schweinen geh ich nicht mehr! Nie, nie wieder!»

Sandra hat in ihrem medizinischen Lehrbuch nachgeschlagen. Sie weiß, daß sie diese Spritze nicht geben darf. Sie hat ein Rezept gefälscht und den Stoff in der Notapotheke besorgt. Über all das will sie jetzt nicht reden. Jens soll spüren, daß sie zu ihm hält.

Ihr geht dieser Satz nicht aus dem Kopf, aus dem Gedicht, das sie auswendig lernen mußte, weil sie in der zehnten Klasse dreimal hintereinander blaugemacht hatte. Einer war zum Tode verurteilt, mußte aber noch dringend etwas erledigen. Eine Hochzeit, oder bei der Beerdigung seiner Mutter dabeisein. Sie weiß es nicht mehr genau. Sein Freund meldete sich beim König und sagte: Laßt ihn frei. Ich stelle mich solange für ihn zur Verfügung. Wenn er nicht zurückkommt, könnt ihr mich an seiner Stelle köpfen. Der andere hatte Probleme, rechtzeitig zurückzukommen. Sie erinnert sich nicht mehr genau, welche. Aber kurz bevor sein Freund geköpft werden sollte, kam er angerannt. Und dann kam dieser Satz: «‹Mich, Henker!› ruft er, ‹erwürget. Da bin ich, für den er gebürget!›» Der König ließ den Freund laufen und bat die beiden, in ihrem Bunde der Dritte sein zu dürfen.

Sandra weiß nicht mehr, ob das Gedicht von Goethe oder von Schiller ist. Egal, jetzt fällt es ihr wieder ein. Es treibt ihre Sehnsucht vorwärts. Ja, sie möchte die Dritte im Bunde sein. Sie will nicht zum Rest der Welt gehören, sondern zu diesen beiden. Als Geliebte von Jens, als Freundin von Donna oder als Kind, wenn die beiden bereit sind, Vater und Mutter zu spielen.

«Donna. Das kann dich töten. Ich weiß die Dosierung nicht. Wir müssen Frau Dr. Conrad fragen, wieviel von den Prostaglandinen sie dir gespritzt hat. Falls sie nicht was anderes genommen hat.»

Aus irren Augen blickt Donna Sandra an. «Ich sterbe sowieso. Gib her.»

«Das kannst du nicht selber machen.»

«Okay», sagt Donna und schließt die Augen. Sie beißt die

Zähne zusammen. «Bei dem Gewackele geht das nicht. Halt an, Jens.»

Jens fährt auf den Seitenstreifen.

«Küß mich», haucht Donna mit geschlossenen Augen. Er drückt seine Lippen auf ihre, während Sandra mit Tränen in den Augen die verbotene Spritze verabreicht.

Sie hat die Spritze schon längst wieder in ihrer Tasche verschwinden lassen, und die beiden küssen sich immer noch. Sandra überlegt, ob sie einfach verschwinden soll. Irgendwie will sie weg, nach Hause, in die Badewanne. Sie braucht eine heiße Bouillon und heißes Wasser, das sie einhüllen soll wie eine Fruchtblase.

Sie streichelt das küssende Paar. Ihre Finger berühren erst Donna, dann Jens. Mit belegter Stimme sagt sie: «Ruft mich an, bitte. Ruft mich an, und sagt mir, was los ist. Haltet mich auf dem laufenden. Ich ... ich hab eine Telefonkarte. Ich kann sie euch geben. Es sind noch ein paar Einheiten drauf.»

Sie kriegt keine Antwort. Die beiden küssen sich. Sandra legt die Telefonkarte aufs Armaturenbrett und steigt aus.

Jens brettert los in Richtung Grenze.

«Schweiz», sagt Donna. «Laß uns in die Schweiz fahren. Die Bergluft ist bestimmt gesund.»

Insgeheim hofft sie, daß die Schweiz nicht an Deutschland ausliefert. Sie hat im Kopf, daß die Schweiz ein neutrales Land ist. Sie weiß nicht, worauf im einzelnen sich das bezieht. Steuerflüchtlinge soll es dort geben. Jens und ihr können sie vieles vorwerfen, Steuerhinterziehung ist vermutlich nicht dabei. Vielleicht haben die Schweizer trotzdem ein Einsehen.

Donna kollabiert noch vor der Autobahn. Ihr Kreislauf sackt zusammen. Jens stellt den Wagen vor einem Kiosk ab. Die Parklücke ist nicht groß genug für den Geländewagen. Jens kann darauf jetzt keine Rücksicht nehmen. Er fühlt Donnas Puls. Er spürt nichts mehr.

Er schlägt ihr ins Gesicht und schreit: «Donna! Donna! Atme, verdammt! Donna, atme!»

Nichts.

Merkwürdig verrenkt, wie bei einer weggeworfenen Puppe, stehen ihre Beine ab. Ihre Muskeln haben jede Spannkraft verloren. Jens hebt ihren Arm hoch und läßt ihn wieder fallen. Er plumpst leblos herunter wie ein geschlachtetes Stück Fleisch.

Jens reckt ihren Kopf über den Sitz nach hinten und versucht es mit Mund-zu-Mund-Beatmung. Er kommt in keinen Rhythmus rein. Er weiß nicht mehr, wie weit man zählen muß. Er saugt einfach so tief wie möglich Luft ein und pustet sie in Donna hinein. Dabei hält er ihr die Nase zu. Wenn er selbst Luft holt, läßt er wieder los.

Er kommt durcheinander. Hat er ihr gerade die Nase zugehalten oder nicht? Ist er zu schnell? Platzt gleich ihre Lunge? Bläst er sie nur auf wie einen Ballon?

Dann kommt ihr tiefes Ausatmen, und schließlich atmet sie von selbst, ganz flach, wieder ein. Sie bringt ihren Kopf in eine bequemere Position. Sie ist wieder da.

«Donna? Donna?»

Sie scheint seine Worte nicht zur Kenntnis zu nehmen. Er redet trotzdem auf sie ein. Erzählt ihr von der gemeinsamen Zukunft in der Schweiz, davon, daß er arbeiten wird, falls er es nicht schafft, sie mit seinem Saxophon zu ernähren.

«Ja», haucht sie, «rede mit mir.» Dann fällt ihr Kopf zur anderen Seite.

Jens spricht über die Stones, über das englische Königshaus, über Willy The Death und über Hotte, der Vegetarier wurde, weil seine Mutter an Krebs starb.

«Weißt du, Donna, das ist der, an dessen Stand wir uns kennengelernt haben. Ich hab dir den Indianerohrring verkauft. Du hast mich runtergehandelt.»

Jens versucht zu lachen. Es hört sich an wie Schluchzen. Sie hört mich nicht, verdammte Scheiße, sie hört mich nicht. Sie stirbt mir weg.

Er kämpft mit sich. Soll er sie, auch gegen ihren Willen, einfach in ein Krankenhaus bringen? Was unterscheidet ihn von den anderen, wenn er nun gegen ihren Willen handelt? Ist er dann auch nur einer, der mal wieder besser weiß, was gut für sie ist? Besser als sie selbst? Oder tut er das Richtige? Könnte man diese gemeinsame Flucht auch unterlassene Hilfeleistung nennen? Hat er jetzt auch noch Sandra mit reingeritten? Kann man sie drankriegen wegen fahrlässiger Tötung? War das sogar Beihilfe zum Mord? Und was, wenn alles gutgeht und ein Kind geboren wird, das völlig verblödet und verkrüppelt ist?

Ich werde nicht einmal wissen, wie es gekommen ist. Ob es dieser Scheißtest war oder das Spritzenchaos. Wenn Donna stirbt, werde ich dich töten, Pettelbock. Erst dich und dann die Conrad. Ich werde euch in Stücke hacken und in der Stadt verteilen. Es ist mir egal, was dann aus mir wird. Ich kann gern den Rest meines Lebens im Knast verbringen. Oder ich leg mich selbst um. Aber ihr werdet mir das büßen.

Wieder versucht er zu lachen. «Weißt du noch, Donna? Du hast von dem Ohrring eine Allergie gekriegt. Und Hotte ist auf mich losgegangen. Mensch, war der sauer!»

Es hat keinen Sinn. Was mache ich hier überhaupt? Spreche ich mit einer Leiche?

Da hebt Donna langsam eine Hand und faßt sich ans Ohr. Jens jubiliert vor Glück und schlägt mit der Faust in das gepolsterte Dach des Maverick.

«Du hörst mich! Jawohl, du hörst mich! Du hast dein Ohr angefaßt!»

Sie schläft ein. Er fährt Stunden in Richtung Süden, ohne anzuhalten. Neben sich hört er Donnas Schnarchen. Sie redet im Schlaf, aber er versteht ihre Worte nicht. Es ist ein dauerndes Grunzen, Um-sich-Schlagen, Zusammenzucken. Als sie zu zittern beginnt, sind sie schon hinter Stuttgart in Richtung Tübingen. Jens deckt sie zu und reißt eine Coladose für sie auf. Er hält ihr das Getränk an die Lippen.

«Nimm einen Schluck, Donna. Trink etwas.»

Ihre Hand tastet nach der Dose. Sie hält die Augen geschlossen. Sie nimmt einen Schluck und legt sich kraftlos wieder zurück. Sie ist heiß. Er hat kein Fieberthermometer, aber er ist sich sicher, daß sie über vierzig Fieber hat. Sie glüht.

«Donna, du mußt mehr trinken. Du brauchst Flüssigkeit. Du hast Fieber.»

Sie hört auf ihn. Sie spürt, daß er ihr Gesicht und ihren Hals abtupft. Dann schwinden ihr die Sinne.

65

Die Lichtkegel des Geländewagens sägen die Bäume um. Der Verkehr hat nachgelassen. Jens ist an seinem toten Punkt angelangt. Er hat Angst einzuschlafen. Gleichzeitig fühlt er sich, als ob er nie wieder schlafen wird.

Ganz hier in der Nähe muß Mark wohnen. Bei seiner Mutter. Mark, der alte Freak. Der Musikjournalist. Mark würde ihn nicht verraten. Mark hat einen Computer. Bei Mark wird man ihn nicht suchen. Wie eine rettende Leuchtboje am Rand der scharfen Klippen taucht der Name auf: Mark.

Jens hält an, pinkelt direkt vor der Telefonzelle. Auf keinen Fall will er sich weit vom Auto entfernen. Er muß immer mit einem Sprung bei Donna sein können. Er läßt die Tür der Telefonzelle offen. Er kann Donna hinter den beschlagenen Scheiben des Maverick sitzen sehen.

Er wählt Marks Nummer. Es ist halb vier Uhr morgens, doch Mark hebt sofort ab. Er hat um diese Zeit seine kreative Phase. Wenn der erste Schulbus die Pennäler einsammelt, geht Mark ins Bett. Er hat sich gerade einen Jack Daniels eingegossen und liest auf dem Bildschirm seinen Artikel noch einmal durch. Er hat sich einen neuen, augenschonenden Bildschirm gekauft. Seitdem kriegt er nach ein paar Stunden Arbeit Kopfschmerzen.

Die Worte, die Jens am Telefon sagt, interessieren Mark nur am Rande. Er, der vom Schreiben lebt, weiß, wie sehr Worte dazu dienen können, die Wahrheit zu verschleiern, statt sie ans Licht zu bringen. Aber die Art, wie Jens spricht, nimmt Mark sofort für ihn ein. Er ist übermüdet, auf eine rührende Art durchgedreht und bemüht, vernünftig zu sein. Mark spürt, daß sein Kumpel in Not ist.

«Du solltest jetzt nicht mehr Auto fahren. Komm zu mir. Für eine Nacht reicht der Platz. Ihr könnt gern hier pennen.»

Mark ist neugierig auf das Mädchen, das Jens mitbringen wird. Wahrscheinlich ist es die Goldblonde vom Festival.

Er bittet Jens, im Flur keinen Lärm zu machen. «Meine Mutter schläft. Wenn sie wach wird, wälzt sie sich stundenlang herum und kommt nicht mehr in den Schlaf.»

«Schon okay», sagt Jens erleichtert. Wie gut es ist, einen Freund zu haben. Mit Freunden muß man sich nicht dauernd treffen, man muß nicht ständig mit ihnen Spaß haben und saufen. Das alles geht auch mit vielen anderen Leuten. Erst in der Krise, wenn alles schiefgeht, zeigt sich, ob man Freunde hat. Mark ist einer, Jens spürt es genau. Mark hat sich nie geschämt, zu ihm zu halten.

Jens reibt sich die Augen und sucht die richtige Hausnummer. Die Straße stimmt. Er war hier noch nie. Die Häuser sind nicht wirklich der Reihe nach numeriert. Sträucher in den Vorgärten verdecken einzelne Schilder.

Jens gähnt. Er ist so dankbar für die ruhigen, klaren Sätze von Mark. Wie gut, daß der keine Fragen gestellt hat, daß Jens sich nicht erklären mußte. Er darf einfach kommen und eine Nacht bleiben. Alles, was er braucht. Ein Dach überm Kopf und ein Bett für sich und Donna.

Er wird einen Song schreiben für Mark. Er wird all seine Gefühle für ihn in ein Saxophonsolo legen. Der Song nimmt schon als innerer Rhythmus Gestalt an. Mit dem linken Fuß trommelt Jens ihn auf den Boden, während er mit dem rechten weiterhin Gas gibt. Die ersten Worte bilden sich, der Refrain. Jens summt ihn vor sich hin.

Ja, ich weiß, dubidubidubidu
ich habe viele Feinde,
tausend und noch mehr,
aber ich hab auch ein paar Freunde,
und deshalb fürchte ich euch nicht,
denn jeder von ihnen
wiegt tausend von euch auf.

Die letzte Zeile singt er und klopft dabei aufs Lenkrad. «Denn jeder von ihnen wiegt tausend von euch auf.»

Er findet Nummer neunzehn nicht, aber es gibt nur ein einziges Haus in der Straße, in dem oben noch Licht brennt. Jens parkt auf der gegenüberliegenden Seite.

Mark kommt ihm entgegen. Er hat die Tür aufgeschlossen und mit der Fußmatte festgeklemmt, damit sie nicht zufällt. Mark hilft

Jens, die schlafende Donna aus dem Auto zu heben. Donnas Rock ist bis über die Hüften hochgerutscht. Mark schaut sie an. In seinem Blick ist nur Fürsorge.

Im Hausflur wird Donna wach. «Durst», krächzt sie mit trokkenem Hals.

Sie betten Donna auf die Couch, und Mark holt eine Tasse vom Tee seiner Mutter. Bevor sie schlafen geht, brüht er ihr immer einen Kamillentee auf. Wenn sie nachts wach wird, trinkt sie davon. Der Tee ist kalt und tut Donna gut.

«Kann ich hier in die Badewanne?» fragt Donna. «Ich bin so verklebt und verschwitzt und ...»

Mark nickt schon. «Wir müssen das Wasser nur vorsichtig einlaufen lassen, damit meine Mutter nicht aufwacht.»

Er legt ein Handtuch in die Wanne, so daß der Wasserstrahl nicht so laut prasselt. Er hat sogar Badezusätze in verschiedenen Duftnoten anzubieten. Am liebsten würde Donna sich von Jens in Olivenöl baden lassen, aber das sagt sie nicht. Sie sieht, wie fertig Jens ist. Sie würde sich so gern um ihn kümmern und hat doch vollauf mit sich selbst zu tun. Zwischen ihnen beiden, das spürt sie, sind Bänder geknüpft, die nicht mehr zerreißen werden. Sie müssen nicht reden, um sich zu verstehen. Sie müssen sich nicht mal anschauen. Donna spürt, wenn sie die Augen schließt, wo er sich befindet. Im Auto hat ihre linke Seite weniger geschmerzt als die rechte. Dort war er ihr näher. Sein Körper strahlt etwas aus, das gesund für sie ist. Sie traut sich nicht, das im Beisein von Mark zu sagen. Sie befürchtet, ausgelacht zu werden. Doch sie glaubt fest daran, daß es so ist.

Manche Leute behaupten, sie könnten eine Aura sehen oder gar fotografieren. Das kann Donna nicht. Bis vor kurzem hat sie an so etwas auch nicht geglaubt. Doch jetzt ist ihr, als hätte Jens so eine Aura und sie selbst auch. Sie kann es nicht sehen, doch da, wo die beiden Auren sich berühren, entsteht etwas Gutes. Etwas Heilendes.

Mark ist aufgeregter, als er zugibt. Donna möchte Latschenkiefer im Badewasser, doch er gießt Eukalyptus rein. Es riecht nach einem Erkältungsbad, aber das stört Donna nicht. Der Duft ist gut für die Atemwege.

Als die Wanne vollgelaufen ist, überprüft Jens das Wasser mit der Hand. Es dampft ihm zu sehr. Er hat Angst, zu heißes Wasser könnte sie erneut zusammenklappen lassen. Donna sehnt sich nach der Hitze, widerspricht ihm aber nicht, als er kaltes Wasser nachlaufen läßt.

Jens will auf keinen Fall, daß sie einfach so in die Wanne steigt. Er hat Angst um sie. Er hilft ihr, sich auszuziehen, er hilft ihr viel mehr als nötig. Sie kann das jetzt eigentlich allein, genießt es aber, sich von ihm behutzeln und betutzeln zu lassen. Sie lächelt. Sie kennt diese Worte von ihrem Pa. Er hat das früher manchmal gesagt, wenn sie krank war. Besonders dann, wenn sie nicht wirklich bettlägerig war, sondern gern im Haus herumrennen wollte, er aber meinte, sie gehöre unter eine Bettdecke.

«Komm, meine Kleine, laß dich ein wenig behutzeln und betutzeln», sagte er dann. Gemeint war damit: Komm in meinen Arm, ich lese dir eine Geschichte vor, und dabei schläfst du ein. Er kämmte ihre Haare, streichelte ihr Gesicht, brachte ihr Kakao und verlor nie die Geduld, egal, wie oft sie mit Zwischenfragen die vorgelesene Geschichte auf den Kopf stellte.

Behutzeln und betutzeln. Ja. Genau das braucht sie jetzt.

Erst als sie Marks Stimme hört, wird ihr bewußt, daß die Badezimmertür offen ist und Mark im Rahmen steht. Er sieht zu, wie Jens ihr in die Wanne hilft. Es ist nichts Falsches daran. Seine Blicke sind nicht unangenehm. Es kommt ihr so vor, als sei auch er zu ihrem Schutz da. Wäre dem nicht so, würde Jens ihn verjagen.

Sie hört den Männern nicht zu. Jens erklärt ihre Geschichte. Mark stellt Fragen. Donna ist mit den Gedanken ganz woanders. Etwas an dieser Situation kommt ihr bekannt vor. Ihre Eltern machen es ähnlich. Monika liegt in der Wanne und ihr Vater steht davor. Doch ihre Eltern reden dabei miteinander. Es steht kein Dritter in der Tür.

Jetzt möchte sie Mark loswerden. Und zugleich denkt sie: Wiederhole ich hier das, was mir zu Hause vorgespielt wurde?

Das warme Wasser löst die Krämpfe in ihrem Leib. Sie streicht über ihren Bauch. Das Kind bewegt sich nicht, doch Donna weiß, daß es lebt.

Jens und Mark verlassen das Badezimmer gemeinsam.

«Ruf mich, wenn du rauswillst», schärft Jens ihr ein. «Mach das bloß nicht allein. Hier kann man schnell ausglitschen.»

Ich bin doch nicht schwerbehindert, will sie sagen, doch sie nickt und freut sich über seine Fürsorge.

Nebenan schiebt Mark die BELMEDIC-Disketten in den Computer. Jens kann aus dem Kauderwelsch nichts entnehmen. Ihn interessiert nur, ob Donna ein Placebo bekommen hat oder nicht.

Das sieht Mark nicht, aber er ist wie elektrisiert. Er ist wieder hellwach, schüttet seinen Whisky in die Blumenvase und gießt sich statt dessen Mineralwasser ein.

Das hier, da ist Mark sicher, wird die Story seines Lebens. Das Ding, worauf er immer gewartet hat. Es hat nichts mit der Musikszene zu tun. Aber dort, das hat er inzwischen kapiert, passiert ohnehin im Grunde nichts Neues oder Weltbewegendes. Alles wiederholt sich, nur die Namen und Figuren wechseln. Das Alte lehnt sich gegen das Neue auf oder verbündet sich mit ihm wie Neil Young mit *Pearl Jam*, gegen alle Verträge von Plattenfirmen, gegen alle Interessen und Generationskonflikte. Patti Smith spielt jetzt mit *R.E.M.* Die großgewordenen Stars holen sich die Idole ihrer Jugend, um mit ihnen gemeinsam Musik zu machen. Man stürzt die Idole nicht mehr, man verbündet sich mit ihnen.

Für den wirklich großen Durchbruch braucht er den richtigen Skandal. Hiermit kann er die Wallraff-Nachfolge antreten. Einer, der mit seiner Reportage die Nation aufwühlt, der Behauptungen aufstellt, die im Fernsehen diskutiert werden; der Firmen zu Gegendarstellungen veranlaßt und in Prozessen die Wahrheit beweist. Jeder wird ihn kennen, wenn er mit dieser Geschichte herauskommt. Jeder wird das drucken. Er kann sich die Illustrierte, der er die Exklusivrechte verkauft, aussuchen. *Stern, Spiegel, Focus* – stumm zählt er die Namen auf, wie Trophäen, die ihm bereits gehören.

«Weißt du eigentlich, welche Ungeheuerlichkeit du hier in der Hand hast?» fragt er.

Jens nickt. «Ja, sie sind alle hinter mir her, um mir das Zeug abzujagen. Die BELMEDIC hat zwei Schläger geschickt. Aber ich will nur wissen, ob Donna …»

«Von Placebos steht hier nichts. Viele Informationen sind verschlüsselt. Siehst du diese Zahlenreihen hier hinter den Namen? Keine Ahnung, was die bedeuten. Aber der eigentliche Knaller sind die Namen selbst.»

Mark drückt wieder und wieder die Taste für *Umblättern*. Namenkolonnen sausen über den Bildschirm, so schnell, daß Jens sie nicht lesen kann. Darum geht es auch gar nicht. Mark will ihm demonstrieren, wie viele es sind. Es sind Tausende. Zehntausende.

Mark hält eine Seite an. «Sieh nur. Hier. Michaela Kantmann. Uniklinik F. Brustkrebs. Die haben also dieser Frau hier möglicherweise ein Placebo gegeben. Wetten, daß sie auf eine richtige Behandlung vertraut hat? Vielleicht ist sie inzwischen tot, weil sie wirkungslose Zuckerbonbons gegessen hat. Wir könnten die Menschen auf dieser Liste mit den Tests konfrontieren ...»

Mark schlägt mit der rechten Faust in die linke Handfläche. So hat Jens ihn noch nie gesehen. So aufgeregt, so euphorisch war er nie, wenn eine neue Band auf der Bühne stand. Mark, der leidenschaftslose, sachliche Berichterstatter, ist gepackt von etwas. Infiziert von einem Virus.

«Woher weißt du so viel über diese Tests?» fragt Jens vorsichtig.

«Meine Mutter. Sie leidet an einer Stoffwechselstörung. Sie sitzt schon im Rollstuhl. Man kann ihrem Verfall zusehen. Es gibt ein Medikament dagegen, aber es ist noch nicht zugelassen. Es ist noch in der Testphase. Glaub mir, ich hab alles versucht, um sie in diese Testreihe reinzukriegen. Auch ihr Hausarzt war dafür. Er weiß von dem Mittel, es ist sogar schon auf einem medizinischen Kongreß vorgestellt worden.»

«Ja und? Warum kriegt sie es nicht?»

«Das geht nicht. Der Arzt würde sich strafbar machen. Bis das Mittel ausgetestet ist, hat meine Mutter keine Zeit mehr, verstehst du? Sie hatte nur eine Chance: Sie mußte in die Testreihe kommen. Aber wie ihr geht es vielen. In den klinischen Tests arbeiten sie angeblich ohne Placebos. Glaub mir, von denen weiß jeder, daß er ein richtiges Mittel kriegt. Die Leute stehen Schlange dafür. Sie sind bereit, alles zu geben. Meine Mutter würde dem Arzt dieses Haus überschreiben, wenn sie dafür nur den Hauch einer Chance bekäme, in die Testreihe einbezogen zu werden.»

Donna hört die aufgeregten Stimmen der Männer nebenan, aber sie filtert nur einzelne Worte heraus. *Mutter. BELMEDIC. Testreihe.* Sie hat das alles so über. Innerlich hat sie es abgehakt. Sie wird ihr Kind kriegen und es lieben. Was interessieren sie all diese kleinlichen Streitereien um Tests? Sie denkt nicht an die Vergangenheit, sondern an die Zukunft.

Sie will das Kind nicht in einem Krankenhaus bekommen. Sie kann sich nicht vorstellen, die Schwelle eines Krankenhauses zu überschreiten. Sie wird keinen Arzt zu sich lassen, sie will alles selbst machen. Eine Hausgeburt. Sie hat gehört, in Holland sind Hausgeburten üblich. Früher war es bei uns doch bestimmt auch nicht anders, denkt sie. Wozu die ganzen Maschinen? Wozu die Sterilität?

Sie und eine Hebamme. Das müßte reichen. Jens, der ihr die Hand hält. Und wenn sie die Augen schließt, wünscht sie sich auch noch, daß ihr Vater und ihre Mutter nebenan sitzen.

«Jens! Ich will jetzt raus!»

Jens kommt. Er hält ein großes weiches Handtuch auf und stützt sie, damit sie nicht fällt.

Er erklärt ihr, daß sie nichts über die Placebos herausbekommen haben, weil hinter den Namen alles verschlüsselt ist und ihr Name gar nicht auftaucht. Es scheint Donna nicht sehr zu berühren. Als hätte sie im Grunde auch nicht damit gerechnet.

«Du mußt schlafen, Jens», sagt sie. «Du bist genauso fertig wie ich. Komm, wir legen uns zusammen hin.»

Er nickt. «Ja, ich komme gleich. Ich muß nur noch was mit Mark besprechen.»

«Das können wir doch auch beim Frühstück.»

Mark hat sein Bett zur Verfügung gestellt und einen Schlafanzug. Jens hilft Donna hinein. Er hält ihr die silbergestreifte Hose zum Einsteigen hin. Sie spürt, daß er ein guter Vater werden könnte. Einer, der seine Kinder liebevoll umsorgt. Wahrscheinlich einer, der ihnen gibt, was er selbst nie bekommen und sich doch immer gewünscht hat.

Nebenan kopiert Mark die Disketten. Dieses Zeug ist zu wertvoll, um nur einmal zu existieren. Was, wenn sie Jens das alles abjagen? Ihm wird mulmig. Er kann sich vorstellen, daß die Leute von der BELMEDIC lieber einen Killer engagieren würden, als öffentlich mit diesen Namenslisten konfrontiert zu werden. Es gibt Leute, die die Zahlen hinter den Namen entschlüsseln können. Es gibt immer Verräter. Aussteiger. Typen, die versuchen, ihren Hals zu retten, indem sie sich als Kronzeugen melden. Was die bei der BELMEDIC machen, ist völlig legal. Sie haben gar keine andere Wahl. Trotzdem weiß Mark, daß eine Welle der Wut das Land erschüttern wird, wenn die Leute erfahren, was mit ihnen geschieht.

Die Geschichte seiner Mutter hat er den Medien oft angeboten. Die Frau, deren größter Gegner die Zeit ist, die sterben wird, obwohl es ein Mittel gibt, das sie retten könnte. Das Mittel steckt in den Mühlen der Bürokratie fest. Wenn alle bürokratischen Bedürfnisse befriedigt sind, wird sie tot sein, und er kann das Medikament auf ihr Grab streuen.

Eine Talkshow hat sich kurzfristig für die Geschichte interessiert, dann war das Thema den Redakteuren aber doch zu wenig lebensbejahend, und sie machten statt dessen eine Sendung über Bumsbomber und luden Thailand-Touristen ein.

Mark ist allerdings nie den Verdacht losgeworden, daß bei der Entscheidung der Talkshow-Leute etwas anderes eine Rolle spielte. Die Show läuft einmal wöchentlich. Sie wird jedesmal von drei Werbeblöcken unterbrochen. Mindestens einmal pro Sendung läuft ein Spot für ein Arzneimittel. Gegen Kopfschmerzen, Monatsbeschwerden, in letzter Zeit besonders häufig eine Salbe gegen Krampfadern. Da hängen Werbemillionen drin. Welche Talkshow brüskiert schon gern die Firma, von der sie gesponsert wird? Welcher Sender legt sich mit der Werbeagentur an, um deren Aufträge er buhlt? Sender ohne Arzneimittelwerbung gibt es nicht. Ebensowenig wie Illustrierte oder Tageszeitungen.

Resigniert hat Mark damals aufgegeben. Doch jetzt hat das Ganze eine neue Qualität. Er braucht nicht die Arzneimittelfirma direkt anzugreifen.

Donna versucht, Jens zu sich ins Bett zu locken. Er weiß nicht, was er lieber täte, als sich zu ihr zu legen, ihre Haut zu spüren und endlich tief einzuschlafen. Doch er hat das Gefühl, er muß wenigstens noch ein paar Worte mit Mark wechseln. Den Rest können sie wirklich morgen erledigen.

Als Jens das Zimmer betritt, zieht Mark die letzte Diskette aus dem Schlitz. Er hat jetzt alles auf der Festplatte. Jens tritt neben ihn, legt ihm eine Hand auf die Schulter und will große Worte sagen. Von seinem Song erzählen und sich mit Pathos bedanken. Er will ihm sagen, wie wichtig es ist, Kumpels zu haben, auf die man sich verlassen kann. Er fühlt sich, als würde Mark ihm mit diesem warmen Bett das Leben retten.

Doch das alles kriegt er nicht über die Lippen. Als Gefühl und Gedanke erfüllt es ihn, aber er sagt nur: «Gute Nacht, Alter. Ich hau mich jetzt hin.»

Nackt kuschelt er sich an Donna. Seine Füße sind eiskalt. Er traut sich gar nicht, sie zu berühren. Sie spürt seine Zurückhaltung und tastet sich mit den Zehen zu seinen Füßen. Sie drückt ihren Ballen auf seinen Spann. Er nennt sie *mein kleines Heizkissen*, und sie küssen sich.

Entgegen ihrer Erwartung fallen sie nicht in einen tiefen Schlaf. Donna hört die Stimme von Marks Mutter.

«Mark? Sind da Leute im Haus? Mark? Ich glaube, ich habe Stimmen gehört!»

«Was ist eigentlich mit seiner Mutter?» fragt Donna. Sie streichelt seine nackte Brust. Ihre Gefühle für Jens sind so stark, daß sie den Wunsch hat, ihm so nahe wie möglich zu sein. Am liebsten möchte sie ihn in sich spüren, aber ohne das ganze Gerammele und Gestöhne. Wenn es einfach so ginge, ohne Gerammele und Gestöhne. Wenn es einfach so ginge, ohne Bewegung, nur als Zeichen von Nähe. Sie braucht jetzt Zärtlichkeit. Sie zeigt es ihm mit ihren Händen. So fertig, wie er ist, kann sie ihn nicht um eine Massage bitten, obwohl das jetzt das beste für sie wäre.

Er antwortet nicht ihren Händen, sondern ihren Worten. Er erzählt ihr von der Krankheit und den Tests. Dann schläft er ein, während ihre Hand auf seinem Bauch kreist, als sei er schwanger und nicht sie. Sie versucht, soviel wie möglich von ihrer Haut an seinen Körper zu schmiegen. Mit jedem Zentimeter mehr von ihm fühlt sie sich besser. Sie ist entspannt. Sie wartet nicht auf einen neuen Krampf. Doch sie ahnt, daß das alles noch lange nicht vorüber ist. Und sie wünscht sich, daß ihr Kind sich endlich wieder bewegt.

Sie spricht zu ihm. «Vielleicht bist du ja klüger als wir alle. Schlafen ist jetzt wohl die beste Medizin. Ruh dich einfach aus. Laß passieren, was passiert, und spar deine Kräfte.»

Plötzlich hat Donna einen Gedanken, der ihr angst macht. Sie rüttelt Jens. «Wach auf! Wach auf!» Sie dämpft ihre Stimme. Sie bringt ihren Mund ganz nah an sein Ohr. «Wach auf!» raunt sie leise, aber so intensiv, daß sie ihn damit aus einer Ohnmacht zurückgeholt hätte.

«Wir müssen hier verschwinden, Jens. Sofort. Nimm die Disketten und laß uns abhauen.»

«Aber Donna! Was soll das?»

«Was machst du, wenn er uns verrät? In diesem Augenblick?»

«Wie kommst du darauf? Hast du schlecht geträumt? Mark ist mein Freund.»

«Natürlich ist mein Name auf einer der Disketten. Er hat ihn dir nur nicht gezeigt. Er spielt ein falsches Spiel.»

«Donna! Du leidest an Verfolgungswahn. Ist ja auch kein Wunder ...»

Sie legt ihren Finger über seine Lippen. «Jens. Mit den Disketten kriegt er das Medikament für seine Mutter. Verstehst du? Die Disketten sind das Druckmittel überhaupt. Wenn alles, was er von der BELMEDIC fordert, ist, daß sie seine Mutter in diesen Reihentest schleusen, dann kriegt er das sofort.»

«Und du meinst, deswegen hat er mir deinen Namen nicht gezeigt? Donna! Selbst wenn er diese Idee hätte – vielleicht würde er uns um die Disketten bitten. Aber er würde doch nicht ...»

«Die Leute von der BELMEDIC sind viel cleverer, als du denkst. Die haben auch vor unserem Laden auf dich gewartet. Das sind Schachspieler, mein Lieber. Die haben jeden unserer Schritte im voraus berechnet. Wie viele Freunde hast du, zu denen wir fliehen könnten? Bestimmt steht Mark längst mit denen in Verbindung. Hast du dich gar nicht gewundert, daß er noch auf war, als wir ankamen? Daß er sofort bereit war, uns aufzunehmen? Daß er keine blöden Fragen gestellt hat? Der wußte genau Bescheid. Der hat auf uns gewartet. Sogar der Computer war schon an.»

«Donna, spinn nicht rum. Er hat einen Artikel geschrieben.»

«Na klar. Um vier Uhr morgens. Morgen früh wird nicht Mark

uns wecken, sondern die Kripo. Die Disketten sind dann längst bei der BELMEDIC. Du wanderst in den Knast, und was mit mir wird ...»

Jens' Widerstand bricht zusammen. Es wäre nicht das erste Mal, daß ein Freund ihn hintergeht. Er hätte vorher auch nie geglaubt, daß Yogi ihn an die Polizei verraten würde. Aber Mark hat kein Hühnchen mit ihm zu rupfen. Er hat weder mit Marks Freundin noch mit Marks Mutter geschlafen. Trotzdem. Er kann niemandem trauen. Er fühlt es wie ein Messer, das in ihm wühlt. Vertrauen ist Blödheit. Vertrauen wird mißbraucht. Nur wer vertraut, kann auch reingelegt werden. Vertrauen war der Anfang von allem Übel.

Donna sagt: «Erst hab ich dem Pettelbock vertraut. Dann der Conrad ...»

Sie braucht nicht weiterzusprechen. Er steht bereits auf. Leise ziehen sie sich an. Jens huscht in Marks Arbeitszimmer und nimmt die Disketten vom Schreibtisch. Der Computer ist ausgeschaltet. Nur ein kleines, mattes Lämpchen am Regal brennt.

Wie Diebe schleichen Donna und Jens sich aus der Wohnung. Sie drücken das Flurlicht nicht an, um das verräterische Klacken zu vermeiden.

Als sie im Auto sitzen, wünscht Jens sich, daß Mark wirklich der Verräter ist, für den Donna ihn hält. Sonst hätten sie ihm furchtbar unrecht getan. Nie wieder, so beschließt Jens, wird er einen Song für irgend jemanden schreiben. Außer für Donna.

Er läßt den Maverick an. Oben in Marks Arbeitszimmer geht das Licht wieder an. Donna sieht Mark am Fenster stehen. Ratlos schaut er dem davonfahrenden Geländewagen hinterher.

66

Der diesige Morgen paßt zu Sandras Gefühlen. Sie kriegt ihre Tage und eine Grippe dazu. Beides will nicht richtig durchbrechen. Trotzdem quält sie sich aus dem Bett. Sie kämmt die fettigen Haare nur einmal durch. Sie hätte noch Zeit, sie zu waschen und zu fönen, aber sie findet, der Look ist heute genau richtig für sie. Sie putzt sich nicht einmal die Zähne. Sie trinkt nur eine Tasse Kaffee, schwarz, obwohl sie Kaffee ohne Milch und Zucker nicht mag. Sie hat beides im Haus, aber etwas, das gut schmeckt, könnte sie heute nicht ertragen.

Der Kaffee ist zu stark geworden. Er stößt ihr bitter auf. Sie rührt sich kein Müsli zusammen. Ist doch egal, dann kriegt sie eben auch noch Magenschmerzen. Wenn Jens jetzt da wäre, denkt sie, würde er sagen, so kannst du doch nicht aus dem Haus gehen. Setz dich. Ich mach dir was. Nimm dir Zeit. Denk an dich.

Verflucht noch mal, sie will auch jemanden haben, der sich um sie kümmert. Dieser Scheiß-Yogi liebt doch höchstens sich selbst. Aber nicht mal da ist sie sich ganz sicher. Heute, denkt sie, ist der erste Tag vom Rest meines Lebens. Ab heute wird alles anders. Heute ist der Tag der großen, scharfen Schnitte.

Sie geht durch den Nieselregen zu Fuß zur Praxis. Sie wird heute kündigen. Sie spielt dieses verlogene Spiel nicht länger mit. Sie wird der Conrad sagen, was sie schon lange von ihr denkt. Daß sie tyrannisch ist und Menschen manipuliert. Daß sie alles, was ihr nicht in den Kram paßt, niederwalzt und austrickst und ihre eigenen Sachen durchbombt.

«Neben Ihnen», wird sie sagen, «habe ich das Gefühl zu verschwinden. Als ob ich gar nicht da wäre. Meine Arbeit könnte auch jemand anders tun. Ich bin total egal. Ich soll Sie schützen, für Sie lügen und jede Schweinerei decken. Aber ich werde nie gefragt, ob ich das auch will. Sie können nett sein, aber Sie können anderen Menschen ihren eigenen Willen nicht lassen. Da mache ich nicht mehr mit.»

Normalerweise betritt Sandra die Praxis morgens als erste. Frau Dr. Conrad kommt erst, wenn schon alles vorgeheizt ist und der Kaffee durchläuft. Wenn die ersten Frauen im Wartezimmer sitzen und die Post sortiert ist.

Als Sandra den Schlüssel in die Tür steckt, weiß sie sofort, daß etwas nicht stimmt. Die Conrad ist schon da. Ihr soll es recht sein. Die paar persönlichen Sachen kann sie auch zusammenpakken, wenn die Alte dabeisteht.

«Guten Morgen!» ruft sie. «Ich bin's, Frau Dr. Conrad, Sandra! Schön, daß Sie schon da sind! Ich muß mit Ihnen sprechen!»

Keine Antwort.

«Frau Dr. Conrad?»

Die Tür zum Sprechzimmer steht einen Spaltbreit offen. Sandra sieht zuerst die Schuhe. Ihr Verstand weigert sich, das Bild sofort in eine klare Information umzusetzen.

Frau Dr. Conrad baumelt über ihrem umgekippten Schreibtischsessel. Sie hat sich mit einer Hundeleine am Ventilator aufgehängt. Da hängt sie friedlich wie ein vergessenes Mobile, das sich langsam im Wind dreht.

67

Kurz vor der Grenze wechseln sie noch einmal das Fahrzeug. Donna will lieber mit dem Zug rüber. Sie fürchtet, mit dem gestohlenen Auto in eine Fahrzeugkontrolle zu geraten. Doch wenn Jens Donna anschaut, weiß er, daß sie im Zug weniger Chancen haben.

Er will sie nicht verletzen, darum sagt er es nicht. Sie versteht seine Halsstarrigkeit nicht und zwingt ihn, Farbe zu bekennen.

«Donna, wenn ein Schweizer Zollbeamter durch den Zug geht und dein Gesicht sieht, dann ... nun, du siehst wie ein Junkie aus.»

Seine Worte treffen sie tief.

«So fühle ich mich auch!» schreit sie. «Ich hab versucht, gesund zu leben!» Sie sagt es, wie ein Angeklagter vor Gericht seine Unschuld beteuert. «Obst und Vitamine! Diesen ganzen Vollkornscheiß hab ich gegessen! Keinen Alkohol getrunken, keine Drogen genommen! Und jetzt, jetzt seh ich aus wie eine Süchtige, ja!?»

«Genau. Wie eine Süchtige auf Entzug.»

«Du blöder Arsch, du! Sie haben mich vollgepumpt! Gerade jetzt, wo ich doppelt so gesund leben müßte, habe ich so viel chemische Scheiße in mir drin, daß mir die Knochen zittern. Ich spür meine Füße gar nicht. Die meiste Zeit bin ich vom Bauchnabel an abwärts taub! Wenn ich beim Autofahren hochgucke, wird mir schwindelig. Und das war früher nie so! Ich hab mein Taschengeld auf der Kirmes gelassen, beim Karussellfahren! Nicht bei den Losverkäufern! Je wilder, je besser! Jetzt muß ich schon kotzen, wenn ich nur aus dem Fenster gucke ...»

Er versucht, sie zu beruhigen. Er weiß, daß ihre Wut herausmuß, aber er möchte nicht die Zielscheibe sein.

«Donna. Ich war das nicht. Das waren ...»

«Die Ärzte!» kreischt sie.

«Es waren nicht *die Ärzte*, es waren ...»

Donna unterbricht ihn sofort. Sie ahnt, worauf er hinauswill. «Du kriegst mich in kein Krankenhaus! Ich mach für keinen Weißkittel mehr die Beine breit! Wenn einer von denen versucht, mich anzufassen, dann, dann ...»

Sie ballt die Faust so fest, daß ihre Fingernägel sich in den Handballen graben. Sie öffnet die Hand, weil es schmerzt. Sie glaubt zu bluten, doch die Fingernägel haben nur weiße Druckstellen in der Haut hinterlassen.

Donna beginnt leise zu weinen und zu wimmern. Sie kuschelt sich an Jens. Er lenkt den Wagen, es ist ein 190er-Mercedes, einer, bei dem die Türen nicht *Plopp*, sondern *Klack* machen, unter Autodieben deshalb auch *Klack-Klack-Mercedes* genannt.

Donna will nicht länger geradesitzen. Sie legt ihren Kopf auf seinen Schoß. Eine Schulter wird vom Fahrersitz gestützt, ihr Hintern liegt auf dem Beifahrersitz. Sie hat die Beine angewinkelt. So muß sie die Straße nicht sehen. Sie spürt seine Wärme. Beim Kuppeln und Bremsen wird ihr Kopf auf seinem Schenkel rauf und runter bewegt. So fühlt sie sich geborgen. Das Auto kommt ihr jetzt eher vor wie der Panzer einer Schildkröte. Sie kann den Kopf hineinziehen und muß die Außenwelt nicht sehen. Wie schön, daß sie diesen Panzer zu zweit bewohnen. Allein in so einem Panzer zu sitzen, stellt sie sich furchtbar vor.

Donna genießt es, die Tränen zu spüren, wie sie wie kleine Schnecken an ihren Nasenflügeln herunterlaufen. Direkt vor ihren Augen fallen sie auf Jens' Jeans und färben den blauen Stoff dunkel wie Meerwasser. Sie weint jetzt nicht mehr aus Angst oder Trauer. Es ist Freude. Das Gefühl von Geborgenheit.

Jens lenkt mit rechts. Die linke Hand liegt auf ihren Haaren und dreht kleine Kringelchen auf ihrer Kopfhaut. Ja, sie kann sich ganz auf ihn verlassen. Plötzlich kann sie verstehen, daß so eine althergebrachte Frauenrolle auch Vorteile mit sich bringt. Der Mann soll sich mit der Welt da draußen prügeln. Er soll rausgehen, sich gerademachen und der Welt die Stirn bieten. Sie will hier zusammengekuschelt liegen. Sie beschützt das Kind, und er soll sie beschützen. So wie sie das Kind nährt, will sie von ihm genährt werden. Einer sorgt für den anderen. Wenn er sich draußen Blessuren holt, wird sie ihn pflegen und versorgen. Er soll die Entscheidungen fällen, und er soll verantwortlich sein, wenn alles schiefgeht.

Das Schaukeln ist einschläfernd.

Jens hat Angst vor der Schweizer Grenze. Eine Fahrzeug- oder Paßkontrolle würden sie nicht überstehen. Dabei überquert er die Grenze, ohne sie zu bemerken. Allmählich fragt er sich, ob er schon in der Schweiz ist oder noch in Deutschland. Er weiß es nicht genau. Gedankenverloren hat er ein paar Schilder übersehen.

«Ich glaube», sagt er leise, «ich glaube, wir sind in Sicherheit.»

Er hat kein Ziel. Donna schläft auf seinen Beinen, und er fährt weiter bis Zürich. Er lenkt den Wagen am Hauptbahnhof vorbei, entlang der Limmat, bis zum Hotel Krone Unterstraß. Etwas an diesem Hotel sagt ihm zu. Vielleicht, daß direkt gegenüber eine Apotheke ist. Er parkt den Wagen in einer Seitenstraße.

Es ist nicht schwer, ein Zimmer zu ergattern. Die junge Frau an der Rezeption ist auf schweizerische Art distanziert, aber freundlich. Sie verlangt keine Vorauszahlung, sondern nur eine Unterschrift.

Der Fahrstuhl ist direkt neben der Rezeption. An der anderen Seite geht es ins Treppenhaus. Sie haben Zimmer 309.

Donna sitzt noch draußen im Auto. Es gibt keine Möglichkeit, sie unbeobachtet ins Zimmer zu bringen. Jens wägt ab, ob es sinnvoller ist, den Fahrstuhl zu nehmen oder die Treppe. Er plant jeden Schritt genau. Wenn er Donna durch die Glastür hereinholt, muß er sich so stellen, daß die junge Frau an der Rezeption möglichst wenig von Donnas Gesicht sieht.

Er hat Glück. Eine Gruppe Japaner kommt an. Sie haben vorbestellt und scharen sich jetzt laut schnatternd um die Rezeption. Jens hat den Zimmerschlüssel schon. Er rennt nach draußen, um Donna zu holen.

Als er ihr aus dem Wagen hilft, muß er über sich selbst grinsen. *Ich* werd doch gesucht, nicht Donna. Warum will ich, daß keiner ihr Gesicht sieht? Nur weil man sie für eine Junkietante halten könnte?

An den Japanern vorbei gelangen sie unbemerkt in den Fahrstuhl. Er ist winzig und fährt ruckartig an. Trotz der Erleichterung, endlich ein Zuhause gefunden zu haben, wird Donna sofort schlecht.

Sie haben ein Doppelzimmer mit Blümchentapete. Der Fernseher ist in den Kleiderschrank integriert. Direkt daneben die Minibar. Jens öffnet den Kühlschrank. Donna geht ins Badezimmer. Eine Badewanne. Er hat es tatsächlich geschafft, ein Zimmer mit Badewanne zu bekommen. Sie läßt sich sofort Wasser ein.

Da Jens ohnehin nicht vorhat, das Zimmer zu bezahlen, öffnet er einen Piccolo. Champagner. Er gießt zwei Gläser voll und bringt sie ins Badezimmer. Aber Donna liegt noch nicht in der Wanne. Sie sitzt mit heruntergelassener Hose auf der Toilette. Ihr Strahl prasselt ins Becken.

Jens steht da mit seinen Champagnergläsern, und Donna kichert. Auch er muß lachen. Dabei kann er die Hände nicht ruhig halten. Champagner schwappt auf dic Fliesen. Er lehnt sich mit dem Rücken an den Handtuchhalter. Langsam rutscht er daran herunter. Das Handtuch gleitet mit ihm auf den Boden. Jens streckt die Beine aus und berührt zwischen Donnas Füßen die Keramikschale, auf der sie sitzt. Er reicht ihr ein Glas. Sie denkt nicht darüber nach, ob Alkohol jetzt schädlich für sie sein könnte. Sie haben so viel durchgemacht. Noch vor kurzem war es undenkbar, in die Sicherheit so eines Hotelzimmers zu gelangen. Noch vor kurzem befand sie sich in der Gewalt von Pettelbock und Frau Dr. Conrad. Sie hat ihr Kind immer noch, und die Wehen haben aufgehört.

Sie prostet Jens zu und nippt am Glas. Noch bevor sie die paar Tropfen herunterschlucken kann, wird ihr schlecht. Es ist wie eine allergische Reaktion. Ihr Körper lehnt sich auf gegen den Alkohol. Er erinnert daran, wieviel Gift ihm bereits zugeführt wurde.

Donna schleudert das Glas gegen die Wand. Es zerbricht. Scherben schwimmen auf dem Badewasser. Sie hält sich den Hals und hustet, aber er schwillt nicht zu. Nur das Ekelgefühl bleibt.

Jens holt ihr Mineralwasser. Das wirkt Wunder. Die Flasche ist viel zu klein, sie könnte eine Kiste davon leertrinken.

«Ich geh gleich in den Supermarkt und hole uns größere Flaschen.»

Sie nickt. «Ja, Jens. Und Obst. Ich will Apfelsinen haben. Äpfel. Nüsse. O ja, ich brauche Nüsse! Erdnüsse, Walnüsse, Paranüsse. Und weißt du was?»

Er schüttelt den Kopf und wartet begierig auf ihre Wünsche. Er wird sie erfüllen. Alle. Egal, wie.

«Schokolade. Bring mir Schokolade.»

68

Sie wohnen seit Tagen im Hotel Krone Unterstraß. Sie liegen im Bett und switchen durch die Fernsehprogramme. Donna schläft immer wieder ein. Jens schätzt, daß sie zwei Drittel des Tages schlafend zubringt. Soll sie nur. Sie muß Kraft sammeln, ihre Energiereserven wieder auffüllen.

Er läßt sie nur allein, um sie mit dem Nötigen zu versorgen. Das Hotel ist gut gewählt. Zwanzig Schritte nach rechts befindet sich ein großer Supermarkt mit einer ausladenden Obsttheke. Mittags werden dort Lunchpakete angeboten, für die Leute aus den umliegenden Büros. Suppen und Eintöpfe in Warmhalteboxen. Frische Salate und, was Donna besonders liebt, Müsli in allen Variationen.

Auf der anderen Seite die Apotheke. Hier kauft Jens Salben und Öle, mit denen er Donnas Körper massiert. Täglich. Er stiehlt nicht. Er zieht es vor, in den Läden um die Krone herum zu bezahlen. So kann er sich ungehindert bewegen. Geld besorgt er abends. Um an die nötigen Fränkli zu kommen, knackt er Präser- oder

Zigarettenautomaten. Mit ein bißchen Glück geht er nur mal eine Stunde spazieren und kommt mit hundert bis hundertzwanzig Franken zurück. Das reicht für den nächsten Tag. Das Hotel schreibt schließlich an. Er fragt sich, wann sie ihm eine Zwischenrechnung präsentieren werden. Spätestens dann müssen sie weg.

Schon zweimal hat er Ben angerufen. Aus einer Telefonzelle. Ben verhandelt mit der BELMEDIC über die Herausgabe der Disketten. Sie bieten hundertfünfzigtausend. Ben findet, das ist schon eine ganz hübsche Summe für den Neuanfang. Aber Jens traut dem Frieden nicht. Falls ich später ein behindertes Kind zu versorgen habe, müssen die viel mehr blechen, denkt er. Dann sind hundertfünfzigtausend nicht genug.

Da ist Ben ganz anderer Meinung. «Deine Donna», sagt er, «hat juristisch unanfechtbare Dokumente unterschrieben, daß sie auf jede Forderung gegen die BELMEDIC verzichtet. Ich an deiner Stelle würde das Geld nehmen», rät er. «Ich hole die Disketten und erledige den Tausch, so daß du nicht in Gefahr gerätst, abgegriffen zu werden. Dann bringe ich dir die Kohle, wohin immer du willst. Es gibt Länder, da kann man davon zehn Jahre lustig und in Freuden leben.»

Jens will sich das erst noch mal in Ruhe durch den Kopf gehen lassen.

Auf Donnas Bitte hin hat er Bücher und Zeitschriften besorgt, wie er sie früher niemals gelesen hätte. Sie heißen *Eltern, Meine Familie, Mein Kind und Ich*. Gemeinsam lesen sie Bücher über Geburt, Geburtshilfe, Schwangerschaftsgymnastik und die Entwicklung des Embryos im Mutterleib. Es sind Fotos dabei, wie Jens sie noch nie gesehen hat. Donnas Augen bekommen jedesmal so einen bekifften Glanz. Sie kann über gar nichts anderes reden. Einige Stellen muß er ihr immer wieder vorlesen. Er kann sie fast auswendig.

Sie schafft es, so ein Buch zweimal am Tag anzuschauen und den Rest der Zeit zu schlafen. Immer wieder zeigt sie ihm Babyfotos mit dem Kommentar: «Guck mal, wie süß.»

Er hat das Gefühl, daß das Kind in ihr sich immer mehr ausbreitet. Es gewinnt wirklich Raum. Es wächst nicht nur in ihrem

Leib, sondern nimmt auch in ihrem Kopf und in ihren Gefühlen immer mehr Platz ein. Es ist ihm ein bißchen unheimlich.

Donna fragt ihn nicht, woher das Geld kommt. Sie will nicht wissen, wie lange sie im Hotel bleiben können. Ob sie hier von der Polizei gesucht werden. Was ihre Eltern machen. Probleme kommen überhaupt nicht an sie heran. Ein unsichtbarer Schutzwall scheint sie zu umgeben. Ein Kraftfeld, wie es Raumschiffe von Außerirdischen manchmal in Science-fiction-Filmen haben. Für alle diesen Kleinkram ist er zuständig.

Die Übungen, die in den Büchern beschrieben werden, vollzieht sie in dem engen Zimmer nach. Sie hat sich noch nicht entschieden, ob sie die Geburt auf dem Rücken liegend, auf allen vieren oder lieber stehend, von ihm gestützt, erleben möchte. Sie fordert seine Hilfe. Er muß Einsatz zeigen.

So läßt sie sich in seinen Armen hängen. Die Beine weit auseinander, den Bauch vorgewölbt, und er hält ihr ganzes Gewicht. Sie drückt sich gegen seinen Brustkorb und hechelt. So scheint es ihr im Moment am sinnvollsten zu sein, weil die Schwerkraft dem Baby hilft. Er weiß, daß ihre Meinung sich gleich wieder ändern wird, denn wenn er hinter ihr steht und sie hält, kann er schlecht gleichzeitig den Kopf des Babys aus ihr herausziehen. Dafür, so beschwört er sie, braucht man einen Arzt oder eine Hebamme. An diesem Punkt brechen ihre Gespräche jedesmal ab.

Sie macht all diese Übungen vollständig nackt, als könnte sie überhaupt keinen Stoff mehr auf der Haut ertragen. Sie schläft nackt, sie turnt nackt, sie ist nackt, wenn er sie massiert und, natürlich, wenn sie miteinander schlafen.

Noch nie war er so lange mit einer Frau auf so engem Raum zusammen. Noch nie hat er so lange und intensiv gevögelt. Sie tun es jeden Tag. Immer ergreift sie die Initiative. Sie ist so sehr körperlich präsent, daß er manchmal Angst hat, selbst zu verschwinden.

Am liebsten mag sie es, wenn er hinter ihr kniet und in sie hineinpumpt, während ihr Bauch frei schwingt. Sie ist so laut dabei, daß er befürchtet, sie könnten Ärger mit der Hoteldirektion kriegen. Doch die anderen Gäste scheinen sich nicht daran zu stören.

Sie liegt auf Kissen gestützt vor ihm. Er sitzt, noch ganz abgehetzt von den Übungen. Ihr Gesicht ist so nahe an seinem Glied, daß er ihren Atem spürt. Sie reibt ihn mit den Fingerspitzen, bis er gegen seinen Willen fühlt, daß er wieder dick wird.

«Ist das nicht witzig», lacht sie, «daß du mit deinem Zauberstab dieses Kind in mich hineingepflanzt hast? Ich meine, ist das nicht irrsinnig komisch? Das Wort Zauberstab ist in dem Zusammenhang doch wirklich treffend.»

Sie kichert und kommt ihm jetzt ein wenig verblödet vor. Oder sie ist auf dem Weg zu einer Weisheit, von der er noch gar keine Ahnung hat. Sie lacht hell, und er weiß nicht warum.

«Ich meine, sag doch mal ehrlich, hast du wirklich geglaubt, daß so Kinder entstehen?»

Er nickt. «Na klar.»

Sie stützt sich auf und pocht gegen seinen Kopf. «He, hallo, ist da wer? Klar. Gewußt habe ich das auch. Mit dem Kopf. Aber ich meine, hast du es wirklich geglaubt? So richtig? Ich merke es erst jetzt, wo das Baby in mir wächst. Es ist unglaublich schön. Es ist das Beste von der Welt. Keine Droge kann jemals so antörnen. Ich hab mich noch nie so gefühlt. So da. So wirklich. So lebendig.»

Die Probleme werden klein für Donna, sie weichen der Gier des Lebens nach sich selbst.

69

Monika Husc sind die Lügen ausgegangen, und sie weiß auch gar nicht mehr, warum sie lügen soll. Sie ist verstummt in den letzten Wochen. Sie läßt Peter reden. Manchmal bewundert sie ihn dafür, wie schamlos er lügen kann, wie er Optimismus verbreitet, Späße macht und sich angeregt über Belanglosigkeiten unterhält. Er hätte auch Entertainer werden können, Showmaster oder einfach nur Schauspieler.

Er improvisiert seine Rollen. Auch wenn er immer die gleichen Sätze sagt, weil der fünfundzwanzigste Kunde an dem Tag ihn fragt, so fällt es doch jedesmal eine Spur anders aus. Er tut das für sie. Niemand sonst hört ihn so oft das gleiche reden. Seine Geschichten verändern sich im Laufe der Zeit. Er baut hier ein Detail ein, dort einen Schwenker. Mal klingt es dramatischer, mal fröhlicher, mal fragender. Er stellt sich ein auf sein Gegenüber.

Er versucht nicht, den Leuten nach dem Mund zu reden. So einfach macht er es sich nicht. Im Gegenteil. Er versucht sogar, sie zu verblüffen, zu erstaunen. Alles, alles ist ihm lieber als die Wahrheit.

Dann wieder fühlt sie sich abgestoßen davon. Sie würde am liebsten schreien: «Erzähl doch nicht so einen Scheiß! Was bist du nur für ein Mensch? Muß man so ein verlogenes Leben führen, um Tütensuppen zu verkaufen? Daß Donna entführt worden ist, war ja noch einigermaßen glaubhaft. Aber welcher Idiot nimmt dir ab, daß sie jetzt eine Kur am Meer macht, um sich von all dem auszuruhen?»

Die Nacht der klirrenden Scheiben in der Innenstadt ist schon acht Wochen her. Wer weiß, ob Donna überhaupt noch lebt. Noch immer springt Monika zum Telefon und hebt möglichst vor dem zweiten Klingeln ab. Egal, wer dran ist, sie bittet ihn, wieder aufzulegen, weil sie auf einen dringenden Anruf wartet. Sie kann den Gedanken nicht ertragen, daß Donna versucht, sie anzurufen, und es ist besetzt. Außerdem könnte ein Anruf aus einer Arztpraxis kommen, in der Donna aufgetaucht ist.

Seit acht Wochen ist Monika nicht mehr ausgegangen. Seit acht Wochen ist sie immer in der Nähe des Telefons. Seit acht Wochen nimmt sie keinerlei Medikamente mehr. Und die ganze Zeit über hat sie eine klare Perspektive. Die einer Mutter auf ihr Kind. Sie sieht sich nicht von außen, sie schaut höchstens in sich hinein, und was sie dort findet, gefällt ihr überhaupt nicht.

Donna hat die Nabelschnur zerrissen und ein großes, kaltes Loch hinterlassen.

Monika hat das Gefühl, vollständig versagt zu haben. Wäre sie Donna eine bessere Mutter gewesen, hätte alles anders laufen können. Aber was soll sie ausrichten gegen diesen Jens Simon? Donna ist ihm hörig. Das Wort taucht immer öfter auf, wenn Peter und Monika über Donna reden. Hörig.

Monika geht davon aus, daß Donna nach der Spritze eine Fehlgeburt hatte. Sie findet den Gedanken so schrecklich, daß sie ihn kaum aussprechen kann. Dabei, so vermutet sie, ist ihre Tochter verblutet. Ohne Hebamme. Ohne Arzt. Ohne jede medizinische Hilfe. Jens wird sie irgendwo verscharrt haben, und jetzt ist er natürlich auf der Flucht.

In ihren Tagträumen sieht sie sich am Grab ihrer Tochter stehen. Sie legt Blumen hin und spricht mit Donna. Wie gut es ist, denkt sie, eine Grabstelle zu haben. Zu wissen, wo der geliebte Mensch beerdigt ist. Ohne das bleibt die Wunde offen. Heilen wird sie nie. Die Hoffnung kippt jeden Tag neue Salzsäure auf die Verletzung. Vielleicht ruft sie an. Vielleicht ruft sie nicht an. Vielleicht ist sie schon tot. Was waren ihre letzten Worte? Hat sie nach Mama geschrien? Mußte sie sehr leiden?

Pettelbock nimmt an, daß das Kind im Mutterleib gestorben ist. Die Menge des Medikamentes habe dafür auf jeden Fall ausgereicht, hat er gesagt. Da glaubte er noch, Donna würde in den nächsten paar Stunden gefunden werden. Da lebte Frau Dr. Conrad noch, und er hielt die Sache zwar für schiefgelaufen, aber eben doch erledigt.

Monikas Gedanken kehren immer wieder zu dieser Aussage zurück. Falls Donna nicht bei der Geburt gestorben ist, sondern das Kind in sich behalten hat, wird der abgestorbene Fötus sie vergiften.

Immer öfter betet Monika. Sie weiß jetzt, wozu es gut ist, einen Gott zu haben. Ihn kann man noch anflehen, wenn alles andere vergeblich erscheint.

Peter glaubt nicht daran, daß Donna tot ist. Er bedient Herrn Gerhardt. Nein, es nervt Peter nicht, jetzt über Steuern und Sparvorschläge der Regierung zu diskutieren. Er findet es geradezu erfrischend, laut darüber nachzudenken, was passiert, wenn der Spitzensteuersatz gekappt wird, obwohl er den noch nie in seinem Leben bezahlen mußte.

Dann verschwimmt das Gesicht von Herrn Gerhardt. Peter hält sich an der Ladentheke fest.

«Entschuldigen Sie, Herr Gerhardt. Mir ist nicht gut. Ich glaube, ich muß mich einen Moment hinlegen.»

Peter kriegt nicht mit, ob er sich direkt vor die Theke legt oder im Hinterzimmer auf die Ruhecouch. Etwas saugt sämtliche Lebensenergie aus ihm heraus.

In ihm läuft ein Film ab. In einem Ausbruch von Haß erwürgt er Jens. Er kniet über ihm. Jens bewegt sich schon nicht mehr.

«Das hast du jetzt davon! Du nimmst mir meine Tochter nicht weg, du nicht!»

Da steht sie hinter ihm, verzieht ihren rot geschminkten Mund und ihr maskenhaft geschminktes Gesicht. Sie stürzt auf ihren Vater und schlägt auf ihn ein. «Was hast du getan?! Was hast du getan?!»

Ein beißender Geruch greift ihn an wie Giftgas. Die Lunge wehrt sich dagegen. Er hustet, reißt die Augen auf. Sie brennen sofort.

Vor ihm hockt Monika. Sie hält ihm Parfüm unter die Nase.

«Peter? Peter? Du bist plötzlich umgefallen. Herr Gerhardt hat mir geholfen, dich auf die Couch zu legen. Soll ich einen Arzt rufen?»

«Nein. Ein Arzt kann mir nicht helfen.»

70

Inzwischen geht Donna wieder nach draußen, weil ihr Baby frische Luft braucht. Stolz schiebt sie den dicken Bauch vor sich her. Auf dem Weg von Zürich über Freiburg, Blaubeuren, Haigerloch und Rendsburg ist sie mutiger geworden. In den Einkaufsstraßen sucht sie mit Jens Umstandsmode aus. Sie läßt sich Kinderwagen vorführen und achtet genau darauf, ob sie auch TÜV-geprüft sind. Für ihr Kind will sie Sicherheit.

Im letzten geknackten Fahrzeug – es stand in Haigerloch vor dem Schloß – hat sie im Handschuhfach eine Brieftasche mit siebenhundert Mark und einer goldenen Eurocard gefunden. Die Geheimnummer war auf einem Zettel notiert.

Jens hat damit an verschiedenen Orten Geld abgehoben. Jeweils vierhundert Mark. Sie hat die Scheine zum Bündel gerollt und trägt sie am liebsten zwischen ihren dick angeschwollenen

Brüsten, im Latz ihrer Hose. Trotzdem schlafen sie in miesen Hotels. Jens zahlt immer gleich bei der Ankunft für zwei Tage.

Sie machen einen gehetzten Eindruck. Daran ändern auch die neuen Klamotten nichts. Ihnen traut niemand. Mit ihnen hat man höchstens Mitleid.

Jens findet, daß Donna gar nicht mehr krank aussieht, sondern knackig gesund. Viel besser als er selbst. Er nimmt immer mehr ab. Seine Hosen schlabbern schon am Hintern. Er wacht jeden Morgen mit Magenschmerzen auf, redet aber nicht darüber.

Donna trägt jetzt kurze schwarze Haare. Auch ihm hat sie die Haare geschnitten. Er findet, daß er spießig aussieht. Außerdem hat sie ihm silberne Strähnchen reingefärbt. So könnte er gut Filialleiter bei McDonald's werden, und er haßt Hamburgerbuden.

Sie gehen auf einer Anhöhe in der Schwäbischen Alb spazieren, folgen dem Geruch von verbranntem Fleisch und entdecken ein Steakhouse. Donna freut sich auf den frischen Salat dort. Jens wird sich ein argentinisches Rumpsteak gönnen.

Donna ist bei ihrem Lieblingsthema, den Namen. Boris gefällt ihr noch immer, weil sie Boris Pasternak mag, aber sie fürchtet, daß die meisten, wenn sie den Namen Boris hören, an Becker, den Tennisspieler, oder Jelzin, den Präsidenten, denken werden und kaum einer an den russischen Schriftsteller.

Friedemann findet sie eine gute Alternative. Jens schweigt dazu. Er will sich deswegen nicht noch einmal mit ihr anlegen. Er meint, dann könne man das Kind gleich Trutzbert nennen. Er hofft auf ein Mädchen.

Jens nutzt die Chance. Er versucht mal wieder, sie zu einem Arztbesuch zu überreden. Donna würgt das Gespräch schon im Ansatz ab. Ihm, dem Spontanen, der ganz aus sich heraus lebt und sich jeden Tag erst mal in Ruhe anschauen will, um zu gukken, wie man das Beste daraus machen kann, ihm wird mulmig beim Gedanken an die Zukunft.

Dieses Leben als Bonnie and Clyde scheint ihr zu gefallen. Aber was wird später? Werden sie in Zukunft mit dem Kinderwagen auf der Flucht sein? Werden sie weiterhin als Jungverheiratete auf Hochzeitsreise in Hotels absteigen? Oder spricht sich bald herum, daß ein Pärchen – bei dem der Typ eine besonders bescheuerte Frisur hat – mit einem Kleinkind eine Spur durch den gesamten deutschsprachigen Raum zieht? Sie hinterlassen leere Koffer in den Hotelzimmern und verschwinden einfach.

Irgendwann ist es soweit, und die Handschellen werden sich um seine Gelenke legen. Er weiß es. Sie war höchstens eine Mitläuferin. Ihr können sie nicht viel anlasten. Er hat die Autos geknackt und die Automaten.

An guten Tagen findet er, daß man überhaupt nicht besser leben kann. Ernten, ohne zu säen, Autos nur so lange fahren, bis der Tank leer ist. Trotzdem überfällt ihn manchmal diese Angst.

Plötzlich bleibt Donna stehen. Ihr Mund ist halb geöffnet. Die Lippen vibrieren. Sie reißt die Augen auf. Ihre Wimpern kommen ihm auf einmal ungewöhnlich lang vor. Er wundert sich, daß er dieses Detail gerade jetzt bemerkt. O-beinig streckt sie den rechten Arm nach ihm aus. Mit dem linken greift sie an eine morsche Eiche. Sie testet erst, wie gut Jens sie hält, dann läßt sie den Baum los und greift zwischen ihre Beine. Der feuchte Fleck wird größer.

«Das ist Blut», sagt sie und spürt im selben Moment das Stechen im Rücken. Sie biegt sich nach hinten. Jens hat Mühe, sie zu halten. Sie findet selbst zu ihrem Gleichgewicht zurück. Jetzt steht sie nach vorn gebeugt und stützt sich mit den Händen auf den Knien ab. Der Blutfleck klebt die Hose am rechten Schenkel fest.

«Jens!» ruft Donna, und es klingt für ihn wie: *Entscheide du! Jetzt!*

Er bückt sich, legt einen Arm in ihre Kniekehle, den anderen auf ihren Rücken und hebt sie hoch. Sie ist so schwer, daß er Mühe hat zu atmen. Donna legt ihre Arme um seinen Hals und zieht sich höher, in eine bequemere Lage. Er hofft, daß er sie so bis zum Steakhouse wird tragen können. Wahrscheinlich könnte sie genausogut und viel sicherer selbst gehen, doch ihm gefällt die heldenhafte Pose. Das ist genau das, was sie jetzt von ihm braucht. Stärke und Standhaftigkeit.

Bei den letzten Schritten knirschen seine Knie. Es kommt ihm so vor, als würde irgend etwas in seinem Bauch reißen. Er weiß, es sind nur die Muskeln, und die werden sich erholen.

Ein Mann, der eine schwangere Frau in ein Restaurant trägt, erregt Aufsehen. Donnas schmerzverzerrtes Gesicht, ihr Keuchen, ihr Ringen nach Luft tun ein übriges. Jens hat noch nicht genug Luft gesammelt, um zu rufen: «Einen Notarzt! Bitte, sofort einen Notarzt!», da wählt die Wirtin schon die Nummer von Dr. Klaphecke. Ihrem Hausarzt.

Donna weiß, daß es nicht anders geht. «Laß mich nicht mit ihm allein!» fleht sie Jens an. «Nicht eine Sekunde, hörst du!»

Er nickt mit steinernem Gesicht.

71

Donna und Jens haben keine Ahnung, daß in jeder deutschen Arztpraxis ihre Fotos gleich zweimal aufgetaucht sind. Mit der Bitte um einen Hinweis, falls sie aufkreuzen.

Einmal als Fahndungsersuchen der Kripo. Jens Simon, der die schwangere Donna Huse entführt hat. Der Polizei geht es vor allem um Jens. Sie werfen ihm Werksspionage vor. Er sei ein geistesgestörter Drogensüchtiger, der in Arztpraxen einbricht, randaliert und versucht, Medikamente und Rezeptblöcke zu stehlen. So steht es in dem Schreiben.

Außerdem haben alle Ärzte ein Faltblatt erhalten, in dem Monika und Peter Huse um Mithilfe bei der Suche nach ihrer Tochter bitten. Ihre Telefonnummer ist angegeben. Die BELMEDIC hat die Aktion finanziert. Falls Huses Apparat besetzt ist – die zweite Telefonnummer ist die der Firmenanwältin Katharina Fetz. Die Aussagen über Jens hat die BELMEDIC in ihrem Sinne verändert. In der ersten Wut war das den Eltern egal.

Dr. Klaphecke weiß sofort, wen er vor sich hat, als er die beiden sieht. Er nimmt sie mit in seine Praxis. Er findet es rührend, wie Jens ihr Händchen hält und sie mit Donna anredet, während sie behauptet, Silke Sobotta zu heißen und aus Gelsenkirchen zu sein.

Dr. Klaphecke zögert, in welchen Behandlungsraum er die beiden führen soll. Er hat drei. In einem davon hängt der Aufruf der Eltern an der Wand.

Bitte helfen Sie uns!
Wir suchen unsere Tochter

Vielleicht hängt das Ding auch nicht mehr da. Es ist schon vor Wochen gekommen. In einem Umschlag der Firma BELMEDIC, versehen mit einer Einladung zu einem Ärztekongreß. Er fährt nie zu solchen Kongressen. Er behandelt seine Patienten und spielt Billard. Er ist kein Heißsporn, sondern eher ein Phlegmatiker. Fortbildungen findet er zeitraubend, Symposien öden ihn an.

Er wählt auf gut Glück den Behandlungsraum Nummer 3. Sein Blick schweift über die Wände. Hier hängt der Brief jedenfalls nicht. Andere Kollegen wissen immer genau, wo sie was zu suchen haben. Er hat für solche Kleinigkeiten in seinem Kopf keinen Platz. Aber er weiß Hunderte von Schußkombinationen auswendig. Er spielt beim Poolbillard am liebsten zuerst die Bande an. Das ist für ihn die hohe Kunst.

Der Zettel hat sich samt Heftzwecke von der Rauhfasertapete gelöst und ist unter die Liege gerutscht, auf der Donna jetzt die Beine breit macht.

Klaphecke will überprüfen, ob der Muttermund sich schon geöffnet hat. Mit seinen weißen Gummifingern glitscht er in Donna hinein, den Rücken zu Jens gewandt. Jens sieht auf Donnas nacktes Geschlecht und wie Klaphecke sich hineinwühlt.

Für Donna ist es ein verwirrendes Gefühl, Jens zu beobachten, wie er zusieht. Es ist, als könnte er eifersüchtig werden. Das Ganze hat etwas Komisches und zugleich Bedrohliches. Als Jens mitkriegt, daß Donna ihn anschaut, senkt er den Blick. Es ist ihm peinlich, daß Donna sieht, wie er sieht, was Klaphecke mit ihr macht. Er sucht den Boden nach einem festen Punkt ab, auf den er sich konzentrieren kann. Donnas Bild springt ihn an.

Klaphecke hat für sich entschieden, zunächst die Behandlung zu Ende zu führen und dann die Polizei zu rufen. Die Telefonnummern hat er sich natürlich nicht notiert. Warum sollte er auch?

Viele Schwangere werden in den letzten Wochen hysterisch. Die einen rennen dauernd zum Arzt, die anderen gehen überhaupt nicht mehr hin. Donna gehört in seinen Augen zur ersten

Gruppe. Sie wird jedes Anzeichen ihres Körpers als Katastrophe deuten. Er erklärt ihr, daß Blutungen ganz normal sind. Manchmal löse sich ein Schleimpfropf. Das habe nichts zu bedeuten. Panik sei nicht angebracht.

«Und woher kommen ihre Schmerzen, daß sie fast umfällt?» zischt Jens von hinten. Er kann seine Wut kaum unterdrücken.

Klaphecke möchte noch eine Blutprobe entnehmen, aber Donna weigert sich. Er fettet ihren Bauch ein, und Sekunden später kann Donna zum erstenmal die Herztöne ihres Babys hören. Ihr schießen sofort die Tränen in die Augen.

«Hör nur, Jens. Hör nur. Unser Baby. Mein Gott, geht das Herz schnell!»

Klaphecke lacht. «Das ist ganz normal. Ihr Kind ist völlig in Ordnung. Wir können aber noch einen Ultraschall machen, wenn Sie wollen.»

Klaphecke geht nach nebenan, um die Polizei zu rufen. Kaum hat er die Tür hinter sich zugemacht, hebt Jens den Zettel vom Boden auf.

«Da, Donna, guck dir das an.»

Sie braucht den Text nicht zu lesen, sie erfaßt ihn mit einem einzigen Blick.

«Laß uns hier abhauen!»

Sie wischt sich nicht mal das Gel vom Leib. Warum machen meine Eltern das, denkt sie. Verflucht, warum?

«Das müssen die an sämtliche Arztpraxen geschickt haben. Die konnten ja nicht ahnen, daß wir gerade hier auftauchen.» Jens tippt auf den Namen. «Siehst du. BELMEDIC. Deine Alten und diese Typen in einer Front. Na, danke.»

Jens steckt den Zettel wie ein Beweisstück in die Tasche. Da kommt Dr. Klaphecke zurück.

«So, nebenan ist frei, da können wir jetzt den Ultraschall ... Sie haben sich schon angezogen?»

«Wir wollen gehen.»

«Ich habe meine Untersuchung noch nicht beendet. Wir wollen doch lieber sichergehen, daß auch alles in Ordnung ist. Ihr Blutdruck ist erhöht. Ich habe hier ein paar Aufbaupräparate für Sie.»

«Ich nehme nichts», stellt Donna klar. In ihrem Blick liegt Haß.

«Das sehen Sie zu dogmatisch. Sie sind jetzt in einer für Ihr Kind sehr wichtigen Phase. Es darf an nichts fehlen.» Er beginnt zu dozieren: «Wenn Sie einen weiblichen Embryo in sich tragen, bilden sich bereits jetzt im Eierstock des Embryos alle Eier, die für ein ganzes Leben reichen müssen. Das Leben in Ihnen explodiert geradezu. Falls es ein Junge werden sollte, ist er damit beschäftigt, seinen Produktionsapparat aufzubauen, mit dem er später pro Sekunde tausend Spermien produziert. Hundert Millionen pro Tag. Vielleicht sogar mehr.»

Jens will noch einen Moment bleiben und sich das anhören, doch Donna spürt nichts als Mißtrauen. All das Gerede soll sie doch nur hinhalten.

«Wir werden jetzt gehen», sagt sie hart, und Jens nickt.

Klaphecke überlegt, ob er versuchen soll, die beiden mit Gewalt aufzuhalten. Aber er ist so gar kein gewalttätiger Mensch. Er hat sich noch nie geprügelt. Er reagiert sich beim Billard ab. Das Polizeipräsidium ist keine fünfzig Schritte von seiner Praxis entfernt. Sie müssen jeden Moment hier sein.

«Okay», sagt er und nickt, «okay. Ich kann Sie zu nichts zwingen. Ich wollte nur sorgfältig sein.» Er dreht sich um und läßt die beiden im Behandlungsraum allein. Dann schließt er ab.

Donna und Jens reagieren sofort.

«Brich die Tür auf!» befiehlt Donna.

Das muß sie Jens nicht zweimal sagen. Er wirft sich gegen die Tür, federt aber zurück. Ich Idiot, denkt er, warum knacke ich nicht das Schloß? Es ist ein einfaches Türschloß. Mit einem Schraubenzieher ist das eine Sache von ein paar Sekunden. Aber ich muß hier den Rambo spielen. Hoffentlich habe ich mir nicht die Schulter gebrochen.

«Das Fenster. Schlag das Fenster ein!»

Donna duldet keinen Widerspruch, das ist eindeutig. Jens hebt den Stuhl an und wirft ihn in die große Glasscheibe. Donna hält sich die Hände vors Gesicht und dreht ihren Bauch zur Wand, so daß die Splitter ihn nicht verletzen können. Aber das Fenster bricht nicht. Der Stuhl kracht in den Raum zurück.

Jens greift ihn noch einmal und schlägt mit aller Wucht zu. Diesmal bilden sich weiße Risse im Glas, wie ein sich ausbreitendes Spinnennetz. Jens läßt den Stuhl einfach fallen und tritt in die Mitte des Netzes.

Er hilft Donna nach draußen. Er steht auf einem Rost vor dem Fenster und reicht ihr die Hände. Mit königlicher Würde schreitet sie über die Scherben hinweg. In diesem Moment findet Jens sie anbetungswürdig.

Während vorn zwei Polizisten die Praxis betreten und dem aufgeregten Dr. Klaphecke für sein promptes Reagieren danken, rennen Donna und Jens auf den Mischwald zu.

Jens ist viel zu schnell. Donna läßt seine Hand los. Er dreht sich zu ihr um. Sie hat die königliche Würde verloren, sieht eher aus wie ein gehetztes Wild. Mit beiden Händen stützt sie ihren Bauch. Sie kann nicht so große Schritte machen wie Jens, und das schwere Auftreten tut ihr weh. Als sie bergauf laufen, kommen ihr ihre Beine vor wie die Verlängerung einer Schere, die mit jedem Schritt in ihr etwas zerschnipselt.

Jens springt vor ihr über einen kleinen Graben. Er streckt beide Hände nach ihr aus. «Komm! Ich halte dich!»

Sie schüttelt den Kopf. «Nein, ich spring nicht.»

«Donna! Es ist höchstens ein halber Meter!»

«Nein!»

«Warte, ich komme. Ich trage dich.»

«Nein.»

Sie sieht so störrisch aus, so unbeweglich. Wie ein Esel, der sich plötzlich weigert, die Last zu tragen, und weder durch Verlockungen noch durch Schläge zum Weitergehen zu bewegen ist.

«Ich will nicht mehr. Ich bleibe hier.»

«Donna, flipp jetzt nicht aus! Wir müssen hier weg, sonst haben sie uns gleich.»

Er greift nach ihr, will sie über den Graben ziehen. Da wird er mit ihrer Kraft konfrontiert. Mit beiden Händen stößt sie ihn von sich. Er rutscht aus und fällt auf den Hintern. Er steht sofort wieder und starrt sie ungläubig an.

Wer beschützt hier eigentlich wen? fragt er sich.

«An der Bushaltestelle ist eine Telefonzelle. Da gehe ich jetzt hin.»

«Was hast du vor, Donna?»

Sie stampft schon los. Er läuft hinter ihr her und redet auf sie ein.

«Komm in den Schutz der Bäume, Donna. Hier kann dich doch jeder sehen. Von da unten haben sie einen freien Blick auf uns. Donna! Willst du etwa gepackt werden?»

Donna klopft auf ihren Bauch, als wolle sie dem Baby ein Zeichen geben. «Was meinst du», fragt sie ihren Bauch, «wollen wir gefaßt werden?»

Der Bauch bleibt ihr eine Antwort ebenso schuldig wie sie Jens.

«Du kannst hier warten, Donna. Ich hol den Wagen!»

«Wenn wir noch einmal zum Hotel gehen, kriegen sie uns dort.»

«Ach, es ist dir also nicht egal?»

Sie überqueren eine Wiese, auf der Kühe und Jungbullen zusammen stehen. Die Tiere kommen neugierig näher, halten aber noch respektvoll Distanz. Donnas energische Schritte machen sie mißtrauisch.

Jens läßt Donna einfach weiterlaufen. Von hier aus kann er die Wiese überblicken, bis zur Bushaltestelle und zur Telefonzelle. Vielleicht kriegt sie sich bald ein, hofft er.

Als sie tatsächlich in der Zelle verschwindet, entscheidet er sich, den Wagen nicht zu holen. Er wird einen neuen stehlen. Was sie brauchen, tragen sie bei sich. Er knackt das Fahrzeug keine zwanzig Meter von der Telefonzelle entfernt. Es ist ein alter Opel Ascona; in der Not nimmt Jens, was er kriegen kann.

Monika Huse hebt schon beim ersten Klingeln ab. Donna gibt ihrer Mutter keine Chance. Sie brüllt sofort los.

«Was bildet ihr euch eigentlich ein? Warum macht ihr das? Laßt mich in Ruhe!»

«Sie lebt!» kreischt Monika, außer sich vor Glück.

Peter reißt ihr den Hörer aus der Hand. «Donna! Wo bist du?»

«Ich wollte gerade zum Arzt gehen. Der hat die Bullen gerufen! Warum laßt ihr mich suchen?»

«Aber Donna, wir machen uns Sorgen! Wir hatten Angst um dein Leben! Wir wollen Kontakt zu dir!»

«Ja, vielen Dank für den Kontakt!»

«Donna – hast du das Baby noch? Geht es dir gut?»

«Ja. Wir pfeifen auf dem letzten Loch. Aber wir pfeifen noch!»

«Donna, komm nach Hause. Wir kriegen das hin. Es kann alles wieder gut werden.»

«Donna, wir lieben dich!» ruft Monika von hinten.

«Gib Mama den Hörer.»

Peter gehorcht. Monika weiß in der Verwirrung nichts zu stammeln, außer noch einmal: «Donna, wir lieben dich». Und dann leise, resignativ, wissend, daß sie darauf keine Antwort erhalten wird: «Wo bist du?»

«Sag den Bullen, sie sollen die Jagd abblasen! Ich bin auch ein Mensch! Ich habe auch Rechte!»

Donna will hart sein, doch es klingt versöhnlich. Die Worte haben nicht die Schärfe, die sie ihnen verleihen möchte. Sie spürt, daß sie umkippt. Noch kann sie sagen, was sie denkt, aber es kriegt schon einen weichen Unterton. Sie läßt sich einwickeln.

Sie kennt das. Wie oft hat die Energie ihrer Eltern ihre Wut und Auflehnung in Sanftheit und Kompromißbereitschaft umgewandelt. Sie kriegt es einfach nicht hin, wirklich sauer auf ihre Eltern zu sein. Selbst wenn sie weit von ihnen entfernt ist, ein Telefongespräch reicht, um sie in das alte Beziehungsgeflecht zurückzulocken.

Ihr Dachboden erscheint ihr plötzlich wie ein kleines Paradies. Sie will auflegen, um sich dem Sog zu entziehen. Sie hat den Hörer schon über der Gabel, da nimmt sie ihn ans Ohr zurück. Sie will ihre Wut da abladen, wo sie hingehört, damit nicht Jens alles abbekommt. Doch bevor sie ihren Satz abfeuern kann, hört sie Monikas Beschwörung.

«Ich will dich treffen, Donna. Ich komme überallhin. Sag mir, wo du bist. Ich bin deine Mutter. Mir wirst du doch vertrauen. Ich komme allein. Ich bring dir Sachen. Ich ...»

Donna starrt auf das graue Telefon, aber sie sieht es nicht, sondern vor ihr zittert die Unterlippe der Mutter, überwältigt von Seelenschmerz.

«Donna. Ich will dich treffen. Das kannst du mir nicht verwehren. Ich habe dir doch nichts getan.»

Donna hängt ein. Erleichtert registriert sie, daß Jens mit laufendem Motor draußen parkt. Sie steigt sofort ein.

Er muß die Frage nicht aussprechen, sein Blick reicht. Er kennt sie inzwischen gut genug, um zu wissen, daß sie gleich reden wird. Er muß ihr nur Zeit lassen.

Noch vor dem nächsten Ort sagt sie: «Meine Mutter will mich sehen. Und ich glaube, ich sie auch.» Plötzlich schaut sie ihn an, mit einer Mischung aus Nichtverstehen und Begeisterung. «Ich dachte schon, du fährst noch mal zurück, um deine geliebten Disketten zu holen. Läßt du sie jetzt einfach da? Bist du vernünftig geworden?»

Er schluckt und sagt die Wahrheit. «Ich habe sie schon von Haigerloch aus abgeschickt.»

«Abgeschickt?»

«An Ben. Er sagt, er kann hundertfünfzig-, vielleicht zweihunderttausend für uns rausholen.»

«Das ist Erpressung, Jens.»

«Na und? Was haben die denn alles mit uns gemacht? Ist mir doch egal, wie du das nennst. Wir brauchen Geld, wenn wir neu anfangen wollen.»

Donna schüttelt den Kopf. «O nein, Jens. So will ich nicht leben. Als Vater kannst du nicht ewig auf der Flucht sein. Du mußt dich den Dingen stellen. Mit der Erpressung machst du doch alles nur noch schlimmer.»

Er bremst den Wagen, verschränkt die Arme vor der Brust und schaut sie herausfordernd an. «So – und was schlägst du vor?»

«Wir sollten zurückfahren. Ich will ganz normal mein Kind kriegen. Das kann jetzt sowieso keiner mehr verhindern. Niemand wird es auch nur versuchen.»

«Soso, die Dame will ganz normal ihr Kind kriegen und zurück nach Hause. Ist ja reizend. Und was wird aus mir?» Er beginnt aufzuzählen, welcher Vergehen er sich im Laufe der Zeit schuldig gemacht hat. «Einbruch. Autodiebstahl. Körperverletzung. Gewohnheitsmäßige Zechprellerei. Daraus wird nichts, Donna. Ich verbringe nicht den Rest meines Lebens im Knast und schreibe meinem Kind Postkarten. Willst du mich einmal im Monat mit dem Kleinen besuchen kommen?»

Sie schüttelt den Kopf. «Jens, ich glaube, daß die Gerichte Verständnis haben werden.»

«Verständnis!» spottet er, als ob dieses Wort schon an sich eine Lüge wäre.

«Wir waren in Not. Wir waren unter unglaublichem Druck. Jeder wird das verstehen. Wir haben das alles doch nur für unser Kind gemacht. Was zählen da solche Lappalien wie Autodiebstahl oder ...»

«Ich kann dir sagen, was die zählen. Bei meinem Vorleben, sagt Ben, mit einem milden Staatsanwalt drei bis fünf Jahre. Das stehe ich nicht durch, Donna. Ich bin ein Mensch, der seine Freiheit braucht. Ich überleb nicht mal ein halbes Jahr. Ich kann auf der Straße wohnen und unter Brücken schlafen. Ich kann Abfälle essen. Ich kann mich durchmogeln und durchgaunern, aber glaub mir, ich kann nicht eingesperrt sein.»

Seine Worte rühren sie und nehmen ihr die Wut. Ein bißchen ist es wie mit ihren Eltern. Wenn er sich erklärt, wenn er offen zu ihr spricht, merkt Donna, daß sie weich und nachgiebig wird.

Sie will sich mit ihm vertragen und ihm nicht weh tun, aber da ist etwas Wichtigeres. Sie muß für sich und ihr Kind sorgen.

«Jens», sagt sie, «es wird Zeit, daß wir Vernunft annehmen. Ich will nach Hause fahren und meinem Kind ein Nest bauen. Es braucht kein Fluchtauto, sondern einen Kinderwagen. Ein Schaukelbett und ein Kuscheltier.»

Weil sie das ohne jede Wut sagt, ganz klar und ruhig, spürt er, daß er sie verlieren wird.

«Wenn wir immer vernünftig gewesen wären, Donna, hättest du jetzt keinen dicken Bauch mehr. Vernünftige Menschen kriegen keine Kinder. Vernunftgründe sprechen immer dagegen.»

«Du warst so stark», sagt sie, «du hast so fest zu mir und dem Kind gehalten. Wenn du noch etwas von dieser Stärke in dir hast, Jens, dann geh die Schwierigkeiten an. Laß uns zurückkehren, wir brauchen uns für nichts zu schämen.»

Er macht noch einen Versuch, obwohl er schon begriffen hat, daß es sinnlos ist. «Meinetwegen kannst du deine Mutter treffen, Donna. Ich hole in der Zeit das Geld von Ben und dann ...»

Sie schüttelt den Kopf. «Nein, Jens. Ich mache bei so einer Erpressung nicht mit. Ich will nicht auf Sand bauen. Ich bin nicht zur Räuberbraut geboren.»

«Es hat dir aber verdammt viel Spaß gemacht.»

«Ja.» Sie feuchtet ihre Lippen an und wirft die kurzen schwarzen Haare zurück. «Ich werde meinem kleinen Mops später davon erzählen. Mama Donnas Märchenstunde.» Sie lacht.

Wie kann sie jetzt lachen, denkt Jens und fühlt sich wieder einmal angeschissen. Jens Simon hat seine Schuldigkeit getan. Er hat seinen Samen abgeliefert, er hat für sein Baby gekämpft. Jetzt darf er gehen und muß wahrscheinlich froh sein, wenn er es später einmal zu Gesicht kriegt. Nicht mit mir, denkt Jens. Nicht mit mir.

Der Gedanke trifft ihn wie ein Hieb in die Magengrube. Alles wiederholt sich.

Mit rauher Stimme gesteht er Donna, was er doch so gern vergessen wollte: «Ich sollte abgetrieben werden, Donna. Meine Mutter wollte mich nicht. Mein Vater hat mich gerettet. Er hat ein Riesentheater abgezogen. Schließlich hat sie nachgegeben. Wie du siehst, wurde ich geboren. Aber sie hat es ihm nicht verziehen. Und sie hat es an mir ausgelassen. Jetzt habe ich eine Mutter, die mich im Grunde immer noch ablehnt, und einen Vater, dessen Adresse ich nicht mal kenne. Ich möchte nicht, daß es unserem Kind genauso geht.»

«Ich lehne unser Kind nicht ab!» kreischt Donna. «Ich bin nicht deine Mutter! Herrgott», sie wirft sich in den Sitz zurück, «hast du das alles deshalb getan? War das der Grund?»

Sie ist kurz davor, ihn ins Gesicht zu schlagen. Sie tut es nicht, weil sie sieht, daß er sich die Unterlippe blutig kaut. Trotzdem kommt sie sich benutzt vor.

Steif sitzen sie nebeneinander, die nächsten hundertsiebzig Kilometer halten sie stumm durch.

Jens parkt an einer Autobahnraststätte. Er braucht einen Kaffee. Donna bleibt zunächst trotzig im Auto sitzen, dann geht sie, ein paar Schritte Abstand haltend, hinter ihm her, denn er hat überhaupt kein Geld bei sich. Sie trägt das aufgerollte Bündel Scheine zwischen ihren Brüsten.

In der Schlange stehen sie hintereinander wie zwei Fremde und schieben ihre Tabletts auf die Kasse zu. Er hat auf seinem einen Kaffee mit Milch und Zucker und ein Mettbrötchen, sie, ganz die gesundheitsbewußte Vegetarierin, einen Pfefferminztee und einen Salat in einem durchsichtigen Wegwerfschälchen. Angewidert pickt sie die Kochschinkenstreifchen herunter und legt sie aufs Tablett, noch bevor sie an der Kasse ankommen.

Vor ihnen zankt sich ein überforderter Vater mit seinen zwei Söhnen, die gleichaltrig aussehen, es aber nicht sind. Sie dürfen nur einen Schokoladenriegel gemeinsam nehmen. Er besteht darauf, daß sie ihn sich teilen, aber sie werden nicht einig, ob es Mars oder Nuts sein soll. Der Streit wird schnell zu einer Prinzipienfrage. Der Blonde mit den Sommersprossen, der körperlich stabiler ist, obwohl ein Jahr jünger, kriegt eine Ohrfeige.

Jens würde am liebsten dem Vater eine knallen. Er hält voll zu den Kindern. Wenn er nicht ein geklautes Auto vor der Tür stehen hätte und von der Polizei gesucht würde, wäre dies für ihn eine ideale Situation, um eine Prügelei zu beginnen.

Donna spürt genau, was in ihm vorgeht. Der seelische Draht, den sie oft zu ihrer Mutter hatte, die gefühlsmäßige Nabelschnur, die verbindet sie nun mit Jens, ob sie es will oder nicht. Sie weiß soviel über ihn, und er ist ihr einfach nicht egal.

Jens nimmt ein Nuts, reicht es dem Älteren und sagt: «Da. Das zahle ich.»

Die beiden Kinder sind sofort zufrieden, doch der gestreßte Vater ist damit überhaupt nicht einverstanden. «Was bilden Sie sich ein? Das geht nicht. Sie untergraben hier meine Autorität!»

«Wieso, ich kann den Kindern doch was schenken, wenn ich das möchte.»

Donna zuckt innerlich zusammen. Warum muß er sich da reinhängen? Warum ist er so aggressiv?

«Du hast einen schlechten Tag, Jens», sagt sie von hinten. «Besser, wir gehen jetzt.»

«Gib dem Mann den Schokoriegel zurück, Jens.»

Der Junge schüttelt den Kopf. Jens reicht ihm die Hand. «Ich heiße übrigens auch Jens.»

Der Vater packt das unerwünschte Geschenk, nimmt es dem Jungen ab und legt es mit einer energischen Geste auf das Tablett von Jens.

Der mit den Sommersprossen streckt seinem Bruder die Zunge raus. Sofort grabscht sein Vater nach dem Mars und bestimmt: «So, jetzt kriegt ihr beide nichts.»

Donna legt die Hand zwischen Jens' Schulterblätter, in der Hoffnung, daß er jetzt nachgibt. Doch er faucht: «Arschloch!»

Donna senkt den Blick und macht einen Schritt nach hinten, um ihren Bauch zu schützen. Sie muß nicht hingucken. Es ist völlig klar, daß der aufgebrachte Vater sich das vor seinen Söhnen nicht bieten lassen kann. Sie will gar nicht wissen, wer den ersten Schlag tut.

Der Kaffee segelt in ihre Richtung und klatscht vor ihr auf den Boden, nur ein paar heiße Tropfen spritzen an ihren Beinen hoch. Jens und der Vater fliegen seitlich über das Geländer auf den Boden. Jens liegt oben.

Die beiden Söhne springen herbei. Sie halten zu ihrem Vater. Der mit den Sommersprossen tritt Jens in die Kniekehlen, der Namensvetter greift Jens von hinten in die Haare und reißt an seinen Ohren.

«Laß meinen Papa los, du Schwein!»

Gut, daß die Söhne zu ihrem Vater halten, denkt Donna. So hat er gesiegt, ohne Jens zusammenschlagen zu müssen. Er braucht keine Polizei und auch sonst nichts. Die Sache ist vorbei. Der Papa hat seine Genugtuung.

Jens krümmt sich auf dem Boden. Der Vater hat ihn mit dem Knie im Bauch erwischt. Stolz wie Siegfried, der den Drachen getötet hat, schreitet er zur Drehtür, an jeder Hand eins seiner Kinder.

Donna zahlt und hilft ihrem Jens auf die Beine. Aus dem Fenster sehen sie den anrollenden BMW. Einer der Jungs zeigt Jens den Stinkefinger.

Die meisten Leute im Restaurant haben zu dem Vater gehalten und amüsieren sich über die Niederlage von Jens.

«Das passiert, wenn Erwachsene die Fronten wechseln und sich bei den Gören anbiedern wollen», sagt ein rundlicher Mittvierziger und schaut zufrieden seine Tochter an.

Er ahnt nicht, wie sehr sie ihn haßt. Sie hat stumm zu Jens gehalten. Ein Wink von ihm würde genügen, und sie wäre bereit, ihren Alten hier sitzen zu lassen und mit Jens zu gehen, egal, wohin.

Zum Glück weiß Jens das nicht.

Donna will ihren Salat nicht mehr hier essen. Sie fühlt sich zu sehr angestarrt. Sie nimmt das Schälchen und ihre Plastikgabel und geht zur Tür. Sie sieht ein Pärchen in einem Escort mit Kölner Kennzeichen. Die beiden sehen fröhlich aus und vertrauenerweckend. Donna fühlt sich sofort zu ihnen hingezogen. Sie will den Rest der Tour nicht mit Jens fahren. Sie will keine weiteren Diskussionen. Sie geht zu dem Pärchen und fragt, ob sie sie mitnehmen.

«Klar.»

«Donna! Du kannst doch jetzt nicht mit denen fahren! Du gehörst zu mir! Komm mit mir! Ich bringe dich nach Hause! Ich ...»

«Werd du erst erwachsen», sagt Donna und setzt sich auf den Rücksitz des Escort. An den Blicken des Pärchens sieht Donna, die beiden erwarten, daß es mit Jens Ärger gibt. Der Kölner ist sofort bereit, Jens zu verjagen. Er steigt aus dem Auto und macht sich vor Jens gerade.

Jens ignoriert den Mann. Er klopft an die Scheibe.

«Donna! Du kannst mir doch mein Kind nicht wegnehmen! Donna! Denk an alles, was ich für dich getan habe! Es ist auch mein Kind, Donna!»

Auf einen Augenwink seiner Freundin hin steigt der Kölner in den Wagen. Sie wollten eigentlich hier eine Rast einlegen, aber sie können auch woanders einen Happen essen.

Als Jens erkennt, daß sie losfahren werden, schlägt er mit der offenen Hand gegen die Scheibe.

«Donna! Steig aus!»

«Keine Angst», sagt der Kölner. «Wir beschützen Sie. Wir bringen Sie heil hier raus.»

Jens hört den Satz und bricht innerlich zusammen. Er ist ganz leer. Nicht einmal Trauer. Ein Sog erfaßt all seine Gefühle und wirbelt sie aus ihm heraus. Das letzte ist ihm genommen. Er ist nicht einmal mehr Donnas Beschützer. Die Rolle hat ein anderer übernommen. Einer, dessen Namen er nicht mal kennt. So austauschbar ist er.

Nachdem sie losgefahren sind, beginnt Donna zu heulen. Die

beiden sind voller Sympathie für sie. Sie wünschen sich selbst ein Kind, versuchen es schon seit einer Weile. Sie will aber einfach nicht schwanger werden, wie ihr Freund klagt. Sie schüttelt den Kopf und wehrt sich gegen den falschen Unterton in seiner Aussage.

«Mit mir ist alles in Ordnung. Ich habe mich von zwei Gynäkologen untersuchen lassen. Sie sagen, ich könnte Kinder kriegen. Aber er will ja nicht zum Arzt.»

Donna schaut sich um. Sie fürchtet, daß Jens mit der Lichthupe hinter ihnen her fährt. Es ist aber nicht Jens, sondern nur ein eiliger Geschäftsmann, dem alle anderen zu langsam sind.

Jens hat gar keine Kraft, Auto zu fahren. Er sitzt auf einem verbogenen Stückchen Leitplanke und starrt vor sich hin. Es kommt ihm so vor, als gehörten seine Gliedmaßen nicht mehr zu ihm. Der Kopf sendet Befehle an die Füße oder die Finger, aber sie reagieren nicht. Sabotage. Befehlsverweigerung.

Eine rothaarige Tramperin, die ihn seit einer halben Stunde beobachtet, beginnt sich Sorgen zu machen. Sie geht zu dem reglosen jungen Mann und spricht ihn an. Jens sieht sie. Er möchte gern etwas zu ihr sagen. Doch er weiß nicht, in welcher Sprache. Ihm fallen keine Worte ein. Keine passenden und keine unpassenden.

«Brauchst du Hilfe?» fragt sie und streicht ihm die Haare aus der Stirn.

Die Berührung ihrer Fingerkuppen gibt ihm etwas Leben zurück. Er schafft es immerhin, den Kopf zu schütteln.

«Dann eben nicht», sagt sie enttäuscht und läßt ihn schulterzuckend sitzen.

72

Das Pärchen fährt Donna bis vor den Lebensmittelladen. Es ist kein großer Umweg für die beiden. Am liebsten würden sie noch mit reinkommen. Vor der Tür drücken sie Donna, als würden sie sie schon viele Jahre kennen und jetzt auf ewig verabschieden.

Peter Huse hat den Laden gerade erst geschlossen. Er wäscht

sich im Badezimmer die Hände, als unten der Wagen mit laufendem Motor hält. Er dreht die Seife zwischen den Händen. Er mag den frischen Geruch der platzenden Seifenbläschen. Er will nicht mit Fingern, die nach Käse und Räucherschinken riechen, in den Feierabend gehen.

Monika hat ihm von ihrer falschen Perspektive erzählt, von den Tabletten, die Pettelbock ihr gegeben hat, und daß der Spuk jetzt endlich vorbei ist, weil sie begriffen hat, daß sie sich aus der Perspektive ihrer Mutter sah. Bewertend, höhnisch und verurteilend. Nicht die Tabletten, sagt sie, hätten ihr geholfen, sondern nur sie sich selbst. Auch er könne sich nur selbst helfen.

Seine Selbstvorwürfe zerreißen ihn. Er hofft, daß sein Alptraum endet, bevor er es nicht mehr aushält und sich eine Kugel in den Kopf schießt. Er kann Frau Dr. Conrad durchaus verstehen.

Die Klingel reißt ihn aus seinen Gedanken. Noch während er sich die Hände abtrocknet, hört er Monikas Schrei: «Donna!»

Er rennt los. Im ersten Moment erschrickt er. Sie sieht anders aus. Ganz anders als seine Donna. Es sind nicht nur die Haare, es ist nicht nur der dicke Bauch. Es ist ihr Gesicht. Sie ist aufgedunsen. Um Jahre gealtert. Und in ihren Augen liegt etwas. Es ist der irritierende Blick einer Frau, die ihre Grenzen kennengelernt hat.

Monika ist zuerst bei Donna und reißt sie an sich. Während Donna von Monika gedrückt und geherzt wird, treffen sich die Blicke von Vater und Tochter. Sie hat sich so vieles zurechtgelegt, das sie jetzt sagen möchte. Es gibt so viel zu klären, abzugrenzen und auszuhandeln.

Ihm geht es nicht anders. Doch jetzt, da er sie sieht, ist alles wie weggeblasen. Er breitet die Arme aus, so daß er Mutter und Tochter gemeinsam an sich drücken kann.

«Verzeih mir, Donna», stammelt er, «verzeih mir.»

Immer wieder nur diese beiden Worte.

Die drei setzen sich nicht. Sie gehen auch nicht weiter. Sie stehen zwischen den Regalen und halten einander fest.

Dann beginnt das Baby zu strampeln, so als wollte es in dem ganzen Überschwang der Gefühle klarstellen, daß es auch noch da ist. Donna nimmt eine Hand der Mutter und eine des Vaters und führt sie auf ihren Bauch. Sie können den Kopf fühlen, der die Bauchdecke nach oben drückt, weil das Kind nach der langen Autofahrt seine Lage verändern will. Dann flutscht der Rücken unter ihren Händen vorbei.

Peter kann sich nicht mehr auf den Beinen halten. Langsam geht er in die Knie. Jetzt ist sein Kopf in der Höhe von Donnas Bauchnabel. Vorsichtig, als könne er aus dem Inneren des Bauches einen Schlag erhalten, reibt er erst die rechte Wange an ihr, dann die linke.

Wir sind wieder eine Familie, denkt Monika. Wir sind endlich wieder eine Familie. Alles andere wird sich finden. Dann reckt sie den Hals und schaut nach draußen. Steht Jens vielleicht auf der anderen Straßenseite? Vermutlich traut er sich nur nicht rein. Sie sucht nach einer Möglichkeit, es besonders diplomatisch auszudrücken. Bei diesem Thema ist so viel Porzellan zerschlagen worden, da möchte sie keinen Fehler machen.

Schließlich fragt sie nur mit Kratzen im Hals: «Ist er da?» und deutet mit dem Kinn nach draußen.

Donna schüttelt den Kopf. «Keine Ahnung, wo er ist. Ich wollte nur noch zurück zu euch.»

Vielleicht hat Peter schon einmal einen schöneren Satz gehört. Aber er erinnert sich nicht mehr daran. Seine Tochter ist wieder da. Und er spürt, sie gibt ihm eine neue Chance. Er fühlt sich erlöst und geistig gesund. Erst jetzt weiß er, wie nahe er daran war, sich selbst auszulöschen.

Sie hat mir das Leben gerettet, denkt er.

73

Ben würde die Tür am liebsten sofort wieder zuknallen. Er unterdrückt diesen Impuls, bevor Jens etwas davon mitkriegt.

Mit einem verschwörerischen Augenzwinkern sagt er: «Du kommst etwas ungelegen.»

Jens ignoriert den Satz und schiebt sich an Ben vorbei.

Er schaut sich kurz um. Es ist keine Frau zu sehen.

«Wo hast du die ganze Zeit gesteckt?» fragt Jens vorwurfsvoll. «Ich hab pausenlos versucht, dich zu erreichen. Ich dachte schon, sie hätten dir das Telefon abgeklemmt.»

Ben ist Anwalt genug, um sich rasch auf die neue Situation einzustellen. Er hat sich schon wieder gefangen. Er kämmt sich mit den Fingern die Haare strähnig nach hinten, massiert seine Kopfhaut und spielt den Übernächtigten.

«Mensch, wie kannst du jetzt hier auftauchen? Die suchen dich überall. Ich hatte schon viermal Besuch von den Bullen. Die denken, daß ich dich bei deiner Flucht decke.»

«Und? Tust du's?»

«Warum dieser angriffslustige Ton? Ich reiß mir hier für dich den Arsch auf, übrigens ohne bis jetzt einen einzigen Pfennig in Rechnung gestellt zu haben, und du spielst dich hier auf, als ob ...»

Erst jetzt fallen Jens die Kisten auf. «Was ist? Ziehst du um?»

Ben nickt und spielt es herunter. «Ja. In diesem Loch kann man ja nicht ewig wohnen. Wird Zeit, daß ich was mache aus meinem Leben. Solltest du übrigens auch, Junge.»

Er versetzt Jens einen aufmunternden Klaps.

«Sag nicht Junge zu mir. Ich brauch die Kohle von der BELMEDIC, und ich brauch sie sofort. Ich werde verduften. Keine Angst, danach siehst du mich nie wieder.»

«BELMEDIC? Haben sie denn nicht gezahlt? Ich denke, Donna hat von der Fetz den Scheck für deine Kaution gekriegt.»

Es klingt harmlos, naiv, doch Jens spürt sofort, worauf es hinausläuft.

«Komm mir nicht so, Ben. Ich hab nicht ewig Zeit. Ich brauche wenigstens einen Vorschuß. Die sind doch nicht knapp bei Kasse. Entweder wollen sie zahlen oder nicht.»

Ben zuckt mit den Schultern und setzt sich auf eine Umzugskiste. «Das ist alles nicht so einfach, wie du es dir vorstellst.»

«Okay, Ben. Ich hab schon verstanden. Gib mir die Disketten. Ich mach es selbst. Wenn sie nicht löhnen, geht das Zeug an den *Spiegel* oder an den *Stern*.»

Jens hält die Hand auf, doch Ben rührt sich nicht.

«Was ist? Die Disketten.»

Ben steht auf, geht ein paar Schritte auf und ab, als müsse er nachdenken, und nimmt den silbernen Kerzenständer in die Hand. Jens macht sich auf alles gefaßt.

«Was für Disketten, Jens? Spinn nicht rum. Ich habe keine Ahnung, wovon du redest.»

«Du Schwein! Du hast sie ihnen längst verkauft! Du willst mir nur die Kohle nicht geben! Du wolltest mein Kumpel sein? Ich Idiot hab dir vertraut? Dir schmierigem Winkeladvokaten?»

Ben wiegt den Kerzenständer schwer in der Hand. Es ist eine unverhohlene Drohung. Doch er redet ganz sachlich.

Klar, denkt Jens, der hat Angst, daß ich ein Tonband in der Tasche habe und unser Gespräch aufzeichne. Deshalb redet der so einen Stuß. Der Trickser befürchtet, ausgetrickst zu werden.

«Ich weiß nichts von Disketten, Jens. Ich muß dich auch bitten, dir einen anderen Anwalt zu suchen. Ich übernehme keine Fälle mehr. Meine Zeit als Freiberufler ist endgültig vorbei.»

«Hä? Was redest du da für einen Scheiß?» Jens öffnet sein Hemd und zeigt seine Brust. «Ich hab kein Tonband, siehst du. Ich bin nicht verkabelt. Wir können frei sprechen. Du kannst mich abtasten, wenn du willst.»

Mit Blick auf die lange schmiedeeiserne Spitze des Kerzenständers scheint es Jens unangemessen, weiterhin die nackte Brust hinzuhalten. Er zieht das Hemd zusammen, als ob es sein Herz schützen könnte.

In geschäftsmäßigem Ton fährt Ben fort: «Ich werde die Rechtsabteilung der BELMEDIC neu organisieren. Es ist ein verantwortungsvoller Posten. Da kann ich mich nicht mehr mit privaten Klienten beschäftigen. Das wirst du doch verstehen. Das Arzneimittelrecht ist komplizierter, als du denkst. Da hängt viel dran. Rechte, Patente, Lizenzen. Nun guck nicht so. Du findest einen anderen Anwalt.»

«So ist das also!» faucht Jens. «Du hast dich kaufen lassen. Na klasse! Nicht einfach für eine einmalige Summe. Du hast stattdessen den krisensicheren Job gewählt, was? Unkündbar sozusagen. Lebenslänglich, hm? Wieviel zahlen sie dir? Speisen sie dich mit dem Honorar eines Bundestagsabgeordneten ab, oder liegst du schon eher bei einem Ministerpräsidentengehalt?»

So wie Ben den Mund verzieht, ist es weniger.

«Dachte ich's mir doch», spottet Jens. «Ich wußte immer, daß du billig bist.»

«Raus jetzt! Da ist die Tür.» Ben weist mit der Spitze des Kerzenständers den Weg.

Jens ist müde. Er braucht keine Duelle mehr, um sich selbst zu spüren. Er sammelt Spucke. Es ist nicht leicht, denn sein Mund scheint plötzlich ausgetrocknet zu sein. Er stellt sich vor, ein Bier zu trinken. Einen nie endenden Schluck aus der Flasche zu nehmen. Er versteht die Säufer und die Penner nur zu gut. Vielleicht sind sie nur anständiger als Typen wie Ben.

«Das mit dem Zen-Kloster kannst du dann ja wohl auch vergessen. Oder bist du jetzt so eine Art festangestellter Bettelmönch mit dreizehntem Monatsgehalt?»

«Raus!»

Jetzt hat Jens genug Spucke. Er will den Gelben auf Bens linkem Auge landen. Früher konnte er so etwas gut. Er hat es oft geübt, mit Kirschkernen und mit Kautabak.

Jetzt verfehlt er sein Ziel. Der Speichel klatscht auf den weißen Hemdkragen von Ben. Nichts berührt Bens Haut.

Ben holt mit dem Kerzenständer aus. Doch bevor er zuhauen kann, knallt Jens die Tür von außen zu.

Jetzt, denkt Jens, bin ich endgültig erledigt. Jetzt habe ich überhaupt nichts mehr. Es ist ein merkwürdig erhabenes Gefühl.

74

Plötzlich können die drei einander scheinbar alles sagen. Der Wind der Ehrlichkeit fegt reinigend durch ihre Beziehungen wie durch ein muffiges Zimmer. Sie können freier atmen und einander offener in die Augen schauen. Konfrontation statt falscher Rücksichtnahme schafft sicheren Boden unter den Füßen. So kann sich jeder fallenlassen in der Hoffnung, aufgefangen zu werden. Sie zelebrieren die neue Gemeinsamkeit, wie sie früher ihr Familienglück nach außen für die Kunden inszenierten.

Alles ist geblieben, wie es war, denkt Donna. Aber plötzlich ist es nicht mehr so schlimm.

Während Peter einen grünen Apfel schält und ihn für das Frühstücksmüsli in kleine Stückchen schneidet, sitzt Donna mit angezogenen Beinen auf ihrem Stammplatz und schlürft viel zu heißen Tee. Monika hat immer noch so nahe am Wasser gebaut, daß sie bei jedem Satz, den Donna spricht, heulen könnte, selbst wenn Donna nur sagt: «Ich muß mal zum Klo.»

Nur eine Frage steht unausgesprochen zwischen ihnen: Was ist mit dem Kind? Wird es gesund zur Welt kommen?

Vergeblich warten die beiden darauf, daß Donna etwas über den Zustand des Embryos sagt. Aus ihren Nebensätzen und Randbemerkungen filtern sie beide fein heraus, daß sie so etwas wie eine Arztphobie entwickelt hat, wofür die Eltern tiefes Verständnis haben. Aber das heißt auch: Es gibt keine richtigen Vorsorgeuntersuchungen.

Donna gestikuliert beim Reden mit beiden Händen. Peter fällt auf, daß sämtliche Nägel an ihren Fingern abgebrochen sind. Er folgert daraus, daß sie hart arbeiten mußte oder aber an den Nägeln kaut, während es für Monika ein klarer Hinweis auf Kalzium- und Magnesiummangel ist.

«Du brauchst Mineralien», sagt sie und wirft eine Sprudeltablette in ein Wasserglas. Für sich und Peter tut sie das gleiche.

Peter staunt. Er nimmt so etwas sonst nie. Monika prostet ihm mit dem Glas zu. Jetzt kapiert er. Es geht um Sicherheit, um Vertrauen. Sie werden beide das gleiche trinken wie Donna. Zum Zeichen, daß sie ihr nichts geben, was gefährlich sein könnte.

Donna trinkt die Mineralien. Sie erklärt ihren Eltern, warum sie Jens verlassen mußte. Sie ist ehrlich zu sich selbst. Sie schildert die Zeit mit ihm, die Furcht, das Leben in wechselnden Hotelzimmern, wie er Automaten knackte und Plastiktüten voll Obst zu ihr schleppte.

Kopfschüttelnd hört Monika zu. Immer wieder atmet sie demonstrativ erschrocken ein, mehr schockiert von Donnas offener Redeweise als von dem, was sie erzählt.

«Ja, ich war ein Outlaw», lacht Donna, und Peter spürt deutlich, wieviel Stolz darin mitschwingt. Sie hat Erfahrungen, die ihr niemand mehr nehmen kann.

Wer so gelebt hat, denkt er, befindet sich jenseits der Angst. Gegen alle gesellschaftlichen Regeln. Ohne jedes soziale Netz. In schwindelnder Höhe, ohne Netz und doppelten Boden, so stellt er sie sich vor. Jens auf einem Drahtseil unter der Zirkuskuppel und auf seinen Schultern die schwangere Donna.

Peter beneidet seine Tochter um diese Erfahrungen. Nie hätte er sich so etwas getraut. Sie sitzt jetzt völlig anders da als früher. Sie ruht mehr in sich. Wie ein Mensch, der seine Mitte gefunden hat. Einer, der nicht einzusperren ist, weil äußere Umstände ihm die Freiheit kaum noch nehmen können.

Er selbst kommt sich kleinkariert und erbärmlich vor. Er kriegt schon Angst, wenn die Bank ihn zu einem Gespräch einlädt. Dabei geht es meist nur um die Neufestsetzung des Hypothekenzinssatzes. Er sieht Donna zu, wie sie ihren Tee trinkt, und glaubt, zum erstenmal einen wirklich freien Menschen zu sehen. Es fällt ihm schwer, die Donna dort mit seiner Tochter in Verbindung zu bringen. Einerseits ist er stolz auf sich. Woher soll sie diese innere Stärke haben, wenn nicht aus ihrem Elternhaus? Sie ist weit über ihn und Monika hinausgewachsen. Damit hat sie das getan, was sie immer sollte. Wenn auch auf einer ganz anderen Ebene.

Sie hat allen die Zunge herausgestreckt und ihr eigenes Ding durchgezogen gegen jeden Widerstand, denkt er. Egal, was für Konsequenzen das noch hat, diesen Sieg – getan zu haben, was sie für richtig hielt – kann ihr niemand mehr nehmen.

Jetzt kann Peter kaum noch begreifen, daß Donna ihren Jens verlassen hat. Er kriegt immer mehr Respekt vor Jens. Der Junge hat Sachen für Donna getan, die hätte er, ihr Vater, sich nicht getraut.

Natürlich habe ich sie auch versorgt. Natürlich habe ich immer für Essen und Trinken gesorgt und ... Aber wäre ich auch dafür klauen gegangen?

«Und dann, in dieser Raststätte, wurde es mir endgültig klar, versteht ihr? Der ist selbst noch ein Kind. Der spielt mal kurz den Helden und fühlt sich klasse dabei. Wenn er auf die Schnauze fällt, dann waren die anderen die Bösen. Wenn er gewinnt, hat er allen eine lange Nase gedreht. Aber ein Kind zu kriegen ist etwas Ernsthafteres, als der ganzen Welt einen Streich zu spielen. Richtige Papas, die müssen wie du sein», sagt sie.

Peter Huse schluckt und will danke sagen, doch es bleibt ihm im Hals stecken.

Er glaubt, daß es besser für Donna ist, wenn sie das Kind nicht in der Stadt kriegt. Sie muß raus aus dem Viertel, zur Ruhe kommen und sich unbeobachtet, ohne jeden weiteren Streß, auf die Geburt vorbereiten können. Ultraschall, vielleicht sogar eine Fruchtwasseranalyse, so einen Geburtsvorbereitungslehrgang machen, einen Babywickelkurs – alles, was nötig ist. Er zählt die Dinge aus dem Stegreif auf. Es werden immer mehr. Er verbirgt dahinter, worum es eigentlich geht: die Feststellung, ob Donna ein gesundes Baby bekommen wird oder nicht.

Monika erkennt seine Absicht und ist froh, daß er den Versuchsballon startet. Doch gleichzeitig weiß sie, daß sie sich nicht erneut von Donna trennen kann.

Warum kann Donna das alles nicht hier machen? Sie muß nicht zu Pettelbock gehen. Es gibt tolle Ärzte in der Stadt, denkt sie, und ihr Einwand kommt wie ein Hilfeschrei, eine Auflehnung gegen ein längst gefälltes Urteil: «Ich gebe meine Tochter jetzt nicht mehr her!» Sie grabscht nach Donnas Hand.

Peter nickt. «Meinetwegen kannst du mit ihr fahren. Ich schmeiß den Laden hier schon allein.»

Die Blicke von Mutter und Tochter treffen sich. Donna erkennt den Kern von Papas Rede genau. Sie will nicht um den heißen Brei herumlabern. «Ich verstehe eure Angst, aber es macht doch keinen Unterschied mehr, ob das Kind behindert ist oder nicht, ob Junge oder Mädchen. Ich werde es einfach kriegen und lieben.»

Monika drückt die Hand ihrer Tochter. Jetzt kann sie ihre Tränen nicht mehr zurückhalten. Sie nickt. «Ja, Donna. Ja, das ist alles, worauf es ankommt.»

Peter schüttelt den Kopf. «Es macht schon einen Unterschied, Donna. Wenn das Kind durch all den medizinischen Horror gelitten hat, ist es vielleicht sinnvoll, es in einer Spezialklinik zu bekommen. Vielleicht braucht es unmittelbar nach der Geburt Hilfe. Es ist besser, man ist vorbereitet.»

Donna nickt. Da ist was dran.

Der Gedanke, im Viertel nach draußen zu gehen und jeden Moment Akki, Sina, Ulf, Lutz oder irgendwelche Klassenkameraden zu treffen, Lehrer oder Kunden, erscheint ihr gruselig. Jeder wird die gleichen Fragen stellen, jeder wird etwas wissen wollen. Und sie ist so gar nicht bereit, etwas von sich preiszugeben. Sie hat selbst noch viel zu wenig verdaut. Außerdem wird Jens sich hier rumtreiben. Sie will ihn jetzt nicht sehen. Sie hat Angst, sich wieder von ihm einwickeln zu lassen. Er hat so eine Art, sie anzugukken, da schaltet bei ihr der Verstand ab. Und sie weiß, daß sie ihren Verstand in nächster Zeit sehr brauchen wird.

75

Willy The Death spielt mit seiner Bluesband im Astor. Sandra fährt hin. Sie kann Jens nicht vergessen. Vage hoffte sie, ihn dort zu treffen.

Sandra hat sich herausgeputzt. Im Zuschauerraum hat sie Jens noch nicht gesehen. Aber sie weiß, daß er meistens später kommt. Falls er wirklich in der Stadt ist, wird dieses Konzert ihn magisch anziehen. Sie trägt ein pinkfarbenes, kurzes Kleid, einen schwarzen Ledergürtel, schwarze, klobige Docs und eine schwarze Netzstrumpfhose. Auf den ersten Blick soll nichts zusammenpassen, und doch ist alles fein aufeinander abgestimmt. Die Strumpfhose ist wie ein Spinnennetz, das Männerblicke fängt. Sie hofft, daß auch die von Jens dabeisein werden.

Willy The Death mag solche Klamotten. Er findet sie richtig schön nuttig. Für ihn schreien sie: *Ich bin zu haben. Komm und fick mich!*

Sandra haßt Willys Mund- und Körpergeruch. Sie würde lieber eine Nacht mit toten Ratten auf dem Müllplatz verbringen als eine mit Willy The Death im Himmelbett. Trotzdem zwängt sie sich zu ihm in die Garderobe.

Er liebt es, wenn junge Frauen unangemeldet hinter der Bühne auftauchen. In letzter Zeit werden sie immer wilder. Sein beginnender Ruhm macht sie geil.

Er begrüßt Sandra mit der Frage: «Na Kleine, willst du mir den Schweiß vom Körper lecken?»

Angewidert wischt sie sich mit dem Handrücken über die Lippen, als sei sie bereits mit seinen Körperausdünstungen in Kontakt gekommen. Er lacht.

Manchmal sind sie so perplex, daß sie nicken und tun, was er sagt. Wenn sie so reagieren wie Sandra, wird sowieso nichts aus der Nacht.

«Was willst du dann?» fragt er, greift sich zwischen die Beine, hebt sein Gehänge an, läßt es wieder heruntersacken und grinst anzüglich. «Wenn du an Eiweißmangel leidest, kann ich dir helfen. Ich hab allerdings nicht viel Zeit. Wir spielen gleich wei ...»

Sandra geht. Sie bedauert, überhaupt den Versuch unternommen zu haben. Von dem wird sie nichts über Jens erfahren. Es ist ihr völlig unverständlich, warum Jens sich mit solchen Typen herumgetrieben hat. In ihrer Phantasie wird Jens immer größer. Eine schillernde, heldenhafte Figur. Der Mann der Männer. Wenn ihr je ein Traummann begegnet ist, dann Jens Simon.

In dem schmalen Gang von der Garderobe zur Bühne, kurz hinter der Damentoilette, steht Jens plötzlich vor ihr. Sie traut ihren Augen nicht. Dann ist die Freude so groß, daß sie kaum ein Wort herauskriegt.

Jens streichelt ihr stumm über die Haare und schiebt sie zur Seite.

«Jens! Ich ...»

«Jetzt nicht, Sandra. Ich will zu Willy.»

Sie zeigt nach hinten. «Er ist dort.»

Jens nickt. «Ich weiß.»

Sandra läßt ihn gehen. Ohne zu ahnen, worum es geht, findet sie das, was Jens zu erledigen hat, wichtiger als sich selbst. Sie wird hier stehenbleiben und warten, bis er herauskommt. Dann will sie mit ihm gehen, wohin immer sein Weg ihn führt. Sie weiß, daß die Sache zwischen ihm und Donna aus ist. Die alte Ziege hat ihm den Laufpaß gegeben. Die Bahn ist frei für Sandra.

Sie wird sich ins Zeug werfen wie noch nie zuvor in ihrem Leben. Sie will ihn. Wenn er heute mit ihr nach Hause geht, wird sie dafür sorgen, daß er vergißt, daß er jemals mit einer anderen Frau zusammen war.

Sandra folgt ihm bis vor die Tür zur Garderobe. Sie hört ihn schreien. Es geht um Geld. Dann rumst es ein paarmal. Möbel fallen um.

Sie umfaßt die Klinke. Sie will rein, um Jens zu helfen. Diese fette Sau soll ihn nicht fertigmachen. Doch bevor sie die Klinke herunterdrücken kann, schwingt die Tür auf. Mit angespanntem Gesicht tritt Jens aus dem Zimmer. Er hat etwas Vogelartiges an sich, als würde die Nase den ganzen Körper hinter sich herziehen. Der Hals ist langgereckt.

Willy The Death liegt auf dem Boden. Seine Nase blutet. Sein Körper ist merkwürdig verrenkt, als würde der dicke Bauch nicht zu ihm gehören und hätte ihn unter sich begraben.

«Wo willst du hin, Jens?»

«Ich muß abhauen. Die Bullen suchen mich noch.»

«Du kannst mit zu mir kommen.»

Erleichtert nickt er. Sie fassen sich bei den Händen und rennen los.

76

Es tut Jens so gut. Endlich hört ihm jemand zu. Er redet sich alles von der Seele.

Sandra öffnet schon die zweite Flasche Wein und gießt ihm ein. Sie sitzt ihm gegenüber auf der Couch. Den Selbstmord von Frau Dr. Conrad hat sie beiläufig erwähnt. Schulterzuckend geht Jens darüber hinweg.

Er sitzt im Sessel, das Glas balanciert er auf der Lehne. Er erzählt gerade von Haigerloch, der Fliederstadt. Wie komisch es ihm vorkam, all diese Menschen zu sehen, die einfach nur fröhlich vor sich hin leben, scheinbar unbedroht und sorglos. Und er fragt sich immer mehr, ob es nur ihm so geht oder ob diese Welt auch für andere ein Raubtierkäfig ist. Ja, genau so fühlt er sich. Als Gladiator in einem Raubtierkäfig. Es ist ein einziges Gehacke und Gemetzel. Es gibt Regeln, nach denen der Kampf stattfindet, doch wenn er sich daran hält, heißt es immer nur, daß er verlieren wird. Die Regeln sind nicht gemacht, um einen wie ihn hochkommen zu lassen.

Sandra sieht das alles ein bißchen anders, doch sie gibt ihm recht, sooft sie nur kann. Der Rotwein macht sie müde. Sie kämpft gegen das Gähnen an. Inzwischen liegt sie schon auf der Couch, den Kopf auf den rechten Arm gestützt, aber sie heuchelt weiterhin brennendes Interesse und wache Aufmerksamkeit.

Sie hat die klobigen Docs ausgezogen. Sie reibt die Füße aneinander, weil ihr etwas kalt wird. Aber sie will sich nicht zudecken. Er muß einfach scharf auf sie werden, so, wie sie hier vor ihm liegt.

Jetzt kann sie ihr Gähnen doch nicht länger unterdrücken. Sie hofft, daß das Gequatsche nicht mehr zu lange dauert, sonst schläft sie ihm ein im Bett. Sie räkelt sich auf der Couch und dreht sich ein wenig weg, so daß ihr sich streckender Körper vom Gähnen ablenkt.

Sandra schielt zur Uhr. Es ist kurz vor drei Uhr morgens. Wenn er nicht bald zur Sache kommt, ist die Geschichte, zumindest für heute nacht, gelaufen. Sie ahnt, daß er die Initiative nicht ergreifen wird, kann sich aber nicht aufraffen, es selbst zu tun. Wenn er all ihre Signale nicht wahrnimmt, wird sowieso nichts draus. Zähe Mutlosigkeit breitet sich in ihr aus.

Dann eben nicht, denkt sie und nickt langsam ein, während er davon erzählt, daß Donna nicht bei ihm bleiben will, wenn er sich nicht stellt.

Zynisch sagt er: «Klasse Aufgabe, die sie mir da stellt, was?» Er nippt den letzten Rest aus seinem Glas. «Wenn du in den Knast gehst, bleibe ich bei dir und werde dir glühende Liebesbriefe schreiben. Wenn du aber die Freiheit wählst, muß ich mir leider einen anderen suchen.»

Vom Sofa kommt leises Schnarchen. Er schaut das Glas an. Ihm fehlt die Energie, es an die Wand zu werfen.

77

Die Privatklinik in Winterberg gefällt Donna auf Anhieb. Ihr Zimmer ist groß und hell. Die Menschen hier reden leise, aber mit heiterer Gelassenheit. Die hier sind, haben eine schlimme Krankheit überstanden oder erholen sich einfach nur von den Strapazen eines langen Berufslebens.

Donna ist die Jüngste. Das Nesthäkchen. Keine schlechte Rolle. Es ist, als würde sie von ein paar Dutzend Leuten gleichzeitig adoptiert. Eifersüchtig zankt man sich darum, an welchem Tisch sie frühstückt, mit welcher Gruppe sie wandert und wer abends beim Canasta mit ihr spielen darf.

Hier soll Donna zur Ruhe kommen, sich und ihrem Kind nur Gutes tun. Die eigentlichen Untersuchungen finden außerhalb statt. Bei einem Frauenarzt, der so alt ist, daß es Donna leichter fällt, ihn an sich ranzulassen. Monika hält ihr dabei die Hand.

Kopfschüttelnd hört er, daß Donna ein wehentreibendes und dann ein wehenhemmendes Mittel bekommen hat. Die Geschichte mit den Reihentests ist ihm viel zu kompliziert. Er winkt ab, das will er gar nicht alles wissen. Es gibt zufriedene Patientinnen, die ihrem Arzt vertrauen, und es gibt die überkritischen, die zu viele Fachzeitschriften lesen, alles besser wissen als der Doktor und immer ein zweites Gutachten brauchen. Er schätzt Donna so ein, daß sie zur zweiten Gruppe gehört. Ja, noch schlimmer, zu den eingefleischten Feinden der Schulmedizin, die lieber zu Heilpraktikern und Gurus gehen als in eine Uniklinik; die den Sternen mehr vertrauen als einem Röntgenbild.

Er kann ihr einiges über das Baby sagen. «Es ist ein bißchen klein, hat aber gut entwickelte Gliedmaßen, und es wird, Irrtum ausgeschlossen, ein Mädchen.»

Auf dem Ultraschallbild kann Donna den Kopf erkennen und eine Hand. Der Bogen da soll ein Knie sein. Tränen der Erleichterung und Rührung fallen auf das erste Foto von ihrem Kind. Monika heult mit.

Da der Arzt nicht direkt darauf eingeht, stellt Monika die entscheidende Frage: «Wird das Kind gesund sein?»

Der Arzt zuckt mit den Schultern. «Eine Geburt», sagt er, «ist eigentlich für die Natur keine große Sache. Eine Selbstverständlichkeit, so wie der Tod. Nur in seltenen Fällen geht etwas schief. Mit einer ausführlichen Genanalyse können wir rund tausend Erbkrankheiten ausschließen. Daß das Kind gesund wird, kann ihnen deswegen trotzdem niemand versprechen. Sie sollten sich da nicht allzu viele Sorgen machen. Die Natur sorgt für sich selbst. Je weniger wir Menschen eingreifen, desto besser.»

«Ja, aber ...»

«Junge Frau», sagt er zu Donna, «gehen Sie spazieren. Genießen Sie die gute Luft. Suchen Sie sich ein Krankenhaus aus. Schauen Sie sich den Kreißsaal an. Und vertrauen Sie dann einfach der Hebamme, der Kunst der Ärzte und der Natur.»

Das Leben hat Schicksalsschläge für jeden parat. Man kann sich nicht vor ihnen schützen. Gegen diesen Aberglauben hat er sein Leben lang angekämpft. Man muß sie hinnehmen und mit ihnen weiterleben. Keine noch so ausgefeilte Medizin, kein noch so engmaschiges Sozialsystem und keine Psychologie kann den Menschen vor Leid schützen. *Wer das weiß, ist besser auf das Leben vorbereitet als alle anderen*, will er sagen, doch statt dessen wünscht er Donna nur viel Glück.

Monika bleibt eine Woche, dann reist sie ab. Sie hat ein sicheres Gefühl. Hier geht es Donna gut. Sie wird am Wochenende wiederkommen. Sie will Peter nicht die ganze Zeit mit dem Laden allein lassen. Er ist ein bißchen zu kurz gekommen in letzter Zeit. Sie will ihm zeigen, wie sehr sie ihn liebt.

Sie wird mit ihm gemeinsam den Dachboden umgestalten, so daß Donna ein neues Zuhause vorfindet, eins, in dem Platz ist für ihr Kind. Sie weiß, daß sie sich bremsen muß, um keine Puppenstube aus der Wohnung zu machen, aber da vertraut sie auf Peters Realismus.

Während der Rückfahrt sagt sie sich in ihrem Abteil immer wieder den gleichen Satz auf: «Oma. Ich werde Oma. Oma Huse. Klingt gar nicht schlecht.»

78

Jens findet Sandra verlockend und verführerisch, doch seine Gefühle sind nicht bei ihr. Seine Gedanken kehren immer wieder zu Donna zurück. Er muß sie wieder für sich gewinnen. Er ist bereit, den Preis zu zahlen, wie hoch er auch sein mag. Er wird sich stellen. Er will nur vorher noch einmal mit ihr sprechen. Will sie fragen, ob das tatsächlich ihre letzte Bedingung ist.

Eigentlich steht er gar nicht so schlecht da, findet er. Er hat die BELMEDIC nicht mit den Disketten erpreßt. *Er* hat keinen Vorteil daraus gezogen, sondern nur Ben. Er muß grinsen bei dem Gedanken. Plötzlich wirkt es sich positiv aus, daß er mal wieder der Doofe war.

Es hat keinen Sinn zu telefonieren. Er muß Donna sehen.

Er nimmt all seinen Mut zusammen, dann steht er vor Peter Huse. Wenn der mir jetzt eine donnert, denkt er, ich stecke es weg, wisch mir das Blut ab und frage ihn, ob wir jetzt quitt sind.

Peter schneidet ein großes Käserad, als die Ladenglocke klingelt. Er läßt das Messer im Käse stecken.

Zwischen den beiden sind mindestens fünf Meter Abstand und dann noch die schützende Theke. Sie taxieren einander, bereit, sich zu versöhnen, aber auch auf den Angriff des anderen vorbereitet.

«B ... beim letzten Mal ist das wohl etwas schiefgegangen zwischen uns beiden.»

Peter nickt. Das war der erste Schritt auf ihn zu. Jetzt muß er die Initiative ergreifen. Er verläßt seine schützende Theke, geht auf Jens zu und sagt voller Überzeugung: «Ich war ein Idiot, Jens. Verzeih mir.»

Damit hat Jens nicht gerechnet. Er schluckt. «Ich ... ich liebe Ihre Tochter. Ich möchte zu Donna.»

«Ich weiß.»

Jetzt ist nur noch so wenig Abstand zwischen ihnen, daß jeder nur den Arm ausstrecken muß, um den anderen zu berühren.

«Laß uns Frieden schließen, Jens. Ich bin froh, daß meine Tochter einen wie dich hat.»

Jens begreift nicht ganz. Wird er hier auf den Arm genommen?

«Du hast bewiesen, daß du sie liebst und daß du in der Lage bist, deinen Mann zu stehen.»

Peter Huse streckt die Hand aus. Jens nimmt die Hand und schüttelt sie. Als müsse er ein Mißverständnis aufklären, sagt er: «Ich weiß nicht, was Donna Ihnen erzählt hat. Ich habe Autos geknackt. Ich habe Automaten aufgebrochen. Ich habe gegen mehr Gesetze verstoßen, als ich aufzählen kann.»

Peter Huse nickt. «Ich weiß. Donna hat uns alles erzählt.»

Jens grinst. «Kann ich jetzt zu ihr?»

Peter Huse erklärt ihm, wo Donna ist.

«Danke», sagt Jens und will gehen. Es wird ihm zuviel mit Peter Huse. Er kann die Zuneigung im Moment nicht ertragen. Er spürt etwas von der erdrückenden Umarmung, in der Donna gelebt hat. Einerseits ist es toll, andererseits nimmt es einem die Luft zum Atmen.

«Fährst du zu ihr?»

«Ja. Sofort.»

«Hast du ein Auto?»

Jens lacht. «Ich habe überhaupt nichts mehr. Aber daran wird es nicht scheitern.» Peter Huse holt seine Autoschlüssel aus der Kasse. Er wirft sie Jens zu. «Nimm meins. Ich will nicht, daß du länger in geklauten Autos herumfährst. Das muß vorbei sein. Klar?»

Jens fragt sich, ob er das Angebot wirklich annehmen kann. Dann ballt er die Faust um den Schlüssel und nickt. «Danke. Sie kriegen ihn wieder.»

Ich duze ihn die ganze Zeit, und er siezt mich, denkt Peter Huse. Ist das Respekt? Sind das Zweifel? Er spürt, sie haben eine Chance, Freunde zu werden. Schließlich gibt es etwas, das sie verbindet: Donna.

Jens fährt nicht direkt nach Winterberg. Er hat eine Idee. Er will, wenn er Donna trifft, schon etwas geklärt haben. Er könnte sich einen Anwalt nehmen, um sich zu stellen, doch er traut Anwälten nicht mehr, und er hat kein Geld, einen zu bezahlen. Ist es sinnvoll, Automaten zu knacken, um Anwälte zu bezahlen?

Jens hat sich den Namen seines Richters gemerkt: Erno Meyer.

Mit dem hat Ben doch so gern herumgedealt. Der war ganz locker. Mit dem könne man Absprachen treffen, hat Ben damals behauptet. Vielleicht ist er ein genauso korruptes Arschloch wie Ben. Aber Jens kennt sonst niemanden im Justizapparat.

Er schaut im Telefonbuch nach und findet die Anschrift von Erno Meyer in Köln-Dünnwald. Er fährt hin. Wenn er nicht da ist, denkt er, dann ist das so eine Art Gottesurteil. Ich lasse das Schicksal entscheiden. Wenn er mir die Tür aufmacht, werde ich ihm alles erzählen. Wenn nicht, lasse ich es sein. Auf keinen Fall werde ich ins Gericht gehen und sagen, Tach, da bin ich, ihr habt mich.

Das kleine Haus im Mauspfad hat etwas Anheimelndes. Früher war es bestimmt einmal ein Prachtbau. Eine Villa, die etwas hermachte. Jetzt ist es eher verfallen und verblaßt zwischen den neuen Häusern ringsum.

Erno Meyer macht auf. So ein Fall ist ihm noch nie untergekommen. Da steht ein Gesuchter vor seiner Tür, um sich zu stellen. Er müßte die Polizei rufen und die offizielle Verhaftung in die Wege leiten. Aber er bittet Jens zunächst einfach herein. Auf ungewöhnliche Ereignisse darf man nicht stur und starr reagieren.

Dann sitzen sie zusammen auf der Terrasse und rauchen. Sie trinken Kaffee, und Jens erzählt.

Der Haftrichter hat eigentlich Wichtigeres zu tun. Dort unten in seinem Arbeitszimmer wartet ein Stapel Akten. Heute will er sich da hindurchquälen. Aber wem der Herr Termine gibt, dem gibt er auch Ausreden, denkt er und hört sich die Geschichte von Jens an.

Er macht sich keine Notizen. Er schaltet kein Tonband ein. Er befürchtet, damit könnte er den Redefluß nur zum Stoppen bringen.

Der Typ kommt Jens so locker vor, daß es ihm leichtfällt zu erzählen. Er hat sich Richter früher anders vorgestellt. Nicht in geflickten Jeans und Baumwollhemd und schon gar nicht so, daß sie Zigaretten selbst drehen.

«Was habe ich zu erwarten, wenn ich mich stelle?» fragt er.

Erno Meyer fühlt sich in die Enge getrieben. Jetzt ist er am Zug. Nach all dem Vertrauen muß er auch etwas geben. Vielleicht lügt der Junge ihm etwas in die Tasche, aber wenn es so ist, dann macht er es sehr geschickt. Und ein paar Dinge lassen sich überprüfen.

«Angesichts der Umstände, und wenn Sie sich stellen und ein komplettes Geständnis ablegen, würde ich eine Bewährungsstrafe für möglich halten.»

«Das heißt, ich müßte nicht in den Knast?»

Erno Meyer hebt die Hände. «Nun, Sie haben sich einer Menge Straftaten schuldig gemacht. Sie können sich nicht damit herausreden, daß die anderen die Bösen waren. Das versucht jeder vor Gericht, wissen Sie. Andererseits ... Wenn sich das alles bewahrheitet, hat man Ihnen wirklich übel mitgespielt. Das gab Ihnen zwar kein Recht zu ...»

«Geschenkt», sagt Jens. «Habe ich eine reelle Chance auf eine Bewährungsstrafe?»

Meyer nickt. «Ja. Die Chance besteht. Man reißt nicht gern junge Familien auseinander. Schließlich bestraft man da Frau und Kinder mit. Es würde natürlich helfen, wenn Sie einen Job hätten, in Hochzeitsvorbereitungen wären oder so etwas. Aber das ist ja wohl alles nicht der Fall.»

Jens steht auf und bedankt sich für die Ehrlichkeit.

Jetzt stellt Erno Meyer klar: «Ich kann Sie nicht gehen lassen. Ich muß die Polizei verständigen. Sie können mich nicht zum Mitwisser machen und dann abhauen. Ich schlage vor, wir fahren jetzt gemeinsam ins Präsidium und ...»

Jens schüttelt den Kopf. «Nein. Ich muß zu Donna.»

Natürlich kann Erno Meyer das verstehen. Er selbst würde auch nicht anders handeln. Doch gehen lassen kann er Jens trotzdem nicht.

«Sehen Sie, mir sind da die Hände gebunden. Wenn später alles auf den Tisch kommt, muß ich sauber dastehen. Das werden Sie doch begreifen.»

Jens nickt. «Geben Sie mir vierundzwanzig Stunden.»

«Wie meinen Sie das? Vierundzwanzig Stunden wofür?»

«Ich fahre zu Donna. Ich will sie sehen. Dann komme ich zurück und stelle mich. Wenn Sie wollen, stelle ich mich auch direkt in Winterberg, nachdem ich mit Donna gesprochen habe. Obwohl, es wäre mir lieber, wenn Sie mit mir ins Präsidium ...»

«Wer sagt mir, daß Sie Wort halten?»

«Ich hätte nicht kommen müssen. Ich bin freiwillig hier.»

«Ich hätte Ihnen auch keine Auskunft zu geben brauchen. Strenggenommen hätte ich Sie nicht einmal hereinlassen dürfen.»

Sie geben einander zum Abschied die Hand, wie zwei Freunde.

«Vierundzwanzig Stunden.»

«Ich werde dasein.»

79

Mark hat seinen Artikel soweit. Er ist lang geworden. Das werden mindestens zwei Zeitungsseiten. Es ist keine Anklageschrift, sondern eine klare Beschreibung der Situation.

Er hat zwölf Leute angerufen, deren Namen er sich wahllos von den Disketten geholt hat. Zwei waren inzwischen verstorben. Die andern zehn konnten sich nicht erinnern, jemals an einem medizinischen Reihentest teilgenommen zu haben. Sie waren völlig ahnungslos.

Vier wollten sich die Spinnereien am Telefon nicht anhören, vertrauten ihren Hausärzten und hatten keinerlei Grund zur Klage, weil das fragliche Medikament, an dessen Einnahme sie sich noch gut erinnern konnten, prima gewirkt habe.

Die sechs anderen konnten sich plötzlich erklären, was mit ihnen geschehen war. Wahrscheinlich hatten sie ein Placebo erhalten, denn an ihren Beschwerden hatte sich nichts geändert. Die Krankheiten schritten weiter voran. In ihrer Wut waren sie sofort bereit, auszupacken und sich jeder Klage anzuschließen.

Mark braucht für den Artikel nur noch eins: ein ausführliches Interview mit Donna. Keinen Menschen hat es bisher so schlimm getroffen wie sie.

Er traut sich schon gar nicht mehr anzurufen. Bisher hat er sich bei den Huses nur Abfuhren eingehandelt. Meist waren es freundlich verpackte Lügen, die alle damit endeten, daß Donna für ihn nicht erreichbar ist.

Er kapiert nicht, warum die beiden damals so schnell abgehauen sind. Es kam ihm vor wie eine Flucht. Wahrscheinlich trauen sie keinem mehr, denkt er.

Dies ist sein letzter Versuch, mit ihr zu sprechen. Dann wird er den Artikel so abliefern, wie er ihn geschrieben hat. Ohne daß Donna darin vorkommt. Wenn er über sie schreiben will, braucht er ihr Einverständnis, er ist ein fairer Journalist. Vielleicht hat sie das Kind inzwischen abgetrieben. Wie steht sie dann da, wenn sein Artikel erscheint? Vielleicht will sie von all dem gar nichts mehr wissen. Mark findet, wenn solche persönlichen Dinge in die Zeitungen kommen, sollte man die betroffenen Menschen vorher gefragt haben. Er weiß, daß er mit dieser Meinung ziemlich einsam ist, aber für ihn gibt es hinter allem, was man tut, eine Moral.

Peter Huse gibt ihm die Telefonnummer von Donnas Zimmer in Winterberg. Erleichtert ruft Mark dort an.

Natürlich erinnert Donna sich an ihn. Ihr Ton ist mißtrauisch. Die Flucht ist ihr ein wenig peinlich. Vielleicht hat sie ihm ja auch furchtbar unrecht getan. Das alles kommt ihr so weit weg vor, so entsetzlich lange her, beinahe unwirklich.

Mark schildert, was er vorhat, und Donna ist sofort einverstanden. Ja, sie will mit ihm reden. Jederzeit.

Eine Wochenzeitung will seinen Bericht bringen. Er steht unter Termindruck. Spätestens morgen früh muß er alles rüberfaxen.

«Na, dann komm doch sofort», schlägt Donna vor.

Kleinlaut gesteht er ihr, daß er zu Hause nicht weg kann. Seine Mutter. Es geht ihr nicht gut. «Ich muß bei ihr bleiben. Wir haben sonst einen Zivi, aber der hat Urlaub, und ...»

«Ja, warum rufst du mich dann überhaupt an?»

«Ich dachte, vielleicht ... Kannst du nicht zu mir kommen?»

Donna überlegt. Sie hat kein Auto zur Verfügung. Niemanden, der sie fahren kann. Trotzdem möchte sie bei der Sache mitmachen. Ein bißchen ist es Rache an der BELMEDIC, ein bißchen Wiedergutmachung an Mark. Sie spürt Genugtuung dabei. Als würde so ein Artikel sie wieder fest im Leben verankern. Ihr nachträglich recht geben und Schiefes geraderücken.

«Okay», sagt sie. «Ich komme.»

Sie hat noch keine Ahnung, wie sie es anstellen wird.

80

Eine halbe Stunde später steht Donna in Winterberg an der Hauptstraße Richtung Schmallenberg und hält den Daumen in den Wind.

Ein Polo stoppt. Am Steuer ein Mann Anfang Dreißig. Als er die Beifahrertür öffnet und sich Donna rüberlehnt, steigt Qualm in ihre Nase. Ein Kettenraucher. Das ist Donna zwar unangenehm, aber sie wird es in Kauf nehmen. Eine Frau oder ein Pärchen wäre ihr lieber. Der Typ schaut sie so merkwürdig an.

Sie kriegt Angst. Was, wenn er besonders auf Schwangere steht? Will sie wirklich jetzt allein zu diesem Wildfremden ins Auto steigen? Donna spürt ein Ziehen im Rücken. Sie muß sich zurücklehnen. Sie zögert noch ein paar Sekunden. «Na, was ist denn?» fragt der Fahrer ungehalten. «Willst du nun mitgenommen werden oder nicht?»

Damit schreckt er sie noch mehr ab. Sie sieht ein anderes Auto, das langsam heranrollt. Es ist das ihres Vaters.

«Nein, danke, ich will nicht mit Ihnen fahren», sagt Donna und knallt die Autotür zu. Sie läuft zu dem Kombi, reißt voller Freude die Tür auf und springt ins Auto. Da erst sieht sie Jens.

Sie schluckt. «Hast du etwa den Wagen von meinen Eltern ge ...»

Jens schüttelt den Kopf. «Dein Alter hat ihn mir geliehen. Donna, ich bin gekommen, um dir zu sagen, daß ... daß ich dich liebe. Ich werde mich stellen. Du bist die tollste Frau, die ich je getroffen habe. Ich will dich und keine andere.»

Donna legt den Kopf in den Nacken und atmet tief durch. Sie spürt, daß sie ihre Grenzen verliert. Schon möchte sie Jens einfach umarmen, mit ihm eins werden und alle Probleme ignorieren.

«Wirst du dich wirklich stellen?»

«Ich war schon beim Richter.»

«Und? Haben sie dich nicht festgehalten?»

«Ich habe versprochen, mich in vierundzwanzig Stunden zu stellen. Ich wollte dich erst sehen. Stell dir vor, der Typ hat das kapiert. Er ist nämlich auch ein Mensch. Wenn man alle Paragraphen auswendig kennt, heißt das ja noch lange nicht, daß man keine Gefühle mehr hat.»

Donna schaut auf die Uhr. Vielleicht reicht die Zeit. «Laß uns zu Mark fahren. Sein Zeitungsartikel könnte dir nützen. Wenn öffentlich wird, was wirklich Sache ist, werden sie dich nicht behandeln wie einen Schwerverbrecher.»

Insgeheim hofft sie, daß Jens eher als eine Art Robin Hood dastehen wird. Sie weiß nicht, ob sie ihm das sagen soll. Es würde ihn natürlich trösten, aber vielleicht auch der falschen Seite in ihm Futter geben.

Jens will wissen, was mit Mark los ist. Er hat einen Haufen Fragen, doch Donna beantwortet sie nicht. Auf ihrer Stirn bilden sich Schweißtropfen. Sie beißt die Zähne zusammen.

«Sind das Wehen?»

Sie schüttelt den Kopf. «Ich hab doch noch ein paar Wochen Zeit, Jens. Manchmal meldet sich das Kind eben. Fahr uns nach Tübingen.»

Jens zögert nicht. Sie haben viel Zeit miteinander im Auto verbracht. Das Auto ist der Ort, an dem sie gelernt haben, über sich und ihre Probleme nachzudenken. Das Auto bietet genügend Schutz vor fremden Blicken und Mithörern. Der Innenraum eines Autos hat ihnen oft mehr Intimität gegeben als ein Hotelzimmer. Es gibt viel zu besprechen.

Jens schaut nicht auf die Landkarte. Er findet den Weg auch so. Erst mal bis Olpe und dann auf die Autobahn.

Donna windet sich auf dem Beifahrersitz in Krämpfen. Jens kommen Zweifel. Seine Freude darüber, daß Mark die Disketten kopiert hat und er so durch vieler Leute Rechnungen einen Strich machen kann, auch durch die von Ben, verblaßt, wenn er Donna anschaut. Irgendwie interessiert ihn diese Rache immer weniger. Gleichzeitig weiß er, daß die Disketten ihm helfen können, seine Geschichte vor Gericht glaubhaft zu machen. Sie nehmen nicht alle Schuld von ihm, doch sie entlasten ihn gewaltig. Ben und die BELMEDIC werden behaupten, daß es diese Disketten nie gegeben hat.

Jens glaubt, einen weiteren Trumpf für Erno Meyer zu haben. Trotzdem siegt seine Sorge. Er möchte es liebevoll sagen, doch es klingt wie ein Vorwurf: «Donna, laß uns umkehren. Du bist hochschwanger, du kannst nach allem, was wir erlebt haben, jetzt nicht so eine Reise auf dich nehmen. Ich bringe dich nach Winterberg zurück. Mark soll seinen Artikel verschieben oder zu dir kommen. So geht es wirklich nicht.»

Donna lacht ihn aus. «Ich bin nicht krank, Jens. Ich bin nur schwanger! Fahr weiter.»

Sie verliert schon wieder Fruchtwasser. Sie hat während dieser Schwangerschaft so oft Blut und Urin zwischen ihren Schenkeln kleben gehabt, daß sie sich zunächst keine Sorgen macht. Doch dann spürt sie immer deutlicher, wie der Kopf des Kindes gegen den Beckenboden drückt.

Sie beißt die Zähne aufeinander und hält die Wehen aus. Sie sind nicht schlimm. Sie hat schon ganz andere Sachen ertragen. Kein Vergleich zu dem, was sie nach der Prostaglandinspritze durchgemacht hat. Sie kriegt ihre Atmung unter Kontrolle und beschließt, bei Mark erst mal in die Badewanne zu gehen.

Das hat ihr damals auch gutgetan.

Während der nächsten Stunde reden sie nur über die Vergangenheit. Viermal wird Donna von Wehen geschüttelt.

«Soll ich nicht lieber umdrehen, Donna?»

«Quatsch. Fahr weiter. Wir machen das Interview, und dann stehst du deinen Prozeß durch, und ich krieg mein Baby.»

Kurz vor Stuttgart bricht sie das Gespräch über die Zukunft ab. Die Wehen kommen jetzt alle fünf Minuten. Sie hält ihren Blick auf die Autouhr gerichtet und versucht, in den Pausen wieder zu Atem zu kommen.

«Jens», sagt sie, «ich glaube, das Baby kommt.»

Er wird sofort panisch. «Aber es ist noch viel zu früh! Du kannst das Kind jetzt noch nicht kriegen. Um Himmels willen, doch nicht hier im Auto! Ich ... ich fahre zu einem Krankenhaus, ich ...»

«Nimm den Parkplatz, Jens.»

Sie zeigt auf das Schild. Es kündigt in tausend Meter Entfernung eine Raststätte an.

Jens ist sofort schweißgebadet. Sie biegt sich neben ihm und stöhnt, wie er sie nie hat stöhnen hören. Es ist ein Urlaut, der aus ihrer Tiefe heraufdringt. Sie reckt das Kinn zur Wagendecke, knallt ihre Zähne aufeinander, die Augen treten hervor, und ihre Beine beginnen wieder so zu zucken wie damals, als er glaubte, sie würde krepieren.

«Donna, ich kann da nicht ranfahren. Ich bring dich in ein Krankenhaus. Vielleicht können sie die Geburt mit einem wehenhemmenden Mittel aufhalten.»

Donna schüttelt den Kopf. «Nie wieder lasse ich mir so eine Spritze geben.»

«Donna, das wird ein Frühchen, da braucht man sofort medizinische Geräte! Ich bin doch kein Arzt, ich ...»

«Alles, was passieren muß, wird jetzt passieren, ob wir es wollen oder nicht. Fahr auf den Rastplatz, oder halt auf dem Seitenstreifen!»

Jetzt kommen die Wehen alle zwei Minuten; wellenförmig folgen sie so rasch aufeinander, daß Donna kaum Zeit hat, zwischendurch genügend Sauerstoff zu tanken und damit Kraft zu sammeln. Sie streift ihren Rock hoch und versucht, die Unterhose auszuziehen, schafft es aber nicht, den Po so weit aus dem Sitz zu stemmen.

Jens konzentriert sich nicht auf den Verkehr. Er schaut auf Donnas bebenden Körper. Dabei überquert er versehentlich den Mittelstreifen. Hysterisches Hupen läßt ihn zusammenfahren und auf seine Fahrbahnseite zurückkehren. Um ein Haar fährt er an der Raststätte vorbei.

Er reißt das Lenkrad herum und biegt in viel zu stumpfem Winkel ein. Der Wagen schleudert. Für den Bruchteil einer Sekunde verliert Jens die Kontrolle über das Fahrzeug. Wie ein Fahrlehrer seinen Schüler weist Donna ihn darauf hin. «Vorsicht, Jens!» Dann schnauzt sie ihn ausatmend an: «Das tut weh, Mensch! Paß doch auf!»

Nicht mal das schaffe ich Arsch, denkt er.

Statt den Wagen sanft ausrollen zu lassen, bremst er viel zu hart. Donna wird nach vorn geworfen und plumpst in den Sitz zurück. Sie stöhnt vor Schmerz.

«Entschuldige, Donna, entschuldige. Ich ...»

«Red jetzt nicht. Hilf mir.»

«Donna, verdammt, wie denn?»

Du hast genug darüber gelesen, Jens. Zwischen ihren Beinen wird gleich dein Kind erscheinen. Nimm es in Empfang. Auf diesen Moment hast du lange gewartet. Bau jetzt keinen Scheiß.

Er steigt aus dem Auto und rennt zu ihrer Seite. Dabei ruft er: «Ein Arzt! Ist hier irgendwo ein Arzt?»

Die Tankstelle ist noch gut zweihundert Meter weit weg. Niemand nimmt Notiz von ihm.

Donna legt sich im Sitz zurück. Jens hilft ihr, die Unterhose auszuziehen.

«Ich lauf eben zur Tankstelle rüber und ruf einen Arzt.»

Sie schüttelt den Kopf. «Du bleibst jetzt bei mir!»

Das «mir» kriegt sie kaum noch heraus, so heftig wird die Wehe.

Jens schaut in ihr Gesicht und weiß, daß man keine Apparate und Wehenschreiber braucht, um festzustellen, wann es soweit ist. So verzerrt, so voller Kraft hat er ihr Gesicht noch nie gesehen.

«Wie weit ist der Muttermund auf?»

Ihre Stimme klingt wie das Bellen eines kleinen Hundes. Mehr kann sie nicht sagen, schon kommt die nächste Wehe.

Jens weiß, was er tun muß. Er hat es bei Dr. Klaphecke gesehen. Er führt seine Finger in ihre Scheide, um es zu fühlen.

Die Wände vibrieren und zucken um seine Finger herum. Er hat keine Handschuhe an. Er hat noch nie einen geöffneten Muttermund ertastet. Er weiß nicht, wie sich das anfühlt. Dennoch erkennt er es.

«Es ist alles ganz offen, Donna. Ich ... ich glaub, ich spür ...»

Sie wird zurückgeworfen und preßt nun mit aller Kraft nach unten.

«Ich glaub, ich spür den Kopf, Donna! Donna, preß, Donna preß, Donna drück! Es kommt! Donna, es kommt! Es darf jetzt nicht steckenbleiben!»

«Ich kann nicht mehr, Jens! Ich kann nicht mehr! Es tut so weh!»

«Hol Luft, hol Luft, Donna! Und mit der nächsten Wehe preß es heraus! Preß, Donna!»

Sie japst.

Jens sieht, daß sein Kind feststeckt. Er hat gelesen, daß der Körper bei der Geburt von Adrenalin geflutet wird wie nie wieder im Leben. Nur so hält man den Geburtsstreß aus. Wahrscheinlich den größten Kampf, den es im Leben zu kämpfen gibt.

«Es steckt fest, Donna!»

«Jetzt», stöhnt Donna und preßt mit der Wehe ihr Kind nach unten.

Aber es geht nicht weiter. Der Schmerz droht sie zu zerreißen.

«Scheiße!» schreit sie. «Scheiße! Ich schaff es nicht!»

«Nur noch ein bißchen, Donna, nur noch ein bißchen! Mit der nächsten Wehe, Donna!»

Sie kommt nicht.

«Was ist los? Warum kommt jetzt keine Wehe mehr?»

«Was ist mit dem Kind? Lebt es noch?»

Da beißt Donna die Zähne aufeinander. Sie drückt ihr Kinn gegen die Brust, um alle Kraft auf die Austreibung zu konzentrieren.

Jens versucht, das Köpfchen zu fassen, doch er findet keinen Halt. Eine Saugglocke. Wenn er nur eine Saugglocke hätte.

Er drückt seine Lippen auf die Schädeldecke seines Kindes und saugt. So kommt er natürlich nicht weiter. Er schämt sich fast für den sinnlosen Versuch. Er hofft, dem Kind nicht weh getan zu haben. Wieder feuert er Donna an. Ihre Beine suchen einen Halt. Sie strampelt wie ein auf den Rücken gefallener Käfer. Scharf saugt sie die Luft ein und brüllt: «Jetzt, Jens!»

«Ich kann den Kopf sehen! Da ist die Nase! Ich kann schon die Nase sehen! Feste, Donna!»

Mit einem gigantischen Schrei preßt Donna den Kopf aus sich heraus. Das schleimige, runzlige Gesicht macht Jens angst. Der größte Teil ist noch in Donna drin. Wie sollen die Schultern je durch ihre Scheide passen?

Jens legt seine Finger vorsichtig um den Kopf. Er hat Angst, sein Kind zu erwürgen, wenn er zieht, aber er weiß, daß er es versuchen muß. Er hofft, daß die Kieferknochen fest genug sind, um nicht zu brechen.

Er legt seine Finger um den Unterkiefer und zieht, als die nächste Wehe kommt, das Kind zu sich.

Donna windet sich vor Schmerzen. Das Kind kommt kein Stückchen vorwärts.

Jens versucht, es so zu drehen, daß eine Schulter herausgleitet. Er faßt jetzt beherzt zu. Es muß weitergehen. Alles strebt der Lösung entgegen. Da darf er nicht zögern.

Donna legt eine Pause ein. Sie schnappt nach Luft. Für eine Sauerstoffmaske würde Jens jetzt ein paar Jahre seines Lebens geben.

Größer als der Schmerz ist die Neugier in Donna. Sie reckt den Kopf, um einen Blick auf ihr Kind zu erhaschen.

Mit der nächsten Welle schafft sie es. Der kleine Körper flutscht aus ihr heraus. Fast fällt er dem verdutzten Jens auf die Straße.

Ein vor Kälte zitterndes kleines Mädchen liegt in seinen Händen.

«Es ist so klein!» schreit er. «Sie ist so klein, Donna! Sie lebt!» Donna reckt sich weiter vor.

«Ein Mädchen!»

Donna reißt das Oberteil ihres Kleides in Fetzen. Das Kind hängt noch an der Nabelschnur.

«Ist alles dran?» fragt sie mit flehendem Blick.

Wortlos nickt Jens.

Er legt seine Tochter auf Donnas nackten Bauch. Die Kleine rutscht ein Stückchen herunter, so daß ihr Kopf zwischen Donnas Brüsten liegt. Die beiden sehen sich zum erstenmal an.

Jens hat keine Angst mehr, etwas falsch zu machen. Donnas schmerzverzerrtes Gesicht wandelt sich. Glücklich strahlt sie ihr Kind an.

«Die Nabelschnur, Jens. Du mußt die Nabelschnur durchschneiden. Dann erst ist sie ins Leben entlassen.»

Jens erinnert sich. Fünfundzwanzig Millionen Lungenbläschen müssen sich jetzt zum erstenmal mit Luft füllen. Der schwerste Atemzug des Lebens. Er will der Kleinen dabei helfen. Er wird sie auf keinen Fall an den Füßen hochheben und ihr auf den Hintern hauen, damit sie atmet. Er weiß, daß sie es so tun wird. Sie braucht keine Schläge. Nur ein bißchen Unterstützung.

Er hat kein Messer. Außerdem, wo sollte er etwas Steriles finden? Er nimmt die Nabelschnur und beißt sie durch. Blut und Schleim ergießen sich in seinen Mund. Er spuckt es nicht aus. Er schluckt es hinunter.

Dann knotet er das an seinem Kind baumelnde Nabelschnurstück zusammen, um den Blutfluß zu stoppen. Er faßt seine Tochter an den Füßen, um sie hochzuheben, doch da kreischt sie schon los.

Jetzt stehen Menschen um das Auto herum. Jemand klatscht sogar Beifall. Donna und Jens nehmen die Leute gar nicht wahr. Sie sind viel zu sehr mit sich selbst beschäftigt.

«Vielleicht ist es passend für unser Kind, daß es nicht in einem Kreißsaal geboren worden ist, sondern in einem Auto, an einer Autobahnraststätte.»

Jens zieht sein Hemd aus, um die beiden damit zuzudecken. Von hinten werden ihm Decken gereicht und Jacken. Er nimmt nichts davon an.

«Wie soll sie heißen?»

Er kann sich an den letzten Stand ihrer Diskussion nicht einmal mehr erinnern. Er schaut sein Kind an, wischt Schleim von den verklebten Augenbrauen und sagt: «Laß sie uns Donna nennen.»

Donna ist viel zu k.o., um sich gegen diesen Vorschlag zu wehren.

Über den Autor
Klaus-Peter Wolf, geboren am 12. Januar 1954, lebte mit einer kriminellen Jugendbande und schrieb darüber den Roman «Dosenbier und Frikadellen». Seine Fernsehfilme wurden oft zu Einschaltquotenhits. Für sein Drehbuch zum Fernsehfilm «Svens Geheimnis» erhielt er 1996 den *Rocky Award for best made TV-movies* (Kanada) und den *Erich-Kästner-Preis* (Berlin-Babelsberg). Den *Anne-Frank-Preis* (Amsterdam) erhielt er 1985 für Buch und Film «Die Abschiebung». Klaus-Peter Wolf gilt als leidenschaftlicher Geschichtenerzähler. Seine Bücher wurden in zwölf Sprachen übersetzt und über acht Millionen mal verkauft.

Die wichtigsten Romane
«Dosenbier und Frikadellen» (1979)
«Die Abschiebung» (1983)
«Traumfrau» (1989)
«Die Angst der Täter» (1988)
«Pauline und die Asphalt-Panther» (1991)
«Samstags, wenn Krieg ist» (1994)
«Das Gen des Bösen» (1995)
«Feuerball» (1997)

Die wichtigsten Kinderbücher
«Drei tolle Nullen» (9 Bände) (1990-1993)
«Das magische Holz» (1993)
«Jens-Peter und der Unsichtbare» (bisher 3 Bände) (1996-1998)
«Der Hexer von Bottrop» (1997)

Die wichtigsten Spielfilme
«Sportarzt Conny Knipper – Glühende Kohlen»
«Sportarzt Conny Knipper – Giganten»
«Samstags, wenn Krieg ist»
«Svens Geheimnis»
«Feuer!»
Mehrere Beiträge für die Reihe «Polizeiruf 110»

Die wichtigsten Preise
Förderpreis des Landes Nordrhein-Westfalen
Anne-Frank-Preis
Rocky Award for best made TV-movies (Banff, Kanada)
Erich-Kästner-Preis der Film- und Fernsehhochschule Babelsberg
Goldener Spatz der Filmfestspiele Gera
Nominierung für den Goldenen Löwen
Deutscher Jugendvideopreis 1997
Kalbacher Klapperschlange 1997